JN055023

翼っていうのは
嘘だけど

フランチェスカ・セラ

伊禮規与美 訳

早川書房

翼っていうのは嘘だけど

日本語版翻訳権独占
早　川　書　房

© 2022 Hayakawa Publishing, Inc.

ELLE A MENTI POUR LES AILES
by
Francesca Serra
Copyright © 2020 by
S. N. Éditions Anne Carrière, Paris
Translated by
Kiyomi Irei
First published 2022 in Japan by
Hayakawa Publishing, Inc.
This book is published in Japan by
arrangement with
Éditions Anne Carrière
through Julie Finidori Agency.

装画／たけもとあかる
装幀／早川書房デザイン室

登場人物

ガランス・ソログブ………15歳の高校一年生
アナ・ソログブ……………ガランスの母。ダンス教室〈コリフェ〉の主催者

スアド・アマール…………ガランスの親友。愛称スース。高校一年生
モード・アルトー…………ハロウィーンパーティーの主催者。高校三年生
サロメ・グランジュ………モードの親友。高校三年生

ヴァンサン・ダゴルヌ……大学生。愛称ヴァンス
イヴァン・ボレル…………モードの恋人。ヴァンサンの友人。高校を出て働く

グレッグ・アントナ………高校三年生。本名グレゴワール
ガエル・リブ
ジャナ・ラリ ……………高校三年生。〈コリフェ〉の生徒

ラファエル・ランクリ……高校三年生
ヴァニーナ・ランクリ……ラファエルの姉

ソレーヌ・ラバル…………高校三年生。ユーチューバー。通称《クジラ》
ユゴー・ロック……………高校一年生。ガランスのクラスメイト

ビュル………………………警察官。本名シビル・フィオーリ
アース………………………警察官。ビュルの上司。本名ハッサン・ブラヒム
マーズ＝サンシエ…………イラレーヌ警察署署長

ネル・デナロ………………〈メガラ〉のインストラクター。〈コリフェ〉の元生徒

2015年9月

2015年9月

十五年の人生のなかで、ガランスは母とは言い争っても無駄だと悟っていた。母親のアナは、フランスの南東部にあるこのイラレーヌという町で〈コリフェ〉というダンス教室を開いているが、自分の信念を曲げず厳しい指導をすることで有名だ。何事にもけっして譲歩などしない。

「今日から高校生だっていうのに、初日からそんな服を着ていくつもりじゃないでしょうね！」

母が声を張りあげた。もちろん姿勢はくずさない。毅然と顔を上げ、右足を爪先立て、両肘の美しいラインを保ちながら、手の指を人差し指にそろえてまっすぐに伸ばしている。母は、美しい姿勢を保つために何百もの筋肉をつねに制御し続けることのできる、強い意志をもった人間なのだ。どんな時でも――こうして、今、相手が自分の言葉に服従するのを待っている時でも――姿勢を維持するための指令が脳から筋肉に飛び続けている。

ガランスは慣れてはいるものの、こうした母親の姿を見るといつも圧倒された。だが問題は母親が、自分が美しい姿勢を保つだけではなく、女性は皆そうする必要があると考えていることだ。母は重力に屈する人々を軽蔑していた。だから〈コリフェ〉のダンス教室の生徒たちは、猫背になっていたり、だらしない歩き方をしたり、腕をぶらぶらさせたりするのはもちろん、ちょっと頭をかしげたり、視線を下に落としただけで、信じられないほど厳しい注意を受けた。ふだんの立ち居振る舞いを見れば、母親のダンス教室に生徒として通っていたかどうかがすぐにわかるほどだ。ダンス教室はこの現代にあって、礼儀作法という時代遅れの規則に支配された〈飛び地〉だった。ただし、生徒たちは中に入ると厳しい規則を守らなければならないが、外に出れば忘れることができた。だがガランスだけはどこにいても、規則を守り続けることを余儀なくされていた。

そうした厳格な教え方にもかかわらず〈コリフェ〉には入会希望者が多かったので、母親はできるだけ多くの生徒を受け入れるために、レッスン時間を大幅に増やしていた。とはいってもスタジオが七十平方メートルしかなく、レッスンは母親一人でおこなっていたので、教えるのはクラシックバレエとモダンジャズ、タップダンスに限られていた。この点、競争相手である他のダンス教室は、もっと多種多様なコースを用意していた。たとえば〈メガラ〉では、ブレイクダンスやコンテンポラリーダンス、アフリカンダンス、カポエイラも教えていた。ガランスは時々〈メガラ〉のフェイスブックをのぞいたが（ほんの時々……。もちろん閲覧履歴は消して……）、そこにはありとあらゆるコースが並んでいた。にもかかわらず、〈コリフェ〉の名声は揺るぎのないものだった。

「どうしてこの前一緒に買ったあのワンピースを着ないの？」

「もう着替える時間がないよ……」

ここイラレーヌの町では、ガランスの母親――アナ・ソログブは、パリ・オペラ座バレエ団の〈エトワール〉だったと言われている。だが、それを聞くたびにガランスはいらいらした。母親が〈エトワール〉だったことなど一度もない。〈エトワール〉というのはパリ・オペラ座バレエ団の最高位で、誰もがなれるわけではない。最初は群舞を踊る〈コール・ド・バレエ〉、それからソリストになり、最後にそのソリストのなかから選ばれた者だけが〈エトワール〉になるのだ。母親は〈コール・ド・バレエ〉の一員に過ぎなかった。けれどもこの町では多くの人が、〈エトワール〉というのはオペラ座のダンサー全員を指す総称だと思っていた。まあ、〈オペラ座の子ねずみ〉というのがバレエ団員のことを指すと思っている人も多いくらいだから、しかたがない（〈オペラ座の子ねずみ〉というのは、パリ・オペラ座バレエ団の団員ではなく、それに付属するバレエ学校の生徒のことだ）。

母親はポーランドのワルシャワでバレエ教育を受け、その後フランスで外国人も受験できる選抜試験に挑戦し、十八歳でパリ・オペラ座バレエ団の一員となった。そして二十九歳までそこにいたが、ソリストの地位に到達することはなかった。それから、この町でダンス教室を開くことになったのだった。人々は、母親がパリ・オペラ座バレエ団をやめて地方でダンス教室を開く決心をしたのは、妊娠――たぶん望まない妊娠――のせいだろうと噂していた。ガランス自身は母親の若かりし日のことについてはよく知らない。知っているのは、母親が育ったのが、バルト海の南のどこかにあるポーランドの島でミエンジズドロイェという名の海辺のリゾート地らしいということだけだ。その町の名前も正確に書くことはおろか、きちんと発音することさえできなかった。だが、それ以上知ろうとも思わなかった。子どもにとって、親の人生というのは自分が生まれた日から始まったように思えるものなのだ。

「あのワンピースは、明日着るから。それならいいでしょ」

「今日が最初の日なのよ！　そのためにわざわざ買い物に行ったのに！」

仮に昔の母親のことを知りたいと思っても、それを想像させるようなものは、家にはあまり残っていない。わずかに古いアルバムにいくらかの写真が残されているくらいだ。だがガランスは紙の写真があまり好きではなかった。友だちの母親の多くはインスタグラムか、せめてフェイスブックのアカウントを持ち、写真を載せたりしているのに、ガランスの母親はデジタル媒体にはいっさい自分の姿を載せていなかった。〈コリフェ〉のウェブサイトにさえ載せていない。ガランスは、できれば母親の写真はスマートフォンの画面をスクロールしながら見たかった。紙の写真ではなんだか不安なのだ。紙に写った母親は今にも消えてしまいそうだし、何世紀も前の昔の人のようだった。もっとも、写真自体が昔に撮られたものなので、それはしかたがないのだが……。アルバムにあるほとんどの写真は、一九九〇年代にパリ・オペラ座で撮影されたもので、母親はバレエの衣装に身を包んでポーズを取っていた。二十歳の母親はとても美しかった。他には、ポーランド時代の幼い頃の写真が二枚あった。やっとのことでフィルムに焼きついているといった感じの弱々しい子どもだった。光沢仕上げのその写真はすでに色があせていたので、もっと近くで見ようと、ガランスは時々アルバムの透明フィルムをめくってみた。そして取りだした写真をじっくり眺めたり、振ってみたりした。だが紙の写真の母親は、実際には存在していなかったように思えた。人が実在しているのだと感じられるのは.jpg《ジェイペグ》の中だけだ。

「そのスウェットのパーカーひどいわね、袋をかぶってるみたい」母親が言った。

嘘でしょ、こんなにすてきなのに——とガランスは思った。背中に紫色で〈Space Cowboy〉と書かれているのだから——。

「それにそのジーンズときたら！　いつも同じのばっかり着てるんだから」

「わかった、脱ぐよ」

ガランスはパーカーだけ脱いでごまかそうとした。下に白いTシャツがあらわれた。

「そのTシャツなら、あの丈の短いカーディガンを着るとぴったりね」

「ママ！　学校に遅れちゃうよ！」

「そんなに時間はかからないでしょ」

「カーディガンがどこにあるかもわからないし。たぶん、洗濯籠に入ったままかも。それにスアドが下で待ってるし」

「じゃあ、せめて髪ぐらいちゃんとしていきなさい」

ガランスは大きくため息をついてヘアブラシを取りにいった。洗面所に入ったところで自分のスマートフォンの着信音が聞こえた。ガランスは洗面所を飛びだしたが、もう遅かった。母親の声が聞こえた。

「もしもし、スアド、ガランスもすぐに行くから……」

母は、ガランスの携帯電話が鳴った時にたまたまそばにいると、勝手に電話に出てしまう。ガランスはそれが嫌でたまらなかった。本人にもちゃんとそう言ってあるのだが、着信音が鳴るたびにやはり出てしまう。条件反射のようなものだった。ガランスはいらいらしながら鏡の前で髪を梳《と》き、一つの房にまとめて上にねじりあげると、プラスチックのバレッタで留めた。母親が背後に立った。

「どうして三つ編みにしないの？」

「あたしの携帯はどこ？」

「バレッタは、シャワーを浴びる時に髪を留めるためのものよ」

「だってもう時間がないよ！」

「じゃあ好きにしなさい……。家政婦のように見えてもいいんだったら……」

「スアドはなんて言ってたの？」

「フィッシュボーン型の三つ編みに編んで横に垂らしたらとても似合うのに……」

「ねえ、ゴム取って」

「スアドは下で待っているって」

＊＊＊

十五年前にこのイラレーヌの町にダンス教室を開くと、アナ・ソログブはあっという間に町の住民に受け入れられた。母親たちは、自分のだらしない子どもを厳しく躾《しつ》けてくれるアナに感謝した。実際、〈コリフェ〉に入会すると、多くの少女たちは姿勢がよくなり、立ち居振る舞いが優美になった。ふにゃふにゃした子どもたちがすっと背筋の伸びた美しい姿になる。それはこの町の人々にとって、何ものにも代えがたいメリットだった。

もう一つ、アナはこの町の人々に受け入れられる重要な要素を持っていた。それはアナが気品に満ちた美貌の持ち主だということだ。〈女性の美〉を愛するこの町の独特な気風から、女たちはアナの美貌を羨んだ。けっして悪い意味ではなく、自分にはないものとして純粋に羨んだのだ。アナがその美貌を利用して男たちの歓心を買おうとしないことも、好意的に評価されるポイントになった。アナは独身で町にやってきて、その後もずっと独り身を通していた。どんなに口の悪い人々も、恋人の名前一つ引きだすことはできなかった（もっとも、「ひょっとしたら誰かの愛人なのではないか、だとしたら彼女が控えめにしているのも説明がつく」などと言う人々もいたが、それはごく少数だった）。

一方、アナのほうもイラレーヌの町に同化し、その美貌と気質ゆえ、町の気風を自ら体現するほどになった。ここは、アナにはぴったりの場所だった。十五年前にパリ・オペラ座バレエ団をやめたあと、どうしてフランスの南東部にあるこの町に住むことにしたのか、アナは自分でもうまく説明することができなかった。けれどもあの時、ここがいい、ここに住むことにしようと直感が働いたのだ。この町にやってきてしばらく滞在した時、ここは女が実権を握っている町だと感じたからかもしれない。表面的には古くからの男女の役割分担を受け入れ、男たちが社会を動かしているように見えるが、その実、男たちのすることを評価し、良し悪しを判断するのは女たちだった。町の〈道徳〉を支配しているのは女たちなのだ。女たちの発した言葉が家庭から、町の通りや商店やカフェの中まで広がっていく。あらゆる場所で目にするのは、女たちによって形作られ認められたものだけだ。女たちは〈すべきこと〉と、〈すべきでないこと〉を決める。そして、お互いを比較しながら、この町の住民が大切にしなければならないイメージを守り、コントロールしていく。コミュニティーの中で、様々な事柄やその役割がどのようにあるべきかを決めるのは女たちなのだ。では、この町の住民たちが大切にしなければならないイメージとは何か？　それは〈女性の美〉だ。

イラレーヌの町は〈女性は美しくあるべきだ〉というのを旗印にしていた。〈女性が美しい〉のは偶然の産物なのだから町がそれを旗印にするのはおかしい、という考え方はあるだろうが、住民たちはそれを偏見だとして否定した。町の人々にとって〈女性が美しい〉というのは絶対的な価値であり、また長い年月が結実した結果であって、それは何人《なんぴと》たりとも他の分野において真似ることのできないものなのだ。どこそこの国は美人が多い、などと言うことがある。それは、気候や食習慣などの条件に恵まれた人々の整った顔立ちが、遺伝形質によって継承されるからだろう。もしそうなら、市町村レベルでも、美人が多いというのはあるはずだ。美の継承には無数の要因が関係しているのだから、地域全体の意志が果たす役割を過小評価すべきではない。特に町全体が、美人を生みだそうという強い意志を持っているならば……。

女たちが日曜日ごとに教会で聖書を読んでいた時代から、女性雑誌を読むようになった現在にいたるまでの三世代の間、イラレーヌの女たちは美しくなるために栄養に気を配り、運動し、日光への露出を控えて過度の日焼けを防ぎ、クリームを塗り、オイルを塗り、ローションを塗り、髪の手入れをし、広すぎる額や短すぎる首を隠すように髪をカットしてもらい、化粧をし、服装に気を遣い、おしゃれなアクセサリーを身に着けてきた。これはもちろん、一人一人が外見を磨きたいと思ったからではあるが、女たちのやる気を大きく後押ししたのは、町全体の集団としての美意識だった。〈女性は美しくあるべきだ〉という町全体の意志が働いていたのだ。

実際、こうした町の影響を受け、みっともない外見をした十三歳の少女たちが数ヵ月もたたないうちに優美な女性へと変貌することは、きわめてあたりまえの光景として見ることができた。ちりちりの巻き毛が覆いかぶさったしもぶくれの顔、矯正金具が取りつけられた歯、ぶかぶかでちぐはぐな服装をしていた少女たちが、あっという間にグラデーションカットのまっすぐな髪やほっそりとした顔になり、巧みなメイクで目をぱっちりと見せ、ハイヒールを履き、自然で自信に満ちた笑みを浮かべるようになる。こうして変身を遂げた新人の少女たちは、膨らみかけた胸を張って、〈美を競う〉闘いの場に入っていく。そうなると、人々の視線は前年にデビューして早くも新鮮味のなくなった美少女たちから、新たに登場した美少女たちに移り、それは前年の美少女たちの嫉妬心を刺激する。すると、前年の美少女たちは人々の視線をより惹きつけようと、いっそうの努力をしたり、ファッションやスタイルを変えようとしたりするのだ。

その一方で、もともと外見に恵まれず、ふつうの努力ではこの闘いに参加できない少女たちは、この町の一員として生きていくために自分の外見を逆手にとり、新たな美の形を実践し始める。やせ過ぎの少女たちは幅広タンクトップとスリムパンツで細身をさらに強調し、大きすぎる鼻を持つ者は他の童顔と差別化できるとばかりに堂々と突きだし、ヒップが大きすぎる場合はむしろウエストまでぴったりとした服を着て自然に腰を振って歩く。こうして不器量な娘たちの多くも美しくなっていく。集団への同化はそれほどに重要なことなのだ。

だがそれをしない少女たちは――そして醜いまま大人になった女たちは、地域社会からのけ者にされた。美しくなるための努力もせず、センスも――あるいは金も――なく、最後の手段である美容整形手術もしないような女は、この町の一員としては認められないというわけだ。ごく幼い女の子を評する時、この町では「きれいな子だ」と言うか、何も言わないかのどちらかだ。女の子を形容するための他の言葉はない。〈機転が利く〉〈快活だ〉〈自主性がある〉〈粘り強い〉〈しっかりした考えを持っている〉などの長所は気づかれることさえない。そして、もう美とは関係のない年齢になった女たちは、今度は審判を務めなければならない。容赦なく、絶え間なく、他の女の美しさについて審判を下すのだ。

アナは、自分の娘がこうした競争に巻きこまれることについては何の心配もしていなかった。むしろ、イラレーヌの町の状況は理想的だとさえ思っていた。というのも、ガランスは非常に美しい容姿の持ち主だったからだ。他のどこの町へ行っても称賛の的になること間違いなしの容姿だったが、特にこの町においては、その美しさは絶対的な意味を持っていた。町じゅうが、ガランス・ソログブは類《たぐい》まれなる美人であると認めていた。他の少女たちを褒《ほ》める時は必ずガランスを引き合いに出し、ガランスの美貌を模範として他の少女たちの容姿を判定していった。アナはそんな娘が自慢だった。そして心の内では、娘の顔の特徴を人に解説してやりたくてうずうずしていたのだった。アナはよく娘の顔と自分の顔を比較して共通点を探したが、そんな時はむしろ相違点に気づくことのほうが多かった。そして自分とは異なる娘の特徴を遡《さかのぼ》っていくと、自分の両親や先祖の顔立ち、故郷の高地の村でよく見かけた顔立ちに行き着いた。だがガランスの容貌には、それだけでは説明のつかない多彩な特徴が詰まっていた。それが父親譲りだとしても、たった一人の父親からの遺伝だけだとは思えないほどだ。先祖の女たちが、長い年月にわたって様々な場所で様々な男たちに偶然出会ってきた結果、多種多様な影響を受け、遠い祖先の特徴を強く受け継ぐことになったのだろう。

ガランスは母方の祖母、つまりアナの母親からは、ほっそりとした首を受け継いでいた。いっぽう、広くて厚いまぶたと、こめかみに向かって流れる切れ長の目、多すぎるほどのまつ毛はアナ譲りだ。ガランス本人が会ったことのない父親からは、ふっくらとした唇を受け継いでおり、笑っていない時は特に美しく見えた。細くて柔らかな髪は、たぶんその父親の母譲りなのだろう（アナや一族の女たちは皆、太くてしっかりとした髪だったので）。あまりに細くて、ほどくとすぐに絡《から》まってしまうため、アナには髪を結んでいない時のガランスがまるで下働きの女のように見えた。だから娘の髪型については一歩も譲らず、きちんと整えるようにうるさく注意するのだった。他には、広い額、わし鼻、濃い眉毛、ロシア人風の愁いを含んだ眼差しは母方の祖父、つまりアナの父親譲りだった。さらにどんな突然変異なのかはわからないが（これ以上突きとめたところでしかたがないのだが……）、成長とともに少しあごが突き出てきていた。アナはいつもガランスの顔をじっくりと解読した。目をつぶっていても細部まで思いだせた。だがガランスの顔はアナの記憶から逃げるように日々進化を続けるので、その変化にとまどうことも多かった。そんな時アナは、記憶の中にある娘の顔をすべて重ね合わせていった。見る見る変わっていく乳児期の顔、身振り手振りを交えて話をする幼児期の顔、はつらつとして時に激昂する思春期の顔、そしてその下に見え隠れする大人の女性の顔、それはやがて年を重ねた女の顔になる……。記憶というものは想像の産物であり、過去の記憶は未来の姿を形作るために存在するのだ。頭の中で未来のガランス像があまりにぼんやりしてくると、アナは鏡の中の自分の顔を見る。そこに答えがあるからだ。

＊＊＊

ガランスは、自分が母親にそっくりだと聞かされ続けてきたせいもあるが、実際よく似ていると認めざるを得なかった。自分は母と同じ、ハシバミ色の瞳をしている。まるで太陽の光を浴びて色あせたような、ほとんど黄色と言っていいほど明るい黄土色だ。母はよく「あなたの目はわたしの目ね」と言う。そんな時は、自分が母の目を奪ったと言われているようで、まるでいつか必ず返さなくてはいけない借りを負っているような気がした。ガランスの小鼻の脇のくぼみには、やつれた時や疲労で顔が引きつった時にしか見えないごく小さな傷跡があった。自分では覚えていないが、赤ん坊の時に猫に引っかかれたのだと母から聞いた。髪を三つ編みにしながら、ガランスは目の前の鏡を見た。映っているのは自分の顔の断片ばかりで、顔の各パーツはまるで他人のもののようだ。各パーツの不調和に目がいかないように、ガランスは一つずつ個別に観察していった。鼻、口、目、頬骨《ほおぼね》、鼻の横の傷痕……。鏡に映っているのは、本当の自分の姿ではなかった。三つ編みの先をゴムで留めると、ガランスは口の中で両頬《ほほ》の内側を吸いこんだ。親友のスアドから盗んだ〈ふくれっ面《つら》〉のやり方だ。スアドがやっているのを見て気に入ったので、ガランスも思いついた時にするようになった（時には、数日間思いつかないこともあったが……。そんな時は〈ふくれっ面〉が、元の持ち主のところへ帰ってしまっていたのかもしれない……。だがしばらくするとまたガランスのもとへやってくるのだ）。

「ちょっと、ほら、見せてごらんなさい」

母親が急に手でガランスのあごをつかんだ。

「何？　あたしに何かついてる？」

ガランスは母の手を振りほどきたいのにそうする勇気もなく、おそるおそる――まるで二歳児が食べ物で顔をべたべたに汚してしまった時のように――母親を見た。母は親指をなめると、ガランスの唇からはみ出した口紅をその指で拭きとった。

「こんな色しかなかったの？」

「この色が好きなんだもん」

「こんな薄紫、あなたには全然似合ってないわね。他にもいろいろ持ってるのに、こんな色を選ぶなんて！」


程度の差こそあれ、この町の母親たちのすることはアナ・ソログブとなんら変わりがなかった。どの母親も昔と同じ振る舞いをし、昔と同じセリフを口にする。ティーンエージャーの娘がいる家庭では、やることはどこも同じだ。陰口が渦巻く世間という迷宮に娘を送りだす前に、娘の外見を飾り立てるのがしきたりなのだ。それは母親たちが、あるあいまいな目的を共通認識として持っているからだった。自分たちも母親から受け継ぎ、そして娘たちに伝えていくことになる暗黙の秩序。それはこうだ――「娘よ、あなたは気に入られる女にならなきゃだめよ」。

2015年10月

〈コリフェ〉の更衣室はとても狭い。だが不便なのはそれだけではない。ここはかつては独立した部屋ではなく、建物の裏庭に出るための廊下だった。それを、扉を閉鎖して更衣室に改装したのだ。そのため、部屋は元の廊下の形のままに、途中でくの字形に折れ曲がっていた。

「スアド、プチプチ持ってる?」

「持ってない。でもトウパッドなら余分にあるよ。使う?」

「古いやつだよね? におう?」

「うーん、たしかに臭い。嗅いでみる?」

「じゃあいいよ、ありがと」

狭くて折れ曲がっている更衣室のせいで、着替えをする生徒たちは全員の姿を一挙に見渡すことができない。したがって話をするには、曲がり角のそれぞれの側から反対側に向かって声を張りあげることになり、室内はいつも少女たちの声で騒々しかった。

「誰かプチプチ持ってる?」

ガランスは床に散らばっている物をよけながら歩きだした。狭い更衣室には壁にフックが掛かっているだけで、他には何もない。フックには上着を掛けるのがやっとで、少女たちはいつも足下にバッグの中身を全部広げ、立ったまま着替えた。そんなわけで、髪留めのゴムやヘアピン、バレッタ、ヘアバンド、シュシュなどの小さな物はすぐに行方不明になった。アナは更衣室を掃除する時にそうした小物を回収し、次のレッスン時に髪留めを忘れてきた生徒たちが使うことができるよう、柳の枝でできた籠の中にまとめて入れておいた。もっとも、更衣室には貼り紙がしてあって《適切な服装と髪型をしていない生徒はレッスンを受けることができません》と書かれているのだが。こうして誰かの髪から髪へと渡り歩いた小物たちは、時には何年もたってから元の持ち主のもとに戻ってくることもあった。ちなみに《適切な髪型》というのはシニョンのことで、初級クラスの生徒は必ずシニョンにしなくてはならない。水曜や土曜の午後に〈コリフェ〉にやってくる初級クラスの小さな子どもたちは、髪を引っ詰めて団子《だんご》型に結い、整髪料でなでつけていた。顔はヘアピンでぴっちりと留めた髪の方向に引っぱられ、頭に一本や二本ピンが突き刺さっていても負けないぞという気概が見てとれた。同様に中級クラスまではシニョンにする必要があった。だが上級クラスになると例外が認められ、アナが《高級仕立てのポニーテール》と呼ぶ髪型をすることが許された。《高級仕立て》というのは、髪を一本もはみ出さないようにきっちりとまとめ、高い位置で留めるやり方だ。

ガランスは誰かにプチプチをもらおうと、年上の生徒たちが着替えている曲がり角の向こう側に潜りこんだ。プチプチ――気泡緩衝材は、新年度のレッスン開始時の必需品だ。新品のトウシューズはまだ硬すぎるため、少なくともシューズが足になじむまでは、トウパッドなどの保護素材を中に入れる必要があった。ガランスは床に脱ぎ散らかされた何人もの服に足を取られながら歩くうちに、丸まっていたタートルネックのセーターを踏みつけた。セーターの持ち主である高校三年生の女子生徒が、胸をはだけたまま、よく通る声で叫んだ。

「誰かプチプチ持ってない？」

「あたしたちがプチプチの販売業者だと思ってる人がいるみたいね！」

「あたしじゃないわよ。ガランスが欲しいんだって！」

「あげるからこっちに来るように言ってやって！」

生徒たちが角より奥のスペースで着替えたがるのは、突然教師が更衣室に入ってきてもそこなら陰になって見えないからだ。もっとも生徒たちが覚えている限り、アナが更衣室に入ってきたことは一度もなかった（たぶんアナのほうでは、少女たちでムンムンした行き止まりの部屋に足を踏み入れるより、横断歩道で裸足でマズルカを踊るほうがましだと思っているに違いない）。それでも用心して奥に陣取っておけば、入り口に近い場所にいるよりも、安心して大声で話したりバカ話をしたりすることができる。奥は、レオタードやスマートフォンやむきだしの手足が入り乱れる騒然としたスペースだった。そこにいる生徒たちは、着替えもそっちのけで自撮りをしたり、脱毛したビキニラインを楽しそうに見せ合ったり、スマホのいろいろなアプリを使って外の世界とつながったり、女性の射精について議論したりした。ただしここに陣取ることができるのは〈上級クラス2〉、つまり最上級クラスの年長者だけだ。やっと順番がまわってきて、更衣室での最高権力を手に入れた少女たちだ。

「ほんとに、あたしモードに言ってやったの、あの子は招待しないほうがいいよってね！」

「たしかに、また素っ裸で来るかもしれないもんね」

ただでさえ狭いというのにガランスが奥まで入りこんできたため、上級生たちはさらに身を寄せ合わなくてはならなくなっていた。ガランスは、タイツをはこうとしているガエルと、バッグの中身を全部出してプチプチを探しているジャナとの間でサンドイッチになった。

「でも、去年よりひどくなりようがないでしょ」

「まあね。でも、マイリー・サイラスの仮装で来るかもよ」

「ハハハ……、張型着けてきたりしてね！」

この二週間というもの、三年生の生徒たちはただ一つの話題に夢中になっていた。同じ三年生のモード・アルトーが主催するハロウィーンパーティーの話題だ。彼女たちがモードのフェイスブックのイベントに載っている招待客リストの話をしたり、誰がどんな仮装をしてくるか予想したり、仮装がかぶらないように調整したりするのを、ガランスも嫌というほど耳にしていた。パーティー開催後の秋休み明けには、それはさらにひどくなるだろう。参加者にしか通じないジョークやパーティーの写真、実際の瞬間よりどんどん盛りあがっていく思い出話、何杯飲んだとか吐いたとかいう自慢や自己分析、ゴシップやら後悔した話などが飛び交うことになるからだ。たとえパーティーで恥をかいたとしても、恥をかく機会がないよりはましだ。パーティーとはそういうものなのだから。儚《はかな》いが栄誉ある熱狂なのだ。だが、更衣室の入り口に押しこめられている二年生は、その熱狂から締めだされている。もちろん、高校の一年生になったばかりのガランスとスアドも同じだ。モード・アルトーがハロウィーンパーティーに招待するのは三年生だけなのだ。

『で、サロメは何の仮装をするって？』喧噪の中で誰かが尋ねた。

「デナーリスにするって言ってた」

「そうだよね、あの髪だもんね……。あたしの髪だと、最悪の場合オムレツに仮装できるかも」

皆がいっせいに笑った。ジャナが四角いプチプチを一枚手に持って振ったので、ガランスはそれをすばやくつかんだ。だが、すぐには自分の場所に戻る気になれず、その場でゆっくりとプチプチを必要な大きさにちぎり、自分のトウシューズの中に詰め始めた。

「モードとイヴァンは、カップルでできる仮装を見つけたの？」

「ううん、キム・カーダシアンとカニエ・ウェストは嫌なんだって」

やがて更衣室から人が出ていき始めると、ガランスもその後ろをついていった。そしてバレエシューズのゴムを調節している親友のスアドの前で足を止め、準備が終わるのを待った。すでに更衣室から出ていった生徒たちの会話が、波のように後ろの列に伝播していた。

「イヴァンは仮装しなくてもいいんじゃないの」

「うん、でも仮装しないとモードが中に入れてくれないかもよ」

「ハロウィーンの伝統をすごく大事にしてるからね！」

会話を聞いていたスアドは、自分の声が届かないところまで三年生が遠ざかるとつぶやいた。

「まるで彼女がフランスにハロウィーンを導入したみたいな言いぶりだよね」

「でも、ここでそんなおしゃれなパーティーを開ける人は他にいないよ。去年は百人くらい招待したっていうし、すごい家に住んでるんだもん。プールやなんかもあるし」

「毎晩モードのインスタグラムばっかり見てるんでしょ？」スアドはいらいらした様子でそう訊くと、更衣室のドアを開けた。

「皆さん、静かに！」

アナの声がスタジオに響いた。

アナがスタジオに音楽を流し始めると、まだ更衣室にいた生徒たちも集合し、各自いつものウォーミングアップを開始した。十九人の少女たちはフロアに座って足を前に出し、ポワント、フレックス、ポワント、フレックス、と足首から爪先の曲げ伸ばしをする。次に、いっせいに足を開いて上半身を前に倒し、そのまま右にいってから身体を起こす。腕はア・ラ・スゴンドのポジションで左右に大きく広げる。今度は上半身を左に倒して正面に回す。やがてガルッピのソナタが終わると、次はバーレッスンの時間だ。生徒たちはさっと立ちあがり、前後に足を九十度に上げてもぶつからないだけの距離を取って、鏡に沿ってバーの前に並んだ。

「もっと腕を表情豊かに使って。それじゃあスパゲティよ。もっと生き生きと、タチアナ、力を抜いて!」

アナの言葉を聞いて、タチアナだけでなく皆がいっせいに、しなやかに手を動かそうと意識し始めた。アナが注意しない限り、生徒たちは自分の頭で考えることなく漫然と身体を動かしてしまう。基本姿勢なら身体に染みついているからだ。肩甲骨を下げ、骨盤をまっすぐに立て、腹筋と臀部《でんぶ》の筋肉を引き締め、背骨が天と地を結ぶようにまっすぐに立つ。バレエを始めた時から教師に叩きこまれてきた基本動作を忘れることは、けっしてない。なにしろ、何年間もバーレッスンを同じ順序で繰り返してきたのだ。グラン・プリエ、デガジェ、ロン・ド・ジャンブ、バットマン・ジュテ、フラッペ、フォンデュ……。だがガランスは、こうした基本のテクニックを繰り返し練習することに、死ぬほどうんざりしていた。

「ガランス、軸足にしっかり立って！」

ガランスの前にはスアドがいたが、そちらはいっさい注意を受けることがなかった。非の打ち所がないのだ。実際ガランスは、母親がスアドの母にそう話しているのを聞いたことがあった。スアドのようにあっという間にテクニックをものにする早熟なダンサーは、これまでの自分のキャリアの中でも数人しかいなかった、と。噂によると何年か前までは、ネル・デナロというすばらしい生徒がいたらしい。今でも皆が――本人を知らない生徒までもが、彼女のことを噂した。デナロは〈コリフェ〉の伝説の一部になっていた。最年長の生徒たちによれば、デナロがソロで踊るのを見て、アナは感動のあまり涙を浮かべていたという。スアドにはそこまでの才能はないのかもしれないが――ガランスは、スアドにはこれといった個性がない、と思っていた――、それでも、スアドの身体はあらゆるテクニックをやすやすと吸収した。それだけではない。アナは、自分の娘や他の生徒たちには理解できない価値観をスアドに伝達しようとし、スアドの精神はそれをしっかりと吸収していた。

初めてのレッスンでバーをつかんだその時から、スアドは、バーが道具であり象徴でもあると感じていた。それは、動き続ける自分の身体を唯一固定する軸であり、またダンサー同士をつなぐものでもあった。さらに、バーが与えてくれる安定した平衡感覚と安心感は幻想に過ぎないということも、すぐに理解した。センターレッスンでは、バーレッスンと同じ動きをバーの支えなしでおこなう。つまりバーの本当の役割は、バーがなくても同じことができるようにすることだ。その役割はガードレールのようなもので、ダンサーが他の空間に倒れこむのを防いでくれるのだ。物としてのバーは、バレエの舞台には必要ない。だが舞台上では、同じ動きで踊るダンサーたちの間に見えないバーが存在する。バーは、集団をまとめるための規範なのだ。バーは、衝動に身を任せたくなってしまうダンサーを思いとどまらせる。バーがないと、下手な踊り手ほどイメージに惑わされてやたらに大げさな身振りをするのかもしれない、とスアドは感じていた。そして他のダンサーもそれに追随し、それが全体に伝播し、踊り手たちは興奮し、あらゆる方向に身をくねらせ、我を忘れてしまうのだ……。

バーレッスンが終わった。センターレッスンのためにバーを離れ、フロアの真ん中に向かう時、スアドはいつも、名残惜しい気持ちになるのだった。生徒たちが中央に集まってくると、アナは自分の耳元に人差し指を立て、黙って音楽を聴くように合図した。ハープの音が響き渡り、やがてバイオリンとフルートの調べが重なる。

「この曲を知っている人は？　スアドとガランス以外で」

返事はない。

「誰も知らないの？　この曲は『ラ・バヤデール』ですよ……。作曲者は？」

「ビゼーですか？」

「まったく違います」

生徒たちは、思わず笑ってしまわないよう、お互いに視線をそらした。というのもこれは彼女たちの間のいたずらで、教師に質問されて答えがわからない時にはビゼーと答えることになっているのだ。

「で、ヴァンサンは帰ってきたの？　知ってる人いる？」ジャナがガエルの耳元に顔を寄せてささやいた。

「……でも、大学でも秋休みはちゃんとあるの？」

スアドは三年生二人を黙らせたくてその背中をにらみつけたが、もちろんどうにもならない。

「うん、万聖節にね。あたしたちと同じ期間だよ」ジャナがひそひそ声で答える。

「さあ、ちゃんと頭を働かせて！」アナが話を続けた。「ミンクスですよ。聞き覚えはない？」

〈ミンクスがなんだっていうの？〉と、ガランスは思った。ヴァンサン・ダゴルヌがハロウィーンパーティーに来るかどうかは最大の関心事であり、その名前を聞いただけで三年生の女子は盛りあがるのだ。そしてガランス自身も、ヴァンサンの話が出るたびに耳を澄まさずにはいられない個人的理由があった。

「ぜひ家でこの曲を聴いておいてください。今度の公演会では、『ラ・バヤデール』の中から『影の王国』の場面をやりますからね。さあ、では位置について！」

アナは、着ているカシュクールのひもを腰の位置で結び直すと、センターレッスンで使う別の音楽に変えた。そして生徒たちに背中を向けて前に出ると、八拍でリズムを取りながらステップを説明していく。

「……プリエ、ポーズ、三、四。後ろにタン・リエ、五、六。デヴロッペ・ア・ラ・スゴンド、七、八！　ポワント、五番ポジションでフォンデュ・プリエ……」

力強い教師の声に、生徒たちのひそひそ声が消えた。

「……ドゥミ・プリエ、シソンヌ、シソンヌ、シソンヌ、三回。最初の動きはいいわね？」

今回の動きは難しいうえに、アナが休憩時間を与えないので、皆息つく暇がなかった。やっと最後の練習になり、生徒たちはスタジオの後方の一角に集まった。アナが反対側の隅で彼女たちを待ち構える。再びひそひそ話が生徒の間を駆け巡った。

「もうだめかもね……。ヴァンサンはイヴァンと話してないのかな……」

「来ないってことはないでしょ。モードはヴァンサンの親友なんだから！」

アナがうなずくと、生徒は端から一人ずつ順番にスタートして、対角線上を進んでグラン・ジュテを跳ぶ。グラン・ジュテとは、高く跳びあがり空中で足を前後に大きく開くジャンプで、ダンサーのレベルは、グラン・ジュテを跳んだ時の姿勢を見ればわかる。高く跳ばず、ドスンと着地する生徒に対しては、アナは何も言わない。空中できちんと両足を開き、軽やかに着地しようという努力がみえる生徒に対しては、さらなる上達をめざすよう励ます。両足を大きく開いて、まるで空中に浮かんでいるような美しいジャンプができる生徒はめったにいない。たまにそんな生徒がいた時には、アナは大きくうなずきながら「そうよ」と言って――ただし言い方は「そーよー」と音を伸ばして――名前を呼ぶのだった。ガランスは、そう言われたことがある数少ない生徒の一人だった。そのせいか、順番が来ると、背後では集中を妨げないようにと皆が静かになった。ガランスはスタートした。トンベ、パ・ド・ブレ、グリッサード、そして空中に跳びあがる……。


願い事というのは、手当たり次第になんでもかんでも願ったりなどしたら、絶対叶うことはない。だが、ただ一つの願い事のためにあらゆる機会――誕生日ケーキのすべてのろうそく、目にしたすべての流れ星、季節の最初に食べる果物全部――を有効に使えば、その願い事は自分と万物との間で了解されたものとなり、実現するはずなのだ。自分はそうしてきた。だから、ヴァンサン・ダゴルヌは自分と恋に落ちるかもしれない。恋に落ちるはずだ。いや、恋に落ちる運命なのだ。ガランスは四年前に体育館で初めて彼を見たその時から、二人は恋に落ちる運命なのだとわかっていた。当時自分は中学一年生で、彼は中学四年生だった。ただしその時は、ヴァンサンのほうはガランスの存在に気がついていなかった。気づいてもらうにはもう一年待たなければならなかった。翌年の冬、ヴァンサンとその友だちのイヴァン・ボレルは、〈コリフェ〉の〈上級クラス1〉の女の子たちとよく遊びに出かけていた。二人はそのたびに、スタジオの前の歩道のど真ん中に自分たちのスクーターを停めては、アナを苛立たせていた。ヴァンサンのスクーターはピカピカの黒い新車だった。いっぽうイヴァンのスクーターは泥除けも左のバックミラーもなく、右側のバックミラーはセロテープで留められ、サドルは潰れ、マフラーはねじ曲がり、テールランプは割れていた。かなりの修羅場をくぐり抜けてきたことが見て取れた。あの日、ガランスは母親を待ちながら、入り口の壁にもたれて、スマートフォンのお絵描きソーシャルゲーム『ドロー・サムシング』をプレーしていた。その時ちょうど二人があらわれ、ヴァンサンはイヴァンに向かってあごでガランスのほうを指し示した。イヴァンがこちらを振り向いた。短くなったタバコを親指と人差し指でつまんでいたので、手のひらのくぼみが赤く見えた。イヴァンは「まだ子どもじゃないか」と答えてからタバコをふかした。ガランスは二人と目を合わせないように、そしてオンラインゲームの相手に〈溶岩〉という答えを当てさせるために、火山の麓《ふもと》を赤で塗った。するとヴァンサンが突然近づいてきて、ガランスに歳はいくつかと尋ねた。本当はまだ十二歳だったが、ガランスは「十三歳」と答えた。実際十三歳の誕生日のほうが近いのだから嘘ではない。その後のヴァンサンの質問を、ガランスは鮮明に覚えている。

「おれのこと二年待てる？」

ガランスは返事をしなかった。しかし心の内では、彼がそうして欲しいのならいつまでも待とうと決心した。その時〈上級クラス1〉の女の子たちがスタジオから外に出てきた。ヴァンサンの彼女も、カーキ色のスポーツバッグを肩から斜めがけにしてあらわれた。ほどいた髪にはまだゴムの跡が残っていた。二人がキスをかわす間、ガランスは顔を背けた。

アナはガランスのグラン・ジュテに一言もコメントすることなく、次の生徒に対してスタートするよう指示した。スアドがガランスを慰めようと目で合図し、その後ろではジャナが、失敗することだってあるよという顔で肩をすくめてみせた。ガランスはうつむきながら、壁に張られた鏡に沿って後ろへ、そして横へと移動して、皆がいる元の場所に戻った。またひそひそ話が始まっていたが、スアドの番になると生徒たちは再び静かになった。スアドが勢いよく飛びだした。左足で高く遠く踏み切り、空中で右足を前にして前後に大きく開脚する。まるで永遠に宙に浮いているかのようなジャンプ。そして、ふらつくことなくふわりと着地した。

「そーよー、スアド！」

アナの声が響いた。


「ええっ、嘘でしょ！」

「ツイッター、チェックしてみてよ……」

「ちょっと見せて！」

「何？　あたしの、電波がつながらない！」

「そっちはつながる？」

レッスンが終わり生徒たちが更衣室に戻ると、奥のほうから騒々しい声が聞こえてきた。三年生はいつも大声で叫んでいるので、スアドは慣れてしまってまったく気に留めなかったが、ガランスは何があったのか気になり、急いで更衣室の奥に行ってみた。

2015年10月

「オーケー、つながった……」

「今見てるのツイッター？」

「でも彼女が自分でツイートしてるの？」

「何があったの？」様子をうかがっていたガランスの背後から不意にジャナがあらわれ、皆に質問した。

「モードが車で事故に遭ったんだって」

「えっ、本当？」

「やだ！　ひどい事故なの？」

「わからない。病院の救急にいるみたいだけど」

「怪我してるのかな？」

「全然わからない……」

「ねえ、ハロウィーンはどうなるの？　パーティー中止になっちゃうんじゃない？」

スアド→ガランス

モードが運転してたの？

ガランス→スアド

うん、でも悪いのは相手の車らしいよ

スアド→ガランス

は？？　ふつうは免許ないほうが悪いでしょ？

ガランス→スアド

免許いらないいんだよ　シャトネの車だから

驚いた顔の絵文字を送ってこないところをみると、スアドはこの話にまったく興味がないらしいが、これはきわめて重要なことだった。シャトネは、この町のティーンエージャーなら誰もが欲しがる夢の車なのだ。この辺りでは十台ほどが走っており、学校の前にもよく駐車されていた。この車を持っているのは親が裕福で、さらにその親を、子どもが十五歳になったらスクーターではなく電気自動車を買うよう説得できたラッキーな子どもたちだけなのだ。

スアド→ガランス
じゃあハロウィーンは中止?
ガランス→スアド
知らない　ツイッターでは何も言ってない
スアド→ガランス
中止ならあたしたちにはちょうどいいよね!
ガランス→スアド
ハハハ　たしかに😂
スアド→ガランス
今日の午後いっしょにイゾラに行かないかってママが聞いてるんだけど

ガランスはすぐに返信できなかった。その時ちょうど一件の通知が表示されたからだ。モード・アルトー……。デジタルだけど本物の、モード・アルトー本人。モード・アルトーが自分のインスタグラムをフォローした……。

ガランスはこのことをもう少しの間自分だけの秘密にしておきたかったが、無理だった。今すぐスアドに言わなければ、心臓がドキドキして破裂しそうだ。興奮しすぎて、誰かに聞いてもらわないと、自分一人では手に負えない……。いっぽうで、これは人違いではないかと不安になった。その可能性はたしかにあった。モード・アルトーは操作を間違えたのかもしれない……。それとも別人の〈ガランス〉がいるのか……。たしかに、よく考えればそれしか説明がつかない。モードと自分は知り合いではない――お互いには、という意味だが――のだから。

ガランスは電話に切り替えた。

「スース！」

「うん？　それで来るの？」

「あたしの新しいフォロワー、誰だと思う？」

「……インスタ？」

「……」

「……」

「モード・アルトーだよ！」

「……嘘でしょ？」

「今、たった今だよ！　まさにモードの話をしてたその時に、あたしのフォロワーになったの！」

「……じゃあ、病院でよっぽど退屈してるのかもね！」

「もう病院にはいないよ」ガランスはむっとして答えた。「昨日の夜、救急病棟の写真を投稿してたけど、今朝はもう……」

その時通知音が鳴った。ガランスは話をやめ、なんのアプリか確かめようと画面に目をやった。

だが、何が起こっているのかすぐには理解できなかった。

「……モードがフェイスブックで友達申請してきた……」

脳みそがミキサーのプロペラのようにグルグルと回っている。

「ふざけてる？」

「本当だよ」

混乱した頭で、ガランスはモードの申請を承認した。

2015年10月

「待ってよ、どう考えてもおかしいでしょ！　これまで一度も、なんの話もしたことないんだよ！　それなのに……」

ガランスはもうスアドの話を聞いていなかった。続きを待っていた。この後に何が起こるのかはわかっている。いや、ずっと前からわかっていたのだ。遠くで親友が引きつったように笑う声が聞こえる。ガランスは、息を止めても事態は早く進まないことに気がついた。その時、続きが起きた。

「スアド……」

これは運命だ。誕生日ケーキのろうそくのおかげだ。そしてあの呪文のおかげだ。

「モードに招待された」

「……へえ、何に？」

「ハロウィーンに。今、フェイスブックのイベントにあたしの名前が追加された」

もう、電話を切ったほうがいいのかもしれない。心を落ち着けるのだ。そして、自分の部屋の中から何か貴重な品を見つけて、SNSの神々にお礼として捧げるのだ。ヴァンサン・ダゴルヌ……。ヴァンサン・ダゴルヌもパーティーに来るはずだ。

「……あり得ない」スアドが答えた。

まずモードにメッセージを送ったほうがいいだろうか？　個人的に？　でもなんて言ったらいい？　《どうもありがとう、今日は人生で一番すてきな日です》とでも？　それより歯を磨いたほうがいいかもしれない。少しはすっきりするだろう。

「……いい加減にして！　本当に招待されたの？　それとも作り話？」

「スクショ撮って送ろうか？」

スアドは黙った。もっとも、ガランスは以前ちゃんとスアドに予告していた。十二歳だったあの夜、まさにこのベッドの上で。スアドが泊まりに来ていたあの夜、エム・アンド・エムズの砂糖たっぷりのバースデーケーキに興奮したせいか、二人はまったく眠れなかった。

「ねえガランス、さっきろうそくを吹き消す時、なんてお願いしたの？」

「ヴァンサン・ダゴルヌがあたしと恋に落ちますようにって」

「願い事は口に出して言っちゃだめなんだよ！」

「スアドが訊いたんでしょ！」

「そうだけど、でも、訊かれても言っちゃいけないんだよ。口に出すと叶わなくなっちゃうから」

ガランスは自分の願い事から禍《わざわい》の種を取り除くために、何か大切な物を呪文を唱えながら地中に埋める、という儀式をおこなおうと決めた。そしてスアドとともに、部屋の窓から外をのぞいてみた。窓は〈コリフェ〉と同様、建物の中庭に面している。下を見ると、ごみ置き場の壁に沿ってコンクリート製ブロックで囲まれた花壇が続いていた。ちょうどいい……。もう真夜中だったが、二人は夏用のパジャマ姿のままスニーカーを履き、ガランスは古いバレエシューズを一足持って、七階から地上に下りた。中庭を取り囲む三棟の建物は、夜中に下から見上げると昼間よりずっと高く、ずっと威圧的に見える。建物の間からのぞく三角形の小さな空は、月で埋め尽くされていた。

スアドがバレエシューズを花壇の中に埋めている間、ガランスは適当に選んだジョン・ケージの『サイレンス』の本の一節を、情感たっぷりに大声で朗読した。

〈……我々は無知であるために、《音《おと》》の対義語が《静寂《サイレンス》》だと思ってしまう時、また、《静寂》との対比において測定可能な《音》の唯一の特徴は《持続》であるため、《音》と《静寂》に関する有効な仕組みのすべてが……〉

ガランスはこの神秘的な呪文の効力を、親友にも心から信じて欲しかった。だがスアドのほうは当時からすでに懐疑的な性格だったので、もうすぐ高校生になるような青年を欲しがるなんて、ハリー・スタイルズのデジタル写真と相思相愛になりたいと願うのと同じくらいばかげたことに思えた。もう部屋に戻って寝たいと思った。寒かったし、ガランスの母親がいつ目を覚ますかもしれないからだ。ガランスが建物の全住民を起こしてしまいそうな勢いで《呪文》を唱え続けるのだからなおさらだった。結局、儀式は短縮された。だがそのせいで、ガランスの欲求はますます強くなった。ガランスは強く心に誓った。いつかヴァンサン・ダゴルヌを振り向かせてみせる、そして、自分たちの運命は不可思議な力に導かれているのだということをスアドに証明してみせる、と。

モード・アルトーの部屋。壁に貼られた物の数では、世界一に違いない。ピン留めされたポストカード、写真、雑誌の切り抜きが動画の中で回っている。ビニールポーチに、楕円や丸や四角の鏡――回転の速度が上がる。毛糸のポンポン、ライトアップされたガーランド、発光する星型の飾り……。カメラが急旋回して、今度は読みきれないほどの大量の本であふれかえった本棚が映しだされる。崩れたファイルの山、そのせいでひっくり返ったペン立て、そして救急箱。化粧台代わりの机の上には、チークやアイシャドウのメイク用パレット。その上にボールペンが散らばっている……。続いて肘掛け椅子――目に入るのはピラミッドのように積み重なった洋服とその下のキャスターだけだが……。モード・アルトーがぐるぐる回りながら自分の周囲を撮影し続ける動画。まだメーキングされていないベッドの上には、マックブック・プロ《MacBook Pro》とココナッツドリンク。黄色の羽根布団は床にずり落ち、靴もベッドの下に転がっている。十秒が経過した。動画が終了する。キャプションは《精一杯の整理整頓》。

　秋休みに入ってからというもの、ガランスは毎日、モードのスナップチャットのストーリーをチェックした。ハロウィーンパーティーに招待されたことは、生まれてこのかたで一番すばらしいことではあったが、仮装パーティーに仮装しないで行くわけにはいかない。だから何かアイデアが見つからないかと、モードのSNSをチェックしていたのだ。〈もっとも、ふつうのパーティーでもすぐに行けるわけじゃないけど……〉とガランスは思った。出かけるには母の許可が必要だ。だが母は、監督する親がいない家で子どもだけが夜間に集まることにはふだんから反対している。スアドも一緒に行けば許してくれるかもしれないが、彼女は招待されていない……。一緒に行くと口裏を合わせてくれるよう頼もうか……。でもスアドは、ガランスの母に嘘をつくのは嫌だと言うに違いない。とにかく、順序立てて考えないとこの状況を乗りきることはできないのだが、とりあえず今一番問題なのは、仮装パーティーに着ていく衣装がないということだ。ガランスはスナップチャットを閉じて、今度はモードのツイッターを見てみることにした。スクロールしながら過去のツイートを遡《さかのぼ》る。

恋とオーバーサイズのTシャツだけで生きる

それからソファーの上で　#夏の哀愁　#2015夏

あと二日で新学年😱😱😱　道に寝ころんで車が来るのを待とうか

実存的な問題――タイツありかなしか？

はいていったら暑すぎる

あーあ！　はかずに出ちゃった

訂正――今のは間違い

あたしのせい？　リツイート@salomeensalopette（サロペットを着たサロメ）タイツ暑そう

サロメは哲学の授業におやつを持ってきたか？　もちろん

おいしくて、フレッシュで、まずまず口にできるって……。男子はあたしたちのこと水だと思ってる

えくぼ先生が言う。光子《フォトン》の振動数から運動量を計算して楽しもうって。どうしてあたしたちが笑うと思う？

たぶん毎日がいいことばかりじゃないだけのこと？

クイーン https://www.youtube.com/watch?v=TJAfLE39ZZ8

ガランスはリンクを開いてみた。取って付けたように派手なアイライナーを引いた女性シンガーが歌っている。頭上に高く結いあげた髪は、カラスがそこに巣を作ったのだと言われても、あながち嘘だとは言えなさそうだ。四分七秒間の動画を見た後、ガランスはこの歌手——エイミー・ワインハウスのファンになった。そして動画の曲『バック・トゥ・ブラック《Back to Black》』をスポティファイのお気に入りに加え、これから出るアルバムは全部聴こうと決めた。が、その直後にウィキペディアを見てエイミーがすでに四年前に死亡していたことを知り、悲しい気持ちになった。いつもこうなのだ。SNSでモードの嗜好を調べるたびに、最初は幸福感に酔いしれるが、その後には落胆させられることになる……。いつも彼女の趣味の世界を追いかけてばかり……。ガランスだけではない、インターネット上では、何千という人間がモードの力にひれ伏していた。モードは毎日たくさんのコメント、リツイート、〈お気に入り〉や〈いいね!〉、新たなフォロワーを獲得し、幸運を独り占めしていた。高校の女子生徒全員の幸運を足しても、彼女には及ばなかった。ガランスもこれまで、モードのSNSの前で何時間も延々と時を過ごしてきた。リンクをクリックし、ハッシュタグのついた謎めいた言葉を調べるためグーグルで検索し続けた。

#ドン・ファンのじゃじゃ馬娘
#チャイルディッシュ・バンビーノ
#砂丘(ザブリスキー岬)
#ミュージック・トゥ・ウォッチ・ボーイズ・トゥ
#カレン・ドント・ビー・サッド

さらには、歳取ったアメリカ人ラッパーのビデオクリップや、もう死んでしまった女性フォーク歌手のライブをネットで見たり、ウィキペディアで二十世紀の映画の題名を探したり、ペーパーバックの表紙やハリウッドスターのモノクロ写真について調べたりした。ぼろぼろのショートパンツをはいてカリフォルニアの歩道をローラースケートで滑走する一九九〇年代のガールズギャングのビデオや、駐車場でたむろする少年たちの写真も調べた。それらはすべて、モード・アルトー自身が会ったことのない人々、行ったことのない場所、生きたことのない時代の画像だった……。たしかにモードは、ネット上の断片的な情報を集めて構成し直し、それを、自分を個性的に見せるために利用する術《すべ》に長《た》けていた。ガランスは、できるものなら自分もそのやり方を真似て幸運をつかみたかった。だが、今はこんなことをしていても仮装のアイデアが浮かぶはずがない。SNS上でのモードの存在感を見ると、ガランスはやる気が出てアイデアが浮かぶどころか、自分の個性が薄まっていくような気がした。自分はその他大勢の一人で、あまりに平凡であまりにつまらない人間だという気がした。だから何を好きになったらいいのか、どんな自分になったらいいのかさえわからなくなった。

ガランスは立ちあがると、片手で片足をつかんでまっすぐ上に引きあげた。いつも頭が混乱した時に自然にやる動作だ。片足がしっかり伸びたら、もういっぽうの足に取りかえる。その後はまたスマートフォンを手にして、腹ばいに寝転がった。インスタには新しい投稿はないようだ……。しかたがないので、ガランスはほとんど暗記している過去の投稿をもう一度全部表示させた。

モード・アルトーの才能は、写真を暗示的に見せるのがうまいことだ。けっしてすべてを見せたりはしない。だから見る側としては、非常にストレスがたまる。モードは自分の私生活を公開するが、細かいことを一部分だけ見せるに過ぎない。だからその写真を見ると、いつも何かしら疑問が浮かんでくる。グレッグ・アントナはいったいどこで、こんな大きなビンテージもののべっ甲のサングラスを見つけたんだろう？　サロメ・グランジュはどうしてハリボーの丸いグミキャンディーをフォークで食べるの？　皺《しわ》の寄ったワンピースの裾《すそ》しか写ってないけど、いったいどういうこと？　それぞれの写真が切りとった瞬間は、一見するとたいした意味があるとは思えない。だが、うまいのはまさにそこなのだ。すっきりと状況を理解できない、その不完全なところが、見る者の注意を引きつける。見る側は、誰がその状況を知っているのだろうかと思い、知っている側の仲間に入りたいと願う。だがその仲間はいつも同じだった。モード・アルトー、イヴァン・ボレル、サロメ・グランジュ、グレッグ・アントナ、ヴァンサン・ダゴルヌ（そう、ヴァンサン・ダゴルヌ！）の五人だ。写真を撮る時、彼らはけっしてポーズを取らない。モードはいつも〈何かをしている最中〉の瞬間を切りとるからだ。たとえ何もしていない時でも――ほとんどの場合そうなのだが――〈何もしないでいる最中〉の瞬間を撮影するのだ。そしてモードの本当の才能とは、彼女やその友人たちの仲間に入りたいという欲求を見る者に引き起こすことだった。

2015年10月

……学校の鉄格子の門の前にいるサロメ・グランジュ。飾り鋲《びょう》付きのブーツを履いた足は細い幹のよう。タバコを口にくわえ、正面にいる女が口にくわえたタバコの火をもらおうとしている。二つのタバコの先端がくっつき赤く染まっている。まるでキスしているよう。

……

再びサロメ。自撮りモードのスマホを鏡代わりに、口紅を塗っている。透けそうなほどのブロンドの髪が顔のまわりをふわふわ漂っている。

……

またまたサロメと、髪の青いメッシュが際立つグレッグ・アントナ。パーティーの最中に抱き合っている。写真のキャプションは《アル中の友情》。

……

モードの恋人、イヴァン・ボレル。フォロワーの間では#マイ・マン《my man》で通っている。夜。写真を撮られないように頭をすっぽりとフードで覆っている。

……

プールに全員集合。サロメはプールサイドに腰かけ、両足を水の中に。イヴァンはビールを手に、腰まで水につかっている。ヴァンサン・ダゴルヌは今にも水中に飛びこもうとしているところ。グレッグはスイカ模様のエアマットを浮かべて寝そべっている。ガランスはこの写真を見て悲しくなった。なぜだかわからないが。

……

六月。モード・アルトーの左手。指を開いている。爪は深紅。コメントは《ネイルの乾燥中。フランス語の口述試験に遅刻する言い訳になるかしら？》

……

モードが小さな子どもの頃の写真。しだれ柳《ソール・プラルー》の下に座っている。キャプションは《一人でめそめそ《ソル・プラルーズ》》。

四百二十八の〈いいね！〉。

……

最新の写真。モードがベッドの上に仰向けに寝て、空中に両足を上げて撮ったもの。パイナップル模様のふくらはぎが上に長く伸びている。写真のタイトルは《情熱のソックス》。天井の角、ネックレスがいくつもぶら下がった壁掛け、周りにぐるっと写真が貼られた金縁の鏡も見える。写っているのはそれだけだ。だが、構図が不安定で、ピントもわずかにぼけていることから、フレームの外の空気が想像できた……。秋休み中の最初の日曜日。なんとなく出かけたくない気分。試しに外をのぞいてみる……。天気もいまいち。インターネットで午後を過ごすほうがいい。ユーチューブの動画のコメントを全部読もうとして、無駄に時間を過ごす。ワッツアップやスナップチャットの通知が次々に表示される。スマホの画面上で指を動かし続ける。物憂い孤独な時間。でもその陰には誰かの存在があるのだろうか？　それはイヴァン？　サロメ？　グレッグ？　招待状のように、写真も誰かに向けて撮っているのだろうか？　ガランスは、自分が仮装のアイデアを探していることをすっかり忘れてしまった。そしてスマホの画面を人差し指で規則的に叩き続け、次から次へとモードのＳＮＳの画像を表示し続けた。そうこうしているうちにガランスはいつのまにか、生きるに値するのはモード・アルトーの人生――それが現実であれ想像であれ――だけだとしか思えなくなった。

外泊の言い訳なら大丈夫。嘘をついてもばれる心配はない、とガランスは思った。スアドの家にはしょっちゅう泊まりに行くし、自分用の歯ブラシまで置いてある。母がわざわざ確認することはないだろう。衣装については、トランクから取りださなければいけないが、それも心配することはない。母がトランクを開けることはないし、中に何が入っていたかも覚えていないだろう。このアイデアが浮かんだのは昨日、十月三十日金曜日の夜十二時ちょっと前だった。ハロウィーンパーティーの前夜だ。有名人に扮したり単なる仮装をするよりも、そのほうがずっと自分らしい。衣装はバッグに入れて持っていけるし、これなら自分でも納得できる。昼食後に母が〈コリフェ〉のスタジオに下りていくのを待って、ガランスは古いがらくたが詰まった母のトランクをあさった。そして丸い宝石をちりばめた黒いチュールのチュチュと、長くて黒い羽根が縫いつけられた付け袖を取りだした。あとは衣装以外の付属品を調達すればいいだけだ。仮装用品店は郊外に移転してしまったので徒歩で行くには少々遠いが、時間はまだある。

ガランスは鏡の前で、シニョンが乱れないよう最大限の注意を払いながら、ゴムの長さを調節して仮面をかぶった。仮装用品店では、一番高い仮面を買ってきた。いかついオオカミの面で、格子柄のレースが鼻まで覆い、長くて尖った目の穴が心なし左右不均衡に開いている。額には、自分で一つ一つ羽根を貼りつけて作ったティアラを巻きつけた。外から見えるのはくぼんだ頰と口、そしてあごだけだ。トウシューズは浴室で黒に塗り、乾かしているところだ。タイルをビニールで覆っておいてよかった。黒いスプレーがそこら中に飛び散ってしまったから。ガランスは仮装の仕上げに、黒いビロードを首に巻いた。そして爪先立ちで半回転し、振り向いて肩越しに背中のVラインを眺めた。そしてもう一度正面からチェックした。これならいい。背中の衣装のV字の切りこみ具合も、他の箇所も、すべてがちょうどいい具合だ。スカートがラッパ型に広がった舞台衣装のチュチュは、幅が一メートルはあって鏡からはみ出している。ウエストの位置が高いので足は上から下まですべてが見えた。母の黒い羽根の付け袖は、長い手袋のように肘の上をゴムで留め、手の先は小指にリングで留めるようになっている。イメージどおりだ。両腕が黒い羽毛で覆われた翼のように見える。母がダンサー時代に使っていた古い革製の小さなトランクは、クローゼットの奥の、元の場所に戻しておいた。何年もの間トランクの中に閉じこめられていた精霊が、夜中にあらわれてひらめきをくれた。ガランスはその精霊を解放したに過ぎなかった。

秋休みが始まってからというもの、毎朝起きるたびに、ガランスは今日こそ母親の許可を得ようと考えた。しつこく頼みこみ、懇願し、泣き落とそう、必要とあれば死んでも構わない……と思っていたが、昼間は何もしないうちに過ぎていった。そして夜になると、毎晩自分の葬式の夢を見た。棺の中でチュールの布に包まれて横たわる自分の姿。喪に服す白鳥たちの鳴き声や、墓地のトネリコの木々が葉を揺らす音が聞こえた。〈遅すぎたね〉母親の耳元でトネリコの葉がささやく。地下の闇の中で、ガランスは一人、生きている者たちの声を聞いた。モード・アルトーの招待客たちが地上で笑う声や踊る音が聞こえた……。

その夢のことを思いだすだけで、ガランスはまた窒息しそうな感覚に襲われた。首に巻いたビロードがきついのかもしれないが、今緩めることはできない。まだマニキュアが乾いていないから。空中で指を開いて乾かしながら、ガランスは横から見た自分の胸のラインをチェックした。次に両腕を翼のように広げてから、片方の腕を一番のポジションに下げ、もう一方の腕は身体の真横、ア・ラ・スゴンドのポジションで止めてポーズを取った。何層にも重なったチュールの布地にちりばめられた模造ダイヤが、黒い布地をきらきらと輝かせている。ガランスはその場でくるりと回転した。広げた羽根の擦れあう音がして、昨夜自分の前に姿をあらわした黒鳥も鏡の中で回転していた。ガランスはこれまで、ヌレエフのバレエのビデオは数えきれないほど見たし、ナタリー・ポートマンが主演した映画『ブラック・スワン』も同じくらい見た。〈中級クラス2〉の時には、スアドたちと一緒に『白鳥の湖』の『四羽の白鳥たちの踊り』も──簡単な振り付けではあったが──踊っている（『白鳥の湖』は、学年末公演の定番演目だ）。ガランスの目に、三年生の生徒たちが全員でステージを取り囲み、自分たちを目で追う様子が思い浮かんだ。王子ジークフリートに仮装したヴァンサン・ダゴルヌがガランスを抱きしめる。ガランスの腰を抱えて持ちあげ、空中でくるくると回す。すると後悔が消えていく。母親というものはいくら頼んだって許してなんかくれないものなのだ。

その時、ぞっとする音が聞こえてきた。玄関ドアの鍵が開く音だ。ガランスは慌てて衣装を脱ぎ始めたが、パニックになってしまってきぱきと動けない。

「ガランス！　ガランス？　いないの？」

「はあい！　いるよ！」

まるで重りを付けられたかのように身体が重くて自由にならない。なんとか黒いチュチュをダンス用のバッグに突っこんだ。

2015年10月

「買い物したのを片付けるから手伝ってちょうだい！」

「今行く……」

大急ぎで服を着る。疑いをかけられないよう、いつものウールのワンピースにした。ベッドの上に残っていた羽根の付け袖をバッグに入れ終わったところで、部屋のドアが開いた。母はトレンチコートを着たまま部屋の中を見回し、ダンス用のバッグに目を留めた。ガランスはバッグのファスナーを閉めて振り返った。

「ママ、今晩スアドの家に泊まりに行ってもいい？」

「スアドに、うちに泊まりに来るように言ったらどう？　ローストチキンを買ってきたし……。スアドはどこにいるの？」

「……自分のうちで待ってる？」

ガランスは嘘をつくと語尾が上がってしまい、ふつうに話していてもまるで質問しているような言い方になってしまう。

「ご両親は了解しているの？　スアドはちゃんと許可を取ったのね？」

「うん？」

「何時に行くの？　向こうで夕飯をごちそうになるの？」

ガランスはこれ以上言葉で嘘をつくことができず、首を縦に振った。

「いいわ、わかった。でも、まえもって言ってくれたらよかったのに……」

母の了解が取れたとたんに、ガランスの心は不安でいっぱいになった。

「……ねえ、これ、何の臭いなの？　ペンキでも使ったの？」

「ううん？」

「いったい何をしていたの？　何かをひっくり返したとか……」

「何も？　何もしてないよ？」

「あらまあ、その爪はいったいどうしたの？」

「これは……スアドと同じマニキュアを塗ることにしたの。ハロウィーン用に。今日はハロウィーンだから……」

母は眉根を寄せてガランスを見た。ガランスの指先には、不気味な黒い爪がぶら下がっている。

「この強い臭いはそれのせいなの？」

「うん？」

ガランスは心臓がスポンジのようにぎゅっと締めつけられるような気がした。不安が身体じゅうを駆け巡る。いっそのこと、ママがあたしの心の内を読みとれたらいいのに……。母が簡単にだまされたことでガランスは心が痛んだが、他にどうすることができるというのだろう？　十代の最高の思い出となるはずの出来事を、ここで母にだいなしにされるわけにはいかないのだ。楽しいティーンエージャーの時期はあっという間に過ぎる、と人が言うのがガランスは嫌いだった。自分は若さを存分に楽しむつもりだ。そして、その楽しみを今夜始めるのでなければ、いったいいつ始めるというのだ？

「ボディーソープとシャンプーは持った？　泊めていただいた家の備品を空っぽにするのはだめよ」

「うん、全部持った」

母は部屋から出ていこうとドアノブに手をかけていたが、急に動きを止めて言った。

「あなたのマスク！」

〈仮面《マスク》？〉ガランスの身体じゅうの血液が凍りついた。

「……髪用のモイスチャーマスクは持った？」

この時ガランスは初めて、自分がどんなリスクを冒しているかに気がついた。ばれた時に罰を受けるだけでは済まないのだ。何かうっかり証拠を残してしまったかもしれないと不安に思っている限り、今後はいつ何時《なんどき》、突如〈一巻の終わり〉になってしまうかもしれないのだ。仮面のこと、トウシューズのこと。浴室のタイルには黒い塗料が付着しているかもしれないし、ベッドの下には羽根が一枚落ちているかもしれない……。スアドが何も知らずにまずいことを言ってしまうかもしれないし、自分が口を滑らせてしまうかもしれない。いつどんなことからばれてしまうかを予測することは不可能だ。今夜以降は、いつどこにいても、真実が明らかになってしまうかもしれないと怯え続けることになるのだ。さっき衣装を合わせていた時には、自分が行く準備をしているハロウィーンパーティーがこれほど不吉なものだとは——けっして終わることのないパーティーだとは——気づいていなかった。これから何週間、何カ月もの間、何気ない言葉にびくびくし続けなければならない。そして、つねに身を潜め突然「バアー」と叫びながら飛びだしてくる気まぐれな亡霊に翻弄されることになるのだ。それがいつどこからやってくるのか、まったくわからないままに……。

母がやっと部屋から出ていくと、ガランスは急いで浴室に向かった。スプレーで黒く染めたトウシューズが床に敷いたビニールの上に置いてある。ガランスはシューズを包んで持ちあげると、ぐるりと三百六十度回転して浴室の中を見回した。何か忘れているものはない？　他には何もないよね？　包みをダンスのバッグに突っこむと、外側に付いているポケットを探ってスマートフォンが入っているのを確認した。よし。忘れ物はない。

廊下に出ると、ローストチキンの匂いが充満していた。台所では、オーブンの奥の小さな明かりが魔法のように周囲を照らしている。母が買い物の片付けをしながら言った。

「上着を着ないで行くの？」

「寒くないから……」

「上着くらい持っていきなさい。たいして邪魔になるわけじゃないし」

「これウールだから暖かいし」ガランスは着ているワンピースを引っぱってみせた。

「それだけで本当に大丈夫なの？」

今ならまだ引き返せる、とガランスは思った。このままここにいればいい。やっぱり気が変わった、と言えばいい。実際、急にローストチキンが食べたくてしかたがなくなってしまった。

「明日の昼までには帰ってくるのよ。いいわね？　それから、あまり夜更かししちゃだめよ！　ハロウィーンだからといって、一晩じゅうテレビを見ていたりしないようにね！」

このままここにいれば、いつもと同じ土曜日の夜を過ごすことができるだろう。特に何をするでもなく、何も後悔することなく、嘘をついたことにもならず、トランクの中のものを盗みだしたことにもならず、まだ取り返しがつかないことにはなっていない、いつもの土曜の夜……。

「ガランス！」

「何？」

「そのシニョン、とてもきれいよ。よく似合ってるわ」

〈それで、今からどうしよう？〉ガランスは次の行動を考えていなかった。もう一度フェイスブックのイベントを確認して、リンクが貼られたグーグルマップをクリックする。目的地までは徒歩で五十八分と表示された。学校と海岸の間を往復するバス路線があるにはあるが、冬期は運行が不定期なので、バスが今どこを走っているのか、あるいは来るのか来ないのかもわからないまま何時間も待たされる可能性があった。〈とりあえず歩いてみて、また後で考えよう……〉だが、もっと早く考えておくべきだった疑問が次から次へとガランスの頭に浮かんできた。その中でも、〈また後で考えよう〉ではどうにもできないことがあった。いったい今夜はどこで寝たらいいのか？という問題だ。パーティーは明日の昼まで続くわけじゃない！だがそれより前に家に帰るわけにはいかない。スアドの家に泊まっていることになっているのだから……。かといって夜中の二時にスアドの家に行くわけにもいかない。無断で家を抜けだしたのは今回が初めてで、計画の具体的な手順は何も考えていなかった。その結果、こうして外で途方に暮れることになったわけだ。ガランスは突然心細くなった。こんな遅い時間には、毎日通っている通学路でさえ危ない道に思えた。帰宅を急ぐ人の波は徐々に少なくなり、やがて歩道の向こうに消えていく。帰る家がなくうろついているのはガランスだけになった。それでもまだ街中では人目を引かないが、海岸に向かう道路ではそうはいかない。夜に海岸を徒歩で散歩するような人間は誰もいない。ガランスは突然、持っていたダンス用バッグの重みを感じ、もう一つの問題に気づいた。いったいどこでこの衣装に着替えたらいいのだろう？　その時、携帯電話が振動した。母からのメッセージだ。《無事に着いたの？》ガランスは《着いた🙏》と返信した。〈ママは、これであたしの居場所がわからなくなる……〉今夜、自分の居場所を知っている大人は誰もいない。いったんモードの家に入れば送信も受信もできなくなり、画面上からいなくなる。自分は消えてしまうのだ。学校を通り過ぎて直線道路になると、車はスピードを上げて走る。ヘッドライトが急激に大きくなって近づいてくるのが、怖かった……。〈ママったら、あたしが本当は何をしようとしているのか、全然気がつかないんだから……〉つい最近までガランスは、母親は何でもお見通しなのだと信じていた。母がちゃんとその役割を果たしてくれていたら、自分は家を出ることなどなかったのに。母がちゃんと自分を守って、悪いことをしないよう見張ってくれていたなら……。まったく！　これまでずっと母親の権威を恐れてきたのに、その結果がこれだなんて！　今まさに悪いことをしようとしているのに、自分を止める人は誰もいないのだ。街が上下さかさまに見えた。まるで、真っ黒な空が歩道に流れだしているようだ。ガランスは自分が空中を歩いているような気がした。

#ゲティング・イントゥ・トラブル　#パンプキン・スクリーム

以前は海沿いにいくつもあった石造りの建物は、海を望むガラス張りの窓と広いベランダを持つ現代的な高級マンションに姿を変えていた。〈墓地まであとどのくらいかかるんだろう？〉とガランスは思った。墓地の向こうには、海岸道路が丘を取り囲むように延び、ホテルや、一年のうち十カ月は人が住んでいない豪華な別荘が建ち並んでいる。イラレーヌはサントロペほど有名ではないものの、海と山に囲まれた地形が控えめな富裕層に愛されていた。夏には多くの観光客が訪れる美しい町だ。だが冬になると港は静まりかえり、繁華街も活気がなくなる。いっぽうで周辺地域の動きは活発になる。工業団地に人口が集中し、道路網を通じて近隣の市町村は融合し一体化する。そうなるともう、イラレーヌを始めどの町も《個性的》でも《魅力的》でもなくなり、特徴がなく代わり映えのしない町になる。冬のイラレーヌは、寒々として陰気だった。他の町と同様に雨が降り、他の町と同様につまらない。そして他のどの町よりも寂れていた。夏の名残をとどめているのは、空き家になっている別荘群だけだった。モード・アルトーが住んでいるのは、その別荘群が建ち並ぶ丘の上だった。丘に近づくにつれてガランスは、自分の目的地を思い浮かべることができなくなっていった。まるで、どこにあるのかわからない家に向かっているような気がした。その家は大きさを変え、形を変え、場所を変え、幾何学的であるが生き物のようでもある。地上にも地下にも広がり、砕け散ったかと思うと次の瞬間には膨らみ、高速で全方向に広がっていくのだ。まさに想像を絶したその場所の対極にあるのは、親友スアドの部屋だ。慣れ親しんだその場所なら、暖かくて安心で、なんのやましいこともなく過ごすことができただろう。なぜ自分は今夜のパーティーを諦めて、スアドの部屋へ泊まりに行かなかったのだろうか？　行けば、きっと二人で去年と同じように、ホラー映画をストリーミングで見たことだろう。そう、たしかにあれは去年のハロウィーンの時だった……。

2015年10月

#トゥルース・オア・デア～真実か挑戦か　#人生は危険な賭け　#後悔しない

ガランスがこのハッシュタグのどれかに匹敵するような生き方をする機会を待ち望んでいたのは、

もう昔のことだ。やがてガランスは、自分が小さい頃にはなかった児童公園にさしかかった。市長が市内にいくつか建設させた公園の一つで、他と同様、地面には衝撃吸収マットが敷かれ、ロープ遊具、滑り落ちない滑り台、動物のスプリング遊具が設置されている。中央には、背の高い杭の上に造られたとんがり屋根の木製の小屋があり、靄《もや》のかかった暗い夜空に向かって突き出ていた。公園には照明がなく、道路沿いに設置されている街灯の明かりもここまでは届かない。プレハブのこの小屋は、子どもたちが群がって登ったりぶら下がって揺らしたりする昼間でもかなり怪しい雰囲気を醸しだしていそうだが、夜の光景は本当に幽霊でも出そうに見えた。ガランスははしごを登りながら、酔っぱらいが寝ていたりレイプ犯が出るんじゃないか、と思った。お話の中では、言うことをきかない女の子には悪いことが起こるものなのだ。

小屋の入り口は小さくて、中に入るには膝を曲げ、身体をかがめなければならなかった。中は空っぽで誰もいなかった。狭くて立ちあがることはできないが、しゃがんで着替えることはできそうだ。ガランスはスマートフォンのライトを付けた。そしてダンスバッグの中から衣装を取りだし、スマートフォンを床に置いてから服を脱いだ。ワンピースがシニョンに引っかかり、髪が一房、解《ほど》け落ちた。それから身をよじらせて、なんとかレオタードとチュチュを身に着けた。まだ先の道のりは長い。今はこのままスニーカーを履いていき、会場に着いてからトウシューズに履き替えることにしよう。小屋を出てはしごを降りると、肌が露出している背中から冷気がしみこんできた。

ガランスはブランコに腰かけ、次に自分の足の力で回す回転遊具に座った。辺りには人っ子一人いない。小さな子ども用の公園で黒鳥の仮装をした大きな娘が遊具に乗っていても、それを見ている者は誰もいなかった。ガランスは足先で地面を蹴った。遊具がすばやく一回転し、ゆっくりともう一回転した。三周目で自然に止まりそうになった遊具を、ガランスは自分で止めた。もう一度初めからやり直しだ……。その時、静寂を引き裂く音がして、スクーターが改造マフラーの大音響とともに走り過ぎていった。続いてキィーーーというタイヤの摩擦音と車両の停車する音が聞こえた。バスだ。バスは公園の前で停まり、乗客が一人だけ降りた。走っていって乗ろうにも、ここからでは停留所が遠すぎて間に合わない。夜の闇が一瞬明るくなり、時間が長く感じられた。バスが動きだした。バスの大きな窓がスマホ画面のように明るい光を放ちながら遠ざかっていくのを、ガランスは見送った。

モードの家に着くと、毎日校庭で見慣れた生徒たちの姿があった。だが、こんなに生き生きとした様子を見るのは初めてだという気がした。パーティーの参加者は大広間に集まっていたが、ガランスは人混みから少し離れて、広間に通じる廊下で立ち止まった。参加者は皆くつろいだ様子で、無駄に距離を置くことなく、離れるも近づくも心のまま、学校にいる時よりも気取りがないように見えた。一つのグループから別のグループへと渡り歩き、互いに軽く身体に触れ合い、床に座りこんでいる者をまたいで歩き、ボトルを次々に渡し、たまたまそこにいた人の膝の上に座り、一つのソファーに群がって腰かけている。ダース・ベイダーに扮した若者がギターを弾くのを、鈴なりになった少女たちが肘掛けから身を乗りだして見物していた。人の肩に自分の頭をもたせかけている者がいれば、誰かの太ももに自分の足を乗せている者もいる。頭に斧を突き立てた若者が大広間とインターフォンの間を行ったり来たりしてドアを開け、新たに到着した参加者は、すでにほろ酔いの仲間に合流する。体格も外見も異なる二人の《エイミー・ワインハウス》が熱心に話しこんでいるのが目に入った。ガランスは、モードのツイッターを見て仮装のアイデアを探していたのが自分だけではないことを知り安心した。女装をしている男子も大勢いた。大柄な青年が薄紫色のワンピースを着て、異常に長い金髪の三つ編みの先端をいじくっていた。自分で自分の髪を踏んでしまわないように、三つ編みを長い首飾りのようにして自分のたくましい首の周りに巻きつけている。超ビッグサイズの《ラプンツェル》と一緒に自撮りをしようと、皆が周囲に集まっていた。何人かのDJ担当者が、床に置いたマックブック・プロを前に、次のプレイリストの選曲について議論していた。ガランスは、他の参加者たちの強烈なメイクの色と、最小限の省エネ電球で光らせた仮面の出っ張り以外はもう目に入らなくなっていた。

モード・アルトーが自分を出迎えてくれるのではないか——。ガランスはおめでたくもそう期待していたが、モードは仮装舞踏会で使うような黒の半仮面を額に上げて、広間の同じ場所に突っ立ったままだった。人混みの中から誰でもいいから早く〈コリフェ〉の生徒を見つけないと、自分が一人でやってきたことが皆にばれてしまう。ガランスはそう思ったが、すぐにそう簡単ではないことがわかった。人は一人でいる人間を避ける。まるで伝染病を持っているかのように一人でいる人間に距離を置き、それをなんとも思わない。一人でいる人間は悪癖の持ち主だと疑ってかかり、排除を正当化する。誰とも一緒にいないということは、偶然の出来事とはみなされない。生まれもった消え去ることのない欠陥を白状しているのと同じであり、そのせいで一生孤独な人生を余儀なくされるのだ。ガランス自身も、どこにいても独りぼっちだと思われないように気をつけてきた。毎朝学校へ行く時でさえ、必ずスアドと一緒に登校してきたのだ……。会場には自分と同じように、平静を装っている独りぼっちの参加者が何人もいることにガランスは気づいていた。うつむいて、スマートフォンの画面の青い光をかなり前からずっと見続けている面々だ。ミニオンの仮装をした女子は、自分の頭越しに交わされる会話に何度も入っていこうとしては失敗していた。薄暗い隅のほうには、キャップを前後逆にかぶった男子が、完全武装の不穏な雰囲気で立っていた。カービン銃を肩から斜めに背負い、腹部に巻いたハーネスにライフルを付け、黒手袋をはめた両方の手にはそれぞれ半自動小銃を持っている。他の人からは避けられているのが見て取れた。いっぽうで、見るからにリラックスしているグループがあった。彼らは腕をだらりと伸ばしてビール瓶の首を持ち、大声で話し、マックブック・プロの周囲に集まっているＤＪ役の仲間の選曲を批評し、場所を取るために自分たちの輪を広げ、女子の首や男子の腰に手を回し、すべての動作がスナップチャットの動画としてふさわしいかどうか判断しているのだ。

ガランスは、モードが広間のどこにいるかを目の端で確認した。彼女がいったい何に仮装しているのかはよくわからなかった。黒髪を額の真ん中できっちり左右に分け、二本の長い三つ編みをそれぞれ顔の両側に垂れ下げている。仮装の衣装ではなさそうな首のコルセットの下には、簡素な黒のワンピースのシャツカラーが突き出ていた。ワンピースの丈は膝上で、ウールの白いタイツと黒いエナメルの靴を履いた姿は、まるでゴシック趣味の女の子のようだ。ガランスは、広間に入ってモードに会う勇気が出なかった。実際のところ、自分を招待したことを忘れていても不思議はない、という気がしたからだ。モードが皆の前で、いったいここで何をしているの？　と自分に訊くのではないか――そう思うと、ガランスは突然怖くなってパニックに襲われた。そしてここから逃げだす自分の姿が、ビデオを巻き戻すように頭に浮かんだ。ドアのところまでそっと後ずさりし、庭を一歩、また一歩後ろへと戻りながら横切っていく自分。ここまで来た時と同じ道――グーグルマップによれば五キロメートル以上ある道を、戻っていく姿。だが、ガランスは動かなかった。自分は明確な目的があってここに来たのだ。だから、この人混みの中からその目的の人物を見つけだすまでは、ここを立ち去ったりはしない。彼は、この中のどこかにいるはずだ。すでに何度か、ヴァンサン・ダゴルヌを見つけたと思った瞬間があった。《バットマン》の仮面をかぶった青年、《ジョーカー》のメイクをした人物……。だがそのたびに〈彼じゃなかった……〉と、ガランスは失望に胸をえぐられた。

〈あっ、いた！〉バレエ教室で一緒のジャナとガエルの姿が広間の中に見えた。二人でコーディネートしたのか、ジャナは悪魔、ガエルは天使に扮装している。二人のところに行きさえすればいい。行かなくては。パーティーの間じゅうこうして入り口に立っているわけにはいかないのだから……。でも、二人が自分に気がついてこちらに来てくれたなら……。ガランスは仮面を額に上げて、テレパシーで二人の視線を引きつけようと全身全霊で念じた。だが彼女たちはあまりテレパシーの感度が良くないらしい。そのうちに、ずっと広間の中の二人を凝視していたせいで人目を引いてしまったらしく、《ジョーカー》が《ピカチュウ》に向かって頭でガランスのほうを指し示した。ガランスはすぐに視線をそらし、仮面を目の上に戻してゴムの位置を直した。そして身をかがめると足首のトウシューズのリボンを結び直した。だがしだいに何人もの視線が自分に向けられるのを感じた……。もう見つかってしまったのだから、どうしようもない。ガランスは立ちあがって大広間の中に足を踏み入れた。


「ねえ、まだ氷はある？」映画『トワイライト』の《ベラ・スワン》に扮した女子が目を見開いて訊いてきた。

ガランスは肩をすぼめてみせたが、相手は立ったまま返事を待っている。

「わからない」ガランスははっきりと聞こえるように答えた。

相手はあいかわらずこちらを注意深く見ている。そして訊いてきた。

「あんた誰？」

「……」

「それ、ダンサーなの？」

「ええっと、そう、あの……」ガランスは口ごもったが、仮装の話だとわかってほっとした。

「『白鳥の湖』のオディールなんだけど……」

「それって映画？」

「えっと、もとはバレエなんだけど、映画もあるの。あの、『ブラック・スワン』っていうんだけど」

「バッグを置いといたほうがいいんじゃない？　ねえ、マチアス！　氷見つかった？」

ガランスは《ベラ・スワン》の忠告に従うつもりはなかった。この場を立ち去る時に荷物を持っていかなければならない。ヴァンサンの姿はまだ見つからないが、これから来るのかもしれない。まだ時間は早いのだから……。〈コリフェ〉の生徒たちなら何か知っているかもしれないと思い、ガランスは彼女たちに合流することにした。コップを手にした一団が行く手を阻《はば》んでいたが、なんとかその間を抜け、参加者たちの様子を観察しながらビュッフェテーブルの周囲をぐるりと回る。ビュッフェには『トワイライト』の登場人物たちが殺到していた。その時、モードが人混みの間隙を縫って吸血鬼と狼男の間に割りこみ、酒類が置かれたテーブルの前に立った。

「さあ、皆の者、しっかり聞くがよい！」突然グレッグ・アントナが、音頭を取るように声を張りあげた。「モードが何か宣言するってさ！」

モードは振り向くと、乾杯でもするようにコップを掲げて言った。

「今度あたしに、その仮装は何かって訊いた人には、このグラスの中身を飲んでもらうわよ。ウィスキーとビールとマスタードのミックスドリンクをね」

「その仮装はなんなんだい？」ボール紙の爪を付けた《ウルヴァリン》ががなり立てる。

「荷物、どこかに置く？」

突然、ガランスは背後から声をかけられた。振り向くとそこには、モードの親友であるサロメ・グランジュが立っていた。『ゲーム・オブ・スローンズ』の《デナーリス・ターガリエン》に扮している。もっとも、仮装の必要がないほどそのままでもデナーリスにそっくりで、その姿はとても美しかった。本物のデナーリスがドラゴンに乗って今このパーティー会場に降り立ったとしても、これほどすばらしくはないに違いない。ガランスは驚きのあまり声が出なかったので、顔をこっくりさせてうなずいた。

「寝室に置けるから。ついてらっしゃい」

ガランスは、大広間を出て廊下を歩いていくサロメの後を追った。サロメの青いドレスの裾が床と擦れ合い、透きとおるようなブロンドの髪が背中で揺れている。その髪の色は生まれつきで、ハロウィーン用に染めたわけではない。廊下の両側にはたくさんのドアが並んでいた。たとえ大家族で住んでいたとしても充分すぎる数の部屋だ、とガランスは思ったが、閉じたドアはなおも延々と続いていた。このたくさんのドアの、どれか一つの向こう側にモードの部屋がある。――そう思うと、ガランスは早く実際にモードの部屋を見たくてたまらなくなった。サロメが銀の指輪をはめた手で一つのドアを押し開けた。だがガランスの期待とは裏腹に、そこはだだっ広くて何の面白みもない客用の寝室だった。ガランスが中に入るとサロメはドアを閉めた。開いた窓のそばで、火の点いたタバコの先端が二つ、暗闇の中に赤く輝いて見える。タバコを手に向かい合っていた女子が二人、誰が入ってきたのか確かめるようにこちらを振り向き、また向きを変えてタバコの煙を窓の外に吐きだした。窓から入る月明かりと、庭のプールの水中に設置されたＬＥＤ照明が、部屋の中をぼんやりと照らしだしていた。棚の上の細長いスピーカーからは小さな音量で音楽が流れている。ベッドの上にはコートが積み重なって不安定な山を作り、その陰では三人目の女子がしゃがみこんで床の上で何か探し物をしていた。

「荷物はそこに置いて」

サロメがハスキーな声で言った。魅力的な声だったが、その声も、ふっくらとして艶《つや》っぽい唇も、唇の上に貼りついているような大きなほくろも、信頼できる気がしなかった。その時ドアが開いて、廊下から眩しい照明の光が一気に部屋に流れこみ、顔に髭の剃り残しのある青年が手に酒のボトルを持って入ってきた。ガランスはそれがイヴァン・ボレルだとすぐにわかった。ヴァンサンの親友だ。もう高校生ではないが、ボロボロのスクーターに乗っていたあの頃と変わっていなかった。ビッグサイズのTシャツの上にシャツを重ね着して前を開け、型崩れした青い格子柄のジャケットを羽織っている。汚いぶかぶかのジーンズをはいて、背中にはエレキギターを背負っていたが、ガランスは、イヴァンがいったい何に仮装しているのか見当がつかなかった。イヴァンは、サロメしか目に入っていないかのように言った。

「モードが探してるぞ」

「すぐ行く。それ何？」

「ジンだよ」

「飲んだら回してよ」

イヴァンはボトルの栓を開けてラッパ飲みすると、サロメに渡した。サロメも同じように飲んでからボトルをガランスに回してきた。ガランスはしかたなく一口飲んだ。この儀式によってイヴァンに紹介されたことになったらしかった。ジンは味がしなかったが、強烈な刺激を感じた。液体は喉の奥に流れこみ、食道を焼き尽くしながら身体の奥に落ちていったが、ガランスは平気なふりをしようと試みた。イヴァンが両手を伸ばしてガランスからボトルを受け取った。窓辺でタバコを吸っている二人の周りでは、煙がまるで幽霊のようにしだいに細く散り散りになってあたりを漂っていた。二人は腕をワイパーのように振って煙をはらいながらおしゃべりを続けている。サロメとイヴァンが部屋を出たので、ガランスもその後ろをついていった。廊下に出てみると、他の人の態度が変化していることに気がついた。すれ違う人々がガランスのほうを振り返り、こちらをじっと見ているのだ。それが自分の仮装のせいなのか、一緒に歩いている二人のせいなのかはわからない。

やがて皆が周りに集まってきた。

「この衣装すごくいいね！」黒い蜘蛛に扮した女子が、ガランスの羽根を撫でながら声をかけた。

「これブラック・スワンでしょ？」

「えっと、これは……うん、そうなの」

「あれーっ、ガランス！　ここに来てたの？」ジャナが度が過ぎるほどの興奮した声で叫びながら飛びついてきた。

ガランスは、このパーティーのことを母親の前では絶対に話さないように、後でジャナには忘れずに頼んでおかなくては、と考えた。

「あなたたち、知り合いなの？」サロメが尋ねた。

「一緒にバレエを習ってるんだ」ジャナが自分の頭に付けた二つの赤い小さな角をガランスの肩に乗せながら答える。

「〈コリフェ〉で、ガランスのお母さんにね」いつのまにかそばに来ていたガエルが補足した。

2015年10月

「へえ、〈コリフェ〉の先生って、あんたのお母さんなんだ！　だからバレエダンサーの衣装なんだね」《黒蜘蛛》が言った。

ガランスはほんの数分前まで、今夜は誰とも話すチャンスはないかもしれない、と思っていた。それが今や、自分は人だかりの中心にいた。誰もが大広間からこの廊下に来て、ここで話に加わりたがっているように見えた。話はどんどん続いていく。

「ラファエルの持ってる銃、全部本物に見えるよね」

「やめてよ、あれ、まじで怖いよ」

指で差されたその方向には、銃器で身を固め、一人壁沿いにゆっくり移動する男子の姿があった。

「あれ、何の仮装？」

「本人に訊いてみたんだけど、さっぱりわかんなかった。何かの殺人者だって」

「コロンバインのでしょ」

「それ何？」

「アメリカのコロンバイン高校。有名な銃乱射事件があったんだよ。二十年くらい前だと思うけど。ある日の午前中、友だちのいないはみ出し者の生徒二人が学校にやってきて、銃をぶっぱなして大勢の人を殺したんだって」

「それはまた穏やかじゃないね！　なんでまたそんな仮装をするわけ？」

「そんなの、あたしだって聞きたいよ」

「一九九八年生まれの、ラファエルと同学年の女子としては、みんなそれ聞きたいよね」

グレッグ・アントナが人混みをかき分けて輪の中に入ってきた。

「ガランス、こっちはグレッグ。グレッグ、こっちがガランス」

2015年10月

グレッグの片方の目の上には、淡い青色に染めたメッシュが覆いかぶさっている。肌には遠目には見えない小さなニキビがいくつもあり、わずかに濃い髭の剃り残しが見える。喉ぼとけが尖って突き出ていた。紹介されてグレッグの頬に挨拶のキスをした後、ガランスはいつものように形式的な音をたてたことを後悔した。グレッグは音をたてずにキスしたからだ。ちょうどその時、取り巻きに囲まれてモードがこちらにやってきた。手には、ストローが少なくとも百本は入った箱を持っている。すぐにジャナとガエルがモードをつかまえ、交通事故の件について質問を浴びせ始めた。モードは背が低く小柄だったが、集団の中で自然に目を引き、人を引き寄せる存在感とオーラがあった。ガランスはいまだに、モードが何に仮装しているのかわからなかった。モードだけではない。実のところ他の参加者についても、その半分以上の仮装は、いったい何に扮しているのか、皆目見当がつかなかった。だから仮装のことで質問されるのが怖かったし、他にも、好きな音楽を訊かれたらどうしようかとびくびくしていた。記憶をたどってモードのお気に入りのグループを思いだそうとしたが、あまりに興奮していて何も思いだせなかった。モード・アルトー、サロメ・グランジュ、イヴァン・ボレル、グレッグ・アントナ……そしてヴァンサン・ダゴルヌ……。この小さなグループのメンバーは皆、学校の噂話の中で真っ先に登場する面々だった。いつでも、どこでも、話題は彼らのことになった。校庭でも、〈コリフェ〉の更衣室でも、SNS上でも……。イヴァン・ボレルについては、以前はそれほど人目を引いていたわけではなかったが、今年の夏以降、モードが#マイ・マン《myman》のハッシュタグを使うようになってから注目度がぐっと高まった。誰もが、モードとイヴァンが付き合っていることを知っていたし、イヴァンが大学入学資格試験《バカロレア》に失敗して学業をやめたことも知っていた。いっぽう、イヴァンの親友であるヴァンサン・ダゴルヌは良い成績で大学入学資格試験《バカロレア》をパスし、グルノーブル大学の法学部に入学した。ヴァンサンが町を出て以降、イヴァンとヴァンサンはまったく連絡を取っていないらしく、その理由は、どうやらモードのことで二人の間にいさかいがあったらしい……。そういうことも皆が知っていた。モードとヴァンサンは幼い頃から仲が良く、二人が初めて男女の関係になったのは十歳か、十一歳か、十二歳の時——年齢については噂によっていくつかバージョンがあるのだが——だったという。ガランスもこれまで、真偽のほどなど考えることなく、彼らに関するあらゆる噂話に夢中だった。この町で有名人として生き残る必要不可欠の条件は、噂になる、ということだ。人々の好奇心を満たすストーリーを提供する。その見返りとして、その他大勢とは異なる抜きんでた存在になり、誰も無視することのできない名士になる。有名人の役割とはつまり、尽きることのない話題を地域に提供し続けることなのだ。

「ストローが欲しい人はいない？」

「モードはこのストローに取りつかれているからな」

「だって、すごくきれいじゃない？」そう言いながら、モードはガランスの頬にキスした。まるでずっと前から知り合いだったように。

「町中のスーパーを全部探し回ったんだぜ」グレッグが説明する。「プラスチック製の蛍光色のストローじゃ嫌だって言うんだ。紙製で、赤と白の渦巻き模様じゃないと絶対にだめなんだってさ」

小さな話の輪は、数分の間にどんどん大きくなり、同時に複数の話題が飛びかい始めた。

「見てみれば？　ストーリーに載ってるから」

「やだ、あの子は虚言癖があるんだよ、その話しようか？」

「飲んでみる？」

「これは何ですか？」

2015年10月

「試してごらん」

「だめ、だめ、飲んじゃだめだよ。絶対だめだから！」

「これは何？」

「イヴァン特製カクテルさ」

「もう、イヴァンは自分では飲まないんだよ。だから心配なの」

「これ、いい音がするだろう？」

「はい……」

「ストローで飲むと早く酔えるんだぜ」

「それ本当？　ところできみ、一年生？　それ本当にだめだから！」

「年下の子をからかうのはやめなさい。もういいでしょ……」

「そういえばサーシャは、マスタード入りのミックスドリンクを飲んだの？」

「その映画を見つけるのは無理！　古すぎるよ。たぶん白黒じゃないかな」

「グレッグ、ところで今何飲んでるの？」

「まだ賭けは続いてるのかい？」

「オレンジジュースだよ」

「賭けって？」

「あたしたち、グレッグがアルコール無しで一週間過ごすのは無理だってほうに賭けたの」

「もしグレッグが勝ったら、何をあげるの？」

「あたしたちの尊敬をさしあげますよ」

「ふうん。ところで、イヴァンは何に仮装しているんだい？」

「自分自身のベータ版なんじゃない」

「カート・コバーンだろう！」

「それ誰？」

「カート・コバーンを知らないのか？」

「ビールを飲めばいいさ。ビールはアルコールに入らないからな……」

「〈二十七クラブ〉っていう名前を聞いたことがないの？」

「……ビールだったら、飲んでも飲んでも、全然酔っぱらわないだろ」

「なんか変な匂いがしない？　あたしから？」

「匂いがするならキャンドルじゃないの？」

「そうそう。香り付きキャンドルだからね」

「ニンニクの香り付き？」

「ストローいらない？」

「ストローがどうしたって？　訳がわからないな」

その時、ガランスは突然その場の空気が薄くなったような気がした。入り口に背を向けていたので人が入ってくるのは見えなかったが、皆がいっせいにそちらの方向に顔を向けたのがわかった。皆は口々に大声をあげ始めた。

「ヴァンス！」

「ヴァンスが来たぞ！」

「メッセージ送っても返事がなかったじゃないか！」

「ダゴルヌ！　こっちへ来いよ！」

「いったい、いつ戻ってきたの？」

「仮装もしないで、そんな、ふつうにして……」

「ハロウィーンできないくらい歳取っちゃったの？」

ガランスは、再び彼に会えるのだと思うと信じられない気持ちになった。彼の顔を見るためには身体を九十度回して振り向かなくてはいけないのだが、そうすることができなかった。黒く塗ったトウシューズの靴底が、磁石のように床に貼りつき、身体を動かすことができなかった。だがいずれにしても、自分が思い描いていた再会のシーンは、彼のほうが人混みの中にいる自分を遠くから見つけだし、こちらに近づいてくる、というものなのだ。彼は、〈コリフェ〉の前で、スマートフォンの『ドロー・サムシング』で遊んでいた少女のことを覚えているだろうか？　ガランスはさりげない態度を――背中でだが――取った。振り向いてはいけない。その瞬間をだいなしにしてはいけないのだ。いけな……。遅かった。ガランスは思わず、すばやくそちらに目を走らせてしまった。〈あれが彼？〉すぐそこにいるのが、ほんの数メートル先にいるのが、〈ヴァンサン・ダゴルヌ〉という人物のすべてなのだろうか？　自分にはヴァンサンとの圧倒的な思い出があったが、自分が知っているヴァンサン・ダゴルヌはどこ？　ガランスは成長したが、彼は変わっていなかった。だが髪型が変わっていた。あの髪型が好きだったのに。ガランスはもういちど彼のほうに目を走らせた。そして、こちらに向かって歩いてくるその姿が、少しわざとらし過ぎると感じた。自分がどんなふうに見えるか、その効果は分かっているとでもいうような……。だが、ガランスはただちにその効果に屈服した。幾千もの神経細胞のシナプスが働いて、過去の光輝くヴァンサンのイメージがリセットされ、修復され始めたからだ。ガランスは強いストレスを感じた。近くの人と会話を再開する糸口を見つけようとしたが、自分の身体をどう動かしたらいいかもわからなくなり、動作は大げさになり、動かしてはすぐにそれを後悔した。彼はあたしを見ただろうか？　ガランスは誰かが飲み物を注いでくれたコップを、反対の手に持ちかえた。そして何も持っていないほうの手をばかみたいにぶらぶらさせた。スカートの裾が大きく広がったチュチュのせいで、肘が不格好に折れ曲がってしまう。ガランスはグレッグのほうを振り向いた。だがちょうどその瞬間、グレッグはサロメのほうに向きを変えた。グレッグの後ろ姿と会話を始めた間の悪い姿を彼が見ていないといいけれど、と思いながら、ガランスは自分が見られているような気がした。身体が硬直して、まるで扱いづらい邪魔なもののように感じる。永遠とも思える時間がたった後、すぐ近くで彼の声がした。思い出の中の声と同じだ……。〈おれのこと二年待てる？〉あの時の声が頭の中でよみがえった。

だが、ヴァンサンが話しかけたのはモードだった。

「ウェンズデー・アダムスは首のコルセットしてたっけ？」

「そう、そのとおり！　よくわかったわね！　このパーティーには教養のある人がいなくて、誰もこれがなんの仮装だかわからなかったのよ」

「シートベルトとエアバッグだけでは、きみには充分じゃなかったようだな。これからはヘルメットもかぶったほうがいいようだ」

「言っておくけど、この事故で悪いのはあたしじゃないんだから」

「で、大丈夫だったの？」

「頸椎損傷で……」

「車のことだよ。シャトネは無事？」

イヴァンがすごむように話の輪の中に一歩足を踏み入れた。ヴァンサンは口元に笑みを浮かべながらぎこちなく挨拶した。

「シャトネはぺちゃんこになっちゃったの」サロメが割って入って、ヴァンサンの腕の中に飛びこんだ。

ヴァンサンがサロメの首にキスすると、サロメはどのくらい本心なのかはわからないが、「やめてよ！」と突然甲高い声を出した。そう言われてヴァンサンは顔を上げ、そして言った。

「おや、あの有名なガランスじゃないか……」

サロメが抱擁の手をほどいて振り返った。ガランスはサロメの後ろに立っていたので、ヴァンサンと真正面から向き合う形になった。とうとうこの時が来たのだ。そして今ヴァンサンは、〈あの有名な〉と言ったのではなかったか。その瞬間、ガランスの頭の中ですべての神経細胞がいっせいに結合し、ヴァンサンの言葉の意味を分析し始めた。これはお世辞？　皮肉？　それともからかっているだけ？　〈あの有名な〉ってどういう意味だろう？　あたしの噂を聞いたことがあるのだろうか？　ガランスはヴァンサンと視線を合わせようとした。思い描いていたのとは異なり、とても不安な気持ちだった。これまで何度も、うっとりするような甘くて官能的な再会の瞬間を夢見てきたのに、それはどうなってしまったのだろう。ガランスは何と答えたらいいかを考えた。だがヴァンサンはもうこちらを見ていなかった。《ウルヴァリン》と、そのボール紙の爪を壊さないように気をつけながら握手をしている。その後、グレッグのジャケットに目を留めていいじゃないかという表情をすると、褒められたグレッグは後ろを向いて背中の黄色いサソリの刺繍を見せた。徐々に他の女子たちが周りに集まってきて輪が大きくなり、〈あの有名な〉と言われたガランス本人はどうしていいかわからないままに、どんどん会話が進んでいった。ヴァンサンと目を合わせることができないまま、しばらくすると、ヴァンサンとイヴァンは二人で人の輪から抜けだした。周りも自然にそれを後押しした。モードが二人の後をついていこうとしたが、サロメがそれを制止した。

「二人だけにしてあげて」

「踊ろうよ」グレッグもサロメに加勢する。

　モードは首にコルセットをしているからと気乗りしない様子で、サロメとグレッグの説得は功を奏さなかったが、ビヨンセの音楽がかかるとやっとその気になった。『ドランク・イン・ラブ《Drunk in Love》』の曲に合わせて皆が大広間の真ん中で踊りだした。ジャナとガエルがそれぞれガランスの手を引っぱった。踊りの輪の中に連れていかれながらも、ガランスはヴァンサンとイヴァンの行く先に目を凝らした。二人はビュッフェテーブルに沿って歩いていた。イヴァンが飲み物のボトルを手に取る。それから二人は、庭のプールに面したガラス戸の前で立ち止まった。ガランスは二人が視界に入る場所を選んで立った。ここならヴァンサンから見える。自由に身体も動かせる。ガランスは踊り始めた。ダンスなら誰にも負けない。どうやって手足を動かせばいいかはよくわかっている。ドレイクの『ホットライン・ブリング《Hotline Bling》』がかかると、それまでためらっていた面々も踊りの輪に加わった。曲がダフト・パンクの『ゲット・ラッキー《Get Lucky》』に変わると、踊りの輪はさらに勢いを増した。サロメは歌詞を絶叫しながらその場で跳びあがっている。ヴァンサンのほうを見ると、プールの照明に照らされたガラス戸にその横顔が浮かんでいた。ずっとイヴァンのほうを向いたままだ。サロメが腰を押し付けてくる《狼男》を押し返した。ジャナとガエルは背中合わせで踊っている。グレッグがピストンのように両腕を上下に大きく動かし、モードとガランスはピストンの力で回る歯車のように回り、踊った。その時、突然ヴァンサンが振り向いてこちらを見た。ガランスは動きを加速させ、腰をさらに大きく振った。腕を身体の横に垂らし、頭をかしげ、リズムに合わせて尻の筋肉を収縮させる。これならセクシーに見えているはずだ。彼のために、心を込めて踊るのだ。くるりと回るたびにチュチュのスカートが大きく広がった。ガランスはサロメを真似て、胸を反り、足を曲げて踊った。どんどん身体を低くすると、尻が床に着きそうになる。サロメは起きあがったが、ガランスは起きあがらなかった。まだまだ足にパワーがあり、一晩じゅうでもこうしていられそうだった。徐々にガランスの周囲に人だかりができ、感嘆の声が聞こえてきた。口笛を吹いたり、動画を撮ったりする者もいた。ガランスは立ちあがった。そして、ヴァンサンがまだ自分を見ているか確かめるためにガラス戸のほうを見た。だが、そこにはもう誰の姿もなかった。

ガランスは人垣をかき分けながら、あらゆる方向に目を走らせてヴァンサンを探した。辺りはじっと立っている人より踊っている人のほうが多くなり、探そうにも死角が多すぎた。周りにはさらに人が集まり、ガランスは汗びしょになって踊る人の輪の中心に押しこめられ、外がまったく見えなくなった。モードが首のコルセットを気にして踊るのをやめたため、モードと一緒に踊っていたサロメとグレッグが、今度はガランスを自分たちの振り付けに巻きこんで踊り始めた。そのせいでガランスはその場を抜けられなくなってしまった。どうやらサロメもガランス同様、何かを気にしているようで、頻繁に周囲に視線を走らせている。周りではいくつものフラッシュが光っていた。ガランスは自分に向けられるスマートフォンには目を向けず、撮影されていることに気づかないふりをした。撮られた動画はすぐにスナップチャットに投稿されるはずだ。ガランスは微笑み続けた。グレッグに微笑み、サロメに微笑み、この場に招待されず、スマホの画面越しにパーティーを見ている者たちに向けて微笑んだ。ストーリーの動画を見た人たちは、きっとガランスが人生で最高の夜を過ごしていると思うに違いない。だが実際には、思い描いていたことはまだ実現していない。ヴァンサンに、自分が踊っている姿を見てもらうはずだったのに、彼はどこかへ行ってしまったのだ。ヴァンサンの姿が見えなくなってから、かかった音楽を数えてみたらもうこれで六曲目だ。ネクフが歌う。《彼女は意気消沈して、天井に両手を伸ばす》。フロアで踊っている全員が口をそろえてラップの歌詞を合唱した。ガランスは曲が鳴っている間じゅうその場に居続けたが、もう限界だった。次の曲になった。ワン・ダイレクションの『ユー・アンド・アイ』《You and I》のイントロが流れると女子たちの歓声が沸きあがったが、ガランスはもう楽しんでいるふりをする元気がなかった。

頭がオオカミで身体はTシャツ姿の男子がダンスフロアを離れたのに乗じて、ガランスもその後をついていった。だがいったいどこへヴァンサンを探しにいったらいいのかわからず、とりあえず《オオカミ頭》の後ろをついて台所に入った。中ではテーブルの周りに人が集まり、マリファナタバコを回し飲みしたりポテトチップスを食べたりしていた。調理台の上には《ハーマイオニー・グレンジャー》に扮した女子が座り、太ももの間に男子をはさんでいる。《メドゥーサ》は食器戸棚をすべて開けて中身を調べてまわり、《ゾンビ》が恍惚とした表情で電子レンジの中で回るピザに見入っていた。中身が周りにあふれ出しているごみ箱の上には冷凍プチフール（一口サイズのケーキやクッキー）の破れた紙箱が鎮座し、灰皿は吸い殻であふれていた。《オオカミ頭》がマリファナタバコを待つ順番に割りこんだ。ボトルの栓を抜いていた男子が、仲間に入ってもいいよというようにガランスに向かって両手を広げた。だが、そこにヴァンサンはいなかった。

ガランスは台所を出て再び大広間に戻った。そして、ダンスフロアから合図を送ってくるグレッグに気がつかないふりをしながら、広間を通り抜けて廊下に出た。トイレの前には順番待ちの行列ができていて、さっき会った《黒蜘蛛》も並んでいた。背中に付いていたボール紙の足が一本ちぎれている。その前にいるのはカラスの仮面を後ろ向きにかぶった男子で、尖ったくちばしが猫背になった背中の肩甲骨の間に垂れ下がっていた。唇を黒く塗り髪に蜘蛛の巣を付けただけの簡単な仮装の女子が二人、同時にトイレの中から出てきた。ガランスは、ヴァンサンがトイレの中にいないことを確認するためしばらく外で待った。それから廊下のドアというドアをすべて開けながら先へ進み、バスルームにたどり着いた。

　中に入ると、赤い髪をした背の高い女子がこちらに背を向け、棚の上でさかんに両手を動かしていた。白の長いドレスを着ているが、レースでできた袖はビリビリに破れている。その隣、洗面台の前では、灰色のかつらをかぶった男子が指で歯をこすっていた。鏡に映る顔は老人用のメイクで、白くした眉の下に深いしわが刻まれている。その時、バスタブの中から声がした。バスタブに寝転んでいた《ピカチュウ》が、入ったらドアを閉めろとガランスに文句を言った。ガランスがドアを閉めると、今度は《老人》が自分のチューインガムをこちらに差しだした。いや、チューインガムではないようだ。いったい何だろう？　何かはわからないが、ガランスはとりあえず「ありがとう、でもいらない」と答えた。赤毛の女子は棚のほうにかがみこんでいる。《ピカチュウ》が、他の人の分も残しておくように頼むと、赤毛の女子はいきなり顔を上げて振り返った。その顔を見て、ガランスはぞくっとした。白いコンタクトレンズを付けているため、虹彩が隠れて目全体が真っ白で、肌も唇も青白く塗られ、眉毛は銀色。雪を模した薄いベールで覆われた長い髪は、両肩から滴り落ちるように筋を引いているが、折れた小枝がいくつも絡まりついている。これは溺死した死人の姿だ。遠目に見れば、今夜のパーティーで一番美しい仮装に見えることだろう。その時、再びドアが開いて骸骨の仮装をした男子が入ってきた。目の周りには大きな眼窩《がんか》が黒で塗られ、唇の上に描かれた歯根はあごまで続いている。

「いくつ持ってる？」バスタブの中から《ピカチュウ》が訊いた。

「四人分ならあるぞ」《骸骨》が答える。

　ガランスはその場からそっと立ち去った。外に出ると、次のドアを開けて中に入り、明かりをつけた。すると激しい息遣いが聞こえてくるのに気がついた。部屋の奥で、男子の手が、壁に張りついている女子のスカートの中に消えていくのが見えた。女子は、部屋の中に他人が入ってきたことなど構わず、さらに大きな声であえぎ始めた。

「ごめんなさい」ガランスはそう言って明かりを消した。


大広間に戻ってみると、グレッグはまだダンスフロアでダンスの妙味を味わい尽くしていた。ガランスはアルコールの臭いをプンプンさせている人の群れをかき分け、グレッグのそばまで行った。グレッグはガランスが目に入っていないようで、頭をだらんと垂らしたまま、空中に絵を描くように両腕を奇妙に動かし、右足、左足、と重心を移しながら揺れている。まるで足が際限なく勝手に動いて、グレッグを意のままに動かしているかのようだ。足の意志から自由になるのに少し時間を要したが、グレッグは頭を上げてガランスを見ると嬉しそうな顔になった。

「一人なの？」ガランスは尋ねたが、グレッグはちゃんと聞いていない。

「サロメは？　どこに行ったの？」もう一度尋ねる。

だがグレッグは知らない、という表情で頬を膨らませた。

「じゃあモードはどこ？」

グレッグは仲間がどこへ行ってしまったのか、まったくわかっていなかった。

「何か飲みにいく？」

ガランスが提案するとグレッグはうなずき、ヒンズー教の神様のように両腕を四方八方に振って周囲の人混みをかき分け始めた。そうしてガランスがグレッグとともに再び台所に行ってみると、そこは人類の文明の廃墟とでもいったありさまになっていた。

ごみ箱からあふれ出したごみはさっきよりもさらに床を侵食しているし、流し台は空き瓶でいっぱいになっていた。マリファナタバコの匂いが雲のように低く垂れこめている。ぐちゃぐちゃになったピザの切れ端には赤と白の渦巻き模様のストローがいくつも突き刺さっているし、調理台の上には空き箱がバランス積み木ゲーム《ジェンガ》のように積み重なり、その周囲をたくさんのコップがまるで歩哨のように取り囲み、コップの底にはいくつも吸い殻が浮いていた。自分の本当の目以外にメイクで顔に三つの目を描いた五つ目の女子が、残飯の中から食べられるものがないか探している。椅子に座って額をテーブルに乗せている男子は、ひょっとしたら死んでいるのかもしれない。床にこぼれていた液体がガランスのトウシューズにねばねばとくっついた。ガランスは息が詰まりそうになり、五つ目の女子を避けて窓辺に向かい、取っ手を回して窓を開けた。冷たい外気が気持ちよかった。

「シャンパン飲むかい?」グレッグが冷蔵庫に顔を突っこんだまま訊いてきた。

ガランスは「うん」とは答えたものの、すぐに、このぐちゃぐちゃした状況の中で今自分に必要なのはコップ一杯の水だと気がついた。そして水道水を飲みに蛇口に向かおうとしたその時、庭のプール脇に置かれたデッキチェアの上で何かが動いたような気がした。ガランスは窓の外の闇に目を凝らした。庭は静まりかえっている。それでも目を凝らし続けた。背後でシャンパンの栓が勢いよく抜ける音がしてびくっとしたが、ガランスは振り返らなかった。しばらくすると、デッキチェアから何かが空中に投げあげられ、きれいな円を描いて別のデッキチェアに着地するのが見えた。空を跳んだのはどうやらビールの缶で、それを受け止めた人物は、中身が噴きだして自分にかからないよう身体の横で缶を開けている。泡が噴きだした。〈ビールを投げたのは彼だ!〉ガランスは思った。芝生の上にはイヴァンが持っていたエレキギターが置いてある。思ったとおりだ。みんなあそこにいるのだ……。どこかへ行ってしまったわけではなかった……。背後では、グレッグが頭を反らせてシャンパンをラッパ飲みしていた。ガランスは台所を飛びだした。

　夜の外気は凍りつくように冷たかったが、衣装の羽根は身体を充分に覆っていないため、ガランスの肩も背中も裸同然だった。ガランスはプールの近くまで行ったが、デッキチェアの場所までは近寄ることができず、少し離れた木製のステップの上に腰かけた。スマートフォンのバッテリー残量は七パーセントしかない……。切れるのも時間の問題だ。ガランスはスマホに何か打ちこんでいるかのように指を動かした。だが、誰をだましたわけでもない。誰も見ていないのだから。ヴァンサンとイヴァンはほんの十五メートルほどしか離れていない場所にいるのに、ここに自分がいることにまだ気がつかない。気づいてくれるのを待ちながら、ガランスは古いメッセージを読み直した。スアドからのメッセージや、クラスメートとのワッツアップでのグループ通信。これは最初は宿題の情報交換用だったが、しだいにgif《ジフ》ファイルの画像データや、ミームで拡散されたオモシロ画像を交換し合う場になった。そこには、自分に対する男子からの愛の告白もいくつもあった。まったく興味のない男子からのものばかりだったが、ガランスは一つも削除しなかった。自分の価値を示す、目に見える証拠のような気がしていたからだ。外にいちゃだめよ、病気になるわよ——頭の中で母親の忠告が聞こえた。だが、ヴァンサンもイヴァンも、いっこうに自分に気がついてくれない。ガランスはどうしたら注意を引くことができるかを考えた。

「一人で何をしてるの？」

　突然モードの声がして、ガランスは悪事を働いて現行犯で捕まったかのようにうろたえた。ヴァンサンとイヴァンがデッキチェアの上で身体を起こしてこちらを振り向いた。薄明かりの中、立っているのが誰で、ステップの上で背中を丸めているのが誰なのかを確認しようとしている。

「電話しようと思って?」嘘をついた時の癖で自然に語尾が上がってしまう。

モードはさっきまで手にしていたコップに替えてシャンパングラスを持ち、ワンピースの上に厚いセーターを着ていた。その隣にいると、ガランスは自分が裸のような気がした。

「お母さんが心配してるの?」

「ううん、母じゃなくて、えっと、元カレ?」

「ふうん」モードが懐疑的な様子で答える。

ガランスは、自分の嘘に少しでも真実味を与えようと立ちあがった。立ちあがるとチュチュが大きく広がった。遠目にはオルゴールのバレリーナのように見えるかもしれない。

「パーティーはどう? 楽しんでる? みんな親切にしてくれた?」

「ええ、このパーティーはトップクラスね」〈やだ、どうしよう〉〈どうして《トップクラス》なんて言っちゃったの?〉〈これまでの人生で《トップクラス》なんて言葉使ったことないのに。どこから出てきたの?〉〈まじめな話、《トップクラス》なんて言う人いる?〉〈誰も言わないよ!〉〈誰一人《トップクラス》なんて言わないのに……〉

その時、モードのスマートフォンに着信音があった。メッセージに返信するため、モードはグラスをガランスに渡して言った。

「グレッグからよ。あなたのこと気に入ったみたいね……」

「あたしも。グレッグはとっても感じがいいし」〈そうじゃなくって〉〈《感じがいい》って言おうとしたんじゃないのに〉〈いったいどうしちゃったんだろう〉〈口から勝手に言葉が飛びだしてくる。これしかないって感じで〉〈落ち着かなきゃ〉

「ところで、グレッグはアルコールを飲んでいた?」

「ううん、飲んでないと思うけど？」

「それ本当？」モードが目を細めて尋ねる。

「イヴァン、ライター持ってる？」その時遠くからサロメの大声が聞こえた。

デッキチェアの上でライターを握ったこぶしが突きあげられた。サロメがモードとガランスの脇を通り過ぎて青年たちのそばに行き、伸びた手からライターを受け取った。

「あれ、二人ともここにいたんだ！」モードも声をあげて、サロメの後に続く。

ガランスも二人の後をついていった。

「ここで何してるの？」

サロメはタバコに火を点けながら青年二人にそう尋ねたが、答えの如何《いかん》にかかわらず二人に合流するつもりで、返事を待たずに二人の足下の地面に腰を下ろした。指にはいくつも銀の指輪がはまっていたが、その一つは竜の形をしていた。竜は中指の第一関節までを覆いつくし、サロメがその指でタバコを吸うと、竜は今にも唇にまで飛んでいきそうに見えた。

「寒くないの？」サロメがガランスに向かって訊いた。

「おれのパーカー着る？」ヴァンサンが言った。

それを聞くとサロメはいらだったような視線をヴァンサンに向けたが、ガランスは、ヴァンサンがパーカーを脱ぎ始めても結構ですとは言わなかった。やがてグレッグもプールサイドにやってきた。片方の手には半分空になったシャンパンボトルを、もう一方の手にはウォッカのボトルを持ち、ボトルには逆さに重ねたコップの山がかぶせられている。グレッグはそれらを地面に置き、タータンチェックの肩掛けを外した。モードがグレッグに、庭に出る際、人に見られないようにちゃんと気をつけてきたかと訊いた。招待客全員で庭に繰りだすことはして欲しくないらしい。ガランスは、このパーティーに招待された時点ですでに、特別に幸運な人だけが参加を許されるサークルに入ることができたと思っていた。だが、このサークルの中にさらに別の、もっと小さなサークルが存在することに気がついた。それが、このプールサイドに近づくことを許されたメンバーだけが参加できるサークルだ。そしてさらに、この小さなサークルの中に、もっと小さなサークルが存在する。ごく小さなサークルだ。それは、プールサイドに来ることを許された者のうちで、さらにヴァンサンと同じデッキチェアに座ることを許された者だけのサークル——ガランスの座る場所を作るため、ヴァンサンは横にずれてスペースを空けた。サークルの中のサークルの中のサークル。ガランスは、幾重にも円が重なるこの同心円のゲームを続けることはもう物理的に不可能になったとわかった。なぜなら、円の中心のように宇宙に中心があるとしたら、今この瞬間、その中心にいるのは自分だからだ。

アルコールのいいところは、飲んでいる間は今のこの瞬間が永遠に続くような気分になれることだ。ガランスは自分がこの瞬間に生まれ、この瞬間に死に、全人生がこの一点で、この、くるくる回るデッキチェアの上で起こっているような気がした。デッキチェアが回っているのは自分が飲み過ぎたからでもあり、地球が回っているからでもある。ガランスが手に持ったコップは時々ヴァンサンの手の中に消えては、またガランスの手に戻ってくる。ヴァンサンが、コップが空にならないように気をつけているからだ。そのため、ガランスは体勢を変える必要がなくなり、チュチュが広がって他の人の邪魔にならないよう、折りたたんだまま座っていることができた。そしてフードの下で、皆の話に耳を傾けた。モードは、イヴァンが近くに引き寄せた三つ目のデッキチェアに座り、グレッグは少し離れて、プールの縁に仰向けに寝転んでいた。サロメはたき火の前に座るインディアンのように、地面の上にあぐらを組んで座り、グレッグから奪った肩掛けをかぶって丸まっている。ヴァンサンは肩掛けを借りようとしてサロメに断られ、ただ一人Tシャツ姿だった。プールの水面には、庭の木々の枝が静かに影を落としている。自動点灯ライトが付くと影は大きくなり、グレッグが手で水面を撫でると影は形を変えた。ヴァンサンが、いつ首のコルセットが取れるのかとモードに尋ねた。それを聞いてガランスは、他の人はすでに知っているであろう交通事故の話を教えて欲しいと頼んだ。

「……それで、あたしはちゃんとふつうに右側を走行していたの。ところが正面から車が来ちゃったわけ。向こうが対向車線から出てきちゃったのよ。運転していた女の人が何を考えていたのかは知らないけど、ひょっとしたら、〈左側車線を走行する〉っていうのが、彼女の〈三十歳までにやっておきたいことリスト〉の中に入っていたのかもね。あたしは慌てもしなかったわよ。こう思ったの。〈いいわよ。そっちがあたしの車線を走りたいっていうなら、ゆくゆくは……〉で、急ハンドルを切らなきゃいけなくなって……こうなったわけ」

ガランスは笑った。それにつれてコップが揺れ、シャンパンとウォッカのカクテルがコップの中で揺れた。自分は酒に酔うと感動しやすくなるタイプだとガランスは思った。モードは腰をねじり、両足を曲げて横に出した。そしてシャンパングラスの丸い膨らみを爪で軽く叩いた。そのチンチンという音は、まるでモノローグを彩る小さなオーケストラのようだ。エナメルの靴を履いたモードの左足がリズムを刻み、聴衆は彼女の言葉に反応して盛りあげる。ガランスにとっては、楽しいことばかりだった。皆が笑っても、モードは集中を切らすことなく話を続けていく。それが世界でもっとも重要なテーマであるかのように、それでいて自分にはまったく関係のない話であるかのように。首のコルセットでさえ、モードが着けるとただの飾りに見えてしまう。ふつうの人間のように骨が折れている可能性を示す証拠にはまるで見えないのだ。ガランスは〈ゆくゆくは〉というモードの言葉を思いだした。人生で初めて、副詞の持つ面白みに感銘を受けた。〈そっちがあたしの車線を走りたいっていうなら、ゆくゆくは……〉いつか使ってみよう……。そう思いながら、ガランスはダンスフロアで両手を上げている人たちのいる方向に目を向けた。ループ再生される電子音は、水槽のような二重のガラス窓のおかげで建物の中に封印されている。ここまで届くのは振動だけだ。ガランスには、それがとても遠くから、まるで他の惑星から届く振動のように感じられた。プールサイドに来ることを許されなかった者たちは意味もなく踊り続け、自分たちはどうでもいい存在なのだということすらわかっていないのだ。

「いずれにしても、運転免許を取る前に自動車事故を起こして死ぬなんて、まぬけには違いないよな」

「何言ってるの。あたしのことスクーターで殺しそうになったくせに！」

「いつのことだよ？」

「覚えてないの？　幽霊屋敷から戻る時のことだけど？」

「ああ、そっか。だけどあの時は何の危険もなかったじゃないか！　時速三十キロしか出していないんだから！」

「幽霊屋敷って？」当時はまだ仲間に入っていなかったグレッグが質問した。

「みんな薬をやりによくそこへ行ってたんだよ。大丈夫、おれたちは人狼ゲームをしていただけだから……」

「屋敷というよりは、工場みたいなものだけど」モードがガランスに説明する。「ヴァンスとイヴァンはいつもそこに入り浸ってたの。最初はあたしたちを連れていってくれなかったんだから」

この人たちと、もっと早くに知り合えていたらよかったのに。それが叶うのなら、どんなことでもするのに……。ガランスは、皆と一緒に過去の思い出を語りたいのに、自分だけがその思い出から排除されてのけ者になっているような気がした。自分の年表から、他の人が生きてきた年月が削除されてしまったような、だまされた気分だった。だが、今彼らは、その思い出を間接的に自分に教えてくれている。みんなの声が、ガランスの記憶の背景を埋めていった。幽霊屋敷での幻想的な思い出を懐かしむ気持ちは、今や少しだけガランスのものになりつつあった。そのうちに、ガランス自身が自分の思い出であるかのようにそのことを思いだす日がくることだろう……。

「……それであたしは怖くなっちゃって、イヴァンに『あたしの手を離さないでよ!』って言ったの。そうしたらイヴァンが『おれ、きみの手は握ってないよ!』って言うじゃないの」

「彼女、すごい声で叫んだんだぜ」

「でもそのとたんに、みんなもいっせいにわめき始めたのよ。なぜだかわからないけど」

「モードは怖い話を聞かせるのが得意だからな」

「ほんとに怖いんだから、モードの話は。あたしなんかそのせいでトラウマになっちゃったわよ」

「祖父母がイタリアのプーリア州に家を持っていてね、以前は毎年夏になるとそこに行っていたんだけど……」モードが次の話を始めた。

それは、その瞬間に起きた。ヴァンサンがガランスの身体に腕を回したのだ。

「……そこのお隣さんも子どもたちもみんなモードのことが大好きだったのさ。なぜなら実際に村の人たちに起きたいろんな話を聞かせてあげたからね。ただし、モード流に手が加えられていて、夜も眠れないような怖い話になっていたんだけど」

ガランスは頭の重みをヴァンサンの腕にもたせかけて、目を閉じた。さっきからくるくる回っていたデッキチェアの回転スピードがさらに速くなった。地球はその誕生以来初めて、自転の方向を反対向きに変えた。今起こっていることのすべて、そしてこれまで起こったことのすべては――太陽系の誕生も、両生類や哺乳類の出現も、母アナの子宮に受精卵が着床したことも、モードのパーティーに招待されたことも――一つの目的のためにあった。そして今、ついにその究極の目的は達成されたのだ。これは運命だ。ヴァンサン・ダゴルヌとガランス・ソログブは恋に落ちるのだ。

「あの懐中時計の話、あれは怖かったよな」

「それより、掘っ立て小屋の少女の話、あれが一番気味悪かったよ」

「あの二人の姉妹が出てくるやつか？」

「もう、やめてよ、よくそんなに覚えてるわね！」

目に見えない絆で結ばれ、その場の空気はぐっと親密になった。幽霊屋敷の話を思いだしたことで皆の距離が近づいた。ガランスは、どうして自分がこのグループに入ることができたのか、なぜ、ここにいるのが当然のように扱われているのかはわからなかったが、この特権を奪わないで欲しい、と心の中で願った。なぜなら、この世界を知ってしまった以上、自分はもう後戻りはできないからだ。この新しい世界の中で声といえば、それはモードの声だけだ。色といえばサロメのユニコーンのような金髪とグレッグのマンガのようなメッシュの青、匂いといえばイヴァンのマリファナタバコの匂いしかない。そして感触といえば、ヴァンサンのパーカーのカンガルーポケットに両手を入れた時に触れた、何かのかけらの感触がすべてなのだ。〈何のかけらだろう？〉〈わからないけど〉〈でも、ハロウィーンの夜の思い出としてずっととっておこう〉やがて、ホラー話をするためにプールの照明が消された。

昔のこと、海辺の村に一組の夫婦が暮らしていた。夫婦の最初の赤ん坊は女の子だった。もちろん男の子を望んでいたのだが、女の子が生まれるにしても、まさかこんなことになるとは誰も予想していなかった。こんな、美し過ぎる赤ん坊が生まれてしまうとは……。村の女たちは皆いっせいに十字を切った。赤ん坊はまつ毛がとても長く、頬に縦の影が映るほどだった。まだぼんやりとしか見えていない漆黒の瞳、この世のものとは思えないほど白い肌、そして耳の形の美しいこと！　とりわけその顔つきときたら……。母親の腹から出てきたばかりだというのに、すでに神々しい雰囲気を醸しだしているではないか！　女たちは、父親に赤ん坊を見せるのをできる限り遅らせた。その申し分のない小さな口元を見た父親は、恥ずかしさに打ち震えた。そんなわけで、母親の腹が再び膨らんだ時には、近所の女たちは相談して年長の女に伺いをたてた。そして年長者の意見に従い、予防的措置としてギンバイカから作った酒とツグミの卵を母親に与えた。もちろんそれは、次に生まれてくる赤ん坊が、姉のように美しくならないようにするためだ。司祭も村人たちから頼まれ、そのためにたくさんの祈りを捧げた。

だが、夫婦の二番目の娘イゾルダは、こうした村人たちの努力を無にする形で生まれてきた。イゾルダは果実であり、波であり、風だった。身体じゅうに精気がみなぎっていた。その瞳は緑色で、その髪は夕暮れ時の海の泡のように赤くふわふわしていた。頬骨から額にかけてはそばかすがあった。そして何よりも、村の四方数千キロメートルを見渡しても、このように美しい容姿を持つ人間はいなかった。したがって村人たちは、イゾルダは人間ではないとの結論にいたった。

人々は、このミレラ家の姉妹が、村じゅうの美をすべて奪ってしまったと噂した。姉のファウスタは、男たちを魅了する美しさを持った娘だった。妹のイゾルダは男たちを狂おしいほど夢中にさせる美しさを持った娘だった。

ファウスタが十代になると、娘に関心を持つ男たちが大勢あらわれたが、父親は心配でならなかった。こんなにも美しい娘たちをどうやって結婚させたらよいのだろうか？　いったいどこの家が、危険を冒してまでうちの娘たちを家族として迎え入れてくれるというのだろうか？　もし娘のどちらかが、神聖な絆がないままにその美貌ゆえの運命に屈してしまうようなことがあったら？　そんな不名誉なことになったらもう自分はおしまいだ……。こうして父親は、面目を失ってしまうのではないかとつねに恐れて暮らしていた。そして母親のほうは、夫を恐れて暮らしていた。こういう子どもたちを産んだ罪をどう贖《あがな》えばいいのかわからず、自分に対する夫の怒りを耐え忍んでいた。一人で家にいる時、母親は鏡の前に立って自分の身体を観察することがあった。艶がなく色あせた髪の毛が、厳《いか》つい頑丈な肩にかかっている。服の下には、太った胸と、腹と、腰……。こんなにもキリスト教徒らしい身体から、どうしてあのような常軌を逸した子どもたちが生まれたのか、母親にはまったく理解できなかった。しかし、やがて父親にとって、ファウスタが生まれてからの十五年間で初めてほっと一息つける時がやってきた。アントニーノという青年が、ファウスタと結婚させて欲しいと頼んできたのだ。アントニーノは腕のいい漁師で、性格もいい好青年だった。これで一つ目の心配の種は取り除かれた。そして二つ目の心配の種は……。あの子はまだ子どもだから——

――と母親は思った――まだ考える時間はある。

ファウスタが結婚の準備をしていた頃、村に外国人の男がやってきた。夕暮れ時に海からあらわれたと噂されていた。その地区の住人は、男がどうしてここへやってきたのかということにはまったく関心がなかった。男がこの国の言葉を話せなかったからかもしれない。男は招かれざる存在だった。漁師たちは近づいてくる小舟の上にこの男が乗っているのを見た。やせていて髭をはやし、空腹のせいか沖合の太陽のせいか、肌は黄ばんでごわごわしていた。男は小舟の上で立ちあがったまま微動だにしなかった。女たちは、遠くから見ると男の青い目がまるで宙に浮かんでいるようだったと噂した。

イゾルダは、まもなく結婚して家から出ていく姉のことを思い、川の水もこれほどの量はあるまいというほど大量の涙を流しながら、庭で悲しみに暮れていた。そこへ青い目の男が、好奇心いっぱいの子どもたちに遠巻きにされながら通りかかった。青い目の男は門の前で立ち止まった。類まれなる美しい少女の前で。洪水を起こせるほど大泣きしている赤毛の少女の前で。季節は夏だった。男を遠巻きにしていた子どもたちは、再び尾行を開始するまでの間、用心深く離れて待った。この村の男たちでイゾルダを外国人の男はその眼差しで、悲しんでいたイゾルダの心を揺さぶった。この村の男たちでイゾルダをちゃんと見てみようとしたものはまだいなかったのだ。イゾルダは両手の甲で頬をぬぐい、あっという間に涙の川を乾かした。

それからゆうに一年の間、外国人の男は村にとどまった。その十二カ月間、ファウスタは結婚を

2015年10月

延期し続けた。妹の心の中でゆっくりと欲望の芽が大きくなっていくのを感じ、それを阻止しなければいけないと思ったからだ。イゾルダは表面上はおとなしくしていたが、ファウスタにはその心の内がわかった。生まれたその日から妹のことが大好きで、いつも妹の味方だったのだ。ファウスタは、イゾルダが漁港の方向に視線を向けるのを目撃した。男はいつも正午に漁港のほうからやってくる。ファウスタは、まるでイゾルダと一心同体であるかのように、妹の深刻なもくろみが自分の身体の奥底を戦慄させるのを感じた。

度重なる結婚の延期に、婚約者のアントニーノはしびれを切らしていた。アントニーノに、自分のことは何も心配しないで欲しい、これは愛情の問題ではないのだと伝えて、安心させることができたなら……。イゾルダの危険な恋が心配なのだと言うことができたなら……。だが、婚約者同士が結婚前に話をすることは禍《わざわい》をもたらすとされ、許されていなかった。ファウスタが考えた延期の言い訳はうまくいかず、アントニーノと父親が相談のうえ、結婚式はできるだけ早急に執りおこなわれることになった。結婚の祝賀は三日間続いた。村じゅうが、これまで抱いていた疑いの気持ちを封印し、人々の記憶にある限りもっとも美しい花嫁を祝福した。村の教会の礎石も証言できるとするならば、礎石の記憶にある限り、もっとも美しい花嫁だった。誰もが楽しそうにしていた。子どもたちは年寄りをダンスの輪に引っぱりこみ、若者たちは結婚式に影響されたのか、広場の木の陰でこっそりと口づけを交わした。イゾルダは悲しい気持ちをおくびにも出さず、ダンスに興じていた。

それから一ヵ月後の、夏の終わりのある夕方のこと。ファウスタと夫は両親の家の隣に住み始めていたが、それにもかかわらずイゾルダは庭で悶々と思い悩んでいた。ファウスタはアントニーノのために夕食の支度をしていた。イゾルダは夕食を済ませると、父親と母親にそれぞれおやすみなさいと挨拶をして自分の部屋に引っこんだ。ファウスタの家では食事が終わると、アントニーノは片付けが終わるのを待ちきれずファウスタを寝室に引っぱりこんだ。ちょうどその頃、道の反対側では、イゾルダが十三年間姉と一緒に過ごした寝室の小さな窓から、外へ抜けだした。

ベッドの中で、ファウスタの身体が急に震えだした。アントニーノはぎょっとした。迷信深いほうではなかったが、ファウスタが不吉な女だという村人たちの言葉は、もしかして正しかったのかもしれない、と思った。いずれにしても、妻がたった今身を捧げたのは自分ではなく、もし何か自然の要素だとすれば、火や風に対してなのかもしれない。そう思いながら、アントニーノは眠りに落ちた。夫が眠った後も、ファウスタはずっと震えが止まらなかった。月の光しか包んでくれるものがない中でにわか雨に打たれたかのように、毛布にくるまって震え続けた。一晩じゅう目を閉じなかった。まだ日が昇る前に、ファウスタは窓を開けた。禍が家の中に滑りこみ、首の周りに靄《もや》が巻きついてくるような気がした。その時、イゾルダが人目を盗むように漁港のほうからやってくるのが目に入った。そしてその姿は、雨の降る村の中に消えていった。ファウスタはそっと寝室に戻り、アントニーノの隣に横になった。

この辺りでは、女性の評判というのは、山猫のしっぽに鍋をいくつもくっつけておくようなものだ。死者をも叩き起こすような大騒動になる。両親は、村人の冷たい視線や嘲《あざけ》りに耐えなければならず、顔を上げて歩くこともできなくなった。イゾルダは男が村を去っても嘆かず、自分の部屋に閉じこもった。毎日訪ねてくるファウスタにも会いたがらなかった。六カ月後、イゾルダは姉にさよならも言わず、黙っていなくなったという。

そこからずっと離れた、遠くの山中にある村では、住民は海を警戒し《下の人々》の風習を軽蔑していた。その村には、今に伝わる別の話がある。妊娠している子どもが、村の主要な道の真ん中にじっと突っ立っていたという話だ。女の子は破水していた。村人たちはその子を一番近くの家に運びこんだ。出産は明け方から夕方まで続いたが、女の子は叫び声一つあげなかった。女たちの中には、この子を助けるのは罪だとか、動物のように一人で勝手に産ませればいいと言う者もいた。やっと赤ん坊が出てきた時、女たちはいっせいに十字を切った。村の四方数千キロメートルを見渡しても、こんな赤ん坊はいなかった。こんな、美しすぎる女の赤ん坊は……。女たちは口々に言った。たらいの中で赤ん坊に産湯を使わせた時、まるで赤ん坊の目が、あの青い瞳が、湯の中で浮いているようだった、と。こんな美貌は、姦淫の罪を犯した者が罰として与えられた呪いに違いなかった。女たちは出産に手を貸したことを後悔した。そして、女の子がベッドから起きあがることができるようになったら即刻追いだすようにと、男たちに言い渡した。

数カ月もたつと、村を追われた子どもとその赤ん坊のことはすっかり忘れ去られた。ただ、森の中で冒険ごっこを繰り広げる村の子どもたちだけは、廃屋になっている小屋の中に二人が潜んでいるのではないかと疑っていた。ある日、子どもたちの中で特に勇敢な二人の少年が、小屋の入り口まで探検にやってきた。扉は閉まっており、中からは物音一つ聞こえない。窓には白いシーツがかかっていた。掛け金が引っかかっているため扉は開かない。二人は近づいて隙間から中をのぞいてみた。木の板の間から青白い日の光が内部に差しこみ、おぼろげな光が薄暗がりの中、床の上を移動していた。少年の一人が掛け金を外すことに成功し、扉が開いた。太陽の光が一気に小屋の中に流れこむ。中に入ると、臭気が鼻を突いた。それが何の臭いなのかがわかると二人は息を止めたが、臭気は肺の奥深くまでしみこんだ。埃だらけの床の上に、黒く細い帯状の跡が続いていた。その跡をたどっていくと、床の上にばらばらになった母親の遺体があった。首がねじれ、頭は垂れ下がり、右腕と左足が反転して直角になっていた。いったいどうしたらこんな体勢になるのか、まったくわからなかった。まるで、教会の鐘楼ほどの高所から身を投げた自殺者のような遺体だったが、小屋には二階はない。母親の腕の中には、非常に小さな腐敗した遺体が、産着でくるまれたまま抱かれていた。その小さな顔の眼窩《がんか》には穴があいていた。そして二つの目はなくなっていたという。

昔々の話だが、今でも村の老女たちは、家路を急ぎながらこう話す。決められた時間を過ぎても外で遊んでいる子どもたちには、それが見えるかもしれないと。自分たちも、月明かりの届かない暗い道の曲がり角で何度もそれを見たのだと。闇の中を漂う、青い瞳を……。

2016年5月

校長が話を終え、質問はないかと尋ねた。校庭はこれまで見たことがないほどの生徒であふれ、これまで経験したことのない静寂の中にあった。重苦しい雰囲気が立ちこめ、生徒たちは連帯を示すかのように身体を寄せ合った。沈黙は、たっぷり一分間は続くかと思われた。まるで国家の規定でそう決まっているかのように……。学校の塀の外も静まりかえっていた。町全体が沈黙の規定に従っているかのように。偶然の巡り合わせで、その瞬間は一台の車も通らず、人の声も聞こえなかった。五月の月曜日だった。三日前から白い雲が一様に低く垂れこめ、この日も空は白かった。校長がマイクを副校長に渡した。副校長は、今回の件に対応するため、心理カウンセラーによる《相談室》が設置されたことを告げた。そして、場所は進路指導室の隣にあるので、ぜひ予約を入れて相談するように、と促した。

……わたしたちはできる限り迅速に対応すべく努力して……

ラファエル・ランクリは、生徒たちが密集している場所から離れて立っていた。そこは階段下に設置されているスピーカーのすぐ脇で、副校長の甲高い声がキンキンと鳴り響き、話が途切れた時にはザーというノイズがうるさかった。ラファエルの頭の中にはいろいろな思いがあふれたが、思考回路はどんどん狭くなり、やがて一つのことに集約されていった。それと同時に、副鼻腔に強い圧迫を感じた。頭がフリーズするといつもこうなってしまう。自分が彼女に送ったインスタグラムのフォローリクエストはずっと承認待ちのままだ、とラファエルは思った。今こんなことを考えるのはこの場にそぐわないかもしれないが、誰も自分の頭の中を取り締まることはできないのだから構わない。ラファエルは、ガランス・ソログブのインスタグラム上の写真にアクセスできなくなったことに気がつき、すぐにフォローリクエストを送っていた。どうやらガランスは、インスタグラムのアカウントを非公開にし、フェイスブックやスナップチャットのアカウントも削除したようだった。自分だって、彼女の立場であれば同じようにするだろう。だが、実際にいなくなってしまうなんて少々やりすぎだ、とラファエルは思った。

……この事件はわたしたち全員に関係することであり、学校としてはでき得る限りのことを……

校長や副校長の口からは、新しい情報は何ももたらされなかった。この件で最初に情報をもたらしたのは、土曜日の朝の *@souad_amar* によるツイッターでの発信だった。スアドは、捜査に役立ちそうな情報があればどんな些細なことでも構わないので警察に連絡して欲しい、と発信し、リツイート数は記録的に上昇した。《#行方不明のガランス》という陳腐なハッシュタグはあっという間に町じゅうを駆け巡り、数時間後には地域のトレンドトピックになった。騒動は週末のうちに、SNSのタイムラインからテレビ局に伝わり、日曜日の昼のニュースで行方不明事件として報道された。それまで町の人々は、不安に思いながらもSNS情報を半信半疑で受け止めていたが、テレビのニュースで報道されたことにより、それが単なるデマではないことがわかり、ガランス・ソログブはすぐには見つからないのかもしれないと思うようになった。そして月曜日、高校の出席率は過去最高を記録した。瀕死の状態でもない限り、欠席する生徒などいなかった。校内には熱狂が渦巻き、世紀の祭典に招かれでもしたかのように、誰もが重大な何かに参加し、まさにその瞬間に立ち会っているのだという感覚を得ようとした。誰もが、自分とガランス・ソログブとのつながりを一生懸命思いだし、自分の感情を正当化しようとした。ガランスが行方不明になって自分は本当に悲しんでいるのだということを示したくて、皆が必死になった。それは生徒の間に、ライバル関係のような一種の緊張を生みだした。現在ガランスと同じ一年Ｂ組の生徒たち、中学校で同じクラスだった生徒たち、母親のダンス教室に通う女子グループ、《幼なじみ》だと言う少女たち……。この競争に勝つには、事情聴取のために警察署への出頭を要請されたという事実が必要だったが、その要件を満たしているのは、ラファエルと同じクラスの生徒、モード・アルトー、サロメ・グランジュ、グレッグ・アントナの三人だった。ラファエルは、午前の哲学の授業ではたしかに三人とも出席しているのを見たが、校庭では姿を見ていなかった（単に人が多すぎて見逃しているだけかもしれないが）。この三人以外に要件を満たしているのが、例のスアド・アマールだ。土曜の朝までは誰も彼女のことなど知らなかったのに、ＳＮＳ上の情報の発信者だということで、今では学校で、もっとも引く手あまたの人物になった。ラファエルは、校門の前にやってきた一人の女子生徒に多くの一年生が群がるのを見て、それがスアドなのだとわかった。そしてスアドが、金曜日からちゃんと眠っていない、とこぼすのを離れた場所から耳にした。金曜日の夜、ガランスの母親は娘が家にいないことに気がつき、スアドの母親に電話して二人が一緒かどうか尋ねた。そしてスアドの家にいなかったため、警察に連絡したという。警察の捜査はその夜のうちに開始され、土曜、日曜と集中しておこなわれたが、何の成果も得られなかった。ガランスは週末になっても戻ってこなかったし、知り合いに連絡を取ることもなかった。町の中で目撃されることもなく、病院に収容されてもいなかった。本人のスマートフォンの現在地を割りだすこともできなかった。憂慮すべき行方不明案件として通知は出たものの、あらわれたわずかな参考人からは、役に立つ情報はいっさい得られなかった。実のところ、スアド・アマール自身も肝心なことは何も知らなかった。ただ、その《何も知らない》ことに関してさえ具体的な話が山ほどあるらしく、スアドの行く先々には生徒たちが群がっていた。

……また、SNS上での皆さんの協力を期待しています。この四十八時間のあいだ、皆さんはすでに……

悲劇というのは時に巧妙な役割を果たすものだ。悲劇は、人々の心の奥底で眠っていた激しい感情を呼び覚まし、浄化する。これ幸いと、皆がいっせいに感情を——だが抑制された形で——表出するのだ。こうしておけば、長期にわたって我慢してきた人々の感情がそれぞれ好き勝手に悪いタイミングで噴出するのを避けることができ、そのせいで社会が危機に陥《おちい》るのを避けることができるのだ。だが、この感情の浄化作用はラファエルには効かなかった。校長や副校長の緊迫した演説を聞いても、何の感情も湧きあがってこなかった。ラファエルは、質の悪いスピーカーが発するノイズや、次に話をする進路指導主事がマイクの調子を確認するためにコツコツと爪でマイクを叩く気持ちの悪い音に耳を傾けた。自分も感情の高ぶりというものを感じてみたかったが、実際には動揺もしていなかったし、またこの場にふさわしい品位も足りなかった。なぜなら、心に浮かんできたのはインスタグラムのフォローリクエストの件と、学校の音響設備は買い替えるべきだ、ということだけだったからだ。悲嘆に暮れてもいなければ、ショックを受けてもいない。ただ、ある考えに取りつかれているだけだ。ガランスと自分はひょっとして……。いや、正確には何と言ったらいいのだろう？

……皆さんや保護者の方々から質問があれば……事務局も教師も、いつでも対応します……今朝、メールで連絡があり……

ラファエルはハロウィーンパーティーの時のガランスの衣装をはっきりと覚えていた。あんな変わった衣装は、それまで見たことがなかった。足と九十度の角度にピンと張った黒いスカートが、腰の周りをぐるりと一周していたのだ。かがむとタイツの下の尻が見えてしまうような衣装を着る女子にしては、ずいぶんとおどおどした様子だった。ラファエルはガランスに話しかけなかった。ガランスだけではない。誰とも話をしなかった。あのパーティーには行きたくなかったのだが、ラファエルは皆を挑発するつもりで参加した。だがその試みは失敗に終わった。生徒たちは、自分の仮装が何なのかもわからなかったし、わかったとしても、それを評価するだけの皮肉なものの見方もできなかったからだ。

前のほうで、女子が何人か泣きだした。ガランス・ソログブに対する友情からというよりは、このような事件に遭遇した不安が大きかった。女子生徒たちが手をつないで人間の鎖を延ばしていこうとしたが、長くはつながらなかった。人前で悲しみを顕示しようという行為に、ラファエルはいらだった。鼻の奥の圧迫感が増し、副鼻腔がずきずきした。そして、今目の前で起こっていることは、すでに経験したことがあるような気がした。そう、たしかにこんな瞬間は前にもあった。その時と同じ光景が、ラファエルの目に飛びこんできた。生徒たちがあごを引きつらせ、うまく飲みこめない唾が喉ぼとけで詰まる。作りものの感情を隠すために顔はうつむき、視線は宙を見つめて人と目を合わせず、まぶたはまばたき一つしない……。ラファエルは、中央階段前に集合した人々が発する嘘くささを、すべて記憶にとどめた。階段の上から生徒に向かって話しかける進路指導主事の声が、だんだん遠ざかっていく。絶対音感をもつ音楽家が、曲の中に巧妙に組みこまれた秘密の音を聞き分けるように、ラファエルは、人工の靴底がその場できいきい軋《きし》む音も、うわべだけの行為が崩れ落ちる音も、なんとか飲みこんだ唾がごくりと喉を通る音も、集団的偽善の風がいっせいに吹く音も、すべて聞きとることができた。

「学校側、ずいぶんてきぱきと準備したよね」

ソレーヌ・ラバルがラファエルに声をかけた。ソレーヌもスピーチの間、生徒たちが密集している場所から離れて立っていた。あまりに密集しているため、《クジラ》というあだ名を持つソレーヌがそこに入ると、どうしても目立ってしまうからだ。

「校庭のトイレを修理するのは六カ月かかるけど、心理カウンセリングの相談室を設置するのは二時間でできるんだから……」

校長と副校長、進路指導主事、教育指導主事の四人が、ざわめく生徒たちをかき分けて建物の中に戻っていった。あっという間に、校庭はいつもどおりの騒々しさに戻った。ラファエルは、スアド・アマールを囲むようにできた円の方向に目をやった。さっきまで、進路指導主事の話の間は泣いていた女子たちが、いそいそとスアドの周りに集まっている。きっとこの後はすぐに、俊敏な連絡係として、聞いたニュースをもって他のグループに話をしに行くのだろう、今度は自分が円の中心になって。

「ひょっとして彼女、事故に遭っただけなのかも……」ソレーヌが言った。

質問の形ではなかったため、ラファエルは答える必要を感じず黙っていた。

「そうだよ、事故かもしれない」ソレーヌが繰り返す。

「それなら病院にいるはずだろ」ラファエルは答えた。

「そうだけど、事故に遭った後、誰にも見つけてもらえなかったのかも……。わかんないけど、一人でハイキングに行って、谷底に落ちちゃったとか……」

「ハイキングだって？　あの子がどういう人物だか知らないのかい？」

「よく知ってるよ」

「いや、そうかもしれないな……。じっくり考えたかったのかもしれない」

「その可能性もあるって言っただけだよ」ソレーヌが言い訳がましく言った。

「それとも修道院に入ったのかもな……。携帯電話の電源を切っているらしいから、神様に出会ったのかもしれないぞ」

ソレーヌは呆れたように天を見上げた。

「行方不明になんかなっていないのかもしれない」ラファエルは続けた。「たぶん、彼女は一度もこの世に存在していなかったんだ。ガランス・ソログブは、みんなの幻想が生みだした産物なんだよ、きっと」

「はいはい、わかった。もういいよ……」

ソレーヌはただ、ラファエルが大丈夫かどうか気になっただけだった。ラファエルの心配をしたのはソレーヌだけではない。以前ラファエルを教えていた数学の男性教師も、通りすがりにラファエルの肩に手を置いていった。その他にも、目立たないように自分にちらっと目を向ける人たちがいることにラファエルは気がついていた。このように学校の生徒全員が、沈黙して校庭に集合したのは今回が初めてではなかった。

「ごめん、どうかしてたよ」ラファエルは謝った。

その言葉を聞くと、ソレーヌは大きな満月のような顔を輝かせ、優しく微笑んだ。

「ぼくが何を考えているか知りたい？」ラファエルが訊いた。

「何？」

「ガランス・ソログブは今もぼくたちと一緒にいるんだよ。ただし、今は別の次元に移動してしまったので、人間の五感ではその存在を感じとることができないんだ。存在しているということ自体は理解できるんだけど……」

「まったく、またそんなこと言って！」

その時、いつもと同じ耳をつんざくような音が二人の会話をかき消した。始業を告げるベルの音だ。ベルが学校じゅうに鳴り響いても、生徒たちはすぐには動こうとしなかった。これが、合図を認識した時の、動物と人間のティーンエージャーとの違いだ。たとえば犬は、笛が鳴ればすぐに走りだすが、ティーンエージャーは動きだす前に少し時間を取る。それが自分たちの自由な意志を主張することになるからだ。それぞれが自分のペースで反応し、いつ動きだすかは自分で決めるのだ。だが数分後には、校庭には誰もいなくなった。

2015年11月

浴室の中を飛行機が飛んでいる。一定速度で、まっすぐに。空は抜けるように青い。開閉式の天窓がバスタブの湯に映っている。まだソープで身体を洗っていないので、湯は透明だ。湯に映る空の景色が渦で乱れないよう、ガランスはじっとしていた。やがて水面に映る飛行機はガランスの恥丘の上にさしかかった。もし、一万メートル先の飛行機の窓からズームで見ている乗客がいたなら、自分の裸の姿を見ることができるだろう。そのうえ、今朝の自分は完璧だ。こんなことはめったにない。実際、調子は日によって変わる。ひどくみっともなく見える日には、突然顔に吹き出物ができたり、髪の毛がぶわっと膨らんだり、お腹が出っ張ったりする。ガランスはいつも、何時間も鏡の中の自分の姿を眺めては欠点を探しだした。中には、本当にうまく隠れている欠点もあった。たとえば、両膝のバランスが悪いこととまぶたが分厚いことには、自分では長い間気がつかなかった。だが身分証明書の写真を見れば、まぶたが分厚いことは誰の目にも明らかだった。それが恥ずかしくて、ガランスは人前ではけっして身分証明書を出さなかった。まるで、きれいな顔は化けの皮であって、本当の顔はラミネート加工された身分証明書の写真の中に永久に閉じこめられているような気がした。

いつもはバスタブにムースの入浴剤を入れる。だが今日は何も入れなかったので、湯の中が見通せた。ガランスは陰毛が気になっていた。バレエ教室に来る女子はみんな脱毛していたが、ガランスはしていなかった。万が一母親が気がついて、なぜ陰毛がないのかと尋ねられたらどうしよう、と思うと、怖くてできなかったからだ。そういえば、さっきまでここに映っていた飛行機は通り過ぎたようだ。頭を上げ、外の世界と理想的な形でつながっている天窓を見上げると、空には飛行機が通り過ぎた後の白い筋が残っていた。ガランスは鼻をつまんで頭を湯の中に突っこみ、何秒間息を止めていられるか頭の中で数え始めた。そして想像した。観衆が不安な面持ちで、自分が水から上がってくるのを待っている。ひょっとして溺れたのかもしれないと考え始める。やがて、自分が水から頭を出す。無呼吸潜水の世界記録の達成だ。観衆は拍手喝采し、ヴァンサン・ダゴルヌは……。やだ、違う。彼のことはいいから……。

回復作用があることで知られるアサイー果実の天然エキスを豊富に含んだこのオールインワンシャンプーは、傷んだ髪に

彼のことを考えてはだめだ。

栄養と張りを与えます。また、フィロキサンと陽イオンポリマーを

あの日、モードの家のプールに朝日が昇るのを見た。月はかすんでいたがまだ消えてはいなかった。太陽のせいで月はまるで病人のように青白くなってはいたが、しばしの間、天文学の法則に抗《あらが》い、月と太陽は空を二分していた。

ベースとする処方により、髪の繊維を保護し、しっかりとした質感を生みだします。

ヴァンサンはガランスをスクーターで送ってくれた。酒を飲み過ぎていたので車は使わなかった。排気量の小さい――何ｃｃ以下かはよく知らないが――スクーターなら、違反になっても免許証に違反点がつかないからだという。

ガランスは嘘をついて坂の下で降ろしてもらった。本当は坂の上に住んでいるのだが、スクーターの後ろに乗って帰ってくるところを母親に見られるわけにはいかなかった。借りていたパーカーを返そうとしたが、ヴァンサンは持っていていいよと言った。その代わりに電話番号を教えてくれと言って……。

バスタブの湯がぬるくなってきた。ガランスは老女のようにしわしわになった自分の手に目を凝らした。そして熱い湯を足しながら、未来の姿を想像した。いつか自分の顔も、この手のようにしわくちゃになるのだろうか。まあいいや、まだずっと先のことなんだから。

2015年11月

あの後、家まで歩いて帰った。徹夜明けのせいか、いつもより坂が険しくなったような気がした。道路沿いに停まっていた何台もの車のボンネットが輝く様《さま》を、ガランスは今も思いだす。夜明けの光がすべてをあるがままに照らしだし、自宅前の道も、朝日の中でまるでこれまで誰も通ったことのない道のように見えた。太陽がいくつもの家の窓に直接あたって反射していたが、日の光はまだ地面にまでは達していなかった。歩道の影がひどく新鮮に感じられた。幸福というのは、疲労の極限にある時にしかあらわれないものなのかもしれない。朝日が昇ったのに翌日になっていないのは、まだ昨日が終わっていないのに朝日を見たのは、これが初めてだった。

この毛髪補修有効成分は、乾燥やあらゆるダメージから髪を効果的に保護します。

自宅のある建物に着くと、ガランスはロビーで服を着替えた。なぜこんなに早く帰ってきたのかと母に訊かれるのが怖くて、ちゃんとつじつまの合う嘘を考えてあった。ところが家に帰ってみると、中には誰もいなかった。考えられる理由はただ一つ。母は自分を探しに出かけたのだ。携帯電話のバッテリーが昨夜の何時頃に切れたのかはわからない。だから、母が何時頃から自分に電話をかけ続けていたのかもわからない。ガランスは携帯を充電器に差しこみながら、母はきっとスアドの家に電話したに違いない、そしてスアドと話して本当のことを知ってしまったに違いない、と思った。

シリコーンを含まない低刺激性の製品です。

やがて携帯の画面が点灯した。さらにしばらくの間充電を待ってから画面を見ると、メッセージの受信通知も電話の着信記録もなかった。ということは、母はレッスン開始前の清掃をするため、スタジオに行っただけだ。何一つ疑うことなく(そう、いつだって何も疑っていないんだから)。

もうやめよう——ガランスはあの日のことを頭から振りはらった。

このシャンプーじゃないよ。《カラーの髪用》って書いてあるじゃない。これはママのだ。

その時、携帯電話から受信通知音が鳴った。ガランスはこれまでの経験から、消去法で結論を導いた。そのメッセージは九十九パーセントの確率でスアドが送ってきたものだ。そう思いながらも、ガランスは今すぐバスタブから出てメッセージを確認したいという欲求に駆られた。ヴァンサンが再び町を出てから二週間になる。彼からメッセージが来るかもしれないと期待していた最初の頃は、音がするたびに携帯に飛びついた。そして画面に他の人の名前が表示されているのを見ては落ちこんだ。その期待と落胆の振れ幅は、まるで心がバンジージャンプで飛び降りたほどの落差があった。ガランスはつねに携帯に目を光らせ、やがて、鳴っていない時でも音が聞こえるようになった。そして画面がスリープになるたびに指でタップして——もちろんそっと——起動させた。イライラが頂点に達した時には、メッセージのアイコンを一分間に千回叩き続け、ワッツアップやインスタグラム、フェイスブック、ツイッター、スナップチャットを繰り返しチェックした。そうしたからといってヴァンサンに連絡させることはできないが、少なくともアプリを開いておくことができるからだ。一週間が過ぎ、恨みが積もっていくと、携帯電話そのものが憎むべき対象になった。まったくどうして、一日に何度も何度も、どうでもいい人たちからの連絡を運んでくるのだろう？　希望を持たせ、いつまでも待つように仕向け、わざと着信音を鳴らしてはぬか喜びさせ続けるなんて……。

結局ガランスは携帯をいじくりまわすのをやめ、サイレントモードにしておくことにした。それによって幻聴からは解放された。携帯はある程度離れた場所に置いて、頑固なまでに動かない陶器の犬でも見るように、冷ややかな視線を送ることにした。だが内心では、この禁欲が報われて欲しいと期待する気持ちが残っていた。待たないことを学ぶには、精神集中が必要になる。携帯電話が鳴るたびに、ガランスは彼かもしれないと思う気持ちを抑えなければならなかった。だが最近はずいぶん落ち着いてきた。少なくとも、携帯電話という物——（中国製の）（大好きな）——に対して怒りを感じることはなくなったし、携帯に連絡してくる人を、ヴァンサンでないからといって憎むこともなくなった。それでもやはり、今こうして携帯から音がすると、バスタブから飛び出して確認したくなる。ガランスはまだ身体を洗っていないことを思いだし、急いで洗ってタオルで拭いた。その間、頭の中ではずっと通知音が鳴り続けた。メッセージはスアドからだった。《それで？何かニュースはないの？》予想どおりではあったが、やはりがっかりさせられた。

ジャナ・ラリ

緊急／行方不明事案に関する通知

　五月六日金曜日から、ガランス・ソログブ（十五歳）が行方不明になっています。県警察の家族保護対策班は目撃者を探しています。行方不明者の身体的特徴は以下のとおり。目はハシバミ色、髪は栗色で長髪、身長一メートル七十四センチのやせ型。服装はジーンズ、文字入りの白いTシャツ、アディダスの白いスニーカー。見かけた場合は、警察の緊急ダイヤル一七番までご連絡ください。

コピーを貼り付けて。本当にガランスの友だちなら。じゃなければにせものってこと

ガエル・リブ他百二十六人が〈いいね！〉しました。

　トマ・ダ・コスタ　やあジャナ、元気?

　ジャナ・ラリ　元気じゃない

トマ・ダ・コスタ　あっそう……

トマ・ダ・コスタ　それは残念

トマ・ダ・コスタ　何かニュースがないかと思ったんだけど

トマ・ダ・コスタ　あれから😉

トマ・ダ・コスタ　どうして元気じゃないのさ？
ジャナ・ラリ　たぶん友だちがいなくなったから？？
トマ・ダ・コスタ　ごめん。友だちだったなんて知らなかったよ😬
ジャナ・ラリ　もう八年も彼女の母親のところでバレエやってるのに……
トマ・ダ・コスタ　ご愁傷さま。それ以外は元気？

トマ・マンジャンがイベントに**参加**しました。

スザンヌ・ティエリがダンス・アカデミーのビデオをシェアしました。

オリヴィア・マテイがアルバムに新しい**写真**を追加しました。
スタイリッシュな一枚

メリル・カバネル
ガランス、みんなあなたのことを考えてるよ
アストリッド・ドュフレーヌ　ウケる～
メリル・カバネル　何が言いたいの？
アストリッド・ドュフレーヌ　みんな偽善的だから
メリル・カバネル　？？？
メリル・カバネル　あたしはガランスについて何も言ってないのに

ソフィー・ジェルヴォゾン
もううんざり！

エミリー・トュリアン　どうしたの？

ソフィー・ジェルヴォゾン　あとで電話する

エミリー・トュリアン　大事なこと？？

ソフィー・ジェルヴォゾン　そのうちわかるよ

アレクサンドラ・ジェルヴォゾン　あなたを愛しているお母さんの助言を聞いて。あなたを引きずり下ろそうとしている人たちには構わず、思いきり楽しんで。あなたの幸せな姿を見ることがその人たちにとって一番の罰になるから。

さらに二つのコメントを表示する。

アモリ・ル・ダンヴィック
これが誘拐だなんて言ってるやつは、そのうちガランスはダーイシュ（イスラム過激派組織ＩＳ）の戦闘員になったって言いだすだろうよ

アンドレア・ソリ　《警察は誘拐の可能性も排除していない》http://www.auquotidien.fr/faits-divers/disparition-inquietante-d-une-ado-de-15-ans-09-05-2016-6335382.php

バスティアン・ヴィラット　誘拐だろうがそうじゃなかろうがどうでもいい

アモリ・ル・ダンヴィック　気が合うな。おれたちもおまえの意見なんかどうでもいいから

ジャード・ロマリがカバー写真を変更しました。
マテオ・ウジャール他七十八人が〈いいね！〉しました。

シリーヌ・ガスミ
この世は偽善者ばっかり
イドリス・ラケアル　そのとおり。さっきから誰もが泣き真似ばっかりだ！
さらに二十二のコメントを表示する。

アビガエル・モーリエ
緊急／行方不明事案に関する通知
五月六日金曜日から、ガランス・ソログブ（十五歳）が行方不明になっています。県警察の家族保護対策班は目撃者を探しています。行方不明者の身体的特徴は以下のとおり……

突然笑いがこみあげてきて、二人は登校途中の坂道で足を止めた。スアドは食料品店のシャッターにもたれ、身をよじって笑い転げている。ガランスはしゃがんだり立ちあがったりして、お腹がよじれそうになるのをなんとかやり過ごした。母のアナ・ソログブが両足を上げて回転するブレイクダンスのウィンドミルをやり始めて恐怖でフリーズする場面を想像したら、どうにも笑いが止まらなくなったのだ。スアドが口を開いた。

「もう、ハハハ、やだ、あたしが言ったのは、〈コリフェ〉もブレイクダンスのインストラクターを雇ったらいいのに、ってことだよ！　先生が自分で教えるんじゃなくって。ハハ、まったく何言ってるの、ハハ。でも、まじめな話、〈メガラ〉には何人インストラクターがいると思う？」

「バレエとヨガのフュージョンのインストラクターも入れて？」

「ハハハ、もう、ハハハ、笑いすぎてお腹痛い……」

「じゃあ、えっと、〈メガラ〉に入会してみようよ！」ガランスは大声で言った。

この考えに、二人は笑うのも忘れるほど恍惚となった。思わず目に涙が浮かんできた。自分たちの知り合い全員が、この最高のユーモアをわかってくれたらいいのに……。残念ながら、何度も繰り返し使えるセリフではないけれど……。これはSNSで使うこともできなければ、別の状況下で「〈メガラ〉に入会してみようよ」と言ってもまったく意味をなさない。いくつかの条件が重なったこの状況でしか使えないセリフなのだ。その条件とは、〈メガラ〉が、ガランスの母親が教えているダンス教室の競合相手であること。また、〈メガラ〉のリニューアルオープンに向けて工事がおこなわれていた夏の間、町の女性たちが興味津々でそれを見守っていたこと。さらにこの三カ月間というもの、アニスグリーンの真新しい建物正面の外観がダンスに対する意欲を驚くほど刺激していること。そしてなによりも、ガランスとスアドは〈メガラ〉に足を踏み入れる権利がないと。ガランスとスアドだけは、中がどうなっているのかを見るためにほんの一、二秒中に入ることさえできないのだ。こうした状況のもとでやっと理解できるこの冗談は、永久に日の目を見ることなく消滅する運命だった……。

「ガランスはどうして〈コリフェ〉で教えないの？」笑いの発作がおさまると、スアドは歩きだしながら訊いた。

「ヒップホップを？」

「もう、ばかなこと言って。クラシックバレエにきまってるでしょ！　お母さんは教えてみろって言わないの？」

「初級クラスを教えてみたらとは言われたけど。でもバレエ教師にはなりたくないし」

「誰も職業でやれとは言ってないでしょ。ちょっと教えてみるだけじゃない。初級クラスの子どもたちは可愛いし、それに……」

「まあ、遠くから見ればね。でも近くに寄ったら、レオタードを着た小さなバカ娘ばっかりだよ」

「ふうん……。ほら、もっと急いで。ただでさえ遅刻しそうなんだから。教室の中に入れてもらえなくなるよ」

「これが最高速度なんだけど」ガランスは息をきらしながら言った。

「あたしだったら、教えてみたいと思うけどな。ねえ、あれ、ガランスの新しい友だちじゃないの？」

そう言われてガランスが後ろを見ると、すっかり新車のようになった赤い車体のシャトネがこちらに近づき、二人の横にスーッと停車した。

《……夢にでてくるような　廃墟の宮殿に住んでいる
だからわかるでしょう、わたしたちはお互いに同じチームなの……》

モード・アルトーがカーステレオのつまみを回して音楽のボリュームを落とし、ぎくしゃくとした動きでこちらに首を向けた。首にコルセットを付けていた時の癖がまだ残っているらしい。

「登校中なんでしょ？　乗っていく？」

「いいえ、けっこ……」スアドが口を開いた。

「そうする！」

ガランスはスアドの言葉をさえぎって助手席に乗りこんだ。スアドもしぶしぶ後部座席に座った。モードが音楽のボリュームを上げる。スアドは知らない人が運転する車に乗るのは好きではなかった。ましてやついこの間まで、不注意運転の証拠であるコルセットを首に巻いていたような運転手の車に乗りたいはずがない。だが、この車の中で生に執着しているのはスアドだけのようだ。ガランスはシートベルトさえしていなかった。

「あなたたちは毎朝そうしているの？」

「そうしてって？」

「いつも待ち合わせして一緒に登校しているの？」

モードは〈あなたたち〉と言ったが、ガランスだけに話しかけているのは明らかだった。そのうえ、もしスアドがそうしたことに敏感でなければ気づかなかったかもしれないが、その声にはからかうような響きがあった。

「たまたまそこで会っただけなの」ガランスは嘘をついた。

「……ガランスは、放課後は何か予定がある？」

「何もないけど」

「じゃあ、あたしたちと一緒にセナリオムに行かない？」

スアドはサイドミラー越しに、ガランスに目を剝《む》いてみせた。今日は夕方の六時に、一緒にマスタングへTシャツを買いにいくことになっている。女優のカーラ・デルヴィーニュが着ていた、胸に《最後の清潔なTシャツ《Last clean T-shirt》》と文字が入ったTシャツだ。入荷したからと、店員が連絡をくれたところだったのだ。

「もちろん行く」ガランスは後部座席には目もくれずにオーケーした。

「今日は店が閉まる前にマスタングに行くはずでしょ」スアドはガランスが思いだすようにそう言った。

「あの店は、十六歳までのサイズしかないんじゃないの？」モードが尋ねる。

「それはマスティーンのことで、マスタングっていうのはその向かいにある店なんだけど」スアドはいらいらしながら説明した。

「マスタングはスアドのお気に入りの店なの」ガランスは、まるで自分はそんな子どもっぽい店は好きではないとでもいうように言った。

それまでスアドは、裏切りを撤回させようとサイドミラーの中で必死にガランスと視線を合わせようとしていたが、ガランスの言葉はその親友の目に短刀を突き刺した。マスタングは、今この瞬間までは、二人のお気に入りの店だったからだ。

「この町って何もないのよね。あたしは、ショッピングはインターネットばっかりよ」モードが愚痴を言う。

「町には広場があるけど！」スアドは反論した。

やがて学校に着いたが、モードがシャトネを駐車するのにかなり手間取ったので、歩いてきたほうが早かったのに、とスアドは腹立たしく思った。そのうえガランスときたら、持っている服の半分はマスタングで買ったものなのになぜあんな嘘をつくのか、スアドにはわからなかった。二人ともこれまでインターネットで買い物をしたことなど一度もなかった。母親の同伴なしでショッピングに出かける年齢になってからは、一緒に外出して、同じ試着室の中で二人でいろいろ試着してみるのが週末の楽しみだった。そして同じものが気に入ってしまった場合は、学校で服がかぶることのないよう、一着しか買わなかった。たとえば背中に紫色で〈Ｓｐａｃｅ　Ｃｏｗｂｏｙ〉と書かれたオーバーサイズのスウェットパーカーは、一着を二人で交互に着まわしている。一つの服を共有するのは、姉妹ならよくやることだ……。

「それでね、その子ったら、ブリオッシュをひもで結んで教室じゅうに回覧したんだよ。《奥さんを人質にしたぞ》って書いたメモを付けてね……」

モードはガランスの話を聞きながら微笑んだ。《奥さん》というのは数学教師のシメオーニの妻のことで、高校の進路指導主事をしている。かなり重量オーバーの体型であるため、生徒たちから《太鼓腹》という意味もある《ブリオッシュ》というあだ名を付けられていた。モードも二年前にシメオーニの授業を受けていたのでそのことはよく知っているはずだが、軽く微笑んだだけだった。もう教室での悪ふざけに大笑いするような歳ではない、ということだろう。スアドがこの話を聞いた時は、ガランスがまるでその場にいたかのように話したので、スアドは自分もその場に居合わせなかったことを悔しく思ったが、実はブリオッシュが回されたのは一年生の別のクラスで、ガランスが自分の目で見たわけではなかった。そして今またガランスは、モードの気を引こうとさらに話を盛っていた。スアドはシャトネから降り、ドアを思いきりバタンと打ちつけたい衝動をなんとかこらえた。すでに先を歩いているモードが、振り返ることなく肩越しにリモコンキーでドアをロックした。ガランスはその後を子犬のようについていく。

モードが二人と別れて二階の廊下に姿を消すと、スアドは階段の途中で尋ねた。

「さっき、どうしてたまたま会っただけだなんて言ったのよ?」

本当は自分と買い物に行くよりも、二週間前に知り合ったばかりの人たちと今夜セナリオムに飲みにいくほうがいいのかと尋ねかったのだが、その質問をしたら自分が泣きだしてしまいそうで、怖くて訊くことができなかった。

「何のこと?」ガランスは何の話かわからないふりをして訊きかえした。

「途中でたまたま会っただけだって言ったでしょ」

「かもしれないけど、だから何?」

「あたしは毎朝、ガランスのうちの前で待ってるんだよ! ガランスが一人で登校したくないって言うから」

「スアドだって、一人で行きたくないって言ったじゃない!」

「そうだけど、一緒に行こうって言いだしたのはガランスでしょ」

「あたしだけじゃないよ。二人ともそれがよかったからでしょ」

「だってガランスが……」

「どうして怒ってるのかわからないよ」

「怒ってないよ。でも待つのはいつもあたしでしょ。それでいつも遅刻しちゃうんじゃない！　……ほら、言ったとおりでしょ！　教室のドア閉まってるし！」

「わかったよ！」

「もう知らない。あたしはノックしないから」

2015年11月

ガランスはノックしてからドアを開けた。生物・地学の教師は話を中断することなく、入っていいと合図した。二人は壁際を進んで後ろから二番目の席に座った。スアドは黙って持ち物を机の上に出した。ガランスはまたルーズリーフを買い忘れていたことに気づき、一枚くれと頼んだが、スアドは聞こえないふりをした。

「水温躍層というのは、海水の表面近くにある層と、水深の深いところにある層との間にあって、水温が大きく変化する層のことで……」

ガランスはスアドに怒っているのかと訊いたが、答えはなかった。

「海面は太陽光によって温められ、その熱は風や波によって全体に運ばれます。したがって海水の表面は温度が高く、酸素を含有して……」

後ろの席の男子生徒がルーズリーフをくれたのでガランスはわざと大げさに礼を言い、教師から静かにするようにと注意を受けた。教師は、三度注意されたらアウトだということをガランスに思いださせ、あともう一度授業の邪魔をしたら今度は出ていってもらうと告げた。

「水温躍層は水深約二百メートルに位置しています。これより深い層では、水温が急激に下降します。一気に二十度ほど下がる場合もあります。したがって、深層部の海水は冷たく、無酸素で、塩分濃度がひじょうに高くなります」

スアドがガランスに小さなメモをよこした。そこには、これからはもう、毎朝ガランスの家の前で待たないから、と書かれていた。

2015年11月

《今どこ?》
《数学の授業中》
《何時に出られる?》
《六時。このあと歴史の授業があるから😫🔫》
《あたしたちは四時に行くつもり》
《セナリオムに?》
《イエス》
「……そして歩く時は体重の三倍の重さを支えているんだよ。すばらしい関節である膝は……きみたちのクラスメートに今何が起こっているかは、わたしもちゃんとわかっているよ……」
《あたしも一緒に行く!》
《無理しないで。サボらずに後からいらっしゃい》
《そのほうがあたしも都合がいいから😂》
😇😇😇😇》
「……哺乳類の中で膝が四つあるのは象だけだということを知っているかな?……それなのに象は跳びあがることができないんだよ……。笑わないで、彼女の邪魔になるからね……」

《じゃあ校門の前に集合する?》
「ふうむ……」
《わかった》
「えっと……」
《じゃあね》
「いや、彼女のことはそっとしておきなさい、ロック君……。ほら、彼女の注意がそれてしまったじゃないか! ソログブさん、我々のことはお構いなく、どうぞ続けなさい。あなたの膝は、あなたがそこに全神経を集中させるだけの価値があるのだから……」

ガランスは笑い声が聞こえたので、膝に携帯電話を置いたまま顔を上げた。そしてクラス全員の目が自分に向けられているのに気がついた。ひょっとして、みんなが笑っている原因は自分なのだろうか? おそるおそるシメオーニ先生のほうを見ると、先生も自分のほうを見ている。自分の身に起こったことを、教師のほうが自分よりずっと前から知っているなんて、いいことであるはずがない。

「《人間の最大の弱点の一つは、理性の役割を理解していないことである》——こう言ったのは誰だったかな? 実は、誰でもない、今わたしが思いついた言葉なんだが、どうやらきみはその崇高な理性の役割を忘れて、ショートメッセージを送っていたようだね……」

「いいえ、ちゃんと聞いていました、先生!」ガランスは言い訳した。

「すまないが、クラスメートに籠を回してくれるかな?」シメオーニは一番前に座っていた男子生徒にそう頼んだ。

「電源は切ってあります、本当です！」

「ソログブさん、わたしのことを馬鹿にしているのではないだろうね」

「違います、先生」

「それならよかった。では、携帯電話を籠の中に入れなさい」

「でも……」

「モラヴィアが《倦怠》を何と定義したか知っているかな？　《物や人との間に具体的な絆が確立されないこと》だ。もう一度繰り返すので、みんなノートを取りなさい。少しくらい数学の話からそれたからといって、ペンを置いていいわけではないぞ。《物や、人との間に、具体的な、絆が、確立されないこと》いや、《確立できないこと》だったかな？　ちょっと忘れてしまったが。人は意思の疎通を図り、絆を作ろうとする……だが失敗してしまう。それはどういうことか？　つまり、ソログブさんは《倦怠》のせいで、つまり退屈だから退屈から抜けだそうとして、メッセージを送る。だがそのせいでいやおうなく別の《倦怠》つまり面倒なことになってしまう、ということだ。その籠の中にあるものは何だね？　時間を与えるからじっくり考えなさ……」

「アイフォン《iPhone》6です、先生」

「じっくり考えなさいと言ったはずだ。きみたちの目はすぐにブランドやロゴばかり見るが、脳みそにはその役割が見えるはずだ。では、それはどんな役割だろうか？　ああ、挙手する必要はないよ、きみたちに質問しているんじゃない、レトリック上の質問だから。その役割とは、意思疎通を図るということだ！　その役割からさらに何を連想するかな？　その役割自体の否定、つまり、意思疎通を図れなくなるということだ！　ここにあるのは、蛍光ピンクのケースに入った、ただのアップルの携帯電話ではない。これは《倦怠》が具体的な形をとった姿なのだ。ところで、もしわたしの注意を引くことなくメッセージを送りたいのであれば、蛍光ピンクはやめるよう忠告しておくよ……」

「でも、先生……」

「ソログブさん、きみの不満な気持ちはわかるよ。意思疎通を図りたくてたまらなかったのに、できなかったのだから。だが、どうしてできなかったのか、わかるかな？　やり方がまずかったからだよ！　では、この世界と意思疎通を図るにはどのようにすべきなのだろうか？　外の世界とつながるにはどうしたらよいのだろうか？　わたしがその答えを言ってもきみたちは信じないかもしれないが……。だが言っておくことにしよう。それは、数学を勉強することだ！　数学はこの世界の叡智《えいち》であり、そのおかげで物質と関わりを持つことが可能になるんだよ……。様々な役割や機能を学びなさい、ソログブさん！　方程式やベクトルなど、高校一年生の教育課程を一歩一歩習得していきなさい。彼ら教育監査局の同僚（confrère。厳密には「男性の同僚」の意）たちがすばらしいプログラムを作成しているのだから。彼らが作った……ああ、もちろん、彼女たち、女性の同僚（consoeur。con-frère の女性形）たちもだよ！　ハナエ、上げた手を下ろして。ここでまた名詞の男性形だけが優位に用いられる問題について、きみと議論するつもりはないよ。前回の議論でわたしも納得したから……。さあ、それでは授業を続けよう。a、b、c、dの四つの実数があって、cは0でなく、adマイナスbcが0でない時、一次関数fは……」

ガランスは授業の内容を思いだそうとした。だが、シメオーニ先生の授業はいつも進行がとても速くて、ほんの二分間よそ見をしていただけでも、もう話についていけなくなってしまう。今日も同じだった。それに、時には関数のアフィン変換より大事なことで生徒たちの頭の中がいっぱいになってしまうこともある――たとえば今なら、クリスマス休暇まであと三十四日も待たなければいけないということだ。つまり、ヴァンサンがまた帰ってくるまで……。だめだ、関数の公式を書かなければ。えっと　$f(x)=(ax+b)/(cx+d)$か。そういえば、アフィン変換はどうしたのだろう？　もう次の章に入ったのだろうか？　ガランスはちらっとスアドのほうを見た。スアドは、すでに少なくとも八百五十ページはノートを取ったという勢いで、さらに教師の一字一句をものすごい剣幕で書きとめ続けている。これまでは喧嘩をすると、スアドはふてくされて最前列に座り、いつもガランスのほうが先に折れていた。たしかに、今日は一緒に買い物に行くはずだったけれど……。だが、契約書に血で署名したわけではないのだから。スアドとは中学一年生から同じクラスで、一緒にバレエを習い、毎日一緒に昼食をとり、毎晩メールを送り合い、週末にはどちらかの家に泊まっていた。だから今日の一回くらい、スアドだって一人でTシャツを買いにいったらいいではないか！　どうして他の人たちと付き合うことを弁解しなくてはいけないのか、ガランスにはわからなかった。もっとも、弁解したかったとしてももう遅い。スアドはベルが鳴る前に荷物を片付け始め、授業が終わるや否や、こちらには目もくれずに教室を出ていったからだ。きっとガランスも後から歴史の授業に来ると思っているのだろう。なにさ！　ガランスは本当はそんなに急ぐ必要もなかったのだが、スアドと反対方向に向かって廊下を大急ぎで歩いた。自分は行きたいところに行くのだ。スアドの言うことなんて聞く必要ない。あたしの母親じゃないんだから！　二人の距離が離れるにつれて、心の中からスアドのことが少しずつ消えていった。ガランスは屋根付きの通路を足早に歩いた。途中、低いブロック塀に腰かけているジャナとガエルの前を通り過ぎる時に一瞬だけ立ち止まり、急いで二人の頰にキスした。その様子を、少し離れた場所で肘をついて観察している男子生徒がいた。男子生徒は、ガランスが階段を駆け下り、校庭を横切っていくのをずっと目で追い続けた。ガランスは、大きく手を振って合図しているグレッグをめざして、校門の外側にたどり着いた。

「じゃあ行く？」サロメが待ちかねたように言った。

「あれ、〈えくぼ〉だ！　〈えくぼ〉がいるぞ！」グレッグが注意を喚起した。

「どこに？」

「じっとして。中央階段の下だよ……。いや、向こうの階段だ……。こら、みんないっせいに振り返っちゃだめだ。まったくきみたちときたら困ったもんだな！」

「あたしもあの先生に物理を習ってるよ」ガランスは少し自慢げに言った。

「彼はあたしのお気に入りよ」モードが告白する。

「ゲイなのが残念だな……」

「先生はゲイなの？」

「絶対違うわよ。グレッグの妄想なの。先生がいつも自分のほうを見ているって思いこんでるのよ」

「でも、ぼくに質問するたびに、暗に肛門のことを匂わせるってことは認めるだろ？」

「質問されたのなんて一回だけでしょ……」

「……円形の穴によってできる波の回折についての質問だった。これをどう解釈するかはきみたちにまかせるよ」

「先生って何歳くらいなのかな？」

「二十四よ。ちゃんと調べて——」

「やだ、ほら見て。〈クジラ〉が先生を見つけた！」

2015年11月

「ほんとだ、もうすぐ話しかける、ほら、五、四、三、二……」

「〈クジラ〉って誰？」ガランスは質問した。

「あたしたちと同じクラスの女子よ」モードが答えた。

「ユーチューブチャンネルを持っててね」サロメが説明する。「ポジティブになりたい太った女の子たちのために動画を配信してるの」

「ボディ・ポジティブ動画ってやつだよ」グレッグが付け加えた。

「ファット・アクセプタンス運動をやってるらしいわ」モードが言う。

「チャンネル登録者が三千人もいて、ビヨンセ気取りなんだから」

「本物のビヨンセを食っちまうビヨンセだな」

「ハロウィーンパーティーにあの子も招待したらよかったのに……。どうせもう一人のソシオパスは招待したんだから！」

「ラファエルは関係ないでしょ。彼の身に起こったことを考えれば、ラファエルがふつうじゃないのはふつうのことよ」

「そういえばあれ、ラファエルじゃない？　屋根付きの通路にいる人。うん、ラファエルだ」

「やつはモードの家で、殺人犯の仮装をしてたんだぜ」グレッグがガランスに説明する。

ガランスも、校庭の反対側でブロック塀に肘をつき、こちらをじっと見ている人物がいることに気がついた。

「ヴァニーナ・ランクリのことを覚えてる？」

そのことなら、ガランスはよく覚えていた。数週間にわたって、学校の門の前には、大きなガラスの額縁に入った写真が飾られ、そこに花束や手紙やキャンドルを供える人々が後を絶たなかった。

唇を閉じて微笑む写真の顔は内気な少女に見えた。当時高校三年生だったヴァニーナ・ランクリは、体育館の屋上から飛び降りて自殺したのだった。ガランスが中学一年生の時だ。

「ヴァニーナはラファエルのお姉さんなの」

「それから、ラファエルは〈クジラ〉と仲良しなんだ」

「……ほらほらほら、可愛い〈えくぼ〉ちゃんが、ああ、かわいそうに！」

「先生は慣れてるわよ。あの子、いつも授業が終わるたびに、質問があるとかなんとか言って待ち伏せしてるから！」

「先生も彼女のこと、けっこう気に入ってるんじゃないかな……。怪物みたいに物理がよくできるからね」

「物理的にも怪物のような身体だし」

「さあ、もう行かない？」


ガランスたちはサロメの後をついて学校を後にした。セナリオムはそれほど遠くなく、徒歩で十分ほどの場所にある。

「それって、ヴァンサンのパーカー？」

サロメがいきなりガランスのほうを振り返って質問した。ガランスはできる限りの無頓着を装って答えた。

「ちょうど上に着るものが何もなくて」

学校にこれを着ていきたいという欲求には抗うべきだったのかもしれない。これを着ていたらヴァンサンのファンに見えるに決まっている。プールサイドでしばしの栄光を味わい、その後打ち捨てられたショックから立ち直れないでいるファンだ。ガランスは訊けるものなら今ここで訊いてみたかった。ハロウィーンの後、ヴァンサンが自分のことを何か尋ねていなかったか、せめてガランスという名前を口に出していなかったかと……。人の電話番号を訊くのは、電話をかけるなりメッセージを送るなりするためだ。でなければいったい何のために訊くというのだろう？……そうだ、電話！　カバンの中がいつもより二百グラム軽くなっているのだと気がついたガランスは、突然、二百グラムどころではすまない身体の重要な臓器を失ってしまったように感じた。携帯をシメオーニ先生の籠の中に置いてきてしまったのだ！　取りに戻らなければ！

「無理だよ。本当は今は授業中なんだろ」

ガランスが取りに戻ると言うと、グレッグが青いメッシュの髪を耳にかけながら答えた。たしかにそのとおりだ。

「あとで門が閉まる前に戻ればいいよ」

それは六時までに、ということか？　二時間後まで？　そんなに長い間、携帯電話を持たずに？携帯、無しで。そう思ったとたんに最初の禁断症状があらわれ、ガランスは胸が苦しくなった。そして時間と空間のよりどころを失った気がした。頭の中を妄想が駆け巡る。籠の中で携帯が振動したら？　先生が携帯の中をのぞき見するのでは？

「そういえば、来年からは授業をサボると、学校から親にメールで連絡が行くんだってね」

……いや、大丈夫。携帯は自動でロックがかかるようになっているから……。シメオーニ先生はPINコードを知らないし。

「あたしたちはもう関係ないけど、ガランスは……」

「あなたのお母さんってすごく厳しいでしょ？　あたしは本当に、すごく怖い思いをしたわよ。半年か、もっと短かったかもしれないけど、あたしも〈コリフェ〉に通っていたから」

モードがわずかな期間〈コリフェ〉に来ていたことはガランスも知っていたが、母のことが話題になった記憶はなかった。

「家でもやっぱりあんな感じなの？」

「えっと……あんな感じっていうと？　場合によるけど、でも、そんなに……まあ、たしかに、ちょっとは……なんていうか……」

「尻に箒《ほうき》突っこんだみたいにしゃちほこばってるとか？」サロメがタバコに火を点けながら訊く。

ガランスはこれまで母に関して、賛辞しか聞いたことがなかった。町じゅうが母に対して敬意を抱いていると信じていた。母の娘であるということは人から羨まれる立場であると思っていたし、実際〈コリフェ〉の小さな世界の中では、それは絶対的な特権だった。〈コリフェ〉の外に出たら、他の人々と同じように母も他人の批判にさらされることがあるなどとは、想像したこともなかった。

「そうじゃないけど」ガランスは母を擁護しながら答えた。「でも、たとえば、《尻》なんていう言葉は使わない。そういうところはあるよ」

「じゃあなんて言うの？」

「まあ、尾てい骨とか、座骨とか……」

ガランスはこれまで母親について悪く言ったことは一度もなかったし、悪いところを考えたこともなかった。だが、皆が笑うのを見て、母の真似をしながら話を続けた。

「しっかり座骨で身体を支えなさい」「恥骨を使って呼吸するのよ」

皆がまた笑った。母は下品なものを嫌っていた。だが骨や筋肉は身体を動かすために必要なものであり、下品ではない。それ以外のものについては、母は名前を口にしなかった。上品で慎み深い女性なのだ。そして毅然としている。それなのに、どうしてその娘は母をこんなふうに傷つけることができるのだろうか？　少しの笑いをとるためだけに……。

「〈メガラ〉のことは、お母さんはどう思ってるの？」

《あんなものは本当のダンススタジオとはいえないわ。生徒にユーチューブの振り付けを真似させているだけね》《ダンスは娯楽でもスポーツでもない。芸術なのよ》《芸術とは本来宗教的なものなのよ》《ダンサーというのは、大地と空とをつなぐ橋渡し役なの》……。

ガランスはいつも母が言っていることを口調を真似て話した。これまでアナを見たことのないサロメやグレッグまでをも、まるで本人を知っているような気にさせるほどうまく真似た。

「あたしは〈メガラ〉で、リアーナがやってるようなダンスを習いたいな」

「それはヒップホップだね」ガランスは補足した。

「ねえ、行ってみない？」サロメが提案した。

「いつ？　今から？」グレッグが尋ねる。

「えっ、どこへ？」ガランスは心配になった。

「ちょっと見学するだけよ……。モード、どうする？」サロメは足でタバコを踏みつぶしながら言った。

ラファエル・ランクリは、突然目の中を突き抜ける鋭い痛みを感じた。が、痛みはすぐに治まった。この突発的な不調を契機に、どこかで見たことのあるような既視感《デジャビュ》の感覚が始まった。自分の周囲では、生徒たちがもつれ合うようにして老朽化した中央階段を上ったり下りたりしているし、横に桟《さん》の入った大きなガラス窓の向こうには、校庭を行き交う生徒たちの姿が小さく見える。だがラファエルには、これが今現在起きていることだとは思えなかった。彼らは、本当はここではない別の場所で動き回っているのだ。ここにいるのは、自《みずか》らの影だとも知らずに。こんなふうに感じるのは、たぶん昨夜よく眠れなかったからだろうか、とラファエルは思った。今日は大変なことがずっと続いているし……。この痛みがまた以前と同じような経過をたどるのではないかと思うと、それが怖かった。副鼻腔炎の発作がいつ起こるのかは自分でわかる。というのも、すでに周りの声がナイフの刃のように頭の中でガンガン響いているからだ。背後にいる女子グループの甲高い声、鼻にかかった声、わざと語尾を伸ばした声がいちいち気になった。これは前兆だ。彼女たちがまったく同じことを、同じ順序で、同じ抑揚で話すのをすでに聞いたことがある。表面上は何の脈絡もない雑談だ。だがラファエルは、これから起こることを言い当てることができる。汚い窓枠に日の光が差し始め、男子生徒が一人走ってくる。この後不規則に起きることもすでに見たことがある。男子生徒を通すために、女子グループの四人は悪態をつきながら場所を空ける。そんなことに構わない数人の無頓着な生徒たちは平然と歩き続ける。誰もが、かつて起こった場面を再現しているに過ぎない。自分は廃墟と化した建物の廊下でその場面を目撃していた。ずっとずっと遠い昔に。同じ生徒たちが、慌てふためき、犯罪の起こった場所から逃げるように右往左往していた、その場面を。ラファエルにはわかる。逃げたのは彼らだ。自分ではない。自分以外の全員だ。八百の顔を持つ泥人形は、その時々の感情に流されてあたふたと動き回り、ラファエルから見れば、理屈も考えもいっさい持ち合わせていないように見えた（この学校の生徒たちは何を考えて動いているのだろうか？　どうして無気力で何者とも知れない集団になってしまったのだろうか？）。ラファエル自身もこの溶解したマグマのような塊の一員ではあったが、それでも、この集団の動きはいつもまったく予測できなかった。彼らの行動や反応にはいっさい法則らしきものがみられなかった。それでもラファエルは、少なくとも何かしらの法則が存在するはずだと、身体である泥に刻まれた法則があるはずだと感じていた。だがこの数週間、その法は犯され、泥人形ゴーレムの額に書かれた決め事は消し去られてしまった。法則がなくなり、顔と手足だけになった泥人形がどう動くかは、考えるまでもない。もし今、こんなに頭がガンガンと痛くなければ、もっと集中することができれば、皆がどう動き何を言うかを予測できるだろう。ガランス・ソログブが行方不明になってからの生徒たちの行動は簡単に説明できる。彼らは怖いのだ。恐怖心が、学校全体の動きを鈍らせている。機械的な動作を繰り返すことによって、生徒たちは皆、自分は無実だと示そうとしている。いつもと同じ教室に行くためにいつもと同じ廊下を歩き、いつもと同じくらいの声で話し、いつもと同じ方向に進み、いつもと同じやり方で行動する。だが、わずかな遅れが生じてしまう。まるで学校や町や、現実の世界全体の暗号コードに不具合が生じたかのように。

〈メガラ〉の建物の正面はアニスグリーンに塗装されている。横断歩道を渡りながら、ガランスは町じゅうの人に、自分がどこへ行くのか見られているような気がした。正面の歩道に立つと、ガラス戸を通して、ダンススタジオの一つを横から見ることができた。大人のグループが、床から天井の高さまで壁一面に張られた鏡に向かってレッスンしている。町じゅうの目が自分を追いかけてくるように感じながら、ガランスは自動ドアの前までたどり着いた。サロメとグレッグ、モードが中に入る。ガランスもその後に続いた。この時間は、まだエントランスは閑散としていた。受付カウンターでポニーテールの女性が一人、電話しながら笑っているだけだ。ガランスの背後で自動ドアが再び開いたり閉まったりした。ガランスは、自分がドアのセンサーの範囲に立っているのだと気づき、受付カウンターの前にいる三人に合流しようと心を決めた。

「入会ですか?」ポニーテールの女性が携帯電話を片付けて声をかけた。

「ちょっと話を聞きに来ただけなんですけど……」

「これが開催されているコースの一覧表で、無料体験レッスンを一回受講することができますよ。でも、今日の午後はだめなんです。研修があるので。ちょっと待って……。うん、だめね、ネルはふさがってるし」コンピューター画面を確認しながら女性が続ける。「それか、あと二十分で、アリスのクラスが始まるけれど……定員が一杯ですね……。でも、見学はできるかもしれません。それでよければ」

「はい、お願いします」

「……アリス？　受付まで来てくれる？　見学の人がいるんだけど……」

　人を呼ぶために女性が取りだしたのはなんと小型のトランシーバーだった。ガランスは自分が手にしているばかげたパンフレットを破り捨てたくなった。どうしてこんなものを受け取ってしまったのかもわからなかったし、フェイスブックですでに嫌というほど見たにもかかわらず、どうしてまた長々としたリストに目を通してしまったのかもわからなかった。リストにはありとあらゆるダンスコースが記載されている。アフリカン、アフロ・ジャズ、バレエ・ヨガ、フュージョン、バー・オ・ソル、ブレイクダンス、バリダンス、カポエイラ、タップダンス、クラシックバレエ、ミュージカル、コンテンポラリーダンス、オリエンタルダンス、フラメンコ、フィットネス・ダンス、ニュースタイル・ヒップホップ、ジャズ、クランプダンス、モダン・ストリートダンス、ポールダンス、ロック、サルサ、サンバ、ヴォーギング、ウ・タオ・ダンス、ズンバ……。隣のメインスタジオからは、音楽とともにインストラクターの鋭い声が受付まで聞こえてきた。垣間見える男性インストラクターはタンクトップ姿で、隆々とした二頭筋がはちきれそうだ。受付カウンターの前は来客用スペースで、色鮮やかなソファーセットが置かれていた。壁には、アルミ板に張りつけられた大きな写真がいくつか飾られている。バレエやストリートダンスの光景を撮影したものだ。まるでテレビ局のスタジオのようだった。ガランスはどうやってここから逃げだそうかと思案したが、案内役が到着してしまった。

「こんにちは。アリスです。わたしはヨガとフィットネス・ダンス、ウ・タオ・ダンスを教えているんですよ。ウ・タオ・ダンスは来月から始める予定なんですが……。じゃあ、ぐるっとご案内しましょうか？」

《一、二、三、はいチェンジ！》

「ここはピナ・バウシュ・スタジオです。ここが一番広いスタジオなんですけど、今日は中には入れません。今ちょうどモダンジャズの研修中で、バティストが指導中なので。バティストはフランスチャンピオンなんですよ」

《……緩めて、五、六、七、はい、向きを変えて！》

アリスが皆を先導して廊下に出た。

「あちらがカニングハム・スタジオです。皆さんはこれまでにダンスを習ったことがあるんですか？　それとも初めて？」

「初めてです」ガランスは間髪をいれずに答えた。誰も否定しない。

「とくにぼくはまったくの初心者だけど」グレッグが付け加える。

「男性の受講者もずいぶん増えていますよ」アリスが安心させるように言った。「この廊下の突き当たりが更衣室です」

更衣室は、〈コリフェ〉全体よりも広かった！　長いベンチが四つあり、三つの通路の幅もゆったりしている。奥にはロッカーがあった。右手にはドアが二つあり、人の上に水滴が降りそそぐピクトグラムが付いている。ガランスは、シャワールームまであるとは信じられなかったが、すでにアリスが更衣室の外に出てしまったので確かめることはできなかった。そのまま皆でアリスの後をついていき、最後のスタジオの前にたどり着くと中から音楽が聞こえた。ガランスはすぐに何の曲かわかった。シーアの『シャンデリア』だ！

《パーティーガールは傷つかない
何も感じない
あたしはいつになったら学ぶのかしら
気持ちを押し殺す　押し殺す》

2015年11月

「どうぞ中に入ってください……。ネル、ちょっとだけ失礼するわよ……」

スタジオの中は大音響の音楽が鳴り響き、床が振動して足下のスポーツマットを震わせていた。〈コリフェ〉では古いステレオセットを床に置いて使っているため、あちこちにコードが走っているが、ここではアイフォンからブルートゥースを通じて、見えないように設置されたスピーカーに接続されているようだ。鏡の前では女性が一人、機械的に振り付けのステップを踏んでいた。頭の半分はセミロングの髪で、もう半分は剃りあがっている。女性は見学者が入ってきたのを鏡越しに見はしたが、動きを止めて挨拶することはなかった。その首から右の肩甲骨にかけては、何羽ものタトゥーの鳥が飛翔している。破れた黒のタイツの上にショートパンツをはいていたが、透けたタイツの下で、片方の太ももにタトゥーでガーターが彫られているのがわかった。ガランスはすぐにこの女性が誰だかわかった。ネル・デナロだ。かつての母の生徒で、〈コリフェ〉開設以来ただ一人、十三歳でソロの役を踊った生徒として、伝説的な存在だった。よく母がネルという名前を口にしていたのに、なぜ自分はさっき受付でその名を聞いた時に、すぐに気がつかなかったのだろう。

「ネルはコンテンポラリーダンスのインストラクターなんですよ」

労を惜しんだのか、ネルは鏡の中に向かって手を上げ、全員にまとめて挨拶した。

「わたしたち体験レッスンに来たの」アリスが、まるで自分もその中に入っているかのような口ぶりで言った。

「じゃあ、水曜日に来て」ネルが振り返りもせずに答える。

「わたしもそう説明するつもりだったんだけど、もしかしたら、と思ったものだから……」

「だいいち、まず登録しないとだめでしょ。体験希望者が二十人にもなったら無理なんだから。受付にそう言っておいて」

〈メガラ〉のスタッフたちが見学者に対して、一生懸命《ようこそ、ダンスパラダイスへ》という香水を振りかけようとしているのに、ネルはそれに冷や水を浴びせた。アリスは動揺を隠せず、なんと答えてよいかわからない様子で、顔に引きつった笑みを浮かべて左右の足に体重を移しかえながら身体を揺すっている。ガランスたちは皆、二人の緊張関係に気がつかないふりをした。その時ネルが、鏡の中のガランスの視線に気がつき、振り付けのステップを止めた。そしてこちらを振り向くと見学者たちに視線を移した。

「四人とも初心者なの」アリスが言う。

《初心者》という言葉に、ネルは眉をひそめた。そして、他の三人より少し後ろに控えていたガランスのほうをじろじろと見た。ガランスも、ネルの下唇のピアスをじっと見つめた。ネルが外国でダンスの勉強をするために〈コリフェ〉をやめた時、ガランスはまだ九歳だった。だが、当時のネルの外見が今とはまったく違っていたことはよく覚えている。目の前にいるネルは、頭の半分が黒髪、残りの半分は髪を剃りあげていた。目の色は髪と同じ黒で、眉弓《びきゅう》には二つ目のピアスをつけている。目の周りのスモーキーメイクは、メイクが下手なのか、昨日のメイクを落としていないのか判別がつかないほどひどい。爪のマニキュアはボロボロにはがれ落ちている。ガランスは自分の経験から、はげ落ちたマニキュアをしている女性はけっして信用しないことにしていた。

「わかった。ここにいていいよ」思いがけずネルが譲歩の言葉を口にした。

「そう、よかった。これでオーケーね。じゃあわたしは行くわね」アリスは、またネルの気が変わるのではないかと疑っているかのように、注意深く答えた。

「ぼくたち、何も準備してないんですけど」グレッグが言った。

「靴を脱いで。それでいいでしょ」

ネルが自分に気がついてからというもの、ガランスは出ていけと言われるのを今か今かと待った。ライバルのダンス教室までやってきた裏切り者の自分がここでできることは何もない。それは自分でもわかっている。なぜネルは何も言わないのだろう？　どうしてすぐにガランスの正体を暴かないのだろうか？　ガランスは罠にかかったような気がした。自分はいとも簡単に〈メガラ〉の中に飲みこまれてしまったのだ。歴史の授業に出ていたならば、今頃のんびりと席に腰かけ、靴を脱ぐ必要もなかったのに。そう考えるとガランスは心底後悔した。靴下になっていったい何をするというのだ？　こんな場所は大嫌いだ。迷路のように入り組んだスタジオも、新築の建物の匂いも、白いピカピカの壁も。ポニーテールの女性も、ウ・タオ・ダンスのインストラクターも、研修生も、ピチピチのタンクトップを着た全国チャンピオンも、みんなみんな大嫌いだ。特にネルが、誰よりもネルが大嫌いだ！　最悪なのは、ネルが何を考えているのかまったくわからないことだ……。自分が〈メガラ〉に来たことを母が知ってしまったら、と思うと、ガランスは足下の大地が揺れるように感じた。ネルが音楽のボリュームを上げた。

《助けてよ　必死にしがみつく
下は見たくない　目も開けたくない》

「どうすればいいんですか?」モードが質問した。

「このミュージックビデオ、見たことある?」

この二年間、北朝鮮で投獄されていたのでもなければ、知らないはずがない。ユーチューブで十億回は再生された動画で、ガランスもそのうちのかなりの回数の再生に寄与している。ガランスは、このビデオの中で踊っているマディー・ジーグラーの大ファンだった。テレビのリアリティー番組に出ていたところを歌手のシーアに見いだされた、天才的ダンサーだ。

「じゃあ、みんなイメージとか、感情とか、何かしら頭の中にあるよね……。それを踊りにしてみて」

「彼女はあたしたちを見てるだけ?」モードがひそひそ声でガランスにささやく。「教えてくれるんじゃないの?」

ガランスは自信のなさそうなモードを初めて見た。ネルはひそひそ話を聞いていたが、構わず尋ねた。

「名前は?」

「モードです」

「モード、頭で考えるのはやめなさい」

だが最初に動いたのはグレッグで、元の振り付けをよく覚えていたので、ほとんどマイムのように動きを再現し始めた。《マスカラをつける》《口の周りを拭く》《モールス信号を打つ》《想像上の友だちに挨拶する》《壁のゴキブリを目で追う》……。正確とはいえずうまくもない動きだが、これに何らかの刺激を受けたらしく今度はサロメが飛びだした。だがフロアの真ん中まで来るとどう動けばいいのかわからなくなり、残った二人のほうを振り向いて一緒にやろうと促した。モードは覚悟を決めて踊りに加わったが、ガランスは動かなかった。ここで足の指一本たりとも動かすことなどできるはずがない。将来〈コリフェ〉をつぶす原因となるかもしれないこのダンススタジオの中なんかで。しかしいつもの癖で、ガランスは頭の中で音楽の拍子を取り始めた。一、二、三、一……一、二、三、一……。無意識のうちに筋肉が収縮し、動きだしたい衝動に駆られる。グレッグは同じ動作を繰り返すのに飽きたのか、自分を縛りつけていたすべてのものから解き放たれたように、両足を踏み鳴らし、こぶしを打ちつけ、青いメッシュを振り回している。サロメも好き勝手に動き回っているが、リズム感はいい。モードは一人で控えめに踊っている。だが三人とも、曲がリフレインにさしかかると動きを止めた。ガランスがまるで振り子のように、その場で身体を揺すり始めたからだ。

《一、二、三、一、二、三で飲むの
一、二、三、一、二、三で飲むの
一、二、三、一、二、三で飲むの》

ガランスは頭を空中に固定したまま、螺旋状の溝が入ったドリルビットのように両腕をねじり始めた。そして両足を重ねてその場で回転、次に軸足の爪先に立って回転し、右足を上げてデガジェ、ピケ、そしてフロアの中央に飛びだしていく……。そして停止。頭がガクンと前に落ちる。まるで故障したかのように。やがて、コンピューターで身体を遠隔操作されているかのように、目覚め、ロボットがスキャンするような視線で室内を見回し、自分の動きを一つ一つ確認する。サロメとモードはその動きに魅了されてガランスを見つめた。ガランスは機械的な動きを繰り返したかと思えば、突然コンピューター制御から解放されたかのように滑らかで官能的な踊りを繰りだす……。しなやかに動くその姿は、まるでまどろみながら踊っているようだ。グレッグは急いで部屋の隅に戻り、自分のバッグの中を引っかきまわした。ガランスは即興で踊り続ける。物憂げで消え入るように、そして眠るように。かと思うと、ぎくしゃくとして食らいつくように、そしてプログラミングされているかのように。グレッグは取りだしたスマートフォンを掲げてガランスを撮影した。ガランスはスプリットをして床の上で前後一直線に足を広げた。前の足の上に上半身をぺたんと倒して足の先をつかみ、今度は背中のほうに上半身を倒す。ネルは、この子にはダンスの才能があるのではないか、と最初から感じていた。そしてこの『シャンデリア』という作品をどう解釈して踊ったかをみれば、クラシックバレエの素養があるのも明らかだった。だが、ネルの心をとらえたのは彼女のテクニックではなかった。何か、もっと別のことだった。

《太陽が昇って　あたしはぐちゃぐちゃ
今すぐ出ていかなくちゃ　ここから逃げなくちゃ
恥ずかしくなる　恥ずかしくなる……》

ガランスは床に仰向けに寝て両腕を横に広げた。再びリフレインが始まる。《一、二、三、一、二、三で飲むの》ガランスは両足を頭上にあげる。《一、二、三、一、二、三で飲むの》そのまま足を頭の上に降ろすと身体を丸めて橋を作り、完璧な輪の形にする。《一、二、三、一、二、三で飲むの》そこから難なく起きあがる。ネルは自分の視線に鍵をかけた。どんな感情も外に漏らすことがないように。

《明日なんてないみたいに生きていくの
明日なんてないみたいに》

歌が終わりに近づいた。ガランスは、もう何一つ抑えることなく踊った。自分を邪険に扱い、感情のうねりや衝撃や神経の引きつりを表現し、この空間に存在する空白を描きだした。この時突然、ネルは何が自分の心をとらえていたのか、本当のことがわかった。この子は、自分が知る限り最高の教師の指導を幼い頃から受けている。そしてこの子は、言葉では表現できないことを身体で表現することができる。様々な感情を自由自在に表現できる身体。恐怖や、渇望や、不安や、忘却できない苦悩を表現できる身体。まだ人生経験は少ないものの、狂気と紙一重の孤立や孤独を表現できる身体。そんな身体を持つこの子なのに——ネルは感じた。絶対にそうだと思った。この子はダンスが嫌いなのだ、と。

六歳でガランスと友だちになった頃は、スアドは誰が可愛くて誰が可愛くないなどということはまだ考えたこともなかった。もっとも、もしその問いに答えなければいけなかったとしても、スアドはきっと、ガランスの顔は口が大きすぎて変だ、と答えたことだろう。ガランスを醜いと思っていたわけではないが、自分の新しい友だちが自分より可愛いなどとは思ってもみなかった。実のところ、他の誰であれ、自分より可愛い子がいるとは思っていなかった。しかしそのうちに、ガランスの外見に関するたくさんの評価がスアドの耳にも届くようになった……。そして年齢が上がるにつれて、それしか聞こえてこなくなった！　〈コリフェ〉の更衣室でも、十代の年上の生徒たちが、ガランスなら絶対男の子たちにもてると言い始めた。あからさまではないものの、大人たちの態度にも無視できないものがあった。どう見ても、大人はガランスに甘かった。スアドの母親も、ガランスの顔立ちは《すばらしく》《非凡だ》と褒めていたし、伯母がガランスのことを《とても優美だ》と言えば、もう一人の叔母は《出自のせいではないか》と答えた。ガランスの母親はとても美人だから、と全員の意見が一致していた。母親が美人ならガランスも《とても美人》になるのだろうか？　どうしてみんな、ガランスが美人だと思っているのだろう？　何を見てそう思っているのだろうか？　具体的にガランスのどこが美しいのだろう？　とりあえず眉毛でないことだけは確かだ……。口も違う……。あごもだめだし……。じゃあいったいどこが？　顔全体の配置の問題？

スアドは親友の顔を穴が開くほど見つめたものだ。ガランスの顔だけでなく、クラスの女子生徒や〈コリフェ〉の初級クラスの仲間たちの顔も、じっくり観察するようになった。この時以降、《自分と比べてきれいかきれいじゃないか》ということが、スアドが人に対する時の新たな判断基準になった。

　だが最初の頃は、それが二人の関係に影響を及ぼすことはなかった。中学校に入学するまでは、スアドのほうがガランスをリードしていた。ガランスはどちらかといえばおとなしい性格で、遊びや交友関係についてはふだんからスアドの選択に従っていた。力関係に異変が生じたのは、ガランスがバレエクラスの女子生徒と《彼女たち《プティット・コピーヌ》》の話をしていて、それをスアドが耳にした時からだ。その表現はたぶん適当に作ったものだったのだろう。あるいは先輩たちから聞いたのかもしれないが、その先輩たちも自分より先に出血を経験した先輩から聞いたのだろう。いずれにしても、その時スアドは二人が何の話をしているのかまるでわからなかった……。だがそれは、ガランスが自分には何も話してくれなかったからなのだ！　ガランスが親友の誓いを破ったのはこれが初めてだった。三カ月前に生理が始まったのに、ずっと秘密にしていたのだ。スアドは、《彼女たち》というのはずいぶんひどいと思った。陽気だが抜け目がなく、毎月不意にやってきてはガランスの手をとって坂を駆け下りる。自分は追いかけていくことのできない、危険だが甘美な坂を。つまるところ、ヘモグロビンの大群を、頭がいかれて騒々しく、あまり付き合いたくない――だが自由で、興奮して頬を紅潮させた女子の一団に擬人化していたのだ。ガランスと話していた女子生徒はすぐにスアドのことを見抜いて言った。

「スアドはまだ来てないの？　それはラッキーだね……」

　その口ぶりは、今後スアドは、すでに生理が来ている女子の仲間には入れないということを示す撤回できない。いかに社会秩序を手直ししても、自然の法則をかいくぐることはできないのだ。下された判決はものだった。そのうえ、排除されたからといって非難することさえできないのだ。下された判決は撤回できない。いかに社会秩序を手直ししても、自然の法則をかいくぐることはできないのだ。その後は、月経カップとタンポンのメリットを比較する議論が続いた。生理用品を膣に挿入して使うという話にスアドは驚き、気持ちは落ちこんだ。さらにその生徒はとどまるところを知らず、インターネットで見つけた誰か知りもしない人の話を持ちだした。それは、タンポン交換時に前のタンポンを取りだすのを何回も連続して忘れ、使用済みの五、六個のタンポンが体内で行方不明になって取りだすことができなくなり、手術が必要になった、というものだった……。後で母や伯母たちがフォローしてくれたおかげでスアドはなんとか心を落ち着けることができたものの、やがて自分の家の女性たちの話を当てにしてはいけないことに気がついた。というのも、自分は他の子と比べてまったく遅れていたからだ。生理が来るまで、スアドはそれから一年半待たなくてはならなかった。こんなにも長く親友と生理開始の時期がずれたことで、スアドは他の面でもコンプレックスを抱くようになってしまった……。ガランスはスアドより背が高く、スアドより細かった。スアドは子ども時代のまま、ふっくら体型を維持していた。頬も赤ん坊のようにふっくらしていた。それが恥ずかしくて、少しでも頬をへこませるためにスアドは無意識のうちに内側から頬を吸いこむ癖がついてしまった。いっぽうで不当なことに、胸のほうはふっくらの原則には従うことなく、当時のスアドの胸は乳首があるだけでぺちゃんこだった。スアドは、いつか豊かな乳房になることを一生懸命に願った。この世の中で乳房がこんなにも不当に分配されているのを認めることができなかった。いずれにしても、ガランスの人気曲線は、ガランスのブラジャーのカップサイズと比例して上がっていった。こうしてスアドは、徐々にガランスに対する影響力を失っていった。やがて、どんな遊びをするかはガランスが決めるようになった。そして当然のようにドッジボールは予定から消えた。日没までの短い午後の時間を屋外で声を張りあげ、自分の勝ちだと叫んで遊んでいた時代は一気に過ぎ去り、二人は暗い室内でだらだらと何時間も過ごすようになった。それはスアドにとって、小さな敗北を噛みしめる時間でもあった。週末が来るたびに、まるで文明が滅びてしまったような気持ちになった。闇に煙るような不毛な期間、二人を導いたわずかな知的活動といえば、美容情報を発信しているユーチューバーのチャンネルを見ることくらいだった。スアドとガランスはアイパッド《iPad》の前で二人きりで顔を寄せ合い、たとえば目元を大きく見せるためのアイシャドウの塗り方、といった動画をむさぼるように見た。

　こうして数ヵ月が過ぎた後、二人は煮詰まった状態からやっと抜けだし、再び日の光のもとに戻ることができた。もう次の夏になっていた。二人は徐々に子どもの殻を脱ぎ捨て、大人の身体になっていた。二人のぎこちない再出発は、夏の熱波のせいもあってゆっくりと始まることになった。二人は変化した体型の魅力的な見せ方や、変化に伴うデメリット——顔のTゾーンの皮脂分泌とそれ以外の場所の乾燥、成長に伴う体重増加、それに続く皮下脂肪と体毛の出現——を隠す手法を身に付けた。夏休みの数週間前からはいろいろと準備が必要になった。鏡の前でポーズを取って研究したり、気の利いた面白い会話をインターネットで探したり、名前の短い愛称を考えたり（しばらくの間《スースー》《Soussou》という愛称が使われたが、スアド《Souad》という実際の名前よりも発音に時間がかかるということがわかった。そのうえ《スース》《Souss》と短縮しても、音節の数は結局増えも減りもしないのだった）、マスティーンで水着を買ったりするのだ。スアドはそれまでワンピース型の水着しか持っていなかったが、説き伏せられてビキニの水着を買うことにした。自分にはまったく似合っていなかったし、露出が大き過ぎたが、そんなことはまったく問題にならなかった。自分の部屋で数日間着てみて、男子がいるビーチでそれを着る勇気が持てるように準備した。また、どうしてそう考えるようになったのかはわからないが、男子はみんな、まっすぐな髪が好きなのだと思うようになった。だから海水浴に行っても頭を水の中に入れず、ガランスを真似てなでつけた髪を、濡らさないようにした。髪をまっすぐなでつけるには何時間もかかった。まず、縮れ毛を柔らかくするために髪をケラチンでパックする。その後数回シャンプーして自然乾燥させ、再度保湿剤をつける。それから髪を一束ずつ手に取り、ヘアアイロンで伸ばしていく。もちろん、これだけやっても、ガランスに《似せる》ことはできなかった。大人たちのかつての予言はそのとおりになった。子どもの時に変だと思っていたガランスの顔は、形が定まってくるにつれて魅惑的な顔であることがはっきりしてきた。ガランスの顔立ちは年齢とともに洗練され、思春期には均整の取れたものになった。誰もが同意するような驚くほどの美人へと変貌を遂げたのだ。また中学校に入ってからは、それまでスアドが見たことのないほど大胆な性格になった。何か問題があって、スアドが半分妥協するような場面でも、ガランスはいつも《行動》するほうを選ぶようになった。仲間うちでも自分よりガランスのほうが評価されていることを、スアド自身感じていた。ガランスに対する嫉妬心はやがて、さらに好ましくない性質を帯びるようになる。ガランスへの依存だ。スアドの心の中に、親友と一緒でなければ自分には意味がないのではないか、という恐怖心が生まれてきたのだった。

そして今、スアドは喉の奥で声門が閉じ、どろどろしたものが行き場をなくしているのを感じた。唾液や粘液、空気や怒りが混ざりあって押しこめられている。ガランスが自分を見捨てるはずがない……。だけど。今朝の車内での態度ときたら……。まるで自分との友情が邪魔だとでも言わんばかりにあんな扱いをするなんて……。モード・アルトーの前であんなやり方！　スアドは、ただ謝ってほしかっただけだ。だが、一日中ふくれっ面をしているべきではなかったのかもしれない。怒りには慣性がある。いったん声に出してしまうと、怒りは正当な理由を見つけてどんどん大きくなり、速度を増す。不当だという思いが強くなり、怒りに身を任せれば任せるほど、それを飲みこんでいるのだということに気づかなくなる。まだ今なら仲直りすることができるだろうか？　やってみることはできるかもしれない。だが、スアドには漠然とした不安があった。それはずっと以前から感じていた不安だ……。

スアドは、今朝のような裏切りがいつか起きるのではないかと予想していた。モード・アルトーの前で自分をバカにした友が、いつかそうするであろうことはずっと前からわかっていたのだ。これまでは、ガランスには自分を裏切る機会がなかっただけのことだ。何年もの間、スアドは、ガランスにその機会を与えないようにしてきた。譲歩と奉仕を積み重ねて日々二人の関係を強固にし、恩をつくって裏切りに対する抑止力としてきた……。だがそれは何の役にも立たなかった。スアドには、いつか裏切られるだろうという直感はあった。いつの日か、必ずそうなるだろうと。

「友だちを見失ったのかな？」

その声に、スアドは足下のコンクリートから視線を上げた。教師のシメオーニが革の手提げかばんを手に持ち、二メートルほど先に立っていた。スアドは、机や椅子で隔てられていない校庭でこんな至近距離から教師に声をかけられ、少しばつの悪さを感じた。シメオーニは授業で見るより年寄りに見え、服装も品質が劣るように見えた。校門に向かっていたようだが、スアドを待つためか歩みを緩めている。

「アマールさん、自由意志《リブル・アルビトル》とは何か知っているかな？」

スアドは首を横に振りながら、先生がサッカーの審判《アルビトル》の話を始めなければいいが、と思った。

「ピエール゠シモン・ラプラスは？　この名前を聞いて何かわからないかな？　科学的決定論の概念を初めて提示したのはラプラスなんだよ」

「……」

「決定論というのは、この世で起こるすべてはどう起こるかが決まっていて、別のやり方で起こることはない、ということなんだよ。したがって、ある瞬間の宇宙について考える時、その未来と過去は物理学の法則によって完全に決定づけられているということだ。わかるかな？」

「はい……」

「だが科学的決定論は人類には当てはまらない、と言う人たちがいる。人類は宇宙の一部ではあるが、我々の選択というのは予測することができないため、人類は宇宙の法則に縛られない、というものだ。この選択が自由意志だよ。個人的にはそうは思っていないが」

「人間は選択できるということをですか？」

「よく同僚の先生たちが職員室でこぼしているのだが、きみたちはたえずスマートフォンに張りついているね。だがわたしに言わせれば、きみたちは選択してそうしているわけではない。きみたちを相互に結び付けている技術は、人類の進化を可能にする唯一のものだ。そしてきみたちの世代は、決定された進化の産物でしかない」

シメオーニが、蛍光ピンクの携帯電話をスアドに差しだした。

「きみの友だちが籠の中に忘れていったものだ。返しておいてくれますか？」

シメオーニは長広舌《ちょうこうぜつ》で有名で、生徒たちが卒業後数十年たっても、自分はあの先生に習ったんだぞと自慢するような数少ない教師の一人だった。だが、大言壮語を放ったかと思うと、突然話をやめて物思いに沈みこむことがよくあった。この時も、急に黙ってスアドの隣を歩き始めた。スアドは居心地が悪くなった。やけに遠くに見える校門にたどり着くまでの間、自分が先生を楽しませなければいけないような気がした。何か知的なことが言えたらいいのだが。何か数学に関係することでも……。

「アマールさん、二年生になったら理系のバカロレア準備クラスに入るつもりはあるかな？」スアドの心の内を読んだかのように、シメオーニが再び口を開いた。

「できればそうしたいですけど……」

「きみの成績なら大丈夫。このまま学年の最後までがんばれば何の問題もないよ」

「でも、まだ話をしていないんです、ガランスと」

「それでは、相談するといい」シメオーニは真剣な表情で答えた。

校門に着くと、通りかかった生徒の一団が先生に挨拶した。シメオーニもうなずいて挨拶を返し、スアドにも同じように別れの挨拶をして遠ざかっていった。そして街灯の明かりの下まで行くと、身体を曲げて駐車してあった車に乗りこんだ。

坂道の上にスアドが立っていることに気づき、ガランスは慌てた。ぼんやりとしたシルエットが、威圧的な建物と一体化して見える。どうしてスアドがうちの前で待っているのだろう？　〈コリフェ〉からは、〈上級クラス1〉のジャズの音楽が漏れ聞こえている。ガランスは歩調を緩めず前進した。もう辺りはすっかり暗くなっている。自分が〈メガラ〉から出てきたところを誰にも見られていませんように、とガランスは祈った。もしスアドがこのことを知ったなら、母と同じくらいに裏切られたと思うことだろう。なぜならスアドは、自分がダンスの価値を守りぬく任務を負っていると思っているからだ。北極の氷の融解と『スターと一緒にダンス』というテレビ番組によって脅かされているこの世界において、ダンスの価値が崩壊するのを自分が防ぐのだと。そして〈メガラ〉のことを悪の化身のように考え、誰かがあちらに入会すると、自分の不倶《ふぐ》戴天《たいてん》の敵と位置付けていた。スアドは、わざわざここまで説明を求めにやってきたのだろうか？　前に進むにつれて、スアドのシルエットが、美徳にくるまれた寓話の女神のように見えてくる。復讐の手に竪琴を持って高く掲げるテルプシコラか……。いや、違う。スアドが手に持って振っているのは、蛍光色の物体だ。

「あたしの携帯電話！」

「籠に忘れていったでしょ」

「取りにいってくれたの？」

「うん」スアドは嘘をついた。喜んでいるところに水を差したくなかった。

「ありがと！　あたしが戻った時には門が閉まってたんだ、もう……」

ガランスはそこで急遽《きゅうきょ》言葉を止めた。だがスアドは、ガランスがそれまでどこにいたのか聞くそぶりを見せなかった。

「よかったら明日マスタングへ行く？」

スアドはあいまいにうなずいた。ガランスの心の中で再び悪い予感が頭をもたげ、きつ過ぎるブラジャーのように胸を締めつけた。

「うちに寄っていかない？」

「ううん、帰るよ」

スアドを帰すわけにはいかない――ガランスは突然そう思い至った。スアドが行ってしまえば、自分は母の帰りをたった一人で待つことになる。そして帰宅した母の視線を受け止めなければならない……。一晩じゅう。他に視線をそらす場所もなく、二人きりで。

「ほら、上がっていって！　ちょっとだけでも……」

「ううん、もう遅いから」

母と二人きりで顔を突き合わせるのかと思うと、ガランスは怖くなって声が上ずった。

「スペース・カウボーイ《Space Cowboy》のパーカーを渡さなくっちゃいけないから！　今週はスアドの番だよ」

「ガランスが持っていっていいよ」

その瞬間だった。来た――ガランスにはわかった。

「メッセージが来たんじゃないの」

スアドに着信を指摘される前からわかっていた。ガランスは手に持っていた携帯を強く握りしめたが、そちらにはまったく目を向けなかった。どういうことかはわかっている……。まだ今なら厄介事を避けることはできる。見なければいい。ガランスは携帯をバッグの中に入れた。ほら、これで携帯は消えた――地球上の全通信網が消えたのだ。だがバッグに入れる前に、ガランスの親指はすでにボタンを押していた。ショートメッセージが十一件と、ワッツアップの通知が十九件。そのうち最新の二件が画面に表示されている。ガランスはいきなり空中に投げだされたような気がした。

ガエル・リブ　グレッグのストーリー😍😍😍
ジャナ・ラリ　あの動画何？？？？　メガラで何してるの😱

ガランスは返事をしなかった。これが現実でなければいいのに、といまだに思い続けた。

「どうしてあんなことしたの？」

親友が自分を許してくれる可能性があるのなら、ガランスは何もかも説明するかもしれない。だがスアドは情け容赦なく喜々として自分を非難することだろう。

「思いやりがないよね、本当に」

「行く予定じゃなかったんだよ。本当なんだよ、スース、そんな予定じゃなかったの……」

「そりゃそうでしょ。予定ではマスタングに行くことになってたんだから！」

「そうだけど、ずっとプンプン怒ってたじゃない……」

「自分のお母さんに対してあんなことするなんて、恥知らずだよ」

言い訳しても何の役にも立たないことは明らかだった。少しでもわかってもらえるのならガランスは何でもするつもりだったが、スアドは断固としてガランスにとどめを刺すつもりらしかった。実際、スアドの言うとおりだった。町じゅうの人が、自分が母の娘であることを知っている。ガランスはアナの娘として知られ、〈ダンス教師の娘〉と呼ばれているのだ。それなのに自分は公然と、スナップチャット上で、母を侮辱するような真似をしたのだ。

「でも、あたしじゃないんだよ、本当に！　他の人たちが行きたがって、あたしは行きたくなかったんだけど、ついていっただけなんだよ……」

「つまり、モード・アルトーの犬になったってことなの？」

スアドの声は、まるで氷の層のように険しくなっていった。ガランスは、氷が割れて暗い穴の中に落ちていくような怖さを感じた。

「スアド、ごめんね、そういうつもりじゃなかったんだよ……」

「まあ、二人とも、こんな時間にどこから帰ってきたの？」

突然背後から母の声が聞こえ、ガランスは息が止まりそうになった。親友の顔を見ることもできず、母の顔を見ることもできなかった。これから一生、目の前にいる人の顔を直視することはできないような気がした。

「マスタングでTシャツの試着をしてきたんです」スアドが返事をした。

ヴァンサン・ダゴルヌ→グレッグ・アントナ
あの動画、やるじゃないか😳💣🔥🌡️

グレッグ・アントナ→ヴァンサン・ダゴルヌ
ああ、ガランス・ソログブのことだね

ヴァンサン・ダゴルヌ→グレッグ・アントナ
二〇〇〇年生まれの女たちはホントに危険だな

ヴァンサン・ダゴルヌ→グレッグ・アントナ
彼女たちのせいでおれは刑務所行きになりそうだ

グレッグ・アントナ→ヴァンサン・ダゴルヌ
ハハハ　それは危ないな

ヴァンサン・ダゴルヌ→グレッグ・アントナ
😰

……………………

ジャナ・ラリ↓ガランス・ソログブ
子猫ちゃん　あの動画すっごくすてきだったよ
ガランス・ソログブ↓ジャナ・ラリ
ママに見られたら殺されちゃう😱
ジャナ・ラリ↓ガランス・ソログブ
どうして？　お母さんスナップチャットやってるの？😫😫😫
ガランス・ソログブ↓ジャナ・ラリ
でも誰かが言うかもしれないし
ジャナ・ラリ↓ガランス・ソログブ
心配ないって。誰も言わないから！　逆にダンスがうまいって自慢するかもよ　ホント😦😍
😎

……………………

サロメ・グランジュ↓グレッグ・アントナ
退屈だから何か話して
グレッグ・アントナ↓サロメ・グランジュ
今つきあってる暇ないんだよ。みんながストーリーを見てる。ぼくのファンが大喝采してるんでね

サロメ・グランジュ→グレッグ・アントナ
動画はおいといて、ガランスとはどうなの？
グレッグ・アントナ→サロメ・グランジュ
どうしてそんなにしつこく、ぼくを誰かとくっつけようとするのさ？
サロメ・グランジュ→グレッグ・アントナ
二人ならインスタ映えするカップルになると思うんだけどな😊
グレッグ・アントナ→サロメ・グランジュ
そりゃなるな！　だけどきみだけ独り身にしておけないからね
サロメ・グランジュ→グレッグ・アントナ
やめてよ。あたしもカップルになるんだから
サロメ・グランジュ→グレッグ・アントナ
ずっと一人でいるのはいやだし
サロメ・グランジュ→グレッグ・アントナ
白状しなさい。あたしに彼氏ができないのは玉ねぎに似てるからだと思ってるんでしょ
グレッグ・アントナ→サロメ・グランジュ
いや、ぼくたちが二人とも独り身なのは、二〇一一年にフェイスブックの《愛の鎖》をコピペしなかったからだな
サロメ・グランジュ→グレッグ・アントナ
八八八
サロメ・グランジュ→グレッグ・アントナ

まあ、任せといて

グレッグ・アントナ↓サロメ・グランジュ

何を？

サロメ・グランジュ↓グレッグ・アントナ

ガランスに対してもっと積極的にいかなきゃ

……………………………

サロメ・グランジュ↓ガランス・ソログブ

すごい反響じゃない。グレッグにお礼言った？

ガランス・ソログブ↓サロメ・グランジュ

まあね。でも、動画を削除してくれるようにグレッグに頼んでもいいと思う？

サロメ・グランジュ↓ガランス・ソログブ

ええ？　どうして？

ガランス・ソログブ↓サロメ・グランジュ

メガラに行ったとわかったらママに殺されちゃう☠

ガランス・ソログブ↓サロメ・グランジュ

グレッグに頼んでもらえないかな。あたしからは頼みにくくて

ガランス・ソログブ↓サロメ・グランジュ

もしママが見たら悲惨なことになるから

サロメ・グランジュ↓ガランス・ソログブ
わかった。ちょっと待ってて

……………………………

サロメ・グランジュ↓グレッグ・アントナ
あの動画、削除したほうがいいみたい
グレッグ・アントナ↓サロメ・グランジュ
????
サロメ・グランジュ↓グレッグ・アントナ
ガランスはメガラに行っちゃいけないんだって。お母さんのことがあるから
グレッグ・アントナ↓サロメ・グランジュ
わかった。でもホントに残念だな。ガランスを褒めるコメントしか来てないのに
サロメ・グランジュ↓グレッグ・アントナ
今もまだ?
グレッグ・アントナ↓サロメ・グランジュ
ヴァンスも見たって
サロメ・グランジュ↓グレッグ・アントナ
あのストーリーを? 他にやることないの?
サロメ・グランジュ↓グレッグ・アントナ

それで何か言ってた？

…………………

サロメ・グランジュ↓モード・アルトー
今電話してもいい？

モード・アルトー↓サロメ・グランジュ
髪を乾かしてるから、後でこちらからかける

…………………

サロメ・グランジュ↓ヴァンサン・ダゴルヌ
ロリコンモードにはまってるらしいじゃない☠

ヴァンサン・ダゴルヌ↓サロメ・グランジュ
うん、今彼女のインスタグラム見てるとこ。やめとかないとケガするな

サロメ・グランジュ↓ヴァンサン・ダゴルヌ
⛔🔞⛔

ヴァンサン・ダゴルヌ↓サロメ・グランジュ
わかった。だけどこれだけ見てみろよ
https://www.instagram.com/p/BJBnyEgaugOi/?taken-by=GaranceSollogoub

ヴァンサン・ダゴルヌ→サロメ・グランジュ
　この身体の柔らかさはすごいよな。人間離れしてる😌
サロメ・グランジュ→ヴァンサン・ダゴルヌ
　二十四週間前に投稿されたやつ？　過去の投稿全部見てるの？
ヴァンサン・ダゴルヌ→サロメ・グランジュ
　ハハハ　まあちょっとさかのぼったけど
サロメ・グランジュ→ヴァンサン・ダゴルヌ
　そんなさかのぼってると、すぐに十二歳の時に行っちゃうよ
ヴァンサン・ダゴルヌ→サロメ・グランジュ
　足が頭に着くんだよ。すごいよな
サロメ・グランジュ→ヴァンサン・ダゴルヌ
　彼女の友だちのコメント読んだら頭が冷えるんじゃないの
ヴァンサン・ダゴルヌ→サロメ・グランジュ
　それは読んでない
サロメ・グランジュ→ヴァンサン・ダゴルヌ
　じゃあ読めば

……………………

srtau.galax.i：

子猫ちゃん今日のすごかったね　自慢に思うよ！！！

sylvanielothar：

親愛なる我らが先生にお礼を言いたい。青あざ、筋肉痛、すり傷……すてきな振り付け、興奮（クローが登場を間違えそうになった時　笑）、最後は楽しく終われた……ありがとう

manonbreda：

かわいそうな小さな足の具合はどう（笑）

garancesollogoub：

@alexandralaclotte @janalalis　ありがとう😛

alexandralaclotte：

完璧なアティテュードだったね　ブラボー👍

janalalis：

子猫ちゃん　これまで見た中で最高にきれいなアティテュードだったよ　リハーサルよりずっとよかった！

…………………………

サロメ・グランジュ↓モード・アルトー

まだ髪の毛乾かしてるの？

…………………………

ガランス・ソログブがグループ〈ヘルプ〉を作成しました
ガランス・ソログブがスアド・アマールをグループに追加しました
ガランス・ソログブがジャナ・ラリをグループに追加しました
ガランス・ソログブがガエル・リブをグループに追加しました

ガランス・ソログブ↓スアド・アマール／ジャナ・ラリ／ガエル・リブ
　ホワイト・ガール・ウィズ・アティテュード《White Girl with attitude》ってどういう意味？
ジャナ・ラリ↓ガランス・ソログブ／スアド・アマール／ガエル・リブ
　何の話？
ガランス・ソログブ↓ジャナ・ラリ／スアド・アマール／ガエル・リブ
　ヴァンサン・ダゴルヌがあたしのインスタグラムにコメントしたの
ジャナ・ラリ↓ガランス・ソログブ／スアド・アマール／ガエル・リブ
　えっー???
ガエル・リブ↓ガランス・ソログブ／スアド・アマール／ジャナ・ラリ
　👏👏👏👏👏👏
ジャナ・ラリ↓ガランス・ソログブ／スアド・アマール／ガエル・リブ
　ほらね！　絶対にグレッグのストーリーを見たからだよ！
ガランス・ソログブ↓ジャナ・ラリ／スアド・アマール／ガエル・リブ

うん😆 だけどホワイト・ガール・ウィズ・アティテュードって、さっぱり意味がわかんない😐

ジャナ・ラリ↓ガランス・ソログブ／スアド・アマール／ガエル・リブ

コメントはそれだけ？

ガランス・ソログブ↓ジャナ・ラリ／スアド・アマール／ガエル・リブ

うん、それだけ

ジャナ・ラリ↓ガランス・ソログブ／スアド・アマール／ガエル・リブ

🤔

ガランス・ソログブ↓ジャナ・ラリ／スアド・アマール／ガエル・リブ

アティテュードをする白人の女の子ってこと？

ガエル・リブ↓ガランス・ソログブ／スアド・アマール／ジャナ・ラリ

英語だと自分の流儀を持つ白人の女って意味なんじゃないの。何の写真にコメントされたの？

ガランス・ソログブ↓ガエル・リブ／スアド・アマール／ジャナ・ラリ

去年の公演会の写真。あたしがアティテュードしてるやつ

https://www.instagram.com/p/BJ-BnyEgaugOi/?taken-by=GaranceSollogoub

ガエル・リブ↓ガランス・ソログブ／スアド・アマール／ジャナ・ラリ

言葉遊びだね。映画にひっかけた

ガランス・ソログブ↓ガエル・リブ／スアド・アマール／ジャナ・ラリ

何の映画？

ガエル・リブ→ガランス・ソログブ／スアド・アマール／ジャナ・ラリ

封切られたばかりの映画だよ

NWAの『ストレイト・アウタ・コンドーム』

ガエル・リブ→ガランス・ソログブ／スアド・アマール／ジャナ・ラリ

ガランス・ソログブ→ガエル・リブ／ジャナ・ラリ／スアド・アマール

全然知らない😳

ガエル・リブ→ガランス・ソログブ／スアド・アマール／ジャナ・ラリ

ググりなさい

⋯⋯⋯⋯⋯⋯⋯⋯

ウィキペディア

NWA（グループ）

その他の同形異義の記事については、NWAの欄を参照

NWA　Niggaz wit attitudes（主張する黒人たち）の頭文字をとった略語。アメリカのヒップホップグループ。ロサンゼルスの南の近郊にあるコンプトンで結成された。ギャングスターラップで人気を博した。

……………………

サロメ・グランジュ↓モード・アルトー

髪乾かすのにいったいどれだけ時間がかかるの？

……………………

ガランス・ソログブ↓ガエル・リブ／スアド・アマール／ジャナ・ラリ

なんて返信しよう？

ジャナ・ラリ↓ガランス・ソログブ／スアド・アマール／ガエル・リブ

ああ、ヴァンサン、ずっと前からあなたを愛してるの、ハートマーク　ハートマーク　ハートマーク

ガランス・ソログブ↓ジャナ・ラリ／スアド・アマール／ガエル・リブ

ウケる

ガランス・ソログブ↓ジャナ・ラリ／スアド・アマール／ガエル・リブ

まじめな話、なんて返信したらいい？

ガエル・リブ↓ガランス・ソログブ／スアド・アマール／ジャナ・ラリ

ホワイト・ガール・ウィズ・アティテュードに？　いったいこれになんて返信したいわけ？

ジャナ・ラリ↓ガランス・ソログブ／スアド・アマール／ガエル・リブ

自分のおっぱいの写真でも送っておけば？

ガランス・ソログブ↓ジャナ・ラリ／スアド・アマール／ガエル・リブ

ハハハ

スアド・アマールがグループ〈ヘルプ〉を退会しました

……………………

サロメ・グランジュ↓モード・アルトー

モード、そんなに長々と髪を乾かす資格があるのは、ラプンツェルだけだからね

モード・アルトー↓サロメ・グランジュ

いったいどうしたのよ？

サロメ・グランジュ↓モード・アルトー

グレッグのストーリー見た？

サロメ・グランジュ↓モード・アルトー

ずいぶんもてはやされてるよね😡😡😡😡😡

サロメ・グランジュ↓モード・アルトー

ハロウィーンパーティーに招待したのはグレッグとくっつけるためだったのに、あの子ったらいまやすっかり羽を伸ばしてるじゃない！！！！！！

モード・アルトー↓サロメ・グランジュ

あたしにどうしろっていうの？　グレッグにはウニほどの魅力しかないんだとしたら？

サロメ・グランジュ→モード・アルトー
だからだってば！　あたしたちがなんとかしなきゃ！！　グレッグと付き合うようにあの子のほうを説得する計画でしょ

モード・アルトー→サロメ・グランジュ
嘘ばっかり。計画なんてないでしょ

サロメ・グランジュ→モード・アルトー
モードとグレッグが付き合ってたって、あの子に言えばいいよ

モード・アルトー→サロメ・グランジュ
はあっ？

サロメ・グランジュ→モード・アルトー
あの子はモードを崇拝してるから、グレッグと付き合ってたって言えばうまくいくかも

サロメ・グランジュ→モード・アルトー
あの子はモードが何かしたら同じことをしたくなるんだってば

サロメ・グランジュ→モード・アルトー
あの子の人格なんて、ルボンコワンのウェブサイトで売りに出ている程度のものなんだから

モード・アルトー→サロメ・グランジュ
あたしがグレッグと付き合ってたことにするなんて、冗談じゃないわよ

……………………

ガエル・リブ↓ガランス・ソログブ／ジャナ・ラリ
スアドはどうしちゃったの？
ジャナ・ラリ↓ガランス・ソログブ／ガエル・リブ
笑　嫉妬でしょ。ガランスがスナップチャットで人気者になったから
ジャナ・ラリ↓ガランス・ソログブ／ガエル・リブ
世の中偽善者ばっかりだね……
ガエル・リブ↓ガランス・ソログブ／ジャナ・ラリ
それでヴァンサンに返信したの？
ガランス・ソログブ↓ガエル・リブ／ジャナ・ラリ
してない！　自分だったらなんて返信する？
ガエル・リブ↓ガランス・ソログブ／ジャナ・ラリ
わかんないな。ちょっと考えさせて
ジャナ・ラリ↓ガランス・ソログブ／ガエル・リブ
😎
ガエル・リブ↓ガランス・ソログブ／ジャナ・ラリ
うん、それいいね
ガランス・ソログブ↓ジャナ・ラリ／ガエル・リブ
😎って答えよっか？
ガエル・リブ↓ガランス・ソログブ／ジャナ・ラリ
そうしなさい

ガランス・ソログブ↓ジャナ・ラリ／ガエル・リブ
　ありがとう😘

…………………………

ヴァンサン・ダゴルヌ↓ガランス・ソログブ
　へイ
ガランス・ソログブ↓ヴァンサン・ダゴルヌ
　へイ
ヴァンサン・ダゴルヌ↓ガランス・ソログブ
　ハウズ・マイ・Bガール《How's my B-girl》？
ガランス・ソログブ↓ヴァンサン・ダゴルヌ
　えっと……あたし英語は全然だめなの😦Bガールって何？
ヴァンサン・ダゴルヌ↓ガランス・ソログブ
　きみが動画でやってたのはブレイクダンスの動きじゃないの？
ガランス・ソログブ↓ヴァンサン・ダゴルヌ
　そうだけど。キップアップっていうの
ヴァンサン・ダゴルヌ↓ガランス・ソログブ
　なのにBガールがなんだか知らないの？
ヴァンサン・ダゴルヌ↓ガランス・ソログブ

ブレイクダンスのことをBボーイングとも言うんだよ

ヴァンサン・ダゴルヌ↓ガランス・ソログブ

だからブレイクダンスをするやつのことをBボーイって呼ぶんだ

ヴァンサン・ダゴルヌ↓ガランス・ソログブ

そして女の子の場合は……

ガランス・ソログブ↓ヴァンサン・ダゴルヌ

そうなんだ😂知らなかった

ヴァンサン・ダゴルヌ↓ガランス・ソログブ

おれは、きみにあんなすごい才能があるなんて知らなかったよ

ヴァンサン・ダゴルヌ↓ガランス・ソログブ

母親がダンス教師なんだろ？

ガランス・ソログブ↓ヴァンサン・ダゴルヌ

そう。あたしずっと前にうちのスタジオの前であなたに会ったことがある

ヴァンサン・ダゴルヌ↓ガランス・ソログブ

覚えてるよ

ガランス・ソログブ↓ヴァンサン・ダゴルヌ

そんな、覚えてるふりしてるだけでしょ！

ヴァンサン・ダゴルヌ↓ガランス・ソログブ

クリスマスには帰るけど、きみはいるの？

ガランス・ソログブ↓ヴァンサン・ダゴルヌ

うん

ヴァンサン・ダゴルヌ↓ガランス・ソログブ

おれのこともう一カ月待てる？😉

2015年12月

「まったくもう！」

冷蔵庫のドアを開けてサロメが怒鳴った。中に入っているのは瓶ビールが一パック、四分の三は飲み干された白ワインの瓶が一本、葉っぱの黒ずんだレタスが一個、あとはケーパーと小きゅうりのピクルスだけだ。ガランスはびっくりし過ぎて、何も言うことができなかった。サロメに連れられて入った場所は、がらんとしてだだっ広いキッチンだった。海の上に張り出したテラスに面しているにもかかわらず、驚くほど薄暗い。大きなガラス戸から差しこむ太陽の光は床の上にくっきりと明暗の境界線を作り、そこから奥はエポキシ樹脂塗装の床が光を吸収してしまっていた。通常キッチンにあるオーブンや食器洗い機や食器棚は、作りつけの家具として一つにまとめられていた。目立たないように引き戸のついた、くすんだ黒色のその家具は、影になった奥の壁沿いにひっそりとたたずんでいる。部屋の真ん中にはぽつんと大理石のカウンターテーブルが置かれ、その周りには、座面に白いレザーを張った銀色のスツールが並んでいた。ガランスはこの豪邸に足を踏み入れた時から圧迫感を感じたが、どういうわけかここから逃げだしたいとは思わなかった。二人が着いた時、家には誰もいなかったが、これは特別なことではないようだ。というのもサロメは家に入るなり、誰かに帰宅を知らせるでも親がどこにいるかを探すでもなく、まっすぐ冷蔵庫に向かったからだ。大人の不在は気にならなくても、冷蔵庫に食べ物がないことにはかなり腹が立つらしい。

「まったくもう！」

サロメの声が響いた後は、キッチンはしんとなった。ガランスはこの家の謎については考えないことにした。サロメは冷凍庫を開けてチーズのクレープ包みを取りだした。箱の表面には、半月型のクレープからハムを散らしたチーズが流れ出る写真が載っている。この写真のクレープは、ガランスがずっと夢みていたものに似ていた。母はけっして冷凍食品を買わないので、なぜそんなふうに思っていたのかは自分でもわからない。

「ハムとチーズのでいい？　それともキノコにする？」

「うん」ガランスは答えた。その後で、これでは質問に対して文法的に正しくないのでは、と思った。

ガランスは上着を脱いだが、どこに置いたらいいのかわからなかった。サロメはすでに電磁調理器のスイッチを入れ、フライパンにクレープを六つ投げこんでいる。クレープは期待はずれで、白くて写真よりも小さかった。クレープではなくまるで何か別のものに見えた。何だかわからないただの硬くて凍った小さな塊だ。ガランスはガラス戸のほうを振り向いた。海の眺めは実際すばらしく、今立っている位置からはガラス全体が青に染まって見えた。だが不安に駆られていたガランスには、景色を味わう余裕がなかった。ハロウィーンパーティーの後、新しい仲間たちに受け入れてもらうために、ガランスはできることはなんでもやってきた。グレッグとモードは自分を受け入れてくれたように見えたが、サロメだけはずっとよそよそしい態度を取り続けていた。それがついさっき、学校の出口で昼食に誘われたのだ。親密な関係を築くチャンスだった。だが、二人でここまで黙って歩いてくるうちに、ガランスはこのチャンスを活かせないかもしれない、と徐々に不安になった。自分が何度話題をふっても、サロメは携帯電話に顔を向けたまま、うん、とか、そう、とかそっけなく答えるだけだったからだ。

　サロメは取っ手のない引出しを静かに開けると、フォークとナイフを取りだし、再び引出しを閉めた。

「はい、これを居間に持っていって」

　さらにランチョンマットを二枚ガランスに渡してから、サロメはリモコンで音楽をかけた。ラナ・デル・レイの『ハイ・バイ・ザ・ビーチ《High by the Beach》』が二人のいる空間に響き渡る。キッチンと居間との間には仕切りがなく、海に面した同じガラス戸が百二十度屈曲しながら一方からもう一方へと続いていた。だが居間のほうは太陽の光が奥まで差しこんでいるため、キッチンとはまるで別世界だった。ガランスはガラス製のローテーブルの上にランチョンマットとフォーク、ナイフをセットしてから、金属製の脚が六本付いた椅子の上にバッグと上着を置いた。サロメがクレープの皿を持ってやってきた。

「次の授業は何時からなの？」質問しながらサロメはソファーの上に勢いよく座ったが、ソファーはへこまなかった。

「二時から」

「あたしは、今日の午後は授業ないの」

　こんがり焼き色のついたクレープは、さっきよりも写真の姿に近くなっていた。母はガランスが幼い頃から、炭酸飲料、ケチャップやマヨネーズなどのソース類、豚肉加工品、冷凍食品などの発がん性のある食品を警戒するように教え、そうした食品を避けてきた。そんなガランスにとって、大量生産されたクレープのベシャメルソースの味は新しい発見だった。母のことを考えていたガランスに、サロメが尋ねた。

「ところで、〈メガラ〉に行ったこと、お母さんは全然知らないまま？」

「うん、知らない。幸いなことに！」

「だけど、グレッグは自分の行動がどういうことになるか、考えられたはずだよね……」

ガランスは頭の中で、主語をグレッグから自分に置き換えて聞いた。サロメが話を続ける。

「……まあでも、グレッグのストーリーがみんなの注目を浴びたからって、それは本人のせいじゃないよね。グレッグならインスタグラムにサラダを載せたとしても、すごいっていうコメントが八百は来ると思うな、絶対に。『あれえ！　トマトとモッツァレッラのサラダだ！』『おととい同じの食べた！』とか、『義母はオリーブオイルアレルギーなの』とか……。これがあたしだったら、何か投稿しても全然反応がなくて、自分の存在を疑っちゃうくらいだと思うけどね」

「ハハハ」

「でもグレッグは気難しいんだよね……。彼のこと好きな女の子はいっぱいいるのに、本人は全然興味ないいんだから……」

「……」

「……モードとの後は……」

「えっ？」

「モードとの後は、誰とも付き合ってないの」

「えっ？　モードとグレッグが？　付き合ってたの？」

「このことは誰にも言っちゃだめだよ。いい？」

「うん、わかった、誰にも言わない」

「こうして話すのは信用してるから……」

「約束する」

「……ガランスは彼のこと好きじゃないの？」

「グレッグのこと？　ううん！」

サロメは突然黙りこんだ。ガランスの返事が気に入らなかったらしい。

「もちろん、友だちとしては、好きだけど」ガランスはなんとか取り繕おうとして言った。

「彼は、ガランスのことが好きよ」サロメはそう断言すると、ガランスを突き刺すような目で見つめた。

「あたしも、本当に好きだよ、グレッグのことは」

「ヴァンサンも、二人はお似合いだって言ってたし」

その言葉を聞いて、ガランスはもう一つクレープを食べようとした。ごく自然に、食べているから返事ができないというふりをしようとしたのだ。だがうまくいかなかった。

「彼がそう言ったの？」

「うん。昨日の夜、その話をしたの」

昨日の夜？　ヴァンサンは昨夜、自分にメッセージを送ってきていたのに！　この一カ月間、自分たちはずっとメッセージのやり取りをしてきたのだ。まったく、彼が連絡を取っているのが自分だけだなんて、どうしてそんなふうに思ってしまったのだろう？　まったく、自分はなんておめでたいんだ！　だがガランスは、不安な気持ちを振りはらった。サロメとヴァンサンは友だちだ。二人の間には何も怪しいことはない……。ガランスは下を向き、皿の上の食べ物をフォークで細かくつぶすことに専念した……。

「彼、土曜日に帰ってくるんだけど、知ってる？」

ガランスはうなずきながら、ぐちゃぐちゃになったクレープを皿の上に広げ、ベシャメルソースの中に円を描いた。

「もうお腹はすいてないの？　デザートにする？　何かないかあっちに見にいこう」

そう言ってサロメは急に立ちあがった。ガランスも後を追ってキッチンに向かう。太陽の光はさっきより奥まで差しこんでいたが中央のカウンターテーブルまでは到達していなかったので、二人は冷蔵庫の前に行くまでに目を薄暗がりに慣らさなくてはいけなかった。サロメは冷蔵庫のドアを開け放つと、しばらくの間空っぽの庫内を見つめてから訊いた。

「ビール飲む？」

「飲まない」

「嫌いなの？」

「うん、いや、好きだけど」ガランスはそう答えたものの、本当は生まれてこのかた、一口もビールを飲んだことがなかった。「今は喉が渇いてないから」

サロメは冷蔵庫から瓶ビールを二本取りだすと、顔を冷やすように両方の頬に瓶を押し当て、目を閉じた。瓶の中で気泡が上に昇っていき、瓶の外側を水滴がしたたり落ちる。息を吸うたびにサロメのタンクトップの胸が大きく膨らんだ。肌に押し当てられた瓶の気泡が上昇し続け、水滴が下降し続ける。突然、ガランスはサロメに対する憎悪の気持ちが身体を突き抜けるのを感じた。逆光の中、二本のビール瓶で顔をはさんだサロメがあまりにも美しく見えたからだ。やがてサロメは大きく目を見開き、栓抜きを探し始めた。そしてスツールの上にあぐらをかいて座ると、ビールの栓を二本とも抜いた。

「どうぞ！」

「ありがとう、でもいらない……」

「アルコール分なんてほとんどないんだから」サロメはハスキーボイスでしつこく勧めてくる。

「知ってるけど、今はいい。欲しくないから……」

四十五分後には授業がある。一滴でもアルコールを飲むなど、考えられないことだった。だが誰もいない家の中で、サロメは快活になって突然笑い始め、こう言った。

「モードと一緒に、ランチの時に酔っぱらったことがあったな。イヴァンの家にいたんだけど……。授業に戻った時には完全に酔っぱらってた！」

日差しがスツールの位置まで到達し、光を浴びたサロメの髪が、部屋中を照らすようにきらきらと輝いた。陽気に笑うその表情の中には冷たい輝きがあった。ガランスは、もうサロメのことを美しい、とは思わなかった。神々しい、と思った。サロメは親に監視されずに、誰もいない豪邸の中でたった一人で過ごしている無愛想な娘なのだ。いっぽうガランスのような娘たちは、ヴァンサンのような青年たちの関心を引くことはない。そしてガランスのような娘たちには、刺激的な出来事はけっして起こらないのだ。サロメは上半身を病的なほど前に湾曲させて（ガランスの母ならきっと、ひどい脊柱前彎症だと診断を下すことだろう。腰椎を中心に脊柱を強化する必要がありそうだ、と）腕をガランスのほうに伸ばし、ビール瓶を親指と人差し指でつまんで揺らした。ガランスは再び首を横に振った。飲みたくなかったからだ。だが本当のところ、自分はどうしたいのだろうか？自分で自分の気持ちがわかっていると言えるのだろうか？　少なくとも、サロメが自分に何をして欲しいと思っているのかはわかった。ガランスはいつもとは違う異常な心持ちになり、自分の欲求よりもサロメの欲求のほうが現実味を帯びているように感じられた……。この欲求に屈するのはたやすいに違いない……。徐々に感覚が麻痺して屈服しそうになりながらも、ガランスはまだビール瓶を受け取らなかった。ガランスの気が変わらなかったからか、サロメはしつこくするのをやめ、立ちあがってテラスに出ていった。ガランスも催眠術にかかったように後を追って外に出た。太陽の光がまぶしく、青い海に目がくらむ。午後の一時を過ぎ、太陽は空の一番高い位置にあった。サロメは脇で身体を支えるようにして手すりにもたれている。だらりと垂れた両腕と頭の重みで上半身が前のめりになり、長い髪が滝のように海に向かって落ちている。

「ヴァンサンって、ハリー・スタイルズに似てると思わない？」サロメが下を向いたまま質問した。

「うん、ちょっと似てるよね」ガランスも以前そう思ったことがあった。

「彼を好き？」サロメはそう訊くと突然身体を起こし、地平線をにらむように見つめた。

「ヴァンサンのこと？」

「好きなのは見ればはっきりわかるけどね……」

「そんなことないよ」ガランスは反論した。「……どっちにしても、ヴァンサンはそんな年下の子とは絶対に付き合わないだろうし」

「それは明らかにそうね。年齢差があり過ぎるよね」

その言葉にガランスはショックを受けた。サロメが何も言わずに部屋の中に戻っていくのを見て、ガランスも中に入った。サロメは台所のカウンターテーブルに置いてあったビール二本をつかみ、居間に移動してソファーに腰かけ、隣に座るようガランスに合図する。ガランスは言われたとおりにした。そしてサロメにビールを差しだされると、今度は拒むことなく受け取った。

「ヴァンサンとメッセージをやり取りしているの？」

「時々だけど」

「彼が法学部をやめたがっていることは知っている？」

「……知らない……」
「中間試験がうまくいかなかったんだって。聞いてないの?」

ヴァンサンは、大切なことは何も自分に言ってくれなかった……。大事なことはすべてサロメに話しているのだ……。ビール瓶を唇に近づけると、尿のような臭いがした。嫌悪感に耐えながらビールを口に流し入れる。液体が今度は喉の奥で不快感を生みだしたが、吐きだすには遅すぎた。自分は、中間試験がヴァンサンにとってどのくらい重要なものなのかさえ知らないのだ、とガランスは思った。

「ヴァンサンは他の学部に登録し直すつもりなのよ」サロメが話を続ける。「でも、ちょうど学年の真ん中だから、ちょっと面倒なことになりそうだよね。とくに彼自身、自分が何をやりたいのかわからないみたいだし、両親もかなりプレッシャーをかけているらしくて。母親はまだいいんだけど、父親がちょっと難しい人でね……。ねえ、一つ言ってもいい? 気を悪くしない?」

ガランスは不安に思いながらもうなずいた。

「その靴だけど、バレエシューズを履くのはやめたほうがいいよ。子どもみたいだから。それに、ふくらはぎがすごく細いから、もっとボリュームのある靴のほうが似合うと思う。ねえ、あたしの部屋に来なさいよ。どんなものを買ったらいいのか見せてあげるから」

もし午後の授業に遅れたくないのなら、今すぐここを立ち去るべきだろう。だがガランスは、何よりもサロメの部屋がどうなっているのかを見てみたかった。そしてその好奇心は、どうせもう自分は何も拒否することができないのだから、という感覚を引きずらないための口実になった。

サロメの寝室はガランスが想像していたくらいの広さで、外は丸いバルコニーに続いていた。部屋には専用のバスルームとウォークインクローゼットも付いている。サロメがクローゼットのドアを開けた。ガランスは写真を撮ってスアドに見せたくてたまらなくなった。そうでもしなければスアドは信じないに違いない。クローゼットの床には、靴が収納された二段重ねのラックが壁に沿ってぐるりと並んでいた。奥の棚には小物類や付属品、アクセサリー類が雑然と置かれ、どの棚も今にも重みでたわみそうだ。両側には、種類ごとに整理された洋服がまるで店のような専用ラックにかかっている。サロメ・グランジュは学校でも飛びぬけておしゃれな生徒だったが、ガランスはこのクローゼットを見てその理由がわかった気がした。次々に洋服を手に取り、セットでつるされていた灰褐色のチュールのペチコートと黒いレザージャケットをじっくり眺めていた時、ガランスのポケットの中でピーンと音が鳴った。サロメの手がすばやくガランスの尻ポケットに伸びる。サロメはガランスの携帯電話をつかみ取ると、着信通知があったのはどのアプリなのかをチェックした。

「ホットオアノット《Hot or Not》って？」

「なんでもないよ」ガランスは気まずい思いで答えた。「古いアプリなの。もう削除しないと」

「それって写真で容姿を評価するアプリじゃないの？」

「そうだけど、ただの冗談のつもりだったの。友だちとほんの遊びで登録しただけ。もうずっと前のことだし……。ただ、まだ一人だけこの変なやつが、あたしに付きまとってるの」

サロメはガランスの携帯を持ったままベッドの上に寝転び、ガランスにも来るよう合図した。

「その今もメッセージを送ってくるやつが、こいつなの？」

「そう。時々こうやってチャンスを試してるんだよ」

サロメに頼まれ、ガランスは自分の携帯ロックを解除して、ホットオアノットのアプリで受信した一連のメッセージを見せた。メッセージの送り主はニソラックという男で、二カ月か三カ月ごとに定期的に連絡してくるところをみると、しつこい性格の持ち主に違いなかった。

ニソラック：
　きみは本当にきれいだ
ニソラック：
　本当にきみを美しいと思ってる。だから会話を続けたいんだ
ニソラック：
　答えたくないのもわかるけど、ぼくは本当にきみのことを美しいと思ってる。スナップチャットで会話を続けたいな
ニソラック：
　ハロー、プリンセス。きみのスナップチャットは？
ニソラック：
　名前を教えてくれないの？

やあ、大丈夫？

「ただのろくでなしなの。どんなやつかも知らないし」ガランスは言い訳した。

「そいつはどうやってガランスを見つけたの？」

「知らない。一度も見たこともないし。この辺には住んでいないと思う」

「スナップチャットのアカウント教えてあげなさいよ」

「絶対いや……」

「ほら、そうしたらそいつをやっつけてやれるじゃない。別のアカウントを作ればいいでしょ！」

「なんのために？」

「そいつに嘘のアカウントを教えて、そこでからかってやればいいのよ」

サロメは自分のアイデアにしごく満足したようで、ガランスも説得されてしまった。二人はベッドの上で顔を寄せあい、スナップチャットに別のアカウントを作った。登録が終わると、ガランスはホットオアノットを開いてニソラックにメッセージを送った。〈スナップチャットに来て。あたしの名前は《ミア654》〉。サロメが、部屋に来る前に冷蔵庫から持ってきたビール二本の栓を抜いた。ビールはすっかり生ぬるくなっていたが、特に気にしなければ飲めなくはなかった。ガランスはもう気にしなかった。そしてビールを飲んだ。ニソラックはすぐに行動に出た。二人は、サロメの指示に基づいてガランスが返信を打つと決めた。

ニソラック：
やあ

ニソラック：
きみは本当にきれいだ
ミア654：
歳はいくつ？
ニソラック：
十九。きみは？

二人で相談する必要がある時は手早く済ませなければならない。遅すぎる返信は疑念を引き起こしてしまう。

ミア654：
十七。
ミア654：
どこに住んでるの？　町とか県とか
ニソラック：
サルト県だよ

「サルト県ってどこ？」
「そんな名前の場所があることさえ知らなかったわよ！」
「グーグルで見てみる？」

「そんなのどうだっていいから！　それより、スナップチャットで知らない女の子をよく誘うのか訊いてみなさいよ」

ミア654：
知らない女の子をよく誘うの？

ニソラック：
誘わないよ。でもきみの場合は、さっきも言ったけど、本当に美しい顔だと思っているからだよ

ニソラック：
他にも写真はある？

ミア654：
どうして？

ニソラック：
きみの身体を見たいからだよ

「今度はなんて言う？」ガランスはパニックになった。
「貸して、あたしが返事するから」じれったくなってサロメは携帯をもぎ取った。

ミア654：
マスターベーションするために？

「どうしてそんなこと書いたの？」

「いいからやらせて」

ニソラック：
どうして？　いやなのかい？
ミア654：
そんなことない
ニソラック：
写真を送ってくれたら、後で削除するよ
ミア654：
その代わりにあたしには何をくれるの？
ニソラック：
代わりに、ぼくがどうやってきみとセックスするのか、ぼくのすることを詳しく教えてあげるよ

「もうだめ、これ以上返事するのはやめようよ。こいつ頭おかしいよ！」ガランスは縮みあがった。

「だめだよ、これから面白くなるんだから」

「やめてよ！　向こうはあたしの顔を知ってるんだよ！　ホットオアノットに写真が載ってるんだから！」

「そんなの構わないでしょ。名前は載ってないんだし……」

「そうだけど、もし……」

「どうやったら見つかっちゃうと思うわけ？　向こうはあんたが誰かなんて知らないんだから！

それに、メッセージは全部消えるんだし。アカウントもあとで削除すればいいだけでしょ……ハハハ……」

「ちょっと何？　あいつ何書いてきたの？」

「なめられるのは好きかい？」

ニソラック：
　なめられるのは好きかい？
ミア654：
　大好きよ
ニソラック：
　どこでセックスしたい？　ベッドか、車の中か、それとも公共の場所？
ミア654：
　車の中がいいかもね
ニソラック：
　きみとぼくが車の中にいるとしたら、ぼくはまずきみをすみっこに連れていく。それから座席を倒す。そしてきみのスカートの中に手を入れて優しくなでるよ
ミア654：

どうしてあたしがスカートをはいていることになってるの？

ニソラック：
ジーンズより簡単だからね

ミア654：
わかったわ。それから？

ニソラック：
ぼくはきみの頭をつかんで、ズボンの前まで下げていく。きみはみだらな女になって歯でズボンの前を開ける。きみはペニスをしゃぶる。ぼくはペニスをきみの口の奥まで押しこむ。次にきみはぼくの睾丸をなめ、その間にぼくはすっかり濡れたきみのTバックを脱がせる。それからぼくはきみを後部座席に行かせる

ミア654：
さっきから後部座席にいたんじゃないの？

ニソラック：
きみが後ろ向きの体位になるからだよ。ぼくはきみの中に挿入する。きみがしゃぶり続けることができるように指を一本きみの口の中に入れたままにして……

二人は少し前から、メッセージを声に出して読むのをやめていた。最後の二つのメッセージを見た時は、二人ともこれでもかというほどばかにした態度で大笑いした。サロメは〈きみはぼくの睾丸をなめ〉という箇所を、信じられないような声音で面白おかしく繰り返した。ガランスも、さらに大きな声で笑った。相手の頭がおかしいのは明らかだといわんばかりに。だが、二人ともニソラ

ックが返事を待っていることはわかっていた。返事を書くのは簡単ではない。二本のビールは半分空になっていた。ガランスもサロメも、自己満足で騒ぎながらも、心の中ではばつの悪さを感じていた。サロメが口述を始め、ガランスが書いていく。

ミア654：
　興奮するう！！！！！
ニソラック：
　自分で触ってる？　ちゃんと濡れてる？
ミア654：
　ええ。あなたは？
ニソラック：
　きみのことを考えながらマスターベーションしてる

「もう今言っちゃう？」

「ちょっと待ちなさい」

「じゃあなんて書くの？」

「そいつのペニスの写真を送ってって書けばいいよ」

「本気でペニスの写真を見たいと思ってるの？」

「そりゃそうよ、それが面白いんじゃない」

「じゃあなんて書いたらいいの？　〈あなたのペニスを見せて〉とか？」

しばらくして、フラッシュ撮影された、勃起したペニスの写真が送られてきた。二人は思わず嫌悪の叫び声をあげた。

「うぇっ！」

「今度は顔が見たいって言いなさい」

ニソラック：
　顔は必要ないよ

ミア654：
　そう、それは残念ね。濡れて損したわ

ニソラック：
　濡れてるの？

ニソラック：
　もう返事しないつもり？

ニソラック：
　〈写真〉

ニソラック：
　滴ってる？

ミア654：

笑笑笑。全然。あんた、ずっとばかにされてたんだよ。さっきからずっとあんたのこと笑ってたんだ😂😂😂😂😂😂

二人はベッドの上で身をよじらせ、身体がヒリヒリするほど大笑いした。

「あいつ、スイッチみたいな顔してるのに、自分がイエス・キリストだとでも思ってるのかな！」

サロメが吹きだした。

「本当に写真を送ってくるなんて思わなかった！　名前を見つけてフェイスブックで探そうか」ガランスは徐々に熱中して言った。

「うん、いやいや、もう放っておこう。変なやつなんだから」

二人は、自分たちや相手の書いたものを読みなおし、明日校庭でモードとグレッグにこの話をするための準備をした。二人とも、少しやり過ぎてしまったと後悔するたびに努めて笑った。そして自分たちの犠牲者がいかに気持ち悪いやつだったかを強調した。ガランスもサロメも、本当はニソラックはそんなに嫌なやつじゃなかった、と口に出して認めることはしなかった。そのうちに二人とも元気が尽きた。そしてガランスは二つのことに気がついた。一つは、午後の授業をサボってしまったこと。もう一つは、やっとうまくいったのだということ。つまり、サロメと仲良くなれたということだ。

2015年12月

階段をのぼるにつれて音楽が大音響になっていく。サロメからビールを取ってくるように言われ、ガランスは冷蔵庫に残っていた最後の二本を手にサロメの部屋に戻った。部屋はナイトクラブに姿を変えていた。低音がカーテンを震わせ、カラフルな色付き照明が壁を照らす。サロメはショーツとTシャツ姿のまま、ウォークインクローゼットの中で次々に服を着たり脱いだりしていた。

「ショッピングに行かなきゃ。もう全然着るものがない！」

ガランスは笑いが止まらなかった。

「もう全然着るものがない」サロメの真似をしてそう言うと、ガランスはおかしくて涙をこぼしそうになりながらベッドの上に倒れこんだ。

「まったく、全然お酒に弱いんだね！」サロメも隣にやってきて、Kenzo《ケンゾー》のロゴが付いた羽根布団の上に、靴を脱がずにあぐらをかいて座る。

「汚れちゃうよ」ガランスは注意を促した。

「どうせ家政婦が取り替えるから……《バスタブの中で夕食を食べるの／そしてセックスクラブに行くわ》」

まるで、この曲――やがてガランスが〈サロメの曲〉として認識するようになるこの曲――が始まったら必ず反応すべくプログラミングされているかのように、サロメは曲が始まるや否や片方の手のひらを天井に突きだしてリズムを取り、自然に歌詞を口ずさみ始めた。

「《それで不安になったりしない／むしろ退屈／だってそんなのよく知ってる／全部見てきたから》」

そして靴を脱ぐと、片方の靴の爪先をもう一方のかかとに打ちつけ、ベッドの上に立ちあがって、リフレインに合わせて踊り始めた。ショーツはオレンジ色で、サロメが跳びあがると、ゆったりとしたTシャツの下から乳房が弾んでいるのが見えた。

「《ハイでいなきゃいけないの！／いつまでも／あなたのことを忘れるために／ウーウ、ウーウ／ずっとハイでいたいの／あなたのことを忘れるために／ウーウ、ウーウ、ウーウ》」

部屋の壁が薄紫から赤へ、そして赤から青へと色を変える。ガランスは携帯電話のロックを解除して写真を撮った。歌詞は知らなかったが、《ウーウ、ウーウ》のフレーズが来ると一緒に歌った。曲が終わると、サロメはまるでトランポリンの上にでもいたようにマットレスに崩れ落ちた。そして小さなリモコンでカラフルな照明のプロジェクターを消した。

「あたしに秘密を教えてよ」サロメが強い口調で言う。

「どんな秘密？」

「これまで誰にも言ったことがない秘密」

ガランスは考えた。何かないかと探してみたが、記憶をたどってみても、自分のこれまでの人生は日陰の道を通ることなく過ごしてきたように思えた。もちろん心の奥には、自分一人の胸にしまっておいたほうがいいことがいくつもある。ヴァンサンに対する恋心や、たいしたことのない二、三のエピソード、他にも自分では気づいていない秘密があるのかもしれない。心に浮かぶ脈絡のないイメージや、記憶のフラッシュバック、音もなくあらわれ瞬時に消える何か、ぼんやりとした瞬間、遠くに立ちのぼるおぼろげな夢や悪夢の記憶、嘘か本当かわからない思い出、空虚な過去の断片……。

「小さい時は、完璧な動作を見つけたいと思ってたんだ」

「完璧な動作って何よ?」

「うーん、はっきりとはわからないんだけど……」

母はどんな動きをする時もいつも完璧さを求めた。そして〈コリフェ〉の生徒たちは皆、母を満足させようと懸命に努力していた。だから、ガランスがそういう考えを抱くようになったのもたぶん母のせいだ……。そうでなければ、なぜ自分が、この世界には達成すべき唯一の完璧な動作というものが存在するなどと信じていたのか、まったく説明がつかない。きっと母の言葉を何から何まで、宇宙進化論や世の中のすべてに拡大解釈してしまったのだろう。宇宙はただ一つの動作によって生みだされたのであり、その動作を見つけることができるのは自分だけだ。だがその動作をおこなうことができるのは生涯でただ一度だけで、当然のことながら繰り返すことはできない――そんなふうに思っていたのだ。

「どんな動きだっていいんだよ……。頭や手首で円を描くとか……。でもその円は、コンパスで書いたみたいに完璧な円でなくちゃだめなの。でなければ、片方の腕を上げるだけでもいいんだけど……。そんな考えに取りつかれて、あの頃は毎日練習していたんだ」

「腕を上げるの?」

サロメが笑いながら両手を空中に広げた。その姿は、空高く舞い上がり、これから地上に向かって急降下しようとしている猛禽のようだった。まるでサロメのオーラが具体的な形をとってあらわれ、ほんの一瞬、ガランスにだけ、翼を広げた守護動物の姿を垣間見せたかのようだ。

「これが秘密なの？」

「でも、完璧にしようと思ったらすごくゆっくりやらないとだめなんだよ！　やってみて！」ガランスはサロメをたきつけた。「ほら、簡単かどうか、やってみたらわかるから！　一分間キープできたら、ほんとにすごいよ」

サロメは笑うのをやめて両手をむきだしの膝の上に下ろし、目を閉じて精神を集中させた。そして時間を計りながら片腕を上げていった。ぴったり十一秒だった。

「難しいね」サロメが認めた。

「そうでしょ」

「でも、どっちにしても秘密とは言えないね」

「ううん、秘密だよ。誰も知らないことなんだから」

「秘密と言うには可愛すぎるでしょ。秘密っていうのは、そういうんじゃないの」

「じゃあどういうの？」

「あたしの母が父を裏切ってるとか」

サロメの声には抑揚がなかったので、それが単なる例なのか、あるいは事実なのか、ガランスには判断がつかなかった。

「ほら、言いなさい！」サロメが命令する。

「でも、秘密なんてないけどなあ」

「誰にでも秘密はあるのよ」

「わからないな、本当に……」

「考えすぎちゃだめ」

「脱毛してない」ガランスは言った。

「どこを脱毛してないの？」

「……下を」

「あそこ？　毛を剃ってないの？　ほんと？　まだ毛があるわけ？」

「林になってる」

「見せてよ」サロメが言う。

ガランスは、服を脱ぐのも、言われたとおりに自分の性器を見せるのも気が進まなかったが、とりあえずジーンズのボタンを外した。その様子がいじらしく見えたのか、サロメの口調がとても優しくなった。

「このままにしておくのはだめよ。男の子は何もないほうが好きなんだから……。衛生上もそのほうがいいしね」

「どうして？」

「だって……そのほうがずっと……。とにかく、美的観点からいっても、毛がないほうがきれいなの。見てごらんなさい」

サロメは自分のショーツを下ろした。ガランスは、自分の場合は薄暗い隠れ家のようになっているその同じ場所に、この世で一番可愛らしいものを見いだしたような気がした。そこには滑らかな膨らみが二つと、そこからはみ出たごく小さな唇があった。まるでサロメの性器がガランスに舌を出しているようだった。

「自分で剃ることもできるけど、そうすると後からまた硬い毛が生えてくるのよ。あたしはレーザー脱毛をしたかったんだけど、皮膚科の先生に無理だって言われたの。あたしの毛は色が薄すぎるんだって。だから、毎月エステティシャンのところに通ってるの」

「毎月通わないといけないの？」

「うん。生えてきたら自分で抜いてるけどね。やってみてもいいよ。ワックスはあるから」

「何を？」

「ガランスが脱毛したいんだったら」

「ここで？　今？」

「怖いの？」

「そうじゃないけど……」

「怖くて当然だよ。初めてなんだから」

ガランスは不安ではあったものの、自分が根本から大きく変わるチャンスなのだと感じた。今ここで決断すれば、サロメの家のドアをおどおどしながら入ってきた幼い自分とは永遠に決別することができる。そして最強の自分にバージョンアップすることができるのだ。自分のもっとも密やかなあの場所を、勇気を出して変革したのだという満足感をきっと味わうことができるはずだ。ガランスはすでにそれを感じていた……。そして、まるで何ごともなかったかのように家に帰る自分の姿を思い浮かべた。股間に本当の秘密を抱えて。毛がなくなった自分には、自信と勇気、そして大胆さが備わっているはずだ。毛がなくなれば、恐れもなくなるのだ。

「すごく痛いの？」ガランスは決心を少し先延ばしにして尋ねた。

「うん」

「どのくらい痛いの？」

「初めての時は最悪」

「どんな種類の痛み？」

「そうね、引きつる感じっていうか……」

「太ももの脂肪をつねる感じ？」

「うーん……むしろまぶたの皮膚をはがすような感じっていうか」バスルームに向かったサロメから答えが返ってくる。

サロメが脱毛用コールドワックスのシートを持ってベッドに戻ってくるまでの間、ガランスは返事の内容についてよく考えてみた。その結果、もう恥丘の脱毛をしたいという気がなくなってしまった。

「絶対にやってよかったって思うから……。じゃあ、横になって」

ネクフの歌の歌詞が頭に浮かぶ。《戦う気満々で歩いてゆく／みっともなくよだれを垂らして／このあばずれのあそこに毛がないといいが》頭の中で同じフレーズが繰り返される。

「ほら、足を開いてよ。じゃないと、やりにくいでしょ」

「わかったけど……。ちょっと待って……。ちょっと、待って待って待って……」

「まだ何もしてないじゃない。こすってるだけでしょ。ワックスを温めてるんだから」

「そうなんだ！　ハハハ、やめて、くすぐったいよ」

「シートがちゃんと張りつくように押さえないとだめなんだってば。ほら、息をして」

「ちょっと待って、ちょっとだけ……」

「まったくなんて顔してるの。写真を撮っておいたほうがいいんじゃないの」

「いいよ。ああああああー！　痛い痛い痛い！　死んじゃう、ひどい、ひどいよ……」

「いいよ、って言ったじゃない」引きはがしたシートを確認しながらサロメが言った。

「写真のことだよ！」

「わかるように言わないと」

「血が出てる！　サロメ、血が出てるよ！」

「こんなのなんでもないよ。ふつうのことだってば」

「どうしてこれがふつうなの？」ガランスは取り乱した。「血が出てるのに？　これがふつうなの？」

「でも、毛はたいして抜けなかったね」

「しょうがないよ、大丈夫」

「まず反対側をやって、それから上をやろう」

「ううん、大丈夫。このままでいい。これで大丈夫だから」

「ずっとこのままではいられないでしょ！」

いやいや、自分はずっとこのままでいられる。けっして人に性器を見せたりしなければいいだけだ。死ぬまでバージンでいい。一人で生きていくのだ。体毛とはずっと付き合っていく。毎日毎日、毛の一本一本を大切にし、慈しむと誓う。

その時、階段をカツカツと上がってくるヒールの音が聞こえた。ガランスは反射的に開いていた足を閉じた。その瞬間、部屋のドアが開いた。四十代くらいで短い赤毛の女性が姿をあらわし、険しい表情でこちらを見た。

「サロメ！　いったい何をしているの？」

「何もしてないよ！」

グランジュ夫人の視線はガランスの上でとまったが、新たな人間との出会いによってその表情が変化することはなかった。

「どうして二人とも服を着ていないのか教えてもらいましょうか」

「脱毛していたの」

「ベッドの上で？　サロメ、わたしは今時間がないのよ。さあ、二人とも服を着てちょうだい。あなたはどうして学校に行っていないの？」

「木曜の午後は授業がないの」

「いったいいつから木曜の午後は授業がないのかしら？」

「学年の初めからそうだってば！」

「あら……」

「何よ？　時間割表を見たいってこと？」

「その言い方はなんなの、サロメ！」

グランジュ夫人は長い間サロメとにらみ合っていたが、娘がもう返事をする気がないとわかると、携帯電話に何かを打ちこみながら廊下に去っていった。夫人がこの部屋に闖入《ちんにゅう》してから出ていくまでの間、ガランスはまともに息を吸ったような気がしなかった。ビール瓶が、ベッド脇のナイトテーブルの上に嫌でも目に入るように置かれている。よほどの奇跡でも起きない限り、サロメの母親がそれに気がつかないなんてことはあり得ない、とガランスは思った。下の居間にも、もう二本、ビール瓶が転がっているし……。

「心配しなくていいよ。大丈夫、問題ないから。どうせあの人はピラティスのレッスンがあるからすぐにいなくなっちゃうし」

「お母さん、うちの母親にこのことを話すかな？」ガランスは不安になった。

「話すって、何を？　ああ。人には脱毛する権利があるのよ！　ちゃんと憲法にも書いてある」

サロメはベッドの上で立ちあがった。ブロンドの髪がきらきら輝いて見える。

「……ガランス……」

「何？」

「見つけちゃった」

「何を？」

「ガランスの秘密……」

サロメは、母親が出ていく時に開けっ放しにしていったドアのほうに向けて、ゆっくりとげんこつを突きだし、次に中指を突きだした。そのしぐさは完璧ではなかったが、クールにきまっていた。

ラファエル・ランクリは時々、自分は人間のいない世界に生まれおちたのだと感じることがあった。自分の周りには誰も人がいない。いるのは、それぞれ役割を演じている登場人物とでもいうべき存在だけだ。彼らはユーチューブやツイッター、インスタグラム、スナップチャットやペリスコープで、同じ問いに対する答えを日に何度も探しまわっている。いったいどのくらいの……。いったいどのくらいの数のユーザーがいて、何人のフォロワーがいるのだろうか？　いったいいくつのリツイートがある？　〈いいね！〉の数は？　《自分》という存在はいったいいくつあるのだろうか？　この状況が嫌だからといって、他に何かすることがあるとでも？　伝わらない身振り手振りを互いにむなしく眺めていろとでも？　世間は自分たちの世代をばかにしたり、非難したりするかもしれない。だが前の世代だって、彼らが自分たちの特徴だと思っていたものは幻想に過ぎなかった。こうなのだ、こうありたい、と自身を投影していた幻想に過ぎなかったのだ。過去の世代には戦争があり、宇宙征服があり、カウンターカルチャーやロック、エレクトロミュージック、ハードドラッグがあった。そして自分たちの世代にはソーシャルネットワーク《SNS》がある。きっと次の世代も同じようにしていくのだろう。新たな彼ら自身のやり方で、自分がかりそめの取るに足らない存在であるという感覚から逃れようと試みるのだろう。当然のことながら、今インターネット上で自らの幸福をひけらかしている者たちはばかではないし、それを感心して見ている連中もお人よしではない。誰もがルールに則《のっと》って役割を演じているだけだ。誰だって端役にはなりたくない。主役を張ろうと機をうかがっている。そうして自分を誇示し陶酔感に浸りながらも、だが何かがうまくいかないと誰もが感じ始める。人は皆、自分が他の人間よりほんの少しだけ優れていると思いたがるものだ。だからうまくいかなくなるのだ。ラファエルはSNSが好きではなかった。それでも、自分にとっても役に立つものだとは認めていた。とくに二カ月前からはあるアカウントをよく使っていた。

https://www.instagram.com/garancesollogoub/

ハロウィーンパーティーの会場で、彼女は黒いレオタードのような衣装を着てバレリーナに仮装していた。身体の線が露わになるその衣装からは、数十メートル先からでも乳房の形がはっきり見えた。それ以来、彼女の名前を忘れることができなくなった。彼女のインスタグラムはすぐに見つかった。実のところ、ラファエルはリアルな世界にいるこういうタイプの女子たちには我慢がならなかった。だからモード・アルトーとサロメ・グランジュが彼女を自分たちの新たなマスコットにしたことにも、まったく驚かなかった。モードとサロメはラファエルと同じクラスの生徒だったが、ラファエルは二人のことがことごとく気に入らず神経に障っていたからだ。ガランス・ソログブも二人と同じ匂いがした。表面の薄っぺらな皮をはぐと、その下には別の薄っぺらい皮があらわれ、さらにその下にも延々とそれが続いているタイプだ。だが、なぜ彼女たちが膨大な時間を費やして自撮り写真を撮るのか、ラファエルにはその理由がわかるような気がした。自分たちがこの世界に存在しているという証拠を、まるでアリバイのように、たとえ虚構であったとしても何か証拠を残そうとしているのだ。自分たちがこの瞬間、たしかに存在したのだということを証明するために。存在を証明するためには自分の頭の中の記憶力《メモリー》だけでは不充分であり、人生の忘却と闘うためにプラスアルファで郷愁に誘《いざな》ってくれる〈RAM《ランダムアクセスメモリー》〉が必要になるというわけだ。

この自撮りの問題は、ラファエルにとって非常に気になる点だった。

ガランス・ソログブのカメラのレンズは、どうやら他の人に向けられることがなく、自撮りモードがデフォルトになっているらしいことにラファエルは一種の感銘を覚えた。そして自撮りをする彼女の様子を想像してみた。スマートフォンを持った腕を曲げ、不自然な体勢で一生懸命にカメラ位置を決める。画像がぶれないように静止する。そしてあごの方向や首を傾ける角度、視線をどうするかを考えながらあれこれ試してみる。画面上で悪い点を即座に修整する。失敗作は気にせず、しびれた腕を休ませてからまた撮りなおす。一歩下がってまた撮りなおす。髪を振ってまた撮りなおす。それから撮影を中断し、うまく撮れているか気をもみながらチェックする。ほとんど同じような、何十枚という自分の写真を次々に表示しながら、これは、という一枚を選びだす——同じように見えるたくさんの写真には、いったい何か違いがあるのだろうか？　もちろん、ある。連続撮影した多くの写真には、微妙な差異がいくつもある。色のコントラストや光の露出、わずかな距離のずれや色調など、彼女だけが気がつく、非常に重要な違いだ——。そして、公表するに値すると判断した一枚を選びだすと、他の写真——あまり美しく撮れていない写真——はすべて削除するのだ。

産毛が見えるほどアップになった肌。ピチピチではちきれそうなTシャツ。二次元なのがもどかしい大きな胸のふくらみ。クリックのスピードがどんどん速くなる……。だが、ラファエルの衝動はそこで断ち切られた。女子が皆、個性的だと思って投稿している文言にあたったからだ。《幸福は目的地ではない。旅だ……》《いいケツをしたワルになれ……》ラファエルの勃起の最後に来たのは、黒地に書かれたマリリン・モンローの引用句だった。もう遅い。これまでだ。ラファエルは、もうこのばか女を相手にセックスしたいという気が失せてしまった。

ラファエルも皆と同じようにやってみようとした。空中で身体を揺すり、体力を消耗し尽くした。やれることは全部やったが、うまくいかなかった。それはラファエルが、すべての物事に対して嘲笑の気持ちを抱いてしまうからであり、これは宇宙進化論的冗談なのでは、とか、自分を生みだした自然が自分にだけ悪ふざけをしているのでは、などと恐れや不安の気持ちを抱いてしまうからだった。それによって自然に関する知識を完全に体得できるようになるわけではないにしても、少なくとも笑い飛ばせるようになるのだが。構うものか。昔ながらの方法ならいつだって使える。ラファエルは動画のクオリティ、種類の充実度、ダウンロード時間を基準に、悪くない四つのサイト〈エックス・ハムスター〉〈ユー・ジズ〉〈4チューブ〉〈ユー・ポルノ〉を選んだ。今気に入っている分野は〈POV《視点ショット》〉〈日本もの〉〈ヘンタイ〉〈屋外〉だ。あとで選別しなくてはならないが。ラファエルは、大勢の中から気に入る女性を見つけるには少々時間がかかるとわかっていた。自分を完全に空っぽにしてくれる女性。人生からはみ出してしまったというこの感覚を静めてくれる女性を見つけるには。

　ベッドの上のほうに、自分が初めて履いたトウシューズが釘でぶら下げられている。使い古され、爪先が破れ、ピンク色の布地は所々灰色に変色している。ガランスはベッドの上にうつ伏せになり、両手のひらを恥丘に押しつけた。そしてあまり力を入れずに手をこすりつけた。何も考えまいと努力した。が、うまくいかなかった。それでも諦めず、もう一度やってみた。振り子のような手の動きが骨盤に伝達されて自然に揺れるはずだ。学校の成績表が親に届き、ガランスが罰として外出禁止になってから十日になる。成績はすべての科目で悪かったが、母の激しい怒りを引き起こしたのは〈無断欠席〉が幾度もあったことだ。ガランスは言い訳することなく罰を受けた。内心ほっとしていたくらいだ。やっと、自分では当然だとわかっていた報いを受けることになったのだから。ただしその理由はもっと重大で、いまだに母が疑ってもいないようなことなのだが。ともあれ、これで自分と母とは貸し借りなしだ。自分は今、こんなにも高い代償を払っているのだから。というのは、ヴァンサンが今、イラレーヌに帰ってきているからだ。つまり、半径五キロメートルの場所に彼がいるのに、自分は家から出ることができないのだ！　もし彼から連絡があったならば、ガランスは一、二時間、家を抜けだそうと試みたことだろう。だがクリスマス休暇に入ってからというもの、いっさいの連絡が途絶えていた……。ガランスは目の前のことに集中しようとしたが、身体はあまり反応しなかった。だが始めてしまった以上、途中でやめることはできない。それは漠とした欲求であって、とくにヴァンサンのことを考えているわけでも、ふつうに恋愛をイメージしているわけでもなかった。サロメは〈指を使え〉と言っていたが、ガランスは第一関節までさえ中に入れたことがなかった。しかたなく、指を押し付けるだけにしておいた。いつもならクッションを使うが、今は動きを止めて太ももの間にクッションをはさむのが面倒に感じられたので、だらだらとそのままの動きを続けた。このまま眠ってしまいそうだ……。これを終わらせてしまいたいという気持ちから、ガランスはできればしたくはなかった選択をした。ニソラックのことを考えることにしたのだ。実際には、この二週間のあいだにマスターベーションしたいという欲求を感じた時は、毎回ニソラックのことを考えていた。本当に気持ちの悪い男だったのに……。ガランスはジーンズのボタンを外した。前を開けてもまだきつい。なんとか手をショーツのゴムの下に入れると、ガランスは毛のない部分をなでた。ニソラックがスカートを上げさせる。〈ジーンズより簡単だから〉手がさらに下に降りていく。ぶよぶよとした陰唇に触れた。異物に触ってしまったようで少し気持ちが悪い。だが、ここからが面白くなるのだ。今回は……あまりしたいわけではないが……自分でもよくわからないまま……ガランスは指を中に入れた。人差し指を包みこむように膣が収縮する。両脇には、玉のような、予想外の突起があった。内部の粘膜がこんなに広くて起伏に富んでいるとは、想像していなかった。すべすべしたトンネルのようなものをイメージしていたが、道は予想に反してまっすぐではなく、どこに続いてゆくのかわからない。中は少し窮屈だった。指の先は壁で阻まれている。ガランスは手を洗っていなかった。爪のばい菌は大丈夫だろうか……。だいいち、長い爪で皮膚を引っかきたくない……。ガランスは頭の中に浮かんだ怖いイメージを払拭《ふっしょく》し、代わりにピンク色でスポンジ状の器官を思い浮かべた。柔らかくて丈夫で、道筋がついた生き生きとした器官。ガランスは指を抜いた。指はベタベタしていた。今回の探検はあまり成果がなかった。あまり続けたいとも思わなかった。ガランスは人差し指を鼻の下に持っていき、自分の性器の匂いをかいでみた。

「ガランス……」

ガランスは慌ててジーンズのボタンを留めると、仰向けになった。

「……映画でも見ない？」

自分の身体に向かっていたガランスの意識は、突然引きはがされて外に向いた。自分は単にベッドの上でじっと横になっていただけで、何も非難されるようなことはしていないのだと示さなければならなかった。もう膣の脈動は感じない。指が残していった感覚もなくなった。突然のことでパニックになった瞬間の、胸が締めつけられるような感覚も消えた。実のところ、ガランスはもう何も感じていなかった。母親の闖入に抗議したいとも思わなかった。母はノックもせずに突然ドアを開けて部屋に入ってきたのだが、取り外しの処理をしないで周辺機器をＵＳＢポートから外した時に、《データが破損している可能性があります》というメッセージがあらわれるように、ガランスの頭の中もすぐには作動しなかった。母親の質問はゆっくりと耳の中を通り、かなり遅れて脳に到達した。その質問も、おかしな言葉の羅列に感じられた。ガランスが、そんなに見たくない、と答えると、母は、一緒に見ましょうよ、とさらに誘った。クリスマスの午後なのにずっと自分の部屋にこもっているじゃないの、と言って。ほっといてよ、ほっといてお願いだから……ガランスは心の中で繰り返した。世界が自分の部屋の前で止まってしまえばいいのに……。だが母親はその場を離れず、何本か映画の題名を挙げて提案する。その時、ガランスの心にかすかにスイッチが入った。

怒りのスイッチだ。

「見たくないんだってば！」

2015年12月

言葉は、意図したよりも荒々しい口調となって口から飛びだした。クリスマスの午後を一人居間で過ごしていた母はカシュクール型の服を着て、乱れた髪で、ドアノブに手を置いてもたれかかるように立っていた。そして少しだけ部屋の入り口でぐずぐずしていた。

「好きになさいな」

そう答えると、母はドアを開けたまま立ち去った。

ガランスは〈ドアを閉めてよ！〉と叫びたかったが、何かがそれを押しとどめた。突然喉の奥が詰まって苦しくなったかと思うと、目に涙があふれてきた。これまでは一度として、母が自分のことをちゃんとわかっていないなどと思ったことはなかった。もちろん子どもの頃は、母を失望させるのではないかと恐れる気持ちがどこかにあったことは確かだが、それよりも母を満足させる喜びのほうが勝《まさ》っていた。親に隠すようなことも、子どもの頃はたいしてなかった。そうこうするうちに、だんだん隠し事が増えていった……。母はいまだに自分がスアドと仲たがいしていることを知らない。もちろん、三年生のグループと親しくしていることも知らない。知ったら、付き合うなと言うに決まっているからだ。母は娘がサロメ・グランジュの家で酒を飲んだかもしれないと疑うことさえできない。サロメ・グランジュというのが誰なのかも知らないのだから。見知らぬ男が、勃起した自分のペニスの写真を娘に送ってきたことも知らない。娘がその男のことを考えながら日に五、六回マスターベーションしていることも。母親の許可なく脱毛して、陰部が完全にすべすべになっていることも……。あまりに隠し事が多くなり、今ではその秘密を守るために努力することが、自分という人間の唯一の一貫した個性のようになっていた。これが現実だ。母は常々、ガランスのことを勝手に高く評価してきたが、本当の自分はそうではないのだ。ガランスは自分が猫をかぶっているとわかっていたが、それでも、ちゃんと母が考えているような自分になれているのか、いつも自信がなかった。母が思っているような立派な自分であったことはこれまであっただろうか？　もしかしたら、母は他の人たちと同じように、自分を外見で評価していたのかもしれない。ガランスは大声で叫びたくなった。母に、戻ってきて、と言いたかった。その腕の中に抱きしめて欲しかった。髪を梳《と》かして欲しかった。毎晩、百回髪を梳かしてくれた。だからきれいな髪でいられたのだ……。一、二、三、ママ、ちゃんと数えてる？　十二、十三、十四……。そしてある日、子どもは十五歳になる。まだ数えてる、ママ？　ある日子どもは十五歳になり、自分が何者だかわからなくなるのだ。ガランスは、戻ってきて、と母に向かって叫びたかった。母の腕の中で丸くなって、謝りたかった。そして慰めてもらいたかった。だが、母を呼び戻せたとしても、クリスマスの日に母を怒鳴りつけて部屋から追いだしたことが消えるわけではなかった。

ガランスが部屋から出ていくと、母は台所で座っていた。目の前には開封したピスタチオのパッケージが置かれ、神経質に動く指の周りには殻が散らばっている。

「何か用？」母がそっけなく訊いた。

「映画を見てもいいよ……」

母は何も言わずに、冷ややかな目でガランスを見た。

子どもというのは、誰でも自分がある種の免責特権を持っていると信じているものだ。それは、親は必ず自分のことを許してくれる、という強い確信であって、あらゆる罪悪感をしのぐ。どんな罰を受けようとも、この確信が揺らぐことはない。罰は、親子の交流であるとさえいえる。恐ろしいのはこの交流が絶たれること、つまり、大人の側の愛が冷めてしまうことだ。たとえば母親が子どものように精神的に傷ついている場合は、いかなる娘も母親に対してこの特権を行使することができないに違いない……。ガランスは、母親の感情を害しても許してもらえるという、誰も奪うことのできないその権利を当てにしていた。母は自分にこう言うべきだ。たいしたことないわ。ちょっと態度がよくなかったけれど、何とも思ってないわよ、と。そしてこう言うべきなのだ。わたしが一緒にいるわ。すべてうまくいくから大丈夫、と。母の沈黙は重たかったが、長くは続かなかった。母は再び自分の役目を引き受け、予想どおりの説教を繰りだした。

「ガランス、あなたはいつも不満ばかりね！　今日はクリスマスなのよ。欲しいと言っていたプレゼントは全部もらったでしょ」

「だから嬉しいよ！」

「……それにあの成績では、その資格もなかったわね」

「うん……わかってる」

「罰を受けてふてくされているけれど、それまでは一年じゅう、やりたいようにしてきたでしょう！　外出して、ショッピングして、いつも友だちと……」

「でもママ……」

「自分が手にしているものを楽しむことができなければ、一生不幸せになってしまうわよ！」

ガランスはほとんど無意識のうちに泣きだしてしまった。

「二学期は絶対がんばるから」

「もうあなたのことをどうしたらいいのかわからないわ……」

母は優しい声に戻って言った。ガランスが折れたので、今度は娘を慰め始めたのだ。母はいろいろと助言を与え、いっときの努力では役に立たない、学校もダンスと同様、継続が大切なのだと話した。そしてガランスを居間に連れていくと、見たい映画を選ぶように——実際にはそれほど選択肢はないのだが――言った。ダンス関連の映画は別途アルファベット順に分類されている。『オール・ザット・ジャズ』『リトル・ダンサー』『ブラック・スワン』『愛と哀しみのボレロ』『キャバレー』『コーラスライン』『ダーティー・ダンシング』『フェーム』『フラッシュダンス』『フットルース』『赤い靴』『血の婚礼』『ひとりぼっちの青春』『Ｐｉｎａ／ピナ・バウシュ　踊り続けるいのち』『屋根の上のバイオリン弾き』『ホワイトナイツ／白夜』……。ガランスはＤＶＤを選んでいるふりをした。今時ＤＶＤを買う人などいない。母くらいだ。ガランスがＤＶＤドライブにディスクを入れている間に、母はソファーに横になった。ガランスは肘掛け椅子に身を落ち着け、足を上げて両腕を膝の周囲に回した。『Ｔｈｅ　Ｒｅｄ　Ｓｈｏｅｓ《赤い靴》』映画の題名は英語で書かれている。毎年、この映画を二人で見ているのだ。クリスマスの儀式のようなものだった。

「こっちにいらっしゃい。そのほうがいいでしょ」

「ここでいいよ……」

「いらっしゃいよ。場所を空けるから！」母はそう言って膝を折り曲げた。

　ガランスはしかたなく、移動してソファーの端に座った。母は再び膝を伸ばし、ガランスの太ももの上にふくらはぎを乗せた。映画が三分の一ほど過ぎたところで、ガランスは母の足の重みのせいで太ももの血のめぐりが悪くなっているのを感じ、ソファーから抜けだしたくなった。だが母は気持ちよさそうに横になっている。ガランスは、母の骨ばった細い足に見とれた。かかとには、一センチはあるたこができている。足の裏には他にもいくつかたこがあった。甲は大きく張りだし、足の指は手の指ほどに長い……。

「重い？」

「ううん、大丈夫」

「ガランスも隣で横になったらどう？」

ガランスはもう何も言わなかった。黙って母の身体の横に自分の身体を丸めた。母は長い腕を蜘蛛の巣のように広げてガランスを抱きしめた。

アマール様

現在おこなっている捜査に関連して、あなた方のお子さまであるスアド・アマールさんから再度事情を聴取することが必要になりました。つきましては、スアド・アマールさんには以下のとおり警察に出頭いただきますようお願いいたします。

場　所：警察署（司法警察　家族保護対策班）
日　時：五月十日火曜日　八時四十五分
必要書類：身分証明書

なお、今回のスアド・アマールさんに対する第二回出頭要請の理由に関しては、事情聴取実施前にお知らせすることは規定上認められておりませんので、その旨あらかじめお伝えしておきます。また、ご両親がお子さまの事情聴取に同席することはできません。

ご質問があればどうぞ遠慮なくお問い合わせください。ご理解・ご協力のほどよろしくお願い申し上げます。

警部　ハッサン・ブラヒム

ついこの間までは、親の目の届かないスアドの部屋で、二人きりで新年を迎えるのが楽しくてしかたがなかった。だが、あれから世界は変わってしまった。今ガランスはスアドと二人で、何事もなかったかのようなふりをして昔の世界の残骸の上を歩いていた。慣れ親しんだ道を、今はもう存在しないけれどもかつてはたしかにそこにあった友情という名の小道をたどりながら。

〈メガラ〉に行ったあの日以降、ガランスの過ちのリストはさらに長くなった。その後の数週間、ガランスは口実を見つけてスアドと顔を合わせないようにしていた。そして学校の休み時間には別々に過ごすようになり、ベルが鳴ると、三年生が集まるトイレ脇のプラタナスの茂みに急いだ。〈コリフェ〉でも、ガランスは上級生が着替える奥の更衣室を堂々と使うようになった。そして冬休みに入ってからは、スアドとは一度も会っていなかった。だが今回ばかりはどうにも逃げようがなかった。スアドの両親が大晦日の夜に、ガランスと母親の双方を自宅に招待したからだ。母はしかたなくガランスの外出禁止の罰を解除した。

ガランスが久々にスアドと顔を合わせてみると、二人の間には大きな隔たりが生まれていた。以前の二人は、つねにあらゆることについて話し合っていた。生きるということは、生活について語ることと密接に結びついていたからだ。ともに過ごした日々について話し合うことによって、二人はこの世の移ろいやすさを恐れながらも、自らも変化していくこの混沌とした世界の中に継続性を見いだした。そして、物語のように自分の人生をコントロールすることはできないのだ、ということを受け入れた。だが今夜は初めて、お互いに話すことが何もなかった。共有していない経験について、いったいどのように話したらいいというのだろう？　隔たりの理由は、話すことがないというだけではなかった。お互いに面と向かって言うことを避けているもやもやしたものが、二人の間を遠ざけていた。スアドは、人は進歩するということを認めたくないのだ、とガランスは思った。スアドはこのまま変わらない。悪い成績をとることを恐れ、人が期待するとおりに行動し、学年末の公演会でアナがご褒美にソロを踊らせてくれるのを待っている。スアドは人生が何たるかをわかっていないのだ！　きっと彼女は、ペニスが何かもずっと知ることがないに違いない。だが、自分はもう子どもではない。ガランスは、スアドのベッドの上に吊り下げられている初めてのトウシューズに目をやった。スアドはいつだって自分の真似ばかりする。家に帰ったら自分の部屋のトウシューズを壁から外そう。ガランスはそう決心した。六歳の時からこの部屋で、二人で一緒に多くの時間を過ごしてきた。だが突然、ここは単なる仮想空間なのだという気がしてきた。自分はここにいることはできない。ここで得られる唯一の喜びは、他の場所で起こっていることを想像することだけだ。自分にとっての現実世界は、スマートフォンの中にあるのだ。ガランスはSNS上で、自分が参加していない大晦日の準備をフォローし、モードとサロメが投稿したすべての写真に〈いいね！〉をつけた。そしてグレッグの写真にも。グレッグは、今は両親と一緒に食事の席に着かされているが、夜が更けたら仲間に合流するはずだ。人から忘れられたり、無視されたりしないためには、親指を立てた〈いいね！〉マークさえあればいい。〈いいね！〉が一つあるだけで、自分がこの世界に存在していることを示すことができるのだ。〈この世界に存在している〉ということは、けっして〈スアドの部屋にいる〉ということではない……。

「一時停止して欲しい？」

「ううん、大丈夫」ガランスはうわの空で答えた。

会話を避けるために二人は映画を見ることにしたが、ガランスは映画が流れるアイパッドの画面ではなく、グレッグの投稿写真に気をとられていた。

「見ないんだったら、やめるけど」

「ううん、見てるよ……」

ちょうどグレッグが、皿の上にのった四分の一サイズのフォアグラの塊を写真に撮ってアップしたところだった。《二〇一六年母の新年の抱負――ぼくの動脈を詰まらせること》

「これを見たいって言ったのはガランスでしょ」スアドが言う。

たしかに、『ファイト・クラブ』もいいかもねと言ったのは自分だ。ふだんは昔の映画は好きではないのだが、これはヴァンサンのフェイスブックのお気に入り映画リストに、『インセプション』『インターステラー』『ロード・オブ・ザ・リング』『バタフライ・エフェクト』『ダークナイト』とともに載っていたのだ。

「変えたければ変えれば？　あたしはどうでもいいよ」

「もういい。忘れて」

「なんなの？」

「別に……」

「言ってよ。どうしたの？」

「いつもなんでもガランスのためにしてあげるのはうんざりなの！」スアドが怒りをぶちまけるように言った。

「何それ？　あたしが無理強いしたわけじゃないでしょ。他のにしてもよかったのに」

「そういうことじゃないんだってば！　あたしはいつもガランスのことを考えてるのに、ガランスはあたしのことなんかなんとも思ってないってことだよ！」

その瞬間、二人の携帯電話が同時に鳴り始めた。通りのほうからも人々の歓声があがり、音楽や花火の音が鳴り響いた。二人の言い争いは中断された。数秒遅れて、居間のほうから声が聞こえた。

「二人とも！　乾杯するからいらっしゃい！」

「ガランス！　スアド！」

「新年おめでとう！」

ガランスは我慢できなくなって、握りしめていた携帯電話のロックを解除するとメッセージをチェックした。数秒前からいっせいに、新年を祝うメッセージが雪崩を打って押し寄せていた。その中にヴァンサンの名前を見つけ、ガランスは思わず身体がこわばるのを感じた。

《新年おめでとう、ｂｂガール》

ヴァンサンが以前書いてきたことのある《Bガール》に一文字足していること、そして《ｂｂ》は《ベイビー》と読めることに気がついて、ガランスは画面から顔を上げた。もう言い争いをする気は失せていた。とはいえ、部屋の中にいたのは自分一人だけだった。スアドは居間で大人たちに合流していた。母が自分を呼ぶ声が聞こえたが、ガランスはベッドの上に座ったままじっとしていた。携帯を両手で握りしめて胸にあて、あごを下げ、頭を軽く横に傾けた。聖母マリアの無原罪の御宿りの彫像が体現している至福なる恭順の姿勢だ。

《新年おめでとう、ｂｂガール》

ガランスは携帯電話を胸の間に押しつけ、かすかに上半身を左右に揺らした。まるで小さな動物を自分の胸で温め、あやすかのように。

2016年1月

モードがインターフォンの矢印を押しながら名前を探し、《ボレル・Y》のところでボタンを押す。返事はない。外は土砂降りだったが、建物の玄関ポーチは四人全員が入れるほど広くないため、はみ出たガランスはずぶ濡れになった。すでに冬休みが終わって学校が始まっていた。ヴァンサンも大学に戻った。

これより前、年越しの熱狂が落ち着いた後の一月二日土曜日、いつもの仲間はセナリオムに集まることになっていた。そのためガランスは、元日をまるまるそのための準備に費やした。髪をトリートメントしてまっすぐになでつけ、毛穴の黒ずみを取り、肌の角質除去と保湿をし、爪は甘皮を処理してやすりをかけ、淡いピンクのマニキュアを塗り、いくつか化粧品を試し、服を選んだ。これなら絶対にヴァンサンの気に入らないはずがなかった。翌日、徒歩でセナリオムに向かいながら、ガランスは頭の中で最後の仕上げをした。適度な無関心を装って、彼の注意を引こうと考えたのだ。だが店に到着して中に入ってみると、席についている仲間のなかに彼の姿はなかった。ガランスはできる限りさりげなく、ヴァンサンは来ないのかと尋ねた。サロメが言うには本人から連絡があって、翌日出発しなくてはいけないので土曜日は両親と一緒に過ごすのだという。ガランスは落胆した。準備は何もかも無駄だったのだ。そう認めざるを得なくなった瞬間の絶望の深さは、誰にも理解できないに違いない。たとえ未来のレオナルド・ダ・ヴィンチが、未来の『モナ・リザ』となるべき作品に仕上げの一筆を入れた瞬間にこの世が終わってしまったとしても、ガランスの絶望とは比較にならないだろう。母が外出禁止の罰を解除したのが遅すぎたのだ……。

日曜日、ガランスは丸一日意気消沈して過ごした。夜になると考えすぎて憔悴し、すべての希望が消え失せたように感じた。そして、もう失うものは何もないと思ったのでヴァンサンにメッセージを送った。《無事に着いた?》彼がメッセージを読んだのは確かだ。受信者側の吹き出しに省略符号の点々〈……〉が表示されたからだ。だがそれはすぐに消えた。ガランスは何度も自分の書いたメッセージを読みかえした。なんてつまらないことを書いたのだろう。まったくばかみたいだ。ガランスはそれが気になって夜も眠れなかった。無事に着いた?……無事に着いた? 無事に着いた? 無事に着いた?……このばかげた質問を心の中で何度も繰り返し過ぎて、頭がどうにかなりそうだった。そのうちに眠りに落ちてしまったようだ。はっとして飛び起きると朝になっていた。

生物・地学の授業開始時間にはもう間に合わない。学校へ向かう道すがら、今度は文面に何か間違いがあったのだろうかと思い始めて不安になった。いや、《無事にそちらに着いた?》ということなのだから、文法にも文字にも間違いはない……。そして返事もない……。学校に着くと、ガランスは教室の後ろの席にひっそりと腰を下ろし、校庭のプラタナスの木々を眺めて過ごした。枝はすっかり葉を落としていた。しばらくすると携帯電話が振動した。イヴァンからのメッセージで、昼食の時間に皆で自分の家に集まろうという提案だった(正確には、モードから送られてきたスクリーンショットだ。イヴァンはワッツアップのグループにガランスを加えようと思わなかったらしい)。

そういうわけで、昼休みにガランスは他の三人とともにイヴァンの家に向かった。

「……もしかして寝てるのかも……」

2016年1月

「もう十二時十五分だぜ！」

「うちにいるのは確かなの？」サロメが訊いた。

「うん、月曜日は仕事がない日だから」指でインターフォンのボタンを押しながらモードが答える。

「腹減ったよ。もう死にそうだ」グレッグが文句を言った。

しばらくするとカチッと音がして、やっとドアが開いた。イヴァンが住んでいるのは、町の中心部にある、エレベーターのない古いビルの六階だ。父親が四階に住んでおり、インターフォンでは父親は《ボレル・T》と表示されている。六階に上がってからも四人は踊り場で待たされた。しばらくして、ドアの向こうにぼさぼさの髪の男があらわれた。ヴァンサン・ダゴルヌだった。ガランスの心臓は早鐘を打ち始め、あまりの鼓動の激しさに胸が苦しくなった。まず最初に頭に浮かんだのは〈ばかばか、こんなひどい格好している時に！〉ということだった。パーカーからは雨の雫が滴っているし、今朝は大幅に遅刻していたので化粧をしないで家を出ていた。百キロ四方を見渡したって、こんな姿を気に入る人がいるはずがない……。それなのにヴァンサンはここにいる。あり得ないことに、ここにいるのだ。

「ここで何してるの？」

「昨日出発したんじゃなかったの？」

「飛行機に乗り遅れたとか？」

「まあ落ち着けよ。そんなにまくしたてなくてもいいだろ」

そう言いながらヴァンサンは後ろに下がった。上半身裸で髭の剃り残しがある彼の姿を、ガランスは神々しいほどすてきだと思った。

「まさかここで寝てたの？」ヴァンサンの後ろに広げたソファーベッドがあるのを見てモードが尋

ねた。

「くそっ、ほんとに窓開けないと。どうしようもない臭いだな」

「イヴァンはどこにいるの？」

「トイレットペーパーを買いにいってるよ」

ガランスはこの場所に見覚えがあった。すでにインスタグラム上で訪れたことのある場所だった。壁に貼られたエー《A》シー《C》／ディー《D》シー《C》の古いポスターも、床のレンガタイルも、奥の小さなキッチンもすぐにわかった。キッチンは壁に蝶番《ちょうつがい》が残っているところをみると、以前は間にドアがあって居間とは仕切られていたのだろう。中庭に面した窓の横には小さな四角い机。その上に大きなモニターがあり、床に置かれたパソコン本体につながっている。

「今起きたばっかりなの？」

「寝るのが遅かったからね」

「いったい二人で何してたのよ？」モードが、低いテーブルの上に放置された瓶の数を数えながら尋ねる。「それにこのバッグは何？」

「おれの荷物だよ」ヴァンサンが答えた。

モードたちの質問攻めに、ヴァンサンは小便をしてから話すと言ってトイレに入った。トイレのドアが閉まると同時に、入り口のドアが開いてイヴァンが姿を見せた。

「どうぞ、入っていいよ」グレッグが家の主人を出迎える。

「どうしてあたしたちに言わなかったの？」モードが尋ねた。

「サプライズだよ。驚かせようと思ってね」

「サプライズっておれのこと？」トイレの壁越しにヴァンサンが声をあげた。

「いったいどういうこと？」

「やつは両親に追いだされたんだ」

「冗談でしょ？」

「そうなの？　本当に家から追いだされたの？」サロメが閉まっているトイレのドアに向かって訊く。

「そうなんだ」小便の音とともにヴァンサンの声が聞こえた。

サロメは、今しがたまでヴァンサンが寝ていた乱れたソファーベッドの上に、何も頓着せずに腰かけた。皆も続いて横に座った。イヴァンはキッチンの床に買ってきた六ロールのトイレットペーパーを置いたが、すぐにそれを脇によけて、冷蔵庫から六缶入りのビールのパックを取りだした。そして居間に向かって足を止めず速度も緩めず歩いてくると、そのまま一缶をヴァンサンに手渡した。ヴァンサンがトイレから出てくるタイミングとイヴァンの動きがぴったりと合致し、まるで二人が事前に振り付けを練習していたかのようだった。ヴァンサンは頭を後ろにそらせ、朝食代わりだとでもいうようにビールを一気に飲み干した。ガランスは、ヴァンサンの腹筋が筋《すじ》を描いてトランクスの中に消えているのを目で追った。イヴァンは残りの五缶を皆に分け、机の前の肘掛け椅子に座ってマリファナタバコを丸め始めた。

「それで、いったい何があったわけ？」

ヴァンサンは床に落ちていた服を拾い集め、身に着けた。目が赤く、疲れきった顔をして、とても元気そうには見えないことに、ガランスはやっと気がついた。ヴァンサンは訊かれた質問に言葉少なに答えるだけだったが、やがて誰もが、だいたいの事情を理解できるようになった。ヴァンサンは大学の中間試験に合格できなかったため、クリスマス休暇の間、父親と言い争いになった。母親は息子の味方をして、今年度は進級できないのだからグルノーブルに戻ってもしかたがない、自分の進路を見つけるまでイラレーヌに滞在したらいい、と言ってくれた。だが父親は、自分の知る限りぶらぶらしながら進むべき道を見いだしたやつなどいない、ましてや、グルノーブルの家賃を払っているのだからここに住まわせることなど論外だと言った。休暇が終わる頃には、両親はお互いに口をきかなくなった。それでも父親は譲歩しなかった。ヴァンサンは、飛行機に乗ってグルノーブルに戻るか、あるいは父親から一サンチームたりとも受け取らずに自分一人の力でやっていくか、どちらかを選べと迫られたのだった。

「そういうわけで、いきなり路頭に迷ったというわけだ」ヴァンサンが話を締めくくった。

イヴァンがヴァンサンにマリファナタバコを渡す。

「じゃあ、ここにいるつもりなの？」

「ああ……今のところはね……」

六人とも黙ったままだった。

「シャワーを浴びてこないと」ヴァンサンは力なくそう言ったが、その場から動かなかった。

「それには問題があるって気がついてる？」モードが指摘した。

「どんな問題？　保健衛生かい？」

「違う。あたしのことよ。三人での共同生活の可能性について疑義を申し立てるわ」

「きみは週末にしかいないじゃないか」イヴァンがなだめに入る。

今初めて知った事実に、ガランスはどぎもを抜かれた。たしかにモードは最終学年の三年生だが、自分がその年齢になったとしても、同じ権利を享受できる可能性はまったくなかった。男の子の家に泊まるなど、母が許すはずがない。少なくとも四十歳になるまでは。

「……うちも両親がぼくを追いだしてくれたらいいのにな」グレッグが物思いにふけるように言った。

「みんなに言っておくが、うちは満員だからな。次にホームレスになるやつは他の場所に行ってくれよ」

「でも、イヴァンが仕事に行っている間はどうするつもり？」モードが質問した。

ヴァンサンはビールの缶を両手で押しつぶすと、パソコン本体の隣にあるごみ箱の中に器用に投げ入れた。

「ここに一人ではいられないんじゃない？」モードはさらに続ける。「あたしたちは昼間は授業があるし……」

「もし何かあたしたちにできることがあれば――」サロメが口を開いた。

「何をして欲しい？」モードがサロメをさえぎって訊く。

「パスタを作るとか？」グレッグが提案した。

サロメが二つの鍋に湯を沸かしている。イヴァンはたいして関心のない様子で《うちでパスタを作るプロジェクト》にゴーサインを出した。イヴァンが用意できる材料は水道水だけだったので――それにイヴァン自身は、テロリストの攻撃を阻止するための手榴弾や起爆装置解除キットの装備で忙しかったので――グレッグが材料の買い出しに出かけていた。ヴァンサンは結局シャワーを浴びることなく、椅子に馬乗りにまたがって背もたれの上で腕を組み、イヴァンが『カ《C》ウンタース《S》トライク：グ《G》ローバルオ《O》フェンシブ』のゲームに興じるのを眺めていた。役に立っているのかどうか疑わしい多数のケーブルが小さな机から垂れ下がり、床の上を蛇行した後、絡まり合いながら、絶対に掃除機が届かない奥まった場所にあるコンセントに続いている。イヴァンは敵を倒すためのキーボード操作で両手がふさがっているので、マリファナタバコを巻くのはモードの仕事になった。モードはガランスの隣でソファーベッドに深々と座り、ほとんどガスがなくなったライターの、歯車部分のプラスチックが半分取れていることにいらだっていた。その時ドアをノックする音が聞こえ、サロメがドアを開けてグレッグを中に入れた。誰も監視していない鍋の中ではぶくぶくとさかんに泡がたち、沸騰した湯がどんどん蒸発していく。「対テロ特殊部隊の勝利！」イヴァンが爆弾の起爆装置を解除したので、パソコンからナレーションの声が響いた。ヴァンサンは、第一ラウンドで4キルを達成したイヴァンを祝福した。グレッグはキッチンに行き、レジ袋をひっくり返して調理台の上に中身――スパゲティ、トマトソース、塩――をあけた。モードはしばらく粘った末に、消耗したライターで火を起こすことに成功した。

「それ、最初に温めておかないの？」サロメがトマトソースを大きなサラダボウルの中に入れたのを見て、グレッグが尋ねた。

「もう鍋がないんだもん……。でもこの中にパスタを入れるんだから、ソースも温まるでしょ」

「そんなんじゃだめだよ……ちょっと、何してるのさ？」

「何よ？　塩を入れてるんじゃない」

「塩は、湯の中に入れるんだよ！　今までにパスタを作ったことはないのかい？」

ガランスはパソコンから聞こえてくる射撃の効果音と、ヴァンサンが椅子を揺らす音に耳を傾けた。いつのまにか雨が止み、窓辺には静寂が戻っていた。何が現実かは一目瞭然だ。屋外の冬の日差し。部屋に差しこむ光。その中できらきらと光る、空中に浮遊する埃。コンロの上の、湯気で曇ったグリセリン樹脂の塗装。そこを滴り落ちる水滴。ガランスは自分もこのグループの一員なのだと感じた。だが、皆とは違う特殊な形で。自分はここに一番後に加わったメンバーなのだ。もう午後の二時になっていた。明らかに、ここにいる誰も学校に戻る気はなさそうだ。午後はここにいる自分たちのものだった。

「イヴァン、皿はどこにあるんだい？」グレッグが訊いた。

「あああ！　リベンジだ！　このやろう！」

「イヴァン！　そこだ！　一人いるぞ！」ヴァンサンが注意を促す。「正面のトンネルには守りがいないのか？」

「イヴァン！　皿はあるのかい？」

「何が？」

「平らで丸い物体のことだよ。西洋ではその上に食べ物をのせるんだけど」

「食器棚の中を見てみろよ」

「どの食器棚？」

「食器棚は一つしかないだろ」

「だって、皿が一枚しか入ってないよ」グレッグが答える。

「他のは食器洗い機の中だ。この厚かましい新入りめ、こいつのせいで全然だめだったじゃないか！　弱っちい精子でできてるんだろ！　ぶさいくな卵子を見て嫌になった精子が一番後ろにいた弱っちいやつを最初に行かせたんだろ！　絶対そうさ！」

「で、食器洗い機はどこにあるの？」グレッグが辛抱強く尋ねる。

「下だよ。おやじのところだ」

「汚れた皿を下まで持っていくのかい？」

「いいだろ。取りにいくのが嫌ならボウルがあるさ」

「はあい、みんな食卓に集まって！」サロメが皆を呼んだ。

「言葉どおりの意味じゃないけどね」グレッグが補足する。「食卓もないようだから」

「おいおい、ここが気に入らないやつは自分の家で食べればいいだろ……」

「場所を空けて！　熱いから！」

サロメが大きいほうの鍋を運んできた。片手鍋の取っ手を両手でつかんでいる。

「気をつけて！」モードが大声を出した。「サロメ、気をつけて。ああ、だめ！　ほら、だから言ったのに!……」
サロメは案の定というべきかバランスを崩し、鍋の中身を全部ガランスにぶちまけた。くっついたままのスパゲティがガランスの肩に張りつき、赤いソースが滴り落ちた。モードはイヴァンに着替えのTシャツを持ってくるように命じた。イヴァンは椅子の背にかかっていた雑巾をつかむと、これはきれいなやつだからと言いながら女性陣に投げてよこした。それから着替えのTシャツを持ってきた。ガランスは丸まったTシャツを広げ、バスルームに向かった。そこには英語で落書きがしてあった。《スペースは見ることができたらただのノイズ》

ガランスは腹をはだけ、両腕は空中でトンネルのような長い袖の中を掘り進み、頭はまだ出口を探していた……。Tシャツの中で迷子になっていたガランスは、狭いバスルームのドアが開いて自分に触れたのを感じた。首の出口を見つけてTシャツから顔を出すと、そこにはヴァンサンがいてちょうどドアを閉めたところだった。後をついてきたのだろうか。バスルームが彼の青い目によって占拠されたように感じた。ガランスは身をよじってTシャツを着た。その間、ヴァンサンはかすかな笑みを浮かべて顔を傾け、横目でこちらを見ていた。まるで傾けたその顔に口説き文句が書かれているとでもいうように。ガランスには考える暇がなかった。気がつくと洗面台に押しつけられ、彼の腕に抱きしめられていた。ヴァンサンはガランスの唇をじっと見つめた。ガランスは自分の唇が食用になったような気がした。アドレナリンが身体の中の血管という血管を駆け巡った。ヴァンサンは許可を得ることなく、ガランスにキスした。この情熱的な瞬間に水を差すものが一つだけあったとすれば、洗面台の縁が尾てい骨に当たっていたことだが、ガランスは気にならなかった。壁越しにイヴァンの声が聞こえた。

「あああ、だめだめ、だめだ！　なんだと？　一撃で三十人？　冗談だろ？」

ヴァンサンにキスされながら、ガランスはもっとキスしてもらうためならば持っているものをすべて投げだしてもいい、と思った。身体がタイルの床から浮き上がるような感覚だった。やがてヴァンサンはバスルームから出ていった。相手がいなくなった後も、キスの感触は続いた。ガランスの舌は、うっとりとしびれるような感覚を手足の先まで放電し続けた。だがバスルームの外では、地球は何事もなかったように回り続けていた。誰かが音楽をかけた。イヴァンがヴァンサンを呼んで、こちらに来てリプレイを見ろよ、かなり被害が出た、やられ過ぎだ、やつはほとんど攻撃できていないから、などと話している。モードがイヴァンに、さっさと殺されちゃって、早くこっちに食べに来なさいよ、と声をかける。グレッグが、自分が言ったとおりパスタが冷たくなっていると指摘すると、サロメが冷たくはない、生ぬるいだけだと答える。ガランスはバスルームから出ていった。皆は毛布をピクニックのレジャーシート代わりにして、それを囲むように床に座っていた。グレッグがガランスにボウルを手渡した。バラード調のゆったりとした音楽に乗せて歌声が流れてくる。

ガランスはイヴァンのとなりにあぐらを組んで座った。イヴァンは食べながら同時にマリファナタバコを吸っていた。親指と人差し指の間で、タバコの端が見る見るうちに小さくなってゆく。ガランスはヴァンサンの視線を避けるようにしたが、心の内を隠しておくためにできたことはそれだけだった。もし注意深くガランスを観察する人がいたら、その生き生きとした様子から、すぐに何を考えているかが露呈してしまったことだろう。ガランスの心には喜びがみなぎっていた。尻の下のレンガタイルや溝のひんやりと冷たい感触、スリープになったパソコンのうなるような音、流れる音楽、フォークがカチャカチャとぶつかり合う音、マリファナタバコがパチパチと燃える音……。

意識が研ぎ澄まされ、周囲の状況がさっきまでとは違った不思議なもののように感じられた。そして頭の中でキスシーンが思い浮かぶたびに、ガランスはゆっくりと目を閉じた。二〇一六年一月四日。授業をサボって冷めたパスタを食べた。特別な日だ。女性歌手のハスキーボイスがサビを歌い始めた。

「このろくでもない歌はなんなんだ？」ヴァンサンが訊いた。

それを聞いたイヴァンは、こっそりと目でモードのほうを指し示しながら、喉をかき切られるようなジェスチャーをしてヴァンサンに警告する。

「誰の曲か知らないのなら飲みなさい！」サロメがヴァンサンに命令した。

流れていたのはマイリー・サイラスの『カレン《Karen》・ドント《Don't》・ビー《Be》・サッド《Sad》』という曲で、モードの前でマイリーの悪口を言うことはタブーだった。したがってサロメは、喧嘩が始まる前にいつものゲームに変えてしまうことによって、これを解決しようとしたのだ。皆がガランスにゲームのルールを説明している間に、イヴァンは立ちあがって冷蔵庫にウォッカのボトルを取りにいった。ルールは簡単だ。音楽をかけて、誰の曲かわからなければ、罰として酒を飲む。回答の順番は時計の針と反対回りに進む。まずモードから答えることになった。

《わたしは青春時代をむだにしてる
どうでもいいけど》

音はしなやかに形を変える。音楽は皮膚という器官を通って身体の中にしみこんでいく。音楽は部屋の中を移動する。振動しながら人から人へと情感を伝えていく。

《たぶん……
わたしたちは
わたしたちは
たぶんわたしは青春時代をむだにしてる》

「ロンドン・グラマーでしょ！」名前が喉まで出かかっていたのになかなか思いだせないでいたモードが、やっとのことで叫んだ。

正解だ。グレッグは自分のスマートフォンを今度はモードに渡した。すでにブルートゥースでイヴァンのスピーカーに接続してある。モードはこの半年ほど繰り返し聴いているアルバムから、お気に入りの曲を選んでかけた。最初の音が聞こえてくるや否や、歌が始まる前から誰もがネクフの曲だとわかった。だがモードの右側に座っているイヴァンは考えこむようなふりをした。

《自分が根無し草のように感じる時、おれは木のてっぺんに登る
高い場所から、死が見える。近づいてきたら覚悟しないと
人生とは、眺めを楽しむもの。それから枝を切り落とせ》

サロメがリフレインを大声で歌いだす。

《嵐が来る！　気持ちが駆り立てられる

色のついたガラス窓の　良いほうの側で終わりたい》

《アー、ウェー!》皆が身体を揺らす。イヴァンは「エミネムだ」と答え、皆が笑った。イヴァンは酒を飲んだ。そして、酒を独り占めする方法を見つけたとばかり、頭に浮かぶ名前を次から次へと繰りだした。ブーバ、カニエ・ウェスト、ジャスティン・ビーバー、エディット・ピアフ……。そしてそのたびに、瓶に口をつけて酒を飲んだ。とうとう「ヴィクトル・ユゴー」と言いだしたので、モードはイヴァンの手からウォッカを取りあげた。

ガランスはしだいに冷静ではいられなくなってきた。次は、自分が誰の曲かを当てる番だ。だが壁に貼られたポスターを見ただけでも、イヴァンが選ぶ曲を自分が知っている可能性は、まったくないことが明らかだ。自分はこの場にいるべき人間ではないのだと、すぐにばれてしまうことだろう。ここにいるのは皆、はっきりとした趣味を持ち、それを共有する仲間たちだ。だが自分はといえば、それがどんなジャンルの曲なのかもわからないし、特に詳しいジャンルや好きな作風の曲があるわけでもない（母親のせいだ——とガランスは思った。母は巧みに、音楽芸術はプロコフィエフを最後に消滅してしまった、と自分に思いこませてきたのだから）。エレキギターのリフが始まると皆が口を閉じた。ガランスはグレッグに目で助けを求めたが、グレッグはごめん、わからない、という顔をして頭を横に振った。イントロだけでゆうに一分は過ぎた頃、モードが大きな声を出した。

「サロメ!　サロメがずるしてる!」

音楽検索アプリのシャザムで曲を調べていたところを見つかって、サロメはスマートフォンを下に置いた。まだ誰も答えがわかっていないことを知り、ガランスはその曲を選んだイヴァンに感謝

2016年1月

の気持ちでいっぱいになった。

「メタリカね！」歌手の声が聞こえた瞬間、モードが叫んだ。

「飲みなさい！」サロメがモードに命令する。

「いや、そうだよ。合ってる」イヴァンが言った。

「だけど、モードが答える番じゃないでしょ！　モードもガランスも二人とも飲みなさい！」

　モードはまず自分が飲んでから、ボトルをガランスに手渡した。ガランスは唇の端をウォッカに浸して味見をした。それでなんとか切り抜けようと思っていたガランスに、ちゃんと一口飲め、と皆がはやしたてた。次はガランスが曲を選ぶ番だった。右側にいるヴァンサンが答えることになる。これは、このグループの仲間になれるかどうかの儀式のようなものだ。ここで失敗したらどうしよう、と思うとガランスは怖くなった。できるだけ楽にこの場を切り抜ける方法があるにはあった。彼らと付き合うようになってから知ったことを、そのまま受け売りするのだ。ハロウィーンの夜、たしかイヴァンは男性歌手に仮装していた。自殺してしまった歌手だとか……。〈二十七クラブ〉と呼ばれるグループの一人なのだと誰かが言っていた。その歌手も二十七歳で死んでしまったのだと。だがガランスは、その歌手の名前もグループ名も思いだせなかった。グレッグのスマートフォンで〈二十七クラブ〉と検索すればいいのかもしれない。だがその時、頭の中にまったく別のアイデアがひらめいた。もしかしたら惨憺《さんたん》たる結果になるかもしれないが……。皆、ガランスが曲を決めるのを待っている。ガランスは、バスルームから別々に出てきて以来初めて、ヴァンサンと視線を合わせた。ヴァンサンは得意げな笑みを浮かべている。その顔を見たら、ガランスは失敗する恐怖よりも、ゲームに勝ちたい気持ちのほうが強くなった。そこで、考えている曲をスポティファイで見つけると、わずかに震える手でプレイを押した。曲がかかるや否や、イヴァンが大声で笑いだした。

「ハハハ、彼女にやられたな！」

「飲みなさい！」

「ほら、ヴァンス！」

「ちょっと待てよ、すぐにわかるから……」

「もしわかったら、あたしたちが全部飲むわよ」モードが挑戦的に言った。

「モーツァルト？」とりあえず、という感じでヴァンサンが名前を口にする。

「ミンクスよ」ガランスはボトルを差しだしながら静かに答えた。

皆に聴かせたのは『影の王国』で、自分が公演会のために練習しているバレエ『ラ・バヤデール』の一場面だった。ヴァンサンは立ちあがって皆の輪の真ん中に入ると、ボトルを持った手をまっすぐに伸ばし、観客に挨拶するようにその場でゆっくりと一回りした。そしてガランスの正面で止まると、ガランスの目を見ながら二回立て続けにウォッカを飲み、負けを完全に認めた。ガランスはスマートフォンを差しだした。ヴァンサンはそれを受け取ってガランスの隣に座った。再びゲームが始まり、ウォッカのボトルが手から手へと渡されていった。そのうちに、ヴァンサンの手がガランスの太ももの上に置かれた。ガランスはなんでもないことのように振る舞おうとした。が、身体は触れられている部分に神経が集中し、臨戦態勢に入った。全身の血液がすべて、ヴァンサンの手のひらの下に流れていくような感覚だった。皆はゲームに熱中し、ガランスが初めて聞くグループの名前――アリス・イン・チェインズ、システム・オブ・ア・ダウン、イン・サーチ・オブ・サン等々――を次々に挙げていく。誰も、何も気がついていなかった。そしてヴァンサンも、その態度を見る限り、自分の指の下にガランスの太ももがあることに気がついているようには見えなかった。イヴァンがまたマリファナタバコを巻いている。モードが、誰か得点を数えているかと訊くと、イヴァンは自分が一番リードしていると答える。サロメがそんなはずはない、と返すと、イヴァンはこのゲームではこれまで誰にも負けたことがないのだと言う。ウォッカのボトルは冷蔵庫から取りだした時点ですでに飲みかけではあったものの、ゲームが始まるとあっという間に空になった。ヴァンサンの手は、しだいにガランスの太ももの上にすべての重みをのせてきた。ガランスは動かずじっとしていた。動くと魔法が解けてしまうような気がして怖かった。今やイヴァンの部屋の壁はガランスの思考の境界線となり、壁の向こう側にあった世界は消えてなくなってしまった。学校も、その中にいるつまらない人々とともに、粉塵となって消えた……。記憶の中からあっという間に消されてしまったどこか他の場所では、一年B組の生徒が授業を受けているのだろう。スアドは一番前の席に座り、シメオーニ先生は黒板に難解な記号を書きこんでいるに違いない。だがガランスは授業をサボったわけではない。サボらなければいけない授業などもうないからだ。もう教室もないし、ダンススタジオもない。〈コリフェ〉の姿がどんどんぼやけて意識から消えていく。この場所から外につながる道はない。周りには町もない。イヴァンの二部屋だけのマンションの外には、もう現実は存在しないのだ。この部屋の中の世界は、外の世界よりずっと大きい。外の世界には、意味のあるものは一つとして存在しない。だがここでは、すべてに意味がある。かすかな振動やわずかな目の動きが、すべてを変えることだってあるのだ……。その時、突然ミサイルの弾頭を標的に向けるように、サロメがこちらを振り向いた。その視線の軌道をたどると自分の太ももに到達することに気がつき、ガランスは凍りついた。サロメは不機嫌な顔になった。ガランスは、この状況が自分のせいではないこと、そして嫌だが我慢しているのだとサロメに伝えようとした。すると、まるで手自身がそのメッセージを受け取ったかのように、ヴァンサンの手が引っこんだ。違う！　ガランスは心の中で叫んだ。違うの、違う違う……。だが、ヴァンサンの手はもうヴァンサンだけのものではなく、皆のものになり、仲間に従う必要があった。嘘つきでぶしつけな手はすべての誓約から自由になってスマートフォンをつかんだ。ヴァンサンが曲を選ぶ番だったのだ。ヴァンサンはピクシーズの『おれの心はどこだ？《Where is My Mind》』をかけ、サロメが正解した。

「これ見た？」サロメがガランスに質問した。

「えっ……」

「映画のこと。聞き覚えないの？」

「これは『ファイト・クラブ』のサウンドトラックなんだよ」グレッグが助け舟を出す。

「知ってる！　あたしも見た！」

「じゃあ音を消して見たわけ？」サロメの言葉に、モードが笑った。

「最初のほうしか見てないから……」

「最後まで見ないでやめたのかい？」ヴァンサンが口をはさむ。「最後はね、結局全部……」

「ネタバレはだめだよ！」グレッグがヴァンサンを止めた。

「それ見てもいいぞ」イヴァンが提案した。

「今？」

「アー、ウェー！　見ようぜ」

　ヴァンサンはネクフの歌詞を抑揚までそっくり真似て答えると、立ちあがって小さな四角い机を移動させ始めた。グレッグも立ちあがって手伝い、ケーブルの一部を外したり、パソコンのモニターをソファーベッドの正面に向けて置き直したりする。サロメが遮光カーテンを閉じた。冬の午後のかすかな日差しがカーテンの細い隙間から差しこみ、灰色のきらきらとした縦のラインを形作っている。モードとイヴァンはソファーベッドの上に二人で寝転び、他のメンバーはソファーにもたれて床に座った。ヴァンサンはガランスとサロメの間だ。映画がスタートした。

〈不眠症だと、何もリアルに感じられない。何もかもが遠いところで起きている。すべてがコピーのコピーのコピーなんだ〉ここで一時停止。エドワード・ノートンが、ボブの胸で泣きながら固まっている。イヴァンが冷蔵庫からビールを取って戻ってきたので再生開始。〈不眠症だと、けっして本当に眠ることができない。……だが、本当に目を覚ましているわけでもない〉ここで電話が鳴った。また一時停止。全員が同じ呼び出し音なので、全員が自分の携帯を確認する。鳴ったのはグレッグの携帯だった。グレッグは携帯をサイレントモードに設定した。再生開始。飛行機の中でエドワード・ノートンがブラッド・ピットの隣の席に座る。ソファーベッドではイヴァンとモードがキスをしていた。二人が抱き合って転がるたびに重みでソファーがたわんだが、ガランスは後ろを振り向かなかった。後ろで起きていることにも、周りのことにも、もう注意を向けなかった。ただ映画だけに集中した。まだ時間は早かったが、遮光カーテンの隙間からわずかな光が差しこむだけの室内は夜のように暗かった。皆がブラッド・ピットと一緒に声を張りあげた。〈ファイト・クラブの規則その一。ファイト・クラブのことを口外しない。ファイト・クラブの規則その二。ファイト・クラブのことを口外しない〉彼らがまるで呪文のようにセリフを唱えるのを聞きながら、ガランスは奇妙な喜びに包まれた。それは一筋縄ではいかない喜びで、いくつもの秘密の坑道に貫かれ、それが秘密のネットワークを形成しているとでもいうような感覚だった。だが今度はその坑道を通って、悲しみが電光石火のごとくガランスの心の中に押し寄せてきた。この瞬間は長くは続かない、この瞬間はいずれ過ぎ去ってしまう、時間が流れて、この瞬間を散り散りにしてしまう――そんな悲しみが……。ガランスはこの一瞬一瞬が、すでに過去の思い出になってしまったかのように感じた。そして、いつでも今のこの瞬間に戻ることができるのなら、人生で他に欲しいものはないという気がした。ガランスは思った。誰かがもう一度、一時停止ボタンを押してくれたらいいのに——と。

2016年1月

ハッサン・ブラヒム警部：きみたちがどうして親しくなったのか、もう一度話してもらえるかな？
モード・アルトー：彼女がうちのパーティーに来たんです。ハロウィーンの。
ハッサン・ブラヒム警部：きみが彼女を招待したの？
モード・アルトー：いいえ、サロメです。
ハッサン・ブラヒム警部：二人はどうやって知り合ったんだろうか？
モード・アルトー：知り合いじゃありませんでした……。
ハッサン・ブラヒム警部：それじゃあ、どうして彼女はきみのうちのパーティーにガランスを招待したの？
モード・アルトー：サロメはガランスのインスタグラムをフォローしていたんです。
ハッサン・ブラヒム警部：三年生はＳＮＳで一年生をフォローしたりしないものだと思っていたけど……。
モード・アルトー：そうですけど、新学年になった時、エリート・モデル・ルックコンテストの予選会がイラレーヌに来るってわかったんです。みんな夢中になって、高校の女子生徒は半分以上が応募しました。その中で、ガランスのお母さんがやっているダンス教室の生徒たちはみんな、選ばれるのはガランスだろうって言っていたんです。サロメにとってこのコンテストはすごく大切だったから、ガランスがどんな子か見たくなったとしても当然です。

この日の朝、モードは黒いジーンズに黒いブーツ、厚手の黒いセーターに黒いコートという出《い》で立ちで学校にやってきた。誰かの喪に服しているのだという。この服装の原因となったニュースはインターネット上でもさかんに出回り、モード自身も〈生命はまったくひどい小さな出来事〉という謎めいたコメントを付けて——少なくとも、オリジナルを知らないガランスにとっては謎だった——リツイートしていた。モードの芝居がかった服装は全員の賛同を得られたわけではないが、批判する者は誰もいなかった。なぜなら八百人いる生徒のうちで、デヴィッド・ボウイが生きている間に彼の曲を聴いていたのは、モードだけに違いないからだ。今回の訃報で初めてデヴィッド・ボウイのことを知ったガランスや他の生徒たちは、ウィキペディアでボウイのことを調べ、メディアが急遽《きゅうきょ》作成した名曲トップ10リストから一曲を適当に選び、イントロだけでも聴いてみたのだった。モードは心から悲しんでいるのだろうか？　ガランスはそうは思わなかった。だがきっと、自分では悲しいのだと思っているか、少なくとも悲しがりたいと思っているのだろう。

「あたしたちの親の世代だって、時代が違うから悲しいなんて感じないと思う！」

「そんなことどうだっていいんだよ、モードは。時代遅れのファンだって言われても気になんかしてないのさ。とにかく、デヴィッド・ボウイが死んだことで、自分の一日がだいなしになったと本人が思いたがっているんだから、それでいいんじゃないの……」

「ちゃんとここまで話が聞こえてるってわかってる？」モードが、イヴァンと二人でこもっている隣の部屋から声をあげた。

《夢を見たの
　スケートボードのやり方を、デヴィッド・ボウイが教えてくれた
　でも彼は、アニメのガンビーみたいな形だった》

ヴァンサンがガランスにマリファナタバコを渡した。ガランスは、柔らかくてすぐに燃えてなくなるその小さな切れ端をしばらく指でつまんだまま持っていた。それから息を止めて、肺に吸いこまないようにしながら口だけで吸い、吐きだした。そしてグレッグに回した。

《夢を見たの
　レコード店を襲った
　黄色いドアの店だった》

ガランスは携帯で時間を確認した。もう行かなくては……。今夜はスアドの誕生会で、スアドとその両親と夕食をとることになっている。ガランスはそのことがずっと気がかりだった。誕生日の夕食会は恒例の行事だった。スアドは毎年誕生日を家族で祝う。ガランスもその家族の一員なのだ。いや、一員だった。だがガランスもスアドも、大人の前ではこれまでどおりの関係を装うほうが都合がいいとわかっていた。だから夕食会に自分も参加するという考えにはガランスも賛成だったが、

誕生日プレゼントのために貯金をはたくことになった。スアドが数カ月前から欲しがっていた《最後の清潔なTシャツ《Last clean T-shirt》》はもうマスタングでは販売していなかったので、ガランスはネットの通信販売で見つけて購入した。

《どういう意味？　どういう意味なの？
　夢を見たの
　でもどういう意味？　どういう意味なの？》

マイリー・サイラスの叫ぶような歌声によって隣の寝室から来る物音は覆い隠されていたものの、モードとイヴァンがそこで何をしているかは明らかだった。他の三人はそれを気にかけている様子がなかったが、ガランスはまったく慣れることができなかった……。ガランスたちは一週間前から、イヴァンの家に日に二回集まるようになっていた。昼食時間と夕方だ。そしてモードとイヴァンが寝室に消えるたびに、ガランスは無頓着を装った……。だが聞くまいとすればするほど、よけいに耳に入ってきてしまう。

《どこにいるの》スアドから疑問符なしのメッセージが届いた。

《今行く》ガランスは返信した。だが実際にソファーから立ちあがるためには、超人的な努力が必要だった。部屋の中に漂っている煙のせいで頭がくらくらする。自分の頭が、台座から落ちそうになっているけん玉の玉になったような気がした。ガランスは無意識に自分で首を揉み始めた。

「もう行かなくちゃ」自分を鼓舞するためにガランスは口に出して言った。

するとヴァンサンがガランスの首を揉み始め、結局ガランスは流されてされるがままになった。

マイリー・サイラスの曲が終わり、次の曲が始まるまでの静寂に、あえぎ声が入りこむ。モードとイヴァンだ。二人の声はプレイリストの音楽とシンクロしていた（プレイリストの曲はほぼすべてがデヴィッド・ボウイだったが、マイリー・サイラスのこの曲だけがすでに二回かかっていた）。デヴィッド・ボウイの歌が聞こえてくる。その声は心の中に染み入り、感情をざわつかせる。ヴァンサンの指がピアノを弾くようにガランスの首の上で踊り、ガランスは頭を前に落として目を閉じた。ヴァンサンはソファーに横になるようにガランスに勧めた……。

ガランスは転がる石の上から滑り落ちた。落ちていくスピードはとてもゆっくりで、ずっと下の、とても遠いところに海が見える。ガランスは転落し続け、とどまるところを知らずに落下し続ける。空には満月。夜明けはまだ先だ。ソファーの底から這いだそうとするが、ソファーには底がない……。ふと気がつくと、遠くに窓が見えた。窓までの距離が、いつもの光景とは違う。ここはどこ？明かりがついている……。どこだろう？　そうだ、イヴァンの家だ。頭が重い。いったいどうしたのだろう？　ガランスは起きあがろうとした。すると机の前の肘掛け椅子がこちらに向いた。

「目が覚めた？」イヤホンを片方だけ外しながら、グレッグが声をかける。

「今何時？」ガランスは大慌てで尋ねた。

「七時十五分だよ」

よかった。それなら大丈夫だ……。それほど長く眠ってしまったわけではなかった。寝室ではまたモードとイヴァンが始めたようだ。物音や声が聞こえる。

「これ見てごらんよ……」

グレッグは椅子のキャスターを転がしてガランスのそばまで来た。

「もう十五分くらいこれを見てたんだ。すごく面白いんだよ」

「これ、水たまりでしょ」

「そうなんだ。ペリスコープのアプリでライブ配信された時には、二万人が視聴したんだよ。これはユーチューブの再配信だけど」

二万人の人が、インターネットで水たまりを眺めるより他にやることがなかったとしても、それはその人たちの問題だ。自分は今急いでいるのだ。スアドと両親が自分を待っているのだから。携帯電話はどこにいったのだろう？（それにヴァンサンはどこ？）質問しようとした瞬間、蛍光ピンクのケースが二つのクッションの間の割れ目から顔を出しているのが見えた。携帯はサイレントモードになっていた。ロックを解除すると、十一分前にスアドからメッセージが届いていた。ガランスは気持ちが滅入った。

《もういいから》

強いストレスを感じてガランスはソファーから飛び起きた。

《今行く》そう返信したものの、出発するためには何から手を付ければいいのかわからなかった。トイレに行って用を足したかったが時間がない。パーカーはどこに置いただろう？　部屋の中はぐちゃぐちゃだった。スアドの家まで、走ってどのくらいかかるだろう？　本当にパーカーは必要？いや、もういいや、明日取りに戻ってくればいい……。だめだ、バッグがない！　スアドのプレゼントが中に入っているのに。

「これじゃないの？」

「ううん、それはあたしのじゃない……。待って、ちょっとそこどいて！」

ガランスはグレッグが座っていた椅子の背にパーカーがかかっているのを見つけた。パーカーを取ると、その下からダンスバッグもあらわれた。ショルダーベルトが椅子の背に引っかかっている。

その時、手に握った携帯電話が振動した。

《大丈夫、もう来ないで》

グレッグは話し続けていたが、ガランスは聞いていなかった。そして今度はメッセージアプリの右上にある通話マークを押した。呼び出し音が鳴っている……。スアドは出ない。ガランスは留守番電話にメッセージを吹きこんだ。

《スース、大丈夫、十五分で着くよ。遅れた理由はあとで説明するから……。プレゼントがあるの……》そしてスアドにメッセージを聞く時間を与えず、続けて電話をかけた。今度は直接留守電につながった。

《スース、電話して。今行くから！》声に動揺が漏れ出ているのはわかったが、グレッグが自分のことをどう思おうがそんなことは構わなかった。むしろ、隣の寝室のあえぎ声が録音に入って、スアドがそれを聞いてしまうのではないかと心配だった。荷物をまとめて、スアドの家まで走り、遅れたことを謝らなくては。その前にやはりトイレにだけは行っておこう。もう我慢できない。早く早く。ガランスはトイレに急いだ。通りすがりに、寝室のドアが閉まっているのが目に入った。ガランスはまったく気に留めなかったが、トイレの中に入った後で、それまで考える余裕のなかった情報が頭の中によみがえった。そして、寝室が静かだったことにはたと気がついた。ガランスはジーンズを脱ぎ始めた。だがきつくてスムーズに脱げない。もう！　肌にくっついてるみたいじゃない！　ガランスはいらだった。神経が高ぶれば高ぶるほど、さらに時間がかかった。トイレの壁に、何度も何かがぶつかる音がした。ガランスはパーカーの裾を邪魔にならないようたくし上げてから便器に腰かけた。そして物音を聞かないように努力した。身体がほてり、汗が噴きでてくる。どういうことなのかは考えたくなかった。今は、さっさと用を足してここから出ていかないと。それなのに、自分の膀胱はいったい何リットルの尿を貯めることができるのだ？　これまでの人生で、おしっこをするのにこんなに時間がかかったことなんかなかったのに。こんなに時間のかかる人なんて誰もいるはずがない……。壁の向こうの音は続き、ガランスはそれを聞き続けた。バスルームから聞こえてくる音だった。

スアドの誕生日など、もうどうでもよくなった。ガランスは、何が起きているのかをやっと理解できた。寝室は静かだった……。つまりイヴァンとモードは眠っていた。あのあえぎ声は、あの二人のものではなかったのだ。ガランスは心の中で自分の頭を壁に打ち付けた。どうってことない。死ぬわけじゃない。想像しさえしなければ。想像しちゃだめ。何も思い浮かべちゃだめ。できるだけ長くそうするの。何も想像するんじゃない……………………。

ガランスはおしっこを拭き、ジーンズのボタンを留めた。何もかもがどうでもよくなった。もう何も感じなかった。トイレから出ると、あやうくグレッグに二人はどこにいるのかと訊きそうになった。すでに知っていたにもかかわらず。ガランスは、二人がどこにいたのか、本当はずっとわかっていたような気がした。サロメとヴァンサンがバスルームにいたことも。そこでセックスしていたことも。

2015年10月

2015年10月

「もう疲れちゃった」

「ちょっと待ってて、すぐ終わるから……」

「それよりフェイスブックで〈えくぼ〉でも探してよ」

「うん……でも今ちょっと……見てるものが……すぐだから……」

「もう、何してるのよ！　いったい何が見たいの？」モードがいらいらして訊いた。

「あの子ってあたしより背が高いと思う？　身長はどのくらいかな？」

「そんなの知らないってば。まったく」

「そういうのって、何を見たらわかると思う？」

「ノー・ライフ・ペディアでも見れば？」

「あたしとだいたい同じくらいの体格だと思うんだけどな」

「どうやら、彼は生徒と個人的に仲良くなったりしないみたいね」

「誰のこと？」

「〈えくぼ〉先生よ。〈クジラ〉が先生に交際を申しこもうとして、断られたんだって」

「単に、太った女とは付き合わないってことなんじゃない？　ねえ、身長は一メートル七十二センチ以上かな？　それとも一メートル七十二センチ未満？」

「以上でしょ」

「本当にそう思う？」

エリート・モデル・ルックのコンテスト予選会が、三月にイラレーヌで開催されることになっていた。応募するには顔写真と全身の写真を送付する必要があり、今日はその締め切り日だ。サロメは、同じ高校の女子生徒の中で実際に競争相手になり得るのは八人しかいないと思っていた。その最終候補者リストの第一位は自分自身と、そしてガランス・ソログブだ。サロメはガランスの写真を次々に拡大表示してはあら探しをした。モードのほうは、競争相手の審査に余念のないサロメには構わず、受信したメッセージを読み始めた。交通事故に遭った昨日以来、ひっきりなしにメッセージが届いていた。目がハートの絵文字、ハート形の口、バーチャルハグ、そしてスペルミスだらけのお見舞いの言葉……。こうした絵文字やイラストを見ているうちに突然痛みがぶりかえし、モードはローテーブルの上に置いてある鎮痛薬の箱を取ってくれとサロメに頼んだ。薬は自分で手を伸ばせば届く位置にあったのだが、首用コルセットの機能をまだ理解できていないモードは、まるで頭の先から足の先までギプスで固められているかのようにしか身体を動かせないでいた。サロメはその横で床に座り、パソコンの画面から目を離さずに薬の箱を手渡した。そして人差し指で勢いよくタッチパッドを叩き続けた。

パソコン上に表示されたガランス・ソログブの写真はどれもまったく想像力に欠けていた。手を伸ばして撮った自撮り。頭を左右のどちらかに傾け、舌を出したり、目を細めたり、人差し指と中指で横向きにVサインを作ったりしている。ふくれっ面をしてみせたり、可愛く口をすぼめたり、不機嫌を装ったり、髪の房を右に向けたり左に向けたり。視線は何かを見ているものもあれば、レンズを見たり、ぼんやり宙を見つめているものもある。髪をほどいたり、結んだり、頬をへこませたり、唇をわずかに開けたり、正面から撮ったり、横から撮ったり。また、バスルームの鏡越しだったり、ダンススタジオの中だったり、サングラスのレンズを通してだったり、逆光だったり、構図が良くなかったり。夜の写真もある。フラッシュなしのもの、レタッチ処理したもの、コントラストの強いもの、明度が低く暗いもの、色が飽和しのっぺりとしているもの、白黒のもの、フィルターを使用して撮ったものがある。頭に載せた花の冠、犬の耳、頬の虹……。ガランス・ソログブはSNS上に二千九百九十三枚の写真を公開していたが——その内の千七百二十六枚は自撮りだった——、サロメはまだ半分ほどしかチェックできていなかった。何より最悪なのは、ガランスの友だちの女子たちのコメントだった。サロメは自分がその年齢だった時のことを思いだしても、これほど鬱陶《うっとう》しいことは記憶になかった。彼女たちはガランスのことを〈すばらしい〉〈実に美しい〉〈完璧だ〉〈見事だ〉と言い、〈愛しい人《アモーレ》〉〈小さなパンダちゃん〉〈わたしの猫ちゃん〉〈可愛子ちゃん〉と呼び、可愛い動物やキスマークの絵文字を大量に送信していた。男子のほうはどの年齢でも、褒め言葉として軍事用語の暗喩を使っているようだったが、一年生は特に度が過ぎていて、ガランスを〈戦闘機〉や〈ミサイル〉、〈原爆投下〉と形容する回数が飛びぬけて多かった。まあ、しかたがない。女子にしろ男子にしろ、まだ未完成な存在である下級生たちが、二年後には、サロメやモードがすでに到達している大人の直前の段階に達することを期待しよう。自分たちとしては廊下で彼らとすれ違うことさえ我慢できそうにない。それほど一年生と三年生の差というのは厄介なものなのだ。

「この子の眉毛、変だと思わない？」

「あたしは好きだけど。自然な感じで」モードが答える。

「眉毛を抜き過ぎていない、ということであればあたしもいいと思うけど、これは、まったく抜いていないだけでしょ……。それに、あごがすごく前に突き出ているし。見れば見るほど……」

「人と違ってふつうじゃない部分が個性になるのよ」

「そりゃあ、ふつうじゃない点が一つだったら、それは個性かもしれないけど」サロメは認めながらもさらに続けた。「でもいっぱいありすぎたら、結局逆効果じゃないの」

イラレーヌでコンテストの地域予選会がおこなわれるという発表を聞いた時、サロメはすぐに、このコンテストで優勝して有名になったモデルの名前を思い浮かべた。ジゼル・ブンチェン、イザベリ・フォンタナ、ララ・ストーン、コンスタンス・ヤブロンスキー、シグリッド・アグレン……。エリート・モデル・ルックのこのコンテストは、これまでこの町でおこなわれたイベントの中でもっとも重要な出来事になるだろう。

「身長制限があるなんてばかばかしいよね……」サロメは言った。

コンテストに応募するには、一メートル七十二センチ以上の身長が必要だった。モードは、それにはちょうど十二センチ足りなかったのだ。

「そうだけど……。あたしはモデルには興味がないしね……。もっとクリエイティブなものが好きだから……」

「モデルもクリエイティブだよ。スタイルを生みだすんだから!」

「スタイルを生みだすのはスタイリストでしょ」

「本当のトップモデルはそうじゃないの。彼女たちにはどんな服を着せてもいいの。モデルの個性によって全然違ってくるんだから。カーラ・デルヴィーニュを見てごらんなさい。彼女はすごくロックだから――」

「彼女はロックのなんたるかなんて全然わかってないわよ！　みんな、ケイト・モスが歳を取ったから代わりが欲しいだけでしょ」

「《あたしがきれいじゃなくなったら、少なくともありのままの姿を見せるようになったら……やめてよ、あんたが嘘をついているのはわかってる……永遠にきれいなのはケイト・モスだけ》」これ以上この話を続けたくなかったので、サロメは歌を口ずさんだ。

「それに、タトゥーを入れてコカインを吸ったらロックだと思うのはやめて欲しいわ。サロメのお母さんだってタトゥーをしてるでしょ」モードは話を続ける。

「うちの母親なら絶対コカインもやってるよ。あの人がどうしてあんなにいかれてるのか、これで説明がつくね」

サロメは顔を、画面上のガランス・ソログブの顔に近づけた。そして十センチもない至近距離からじっくりと観察したが、ガランスの目の色が自然界に存在する色なのか確信が持てなかった。それはヘーゼルナッツの色というよりは、まったくの黄色に見えた。

「実際には、ファッションは関係ないのよ」モードはさらに続けた。「すべては音楽から始まってるの。パンクもグランジも、もとは音楽のジャンルなんだから。ユニセックスのファッションだって、最初は……」

「そうそう、あの死んじゃった男の人から始まったんでしょ。前に聞いたよ」

「誰のことを言ってるの？」

「宇宙人の女の役をやった男の人でしょ……」

「デヴィッド・ボウイのことね！」

「そう、その人のこと」

「まだ死んでないから！」

「そうなの？　じゃあ別の人とごっちゃになってるかも……」
「別の人って？」
「ゾンビが子どもたちを襲うやつ」
「マイケル・ジャクソンのこと？」
「そうそう、マイケル・ジャクソン」
「それは全然関係ないってば」
モードがうんざりし始めていることは、声でサロメにもわかった。実際二人は午前中ずっとリスト作成にかかりきりだった。コンテストのライバルとなる女子生徒たちについて、容姿の長所と短所を一覧表にしていたのだ。だがそれはモードの発案であり、時間がかかったのはそのせいだった。高校二年生の理系クラスにいる女子の長所の欄に、モードは〈プロポーション抜群〉と書きこんだ。続いて短所の欄には〈耳が離れすぎ〉〈耳たぶが巨大〉〈目が飛び出ている〉〈おでこが広すぎ〉と記入し、〈眉毛がまるで顔の真ん中から生えているみたい〉と付け加えた。美は思いがけないところに存在する、というから、この生徒の少々変わった特徴が、逆に審査員たちの興味を引く可能性がなくもないと思うと、サロメは不安にならないわけではなかった。候補者リストのナンバー3も手ごわい相手だった。長所が多くて箇条書きにする必要があるほどだ。
—独特の雰囲気
—小悪魔的な視線
—完璧な鼻孔の形
—官能的な唇
だが幸いにも、モードは即座にそれを打ち消して言った。

「こういう顔って、もう二〇〇〇年代初めにはブームが終わってるのよね」

サロメはこの賢明な指摘をすぐにツイートした。するとそれを見たグレッグが、まずリツイートしてから、いったい誰の話なんだと質問のメッセージを送ってきた。サロメがリストの話をして候補者の名前を伝えると、グレッグもリモートで参加することになった。サロメたちが味方に引き入れようとするまでもなく、土曜の午前に一人きりで家で退屈していたグレッグは、前のめりで仲間に加わった。

《この子、写真で見てもまぬけな感じだよな。ばかさ加減が写真に透けて見えてる》《笑笑》さらに悪乗りしたグレッグは、豊胸手術をしたというリストのナンバー2の子をインスタグラムで褒めてやろうと言いだした……。そしてグレッグのコメントを見たナンバー2からは《???》という返信があった。こうした悪意は現実をたやすく超えてしまうものだ！　この女子生徒は、夏休みの間にブラジャーのカップが二サイズも大きくなったというのに、サロメに対してそれを認めなかった。あたしには自然の乳房とシリコン製の乳房の区別がつかないとでも思っているのだろうか、とサロメは思った。自分が生まれた時に吸っていた乳房は、あれから十七年もたったというのに、あいかわらずすべすべとして豊満なままそびえ立っているのだ。がりがりの母の胸の上に……（ちなみに高校で美容整形手術をしているのはナンバー2だけではない。アガット・ランティエは自分の誕生日に鼻の整形手術を受けている。少なくともアガットはそれを否定していない。が、たとえ彼女がビフォー／アフターの写真を投稿したとしても、それについて尋ねる人はあまりいないだろう。アガット・ランティエの鼻に興味のある人など誰もいない。彼女が注目されようと思ったら、結局のところ二つ目の鼻を付けるしかないだろう）。しかしながらガランス・ソログブに関しては、モードもグレッグもケチを付ける点を見つけられなかった。そのことがサロメを不安にさせた。サロメがガランスという生徒の存在に気がついたのは数週間前、新学年が始まった日のことだった。ガランスがジーンズに白いトップス、テニスシューズで校庭を歩くと、それだけで男子生徒のあいだにちょっとした心拍停止が起きた。ガランスの尻——彼女の少ない脂肪組織のほとんどは尻だけに集中しているようだった——がセクシーな印象を与えることは誰の目にも明らかで、彼女が歩くと、見えないカメラがその後を追っているかのようだった。ちょっとは落ち着いたらどう、とサロメは思わずにはいられなかった。

「自分は美人だって思ってることが見え見えで、だいなしね。〈短所〉の欄に〈表面〉って書いておくことにする」

「〈表面的〉ね」モードが言い直す。

「高校生になったばかりなのに、まるで自分の父親の学校だみたいな顔してるし」

「一つ言ってもいい？　本当はね、ファッションモデルになりたいだなんて、ちょっと寂しい考えだなと思ってるんだ。それってウクライナの女の子の夢でしょ」

「まあ、あたしは面白いからやってるだけだけど。どっちにしても半年後の話で、時間もあるし……。もしかしたら行かないかもしれないしね。とりあえず応募はしたけど……」

「ねえ、サロメ、本気じゃないのなら参加するのもいいと思うけど、でも——」

「まあ結局、どうしてって思うかもしれないけど、たくさん応募があるのは確かだと思うよ。少なくともその半分はまったく見こみがない子たちだけどね……」

「まあ、そうね。他には何もすることがないってわけじゃないしね！」

「本当はこの子のほうがあたしよりいいと思う？」サロメは、モードの顔の前にレオタード姿のガランスの写真を突きだして訊いた。

「そんなはずないでしょ」

「この子の母親って何者？　〈ソログブ〉って、ポーランドの名前？」

「知らないけど、うん、ポーランドかもね。それともロシアかな。わからない」

その時メッセージの着信音が鳴り、会話は中断された。親友の顔に浮かんだ笑みが、アーティチョークが開くように大きくなっていくのを見て、サロメはイヴァンからのメッセージだとわかった。

そこで、自分は画面にガランス・ソログブの顔を出したままノートパソコンを閉じると、ウォーキングの練習をするために立ちあがった。両肩をしっかりと後ろに引き、しっかりと前を見据え、居間からキッチンへと歩いてみる。キッチンに着くと、プロのモデルがユーチューブで話していたアドバイスを思いだした。一本線が引かれていると想像してその上を歩くこと、音楽には関係なく一定のリズムを維持すること、腰を振らないこと、足を軽く交差させること、腕も動かすこと……。帰りは、そのアドバイスを実践しながら後ろ向きで歩いてみることを思いつき、試してみる。そして居間まで来ると仰向けでソファーに倒れこみ、足を上げて、電話をするためテラスに出たモードが戻ってくるのを待った。

「あの子をグレッグとくっつけたほうがいいかもね」モードが戻るとサロメは提案した。

「誰を？」

「ガランス・ソログブのこと」

「まだあの子のことを考えてるの？」

「二人はうまくいくと思うんだけどな」

「どうしてそういうことになるのか、全然わからないんだけど」

「グレッグがゲイかどうか、どうしても知りたいって言ったのはモードでしょ！」

「どうしても知りたいなんて言ってないわよ。グレッグがそういう話をまったくしないのはおかしいって言っただけ」

「そうだけど、しょっちゅうほのめかしてるじゃない……」

「それは、グレッグが気を遣わずにあたしたちと一緒にいられるようにするためよ。こっちはそういう目で見てないんだって示すことができるでしょ」

「あの子ならグレッグの気に入ると思うんだけどな。っていうか、絶対そうだってば。グレッグはあの子の短所を一つも見つけられなかったんだから」

「一年生の女子を自分のゲイの親友とマッチングさせてるほど暇じゃないの、あたしは」

「グレッグがゲイかどうかわからないでしょ！」

「とにかく、個人的な経験として、胸をはだけたところをグレッグに見られたことがあるけど、彼は何の反応も示さなかったし」

「ハハハ、あたしもあたしも。彼の前でおしっこしたり、あれしたりこれしたりしたけど、全然気にしてなかった」

「女の子と寝たことないんだと思う」

「そのとおり、だからうまくいくかどうか試してみないと」

「まったくいいかげんなこと言って。女の子に興味がないんだったら、試しても無駄でしょ」

サロメは再びパソコンを開き、ガランスの写真を次々に表示し始めた。

「これをなんとかしてグレッグに見せればいいよ。そのうえで彼女と寝なかったら、グレッグはゲイだってことになる」

「そうとは限らない。他者に性的に惹かれないアセクシュアルかもしれないし、ひょっとするとサピオセクシュアルかも」

「それ何？」

「肉体ではなく、知性に惹かれることよ……。ああ、でも違うわね。もしそうなら、あたしに恋しているはずだもん」

「まあとにかく、グレッグに問題があるにしても、少なくとも彼自身自分でそのことに気がつくでしょ」

「何それ？　サロメの規範の定義に合致しない性的指向を持っているからって、それは問題だってことになるわけ？」

「そんなこと全然言ってないでしょ……」

「言った。たった今。まさに今そう言ったでしょう。ちょっと、何してるの？」

「あの子をフォローしてるの」

「やめてよ、サロメ！　それあたしのアカウントじゃないの！」

「うん。だって彼女はコンテストに出るし、あたしもコンテストに出る。もしあたしがフォローしたら、偵察してるってすぐにばれちゃうでしょ」

「でもあたしは彼女の生活になんてまったく興味ないのに！　まだ十五歳の子でしょ！」

「だから、モードがフォローするほうが都合がいいんだってば。そのほうが目立たないでしょ」

その時ガランスのスマートフォンに一件の通知が表示された。
モード・アルトー……。
デジタルだけど本物の、モード・アルトー本人。
モード・アルトーが自分のインスタグラムをフォローした……。

2016年5月

2016年5月

黒い夜空が海を覆い、しだいにイラレーヌの町の光をも飲みこんでいく。はるか遠くでは、干満の少ない地中海が暗く漠とした広がりをさらに拡大している。闇が海外線を侵食し、それにつれて陸地が後退する。まさに今、イラレーヌの町が地図上から消えていくかのようだ。だが今夜は金曜日。サッカースタジアムの照明の光が、四車線道路の端まで届いていることだろう。車のバックミラーの中で、工業地区が遠ざかっていく。フロントガラスの先には、スーパーマーケットの駐車場が暗闇の中に明るく浮かんで見える。その後方には、建築年数の割に劣化した近代的なビル群が建ち並んでいる。覆面パトカーは一定の速度を保ったまま、一九九〇年代に建設されたスケートパークまで進んだ。そこには、スケートをしない、そして職のない若者たち——もっと若い少年少女たちも——がつねにたむろしている。覆面パトカーは若者たちを近くで見るために速度を落とした。三人の警察官は車の中から目を凝らして観察したが、〈身長一メートル七十四センチ、体重五十四キロ〉という特徴に合致しそうな体型の人物はいなかった——だいいちざっと見回しても、まず女性が一人もいない。パトカーが東に進路を変えようとした時、横断歩道ではない所で、男が何も見ずに道路に飛びだしてきた。パトカーは急ブレーキをかけた。酔っぱらいだった。公共の場での酩酊状態は違法だが、車内の警察官は誰一人として気にかけなかった。酔っぱらいの男は、自分が運よく取り締まりを免れたとも知らず、急いで道路の向かいの〈ル・トゥール・ドゥ・モンド〉というスナックバーに入っていった。そこは〈アミンの店〉として知られ、入り口の黒板に五色で書かれているように、ピザ、点心、ジャークチキン、ブリワット、ブロシェットのサンドイッチを、いつでもテイクアウトで買うことができた。本来、アミンは夜中の零時に閉店しなければならないのだが、週末はいつも朝の五時まで店を開けていた。だが警察署員の半分以上がこの店の客だったために、なんの処罰も受けることなく営業を続けていた。ビュルと二人の同僚警察官は、さらにパトカーで町の中を進んでいった。場外馬券を売るバー、自治体が維持管理できなくなり空き地になったかつての運動場、ガソリンスタンド、建設中のビル、閉店したレンタルビデオ店。ビデオ店のショーウィンドーには映画二作品のポスターが貼られている。近日公開予定とあるその日付は、十年前のものだ。

ビュルの上司であるアースの記録によると、アナ・ソログブが娘の不在に気がついたのは、仕事を終えて帰宅した二十時四十五分頃だった。娘のガランスは登校するために午前七時四十五分に家を出たというから、行方不明になったのはその十三時間のあいだということになる。かなり時間がたってはいたものの、ビュルは必ずしも非常に危険な状況であるとは考えていなかった。その少女はボーイフレンドと一緒に授業をサボり、眠りこんでしまったのかもしれない。もしそうなら、目が覚めた後に慌てて母親に電話をかけ、作り話の言い訳をして一件落着となるはずだ。ビュルはこれまでも、〈行方不明〉になった数時間後に発見された少女たちを数多く見てきた。行方不明案件の十件中九件はそういったケースで、特に金曜日の夜に多い。その年頃の少女たちは、瓶の中をぐるぐる回るように、小さな町の中で一週間同じことを繰り返す毎日に我慢できなくなっている。だから週末くらいはせめてスピードを上げて回ろうとでもいうように、女の子同士で夜のクラブに出かけたり、ボーイフレンドと過ごしたりするものなのだ。さらに、本当の失踪かどうかは本人の顔を見ればわかる。本当に家から逃げだした少女たちは、外傷があったり、ひどい化粧をしていたり、不健康そうな肌をしていたり、日に焼けていたりする。つまり、恵まれない環境にいることが外見でわかる。だから、この子の場合はそうではないとわかる。この少女は無断でちょっと家を抜けだしただけだ。写真のきれいな顔を見ればそれは明らかだった。母親の供述書には、娘の恋愛関係については何も記載されていなかった。だがこの手の情報を得る際にもっとも信頼のおける手段は、本人のフェイスブックを調べることだ。それを見れば誰と〈カップル〉だったかがわかり、相手の身元もわかるに違いない……。

検索内容に一致する情報は見つかりませんでした。綴りを確認するか、別のキーワードで試してください。


「この町で十代の女の子がフェイスブックに登録していない確率はどのくらいなんだ？」

アースがビュルに尋ねた。

「もうフェイスブックはそれほど流行《はや》っていないのかも……」

「じゃあインスタグラムを探すんだ！」

だが、インスタグラムも同様だった。

2016年5月

このアカウントは非公開です。写真や動画を見るには、@garancesollogoub（ガランスソログブ）にフォローリクエストをしてください。

この少女は、いなくなる前に自分のすべてのアカウントを非公開にしていったのだろうか？　もしすべてのSNS上から注意深く自分の痕跡を消していったのだとしたら、失踪の可能性が高くなる。通常、行方不明案件については、通報があった時点で即座に対応する必要がある。というのも二十四時間以内であれば不明者を無事に発見できる確率が高いが、それを超えると、重大な事件・事故等に巻きこまれる危険性が大きくなるからだ。したがってこの案件についても、検事に報告があがるとすぐに、憂慮すべき行方不明案件として捜索手続きが開始された。夜間警備隊の隊員二名によって捜索班が結成されたが、アースは自分の配下の署員も現場に送りたいと考え、ビュルに捜索班への同行を求めた。捜索班は行方不明者の自宅周辺や病院の救急外来を回り、その間アースは、携帯電話の位置情報を取得するための行政手続きをおこなった。捜索班は引き続き未成年者が出入りする夜間営業の施設を片っ端から調べていった。夜中の零時頃にアースは捜索班に連絡を取った。そして、電話会社のオペレーターから回答があって、少女の携帯電話は電源が切られているため位置情報を取得できなかったことを伝えた。電波を発信していないのであればどうしようもない。だが、再び電源が入るかもしれないという前提のもとに、アースは再度情報開示の要請をおこない、さらに二、三時間待機しなければならなかった。こうしてかなりの時間を浪費したが、ガランス・ソログブが再び携帯を使うことはなかった。いずれにしても、本人の正確な所在地を知ることは不可能だったろう。オペレーターは、最後の電波中継地から一定の区域を割りだすことしかできず、その広すぎる区域をしらみつぶしに捜索するような時間はないからだ。さらに問題なのは、捜索すべき場所が思いあたらないことだった。家族の中の大人は母親だけで、離婚した父親や祖父母、おじおばなどの、少女が身を寄せることのできそうな人物がいなかったのだ。ボーイフレンドと一緒にいるというビュルの最初の直感が間違いではなかったとでも思わない限り、ただの一人も避難先が思い浮かばなかった……。

　また少女は、心をかき乱すといっていいほどの美貌の持ち主だったが、それは様々な欲望を持つ人間を引き寄せる可能性があった。この子は今日一日を無事にやり過ごすことができたかもしれない。だがそれは同年代の少年の部屋ではなく、ホテルの一室で、男に伴われて……。相手は既婚者か？　子どももいる父親か？　町のホテルに泊まり続けるためには、何を払う必要があったのだろうか？　ビュルが不安に囚われていると、アースから無線連絡が入った。ビュルの話を聞いたアースは、捜査官の仕事は事実に基づいて捜査することであり、妄想を膨らませることではないと答え、少女の母親に再度話を聞くことになったと伝えた。アナ・ソログブに対する警察署への出頭要請時刻は明朝六時なので、三時間ほど睡眠を取る時間がある。パトカーを運転していた警官はそれを聞いて、ビュルを自宅まで送ろうと申し出た。

　ビュルはこの町で生まれ、この町で育った。ニースの大学で一年間社会学を学んだ後に、カンヌ＝エクリューズの警察学校で十八カ月を過ごし、イラレーヌに戻ってきた（ちなみにカンヌ＝エクリューズという自治体は、紛らわしい名前をしているが有名なカンヌの街とは何の共通点もない）。覆面パトカーがドゥニーズ＝ヴェルネ高校の前にさしかかった。ビュルはこの高校の卒業生だ。大学入学資格試験《バカロレア》の選択科目では造形芸術を選んだ。だから、もし当時の自分に、きみは将来警察官になるんだよなどと言う人がいたら、おかしくて（あるいはマリファナで高揚して）床の上で笑い転げていたに違いない。ビュルは思った。たとえアースの作成した調書を読んでいなくても、ガランス・ソログブの顔写真を見ればこの少女はポール＝セザンヌ高校の生徒だとわかっただろう。

二つの高校は地理的には徒歩で二十分ほどしか離れていなかったが、その間には実際の距離以上の、超えることのできない大きな隔たりがあった。ポール＝セザンヌ高校は町の旧市街にあり、創立は十六世紀初頭に遡《さかのぼ》る。当時はイエズス会の修道院だった。フランスの高校のトップ百五十校に選ばれ、教育の質の高さで有名だ。いっぽうのドゥニーズ＝ヴェルネ高校は一九七〇年代の終わりに市街地のはずれに建設された。元々は人口増加の問題を緩和することが目的であったが、やがてはイラレーヌの若者を居住区域によって分断する――すなわち、親の収入によって分断する役割を果たすようになった。こちらもある意味有名な高校で、校舎正面の傷み具合や、正面の壁を覆いつくす落書きが示しているように、維持管理費の不足で知られていた。スプレー塗料で描かれた、でっぷりとした乳房の絵がビュルの目を引く。ビュルは車の窓ガラスに鼻を押しつけ、暗い街灯の下でピアスのついた乳首の絵が遠ざかっていくのを見つめた。

アースとの再度の無線連絡が終わるのを待って、ビュルは運転していた警官に、最後にもう一度町を回ってくれるよう頼んだ。道中でガランス・ソログブを発見できるかもしれないと期待していたわけではない。何かを見落としているような気がして、動いているほうが考えがまとまると思ったからだ……。自分がこの少女と同じ年頃の時には、車を持っていた友だちの誰かがよくこう言いだしたものだ。〈ぐるっと回らない？〉それは言葉どおりの提案だった。皆で一台の車に乗りこみ、町をぐるっと回る。そしていつも誰かが、自分たちのお気に入りの質問をする。〈どこへ行く？〉その質問に、皆が大声で笑う。そのドライブに目的地はなかった。それ自体が遊びだった。目的なく走る、という遊びだ。あれから十年がたった任務中の現在、あの頃と同じことをして陽気な気分に身を任せたりしたら、同僚たちはきっと自分の気が触れたと思うことだろう。イラレーヌの全警察車両には、まるで紛失の恐れがあるとでもいうようにGPSが装備されているのだから。

　道路から車が消えて赤信号で停止する必要がなくなる夜間には、ちょうど六分で市街地を横断できる。覆面パトカーは町の中心部に到達した。ポール＝セザンヌ高校の美しいアーチ型の建物の前を通り過ぎる。やがて道幅は広くなり、バス停の間隔も長くなる。窓の向こうに動物のスプリング遊具が見えた。ビュルは見逃さないよう後ろを振り向き、児童公園の陰気な滑り台や使用中止の回転ゲートを確認した。プレハブ小屋のとんがり屋根が、見えない月に向かって雲の間にそびえていた。車は西の海岸通りに沿って進んだ。映画館とテニスクラブの前を過ぎ、続いてバーラウンジ、カジノ、ナイトクラブなどおもに夜の娯楽施設が建ち並ぶ区域の前を通り過ぎる。そのまま同じ方向に進み、クリニックの前に出た。そこから先はビーチにつながる道路が丘を取り囲むように延び、両側にはホテルや個人の邸宅が並んでいる。その丘には経済的に豊かな人々が住んでいることから、その他の人々からは、《ホワイトカラー《コル・ブラン》》をもじって《白い尻ども《キュ・ブラン》》の丘と呼ばれていた。ビュルたちは丘までは行かず、墓地の前の中央分離帯でUターンをした。

もちろん、アナ・ソログブも眠れない夜を過ごしたに違いなかった。ビュルがコーヒーはどうかと訊くと、アナは結構だと答えた。断った理由は執務室の環境のせいだとビュルは確信した。部屋の棚の上には錠前修理のヴァール・デパナージュのカレンダーが集められ、ナタリー・バイが出演した刑事ものの映画のポスターが壁の亀裂を隠すために貼られている。いずれにしても、ここで飲むエスプレッソがまずいことを露呈していた。ビュルたちは、悲嘆に暮れた母親を慰め、落ち着かせなければならないだろうと予想していたが、アナ・ソログブにはそういった兆候がまったくなかった。むしろその視線を浴びると、こちらも少なくともこの婦人と同じくらいには背筋を伸ばさなくてはいけない、そして無理に同情すべきではないと思わせられた。これはあまりないことで、人々はつねに警察官に同情を求めるものだ。携帯電話を盗まれて届け出に来る時でさえそうなのだから。アナは冷たく憔悴しきった顔をしていたが、握手をした手からは、警察に早急に解決して欲しいという気持ちが伝わってきた。アナが座ると、アースはすぐに、娘のふだんの行動、よく行く場所、友人やボーイフレンド等について次々に質問を繰りだした。アナはいらいらと唇を震わせ、ウォーミングアップするピアニストのように指をすばやく動かした。だが、彫像のような身体の中で動いたのはそれだけだった。それでも、目のクマは見た目にもわかるほどどんどん濃くなり、質問に答える声はしだいに大きくなりどんどんしわがれていった。

「娘さんは最近、いつもと態度が違うようなことはありましたか？」

「成績が下がっていたんですか？」

「交友関係に変化はありませんでしたか？」

「家族以外の大人と接点はありましたか？」

「ドラッグを使っていましたか？」

「自殺を思わせるような兆候はありませんでしたか？　薬品とか、メモとか？」

「何か薬を処方されていましたか？」アースは質問を続けた。

「いいえ。復活祭の休暇の後に体調を崩しましたが……」

「二週間前ですね？」

「ええ、でもたいしたことはありませんでした。お医者様は、ゆっくり休めばそれで大丈夫だとおっしゃって。それからビタミン剤とミネラルのサプリを摂取しました。毎年そうしているんです。小さい時から鉄分不足で……」

「学校は休んだのですか？」

「三日間休みました。疲労困憊していたので。疲れがたまっていたのだと思います。学校にコンテスト、バレエのレッスンといろいろありましたから。今はバレエの公演会に向けて稽古を始めていますし……」

「コンテスト？」ビュルが反応した。

「ずっとプレッシャーにさらされていたんです。当然ですよね。一年近く待たされたんですから。応募の締め切りがとても早かったのに、その後は何カ月も音沙汰がなくて、今度は招集がかかったと思ったら――」

「ちょっと待ってください、それはなんのコンテストです？」アースが尋ねた。

「エリート・モデル・ルックに決まってるじゃないですか！」

「それは何です？」

「エリート……。モデルエージェンシーですよ。そこが主催しているコンテストのことです」なんの話か、自分もたった今わかったばかりのビュルが答えた。

「娘さんはモデルのコンテストに出場したということですか？」

「まったく、ふざけていらっしゃるんですか？　冗談じゃないわ！　あなた以外に娘を探してくださる方はいないんですか？　上司はどこです？」

「ソログブさん……」

「新聞をお読みにならないの？　街でポスターを見なかったんですか？」

「もちろん、見ましたよ」ビュルはアナをなだめようとした。「でも、娘さんがコンテストに出場したことは知らなかったんです……」

「署長と話をさせてちょうだい！」

「どうか落ち着いてください」

「落ち着くですって？」アナ・ソログブは激昂して大声を張りあげた。

「娘さんはそのコンテストに出場したということなんですよね……」

「ガランスはファイナリストに選ばれたんです！」

コンテストの地域予選会でファイナリストに選ばれた六人の名前は、インターネット上にあふれていた。アースもビュルも、いったいどうしてこれを見逃してしまったのだろうかと自問した。ガランス・ソログブをフェイスブックやインスタグラムで探しただけで、グーグルで検索することを考えなかったとは！　ビュルの思考回路がいつものように論理的でなかったのは、たぶんガランスのあの写真のせいだ。アースも、その写真をプロが撮ったものだとは気づかずに各部署に配布していた。それはコンテストの当日にエリート・モデル・マネジメント社のカメラマンが撮影した写真で、二カ月前の地元の新聞の一面にも掲載されていた。行方不明者の身体的特徴を示すために警察が昨夜から使用しているこの写真が、まさに行方不明の原因である可能性も出てきた。数週間のあいだこの写真を見ながらマスターベーションしていたおかしな輩《やから》が、とうとう我慢できなくなって高校の近くでガランスを待ち伏せした可能性もある。

ルー＝アンナ

こんばんは。わたしは一次審査は通過したけれど二次で落ちました。写真はどんな基準で審査されるのですか？　どうしても知りたいので教えてください。

アナエル

こんにちは。今日の午後参加したけれど合格しませんでした😢　あたしは小さすぎるのですか？　一メートル七十二センチ、六十キロです。

アルマン・ラクロワ

ぼくの❤もう何も怖くない。うっとりさせてくれる魅惑的な六人の若い娘たち🌸がいれば。

エラニー

いちおうきいておきたいんですけど、たぶんだめだとは思うんですけど、他の町で応募してもう一度コンテストに出てもいいですか？

エリート・モデル・ルック・フランス

いいえ、エラニー、もう一度応募することはできません。応募は一カ所だけ、一回だけです。

アルマン・ラクロワ

神々しいその少女は、一目でそれとわかる。時には寡黙な、時には饒舌な、女らしい、その身体のシルエットを見さえすれば。少女は、魂のシンバルを打ち鳴らす。そして、堕落を予告する。堕落は、必然なのだ！　芸術家だけが、それを予言する能力を持つ……。なぜなら、芸術家の目には、つねにそこに、子どもの姿も一緒に見えるから。そして芸術家の想像の世界は、果てのない空のようなものだから……。

　ファイナリストの少女たちが表彰台の上に立つ写真は、どうしても敗者や賛美者たちのコメントを集めることになる。ビュルはコメントを見た時すぐに、この賛美者は年配の孤独な男だと思った。詩的に書こうとしている野心はともかく、ここから読みとれる特徴は好色な言葉遣いと句読点の多用、ふつうすぎる絵文字だからだ。そうなると、あまり考えたくないことではあるが、フェイスブックでエリート・モデル・ルックコンテストと友達になっている五十代以上の男は他に何人いるのだろうかという疑問が浮かんでくる。この手の輩がガランス・ソログブを付け回していたとしたら……。ビュルはそんな想像をして陰鬱な気分になった。アルマン・ラクロワについてはすでに身元を調べ、前科がなくイラレーヌ及びその近隣には居住していないことを確認した。

「家宅捜索が終わったぞ！」

　アースとビュルが共用している執務室のドアがバタンと音をたてた。アースがノートパソコンを脇に抱え、まっすぐビュルのほうに歩いてくる。二人の警察官が、事情聴取を終えたアナ・ソログブを自宅まで送り、娘の部屋の家宅捜索を終えて署に戻ってきたところだった。アースは捜索で見つかったノートパソコンを二人から受け取り、執務室に持ちこんだ。アップルのロゴを覆うように白雪姫のシールが貼られているこのマックブックこそ、何よりも緊急に調べる必要がある。

「わたしが中身を調べます」ビュルが言った。

「いや、担当部署に送ってくれ」

「アース、それじゃあ八時間はかかりますよ！」

　イラレーヌ警察にはデジタル機器の解析をおこなう専門の部署がないのでトゥーロン警察まで送る必要があったが、それでは往復でかなりの時間を無駄にすることになる。ましてやイラレーヌの証拠品がつねに優先的に処理されるわけではない。イラレーヌにも科学捜査班はあるが、規模が縮小されて現在は火災専門の捜査官一名しかいなかった。どうみてもデジタル技術に通じているとは考えられない。いっぽうビュルはコンピューターに詳しく、調査能力があった。問題は、証拠を分析する公的な権限がないことだ。だが、自分はいったいいつから、何かをするのにいちいち公的な許可を必要とするようになったというのだ？　ビュルはそう考えて少女のパソコンを調べ始めた。アップルの短い起動音が驚くほどの大音量で響き渡る。アースのほうは、勝手にパソコンを調べ始めたビュルに文句を言う気力もないほど疲れきっていた。この二十四時間眠っていなかった。だが先はまだ長い。これから、過去の性犯罪や暴力事件の犯人を登録した司法省の自動データファイルを調べなければならないが、このファイル調査から一日が始まった時は、必ず長い一日になるのだ。

データファイルを調査した結果、ガランス・ソログブの自宅か高校の近くに住所がある人物は二十六歳から五十四歳までの三名で、それぞれ強姦、未成年者に対する性犯罪、露出罪で登録されていた。アースは家宅捜索から戻った二人の警察官に三人の住所を伝えた。二人が急いでくれれば、午前中のうちに逮捕につながるかもしれない。連絡を待つ間、アースはとりあえず自動販売機で真空パックのサンドイッチでも買って食べることにした。昨夜から何も食べていなかった。ビュルも同様だったが、ビュルの身体は固形物を必要とせず、コカ・コーラで生きながらえることができた。一日に軽く十缶のコカ・コーラを飲み干し、署内では、缶を開ける時のプシュッという音がビュルのトレードマークになっていた。ちなみに〈ビュル《Bulle》〉というのは本名ではなくニックネームで、《泡》という意味を持つ。ただしその名の由来はコカ・コーラの泡ではない。元はといえば、アースが報告書の中でビュルの本名の綴りを間違えたことが原因だった。キーボード上でyとuは隣り合っている。アースはビュルの本名を正しく〈シビル《Sibylle》〉と打つべきところを、手が滑って〈シビュル《Sibulle》〉と打ってしまった。そこからさらに〈シ《Si》〉が取れて〈ビュル《Bulle》〉となったのだ。家族保護対策班では班員をニックネームで呼ぶのが習わしなのだが、なかでも大成功といえるあだ名が〈アース《Ass》〉だった。誰もが――アースの母親以外の誰もが――彼の本名が〈ハッサン〉であることを忘れてしまうほどだった。アース自身はこのあだ名をとくに抵抗もなく受け入れた。《Ass》が英語で《まぬけ》という意味だとわかるくらいの充分な英語力はあったが、都合のいい面もあったからだ。人は、一番身近にいる同僚たちから《まぬけ》と呼ばれている人間のことを、あまりばかにできないものなのだ。

「あたしは少なくとも二時間は待ってたんです！　母はケーキを作ったりいろいろ準備してくれて、それなのにガランスったら時間になっても全然来なくて、だからあたしはもううんざりして……。だからもう来なくていいって言ったんですけど、それでもいちおう来るだろうと思ってたのに……」

「それで喧嘩になったの？」

「実際に喧嘩をしたってわけじゃあ……。もっと込みいってるんです。本当はあたしも、どうしてこうなったのかよくわからないんです……」

「でも、きみの誕生日の後は、お互いにずっと口をきいていないということなんだね？」

「はい、そうです」

スアド・アマールはうなずいた。

「SNSでも連絡していないの？」

「はい。スナップチャットの連絡先からガランスを削除したので。それにもう一生、あたしから歩み寄るつもりはなかったから。だってあたしはガランスの犬じゃない！　いつも言いなりになるわけじゃないんだから！」

スアドの声がかすかに震えた。

「……どっちにしても、もう前とは同じじゃなくなっちゃったの。もう前と同じ関係じゃあなくなっちゃったんです。でも変わったのはガランスのほうだから……。バレエまでやめるって言いだして。生まれてからずっとやってきたのに」

少女同士が喧嘩してインスタグラムのフォローをお互いに解除する。パーティーに招待されなかったからといってひと悶着起きる。裏切りと嫉妬。ショッピングセンターで開催されるコンテストがこの世で何より重要な出来事になる……。スアドの事情聴取が終わっても、アースは何をどう考えたらいいのかわからなかったが、とりあえず新たに判明した二つの情報を至急ビュルに伝えることにした。それは、昨夜アナ・ソログブがスアド・アマールの母親に電話した際にスアドが伝えなかった情報で、一つは、ガランスとスアドは数カ月前から仲たがいしていたということ。もう一つは、さらに憂慮すべき内容だった。

「ガランスは二週間前から学校に行っていなかったらしい」

「体調を崩して学校を休んだ、と母親が言っていましたよね？」

「それはほんの数日のことだろう」

時刻は午後の一時だった。高校の施設は土曜日の午後は閉まるのだが、連絡を入れるとまだ副校長が残っていた。アースの求めに応じて副校長はコンピューターに接続した。その結果、やはりガランス・ソログブは四月二十六日火曜日以降、登校していないことがわかった。副校長は最初の三日間をカバーする医師の診断書の写しを送ってきた。

「あら、その後の分は？　どうしてお母さんに連絡がいっていないのかしら？　何か手違いがあったのね」口ごもるように副校長が言う。「先生方からは欠席の報告があがっているのですが、事務局のほうで生徒はずっと病気だと思ってしまったのかもしれません……。来年からはショートメッセージで保護者に欠席を通知するコンピューターシステムを導入する予定なのですが……」

副校長との話が終わるとすぐに、ビュルはアナ・ソログブに電話をかけた。アナによれば、ガランスは四月二十九日金曜日から五月六日金曜日までの間、平日は毎朝家を出ていき、五月六日に行方不明になるまでは夕方もいつもの時間に帰宅していたという。

「いいえ、娘の様子には何もおかしいところはありませんでした！　学校に行っていないなんてまったくわからなかったわ！」アナの声が受話器の外まで響く。

アースは、そのまま電話を切ろうとしているビュルの机に付箋を貼りつけた。ビュルがこれは何？　と目で尋ねる。そこに書かれていたのは、スアドの事情聴取の中で出てきた三人の名前だった。モード・アルトー、サロメ・グランジュ、グレッグ・アントナ。アースは三人の連絡先を訊くよう指示して席を立った。

執務室から出ると携帯電話が鳴った。三名の被疑者について現場で捜査していた二人の部下からの報告だった。一人目の被疑者は、古くさいバスケットシューズを履いた失業中の四十七歳。投獄に値するほど臭い息をしているものの、この二十四時間以内に未成年者の誘拐はしていないようだ。二人目は背の高い金髪の若い男。ぼうっとしていて、きちんとした文で話すことができなかった。というのも、警官二人が自宅を訪問したのは昼の十二時だったが、男はトランクス姿の起き抜けであり、また麻薬を大量に使用していたからだ。このことを除けば、最近とがめられるようなことはしていないもよう。三人目の被疑者は自宅にいなかったので近隣に聞きこみをしたところ、精神疾患による激しい発作のため、建物の住人全体の要請によって一週間前に町の精神科病院に運ばれ、そこに収容されたままになっているという。こうして三人の被疑者の線は消えた。

ビュルは時間の無駄になるのではないかと思っていたが、案の定、ガランスのノートパソコンを調べてみると検索履歴はすべて削除されていた。ビュルは、ガランスがこういった手筈を整えていたことからすると誘拐の線はないのではないか、とアースに伝えた。そして事情聴取の手続きを至急進めるようにとのアースの指示に従い、次の参考人たちの両親に電話連絡をした。モード・アルトーの父親だけは、弁護士という職業上の性格によるものだろうが、娘の事情聴取に難色を示した。しかし最終的には、翌日に三年生の生徒三人の聴取をおこなえることになった。ビュルは三人のSNSを調べ始めた。いつも事情聴取の前にはこうしてプロフィールを調べ、それを参考に質問を準備するようにしていた。

だが、まずはインスタグラムを見て驚かされることになった。

2016年5月

このアカウントは非公開です。写真や動画を見るには、@maudartaudofficiel（モードアルトー公式）にフォローリクエストをしてください。

グレゴワール・アントナとサロメ・グランジュのアカウントについても、同様のメッセージが表示された。

このアカウントは非公開です。写真や動画を見るには、@goirepasgory（ゴリーじゃなくゴワール）にフォローリクエストをしてください。

このアカウントは非公開です。写真や動画を見るには、@salomeensalopette（サロペットを着たサロメ）にフォローリクエストをしてください。

スアド・アマールの事情聴取で名前が出てきた生徒たちは皆、インスタグラムのプライバシー設定を変更していた。フェイスブックも同様で、彼らの発信は仲間内でしか閲覧できないようになっていた。

人間というのはいったいどういうわけで、誰に追い回されるわけでもないのに自ら進んで走るようになったのだろうか。それに、いったいどうして走る能力によって自分が評価されなければならないのだろうか。スアドにはまったく理解できなかった。だが陸上競技を免除してもらう言い訳も見つからなかったので、体育の授業で持久走をする時には、いつもある方法を使っていた。教師がスタートの合図をしたら、まずは他の生徒たちとともに走りだし、百メートルは皆と同じスピードで走る。それから徐々に速度を落とし、集団と距離を取る。やがてその集団はトラックを一周まわって後ろからスアドに追いつく。そこからはもう、スアドが先頭集団なのか後ろの集団なのかは誰にもわからない。やがて一番後ろの走者がスアドを追い越していく。だがスアドは、劣等感はいっさい感じなかった。むしろ、クラスで一番遅い生徒より周回遅れだという事実を心地よく感じた。やる気のある生徒たちはスアドをやすやすと三回も追い越していく。やがて教師が持久走終了のホイッスルを吹く。幸いなことに体育教師のロリアック先生は、本人の言葉を借りれば〈監視するためにここにいるわけじゃない〉ので、たとえスアドがその場で足踏みしていても関係ないということだ。先生の役目は時々ホイッスルを吹き、その合間に他の体育教師たちとおしゃべりをすることなのだ。

スアドはスポーツは好きではない（ちなみにバレエはスポーツではなく、芸術だ）。だが、体育館に来るといつも居心地のよさを感じた。体育館は中学校と高校の共用の建物なので、スアドにとっては、ある意味中学から高校への橋渡し的な存在だったからだ。体育の授業のたびに、スアドは少しだけ昔に引き戻される感じがした。あの頃は、いつもガランスと二人で体育館の観覧席に腰かけ、チューインガムをかんだり、一対のイヤホンを二人で片方ずつ耳に入れて歌を口ずさんだりしていた。そして、バスケットボールコートを占拠している年上の生徒たちを眺めていた。その中にヴァンサン・ダゴルヌがいた。ヴァンサンはいつも軽々とシュートを決めていた。ボールはヴァンサンの意のままに操られ、まるで手のひらに磁石で張り付いているかのように、右に、左に、バウンドしながら先に運ばれ、最後には、空中に完璧な放物線を描きながら確実にゴールネットの中に入った。あの時もしヴァンサンが観客のほうに注意を向けたなら、臍《へそ》を出した青い舌の——当時の二人は、臍出しルックのクロップ・トップスと、色付きチューインガムのブール・マジックに夢中になっていたから——十一歳の少女が二人いることに気がついただろう。二人はヴァンサンの時間割を自分たちの予定表に書きこみ、ヴァンサンが何時にどの教室にいるかをすべて把握していた。中学一年生の一年間、二人にとって最大の活動は、校内のあちこちで〈偶然に〉ヴァンサンに出会うことだった。

　スアドは、あの時のままの観覧席の前を走りながら、自分の人生の最盛期はもう過ぎてしまったわけじゃないよね、と自問した。二〇一二年と二〇一三年は体育館の写真撮影が大ブームだった。女子中学生たちは皆、バスケットボールコート、床の半円形のライン、背景の金属製のベンチを素材に写真を撮った。スアドも、ある写真がインスタグラムで多くの支持を集めたことがあった。ワイドショットで撮った、人のいない観覧席に誰かが忘れていったテディジャケットがぽつんと残されている写真。アマロかシエラかナッシュヴィルか、どれだったかは忘れてしまったがインスタグラムのフィルターの効果で寂しげな雰囲気に仕上がった。後で別のクラスの女子生徒がそのジャケットを取りにきていた。今もスアドの目には、下から三列目のベンチの上に黄色い袖の青いジャケットが見えるような気がした。こうしてたまたまその場所で繰り広げられた情景が、思い出となって徐々にその場に浮かびあがってくる。スマートフォンのカメラが写しとった情景は現実と重なり合い、その上に時が流れていった。そしてそのリアルな世界が壊れる時、人はかすかに愛惜の念を感じるのだ……。当時教師たちは、ここは運動をするための場所であって自撮りをするための場所ではないのだから、運動にふさわしくない服装の生徒は追いだすぞと脅していた。だが結局一学期が終わる頃には諦めてこの件から手を引き、女子生徒たちはスマートフォンを手に体育館内を走り回るようになったのだった。

体育館のトラックを一年B組の生徒たちが走り続けている。最初は笑ったり話したりしていた生徒たちも、一時間近くたった今は黙って走っている。ゴムの靴底が床とこすれ合う音しか聞こえない。生徒たちの足が長く伸びてトラックを駆け、その影は昼が近づくにつれて短くなる。メリーゴーランドのようにくるくると影がトラックを回る。スアドの頭の中で、再び体育館が時空を超えた。スアドはこの場所で、ガランスと二人で、高校生になる日を夢見ていた。あの時は、高校はまだ何光年も先にある遠い存在に思えた。自分たちの観察地点から見えたのはアーチ型の建物とプラタナスの木々だけだった。向こうの世界のルールや掟などはまだ何も知らなかったが、知らないからこそ飽くことなく夢中になることができた。スアドは高校に対して期待と不安の入り混じった気持ち、そしていわれのない対抗心を抱き、まだ見たことのない廊下や教室、新たな場所で出会う新しい顔ぶれに思いをはせた。この不完全な妄想はやがて実際の高校の姿に取って代わられることになった。高校の実情がわかるようになり、そこで平凡すぎる毎日を過ごし、漠然とした不満も抱くようになった。だがそれ以上のものは何もなかった。日常に慣れることによって希望が奪われていった。もう期待できることは何もなかった。そして今、一年生の学年末が近づいている。これから先の二年間だって終わりは近い。やがて高校の門を後にして卒業してゆくのだ。中学校や小学校の門を後にして卒業してきたように。小学校や中学校の門は、その前を通るたびに以前よりずっと小さく見える。物事は縮んでゆく。それが道理だ。人は変化し、絆はほどける。昔のまま変わらないものなどないし、人は過去に戻ることはできない。体育館が見せているのは幻に過ぎないのだ。新しいことなんて何も生まれない——そうかも。すべては変化する——たしかに。失われるものなんて何もない——そんなはずないでしょ。スアドは、終わりというものが嫌いだった。だから皿の料理は全部を食べ尽くさないし、いつも決まった曲ばかり繰り返し聴く。そしてテレビドラマのシリーズで役の誰かが死ぬと意気消沈した。そもそもいつも同じドラマしか見ない。劇場用に制作された映画はスアドには時代遅れに思えた。九十分の命しかない主人公に感情移入することができないからだ。何シーズンも続くテレビドラマを見ると安心することができたが、同時に悲しい気持ちにもなった。過ぎゆく時間の流れを、毎年同じ役を演じる俳優たちが年齢を重ねる姿で計ってきたから……。

　こんなにいろいろと思いだすのはガランスとは関係ないんだから、とスアドは思った。今日は体育館が現実的すぎるだけだ。世界の色彩度数がゼロになっているようだ。〈コリフェ〉はいつもの時間に開くだろうか？　開かないことはスアドにもわかっていた。だがアナが公演会の中止を正式に決定するのでない限り、レッスンが再開されることを期待したかった。いつもなら五月の週末は公演会の稽古やリハーサルで忙しい。スアドはこれまでどおり自分でレッスンを続けた。トウシューズで踊るバリエーションもマスターし、あとは舞台ですばらしい踊りを披露するだけだった。それは人生で一度きりの、自分を光り輝かせることのできる機会だった。舞台の上で選ばれたダンサーたちが踊る。つまり、二〇一六年、十六歳のスアドが初めてソロを踊る、記念すべき舞台なのだ。こうして〈コリフェ〉のことをいろいろと考えるいっぽうで、スアドはその休業の原因であるガランスのことについては、考えないでいることができた。ある意味、ガランスが行方不明になったことで、自分の頭の中からガランスを追いだすことができるようになった。

以前のスアドは、つねにガランスのことばかり考えていた。モード・アルトーやサロメ・グランジュと一緒に何をしているのだろうとか、彼女たちと一緒に車に乗るのを見かけた時にはいったいどこへ行くのだろうとか、エリート・モデル・ルックのコンテストのこと、勝ち残ってファイナリストになったこと、それによって得られる輝かしい未来のことなど……。例の事件の後には、ガランスがまるでまったくの別人になってしまったように感じたが、他の人たちがガランスについて話す内容や、変わってしまった運命について、やはりガランスのことばかり考え続けた。ガランスなんて大嫌いだと思ったり、許そうと思ったり、マンションの下で待って一緒に登校しよう、もう独りぼっちにはさせないと思ったり、味方になろうと思ったり、いい気味だと思ったり、とにかくいつもガランスのことばかり考えていた。だがガランスがいなくなった金曜日の夜以降、スアドはやっと自由になれた。ガランスが頭の中から出ていったのだ。ただし問題があった。今度は表に出ないどろどろとした感情が、頭の中で毛細血管のように細い管を張り巡らせ始めたのだ。それはこの三日間でどんどん枝分かれして深く広く根を張り、何を考えようとしてもすぐに頭の中が崩壊しそうになった。これは罪悪感なのか。それならそれでいい。だがこれも、ガランスとは何の関係もない。むしろガランスという概念から離れて、それ自体が勝手に大きくなっているだけだ。金曜日の夜に母親から受話器を渡された時、スアドはアナに嘘をついた。それも、人を鬱々《うつうつ》とした気分にさせるこの黒い胆汁に影響されたせいだ。翌朝スアドは、警察署に向かう車の中ですべてを打ち明けてしまいそうになった。しかし母親が、警察がガランスを見つけてくれるから、もう少しの辛抱だから、と一人でしゃべり続けていたために打ち明けることはなかった。そしてどろどろとした粘りつくような胆汁は流れ続け、午前の間にさらに数リットルが分泌されたはずだ。スアドは、町の真ん中にあんな場所があるとは思ってもみなかった。これまで何度も前を通っていたが、あそこが警察署で、まさかそこに行くことになろうとは考えたこともなかった。署内の単調な蛍光灯の光は人を萎縮させた。そしてハッサン・ブラヒム警部が目を細めながら心の中に探りを入れてきた……。だが最悪なのは、事情聴取が終わって警察署の外に出た時だった。スアドは気がついた。どろどろしたその物質が、ガランスとの悪化した友情の記憶をさらに侵食してしまったことを。スアドにはもう、そのどろどろした感情しか残っていなかった。

教師が持久走の終了を告げるホイッスルを吹くと、生徒たちはいっせいに水を飲みにいったり、トラックの脇に積み重ねられたバッグを取りにいったりし始めた。スアドは、ユゴー・ロックの背中に注意を引かれた。Tシャツの汗の染みがアフリカ大陸の形になっている。スアドは無意識にユゴーの背中についていった。そして男子更衣室の入り口の前まで来てやっと我に返り、女子更衣室に向かった。持久走のせいで身体はくたくた、足はバスケットシューズの中で汗だくだった。スアドは更衣室のベンチの上に座りこんだ。周りでは生徒の話し声やファスナーの開閉音、シャワーサンダルで歩く音が混在していたが、スアドの耳には入らなかった。スアドはかがみこんで右の靴ひもをほどき、べたべたになった右の靴下を脱いだ。足の指の間に風が通る。湿った足の裏をタイル張りの床にこすりつけると、冷たいタイルの感触が心地よかった。いくつも並んだシャワールームの閉じたドアの向こうから、話し声や、シャワーヘッドからシューッと湯がほとばしり出る音が仕切りの上を通って聞こえてくる。スアドはまだ左の靴を脱いでいなかった。右足が満足しても、左足の不満を静めることはできなかった。左足の不快が、右足の快感を帳消しにしてしまうこともなかった。片方の汗だく状態ともう一方の快適さは相容れないことのように思えた。スアドは自分が二倍になったような、あるいは半分になったような気がした。そして、急がなければと思いつつも、自分の身体が分裂している瞬間の感覚をもう少しだけ味わうことにした。右、左、右、左。それから左足の靴を脱ぎ、スアドは身体が一つになった感覚を取り戻した。更衣室に湯気が立ちこめる中、次にシャワーを浴びようとする生徒たちが、シャワールームから最初の生徒たちが出てくるのを待っている。スアドも順番待ちに加わった。金曜日の夜からちゃんと眠れていなかったので、湯気で頭がぼうっとなった。周囲の会話の中に何度か〈警察〉という言葉が聞こえた。今日の午後うちのクラスに警察が来るらしい、とロレーヌが言う。ハナエもそうだと言う。スアドは、自分のせいだと思った。自分が警察で嘘をついたことがばれたのだ。

教師たちは、この日は教室で出席を取らなかった。ガランスの名前を口にしなければいけなくなるのを恐れているかのように。物理教師の〈えくぼ〉は、授業が始まってしばらくの間ドアを開けたままにしていた。ユゴー・ロックも、彼女がいつもよりさらに遅れてやってくればいいのに、と思った。そしてカバンから、全教科分がごちゃごちゃに入っている一つも仕切りのないファイルを取りだすのであればいいのに、と。彼女の不在で、教室は穴が開いたようになっていた。その場の時間にひずみを与える重力特異点のように。この物理の授業中も、時間に歪みが生じている。実際の時間よりも、少なくとも二時間は長く時間が経過しているに違いない……。先生も時間を長いと感じているようだ。やる気が出ない様子で、時折その視線を生徒のほうから空席の椅子へとさまよわせている。先生は学校じゅうの女子生徒の憧れの的だった。腰の後ろにへこみが二つあり、それが尻の〈えくぼ〉に見えるために〈えくぼ〉というあだ名がついていた。そのことは本人もよく知っているはずだとユゴーは確信していた。だからいつも腰まで下がったジーンズをはき、手を上げて黒板に字を書くと上に持ちあがる短いTシャツを着ているのだ。

ユゴーの隣の席に、これまでにない、小学校入学以来初めて出会うタイプの生徒が座ることになったのは、この〈えくぼ〉のせいだった。新学年が始まった頃、ガランスとスアドはいつも授業中におしゃべりばかりしていた。先生はいったいなんの話をしているのかと尋ねた。それはまさにユゴーも訊きたいことだった。授業のたびに、毎日毎日、絶え間なく話し続けることができるとは、いったい何について話せばそんなことが可能になるのかまったくの謎だった。〈えくぼ〉はガランスに対して、最前列にあるユゴーの隣の席に座るよう指示した。ユゴーは慌てた。そして最善の状態で彼女を迎えるために、机の半分より向こうにはみ出している鉛筆やティシューやファイルを片付けた。しかし実際にガランスが自分の左側の椅子に座った瞬間、ユゴーは落ち着かなくなった。バニラの匂いが鼻を突いたからだ。こんな匂いを嗅ぎながら勉強なんかできない。あるいはココナッツの香りだったかもしれないが同じことだ。バニラとココナッツは全然違うものだが、両方ともシャワージェルの匂いがするという点では似たようなものだ。それに、不都合なのは匂いだけではなかった。ガランスが字を書こうと前かがみになるたびに、乳房が机の端に押しつけられているのが気になってしかたがなかった。ユゴーは最初の数週間というもの、まったく理性的に考えることができなかった。あれは二つの脂肪の塊に過ぎない。中に乳腺が入っている単なる脂肪の塊なのだ。そう考えようとしたが、理性は役に立たなかった。しかたなく別の方向に目を向けるしかなかった。だがその物体の驚くほどの弾力性には大いに魅せられた。後になって、ユゴーはそこから進化に関する理論を導きだした。異性の乳房を揉みたいという男性の欲求のおかげで——二足歩行の人間の場合、乳房はちょうど手が届く場所にあるのだから！——人間の親指は他の指と向かい合わせで使えるように発達し、ひいては知能が発達した、という理論だ。実際、仮説として成立するはずだ……。ユゴーは女性の乳房をじっと見つめてはいけないということも、女性を一つの塊として全体を見なくてはいけないということも知っている。だが一言言っておくならば、ガランス・ソログブだって自分のほうを見る時に全体として見ていたとは思えない。ちらっとこちらを盗み見る時、視界に入る自分の横顔や、左利きなので彼女との間の机の上に直角に突きだして置いている腕を、つまり身体の一部分だけを見ていたはずだ。彼女はこの断片から一人の人間の全体像を構成し直していたとでもいうのだろうか？　これほど当てにならないことはない。

この一年の間にユゴーとガランスが言葉を交わしたのはたったの二回だった。とても多いとはいえない理由は、ユゴーのほうは、ガランスの前では頭が活動停止状態に陥ってしまうからであり、ガランスのほうは、ユゴーの存在にいっさい関心がなかったからだ。それでも、十二月の初めにユゴーが答えをそっとささやいて教えてやった時には、ガランスはありがとうと礼を言い、二月には、ユゴーの椅子の下に落ちた小さな髪留めを拾ってくれないかと頼んできた（これは、ガランスが月曜日の午後二時から三時までと、木曜日の午前八時から十時までの間、つまり物理の時間には、いつも櫛つきの小さな髪留めで髪を梳いていたからだ。彼女が、この世の物理学の知識習得に費やす必要がないと判断した時間を髪を梳くことにあてたのは、賢明なことかもしれない。ユゴーもガランスと同じ毛髪量があったなら、髪の手入れよりも物理・化学に対する興味のほうが優先順位が高くなるかどうかは定かではない。もっともユゴーは、意識的に選択したようにみえる行動も実は遺伝学的に決定されているのだと確信していたので、その考え方からすると、ユゴーの授業に集中できる能力は父親が禿げ頭であるおかげということになるのかもしれない）。ユゴーはそのつど、「うー」とも「うん」とも聞こえるような中途半端な言葉をもごもごと返しただけだった。だから二回言葉を交わした中で、自分はガランスにほとんどなんの印象も残していないだろうとわかっていた。

「機械的波と単色光の回折についてちゃんと復習しておくように。ここはテスト範囲だからね」

「先生」

「なんだい？」

「テストを延期することはできないんですか？　今は、なんだかいろんなことがあって――」

「テストは二十四日だよ。準備期間はまだ二週間もある。充分すぎるくらいだ」〈えくぼ〉が落ち着いた声で答える。

「でも先生……」

「この話はここまでだ。最初に言ったように、今日は三十分早く終わりにするよ。警察の捜査チームのメンバーであるブラヒム警部とフィオーリ警部補をお迎えすることになっているからね」

「来るのはうちのクラスだけですか？　それとも全部のクラス？」

「誰かを逮捕することもあるんですか？」

「先生、アクセルを隠しておかないと！　検査されたら非法なものが見つかっちゃうかも……」

「違法だろ、ルイ」

「そんなこと言うなよ、ルイはフランス語初級クラスだぞ」

「みんな復習箇所はちゃんとノートを取ったかな？　もう一度繰り返そうか？」

その時、ドアをノックする乾いた音が教室に響き渡った。あまりのタイミングの良さに、ユゴーは、警察官はドアの向こうで待機していたのではないかと思った。教師がドアを開け、生徒たちは口を閉じる。〈えくぼ〉が教壇に警察官用の椅子を移動させる音だけが聞こえた。だが二人の警察官は椅子には座らず、立ったまま挨拶することを選んだ。女性警察官は少し後ろに控え、背中で手を組んで生徒たちのほうを見つめている。男性警察官が口を開いた。刈りあげた頭が黒板の元素周期表に浮かびあがって見える。

「わたしたちが望んでいるのは、きみたちの仲間を見つけることだけです。もしきみたちが何か知っているのなら、それが自分の身に降りかかってくるのを恐れる気持ちはもちろんわかる。でもはっきり言っておきます。誰から何を聞いても、わたしたちはまったく気にしません！」

ユゴーは自分が女性警察官に見つめられているような気がしたが、警察官が見ているのはもちろん自分ではなく、隣の空席だろう。ユゴーも反射的に隣の席を見た。すると突然、その席は以前からずっと空席のままだったような感覚に襲われた。

「わたしの話を聞いて、彼女は自分の友だちだから厄介事に巻きこみたくない、と思う人がいるかもしれない。だが、もし彼女が何か間違いを犯していたとしても、それはわたしたちにとってはどうでもいいことなんだ。きみたちの年頃なら、ちょっと横道にそれることは誰にだってあることなんだから……」

ユゴーは、まるで医者が患者を診断するのを聞いているような気がした。ガランスは横道にそれた。まさにそのとおりだった。この警察官は自分がなんの話をしているのかちゃんとわかっているようだが、その言葉はクラスの半分にしか届いていないに違いない。なぜなら、男子は幸いにもちゃんとしているが、女子のほうは大いに問題ありだからだ。彼女たちはほのめかすようなことを言い合っては突然大笑いし始めるが、こちらにはなんのことだかまったくわからない。彼女たちの間に異常な興奮が広がっても、どうしてそんな酔狂が伝染していくのかまるで理解できない……。まったくぞっとする。彼女たちの口調の変化や意地悪な目の輝き、苛立ちや怒り、あるいは突然の不可解な歓喜に、ユゴーは顔にこそまったく出さなかったが、何度いらいらさせられたことだろう。女子の気分の中では原子が百万回も核分裂していて、その化学反応の公式はこの世界の誰も知ることができない、とでもいうかのようだ。

「……わたしたちは信頼関係に基づいて仕事をしている。いつもそうやって仕事をしているんだ。きみたちがわたしに話してくれることは、きみとわたし以外の誰も知ることはない」

「あなたたちは彼女の命を救うことができるんですよ」フィオーリ警部補が言葉をはさんだ。

　ユゴーは再び、女性警察官が自分を見ているような気がした。心の奥からかすかな音楽が聞こえてくる。この数日間かき消すことができていたメロディーが、今再び自分に襲いかかってきた。ありふれた、だがはっきりとした透明な音色が聞こえる。今この瞬間まで考えることを拒否していた仮説が頭の中で鳴り響く。自分も、恐れているのだろうか？　ガランスがどこにいるかを知っている。か？　なんの関係もないふりを。だが自分は知っている。自分も、ふりをしているのだろう彼女は、みんなの嘘に飲みこまれてしまったのだ。うわべだけの慎ましい沈黙……。二人の警察官はそれにだまされてしまうのだろうか？　ユゴーはまばたきをした。彼女の姿が視界の中をゆっくりと右から左へ移動し、目の中に浮かぶ糸くずの間を行ったり来たりしている。その姿を消し去ろうと、ユゴーは何度もまばたきをした。だが彼女は消えなかった。その身体は水の中に沈み、長い髪はクラゲのようで、窒息しそうな顔をして目を大きく見開いている……。自分はどうして起こったことを話せないのだろう……警察や……彼女の親に……あるいは誰でもいいから誰かに。人から非難されるのが怖いからか？　でも、いったいどうしたら自分が人前で彼女の味方になることなどできただろうか？　彼女に個人的に声をかけることすら一度もしたことがなかったというのに。

「ひょっとして彼女はきみたちに何かを打ち明けていて、きみたちは口外しないと約束したのかもしれない……。わたしにもわかるよ。みんながそれを守ろうとするのも当然だ……。だが、それは大きな間違いだ。なぜなら彼女は、きみたちの仲間は、今危険にさらされているのかもしれないからだ。そして彼女を危険から守る唯一の方策は彼女を見つけだすことであり、彼女を見つけだすことができるのはわたしたちだけなんだ。QED《証明終わり》」

ビュルは、アースが〈QED〉と言ったことに驚いたが、生徒たちは特にそれに気づいた様子もなかった。彼らは演技をしているのだろう。皆注意深く聞いているような顔をしているが、全員が黙っていさえすれば、話に集中しているように思わせることができる。ビュルは、ガランス・ソログブはどの席に座っていたのだろうと考えた。空席は四つあった。教室の後方に二つ、中央に一つ、最前列に一つ。最前列の空席の隣には、大きすぎる眼鏡をかけた巻き毛の男子生徒が座っている。分厚いレンズのせいで顔が歪んで見えたが、さかんにまばたきする様子が逆にはっきりと見てとれた。ほぼ十秒ごとに大きく目を瞬《しばたた》いている。目を開けている時には、その瞳はじっとアースに向けられていた。だが真剣に話を聞いているのか、他のことを考えているのかは判別できなかった。アースは一年B組の生徒たちに対し、積極的にSNSを使って行方不明の通知をシェアするように勧めた。ビュルは教室内を見渡したが、それに同意している顔を見つけることはできなかった。アースは質問はないかと尋ねたが、誰の手も上がらない。さらに、もうしばらくここに残っているので何かあれば来て欲しいと付け加えたが、誰も身動き一つしない。授業の終わりを告げるベルが鳴っても、生徒たちは動かなかった。教師は驚いた様子で、何秒かたってから退出許可を出した。すると生徒たちは教壇の前から雪崩を打つように消え去り、教室はあっという間に空になった。ビュルも驚くほどのすばやさだった。

「スアド・アマールがいませんでしたね」アースが指摘した。

教師は、今日は例外的に出席を取っていないと認めたうえで、数人の生徒からは授業開始時に欠席の連絡を受けていると答えた。スアドについては、午前中に気分が悪くなったため看護師が昼食時間に家に帰したという。アースは何も言わずにビュルに目で合図した。ビュルは教師に看護師のいる場所を尋ねてから暇乞いをし、手を差しだして握手をした。まったくビジネスライクに、だがちょっとした調査——教師が独身かどうかを知ること——も兼ねて。

すでに始業のベルが鳴った後でほとんどの生徒は教室に戻り、廊下には遅れた生徒がわずかに残っているだけだった。ビュルは西棟につながっているタラップを渡り、事務・管理部門に向かった。長い廊下の右側にある最初の部屋のドアに、A4サイズ半分の紙がピンで留められている。紙には、プレート代わりに〈エレーヌ・アラベディアン　心理カウンセラー〉と書かれていた。中には誰もいなかった。ビュルは続く進路指導主事の部屋の前を通り過ぎ、三つ目のドアの前で立ち止まった。保健室の看護師は灰色の髪で、目の下がたるんで歯並びの悪い女性だった。ビュルは自己紹介をして訪問の目的を告げた。

「ええ、スアドは体育館のシャワールームで気分が悪くなったので、わたしが家に帰っていいと言ったんです」

「スアドは何があったのか説明しましたか？」

「いいえ。でも、今日は朝から保健室に来る生徒が後を絶たなくて。次から次へと来るんです。それに今は、ちょっと問題があると医療心理学センターがすぐに人を送ってきますからね。ヴァニーナ・ランクリの一件以来、決まりのようになっていて。まあでも、ここだけの話ですけど、そこの心理カウンセラーのところには今日一日誰も来ていないんですよ」

ビュルは、ソログブ事件を難しくしているのは、結局、皆が過去の嫌な記憶を思いだすからではないかと思った。ヴァニーナ・ランクリの自殺の捜査に関しては、学校側の責任は問われなかった。体育館の手すりは基準どおりに設置されていたし、ヴァニーナは十三歳の時から過食症と拒食症を患っていた。かかりつけの精神科医は、治療はおこなっていたもののつねに自殺願望を有していたと証言した。実際に彼女の死に責任のある人間は誰もいなかった。ビュルは、墓地に向かう車の長い列や、冬の墓地の人でいっぱいの小道を覚えていた。その数日間は、町がスローモーションで動いているような感覚があった。翌年には追悼ミサが開かれ、警察署長も出席した。

「ガランスのことはよくご存じですか?」

「ええ、まあ、あの子はしょっちゅうここに来ていましたからね。ちょっと心気症の気《け》があるかもしれません」

「保健室の訪問記録はありますか?」

「ええ、全部コンピューター処理されています。ちょっと待ってくださいね……。これです、日付、入室時間、退出時間、治療内容ですね」

「生徒名で検索できますか?」

「もちろんできますよ。でもまさか、そう思ってらっしゃるわけじゃないですよね、あの子がその……ね?」

「現在のところ、自殺を思わせるような要因はいっさいありません」

看護師は、ビュルの求めに応じて検索結果を印刷した。それによると、ガランス・ソログブは三月十四日月曜日以前には一度も保健室に来ていなかったが、その後の一カ月半の間には七回も訪れていた。つまり、看護師の言うところの心気症らしき症状が始まったと思われるのは、エリート・モデル・ルックのコンテストの後ということになる。看護師の言っていることは少なくとも一つの点では正しい。なぜなら記録に残っていた保健室訪問理由——生理痛がひどい、頭痛、等々——はすべて単なる口実のように思えるからだ。訪問時にはいつも同じ鎮痛薬が処方されていたが、ビュルの勘が正しければ、ガランスを癒すには五百ミリグラムのアセトアミノフェンではなく、もっと別のものが必要だったに違いない。

アースも《一年B組という王国には何か腐敗したものがある》ということに気がついた。帰りの車内で、クラスに緊張感が漂っていたのを感じなかったかとビュルに尋ねたが、ビュルは自分の考えを口にすることなく、急いで署に帰りましょうとだけ答えた。そして看護師が印刷したリストを黙って読み続け、さらにもう一度読みかえしてから紙を折りたたんだ。それから目を閉じて眉をひそめた。署に戻った後も、ビュルは「考えさせてください」と言った。署に戻ってアースが口をつぐんでいないのにもかかわらず、アースのほうはビュルの考察を邪魔するようなことは何も言っていないからすでに一時間以上が経過していた。

「どうだい？　何を考えているのか教えてくれるかな？」

ビュルは返事をしなかった。アースは、催促しても無駄だとわかっていた。ビュルは他人の好奇心を満足させることには関心がないタイプなのだ。

「まだ時間がかかるのかい？」

「もうすぐです」

クラスの人数は三十六人だったが、ビュルは全員分を見つけていた。

「できた……。アース、問題があります」

ビュルが開けたコカ・コーラの缶から炭酸の噴きだす音がした。机の上にはすでに空になった缶が二つ置いてある。

「クラスの生徒三十六人ちゅう、SNSでアカウントを公開しているのは何人いると思いますか？　九人だけですよ！」血管に砂糖とカフェインが行きわたり、ビュルは叫んだ。「それ以外はみんな非公開なんです！」

「どういうことだ？」

「ネットいじめですよ。ガランスはインターネット上で攻撃されていたんです」

「……」

「彼女が保健室に行った日付はわかっています。アース、ガランスは人目を避けるために保健室に行っていたんです。それは確かです」

「……ガランスの親友をもう一度ここに呼ぶぞ……。ちくしょうめ、クラス全員をおれの前に出頭させろ！」

「あのコンテストのせいですよ。保健室通いも三月中旬に始まっていますから。コンテストで選ばれたせいだと思います……」

「三年生も呼ぶんだ！　明日の朝ここに全員連れてこい！」

もっと早くからわかっていたのに……もっと自分の心の声に耳を傾けるべきだった……とビュルは思った。通常、十代の青少年はSNS上で自分の個人情報を保護したりはしない。モード・アルトー、サロメ・グランジュ、グレゴワール・アントナのSNSをチェックした際、引き続き高校の生徒全員分のインターネット上の足跡を調べるべきだったのだ。アカウントを非公開にしている生徒の数が多いことに気がついていれば、この四十八時間を無駄にしなくてすんだに違いない。

「今からではもう何も見つけられませんよ」ビュルは自責の念に駆られた。「公開か非公開かにかかわらず、生徒たちにはすべて削除する時間が充分にあったわけですから……」

「じゃあ、フェイスブックに内容開示を要請しようか？」

「そうですね。でもアース、全員分の開示請求をすることはできないと思います。証拠が一つもないのに三十人近い利用者の個人情報を出せといっても、たぶんフェイスブックは出しませんよ。それに今は、このまま調べていけば証拠はまだたくさん出てくるような気もするし……。でも、ガランスについては請求しましょう。それから、向こうはタイムスタンプについて面倒なことを言ってくると思いますから、気をつけてくださいね」

「それで何を請求したらいい？」

「コンテストの直後十二時間に、ガランスのアカウント上でかわされたすべてのやり取りを出してもらうんです。インスタグラムも同じです。バカみたいに時間がかかると思いますけど」

「もっといい方法があったらいいのに……」

たしかに、もっといい方法があった。ビュルは自分の仮説をもっと早く確かめる方法を知っていた。アースが情報開示手続きをおこなっている間に、ビュルはエリート・モデル・マネジメント社の本部に電話し、コミュニティー・マネージャーにつないでくれるよう頼んだ。コンテストのファイナリストの写真を見た時に、一つも否定的なコメントを読んだ記憶がないことを思いだしたからだ。インターネット上でネガティブコメントが一つもないなど、絶対にありえない。つまり、その理由は一つしかない。

「モデレーション担当のタイスです。投稿の管理はわたしがおこなっています」若い女性の声がした。

「三月十二日の土曜日にイラレーヌでコンテストの予選会がおこなわれたのですが、覚えていらっしゃいますか？」

「よく覚えています」

「ファイナリストの一人が行方不明になっているんです。名前はガラ――」

「ガランス・ソログブですよね。知っています。社内で連絡がありましたので」

「お訊きしたいのは、あなたはガランスに対する誹謗中傷コメントを監視して削――」

「たしかに、わたしも誹謗中傷には慣れています。そういった投稿は毎回ありますからね。どのようなイベントであろうが、うちの会社が何かを発信するといつもツイッターで炎上しますし、モデルたちはインスタグラム上で標的にされるんです。彼女たちがどんな目に遭っているかは、皆さんには想像できないほどですよ。ですが一般的には、コンテストの応募者の場合は問題はないんです。多少の妬みを買うことはありますが、みんな若いですし無名の子ばかりですから、たいしたことにはならないんです……。でも、ガランス・ソログブのケースは、わたしもショックでした……」

「何があったんです？」

「非常に暴力的でした」

「削除されたコメントにはもうアクセスできないのですか？」

「ええ、SNS上ではできません。ですが、上司に報告するためにスクリーンショットを撮りましたので、それを探してみます……」

「お願いします」

タイスから送られてきたスクリーンショットで確認できたのは五件のコメントだけだった。

_m-a-x-e-n-c-e_

ガランス　おまえのまんこはくさったにおいがするぞ

valentinlovesketchup

彼女のビボーにまどわされてるやつはせつめいしてみろ　おれにはマジわからん

laurenelanfranchi

この子をビジンっておもう人いるかもだけど　やせすぎー　一ねんなにもたべてないんじゃね？

cleodebanne

ガランス　うすぎたない女ね　ホントにあわれったらない

bitsybabe_99

自殺しなさいよ　たのむから🔫☠

ビュルはスクリーンショットをアースに転送した。二人とも口を開かなかった。アースが沈黙を破った。

「よし、マーズに知らせよう」

署長のマーズ＝サンシエの頭にまず浮かんだのは〈これまでの自分の職務の中で、十代の子どもたちが引き起こした事件は初めてなのでは？〉という疑問だった。そうだ、初めてだ。それなのに警察が未成年者に笑いものにされるとは、まったく無能な班を選んでしまったものだ！　マーズ＝サンシエはアースに対して不満をぶちまけた。

「わたしも状況を把握するために土曜と日曜の事情聴取のビデオ録画を見たが、子どもにしてやられるとはどういうことだ。司法警察の警部たるハッサン・ブラヒムが、オードやバテシバの口車にまんまと乗せられているのをわたしもこの目で見たぞ」

アースは、二人の名前はモードとサロメだと訂正するために話をさえぎることはしないでおいた。

「二人は本当は何も知らなかったんじゃないか！　友だちが行方不明になったって？　もう何週間も会っていなかったくせに！　なんと言い訳していた？　〈時間がなかった〉とでも？」

マーズ＝サンシエは録画を早送りでチェックした。

「案の定だ。〈もうすぐ大学入学資格試験《バカロレア》だから〉〈勉強しないといけなかったから〉〈もう外出していないから〉〈ノートをまとめるために家にこもっていたから〉、くだらないコンテスト以降は被害者のことは何も知らないというわけだ……」

ビュルは新しいコカ・コーラの缶を一気に半分飲み干した。署長が二人の執務室に飛びこんできた時から、そちらはアースに任せて――アースが上司なのだから――自分はコンピューター画面に専念していた。だが、イラレーヌ警察にはサイバー犯罪対策のための捜査官が一人も配置されていないのだという現状については、署長に思いだしてもらったほうがいいだろうと思った。サイバー犯罪に関して、フランス国家警察は十年遅れていた。未成年者はインターネットの世界に生きている。したがって、未成年者を扱う家族保護対策班の捜査官には新しい技術やウェブ監視手法の研修があってしかるべきなのだ。それなのに、サイバー犯罪対策の専門捜査官がいないばかりか、ブンブンうなる古いパソコンの音を聞けば署内の機材がいつから更新されていないのかがわかるというものだ。ビュルにも、署長は上級警視正に報告する必要があり、上級警視正は監察官に報告する必要があるのだということはわかっていたし、上層部はいつも地元メディアに追い回され、一歩街に出れば必ずメディアに出くわすということもわかっていた。かといって、すべての責任をハッサン警部に追わせるのは少々安直に過ぎる。

「請求した情報はいつ入手できる？」署長ががなりたてた。ビュルが答える。

「ケースバイケースですね。明日かもしれないし、数日かかるかもしれません。SNSの場合は、電話の通信記録のようには簡単に入手できないんですよ。ですが、フェイスブックはどちらかといえば協力的だと思います。それに、幸い利用停止になったアカウントを削除せず、データを保管しています。ただ問題は、向こうはデータを出すことには同意したものの、こちらから自由にアクセスできるわけではありません。それぞれに詳しいタイムスタンプを出す必要があるんです。〈この日のこの時間に起きたことを知りたい〉という具合にね」

アースはビュルが介入してくれたことに感謝した。これで命拾いできた。

「土曜日に一度要請したんです。前後数日間分の情報をもらえるかと思ったのですが、きっちり要請した分だけでした。そのうえ結局返事は、**〈要請された期間におけるアクティビティはありません。アカウントは四月三十日に停止されています〉**というものでした。ハッサン警部が先ほど、コンテストの直後十二時間のあいだにソログブのアカウント上でかわされたすべてのやり取りを開示するよう要請を出しています。インスタグラムもフェイスブック社の運営ですから、そちらも問題ないと思います。でも、スナップチャットはプロバイダーがフランス国内にないので、もっと面倒かもしれませんね」

ビュルがマーズ＝サンシエには機能さえさっぱりわからないアプリの名前を浴びせかけた後で、アースが慣れたフィールドに引き戻して全体像を時系列で説明する。

「コンテストが開催されたのは三月中旬です。ソログブは勝ち残ってファイナリストになったのですが、そのせいで高校やインターネット上で攻撃され始めたようです。一カ月半はそれに耐えたのですが、その後力尽きてしまったみたいですね。学校に行きたくなくて体調を崩し、四月二十六日から三日間は医師の診断書を得て学校を休んでいます。そしてそのまま翌週まで無断欠席を続けていました。明日の事情聴取には——」

「証拠のほうはどうなってる？」署長はアースをさえぎって訊いた。

「明確な自殺教唆の証拠が一件あります」ビュルが答える。「インスタグラムに投稿されていました。発信者を突きとめることができると思いま——」

「見せてくれ」

マーズ＝サンシエは何が見られるのかまったくわからないままに、コンピューター画面をのぞこうと椅子を引いてビュルの隣に座った。アースとビュルはこの手の文には慣れていた。アルファベットの省略や間違いを、解読したり無視したりすることができた。だが署長はついていけなかったようだ。大きな人差し指で画面の中の一つの文をさし示した――署長は結局、ビュルを会話の相手に選んだようだ――。

〈この子をビジンっておもう人いるかもだけど　やせすぎー　一ねんなにもたべてないんじゃね?〉


「これはひどいな」

「そうですね。これはとくに問題のないほうかと」

「いい、わかった……。それでこれが……五つあるのか?　他にもあるということか?　こんなのが?」

「どのくらいの数かはわかりません。もし本当に一カ月半も続いていたのだとすれば、この種のコメントはかなりの数にのぼるはずです。インターネット上ではこういったものは急激に増えますから」

「《三百》の時みたいだな……」アースがぽつりと言った。

「《三百》とは?」マーズ＝サンシエが尋ねる。

「三年前に、ポール＝セザンヌ中学校の男子生徒から訴えがあったんですよ。名前はなんだったかな?」

「ガスパールです」ビュルが答える。アースは説明を続けた。

「被害者の男の子はもともと友だちはあまりいなかったようなのですが、勇敢にもクラスの女子生徒にモーションをかけることにしたらしく、フェイスブックにコメントを投稿したんです。〈やっほー、元気？〉とね。女子生徒からは〈なんであたしに話しかけてくるのよ〉という返答があったようです。女子というのは意地が悪いですからね。もちろん、みんなが〈いいね！〉をつけました。それがタイムラインに載り、意地悪な子が過去の投稿を調べ、あることを発見したんですよ。ガスパールがこれまでもいろいろな女の子に頻繁に〈やっほー、元気？〉と書いていたことをね」

「それが事の始まりでした。それにガスパールは、いつも同じ綴りの間違いをしていたんです」ビュルが補足する。「〈元気ça va?〉のçをsにして〈sa va?〉と書いていたんですよ」

「その件が投稿されると、ガスパールのフェイスブックのウォールに〈やっほー、元気《sa va》？〉というコメントが届くようになりました。最初は同じクラスの二、三人の男子がちょっとからかおうと思って送ってきただけで、悪意のあるものではなかったようですが、その後、面白いからということで他の連中が真似をし始めたんです。しばらくするとガスパールは頭にきて、〈もういい。同じことを三百回も言うな〉と答えたんです」

「全部大文字でね」ビュルが再び付け加える。「大文字で書いたのが間違いの元だったんです。ふつうに小文字で書いておけばそのままやり過ごせたのに」

「他の子どもたちは、それを挑戦と受け取ってしまったんですね……」

「それで彼らは〈やっほー、元気？〉と三百回繰り返したというのか？」

「その時間はありませんでした」アースが答えた。「ガスパールは自分のアカウントを閉じてしまいましたからね。しかし他の連中はガスパールを追い詰めるアイデアを思いつきましてね。フェイスブックに新しく《やっほー、三百》というグループを作って、拡散《バイラル》キャンペーンを始めたんですよ。中学校の生徒が皆加わり、〈やっほー、元気？〉はたくさんの——」

「そういうわけで少年の母親が警察にやってきたんです。学校の事務局に対応を申し入れたがまったく動いてくれなかったと言って。学校ではみんなが息子のことを〈三百〉と呼ぶし、男の子たちは朝から晩まで廊下で息子を見るたびに『やっほー、元気？』と言ってくるし、メールでも送られてくる、と……」

「その状況がいつまでたっても終わらないので、警察に救いを求めたというわけです。モラルハラスメントで訴えたいということでした」

「ガスパールはどんどん拡散するインターネットミームになっちゃったんですよ」ビュルが言った。「ただあの子は、有名になるのは向いていなかったとみえて、結局別の中学校に転校してしまったのですが」

「今の言葉は何だ？」マーズが尋ねた。

「ミームですか？　ネットで広がっていくユーモアのことですよ」

署長には、何が面白いのかわからないようだった。その様子を見てビュルは、自分が話をしている相手がこの場でもっとも地位の高い上司であるという事実にはまったく頓着せずに言った。

「署長はユーモアが得意じゃないですからね」

場が静かになった。アースは署長の怒りが爆発するのではないかと身構えたが、意外にもマーズ＝サンシエは考えこむようなそぶりをみせた。まるで、自分は署内でユーモアを解さない人間だとされていることに今初めて気がついた、とでもいうようだったが、署長が自分の姿を正確に把握し直すにはもう少し時間がかかるに違いない。

「世代からして、こういったジャンルのものは得意じゃないという意味ですが」ビュルが挽回を図るように言う。「でも彼らにとっては……」

ビュルは全世界の若者をそれで指し示すことができるとでもいうようにパソコンの画面に目をや

った。

「なんでもありなんです。政治危機であろうが、自然災害であろうが、戦争であろうが……。なんでもミームにしてしまうんですよ」

署長が戸惑ったようにアースのほうを向いた。明らかに、ミームとは何かをまだ理解できていないようだ。アースは、その話はやめるようにと手で空を切るようにしてビュルに合図したが、もう遅かった。ビュルはすでにインターネットでミームの例を探し始めていた。そして、ミームとはある状況、人物、感情を嘲笑するような画像のことで、ギャップによって笑いが生まれるのだと説明した。状況が深刻であればあるほど、人物が大物であればあるほど、感情が悲劇的であればあるほど、ギャップは大きくなり、滑稽さも増すのだという。

「ポップスターや、トップレベルのアスリート、あるいは子どもや障がい者も対象になります。大統領でも、ローマ教皇でも、ミームの対象から逃れることのできる人はいません」

アースの知る限り、ビュルは睡眠よりもインターネットを必要としている唯一の生物だった。昼夜を問わずつねにスマートフォンを見て、あらゆるリンクをチェックしていた。その内容はアメリカ航空宇宙局《NASA》の動画、ラマの赤ちゃんの画像、『モナ・リザ』の中にウラジーミル・プーチンの顔を入れたフォトショップの合成画像、掲示板型ソーシャルニュースサイト《レディット《Reddit》》のスレッド、レチュギア洞窟の生態系に関する記事、さらには〈妻が出産し、夫が胎盤《プラセンタ》を持って逃げた〉〈コカインを自分の肛門に入れて死んだ〉などの三面記事的なものまで幅広かった。ビュルはとにかくインターネットにはまり過ぎで、コカ・コーラを飲み過ぎだった。ビュルがネットカルチャーの特徴を説明しているあいだ、署長はパソコン画面に張りついて、元のきちんとした画像が改変され、つまらないアプリ上で加工されて適当に作られた質の悪い画像に取って代わられているのを眺めていなければならなかった。

「わかった、わかったよ」マーズはビュルの話を中断しようと試みた。

「ついてこれなくても当然です。署長の世代にとって映像とは理想的なものだったんですから。理想的だったのは日常から遠いところにあったからだと思いますよ。大画面の映画とかね。だんだんテレビ時代に入って画面は小さくなっていきましたけど……。アースは一日に何時間テレビを見ていたんですか？」

ビュルはアースのほうを振り向き、目を大きく見開いた。アースは、ビュルの異常に集中した視線を感じたものの、すぐに頭の中で計算することができなかった。ビュルの目は答えを待っている間にますます大きくなる。思わず怖くなるほどの視線だ。だが、たしかにビュルの言うとおりだ、とアースは思った。本当のテレビ世代は自分の世代だ。署長はどんな番組を見ていたのだろうか。夜八時のニュースか？ 夜の映画か？ 自分の場合はずっとテレビ漬けだった。毎日の朝食時、水曜日の午後、土曜日の午前中、日曜日は一日じゅう、子ども時代はずっと、あらゆる番組を手当たり次第に見ていた。下手な吹き替えがついた日本のマンガ、低予算のドラマ、音楽番組の『ヒット・マシーン』、不安をあおるバラエティー番組、お笑い番組、チーム対抗で賞金を争うクイズ番組。いつも同じ司会者が出てくるし、いつもコマーシャルで中断される……。常時ついているテレビは、そこがいつでも帰ることのできる避難場所であるような、抗しがたくなかば強制的な感覚を植えつけた。テレビという綿にくるまれてさえいれば、家庭的な雰囲気に包まれることができた。そして時間がたつにつれて、何をもってしてもその無気力ともいえる感覚に対抗できなくなってしまった。過去の経験からアースは学んだ。一秒に二十五コマのペースで画像が移り変わるテレビ画面を見ていると、人は簡単に無気力状態に陥るのだと。そして一時間後には、どろどろになった脳みそは画面にへばりつき、もう自律的に機能することができなくなるのだと。あの頃は、自分の魂がテレビに取って代わられたような気がしたものだ。

「フランスでリアリティー番組が始まった時は、何歳でしたか?」ビュルが重ねて訊く。

「……十八歳、かな?」

そうした映像は下品で低俗でばかばかしく、安い制作費で作ったくだらないものだった。テレビ画面に映るために理想的である必要はなくなっていた。そのあとでインターネットがテレビに取って代わったのだ。

「……そして今はどんな映像でもありなんですよ。ポケットの中に、二十四時間スマートフォンがあるんですから。映画館が遠くたって、関係ないんです。今は、夢を見るためにスターを必要とする人なんかいません。たくさんいるユーチューブのインフルエンサーがその役割を果たしていますからね。なぜなら、今は自分たち自身が映像になるからです! テレビの時は、自分たちはその中にはいなかったけれど、インターネットでは、テレビとは反対側に、つまり画面の中にいるんです」

「たしかに、若者はよく自分の写真を撮っているね」署長も同意した。

そう、彼らはインターネット時代に生まれたデジタルネイティブの子どもたちなのだ。グーグルは彼らに映像の世界を提供し、フェイスブックは自分自身を撮影対象とすることを教えた。そして小さな資本家である彼らは、こうした映像に価値があることを知っている。自分の値打ちを上げるためには、目立つことが必要なのだと知っている。アルゴリズムは、より多くの〈いいね!〉を集めた投稿を上にもってくる。ページの上にあるほど、より人の目に留まりやすくなる。絶滅の危機に瀕している動物でさえ、その利益が守られるためには〈いいね!〉が必要だ。アマゾンの森林の樹木でさえ、誰も〈いいね！〉をつけなければ消滅してしまうことだろう。そうなのだ。若者たちは、密かに絶滅の恐怖に抗うように強制されているだけだ。それなのに大人は、表面的で薄っぺらい世代だと非難する……。大人はいったい何を期待していたのだろうか？　宇宙の果てを発見すること？　万能ワクチンの開発？　死体の冷凍保存？　もっとも、人が子どもを作るのは永遠の命をつなぐためであることは皆知っている。だが、若者にとってそんなことはどうでもいい。地球が爆発する時も、彼らは猫の動画をシェアしているだろうから。

翌朝早くに、開示要請の結果が警察に届いた。ガランスのインスタグラムのアカウントに予想より長期間分アクセスできることになり、アースとビュルは調査を開始した。あまりに膨大な数の写真があって、アースはいったい自分が何枚チェックしたのかわからなくなった。同じポーズの自撮り写真はいったい何枚あるのだろうか？　見た目に何か違いがあるというのだろうか？　白いテニスシューズか、文字の書かれたTシャツか、スカートの長さか、ジーンズの型番か？　パジャマ姿のものもある。サクランボ柄のプリントだ。

saratata
　そのナイトウェアの趣味すごく好き
lilbitch
　そのパジャマすっごく変って気がついてる？
garancesollogoub
　同じこと思ってた！
lilbitch
　まあいいけど

garancesollogoub
真似していいよ
lilbitch
同じプリント生地はもうないよ😢だからすねてる

大量のコメント、絵文字、引用句、写真、映画やドラマのセリフや歌詞が並んでいる。いったいどのくらいの量になるのだろうか？

《街の誰も　おれたちみたいにしゃれてない》
《地球を救え。チョコレートがある唯一の惑星なのだから》
《勇気は壊れない》
《幸福は買えないがアイスクリームは買える。そしてどちらもだいたい同じこと》
《すごくすごく、月と地球を往復するほど愛してる》
《イライラした、気落ちした、だけどいい服着た》
《女性をもっとも美しく見せるものは情熱だ。だが化粧品ならもっと簡単に買うことができる》

髪型を変えた写真、口をとがらせた写真、手でギャングサインをした写真が数えきれないほどある。ハッシュタグもいったいいくつあるのだろうか？

#オーバーサイズ　#インディゴネイル　#永遠の太陽　#愛なんて現実じゃない

ガランスがレンズを通してこちらをまっすぐに見ている。まぶたを軽く閉じ、大げさに倦怠感を醸しだして。(〈不機嫌はやめろよ!〉〈ハハハ〉〈その顔いけてるよベイビー👌〉)それから日の光が降りそそぐ寝室の鏡の中にあらわれる。足は丸出しで、身に着けているのは、柔らかそうなぶかぶかのセーターだけ。ここでまた引用句。《美は、自分自身でいようと決めた時から始まる》四十八の〈いいね!〉と四つのコメント。

goirepasgory
　あるいは美容院に行こうと決めた時から

garancesollogoub
　髪は切れないって言ったでしょ　心が拒絶反応おこすの!

goirepasgory
　頭にフォーク　ナギニみたいだ

garancesollogoub
　笑笑笑　もうやだ

膨大な数の自分の写真、女優のカラー写真、友だちの白黒写真。友情の証、愛の証、ひねくれた根性の証はいったいどれだけあるのだろうか?

garancesollogoub

《少女たちよ　反撃せよ》

laizza

反撃反撃反撃反撃

garancesollogoub

つかれる子ね

laizza

ほんとはあたしのこと好きだって言いなさい

ハッサン・ブラヒム警部はいったい何枚の写真を見たのだろうか？　見るそばから忘れてしまい、色しか記憶に残らない写真。漠とした後悔を感じる。時間を無駄にしてしまったような感覚。アースは突然腹立たしくなった。行方不明になっている少女のインスタグラムの、ミラーサイトに接続する安全なリンクを受け取ってから、すくなくとも一時間が経過していた。この子の寝室で、あるいはダンス教室の更衣室で、自分はいったい何をやっているのだろう？　このような、禁じられた場所に入りこむような真似は自分の仕事ではない。だが、もう出口が見えなくなっていた。たいして秘密ではない花園の囲いの中で迷子になって、アースは身を小さくして用心深く移動した。幻覚を引き起こす匂い――その匂いを放つ、巨人のような少女たちの真ん中を。少女たちはまだこちらの存在に気づいていないが、一歩間違えばいっせいに狼だ、と大声で叫び始めるのだ。なぜ変質者に見られることを恐れなければならないのだ？　一度クリックすると、もう一度、さらにもう一度、と続いてしまう。そして最後には、これ以上遡っても有効な情報は得られないと認めざるを得なかった。

2016年5月

アースは最近の投稿に戻った。エリート・モデル・マネジメント社のカメラマンが撮影した公式の集合写真は、ファイナリスト全員にシェアされていた。エリート・モデル・ルックのフェイスブックにもアップされ、コンテスト翌日の地元の新聞にも掲載された。ガランスのインスタグラム上では、写真は九十一の〈いいね！〉と三百六十九のコメントを集めていた。

lilbitch
　プチパンダちゃん！　大好き！
garancesollogoub
　あたしもよ♥
gaëlleribes
　モデルの仕事って大変なんじゃない？
jadepichon
　みんなすごい！　お祝いになにかやらない？
maylisolivieri
　髪がきれいに手入れされてすごくおどろいた
garancesollogoub
　@maylisolivieri　昨夜有機パックしたの。マカデミアナッツオイルとアボカドオイルで♥
bitsybabe_99
　マカデミアナッツかアボカドのオイルが基本だよね！
lucilestern

最高！

varikova

ホントに誇りに思う！　ほかの子たちもきれいだった。みんなすごくきれいで、あたしもうれしい

janalalis

スタイリッシュ

laizza

美しい😍

garancesollogoub

ありがとありがとありがとありがとありがとありがと☺️☺️☺️

axelgauthier

#モデルになるために生まれた

fionaricoeur

ああもう！　この写真あたしは変にうつってる

garancesollogoub

ハハハ。目をつぶった瞬間にとられちゃったんだね

fionaricoeur

カメラマンの大バカやろう

elodyeandtie

ちょっとやせたんじゃない？　消えちゃわないように気をつけてね！

garancesollogoub
だいじょうぶ。ちゃんと食べてるから消えないよ。ハハ
sarahlambroso
みんな立派よ。みんなすばらしい。うらやましい。う〜
timeomariani
感動的だな！　きみの足の長さ。_。
mllechloé
ぜったい勝てるって言ったでしょ。おちびちゃん
garancesollogoub
みんな応援ありがとう☺️
laurenvabres
ガランス、ちゃんと食べないと点滴うつことになっちゃうぞ
cameronespargelière
かっこいい😍
dimitripichon
たしかにおまえは有名になるぞ。でも自分が思ってるのとはべつの形でだ
golki-05
笑笑笑。セックスかよ。おかしくて死にそう😂
dianemoretti
まったく哀れね

sachamons
このガランスの動画は本物？

emmanuellefraberge
ダイレクトメッセージを見て

matthieurolland
すごく気持ち悪い😳😳😳おどろいた

anthelmcardi
やっほー、ガランス。きみまんこの臭いがするぜ

valentinlovesketchup
コメント削除してもむだだ。きみが消す前に見ちゃったから

astriddufrenes
返事くらいしたらどうなの！

merylalessandri
ガランス、すごくきれい！　コンテストおめでとう。意地悪な人の言うことは聞かないで。嫉妬してるだけだから

cchaarlyy
彼女のまんこはくさい

karibou
おちつこうぜ。いきり立たないで。みんなで彼女を非難してもしかたがない。だれにだって起きるかもしれないことだ。だからちょっと黙ってろよ！

thomasdacosta
彼女を美人だと思わないのはホントにおれだけ？　美人ってそんなんじゃないだろう。彼女はやり過ぎ。美人というのは、何もせずふつうにしていても美人なんだ
ptitemayotte
判断の根拠もないくせにそういうことを言う人たち全員に聞きます　他人の人生に判断を下す権利が自分にあると思うなんて、あなたたちは自分の人生でいったい何を成し遂げてきたのですか？
cleodebanne
このセックスなに？？？　だれか説明して
dorianrossi
きみは崇高だ。そして動画を送りつけたやつは品のないろくでなしだ
divineluludivine
とにかく、彼女をそっとしておいて
ragnarleking
もう興奮するのはやめよう！　彼女のしたことには賛成できないが、彼女のために悲しむことはできるだろう
larumeur
@ragnarleking　自分にできるのは、彼女のことで死刑を思い浮かべたことくらい

アースはこれを読んで、何が間違っていたのかがわかった。ビュルも同じだった。ガランスに対する攻撃の理由は、エリート・モデル・ルックのコンテストでファイナリストに選ばれたことではなかったのだ。このインスタグラム上で、状況は唐突に変化していた。最初は皆がガランスを祝福していたのに、突然、今度は信じられないほどの激しさで侮辱し始めたのだ。この事態を引き起こしたのが、その〈動画〉だ。動画の話が出るや否や、コメントの内容はひどくなっていった。性的な内容の動画だということは簡単に推測することができる。具体的にどのような内容だったのだろうか？　なぜこの場の全員がその動画にアクセスできたのだろうか？　いったい誰がオンラインに流出させたのだろうか？　今もインターネット上でアクセス可能になっているのだろうか？　そこに、被害者が行方不明になるにいたった理由があるに違いない。だがインスタグラムのこのページを見ただけでも、多くの可能性が浮かびあがる。

2016年5月

madmanoulamano
あなたが探しているのはあたしよ……

larumeur
だってあたしは目立ちたがり屋のあばずれだから！！

laisselucifer
どうして彼女のことをあばずれだって言う人がいるの？　一番卑劣なのは動画をリークしたやつでしょ

nikola_zz
@laisselucifer それはたしかだ。あまり感心できることじゃない

lilfabil

@nikola_zz　なによりも違法だから。プライバシーの侵害だし

morganemangin

@laisselucifer　ホント、それって問題だよね。女性は何もできないんだよ。だって何をやっても、あばずれとか、逆に貞淑ぶってるとか、どっちにしてもばかにされちゃうから

molki

ガランスは町でとびぬけていい子で、みんなできることなら彼女をものにしたいと思っているから、つまりコメントは欲求不満の発散というわけだ！

kakashi69

ガランス、おれのペニスを、おまえが吐くまでしゃぶらせてやる。吐いても続けて、おまえの口とセックスする。おまえが飲みこむまで

maxymusss

@kakashi69　笑笑笑。おまえ誰だ？？？　狂ってるな

lucas_menec

@kakashi69　治療しに行ってこい

mandyloop

@kakashi69　そんなことを書くなんて不愉快きわまりない。女性を尊重することを学びなさい

roxxxanne

@mandyloop　一部の人たちのコメントを読むと、女性に対する考え方がわかる。どうし

て彼に恋人ができないのかわかった！

volodia

@roxxxanne @mandyloop　きみたちの意見に同感だが、みんながそういう人間なわけじゃないよ。それから @roxxxanne　ことば遣いがちょっとだけまちがってる。「どうして彼に恋人が」じゃなくて「どうして彼らに恋人が」だね

marcaurelien_mbp

@volodia　童貞が女の犬になってここでナンパか

volodia

@marcaurelien_mbp　ぼくたちの中には、女性を正当に扱うことのできる者もいるだろう

kakashi69

@marcaurelien_mbp　おれは正当に扱ってるぜ。だから指を彼女たちの尻に入れる。女はそれが大好きだからさ。その後で指をなめさせる。彼女たちはそれがどの指なのか知らないからな

babbieboop

こんなものを読んでるとますます警戒心が強くなっちゃう。だから愛なんてものが信じられなくなる

arnochill

@babbieboop　それはそうだが、どっちの側にとってもそうなんだ。おれたちにとっても、一部の女子の行動を見ていると同じことがいえる。結局そのせいで男はつれなく冷酷になる

んだ

thomasmangin

彼女を美人だというのはやめるべきだ。美というのは普遍的なものじゃないんだから。彼女を美人だと感じる人もいればそうじゃない人もいる。彼女を美人だと口に出す人もいればそうじゃない人もいる。彼女はただ単に、エリート社の定義による美の基準に合致したに過ぎないんだ

californike

売女め、ポルノでもやってろ

gregsavidan

@californike とにかく落ち着けよ

swagabriel

やっほー、ガランス、自殺する時はストリーミングで流してくれよ

朝食の消化が悪いのは、インターネット上でのコメントのせいだけではなかった。かつての未成年者対策班、現在の家族保護対策班では今回よりもずっと下劣な事件が数多くあり、署員はこれくらいのことには慣れっこになっている。にもかかわらずアースは、笑いや〈いいね！〉を間にはさみながら続く悪意に満ちた攻撃コメントを、最後まで読むことができなかった。アースを悩ませていたのは、アナ・ソログブが、娘の生死もわからない状況下でこの多数の誹謗中傷について知ることになる、という点だった。署長から、故意の暴力と自殺教唆で訴えるよう母親を説得しろと言われていたからだ。捜査の方向を転換する必要があることを、どうやって母親に説明したらいいとい

うのだろうか？　行方不明の娘の捜索に注力するのではなく、行方不明の原因の特定に路線変更するなどと言うことができるだろうか？　自分はもう自由に捜査することはできないのだが、それをアナ・ソログブに伝えることはできそうになかった。行方不明者が七十二時間以内に発見されなかった場合、警察は検察の許可を得たうえで、行方不明者を全国的な捜索対象者リストに登録する。それで終わりだ。その後は何もすることはないのだ。

merylalessandri
彼女は高校の男子生徒みんなに挑発的だったから嫉妬されたんだと思う
valentinlovesketchup
ガランス、おまえのまんこはくさい
tharrick
なぜみんな同じコメントを書く？
grum
@tharrick　どのコメント？
tharrick
@grum　彼女のまんこはくさい
grum
@tharrick　語呂がいいからだろ
matteoujard
直接知らない人のことを勝手に判断すべきじゃない

jaderomary
@matteoujard　あたしは文字で人を判断するよ

syrinegasmi
あたしは最後まで見ることさえできなかった。ばつが悪すぎて……。あの動画、はじけちゃってたから！

melynemattel
彼女の人生もはじけちゃったね！

anthelmeturian
ヘイ、ガランス、まんこを漂白剤で洗ってきたらどうだ？

mojitomas
それは才能の妨げになる。自主規制することないよベイビー、なんでも好きなものを撮影してダイレクトメッセージで送って

amoriledanvic
彼女は内側からちょっと見苦しい

bastienvillatte
あんなのいったいどこから送ったんだい。両親はちゃんと教育してくれなかったの？　まじめな話恥ずかしくないの？

suzannethierry
笑　恥ずかしいなんて、そんな心配ぜったいにしてないよ

gaultiercarmine

みればわかる。おまえ臭うぞ

enzomaurier

二回転前方宙返りしてから酸の中にダイブだ

agnès_chambolles

こういうタイプの女は大嫌い

doriansimon

ほんとに気分悪いよな

virgilecouraud

みんな落ち着いて！　どうして全員で彼女を非難するんだ？

彼らは、自分には参加者の人数で割った分の責任しかないと思っているのだろうか？　個々人の罪は取るに足らないものだとでも？　自分ではコメントを投稿することなく成り行きを見守っていた者たちは、嘲《あざけ》りのコメントを投稿していた者たちよりも罪の意識を感じていないのだろうか？　そして嘲りのコメントを投稿していた者たちは、最初に動画を流出させた人物と比べて自分には罪がないと思っているのだろうか？　誰だって知っているはずだ。犯罪が起こっていることを知りながら告発しない場合、法によって罰せられる——犯人の親か配偶者であるという例外的な二つのケースを除いて——ということを。とはいえ、町の半分のティーンエージャーを、自分たちの仲間の一人を迫害した罪で起訴し、残りの半分を、彼女を助けなかった罪で訴えることなど、できるはずがない。たしかに法律はこのようなケースを想定しており、インターネット上でのハラスメントは犯罪にあたる。だが、だからどうだというのだ？　せいぜい見せしめのために数人を有罪にできる程度だ……。警察の統計では、サイバー暴力に巻きこまれる生徒の割合は十人に一人で、その被害者が自殺を試みる危険性は通常の三倍にのぼっている。もしガランス・ソログブがすでに自殺をしているのなら、やがて遺体は発見されるだろうが、具体的な状況が明らかになることはないだろう。もし生きているのなら、今は危険な状況であるはずだ。この町の未成年者が危険な状態にあるのなら、それを保護するのは自分の責任なのだ、とアースは思った。インスタグラムの内容チェックですでに一時間が過ぎていた。できるものなら自分の足で県内をしらみつぶしに捜索したかった。ここであと半日もの間、こうして尋問に時間を費やしている場合ではない。現場での捜索が正式に中止されて以降、アースはつねに怒りで煮えくりかえりそうだった。行方不明者の捜索通知が出てから四日になるが、まるで手ごたえがなかった！　電話もなければ目撃者もなく、被害者をどこかで見たという人は誰一人いなかった……。ガランス・ソログブは水が蒸発するように消えてしまったのだ！　そして、ここにこうして事情聴取のためにやってくる生徒たちの話を聞いても、ガランスの居場所には一センチたりとも近づくことはできないのだ！　アースのいらだちを感じたビュルが、まあ落ち着いて、と目で合図したので、アースはさっきより愛想よく次の質問をした。

「きみは匿名でコメントを投稿したことがあるの？」

「いいえ、あたしはそんなことしません。みんながガランスのことを攻撃するのが、あたしは本当に嫌でした……」

「土曜日にここに来た時、どうしてそのことを言わなかったの？」

「だって……あたしは……ガランスの味方になってあげなかったから……。電話したかったけど、しなかったんです。きっとガランスはもうあたしに会いたくないと思ってたから……」

「捜査妨害で訴えられる可能性があるということはわかっているね？」

スアド・アマールが泣きだした。その顔は歪むにつれてますます子どもっぽい表情になっていったが、アースは心を動かされなかった。

「三日前に、ガランスは高校で何か問題がなかったかときみに訊いたよね。どうしてその時何も言わなかったの？」

「だって……そのことしかなかったわけじゃないし……」

スアドは泣き続けた。ただし今度は声をたてずに、そしてもうアースのほうを見なかった。

「あの動画のことをここで話したほうがいいと思うが。わたしたちももうそのことは知っている」

アースはスアドを平然と見つめた。スアドもこれ以上めそめそしていてもなんの役にも立たないと悟ったのか、袖の折り返しで目をこすった。

「でもあたしは、最後まで見てないんです！　本当です！　あれを開いた時には、中身が何かは知らなかったんです！」

「知っていることを話してみて」ビュルが口をはさんだ。

「それだけです、ガランスが撮影していました」

「撮影していたのは何をしているところだった？」アースが尋ねた。

「見てないの？」

「質問に答えて」

「えっと、それは……。撮影していたのはガランスで、その、ベッドの上で」

「一人で？　それとも誰かと一緒に？」

「いいえ、一人です」

「服を着ていなかったのか？」

スアドはうなずいた。

「まったく何も？」

スアドはうなずいた。

「ガランスはプライベートな内容を自撮りして、その動画を誰かに送ったということかな？」ビュルがスアドを励ますように声をかけた。

「はい」

「誰か特定の人に送ったのかな？　その動画は他の人たちに見せるためのものじゃないってことは、あなたも同じ意見だよね？」

「はい……」

「誰に送ったんだ？」アースはいらだった。

「あたしは知りません、男の人でしょ！」スアドが答える。

「男だっていうのは確かなのかな？」ビュルが尋ねた。

「だって、ガランスがあれを女の子に送るなんて思えないから……。それに学校じゅうに出回っていて、誰から出たのかわからないし……」

「誰がインターネットにあげたんだ？」

　スアドはアースのことを露骨に嫌がるそぶりを見せ、ビュルのほうだけを見ながら質問に答えた。

「誰もインターネットにあげてなんかいません。たぶん受け取った男子が友だちに送って、友だちがまた他の仲間に送ったんじゃないかな……最後にはみんなが見ることになっちゃって、それで、その……」

「なんなんだ？」アースが突然さえぎるように言った。

「えっと、だけど、あまりちゃんと見えなくて……。動くし……あっという間だったし……。でもガランスが……」

「何をしていた？」

　スアドは黙りこんだ。

「言ってごらん」アースがじりじりしながら促す。

「でもガランスは、絶対にそれをお母さんの目には触れさせたくなかったはずです！　だからあたし、この前はそのことを言わなかったんです！」スアドがなかば芝居がかった様子で叫んだ。

「ガランスは何をしていた？　言ってごらん……」

「ガランスは……」

「マスターベーションしていたのね？」ビュルが穏やかな口調で尋ねた。

スアドはうなずいた。

「誰が動画を受け取ったか知っている？」

「みんな受け取りました」

「誰に送るためのものだったのか、本当に知らないの？」

「いいえ、さっきも言ったけど、知りません」

「なんとなくでもいいから、思い当たることはない？」

なんとなく思い当たることを基に、人を密告していいのだろうか、とスアドは思った。

「スアド、もし何か知っているのなら、わたしたちに言ってちょうだい」

スアドには、まるでガランスがゲームでいんちきをしたように感じられた。そのせいで、自分はしなくてもいいルールの説明をするはめになったのだ。彼は現実世界の人ではないはずだった。永遠に自分とガランスだけの幻想――体育館の観覧席でだけ見ることのできる幻想――であり続けるはずだったのだ。

「誰か思い浮かぶ人がいるのなら、名前を教えて……確信が持てなくてもかまわないから」

彼しか考えられない。この冬、彼は町に戻ってきていた。ガランスと彼は同じグループの仲間だし……。噂も聞いたことがある……。

「スアド？　ガランスを助けるためには、何が起きたのかを知る必要があるの……」

何が起きたかって？　誕生日の願掛けが失敗したのだ！　あの時、材料はてきとう、儀式も呪文もでたらめで、お守りは空中に舞い上がっていた。魔女の大釜の中にすべてを詰めこんでおこなった秘密の恋の儀式。少女の夢と策略を、スパンコールとポルノの画像ファイルと一緒にかき混ぜた。彼の名前の文字、さらに体毛と経血を入れて攪拌《かくはん》した。やがて大きな泡がぐつぐつと音をたてて表面に沸き上がり、大釜の中身は煮えたぎった。明け方になって火を消した。ガランスと二人で中をのぞきこむと、そこには鏡のように滑らかな黒い液体が見えた。それからその場を後にした。だが、誰がそれを信じてくれるというのだろうか？

「スアド。ガランスが誰のためにやったのか、あなたは知っているの？」

「ヴァンサン・ダゴルヌだと思う」

まったく、今どきの若い子たちの頭の中はいったいどうなっているのだろう？　アイフォンの前でポルノ女優の真似ごとをするというのだから。とはいえ、ビュルはそれほど驚かなかった。家族保護対策班で五年勤務する間に、娼婦こそが新たなプリンセスなのだとわかったからだ。少女たちは皆、みだらな女になることを夢見ているのだ。実際のところ大人は、ポルノ業界が次々に制作するおびただしい数の映像に、青少年が無料かつ無制限にアクセスすることを許している。その後で、その手にミニカメラ付きの携帯電話を渡したのだ。そのカメラでいったい何を撮影しろというつもりだったのだろうか？　森のイチゴでも撮れと？　だがガランスが、自分の動画が学校じゅうに回覧される可能性を考えなかったのだとしたら、それはビュルにとって驚くべきことだった。この子たちは〈インターネットネイティブ〉世代とされているのだから、そのくらいのことは考えておくべきなのだ！　ビュルは現在二十六歳だが、これまでに自分の裸の写真を何枚外に出したのか、もう数えるのをやめていた。写真を送ったことがあるのは、長期間付き合っていた信頼のおけるパートナー数人だけだ。あるいは、顔が識別できない写真だけだ……。それに、警察官をスラットシェイミング（性的に社会通念から逸脱しているとして非難すること）して楽しむ輩がいるだろうか？　しかしビュルは、問題とすべきはガランス・ソログブが間違いを犯したことではないとわかっていた。さらにはスマートフォンやインターネットが悪いわけでもない。問題は、すべてが簡単すぎることだ。簡単に裸で自撮りすることができる。スマホの画面を指でタップするだけだから。簡単に動画を一人とでも百人とでもシェアすることができる。同じく画面をタップするだけだから。簡単に自分が被写体になることができるし、簡単に女性の写真やレンズの向こうにいる女性を前にマスターベーションすることもできる。女性は簡単に優しくなる。ノーと言いたい時でも簡単にイエスと言うようになる。また、簡単に大勢で一人を攻撃することもできるし、簡単に少女を侮辱し、簡単におまえの人生に意味はないと言い放つこともできるようになる。すべてが簡単すぎるのだ。ビュル自身もその簡便性に抗うことができないでいるのだが……。

「ガランスのこと、コンテストで勝ったからよく思っていなかったの？」ビュルは目の前の参考人に質問した。

「いいえ、全然。まじめな話、あたしはあのコンテストのことはどうでもよかったから。参加したのは単なる気まぐれだし、モデルになるつもりなんてさらさらないし。むしろちょっと寂しい考えだなって思ってるくらい……。それってウクライナの女の子が夢見るようなことだと思いません？」

警察署にやってきたサロメ・グランジュの外見は、この部屋の雰囲気にはまったくそぐわないものだった。ショートパンツに飾り鋲付きのアンクルブーツ、黒く濃すぎるアイメイク、そして、つい二日前の最初の事情聴取の時にはとても長い髪をしていたのに、今日は短髪のブロスカットになっていた。座らされた椅子が気に入らないらしく、不満そうな顔をしている。それはプラスチック製の緑の椅子で、脚は動物の足の形、背もたれの後ろには恐竜ディプロドクスの顔が描かれていた。家族保護対策班専用のこの取調室は、恐竜をテーマに内装が施されている。デジタル録音機器が設置されている唯一の部屋だ。未成年の被害者から事情聴取する際には法律上録画が義務付けられているからだ。参考人については義務ではないため、ビュルは機器を作動させなかった。壁に貼られた大きな啓蒙ポスターには、可愛いティラノサウルス・レックスの口を借りて子どもたちへのメッセージが書かれている。〈だれかがきみをきずつけたなら、それをはなしてみよう。みんなたすけがひつようなんだよ。きみはひとりぼっちじゃない〉ビュルは恐竜は気に入っていたが、赤ちゃん用のミュージックマットに関しては、いったい誰がそんなものの購入を思いついたのかわからなかった。窓辺に行こうとするとどうしてもそのマットを踏んでしまうし、いったん踏んでしまうと単に一つの音が鳴るだけではなく、まるまる一曲が響き渡ってしまうのだ。ビュルは今では『みつばちルーナ』『小さな幸せクリスマス』――小さな、幸せ、クリスマス。なんて題名なの！　との曲を聴くたびにビュルは思った――『カニのおじさん』などの曲を判別できるようになった。そしてこの時も、外を行き交う車の音がうるさいので窓を閉めにいこうとしてマットを踏んでしまった。ビュルのお気に入りの『ヒップホップカバさん』が始まった。計算が合っていればあと十数秒は続くはずだ。ビュルはしかたなく、三歳以下が対象のこのラップミュージックを聴きながらサロメの聴取を続けた。

ここよりもっと地味な取調室の中では、アースがグレゴワール・アントナの事情聴取をおこなっていた。さらにアースの指示により、モード・アルトーとその弁護士――モードの父親だ――が、小部屋で待機していた。そこは廊下の突き当たりにある窓のない部屋で、署内で一番狭い取調室だった。アースは空いている部屋がそこしかなかったと言っていたが、ビュルは、父親が閉所恐怖症であることを期待してわざと二人をそこに入れたのではないかと疑っていた。警察は三年生の生徒三人を同じ時刻に出頭させた。三人が口裏を合わせるのを防ぐためだ。

「それ以降話をしていないの？」再びビュルが質問した。

「そうかもね。わからないけど……。最後に会ったのがいつだったかなんて、はっきり覚えてないもん」

挑発的になったり、無頓着を装ったりする態度には慣れている。サロメのわざとらしい態度は、ビュルにはまったく効果がなかった。サロメ・グランジュよりひどいケースを毎日のように見ているのだ。殴られたり、レイプされたりして、心が麻痺したり、暴力的になったりした少女たちを。彼女たちはすべてを拒絶するかと思えば、加害者を擁護したり、他の人々を攻撃したりする。その彼女たちでさえ、なにかしらのふりをしている。そして、そうやって神経を高ぶらせるのはその年頃に特有のことだ。なぜなら彼女たちは信じているからだ。今いるところから逃げだすことができるのだと。世界は物理的なアクセスの可能性によって制限されているわけではない。スマートフォンの画面の向こうに世界は広がっている。ユーチューバーになれば、スポンサーやブランドの力で栄光を手にすることができるかもしれない。女優やモデルになって、テレビ番組に出演して才能を証明し、歌やダンス、料理やメイクができることを示せばいい。地位を確立するまでには、スポンサー付きの記事を書いたりしながら、化粧品のオンラインショップに興味がわくかもしれないし、世界の果てまで行くことのできる直前割引航空券の料金を比較する旅行サイトをやってみようと思うかもしれない。世界に出るか、何もないままか。だが、本当は少女たちにはわかっている。こうして仮想の世界を広げれば広げるほど、現実の世界は狭まっていくのだと――この環境で少女たちはもがいてきたのだ。二十年にも満たない期間だが――。少女たちはいつも同じ欲求不満を抱えている。無数の掲示板がたえまなく点滅し、すべてのウインドウが音楽オーディション番組『ザ・ヴォイス』を再生できるよう開かれているから。写真に写る、自分と同じ年頃の少女たちは、一時的であれ有名になり、つねに美しく、水着を着て、ロサンゼルスでバカンスを過ごし、ニキビも、目の下のクマも、身体のたるみもセルライトもないのだから。自分にふさわしい人生をやり直すには、矢印にしたがって進んでいきさえすればいい。だが出口にたどり着くことはできない。人は皆、手に汗をかきながら十代の時期を過ごす。その時には、今いる場所に閉じこめられていると感じるものだが、いっぽうで出口は大きく開いていると思っている。だが、出口が開いているのは他の人々に対してだけなのだ。少女たちは手のひらサイズの画面を通して向こう側の世界に感嘆し、どこか別の世界に行くことを夢見る。どこか別の世界というのがここだとも知らずに。あらゆる〈どこか別の世界〉は、今自分がいる場所でしかない。そこから出ることはできないのだ。そのうちに少女たちは、自分は誰よりも辛い目に遭っており、怖いものはないというふりをするようになる。ショートパンツが短くなり、指輪の数が増えるにつれて、人々の目は欺かれ、少女たちの実態は見えにくくなるのだ。サロメ・グランジュは、すべての指にそれぞれ少なくとも一つは指輪をはめていた。一番大きな竜の形の銀のリングは、中指の第一関節までを覆っている。

「前回話を聞いた時、どうして、ガランスが学校でいじめられていると言わなかったの？」

「だって、こんな大変なことになってるとは思ってなかったからよ！　あたしだって、ツイッターでいろいろ言われたことがあったけど、何もできなかったし、ネットでいろいろ言ってくるヘイターたちって、みんなその、結局……」

「あなた自身は、これまでネット上でガランスを侮辱したことはない？」

「一度もない」

「じゃあ、非難されるようなことをしていないのなら、どうしてスマホのＰＩＮコードを教えてくれないの？」

「だってこれはあたしの携帯電話だし、中にはあたしの人生のすべてが入ってるからよ！」

すでに二台の携帯電話が押収されていた。スアド・アマールは自発的に自分の携帯を提出していたし、グレゴワール・アントナも提出に同意していた。ビュルは、アースがどうやって同意を取りつけたのかは知りたくなかったが、たった今メッセージが来て、グレゴワール・アントナのSIMカードが鑑定に回されたことがわかった。動画を回収できれば、この生徒たちの罪は、精神的ハラスメントでは済まなくなるだろう。法律上、未成年者の猥褻《わいせつ》画像を伝達する行為には罰則が与えられる。画像がインターネット上に流されたのであれば刑罰はさらに重くなり、画像を保持していただけでも罪に問われる。ただしサロメ・グランジュの場合は本人がまだ未成年であるため、罪を問われることはないだろう。だがこの後の尋問のしかたによっては、サロメも少しは口を開く気になるかもしれない。携帯の端末識別番号をメモしたから、事業者を通じてすべてのSNSにアクセスできるようになるだろうと説明してみよう。この年頃の子どもたちは基本的にアプリを使って情報交換しているが、脅しも適切なタイミングでうまくおりこめば、功を奏することがあるかもしれない。今すぐではなく……。もうしばらくは、サロメ流に脚色した話を聞くことにしよう……。

「ぼくの携帯電話はいつ返してくれるんですか？」

「必要がなくなった時にだ」

「それをどうしようっていうんですか？」幽霊のような青白い顔で、グレゴワール・アントナが不安そうに尋ねた。

「専用のソフトウェアでSIMカードを読みとって、カードの使用開始以降に記録されているすべての中身を抽出するんだよ。写真、動画、通話記録、メール、きみが消去したものもすべて復元することができる。だから、わたしは今はきみのことを信じているが、何か見つかれば、きみはどうして警察の捜査を妨害したのか、その理由を判事に説明することになるだろう」

「絶対にぼくじゃありません！」

「何がきみじゃないんだい？」

「送られてきただけなんです、あの動画は。でもぼくは誰にも送っていません！」

「じゃあ、きみの携帯からは何も見つからないってことだな？」アースは言った。

「……もしかしたらダウンロードしたかもしれないけど、人に送るためじゃない……。そうだ、ワッツアップで受信したんだった！」グレゴワール・アントナは、ちょうど今思いだしたとでもいうように叫び声をあげた。「自動でダウンロードされたんだ！」

「それで、面倒に巻きこまれるかもしれないと思って消去したのか？」

「そういうわけじゃないけど……」

「それをきみに送ったのはガランスか？」

「いいえ、違います」

「誰が送ってきたんだ？」

「……」

「答えたくないのかい？……無理にとは言わないさ」

「覚えてないんです」

「もう覚えていないのかい？　いいだろう、覚えていないのなら、ここまでにしておこう。判事に良い印象は与えないだろうが。わたしのほうは、いったんきみが調書にサインしたら、もうきみを手助けすることはできなくなる。決まりだからね」

「……」

「それとも最初からやり直すとか……？」

「……」

「あの動画の宛先はヴァンサン・ダゴルヌなのか？」

いくつもおもちゃ箱が置かれている取調室の真ん中で、サロメ・グランジュはゴム素材の床にヒールをめりこませ、ディプロドクス恐竜の背もたれに身体を預けて椅子ごと後ろにふんぞり返っていた。

「……っていうか、結局、すぐに、自分たちは付き合ってるんだと思っちゃったのかもしれないよね。ホントは全然そうじゃないのに」

「どうして彼女は、自分たちが付き合ってると思っちゃったのかな？」

「まあ、なんていうかヴァンサンはああいうふうだから……」

「というと？」

「すぐに人の身体に触るんだよね。腰に手を回したり、〈ぼくのベイビー〉なんて言ったりするし。でも女の子になら誰にでも言うのよ。あたしはね、ガランスはまだ若いから、注意するようにってヴァンサンに警告しておいたんだけど。でも絶対、ワッツアップで一晩じゅうチャットしてたと思う。だから彼女がヴァンサンに好意を持っても、当然かもしれないけど。それに、ヴァンサンにはみんな何も言えないの。彼は批判されることに慣れてないから……。実際、何もわかってないのよね」

「彼のことをよく知っているみたいね」

「まあ、中学二年生からの友だちだから、つながりはすごく強いよね、あたりまえだけど」

「ただの友だち？　それともそれ以上なの？」

「いいえ。でも、お互いに身体の相性がいいのは確かだけど。でもヴァンサンと付き合うのは無理だと思う」

「どうしてなの？」

「だってあたしたち、いろんな点で違いすぎるから。たとえば、彼は考えすぎるタイプだけど、あたしは衝動的なほうだし」

サロメはしばしばいろいろな言葉を繰りだしたが、ビュルにはとりあえず緊急に訊かなければいけない質問がいくつかあった。

「ガランスは彼に恋してたと思う？」

「一目瞭然だったわよ！」

「あなたは、ガランスが彼に会うためにグルノーブルに行った可能性はあると思う？」

サロメはげんなりした表情になった。この仮説には意味がないと思っていることは明らかだ。ビュル自身も、その可能性はないと思っていた。ただ、署長は、グルノーブルにあるダゴルヌの住居の家宅捜索を検討していたので、その根拠を得るために、捜査官たちがダゴルヌに不利な情報を見つけてくることを期待していたのだ。行方不明事件が発生して緊急誘拐警報が発令されると、警察は旅客輸送や高速道路、空港等各社との連携をおこなうことになっている。つまり、もしガランス・ソログブがヴァンサンの所に行くために飛行機や電車、長距離バスに乗ったのだとしたら、警察に通報があったはずだ。もちろん、ヒッチハイクでグルノーブルに向かった可能性はあるが、その場合でも後から運転手が連絡してくることだろう。だがこの四日間、道路わきで親指を立ててヒッチハイクしていた少女を見たという情報はいっさい寄せられていない。したがってビュルは、ガランスが学校でいじめを受けた末に、ここから三百キロも離れた男子学生の家に避難した可能性はほぼないと考えていた。それどころか、それでは筋が通らない。もし、ガランスを裏切って動画を流出させたのがヴァンサンであるならば、そんな男と一緒にいようとするはずがないではないか？

「ガランスがいなくなってから二人が連絡を取り合っていたかどうか知っている？」

「かもね。まさかそんなことはないと思うけど」

「二人は遠距離で関係を持っていたのかもしれないと思う？」

「ガランスが動画を送った相手はヴァンサンだって、あたしに言わせたいのね……」

「そうなの？」

「まったくいいかげんなことばっかり。ヴァンサンはこの件にはまったく関係ないのに……。彼の知ったことじゃないでしょ、もう高校にはいないんだから。彼があの動画を流出させる理由が見つからないわよ。何の得にもならないんだから」

サロメはいらいらした様子で、親指にはめた指輪をくるくると回し始めた。身体と一緒に後ろにそり返っていた椅子の脚が床に落ちる。サロメは嘘をついている。ビュルには、サロメが嘘をついていることがわかった。サロメにもわかった。この警察官は、自分が嘘をついていることを知っていると。

「……ヴァンサンはどうしたらいいのかあまりわかってなくて、よく考えてみる必要があったんだ」

「それで二カ月間、両親の家にいたのか?」アースは、やっと口を開き始めたグレゴワール・アントナに質問を続けた。

「違います。ヴァンサンの親は大学をやめることに反対で、親とは喧嘩していたんだ。だからイヴァンのところに泊まっていたんです」

「イヴァン?」

「イヴァン・ボレルです。二人は中学校からの友だちで、でもイヴァンは大学入学資格試験《バカロレア》に落ちて、今は父親の会社で働いています」

「それはどこなんだ?」

「古い港のそばに〈MMエクストレーム〉という店があるんですけど、見たことありませんか? 観光客向けのツアーなんかを企画してて、スノーモービルの長距離耐久レースやダイビング……キャニオニング……パラグライダーもあったんじゃないかな……」

「イヴァンは両親と一緒に住んでいるのか?」

「いいえ、一人暮らしです」

「なるほど。じゃあきみたちはよくその場所に集まっていたんじゃないのか？」

「イヴァンのところに？　まあ、時々は……」

「前回わたしはきみに、ガランスがよく行っていた場所はないかと質問したね？」

「本当に、そのことは思い浮かばなかったんです。ヴァンサンがいなくなってからは、そこにはあまり行ってないから……」

「最後にイヴァンに会ったのはいつだい？」

「もう忘れちゃったけど……。けっこう前だと思います」

「じゃあ金曜日以降は会ってないんだな？」

「会ってません」

「きみの仲間のモードとサロメは？」

「会ってないと思いますけど。だってイヴァンは今、もうすぐ夏だからツアーの準備で忙しいはずなんで、父親が彼を離さないんじゃないかな」

「イヴァンはガランスとは仲がいいの？」

「まあ、いいですね」

「きみは、ガランスがイヴァンのところに隠れているかもしれないと思うかい？」

2016年5月

アースはグレゴワール・アントナの事情聴取を終えてからも、状況によってはイヴァン・ボレルを職場で逮捕できるように指示を出したりしなければならなかった。それほど長くかかるとは思っていなかったのだが、結果的にモード・アルトーと父親を小部屋で一時間半待たせることになった。弁護士である父親は怒り狂っていたが、アースはそれを利用して状況を自分に有利に変えようと思い、あえて大げさに聴取を開始した。まずはモードに、〈真実を、すべて真実のみを〉話すと誓うことを求めた。そして抗議しようとする父親に対して、宣誓を免除されているのは未成年者でも十六歳未満の場合だけであることを指摘した。さらに追い打ちをかけるために、参考人の身元確認のための質問をすべて繰り返した。アースの手元には、二日前におこなわれた第一回事情聴取の調書の写しがあるのだから、それはまったく不要な質問だったのだが。

「きみには、ガランス・ソログブのことを悪く思う理由があったのかな?」

「いいえ」

「ガランスがインターネット上でいじめに遭っていた時、きみたちは仲良くしていたの?」

「もう会っていませんでした」

アースはゆっくりとモードの目を見つめてから、次の質問に移った。

「それはどうして?」

「誰に訊いてもらってもいいけど、あたしはもう外出していないんです。前回も嘘はついていません。この二カ月間、勉強しかしてません！」

「メッセージのやり取りはしていないの？」

「携帯電話は取りあげました。使用時間があまりに長かったので」父親が代わりに返事をした。

「他にインターネットにアクセスできる機器はないの？」アースはモードにだけ話しかけた。

「SNSはやめたんです。本当です。以前は実際、いつもスナップやツイッターをやっていました。インスタも。……フェイスブックは全然好きじゃなかったけど、インスタは、最初はよかったから。でも今はつまらなくなっちゃって。みんないつも同じようなものばっかり投稿するから、うんざりしちゃって……」

「じゃあきみは、あの動画は受け取っていないということでいいんだね？」

モードは言いよどんで父親を見た。父親はうなずいた。両親は未成年者の法定代理人として警察署に出頭を要請されるが、事情聴取に同席することは想定されていない。というのも通常子どもは、親の前ではあまり話をしなくなるものだからだ。いつもは、同席したいと言い張る親はアースと険悪な状況になるのだが、今回は、弁護士であるアルトー氏は自分は父親ではなく、娘の弁護人であると言ってアースを言い負かした。アースは、これは参考人の事情聴取であって被疑者の尋問ではないと説得を試みたが、逆に任意の事情聴取に関する改革について説明され押しきられてしまった。昨年の法律改正によって、警察は参考人に対して明確に権利の説明をすることが求められるようになり、また参考人は弁護士を同席させることが認められるようになっていたのだ。当然のことながら、アルトー弁護士は〈依頼主〉の携帯電話の押収を拒否した。

「……いいえ、送られてきました」

「どうして前回そのことを言わなかったの？」

「あなたはそのことを質問しませんでしたよ」アルトー弁護士が答えた。

「誰が送ってきたの？」

「みんながです。何度もたくさん送られてきました」

「きみはそれを見たの？」

「彼女は内容が何かを知らずに開いてしまっただけです。すぐに消去しました」アルトー弁護士が答える。

「中身は何だった？」

「行方不明になった少女がマスターベーションしているところを自分で撮影したものでした」再び父親が答えた。

「それできみはどうしたの？」

「どうって、彼女に言うことは何もないし、彼女は自分のしたいことをするだけで……」

「きみは友だちがマスターベーションしている動画を受け取ったのに、そのことについて話したりしないの？」

「しないわ、でも彼女だってその話はしたくないと思う。気持ちはわかるし」

「イヴァン・ボレルとはどういう関係？」

アースは、モードがそこまで感情的な反応を示すとは予期していなかった。だがじっと黙りこんでしまったモードを見て、アースは二人の関係を理解した。父親が娘に代わって答えた。

「なんの関係もありません。もう会っていません」

「付き合っていたんだね……」

「交際していましたが、今は終わっています」父親が続ける。

「いつから?」

「一カ月前に別れたの」モードがもごもごと答えた。

「ガランス・ソログブがイヴァンのところにいるとしたら、何か思い当たる理由があるかな?」

「イヴァンのところに? いいえ!」

「二人は親しいの?」

「ガランスとイヴァンが? いいえ、全然……。二人はあたしを通じて知り合ったんです。二人がつながっているただ一つの理由は、あたしがいるからです」

「どうしてきみたちは別れたの?」

二人の警察官に伴われ、落ち着かない様子で口汚く罵《のの》りながら、無精ひげが残ったイヴァン・ボレルが、ビュルの待つ執務室に入ってきた。猫背で、腕を後ろに弓なりに曲げ、無気力をもって権力に挑む鋭い目をした案山子《かかし》のように、薄い上半身が形のないシャツの中で浮いている。イヴァンは、自分がここに連れてこられた理由の説明を待っていた。ビュルはイヴァンに理由を説明し、イヴァンのために用意された書類を二部差しだした。書類の注記には定型例文が記されている。

〈わたくしは、当局がわたくし自《みずか》らの住居において捜索をおこなうこと、およびその結果現行の捜査に有用だと判断される場合に差し押さえをおこなうことに明確に同意します〉

イヴァンはそれを書き写すことなく、さっさと二枚の書類に署名した。〈自らの住居《プロプルな》〉と書いてあったが、正直なところ自分の住居が充分に〈清潔《プロプル》〉かどうかは、イヴァンには自信がなかった。だが名誉にかけて、ガランスが自分の家にはいないことを証明したかった。二人の警察官は、イヴァンの供述を確認するためにさっそく現場に出発した。ビュルは書類を差しだし、一部はイヴァンが保管しておくように、そしてハッサン・ブラヒム警部が戻るまで待つように伝えた。

マーズ＝サンシエは頭がガンガンし、横隔膜に圧迫を感じた。漠とした刺激と嫌悪感、そしてくらくらするような感覚。動画の中では、少女の顔は後方に一、二秒見えるだけだ。画面のフレームは不安定に揺れている。左右二つに分かれた髪の束によって胸が隠れたり露わになったりする。画面が大きく揺れて少女の目が映る。目は画面を注視している。少女は今起こっていることを同時進行で追っている。片手で動画を撮影しながら。太ももを開いて……。イラレーヌから三百キロ離れたグルノーブルでパソコンのタッチパッドが操作され、小さな矢印によってＭＰ４動画ファイルが閉じられた。マーズはグルノーブル警察の迅速な行動を褒めたたえ、チーム全員に対して感謝の言葉を述べた。グルノーブル警察の技術班は、ヴァンサン・ダゴルヌの携帯電話の解析を記録的な速さでおこなってくれた。先ほどマーズが受けた説明によれば、グルノーブル警察は当該学生を本人の部屋で確保し、そこで尋問をおこなったが、部屋の中は荒れ放題だったという。もう何週間も掃除されておらず、ごみは外に出されておらず、本人も外に出ておらず、食べ物——特に酒——は、デリバリーで頼んでいたらしい。ガランス・ソログブがそこに滞在していた痕跡はまったくなかったが、例の動画はヴァンサンの携帯電話の中から発見された。現地警察はまた、ノートパソコン一台、タブレット一台、デスクトップパソコン一台、大麻百五十グラムを押収した。まもなくテレビ会議システムによるリモートでの事情聴取がおこなわれる予定だ。ハッサン・ブラヒム警部は、ダゴルヌから新しい情報がもたらされるまで、現在聴取している生徒たちを手元に留《とど》めておきたいようだ。だが彼らがすでに午前九時からずっと各取調室の中にいることを考えると、それは難しいかもしれない。こちらとしても参考人をそれほど長時間引き留めておくつもりではなかった。そのうえ午後二時には、さらに十人ほどの生徒が警察に招集されている。その生徒たちをいったいどこに収容したらいいのだ、とマーズ＝サンシエは思った。署内にはもうどこにも場所がないというのに。

「この動画に見覚えはあるね？」

「はい」

「これがどこにあったかわかるね？」

「おれの携帯電話の中です」

「これはガランス・ソログブだね？」

「はい」

「これをきみに送ってきたのはガランスだね？」

「はい」

アースはプラズマの画面に向かって質問を発した。にらみをきかせるために、単純な質問をたたみかけるように投げかけた。画面の中には、テーブルの端に座っているヴァンサン・ダゴルヌの姿が頭から胸まで映っている。その横には、付き添いのグルノーブルの警察官の片腕だけが映りこんでいた。先ほど自己紹介していた金髪の巻き毛の、ヴァンサンとほぼ同年齢の若い警察官だ。

「どうしてダウンロードしたんだ？」

「自分で持っておきたかったんです」

「転送するためにか？」

「違う、転送するためじゃない！」

「じゃあどうしてなんだ？」

「もしも……」

「もしもなんなんだ？」

「……見たくなったら見られるようにするためです」

「わからないな」アースは手を緩めなかった。「その動画をマスターベーションの道具として使ったということか？」

ヴァンサン・ダゴルヌに動揺した様子は見られなかった。

「それは禁止されてるんですか？」

「これまでにガランス・ソログブと性的関係を持ったことはあるのか？」

「はい」

「ガランスは未成年だと知っていたのか？」

「彼女は十五歳だった。性行為同意年齢は十五歳ですよ」

「性交渉は同意のもとでおこなわれたのか？」

「そうです」

「これまでに、被害者を利用して性的欲求を満たすために、たとえ一度でも、暴力や脅迫、強制という手段を用いたことは？」

「ありませんよ！」

「その動画を送らせるために、暴力や脅迫、強制という手段を用いたことは？」

「彼女が自分から送ってきたんだ。おれは何も頼んでなんかいない」

「きみたちの関係はいつから?」

「付き合い始めたのは一月です」

「どのくらい続いた?」

「二カ月だけです」

「きみたちの関係は、正確にいうとどういう性質のもの?」

「……質問の意味がわからないな」

「単に性的な関係だけ? それとも恋愛関係にあった?」

「〈恋愛関係〉ってどういう意味ですか?」

「きみには、未成年者の品位を侵害する性的性質を有する媒体を拡散した嫌疑がかけられている」

アースは意識的に抑揚のない声で暗唱し始めた。「肖像権の侵害に関する最高刑は禁固一年と四万五千ユーロの罰金だ。もしきみが性的な厚遇を得ることを目的として被害者を執拗に責めたて、その結果動画を入手したことが明らかになれば、禁固一年と一万五千ユーロの罰金になる……」

「おれは誰のことも執拗に責めたてたりしていない!」

「だからこそ、きみたちの関係がどういう性質のものか知っておく必要があるんだよ。さあ、きみの好きな言葉を遣っていいから、質問に答えるんだ」

「おれは彼女に恋していたわけじゃない。水をもらえますか?」

付き添いの警察官の腕が、画面の外に出ていった。

「きみが町を出てからも、きみたちの関係は遠距離で続いていたのか?」

「いいえ」

「性的なメッセージのやり取りは?」

「ありません……」

「彼女から受け取った性的な動画はあれ一つだけ？」

「そうです」

アースはついでに、という感じで、モード・アルトー、サロメ・グランジュ、グレゴワール・アントナ、イヴァン・ボレルが警察署に来ていることをヴァンサンに教えた。そして何人かはすでに本当のことを話し始めたとほのめかすことによって、さりげなく、自分は口に出している以上のことを実際には知っているのだ、という風を装うことに成功した。これは効果のある手法だった。この年齢の青少年は、最後にはお互いに密告しあうことが多いからだ。ヴァンサンは、若い警察官が持ってきた水を一気に飲み干した。アースはしばらく猶予を与えた後、穏やかに追及を再開した。

「それじゃあ、起こったことを、きみの言葉で説明してもらおうか」

被疑者は最初から、つまりハロウィーンパーティーの夜に被害者と出会ったところから話を始めた。アースは好きに話をさせた。あり得ないことも自由に話させ、誰も罪に問われないように断片を再構築して話すのにも口をはさまなかった。アースはくだらない話を黙って聞き、被疑者に時間を与えた。

ビュルが来客を迎えにいくと、受付担当の警察官はほっとした顔になった。告訴状を提出する人々の列のそばで、一組の夫婦がすでに二時間ものあいだ、不安にさいなまれた様子で金属製のベンチに座り続けていたからだ。今度はビュルが二人の居場所を見つけなければならなかった。さもなければ二階の廊下で一緒に立ちつくすことになる。この夫婦はヴァンサンの両親で、アースはリモートでの尋問の最中に、息子に両親を会わせようと考えていた。たしかに効果的な策かもしれない、とビュルは思った。母親のまぶたは腫れあがり、午前の間ずっと泣き続けていたであろうことは誰の目にも明らかだった。うまくいけば、画面越しに息子の姿を見てもう一度泣いてくれるかもしれない。ビュルは両親を階段のほうに案内しながら、ヴァンサンにかかっている嫌疑を誇張して伝えた。父親は黙って階段をのぼった。両親は、自分たちをどこに連れていったらいいのかわからない警察官に案内されているとは夢にも思わず、ビュルの後ろをついていった。

三階に着いた時、怒鳴り声がして三人は足を止めた。アルトー弁護士だった。午前中ずっと窓のない部屋に放りこまれていたうえに娘の事情聴取が途中で中断されたためだろうが、勝手に廊下に出てきていた。そしてたまたま運悪くそこを通りかかった別の部署の警察官に向かって、行政手続きに瑕疵《かし》があるため依頼人の証言は中止するぞとすごみをきかせ、本件に関わる捜査官たちの職業意識の低さに対しあらゆる言葉を駆使して疑問を投げかけた。さらに、自身の声が大きくなるにつれて発言もしだいに誇張され、自分たちが待機させられている部屋はまるでミャンマーの監獄だとわめいた。ところが、フィオーリ警部補に付き添われたダゴルヌ夫妻がそこにいることに気がつくと、アルトー弁護士は叫ぶのをピタリとやめた。夫妻とアルトー氏は長い間見つめ合った。その様子を見れば、三人が知り合いであることに疑いの余地はなかった。だが三人は挨拶を交わさなかった。アルトー弁護士は、警告されたわけではないのに突然くるりと向きを変えて、きっぱりとした足取りで小部屋のほうに戻っていった。ダゴルヌ氏は、自分の息子も弁護士を同席させることができるのかと尋ねた。ビュルは、息子さんは成人であるし、はっきりとした要求がなかったから、と言って質問をあいまいにかわした。その時、かすかな声の震えが聞こえてきた。ビュルは母親のほうを振り向いた。

なんということだ。ビュルは、ヴァンサンの心を動かすために、ちょうどいいタイミングでそうなることを期待していた。距離が離れていればなおさら、それはすばらしい劇的な効果を生んだことだろう。だが、母親の涙は予定よりも早く流れ始めてしまった。

「それじゃあ、いいかな。これからきみは勾留されることになる。今後のことは、そちらでグルノーブルの警察官がきみに説明してくれるだろう。わたしたちはこちらできみの両親から話を聞かなければならないからね」

「二人はそこにいるの？　おれの親を呼んだんですか？」

「そうだ。きみも後で話ができると思うが……二十四時間後に、だね？」

「勾留は更新可能です」画面から半分はみ出している若い金髪の警察官が補足する。

「ああ、そうだった、じゃあ四十八時間後だ」ブラヒム警部は訂正した。「その後きみは裁判所に送られ、予審判事が任命されることになる……。こういう場合予審はどのくらい続くんだっけ？」

「二年です」若い警察官が答える。片方の肩だけが心なし上がったのが見えた。

「あとは検察がどのくらいの求刑をするかだが……。きみの生年月日はいつだったかな……」

「一九九七年七月十一日です」

「なんてこった、そうだよ、きみは未成年じゃなくて成年だな。検察は勾留延長の申請をするかもしれないな……」

「彼女があれを送った相手はおれ一人じゃない」

「なんだって？」

「動画は、彼女がおれにだけ送ってきたわけじゃないんだ」

「他に誰に送ったんだ？」

「サロメだ。サロメも受け取っている。ガランスはおれたち二人に送ってきたんだ」

「彼女がどうしてそんなことをするというんだ？」

「……」

「まだもう少し話を聞かなくてはいけないようだね。というのも、問題は、きみの友だちのサロメはまだ十八歳になっていないということなんだ。つまり、この件に関しては、わたしはきみが何をしたのかも知らないし、彼女が何をしたのかも知らないが、もしきみが捜査に協力しない場合、罪に問われるのはきみだけということになる」

当初、モード・アルトーはサロメ・グランジュが好きではなかった。その理由ははっきりとはわからない。だが、中学二年生のクリスマス休暇が終わった後にサロメが学校に着てきたターコイズブルーのコートが、二人の関係を悪化させたことは確かだ。そのコートは、折り返し部分のすべてに羽根がついていた。デザイナーの内なる悪魔を満足させるために本物のダチョウが一羽まるごと羽根をむしりとられたのではなく、それが合成繊維であることを願うばかりだった。風変わりな老女が着るような服がなぜ、まだ子どもである少女のクローゼットの中にあったのかは誰も知らない。だがサロメは、その常軌を逸した服装で有名だった。サロメには、ファッションに関して理想像もなければ、助言者もいなかった。毎朝クローゼットを眺めてランダムにその日の服を選ぶ以外に特に基準はなかったし、母親がなんでもかんでも好きに買い与えているらしいことから、本当にまったく突飛《とっぴ》な装いをしていた。帽子、レッグウォーマー、アンティークのアクセサリー、スパンコールのスカーフ、長手袋、毛皮、シルクのワンピースにスニーカー、ショッキングピンクの服、蛍光イエローの服、ヴィンテージもの、絢爛豪華な服、パジャマにもなりそうな服、自分で継ぎを当てた服、必要に応じて引き裂いた服。ある日などは、ネットの売買サイト〈ルボンコワン〉で購入し、自分で膝上丈に裾上げしたウエディングドレスを着てやってきた。だがサロメには、素材の性質や立体感、絵柄をうまく組み合わせる技術とセンスがあったので、何を着ても、けっしてどこかの収容所から出てきた逃亡者のように見えることはなかった。実のところ、彼女のように装うには大胆さが必要だ。中産階級が多い小さな町の中学校では子どもたちは皆、ファッションの多様性に逆行して、女性向けの同じウェブサイトのRSS配信を申しこみ、同じファッションブログに登録している。中学生の子どもたちの特徴や影響されているものや好きなブランドは一貫しており、すぐに見分けることができた（ちなみに中学生は皆、一目で本物のモンクレールのダウンジャケットとコピー商品を見分けることができた）（だが写真を見てシャルル・ド・ゴールとアドルフ・ヒトラーを見分けることはできなかった）（口ひげで混同したらしい）。そういう中でサロメが抜きんでていたのは、外見に重きを置いていなかったからではない。その逆で、外見に自分の全存在を注ぎこもうとする、闘争心にあふれた欲求によってであった。たしかにサロメは人から注目を浴びようとしていたが、同時に、自分自身の目にすばらしいと思える自分であろうとしていた。まるで、一度に多くの人を映しだす鏡の中で、いつも自分が一番であることを確認したがっているかのようだった。同年齢の少女たちはお互いの真似をしながら服を選んでいたが、サロメ・グランジュは誰にも似ていなかったし、多くの場合並外れた存在だった。ただし、ターコイズブルーの羽根付きコートは一線を越えていた。それは、古代ギリシャ・ローマ文明やルネッサンス、造形美術に対する挑戦であり、また人類が多くの試練を経験して形作ってきた美意識に対する挑戦——中指を立てるようなもの——だということができた。だがもっとも特異だったのは、そのコートが彼女に似合っていたことだ。それは、そのコートが、いまだ達成されていない服としての潜在的パワーを有していたからであり、また、孤独な子どもの想像の世界でそのコートが持っていた意味のすべてが、サロメの肩の上で現実のものになったからだ。サロメはもう仮装をするような年齢ではなかったのかもしれないが、校庭の女王にふさわしいコートを着ることはできた。

だが残念なことに、〈校庭の女王〉の称号はモード・アルトーが保持していた。そしてモード・アルトーは、自分の縄張りの中でライバルの存在を許すつもりはなかった。対立が初めて表面化して注目を集めたのは、二〇一一年一月の月曜日だった。中学校の門の前には多くの生徒が集まっていた。その時サロメが、母親が運転するメルセデス・ベンツの四輪駆動車から降りてきた。モードはそれを見て、レディー・ガガの『バッド・ロマンス《Bad Romance》』のワンフレーズを口ずさみ始めた。皆が笑った。レディー・ガガと比較することによって、永久にサロメ・グランジュの評判を失墜させることができるはずだった。ただし、サロメ自身がその役割を自ら受けて立つとすれば話は別だ。サロメはそのまま歩き続けながら、両手の指を鉤型にすると、レディー・ガガのミュージックビデオの振り付けを真似て、人だかりに向かって引っかくように両手首を振り回した。自らを笑いものにするこのちょっとした演技によって、サロメは中学校の全生徒の半分を味方につけた。これ以降、二つの非公式な派閥が形成された。モード派とサロメ派だ。だがサロメ派はあまり目立たないようにしていた。というのも、まともな人であれば、中学校の敷地内でモード・アルトーを敵に回すことなどできるはずがなかったからだ。

この年頃には、まがい物のカップルができたり壊れたりするものだ。最初は恋の炎が燃えあがるが、やがて幻滅し、とげとげしい関係になり、つらい別れがやってくる。二人のうち一人は屈辱感を味わい、もう一人は罪悪感を味わう。幸福な時を思いだし、これまでは他の人々に押しつけていた涙を流す。友人たちはどちらの側につくかを選ぶ。本人たちは突然終わってしまったあれやこれやを修復しようと試みる。勝手に仲介役を買ってでた友人たちは、状況がさらに悪くなるまで説得を繰り返す。最終的には、無関係の長い時間が過ぎた後に、心の中に無関心しか残っていないことに気づき自分でも驚く――これらのすべてが、わずか数週間のうちに起こるのだ。思春期の少年少女の愛の物語は、少なくとも早送りで進むというメリットがあった。ただし、モード・アルトーとヴァンサン・ダゴルヌの物語はそうではなかった。二人は一年半前からずっとカップルだった。この記録的な長さは、モードに同い年の少女たちの尊敬をもたらした。特に、他の男子は思春期らしい不完全さが目立っているのに、ヴァンサンはそうではなかったのだからなおさらだ。ヴァンサンはすばらしい少年だった。モードは、親同士が友人だったためラッキーなことに幼い時からヴァンサンと知り合いだった。二人は二〇〇九年の夏に付き合い始めた。そしてその年の九月、ヴァンサンは一年遅れで中学に入学してきた小さなガールフレンド（モードはヴァンサンより十一カ月幼く、二十二センチ背が低かった）の世話をやいた。それから一年半がたっても、あいかわらず校内では、二人が一緒にいる姿しか目にすることがなかった。二人の強い結びつきは、教師たちの間でも冗談で口にのぼるほどだった。特に思慮深い何人かの教師は、少し前から二人の間に、性的関係を持ち始めた少年少女に特有の気安さがあることを見抜いていた。そのことは二週間ほどの間は誰にも知られていなかったが、やがて全員が、ヴァンサンとモードはもうそれをしたということを知ることになった。モードは十三歳になったばかりで処女ではなくなったのだが、それは恋をしているからだ、という理由により、誰もモードのことを早熟でいやらしいなどと非難することはなかった。だが、同じことをして非難の対象になっていた少女たちもいた。学校の勉強ができずに落第した少女たち、親から見放された少女たち。こうした少女たちは、厚化粧をし、生気のない表情で、学校をサボって高校の隣のバス停の待合所でタバコを吸っていた。そして中学生の中でも強者《つわもの》の少年たちが、こうした少女たちを〈始動〉――少年たち自身の言葉によれば――させた。少女たちは〈トーイ《おもちゃ》〉とあだ名されていた。少女たちの性体験は噂という名の大きな本の中に記録され、夜の相手となる少年たちの下劣な自己満足や、チャンスに恵まれなかった仲間の少年たちの欲求不満、そして女の子たちの嫌悪感や軽蔑によってさらに尾ひれがついていった。なにしろ〈トーイ〉に関しては、注文されれば気前よくフェラチオをするとか、〈後ろから〉バージンを失うとか、ほとんどの中学生の女子には信じがたい風評が出回っていたのだ。男子は公然と彼女たちに対する軽蔑を表明していたが、いっぽうで彼女たちの存在によって新たな基準が生まれ、それに抗うことはしだいに困難になっていった。まだ声変わりもしていない少年たちまでが、口でしてくれない女の子と付き合ってもしかたがないなどと言うようになった。そんな中で、モードは安心できる模範的な存在だった。優秀な生徒であり、前髪をきちんと切りそろえ、タバコも吸わず、手帳にはシールやスパンコールを貼っていた。したがって、モードには〈トーイ〉との共通点が他になかったことから、性体験があるという噂はモードにはなんの被害ももたらさなかった。それどころか、その年齢ではふつうあまり得ることのできない、威信を高めるものを手に入れた。それが〈経験〉だった。こうしてモードは、女子生徒の称賛を独占するようになった。あの朝、大勢の生徒が集まった中学校の門の前で、サロメ・グランジュが羽根を広げ、歓迎の人垣をかき分けるかのように、皆の前を派手に通り過ぎていったあの時までは。あの冬の、あのターコイズブルーのコートは、世界の秩序をひっくり返した一連の出来事の予兆だった。いや、むしろ引き金であったのかもしれない。

最初の出来事は、ヴァンサンがイヴァン・ボレルと付き合うようになったことだ。モードはイヴァンが好きではなかった。イヴァンは、ヴァンサンとは対極といっていいほど違っていた。やせ細った顔の少年で、いつもうんざりしたような表情をしていた。しばしばバス停の待合所で〈トーイ〉たちとたむろしていたが、それは彼女たちの気を引くためではなく、そこでマリファナタバコを吸うためだった。彼女たちを〈始動〉させるモーターとして扱うのではなく、ごく自然に話をしていたのは、中学校の生徒の中でイヴァンただ一人だったかもしれない。イヴァンが他の誰に対しても愛想が悪いことを考えると、これはなおさら意外なことだった。イヴァンは陰気で、寡黙で、Tシャツの中を通して首から外に出したイヤホンで外の世界を遮断していた。使い過ぎて鼓膜が無感覚になった時には、イヤホンを耳からはずして上半身に垂らしていた。学校の中にいるより、周辺のどこかにいるほうが多かった。いつも古いジーンズとTシャツ、スニーカー姿だった。ジーンズの後ろのポケットは、いつもぐにゃぐにゃになったタバコの箱で膨らみ、Tシャツは大昔のアルバムジャケットのプリント柄、スニーカーはインターネットで買った〈ヴァンズ〉の製品で、ここから〈イヴァンズ〉というあだ名が付いた。たまに、数少ない友だちがやってくることがあった。イヴァンより年上で、かなり前に学校教育から締めだされた少年たちだ。彼らはバス停の待合所に来ては、イヴァンをどこかに連れだしていった。

　だがヴァンサンのほうはイヴァンのことで頭がいっぱいになっていた。そしてイヴァンの話し方まで真似るようになった。〈悲しい〉という形容詞は、ヴァンサンの口から出ると〈できが悪い〉という意味をもつようになり、「〈悲しい〉よな、このアデルのアルバム」というふうに用いられるようになった。あるいは〈微妙〉という言葉は、考え得る最大限の熱狂を示す言葉になった。音楽に関しても、イヴァンを真似て聴き始めたグループに夢中になった。その中には、すでにメンバーが養老院に入っていたり大昔に死んで埋葬されているようなグループもあった。エー《A》シー《C》／ディ《D》ーシー《C》、ニルヴァーナ、ピンク・フロイド、クイーン……。だがモードは、こうしたグループのことはすべて知っていた。両親がよく聴いていたからだ。アルトー家の音楽の変遷を理解するには、今もたくさんのそうしたCDが家にあると言えば充分だろう。だからもしヴァンサンが〈往年の音楽〉の旅を味わいたいのなら、日曜日ごとにモードの家にきて両親と一緒に過ごせばいいだけだ……。だが、イヴァンと出会う前にヴァンサンが往年のグループに対する興味を示したことは一度もなかった。もっとも、最近の曲やグループに対しても、興味はなさそうだったが。彼の家で聴いたことのある唯一の音楽は、フランスチームのサッカーの試合前にかかった国歌『ラ・マルセイエーズ』だけだった。ヴァンサンが、学校という制度の中から半分脱落したような少年に友情を抱き、それによってニルヴァーナやブラック・サバスに対する情熱を見いだし、そしてまるで別の人間になってしまったかのように話しだすことに、モードはしだいに我慢がならなくなっていった。それでも、ヴァンサンが「トニー・アイオミは神だよな、まったく、『パラノイド』のリフはすっげえ〈微妙〉だぜ！」などと言うのを耳にする時、モードはいらだちを見せないように努力した。寛容になろうと、ある時点まではがんばった。

ある時点は、両親の離婚の時にやってきた。モードの父親が家を出ていった時、ヴァンサンは一緒にいてくれず、モードを支えてもくれなかった。天井を見ながら大麻を吸うのに忙しかったからだ。子ども時代のヴァンサンはありとあらゆるスポーツをしていたが、その頃は、不思議な魅力を持つ新たな活動に夢中になっていた。それは〈何もしない〉ことだった。ヴァンサンとイヴァンは、その怠惰なエネルギーを発散することのできる場所を発見した。それは町の外れにある、幽霊屋敷と呼ばれている〈家〉で、実際のところは使われなくなった工場だった。それほど遠い場所ではなく、工業地区を通り過ぎ、山岳方面に道路が分かれる地点の手前あたりだ。二人は、午後をずっとそこで過ごすようになっていた。ヴァンサンはモードがしつこくメッセージを送っても、〈今行けない〉とか、単に〈ごめん〉、あるいは〈イヴァンと一緒にいる〉〈《家》にいる〉〈あとで電話する〉などと返信してきた。モードにとってこれほど腹立たしいことはなかった。〈幽霊の出る家〉

は、ビールの空き缶や割れた瓶の破片、使用済みコンドームなどによって床が埋め尽くされているにもかかわらず、二人にとってはただの〈家〉になった。幽霊は出ないとしても、これは〈家〉でない、ただの廃墟であって、町のホームレスや麻薬中毒者が不法に居住するために使用するものだ、といくら説得を試みても効果はなかった。なぜなら、そこにはキノコが生えた古いソファーがあって、それさえあれば、二人は自分の家にいるようにくつろぐことができたからだ。ヴァンサンにとっては、何もかもがどうでもよくなった。もう、おまえはスポーツ選手になれるぞと父親に言ってもらう必要もなければ、家族の中で模範的な息子である必要も、母親のお気に入りである必要もなく、中学で一番ハンサムな生徒である必要もなくなった。モードのことも、もう自分の人生には必要でなくなった。十四歳半にして、ヴァンサンはもうセックスの必要さえ感じなくなっていた。

このような状況の中で、まるで世界は破綻をきたしてなどいないかのように、サロメは毎朝、羽根付きのコートを着て気取って歩き続けていた。それはモードにとって、自分に個人的に向けられた侮辱以外の何ものでもなかった。

ある日、チャンスが訪れた。モードはサロメに面と向かって、服の趣味はひどいし、まったくひどい風采だ、と言ってやるつもりだった。敵は中学校の廊下で、一人きりで携帯電話にしがみつき、そのことだけに気をとられていた（サロメは母親のハンドバッグを無断で借用したため、電話で母親に怒鳴られていた）。モードは取り巻きとともに、大股でサロメのほうに向かった。サロメは母親との電話をなかなか切ることができずに困っていたため――自分のほうにまっすぐ向かってくるモードの気配についてはまったく気にしていなかったが――歴史教師のラズエックが背後から近づいてくる足音に気がつかなかった。そして女性教師の声にびくっとして振り向いた時にはすでに遅く、ラズエックはすぐそばに立っており、サロメの手から携帯電話を取りあげた。モードには、この後サロメがどうなるかがわかった。ラズエックは二年生の三クラスで歴史と地理を教えていたのでモードも習ったことがあり、その職権乱用ぶりはよく知っていたからだ。ラズエックは、これまでの全学校生活の中で、モードを非常に優秀だと評価しなかった唯一の教師だった。この町の住人の人間関係がどのようにつながっているのかは、各人の記憶や秘密を見抜くことのできる全知の存在でなければわからないに違いない。ある晩に車の中で処女を失った時の少女時代の初恋の相手が、数十年たってから自分の子どもの美術の教師だとわかったり、母親の友人に挨拶した少女は、実はその友人が父親の愛人であることを知らなかったり、市場の陳列台の前で偶然出会った、他人のように見える二人の女性が、実は共有財産の分割でもめて以来お互いに口もきいていない姉妹だったりするものだ。そしてラズエックの場合は、昔モードの母親に侮辱されたことがあった。数十年前、まだ二人とも高校生だった時のことだ。そういうわけでラズエックは、アルトー夫人に対する恨みを娘で晴らそうとして、優秀な生徒であるという娘の自負心を傷つけるべく注力していたのだ。モードは心の底からサロメが嫌いだったが、それ以上にこの歴史・地理の教師を憎んでいた。したがってこれ以上屈辱の種を増やさないために、何も見なかったふりをして二人の横を通り過ぎた。

「廊下で携帯電話を使用することは禁止されているんですよ！」

「マッシュルームカットも禁止ですか？」

サロメは懲罰委員会の決定により一週間の停学になった。その間に、サロメの〈マッシュルームカットも禁止ですか？〉というセリフは皆にもてはやされるようになった。モードもライバルの厚顔ぶりに魅了され、彼女のために停学の理由を大々的に触れ回ってやった。結局のところ、この二人が最初から親友になるべく定められていたことは明らかだった。したがって口実はともあれ、サロメが学校に戻ってくると、とくに大きな驚きもなく二人は親友になった。そして実際のところ、それはちょうどよいタイミングだった。というのも、モードにとっては思春期のもっとも辛い局面を乗り切らなければいけない時だったからだ。ヴァンサンがモードとの関係に終わりを告げたばかりだったのだ。

破局の後は、二人はぴたりと行き来をやめ、一年間口もきかなかった。ヴァンサンはいつもイヴァンと一緒に過ごし、〈ヴァンズとヴァンス〉というカップルのようなあだ名まで手に入れた。モードとサロメの二人も、いつも一緒にいるようになっていた。男子二人が高校に上がると、女子二人は中学校で絶大な権力をふるった。全クラスのヒエラルキーの中で、二人の上に立つ者は誰もいなかった。二人にとってはつまらないくらいだった。幸いなことにその年、グレッグ・アントナがモードとサロメのデュオに加わった。二人は、グレッグのことは親しくはないものの以前から知っていた。そしてそのひねくれた性格や当意即妙の才を高く評価していた。だがその時点では、グレッグの仲間入りが自分たちにとってどれほど欠かせないものになるのかは、想像できていなかった。グレッグは単なる毒舌家ではなかった。人間の弱点や異常、欠陥を探知する能力に長けていた。人の服装の間違いや身体的欠陥、長年にわたって身にしみついた癖や特徴を探しだすことができた。またこうした素質に加えて、テイラー・スウィフト、マイリー・サイラス、ロード、ファースト・エイド・キットのファンで、憧れのカップルはケイト・モスとピート・ドハーティだというくらいに教養があった。以降、サロメはグレッグの見た目を改善するために、髪の一部を染めて青いメッシュを作ってやった。それがグレッグのトレードマークになった。モードとサロメ、グレッグの三人は、三つの頭を持つ怪獣ギドラのように、中学校でさらに大きな力を持つようになった。そして、弱いものを慄《おのの》かせ、強いものを鼻先であしらい、それ以外の者のあらゆる称賛を集めていった。

モードがヴァンサンたちと和解し、比較的均質なグループを形成することになったのは、イヴァンとサロメがベッドを共にするようになったことがきっかけだった。それによって、ヴァンサンとモードはお互いを避けることができなくなった。だが二人の過ぎ去った恋は友情を育てる腐植土となり、双方ともにそこからメリットを得ることができた。モードが高校に入学したての時には、すでに確立されていたヴァンサンの人気のおかげで、自分の人気を確実に継続することができた。いっぽうヴァンサンのほうは成人年齢に移行する過渡期で、不安定な砂の城の中にあって心の休まる場所を必要としていた。ヴァンサンにとってモードは幼なじみであり、童貞を失った時の相手であり、今は心を許せる親友だった。そして人生で唯一の確かな指標だった。ヴァンサンとイヴァンにとって、グレッグを受け入れるのはもう少し難しかった。ユーモアのセンスもそれほど評価できなかった。それでもしだいにその存在に慣れ、やがてまったく気にならなくなった。

イヴァンはサロメと数カ月間付き合ったが、それが間違いだったことに気がついた。サロメはイヴァンを〈赤ちゃん〉と呼び、一緒に過ごす時間が少ないとか、フェイスブック上で二人の関係を公表してくれないといってイヴァンを責めた。別れることができればすべてはもっと簡単だったかもしれない。だがイヴァンには、出口がないように思えた。自分の手を彼女の手に絡めながらぶらぶらさせなければならず、彼女からの電話に出なければならず、耐え難いと思いながらも彼女の部屋以外のあらゆる場所に出向くことを強制されているように感じた。それにたとえ彼女の部屋であったとしても、あふれそうなクローゼットに向かって開いたドアを見ると胃が痛くなった。そこでイヴァンは、ほっとしたいと思い、同じ時期にドゥニーズ＝ヴェルネ高校の女子生徒とも寝るようになった。だがイヴァンが本当にほっとした瞬間は、サロメがそのことを知った時だった。サロメは彼女流のやり方で——二週間のあいだ、いちおう面と向かってイヴァンを罵《ののし》った後で——イヴァンの元を去った。そして中学四年生の終わりに、サロメはヴァンサンと付き合い始めた。ヴァンサンは良心の呵責を感じたが、イヴァンは祝福した。というのも、サロメは本当はヴァンサンを好きなのではないかと以前から疑っていたからだ。こうして、グループ内では状況がややこしくなり始めた。誰と誰が友だちで、誰と誰が元カップルなのか、はては誰は誰に気があるのか、まったくわからなくなってしまった。ヴァンサンとサロメのカップルは、長くは続かなかったが円満に別れた。そして別れた後も、友だちとして一緒に寝ることがよくあった。

　イヴァンのほうは、その後、くつろぎたいという気持ちから同時に複数の女性と付き合い始めた。六カ月ほどの間は、〈トーイ〉の一人と真剣に付き合っていたこともある。だがしだいに、自分は仲間が思っているとおりの、ステレオタイプの人間になってしまったと感じるようになっていった。つまり、女や酒の問題を抱え、仲間からは自分のいないところで陰口をたたかれながらも支えられている男、というわけだ。〈まったく、ちきしょう！〉イヴァンはヴァンサンの大学入学資格試験《バカロレア》の合格を祝い、一人で酔っぱらった。ヴァンサンの栄誉をたたえて盛大に——自分は試験に落ちたのだからなおさらだ——。イヴァンの父親は〈ＭＭエクストレーム〉という名の〈観光とスポーツによって日常からの脱出を図る〉会社を経営していた（ＭＭとは〈海（Ｍｅｒ）と山（Ｍｏｎｔａｇｎｅ）〉のことで、看板に描かれたロゴマーク——頂上に雪を頂いたＭという文字と青いさざ波——を見ればはっきりとわかる）。イヴァンが試験に落ちると、父親は息子に数日間続けて屋外で夜を過ごさせ、その後で二十四時間近く眠らせた。それから素手でベッドをひっくり返し、床の上でマットレスの下敷きになっているイヴァンに向かって、自分と一緒に働かないかと〈提案〉した。その時になって、イヴァンはやっと自分の本当の気持ちに気がついた。自分には、本当に大学で勉強を続けるつもりはまったくなかったのだと。だから大学入学資格試験《バカロレア》は、自分にとっては何の意味もないのだと。イヴァンは、親友がいなくなった高校にもう一年残って時間を無駄にするつもりはなかった。自分を置いてここからいなくなるヴァンサンを恨む気持ちにはなれなかったが、いっぽうで、自分はヴァンサンの脱出計画の仲間として招かれてはいないのだという印象をぬぐい去ることができなかった。だが結局のところ、イヴァンはこれまで、外の世界に憧れるヴァンサンの気持ちをともに分かち合ったことは一度もなかった。自分はずっとこの町で生きていく定めなのだと感じていたのだ。

　彼女たちもいずれはこの町を出ていく。そうなるのも時間の問題だ。イヴァンはそう考え、モードとサロメとの関係を断ち切ろうと決心した。ひと夏の間はそう決心したままがんばれたはずだった。モードが〈MMエクストレーム〉までやってきたりしなければ。モードはいつもよりきれいに化粧をして、〈何か変わったことでもないかと思って〉イヴァンを訪ねてきた。八月の終わりだった。モードたちは高校三年生の新学期に向けて準備をしている最中で、イヴァンは父親が有期職能契約で雇った受付嬢と関係を持っていた。イヴァンは、すべてうまくいっている、仕事が忙しすぎて外出する時間がないだけだ、と言ってモードを安心させた。モードは「わかったわ、ヴァンズ。いいようにして」と答えた。次の土曜日の夜、イヴァンはセナリオムに飲みに出かけた。久しぶりに皆から〈ヴァンズ〉と呼ばれ、イヴァンは懐かしさのあまりモードを連れて帰宅した。

イヴァンは、モードには一度も手を出したことがなかった。一つ目の理由は、彼女がヴァンサンにとってもっとも大切な女性だったからであり、二つ目はイヴァンが信義に厚かったからだ。だが本当はそれだけではなかった。モードは、イヴァンが軽蔑していたすべてを体現している存在だったからだ。熱烈な映画ファンであること、副詞を乱用すること、山岳道路をスケートボードで滑り降りる娘たちの写真にジェーン・オースティンの引用を張りつけること、彼女の部屋が散らかっているように見えて実は計算されつくしていること、塩入りのプール、塩素アレルギー、衣類をドライクリーニングにしか出さないこと、フェミニスト的な信念、成績優秀であること、手入れの行き届いた髪、セクシュアリティに関する〈ポジティブ〉な態度、麦の穂型や滝型や冠型の三つ編み、絹モスリンのショートパンツ、その生地を、セナリオムでばか高いシャンパンボトルを頼んで飲み干しながら自慢すること、自分が何をしているのかちゃんとわかってやっていること。〈モスリン〉だなんて、なんておかしな名前の布なんだ……イヴァンはそんな布など引き裂いてやりたくなったが、それも見透かされているような気がした。モードが人前で作りだす完璧ともいえる幻影が、これまでいつも二人の間の障害になっていた。モードが自分に自信を持っていることも、イヴァンには我慢ならなかった……。もちろん、こんなことを言っても誰もまじめに聞いてくれるはずがないということは、イヴァンにもわかっていた。そして二人の間の本当の障害はモードの自己評価の高さではなく、モードのイヴァンに対する評価の低さだということもわかっていた。この数年間仲間として過ごす中で、モードはイヴァンを容認してきた。そして時間とともに、イヴァンに好感を持つようになった。モードはけっしてイヴァンに助言しなかったし、可能性を無駄にしているなどと非難することもなかった。モードはイヴァンを批判しない代わりに、人生に踏みこんでくることもなかった。イヴァンにもともと備わっている自滅的な傾向が、彼女に無関心な態度をとらせたのかもしれない。彼女はいつも目の中に、くたばりたいのならくたばればいい、とでもいうような挑発的な光をたたえてイヴァンを見ていた。たとえそうなっても、一週間の予定表の何一つ変更することはないとでもいうように。そんなモードが、〈MMエクストレーム〉までイヴァンに会いにやってきたのだ。いつもの尊大さは影を潜め、イヴァンが中に入れてやらないでいると、失望を隠そうともしないで帰っていった。イヴァンがセナリオムに来たのを見て顔を輝かせ、カウンターでイヴァンの腕にそっと触れてきた。なみなみと注いだイヴァンのグラスから酒を飲み、イヴァンがテラスに出ると一緒に来てタバコを吸い、酔っぱらってうずうずした様子でイヴァンを見つめた。車はどこに停めたのかと訊きながら手でイヴァンを引っぱり、イヴァンの古いおんぼろのボルボに乗りこんだ。道中一言も口をきかず、ドアの前まで来ても気が変わらなかった。マリファナタバコや靴下の臭い、閉めきった部屋の臭気をかがされても、何もコメントしなかった。そしてスプリング付きのマットレスの上に自分で仰向けに寝転がった。この時、こうしたモードの態度のすべてを見た時、イヴァンは思った。二人の間にあった無関心やよそよそしさは、結局、彼女の尊大な態度が引き起こしたものではなく、自分の恐れが引き起こしたものなのだと。理想の女性を得ようとするなら、自分もそのレベルに到達する必要がある。その事実を突きつけられるのが怖かったのだ。しばらくの間、イヴァンは自分がモード・アルトーと付き合うという考えを受け入れようと試みた。

正直なところ、そうできると思った。二人でやっていくことができる、彼女を幸せにすることができる。なぜなら彼女は幸せそうにしているからだ。そしてイヴァンは、人生で初めて、ヴァンサンより優位に立った気がした。自分よりハンサムで、自分より裕福で、自分より才能があって、自分より人から愛されているヴァンサン。人生のカードを選び直すことができるのなら、自分はヴァンサンになるカードを選んだだろうし、ヴァンサンの人生を生きるためにいかさまだってしただろう。ヴァンサン。二度と得ることのできないただ一人の同志。そして、振り返ることなくイラレーヌを出ていった友。

ヴァンサンが二人の関係をすぐに認めたかというと、そういうわけではなかった。モードはヴァンサンにとって妹のような存在になっていた。そしてこの世の中に、自分の妹をまかせたくない男がいるとすれば、それがイヴァンだった。ヴァンサンが二人の関係を知ったのは、すでに二人が付き合い始めてしばらくたった時だった。親友の顔を殴りつけてやったら少しは気が晴れるかもしれないと思ったが、そのためには列車に乗って出かけなければならない。ヴァンサンは新しく見知らぬ街に越してきて、自分にとっては静かすぎる部屋を借りて落ち着いたところだった。せめて、かかってくる電話を無視してやりたいと思ったが、イヴァンは電話をかけてこなかった。ヴァンサンは、故郷の町や友だちとの絆を断ち切ってしまいたくなった。イヴァンが自分のことを簡単に人生から消し去ることができるというのなら、自分だって同じことができるはずだ。モードからは、ハロウィーンパーティーの招待が届いていた。万聖節の休暇にはイラレーヌに帰省する予定だったが、ヴァンサンはモードに返信しなかった。モードが七歳の時に母親が企画した第一回の仮装パーティー。その時からずっと、ヴァンサンはモードの家でハロウィーンを祝ってきた。だが今回は、そこには足を踏み入れない――ヴァンサンはそう自分に誓った。

モードがその話題を持ちだそうとすると、イヴァンはいつも話をさえぎった。モードは、自分が解決しようとすると二人の関係をかえって悪化させてしまうかもしれないと感じていた。だが今回は自分にとって、十八歳になる前の最後のハロウィーンパーティーなのだ。学年末には大学入学資格試験《バカロレア》があるし、今度は自分がイラレーヌを離れることになる。パーティーが和解の機会になってもならなくても、ヴァンサンが参加しないなどというのはあり得なかった。ヴァンサンがグルノーブルから帰省したその日、モードは自分の車を運転してヴァンサンの説得に向かった。十二回に一回しか返信のないスナップチャットでのやり取りにはもううんざりだった。サロメもしつこくヴァンサンに連絡を取っていたが、要求はすべて却下されたらしく、新しい情報を得ようとモードに何度もメッセージを送ってきていた。反対車線に飛びだして対向車にぶつかったのは、まさにサロメに返信していた時だった。モードは、対向車の運転手がこちらの車線を逆走してきたと皆に嘘をついた（保険会社はその話を真に受けなかったが）。だがこの件に関しては、もし自分が病院の救急に搬送されなければ、ヴァンサンが歩み寄ることはなかっただろうとほぼ確信していた。ヴァンサンがパーティーにやってきたのを見て、モードはほっとした。そして思ったとおり、和解に時間はかからなかった。ヴァンサンとイヴァンは殴り合い、罵り合い、二人でビールを一杯飲み、さらに六、七杯飲み、そしてこの世で最高の親友に戻った。ある意味では、ガランスが正式にこのグループのメンバーになったのは、この夜のことだった。この後に起こったことはすべてガランスのせいだということができる。つまり、そういうふうにとればということだが。あるいは、ガランスに起こったことはすべて、彼ら全員のせいだということもできる。いろいろと複雑なのだ。

ヴァンサンがイヴァンの部屋に住み着いて以降、彼らはこれまででもっとも曖昧模糊《あいまいもこ》とした時を過ごすようになった。数週間後にはグループの誰もが、部外者の存在を許すことができなくなっていた。授業を受けたり、セナリオムに飲みにいったり、スナップチャットにストーリーを投稿したり、何かのふりをしたり、そういうことのためには非常な努力が必要になる。彼らには今や、ただ一つの目的しかなかった。六人だけで、イヴァンの二部屋の住居の中にこもっていることだ。皆はそれぞれ別々にこの部屋までやってきた。示し合わせたわけではなかったが、高校の門の前で待ち合わせをしたり校庭のプラタナスの木立の下に集まったりするのをやめた。自分たちの秘密を漏らさないようにするため、行動の変化も必要になった。お互いが学校の廊下ですれ違った時も、いつもと変わらないふりをした。最低限いつもどおりに振る舞うことは労力を必要としたが、他人の目にふつうに見えることは不可欠だった。とはいえ、他の人間はもう、彼らにとってまったく現実味を持っていなかったのだが。彼らは外の世界——凡庸な規範に束縛され、まったく意味を持たない世界——にはまったく関心がなくなった。そしてもっと遠いところを見ていた。自分ではこういう人間だと思っていたのに、その自分を変えてしまうような体験がある。するともう後戻りはできない。再びかつての自分になることはできない。その人物はもう存在しないからだ。モード、イヴァン、サロメ、グレッグ、ヴァンサン、ガランスは溶け合って一つになった。何をもってしても、もう彼らを引き離すことはできないだろう。六人が作り上げたのは家族であり、群れであり、ただ一つの集合体だ。六人はそれぞれが個人として存在することを諦めた。だがこれから先ももっともっと、その必要がある限り何度も、すべてを失うことだろう。そこに到達するために、ためらうことなく。イヴァンの住居は、皆にとって新たな幽霊屋敷になり、全員がそこで時間を持て余した。彼らにとってぴったりの場所だった。この世の終わりまで、ここで退屈していることができそうだった。

「退屈だなあ」時折サロメが口に出す。

「ああ」イヴァンが同意する。

「何かしないと」グレッグが提案する。

「最悪だ」ヴァンサンが言う。

長い沈黙。

「それで、何かするの？　それともしないの？」突然の質問。ガランスだ。

「ちくしょう！　たしかに、うんざりするほど退屈だ！」状況は認識されているが役には立たない。

「じゃあ、出かけようか？」これまでで一番前向きな提案。

「映画館に行く？」現実味のない計画。

「遠くないし、歩いていけるよ」鼓舞しようとする試み。

もちろん、映画館には行かない。

「うんざりさせること言わないでよ」モードが口を開く。

誰もが長い長い沈黙に耐える。そしてまた始まる。

「退屈だなあ」

それは本当だった。彼らは退屈していた。たぶん誰にも理解できない。どのくらい彼らが退屈していたのかは。

2016年2月

コンクリート平屋建ての建物を目にしてガランスはがっかりした。周囲も野原ではなく、今にも工業地区に飲みこまれそうな寂しい空き地だ。遠くのほうには工業地区の看板が見える。キュイジネッラ、アルミニウム・スュッド、トップ・カー、ブリコラマ……。ここは使われなくなった工場の別館だと仲間から聞いてはいたが、想像していた幽霊屋敷のイメージを払拭するために、実際に自分の目で建物を見てみたいと思っていた。たぶんアスベストが詰まっているであろう正面の外壁は滑らかで、壁に四角い穴が開いているのは、かつてポリ塩化ビニル《PVC》製のスライド式窓があった場所に違いない。建物に入ってみると、外よりも中のほうが寒かった。天井を走る配管の残骸からはダクトが垂れ下がっている。床のコンクリートには亀裂が入り、そこから小便臭い雑草が生えていた。割れた瓶の破片も散乱し、踏まないよう注意しなければならなかった。その時、車のエンジン音が入り口の前で止まった。男性陣が到着したようだ。モードは少し離れた場所に車を停めていた。廃工場前の舗装されていない土の上に駐車して自分のシャトネを汚したくなかったからだ。イヴァンはそんなことにはかまわず自分の車で工場の前まで乗りつけたので、車はひどく汚れてしまった。男性陣は各自一パックのビールを運びこみながら、中の寒さに、ダウンジャケットを着こみ始めた。屋内空間が非常に大きいので、入り口を入ってくるヴァンサンたちの姿はとても小さく見えた。室内には、大きな錆びついた鉄製のドラム缶が二つと、シラミがわいていそうなソファーが一つあった。隅には組み立てられたキャンプ用のテントもある。中が空っぽならいいのだけれど、とガランスは思った。サロメがソファーに向かい、ヴァンサンとイヴァンの間に座った。こうして仲間は二つに分かれた。いっぽうは真菌症にかかることなど恐れないグループ。もういっぽうは立ったままでいるほうがましだと考えるモードとグレッグ、ガランスのグループだ。

イヴァンがライターを使ってビール瓶の栓を順番に抜いていく。ガランスは周囲を見渡しながら、自分はここに来るのが遅すぎたのだと感じた。他のメンバーは、この場所になんとか活気を取り戻そうとしている――本当に取り戻せるとは彼ら自身も思っていないだろうが。もうこの場所には興奮がなかった。かつて彼らがここで分かち合った興奮が。彼らの語る話がガランスの中に生みだした興奮が。幽霊屋敷は彼らの過去の物語であって、以前と同じように語ることはもう不可能に思えた。かつての幽霊屋敷は壮大で、危険で、人を巻きこみ、どこか遠いところに、隠れるように存在していた。それがどうだ。今この建物は、空港のロータリー手前の国道沿いにあって、若者からもホームレスからも見向きもされず、不動産開発業者も欲しがらない。少しは不動産価値が上がって、誰かが解体してくれることを待っているようなありさまだ。現実は彼らを裏切った。皆の思い出を奪い、それを嘘に変えた。そして突然、皆が同時に気づく。精霊を呼びだしたり物語を創作したりすることはもう自分たちにはできないのだと。皆の声が室内に虚ろに響き渡る。サロメが何かを言う。イヴァンが二本目のビールに手をつける。モードが凍えそうだと文句を言う。ヴァンサンは快活に話をした。なぜなら、もし会話を終わらせてしまえば、もし皆が黙りこんでしまえば、もし沈黙に耳を澄ますようになれば、本当のことがわかってしまうだろうから。存在しないのは〈幽霊〉のほうではなく、〈屋敷〉のほうだということが。つまり〈家〉など存在しないのだということが――。

ガランスは、自分にはもう何の感情もないと思っていた。だがそれは嘘だ。たしかに、世間知らずな憧れの気持ちはもうない。昔から抱いていた恋のイメージをヴァンサンは打ち砕いた。運命の恋。相思相愛。苦悩とは無縁の恋。まったくそうはならなかった！　だがヴァンサンへの恋心は、以前の憧れを引きずったまままどんどん異常なほど大きくなっていった。その根源は元をたどれば、ヴァンサンから与えられた苦しみであり、仕返しとして彼にも苦しみを与えてやりたいという気持ちにあった。そして、それはさらに大きくなっていった。ガランスは、これ以上ないほどヴァンサンを愛した。そして、これ以上ないほどサロメを憎んだ。サロメはソファーの上に仰向けに寝転がり、両足を曲げ、頭をヴァンサンの太ももに預けていた。ヴァンサンは、サロメの透きとおるようなブロンドの髪を撫でている。サロメのせいでイヴァンはソファーの端に追いやられていた。けっして心の内を見せてはいけない、とガランスは思った。嫉妬心を隠し、二人を見ると引きつってしまう顔の筋肉をちゃんと制御するのだ。なぜなら、自分が耐え忍んでいる思いに二人が気づかない限り、自分は幸福よりもずっと大切なものを守ることができるからだ。それは自分のイメージだ。何よりもプライドを大切にするのは母親譲りかもしれない。自信がなくなればなくなるほど、ガランスは二人の目に映る自分をよく見せたかった。すべてうまくいっていると信じさせたかった。堂々として非の打ち所のない自分の姿を見せつけたかった。屈辱を受けたからこそ、ガランスは自分の理想像に固執した。それを信じることができるのはもう自分以外の人間しかいないのだが。

グレッグが、建物の中を見学に行こうとガランスを誘った。皆がここに集まっていた時期には、グレッグもまだこのグループの仲間ではなかった。ガランスは他のメンバーから離れ、グレッグと一緒に行動することにした。グレッグの後ろを歩いていくにつれて、背後で皆の声がしだいに小さくなる。二人は、断続的に間仕切りが並ぶ迷路のような場所を歩いていった。かつては通路だった場所だろう。外はまだ明るくものもはっきり見えたが、グレッグはいちおうアイフォンのライトを点灯して進んだ。壁と壁の間を風が通り抜け、ガラスのかけらを踏むたびに床が軋む。やがて二人は、他の部屋よりも小さな部屋の中に入った。すると、壁に開いた四角い穴の真ん中から、半透明の月が半分顔を出していた。二人が立っている位置から見ると、月はコンクリートの壁と残っている窓枠に縁どられ、まるで額縁に入った絵のようだ。とても美しい。

「どこに行くの?」イヴァンの声が聞こえた。

「車の中。寒いんだもん!」

駐車場の上空は紫に色づいている。ガランスとグレッグが壁の穴に近づいてみると、建物から足早に出てくるモードと、それを追うイヴァンの姿が見えた。

「どうしたのかな?」ガランスが訊いた。

「喧嘩したんだろう。いつものことさ」グレッグが答える。「カップルっていうのはめんどくさいよな」

「アハハ……。懐疑的な人間は独り身を選ぶことになる。それ、あたしたち!」

「わかってるね。いつも人の人間関係にアドバイスしているのに、自分の遺産を猫に残すことになるやつ、それぼくだ……」

「自分に合う人が見つからない、見つかるのは自分を欲しくない人ばっかりっていう人、それあたし!」

「恋愛を信じていない、恋はホルモンの補充に過ぎないから、それなのにロマンティック・コメディーをストリーミングで見て暇つぶしてるやつ、それぼくだ!」

「それから……」

「ああ、もういいよ、やめよう。きみはもうすぐファッションモデルになるんだから」

まさに今朝、エリート・モデル・ルックコンテストの招集状が届いていた。だがガランスはもう、自信がなくなっていた。ヴァンサンが自分を選ばなかったのだから、審査員も自分を選ばないだろう。そこでもサロメが勝つに違いない。三月十二日に、〈身分証明書を携帯のうえ〉イゾラの正面入り口に行ったところで、どうにもなりはしないのだ。きっとこう言われるだけだ――〈マドモワゼル、おいでくださってありがとう。ですが、あなたは参加できません。あまりにまぶたが大きすぎるので、残念ですが……〉。グレッグに話したらきっと面白がることだろう。ガランスは、グレッグが自分に近づいてきたような気がした。だが思い過ごしかもしれない。念のため、横を向いておくことにした。気づかないうちに風が吹きこんでいる。ガランスはかつては窓だった壁の穴から外をのぞき、暗がりの中にモードとイヴァンの姿を探した。駐車場にも夜の帳《とばり》が下りていた。

「二人はどこ？　見えないんだけど」

「いつも仲直りは車の中でしてるんじゃないの？」

「……もう戻ろうよ」

帰りは通路が暗くなっていたので、ガランスも携帯電話のライトを付けて歩いた。人の声はいっさい聞こえてこなかった。静寂の理由は、二人が部屋に戻った時にわかった。サロメとヴァンサンがソファーで抱き合い、キスしているところだったのだ。グレッグは何も言わずにビールのパックが置いてあった場所に向かい、残っていたビール二本を手に取った。ガランスはソファーから離れた場所に立ち、二人のほうを見ないよう必死に努力した。戻ってきたグレッグがビールを差しだしたが、ガランスは断った。グループの中で栓抜きを使わずに瓶ビールの栓を開けられるのはイヴァンだけだったが、グレッグはとりあえずガソリン缶の鉄の箍《たが》の上に瓶の口金を引っかけて抜こうと試みた。ヴァンサンとサロメはその騒音を気にする様子もなかったが、やがてガランスが二人をじっと見ていることに気がついた。サロメはガランスから視線をそらさなかった。

その時、ヴァンサンが頭を動かしてガランスに合図をした。ガランスは自分ではその意味を理解したと思ったが、本当にそういう意味なのか自信が持てなかった。そして迷ったままその場に立ち尽くした。

「こっちへおいで」ヴァンサンが命じた。ガランスは従った。二人がいるソファーまで、身体が自動操縦で動いていった。ヴァンサンは自分の右側の空いている場所を指し示した。ガランスは座った。そして目の前の暗闇を見つめた。グレッグがあいかわらずビールの栓を開けようとしている。錆びた鉄に口金が当たる小さな衝撃音がリズミカルに響く。壁際を影が走った。たぶんネズミだろう。ガランスはまっすぐ前を見つめ続けた。するとヴァンサンが手を伸ばし、ガランスの頬に押し当てた。そしてゆっくりと、ガランスの顔を自分のほうに向けた。ガランスは脳みそがしびれたようになって何も考えることができなかったが、彼が自分にキスしようとしていることはわかった。そして、まるで千年続くかのような……。

「くそっ!」瓶が割れる音がした。グレッグのアイフォンの光線が、最後のビール――ガランスがいらないと断った一本――を探して部屋中を照らしだす。

ガランスは目を閉じた。イヴァンの部屋のバスルームで初めてキスされた時、ガランスは喜びしか感じなかった。だが今回はそれだけでなく、欲求を感じていた。だがこの二回目のキスは、ガランスにとってまったく満足できるものではなかった。ヴァンサンの唇がガランスの唇を離れ、次にサロメの唇を覆った時、ガランスは二人が自分なしで交わしているキスの味をもかみしめた。そして自分の番を待った。グレッグの姿は半分暗闇の中に消えている。グレッグに自分を悪く思って欲しくない、わかってくれるといいのだが、とガランスは思った。それに、今この瞬間にモードとイヴァンが戻ってきたとしても、もうどう思われようと怖くはないに違いない。彼らが思うであろうことは、すでに自分でもそう思っているのだから。自分が受け入れたことは、良くないことだ。ヴァンサンは自分を選んでくれなかったのに、自分のほうは、身を任せている。自分はすべてを捧げ、ヴァンサンは自分を半分奪った。だが、そんなことはどうでもいいのだ。ヴァンサンが再びガランスのほうを振り向いた。キスはさらに激しさを増した。ガランスは自分が爆発してしまうのではないかと思った。幸せではちきれそうだった。サロメと自分の間を行ったり来たりするたびにヴァンサンの存在はどんどん大きくなり、彼が放つ光は増幅され、三人全員を包みこんだ。しばらくするとヴァンサンがソファーの背にもたれて後ろに下がった。サロメもガランスも、ヴァンサンが何を待っているのかがわかった……。サロメの顔とガランスの顔が近づく……。サロメは目を見開いたままガランスを見つめた。ガランスのほうはまぶたを閉じたまま、女の子の舌は男の子の舌より柔らかいようだと思った。その柔らかさで、ガランスは多くのことを理解した。サロメと張り合おうとするなんて、ヴァンサンに復讐し、自分も不幸になろうとするなんて、まったくばかげている。嫉妬心がたどる道は破滅の道だ。目に見えないカーテンは、風もなく動いた。結局物事は、起こるべくして起こったのだ。蝶番《ちょうつがい》一つでぶら下がっている壊れそうな鎧戸のある、数階建ての、廃墟のような古い木造の屋敷の中では、あらかじめ物事が定められているのと同じように。

小学生の制服を着てリュックサックを背負い、頭には悪魔の角、手には二股に分かれた尻尾。壁に貼られたエーシー《AC》／ディーシー《DC》のポスターの中で、かつての若者がしかめ面をしているが、もう誰も気に留めていない。

「……風船を膨らませてそれで息をするんだ。ヘリウムを吸って二酸化炭素を吐きだす。そして今度は混ざった空気を吸いこむ」

グレッグは爪先でキャスター付きの椅子を動かし、ヴァンサンが差しだしたマリファナタバコを受け取ろうと、広げたソファーベッドのそばに寄った。懐疑的な表情をしている。

「でも酸素が不足してると感じたら風船を放すだろう？　反射的にそうするよ」

「だからだよ。ヘリウムはパニックになるのを防ぐんだ」

ガランスは話を半分しか聞いていなかった。ソファーベッドの上で隣に寝ころぶヴァンサンの横顔に、全神経を奪われていた。鼻のライン、波打つような唇、隆起したあご、そして、盛りあがってまた低くなる喉ぼとけまでをガランスは目で追った。さらにその視線を、鎖骨の上のくぼみに滑りこませ、ゆっくりと首を通過させて耳のカーブまでもっていく。ガランスは今ここにいるのが、昔体育館のバスケットボールコートで遠くからシュートを決めていたのと同じ人だとは信じられなかった。ハロウィーンの夜、仮装した大勢の人の中から見つけたヴァンサンの姿。それがイヴァンの家への扉を開いた。上半身裸で迫ってきたヴァンサン。奇襲をかけられたバスルームは彼の青い目の色に染まっていた。幽霊屋敷で顔を近づけてきたヴァンサン。サロメとのキスですでに湿っていたヴァンサンの唇は暗がりの中で光っていた。そして肌のきめがまるで顕微鏡をのぞいたようにくっきりと見えるまで、さらに顔を近づけてきた。これまでの思い出が積み重なり、すべてがヴァンサンの顔の上に長いズームのように重なって見えた。

「とにかく、屋根の上から飛び降りるほうが簡単だな。ヴァニーナ・ランクリみたいに」

「それはわからないな。彼女はよかったけど、それだと死に損なうかもしれないぞ。目が覚めたらまだ生きていて、手足が麻痺しているとかさ。それはやばいだろ」

ヴァンサンはより楽な体勢を求めて身体を動かした。ガランスは待ち構えていたようにクッションをつかみ、彼の腰の下に置いた。予期せぬ行動にヴァンサンは予定外のありがとうの言葉をつぶやいた。ガランスはそのつもりだったわけではないが、今後は彼に奉仕するという使命を果たそうと決めた。

「確実に死にたければ二十四階から飛び降りなきゃだめなんだってさ」

「なんだいそれは？」

「何かで読んだんだ。それに、地面にぶつかる六メートル前に意識を失うらしいよ。つまり苦しまなくてもすむってことだ」

「そりゃいいや、うまく二十四階建てのビルをイラレーヌで探すんだな……」

「なんて町だ。ここじゃあ自殺もできないなんて」

グレッグはマリファナタバコをサロメに渡した。サロメは一度煙を吸いこむと、先が赤くなっているタバコの残りを口の中に戻し、手でシャボン玉を作るようにしてヴァンサンの唇の間に煙を吹きこんだ。

「じゃあ、ラファエル・ランクリがおれたちを皆殺しにするのを待つしかないってことだな……」

「ハハ、だからモードはあいつをパーティーに呼んだんだな！　絶対にそうだ！　事件を予知したのさ。もしあいつがいつか切れて暴れまわっても、モードは勘弁してもらうというわけだ」

「中学の頃に聴いてた歌、なんていったっけ？　学校で銃をぶっぱなすやつ」

「『パンプト・アップ・キックス《Pumped Up Kicks》』でしょ！」

　サロメは自分のプレイリストの中にその曲を歌うフォスター・ザ・ピープルの名を見つけ、イヤホンの片方をガランスに渡した。ガランスはヴァンサンのこめかみの上に指でくるくると渦巻きを描いていた。ヴァンサンはガランスの指の下でくつろぎ、もう何もためらうことなく、左にガランス、右にサロメを置いて二人に身をゆだねている。サロメとガランスは使い古した白いイヤホンコードでVの字につながったが、コードが短いので、引っぱってしまわないようにさらに近づいた。イヤホンから音楽が流れてくる。

　ヴァンサンは警戒心もなくくつろいだ様子で、頭を後ろに倒して目を半分閉じた。ガランスとサロメはそれぞれ両脇でヴァンサンのほうを向いて横になっている。ヴァンサンがまぶたを上げて二人を交互に見た。サロメはタバコのフィルターを再びヴァンサンの唇に持っていく。ヴァンサンがそれを吸いこむ時の瞳を見れば、サロメとガランスは自分たちがヴァンサンに対していかに力を持っているかを知ることができた。ガランスは灰が落ちる寸前に灰皿を差しだした。まるでミサで使う容器のように恭《うやうや》しく。いったいどうしてこのように献身的な気持ちになるのか自分でもわからなかったが、ガランスは喜びに酔いしれ、我を忘れた。これほどまでに心が満たされたことはこれまで一度もなかった。サロメが、ヴァンサンの首すじに自分の唇を押しつける。ヴァンサンは目を閉じ、女性二人の競うような献身に満足し身を任せている。

「なんか腹が痛いな」椅子をくるくる回しながらグレッグがつぶやいた。

「何か食べたほうがいいのかもよ！」突然モードの声が響き渡った。

皆ははっとした。いきなり隣の部屋から話しかけられたからではなく、言われたことがまさにそのとおりだったからだ。皆昼食をとることを忘れていた。だがガランスは空腹を感じなかった。たしかに胃の収縮は感じていたが、食べたからといってそれが治るとは思えなかった。それに、誰にそんな時間があるというのだろうか？　サロメの指がヴァンサンのシャツのボタンを外し始めていた。ガランスは様子をうかがいながらその流れについていく。指でヴァンサンの胸筋に触れ、肌の上を滑らせ、撫で、優しく引っかく。サロメは、臍《へそ》からその上へと舌でなぞる。二人は儀式のようにすべての動作を遂行する。二人がつけていたイヤホンはどさくさに紛れてどこかにいってしまった。ヴァンサンの舌がガランスの口の中に入り、次にサロメの口に、再びガランスの口に入る。この終わりのないキスを毎日繰り返す……。ガランスとサロメはヴァンサンを分け合っているのではない。一方はもう一方から何かを奪ってなどいない。ガランスとサロメは、二人が彼に与えている喜びを、二人で共有しているのだ。

「寝室に行ったほうがいいんじゃないの？」マリファナタバコの残りを回収しながらグレッグが言った。

「ふさがってるんだよ」ヴァンサンが答える。

「来ていいわよ。明け渡すから」壁の向こうからモードが声をかけた。

ヴァンサンが立ちあがると、まくれ上がっていたシャツが翼のようにふわりと落ちた。サロメがヴァンサンを引っぱり、ヴァンサンはもう一方の手をガランスに差しだした。床の上に落ちたイヤホンが、外には聞こえてこない音楽に呼応して震えている。三人が手をつないで隣の部屋のベッドに行くと、イヴァンが両手両足を十字に伸ばして寝ころび、陣地を死守しているところだった。

「ほら、あたしはお腹がすいたの！　ほら行くわよ……」

しつこく繰り返すモードに抵抗し、イヴァンはモードを引き寄せた。モードは再びベッドの上に倒れこみ、二人は抱き合いながら転がった。モードの耳元でイヴァンが何かささやき、モードが笑う。そして「ばかね」と言う。イヴァンは羽根布団を持ちあげ、自分たちの頭の上にテントのようにかぶせる。サロメがベッドに腰かけ、Tシャツを脱ぎながらヴァンサンを誘った。ガランスは立ったままでいた。躊躇したわけではないが、この先どうしたらいいのかわからなかったからだ。ヴァンサンがサロメの上に身をかがめた。ガランスは少し離れて、恋敵の上にアラベスクをした男性の身体が覆いかぶさるのを待った。ベッドの上にはサロメの透きとおるような金色の髪が広がっている。やがて羽根布団が二人を飲みこんだ。出ているのは足だけで、それもぼんやりとしている。しばらくするとぼんやりとしたうねりの中からヴァンサンが抜けだし、ガランスのほうを向いてベッドの端に座った。そしてガランスのスキニージーンズのファスナーを下ろし、Tシャツを脱がせようとした。ガランスはおとなしく両手を上げた。ヴァンサンが、ブラジャーのホックを外しながらガランスの胸元にキスをする。できるものなら彼にもっと多くを与えたい、とガランスは思った。この身体だけでは足りない。彼が生みだし続ける愛をすべて受け入れるには、もっと大きな身体が必要だ。多すぎるのだ。この愛の量は多すぎる。たった一人の人間では受け止めきれない。これまで、こんなに人を好きになったことはなかった。耐えることのできる限度を超えている。この後も生きていくことができるのか、ガランスにはもうわからなかった。ヴァンサンがスニーカーを脱いでこすり合わせる。ガランスは彼の足下にひざまずき、ジーンズと靴下を脱ぐのを手伝った。ヴァンサンの青い目がじっとそれを見守っている。ガランスは彼がどうするつもりなのかと考えた。ヴァンサンがガランスの唇に近づく。その時、壁にグレッグの影があらわれ、同時にモードが羽根布団から這いだした。羽根布団はそのまま床に落ち、イヴァンとサロメが裸で抱き合っているのがまる見えになった。モードの華奢《きゃしゃ》な輪郭が立ちあがり、グレッグの影を手でつかむ。寝室のドアが閉まり、居間から差していた一筋の光が消えた。暗闇の中にサロメの笑い声が広がる。イヴァンが後ろからサロメの髪を持ちあげてうなじにキスをする。グレッグとモードも彼らと一緒にぐちゃぐちゃのベッドの中に潜りこむ。目を閉じるともう誰のものだかわからないいくつもの手。その手による接触が際限なく続いていった。

壁の一角が見える。暗い。斜めに差しこんだ光が拡散する。また暗闇。方向の定まらない何本もの水平な線。

暗い。

ガランスは、暗闇から抜けだすのを邪魔し、身体を動かすのを邪魔する邪悪な力と戦っている。脊椎は麻痺して動かない。わずかに目を開けることができた。遠くに窓が見える。部屋は上下逆さまで不安定な均衡を保っている。やっとここが自分の部屋だとわかる。机、クローゼット、昨夜閉め忘れたカーテン。指には羽根布団を触っている感触がある。落ち着くんだ。指は動かせる。ちゃんと自分の指だ。突然、羽根布団が波打つように動き始める。そして緑色に反射し始める。まるで海のように……。波が押し寄せ、海が部屋を飲みこむ。部屋は色あせ、溶けて黒くなる。暗闇の中で、ガランスは再び罠の中に落ちてゆく。

コーヒーメーカーの音で、ガランスは目が覚めた。今度は本当に眠りから目覚めた。夜中の嫌な感覚がまだ張りついている。ガランスはそれを振りはらおうと気力を奮い立たせた。もう思いだしたくない。だが、悪夢は手を緩めない。分裂し、またどこか別の心のでこぼこにくっつき、意識の割れ目に垂れ下がる。コーヒーメーカーの音が神経を逆なでした。食器棚を開ける音も聞こえる。こんなに明るいなんてふつうじゃない。いったい今日は何曜日なんだろう。考えてみたが、昨日の日付を思いだすこともできないし、手を伸ばして携帯電話をつかむ気力もない。コーヒーメーカーの音が止んだ。

ガランスは何か恐ろしいものが体内に入りこんできたのを感じた。黒く、汚く、強力な空気の流れが、蛇の形をとってするすると身体の中に滑りこみ、真実を告げる。

そうだ、自分が追いはらおうとしていたのは夢の断片ではない。昨夜の記憶だ！　ガランスはベッドから飛び起きた。そして鏡の中でその記憶を捕まえようとした。早く！　思ったとおりだ。鏡の中の自分を見ればそれがはっきりとわかった。

ガランスは鼻が触れるほど鏡に近づき、後ろに下がったり、向きを変えたり、振り返ったりした。自分の姿をきちんととらえて、客観的な目でこれまでとの違いを判断しようと思ったのだ。だが、母が鍵穴からのぞいているかもしれないという考えが——突飛な考えが——頭に浮かび、この確認作業は途中でやめた。裸足のまま、ガランスは自分の部屋を出て台所に向かった。

母は、目の前に飲み終わったコーヒーカップを置いてテーブルの前に座っていた。そして、朝食用にミューズリーのシリアルを買ってあるからとガランスに伝えた。ガランスは冷蔵庫を開けて牛乳を探したが、気が変わった。突然、新しいものを試してみたい欲求に駆られ、自分でコーヒーをいれることにした。毎朝母が自分の前でコーヒーメーカーを使っているにもかかわらずその使い方がわからなかったが、手伝ってもらわなくてもなんとかなるだろう、とガランスは思った。コーヒーのカプセルはホルダーの中にたくさんある。一つ取ってどこかにセットすればいいはずだ……。でもどっち向きに？　母は口出しせずに黙って見守っている。これは驚くべきことだった。なぜなら、娘が何か初めてのことをする時は、必ず禁止しなくてはいられない性格だったからだ。

「こっちに来て座らない？」

コーヒーメーカーが音をたて始めた。ガランスはそばにいて何が起こるのか見ていたかったが、母の声には、そうしてはいけないと思わせるような響きがあった。しかたなくガランスは母の前に座った。

「……今年は、あなたにはソロの踊りはありません」

ガランスは返事をしなかった。一つには、このうるさい音は本当にエスプレッソを作るために必要なのだろうか、それとも機械が爆発する寸前なのだろうか、と考えていたからだ。

「もう全然努力していないでしょう……。スタジオにもふてくされた顔でやってくるし、決まったレッスン以外にあなたが自分で練習しているのを一度も見たことがないわ。去年より宿題が多くなったなんて言わないでよ。ジャズのレッスンだってわざとやめたでしょ！　あなたはダンスの時間を週に八時間から四時間に減らしたけれど、それじゃあ、やっていないのと同じなの。ダンスのレッスンが四時間だなんて、ガランス、それじゃあ全然だめなのよ」

よそ見をしていいような場合ではなかったが、熱々のコーヒーが噴射されて小さなカップが一杯になるのを見るのはとてもいいものだ……。

「いったいどういうわけか、説明してくれる？」

「……」

「ガランス？」

「何もないよ」

「コンテストのせいなの？　もしコンテストのせいでのぼせているのなら、参加するのは禁止します。コンテストのほうがバレエの公演会より大切だというのなら……」

「違うよ。コンテストのほうが大切なんじゃないよ」

「じゃあ、どういうことなの？　話してちょうだい！」

「……」

「アンシェヌマンだってもう覚えていないでしょう……。簡単すぎるくらいの動きなのに！　それにブリゼは？　以前はブリゼはできていたでしょう？……そうじゃなかった？」

最後の最後になって、突然母の声が穏やかになった。良い兆候ではない。ガランスは続きを待ったが、母は黙ったままだった。その間にもコーヒーはどんどん冷めていく……。

「スアドにはソロを踊ってもらいます」やっと母が口を開いた。

「ガムザッティの役？」

「スアドは本当にがんばって練習していたのよ。その努力には報いないといけないわ」

母は娘が傷つくのではないかと心配していたのだ、ということにガランスは気がついた。自分がソロを踊れないことも、スアドがソロを踊ることも、そんなのはどうでもいいことなのだと母が知っていたらよかったのに……。再び沈黙が訪れた。ガランスはその間にコーヒーを取りにいった。

「あなたたち、何かあったの？」

「ないよ」

「そのせいでいらいらしているの？」

「全然そんなんじゃないよ」

「ガランス、もし仲たがいしているのなら、教えてちょうだい」

「仲たがいなんかしてないよ」

〈スアドをうちに招いたらどうかしら……〉〈二人一組になりなさい。ガランスはスアドと組んで……〉母はスアドが〈コリフェ〉に登録したその時から、彼女に目をつけていた。ガランスと同い年で、完璧主義で、礼儀正しく、従順な、これ以上は望めないような子どもだった。母がスアドの母親のカヒナ・アマールと親しくしていたのも、自分たちを仲良くさせるためだったのだろうか？ 突然、すべてがはっきりした。中学校に入学した時も、二人が同じクラスになれるよう母が手を尽くしたに違いない。ガランスは何も気づいていなかったが、母はあらゆる機会を利用して、自分のお気に入りの生徒と娘との友情を作りあげてきたのだ。今の仲間たちと出会うまでは、自分の人生はずっと母によって振り付けされていたのだ。ガランスはコーヒーを飲み、カップの丸いラインの上から母親を観察した。すると、誰か知らない人を見ているような気がしてきた。母はまったくの見ず知らずの人のようだった。自分はやりたいようにする、誰と付き合うかはもう自分で決める、などと答える必要さえ感じなかった。ガランスは黙っていた。そして我慢しながらコーヒーを飲んだ。一口一口、香りに意識を集中させて。味は吐き気を催すほどひどかったから。慣れなければ、とガランスは思った。毎朝コーヒーを飲むことにしよう、もうバージンじゃないんだから。

三つ編みが、隣の女子生徒の背中で波打っている。そのウナギのような動きをガランスはぼんやりと眺めた。ウナギはガランスを海中の深い場所へと連れていき、そして遠ざかる。ガランスは下降海流《ダウンカレント》につかまり、深海へと吸いこまれる。酸素がなくなる。苦し紛れに唾を飲みこむが、追加された分子はなかなか効果を発揮しない。冬の太陽が教室の窓に照りつけていた。だがガランスはもう温かさを感じない。光が届かない深海では、海洋生物は役立たずになった器官を持たなくなる。たとえば目が退化し、その代わりに周波数を感知して位置を確認する。どのような波ももう音を伝えることはなく、水温は零度に近い。深く沈むにつれて水流は圧縮されていき、水圧がこめかみや鼓膜を圧迫する。何かを連打する音がする。ガランスは水面に浮かびあがった。英語の教師が自分の頭蓋骨に穴を開けようとしているのかと思った。教師はチョークで黒板に字を書きなぐっていた。このままでは、自分はすぐにふにゃふにゃになってしまう――昼休みに脳みそに染みこんだエタノールの量を考えれば、すごくふにゃふにゃに……。

教師が繰りだす言葉の意味はわからなかったが、その抑揚からは、ガランスにも漠然とした意味が伝わってきた。ちゃんとは理解できていないにしても、少なくともそこには外の世界との接点があり、周囲の人々のある種の知性を感じ、自分が今教室にいることを自覚できるという意味があった。教室で気持ち悪くならないためのコツは、学校に戻る前に吐くことだ。吐いておけば、それほど苦労なく授業を受けることができる。最初の頃は、そんなことをしたら通行人に指をさされるのではないかと恐れていた。イヴァンの家から学校に戻る道中は、いつもアルコールの影響で花火のように目を瞬《しばた》いていた。他の仲間より目立たないようにと思っていたが、いずれにしても、そのうち全員学校から追いだされるに違いないとガランスは思っていた。

　グレッグは空腹になるといろいろな表情を見せるが、人をばかにしたような雰囲気がすべてに共通する特徴だ。酒を飲み始めると顔を歪め、長々と調子はずれの声を出したり、断続的に甲高い声をあげたりする。それが笑っているのだと気がつくまでにかなり時間がかかる。アルコールが入るとグレッグは見苦しくなる……。サロメはその逆だ。飲めば飲むほど光り輝く。肌はほてり、目はきらめき、頬はとろけるようで、とても幸せそうに見える。あるいは本当は不幸せなのかもしれないが、サロメについては本当のところはわからない。モードの外見の変化はもっと控えめだ。だが飲むともろくなって、つまらないことで泣きそうになったり、実際に泣いたりする。たいていはイヴァンのことが原因だが、何を非難しているのかははっきりしない。イヴァンが実際にしたことではなく、これからするかもしれないとモードが予想していることが原因になっている。モードはもうすぐ大学入学資格試験《バカロレア》を受けてこの町を出ていくことになるが、イヴァンは一緒には行かない。モードは未来のことを嘆き悲しむ。自分たちには未来がない、それなのにイヴァンはそれをどうでもいいと思っている、と……。モードがいつも同じことを繰り返し、イヴァンが無視する。モードが挑発し、イヴァンが黙る。イヴァンは他の誰も飲めないほど大量のアルコールをがぶ飲みするが、わめき散らすようなことはいっさいない。ブラックホールだ。自分が感じたことはすべて心の奥にしまいこむ。まるで自分の気持ちは漏らしてはいけない光だとでもいうように。ヴァンサンはまったく違うタイプだ。酔っぱらうと人の三、四倍の場所をとる。ヴァンサンの肘と膝はいつも会話の中心にある。腕を大きく動かすジェスチャーで人のスペースを侵食し、大きすぎる声で近すぎる距離から話しかける。そして酔いつぶれる。こうして昼食の時間に眠りにつき、日が暮れて仲間が再び学校から戻ってくると目を覚ます。

仲間の全員が服従し、そして皆を一つにできる一番大きな力はアルコールだった。というのも六人は今、愛よりも友情よりも執拗にまとわりつく感情を共有していたからだ。罪悪感だ。ガランスはいつかこの代償を払わなければならないとわかっていた。それに、罰は外から来るのではないということもわかった。今はもう高校を追いだされるかもしれないとか、母親に告げ口されるかもしれないということは心配していなかった。なぜなら何かに気がついている人は一人もいないからだ。午後の授業すべてに酔ったまま出席することだってできる。カシスのチューインガムと、どこにでも持ち歩くライチの化粧水のスプレーがあれば充分だ。うとうとしていても、ぼおっと宙を見ていても、人はガランスが疲れているせいだと思う。あるいはそう思うことさえない。そんなことには興味も関心もないのだ。人から話しかけられても集中できないことに、いったい誰が気づくだろう？　自分の内側の世界に沈みこもうとしていることに、誰が気づくというのだ？　そう、自分は沈みかかっているのに人は何も見ていないのだ！　ガランスはずっと、自分は皆の注目の的だと信じていた。だが実際には皆の視線は、自分というものが始まるまさにその地点で止まっていた。ガランスはもう、姿が消える直前の点滅状態でさえない。すでに人から見えない存在になっているのだ。ガランスも目を閉じさえすればよかった。そうすれば転落のスピードは速まり、人の期待からとても遠い場所に誘《いざな》われる。学校の塀は、もう実際に内と外とを隔てる壁ではない。授業の時間割は、もう時を区切る合図ではない。授業に出席しようが欠席しようが、まったく同じことだ。午後じゅうずっとベッドの上に裸で寝そべって過ごし、現実との接点を失ってしまうとしても、それを止めるものがあるだろうか？　ガランスにはもう時間割もなく、束縛もなく、タブーもなく、従うべき命令もなかった。それこそが、ガランスにとっての罰だった。底がない、という罰だ。虚無には終わりというものがない。ガランスは自分の心の内に、思ってもみなかった虚無というものが存在していることを発見した。そして、酒とセックスに浸ることによって、これまで自分の生活の一貫性を保証していたすべての法則が、実は幻想だったということを学んだ。自分の欲望はすべてまがいものだったということを、自分の身体の分子は分割されて時間の粒子になるということを、熟慮すべきことなどもう何もないということを、今現在いかに追い詰められていようがたいしたことではないということを学んだのだ。

授業の終了を告げるベルが耳の中でガンガン鳴り響いた。地球より自分の頭のほうが重いのにと思いながらガランスは立ちあがった。そして荷物をまとめ、校門のそばまでたどり着いた。門の前は、急いで外に出ようとする一年B組の三十五人の生徒たちで混雑していた。

ドアを叩く音に、最初に気がついたのはグレッグだった。グレッグはすぐに仲間に知らせた。音はしだいに大きくなり、その音に追い立てられるように全員があたふたと動き回る。床には居間から寝室まで点々と衣類が散乱していたが、まずは各自どれが自分のものなのかを見つけなくてはならない。同じ場所を探して歩き、ソファーのクッションを持ちあげ、ベッドの下をのぞく。動転して取り違えたり、とりあえず最初に手に取ったものを自分のものにすることもできるが、それでは誰か別の人を裸にしておくことになるうえ、今は個人主義を発揮している場合ではない。適当に拾い集められたTシャツやスカート、ショーツなどが持ち主に向かって投げ返され、部屋の中を飛び交う。ガランスは自分のワンピースをつかむとセーターを着るように身に着けた。ボタンも背中のファスナーも閉める暇がなかった。とうとうドアが開いた。その瞬間、見るに堪える格好になっていたのはガランスただ一人だった。そのガランスにしても下着はつけていないし、だいいちどこに自分の下着があるのかもわからなかったが、そんなことは誰一人知る由もなかった。他のメンバーは皆身支度の途中で立ちすくんだ。モードは服は着たものの裸足だった。サロメはTシャツにタイツ姿で、目の下に化粧の残骸が張りついている。グレッグとイヴァンは上半身裸。ヴァンサンはなんとかシャツのボタンを留めて靴下をはくことができたがそこで時間切れ。下はまだトランクス姿だった。ドアが開く前に自分のジーンズがローテーブルの陰の床の上に落ちているのを見つけたのだが、時すでに遅くその瞬間に錠が回り、ドアが開いたのだった。居間にヴァンサンの母親が入ってきた。イヴァンの父親も一緒だ。ドアを開けたのはイヴァンの父親だった。皆眠りこんでいたのでインターフォンの呼び出し音が聞こえなかったのだ。部屋に入ってきた二人は、叫ぶことも叱責することもなかった。おそらくは、この状況を理解するのに時間を要したからに違いない。子どもたちの側も弁解しなかった。六人は黙っていた。どちらの側も一言も言葉を発しなかった。だが親の側にはない連帯が六人の側にはあった。ヴァンサンの母親は息子の視線を避けるように下を向いた。部屋に充満する臭いが耐え難かったのだろう。ここで何がおこなわれていたかをはっきり示す臭いだった。その時、何かが六人の側をめがけて飛んできた。イヴァンがすんでのところでよけた。父親がイヴァンの頭をめがけて投げつけた鍵の束だった。父親はしんと静まりかえった部屋の中を横切った。モードが叫び声をあげる。その声に重なるように父親がイヴァンを殴りつける鈍い音が聞こえた。イヴァンは両腕を盾にして身を守り、サロメが割って入ろうとした。グレッグとガランスは身動きしなかった。今はイヴァンが叱責を受けているが、自分たちの番が来るかもしれないと思うと怖かった。ヴァンサンの母親が顔を上げた。生気のない、嫌悪感をたたえた青い目がガランスの視線と交わる。母親は踵《きびす》を返して出ていった。ヴァンサンはジーンズをはき、ひもも結ばずにスニーカーを履いたが、ひどく手間取った。サロメがイヴァンの父親に押し返されてソファーの上に倒れた。父親はさらにイヴァンの肩や背中、頭に向かって、握ったこぶしをハンマーのように振り下ろす。モードがうめき声を出した。グレッグとガランスは手を取り合った。ヴァンサンが母親を追いかけて建物の階段を下りていく足音が聞こえた。ドアは開いたままだ。

最初にドアが開いた時から初めて、一言だけ言葉が発せられた。イヴァンの父親が叩くのをやめて言った。

「出ていけ」

サロメはその言葉が繰り返されるのを待たずに外に出た。グレッグとガランスも後に続き、手を取り合ったまま一緒にドアに向かう。モードはまず靴を探してから命令に従った。ヴァンサンはすでに建物の外に出て、走りだした母親の車を捕まえようとしていた。ガランスはグレッグとともに門を走って通り抜けた。どこに行ったらいいかは自分でもわからなかった。イヴァンの父親から充分に距離が離れたら止まってもいいだろう。マージやサンドロ、コントワー・デ・コトニエの店の、つまらない装飾のショーウィンドーの前を通過し、モノプリのシャッターや人のいないバーのテラスを通り過ぎてから、ガランスは初めて後ろを振り返った。ヴァンサンが道路の真ん中に突っ立っていた。道路を通る車はまったくない。日曜日の午後はいつもそうだ。まるで、災難があって町じゅうが緊急避難したかのようだった。ただしこの町の災難というのは、他の人々にとっての災難とは少々異なる。イラレーヌでは店が閉まると、人々は家から出る理由がなくなってしまうのだ。

モード・アルトーがグループ〈ずっと六人〉を作成しました
モード・アルトーがサロメ・グランジュをグループに追加しました
モード・アルトーがグレッグ・アントナをグループに追加しました
モード・アルトーがガランス・ソログブをグループに追加しました
モード・アルトーがヴァンサン・ダゴルヌをグループに追加しました

モード・アルトー
だれかイヴァンのニュース知らない？

グレッグ・アントナ
携帯とりかえしたんだね！

モード・アルトー
ちがう

モード・アルトー
携帯はずっとパパのオフィスにある😇

モード・アルトー
S－Mカードをとりだして古い携帯に入れたの
サロメ・グランジュ
👏👏👏
モード・アルトー
だれかMMエクストレームへ行ってイヴァンが元気か見てきてくれない？
モード・アルトー
ずっと電話してるのにいつも留守電なのよ
ヴァンサン・ダゴルヌ
おれが行くよ
モード・アルトー
ヴァンサンは無理でしょ、明らかに
グレッグ・アントナ
雪の中を四駆で走るツアーとかなかったっけ？　休みの間に
モード・アルトー
ちょっとだけ見にいけない？　もう四日間もメッセージがこないなんてふつうじゃないし。
ぜったいトラブルになってるんだと思う
サロメ・グランジュ
あたしとしては、あの父親にまた出くわすのはごめんって感じなんだよね
グレッグ・アントナ

心配ないよ。父親がイヴァンを山の仕事に送りだしてるだけさ

ヴァンサン・ダゴルヌ

それとも病院送りにしてるとか

モード・アルトー

黙りなさいヴァンス

モード・アルトー

そういえばヴァンスのお母さん🚮

モード・アルトー

うちの母親になんて言ったのか知らないけど、おかげであたしは母の子どもじゃなくて人質みたいになってるのよ

モード・アルトー

もう車もなくなっちゃったし

グレッグ・アントナ

え？

モード・アルトー

ガレージから消えちゃったの。ママが売ったんだと思う

サロメ・グランジュ

😢

ヴァンサン・ダゴルヌ

イヴァンの父親が話したのかもしれないだろ。うちは、母親が親父に部屋の賃貸借契約の話

をしたかどうかさえわからないんだ。おれにグルノーブル行きの列車の切符をとってくれて、それでおしまいだ

サロメ・グランジュ

ヴァンス、みんながいないとさみしいって白状しなさい

ヴァンサン・ダゴルヌ

おれだってずっと罪深い生活ばかりしていられないからねベイビー。社会に有用な人間になるという野心も持ってるんだぞ

ヴァンサン・ダゴルヌ

女のあそこをぱくつくか、まじめに必修科目の入門コースにとりくんで遅れをとりもどすか、おれの選択は決まった

ヴァンサン・ダゴルヌ

とても有用な講義だ。しっかりと記憶した。おれたちはみな人生において責務があるのだ🙏

サロメ・グランジュ

😚

ヴァンサン・ダゴルヌ

目標。遅れを挽回する講義十キログラム、そして来年やりなおす四科目、さらに復活祭の時に、親父が見つけてきたスポーツマーケティング会社でのインターンシップ

サロメ・グランジュ

復活祭には帰ってこないの？　本気？

モード・アルトー

だ、れ、が、MMに、行ってく、れ、る、の？

サロメ・グランジュ

モード、ほんとうに、あたしは無理

モード・アルトー

ガランスは？　グレッグは？

グレッグ・アントナ

ガランスだな

モード・アルトー

ガランス？　いないの？

ガランスは横に転がってソファーから滑り降り、何かつまむものでも探そうと足を引きずりながら歩いた。ほとんど動く気力が出なかった。仲間が解散させられて以降、ずっとパジャマを着たままだ。昼間からベッドで寝る時も、その前に服を脱いで着替える必要がないのだからずっと便利だ。毎晩十二時間寝ても寝足りない。日に何度も眠気に襲われ、砂に埋もれるようにまどろみの中にはまりこむ。そしてなかなかそこから抜けだすことができない。それ以外の時間も、必ずしも目覚めているわけではない。横になることのできる家具があればその上に倒れこみ、内容は覚えていないが白昼夢の中を次から次へとさまよう。入浴時もお湯がぬるくなるまで長く入って、自分の倦怠感がちょうどいい温度になるのを待つ。あの日以来、血液の循環さえもがゆっくりになったような気がする。ヴァンサンが流刑になり、モードが囚われの身になり、誰一人イヴァンに連絡が取れなくなったあの日以来。認めるかどうかは別にしても、報いを受けた者とうまく切り抜けた者との間に断裂が生じたような気がしていた。グレッグもサロメも、ガランス自身も、罰を受けなかった。自分たちの親に連絡した人はいなかった。ガランスは、自分が誰だかわからなかったのだと思いほっとした。ヴァンサンの母親にはこれまで一度も会ったことがなかったし、イヴァンの父親にいたっては、あの時ガランスの存在にさえ気がついていなかったのではないか。あれからもう五日がたった。もし誰かがガランスの母親に密告するつもりなら、もうとっくにしているはずだ。ガランスは、もうないだろうと思った頃に降りかかってくることをずっと恐れていた。恐れというのは心身を消耗させるものだ。本当に……。しばらくすると、ガランスは疲労しか感じなくなっていた。

なんとか台所まで行ったものの何を取りにきたのか思いだせず、ガランスは戸棚を開け、そしてすぐに閉めた。一つ一つの動作が、まるで鎮静剤でも服用しているかのようにきつく感じられる。残っているわずかな力は、他の場所に、いったん目覚めてしまえばもうたどり着くことのできない場所に、振り向けられている。他の仲間も同じような状態にあるのだろうか？　サロメがメッセージを送ってくる時間を見て、きっと眠れないのだろうとガランスは思った。モードからは連絡がなかった。ガランスは想像してみた。あの丘の上の、デジタルロック付きの高級住宅の中に、監視カメラ付きの屋敷の中に、閉じこめられているモード。きっと鍵をかけられたきれいな部屋の中にいる……。モードは、人に真相を知られてしまうかもしれないと恐れる両親によって自由を奪われ、サロメは不眠症になり、ガランスは憂愁に閉ざされている。三人とも冬休みが始まってからは、目を開けたまま眠っているのと同じことだ。

ガランスは冷蔵庫の中の豆電球を見つめた。なぜ冷蔵庫を開けたのかは自分でもわからない。ガランスはドアを閉めた。が、またすぐに開けた。中に携帯電話が見えたような気がしたからだ。蛍光ピンクのケースに入った携帯電話が、豆乳パックの横に置かれていた。画面は真っ黒だ。なぜ携帯電話が冷蔵庫の中にあるのか、いったいいつから入っているのかはわからないが、バッテリー切れになるには充分だ。低温でだめになっていなければいいが……。ガランスは応急処置をしようと、けっこうなスピードで自分の部屋に向かった。ナイトテーブル脇のコンセントに充電器が接続されている。そのコードを引っぱり、携帯につなぐ。バッテリーのアイコンがあらわれた。蘇生にはもう少し時間がかかったが、しばらくして非常に長い一連のメッセージの通知が画面に表示された。

次から次へと速いスピードで表示されていくのですべてを読むことはできなかったが、その中にヴァンサンの名前が見えた！　そしてモードの名前も——ということは、モードは自分の携帯を取り戻したということだ！　ガランスはワッツアップに接続した。そこでの会話を遅ればせながら読んでいると、別のアプリの通知が表示された。サロメが今度はスナップチャットで、二つ目のグループを作ったところだった。そのグループに招かれているのは二人だけ、ガランスとヴァンサンだけだ。

salomensalopette
それでどうなってるの？　もうあたしたちに二度と顔をみせないとか？
V_i_n_c_e
一緒にグルノーブルに来るといい
salomensalopette
やめてよ行っちゃうから。ここはつまんない
salomensalopette
ガランスはどう？
salomensalopette
家出するか
garancesollogoub
たいへんだ
V_i_n_c_e

待ってるよ

salomensalopette
📷

salomensalopette
📷

salomensalopette
📷

salomensalopette
📷

V_i_n_c_e
🩶🥊

salomensalopette
📷

salomensalopette
📷

V_i_n_c_e
🔞🚨🚑

ガランスは仰向けに寝ころがり、サロメが送ってきた数枚のストリップまがいの写真を表示させた。血液が血管の中を勢いよく巡り始めるにつれて、身体は夢うつつの状態から抜けだした。だがそれは穏やかな目覚めではなく、欲求不満の覚醒だった。ガランスは自分の内側に潜んでいた切迫した欲求に気がついた。そして死人の肌のように自分を包みこんでいるパジャマを脱ぎ捨てた。心の奥に秘められていたものは、眠っている間はうまく隠されていた。だがガランスは今、自分がすっかり覚醒したことを感じていた。そして、自分をなだめることのできる方法が頭の中に浮かび、その思いはどんどん強くなった。携帯電話は次々に他の通知を表示し続けていたが、ガランスはカメラのアプリを開いた。ビデオを自撮りモードに設定し、まずは画面に自分の裸の乳房を映して観察した。それからクローズアップで乳頭を映す。携帯を遠ざけるとちょうどいいサイズになった。さらに携帯のカメラを腹部へ、そして臍《へそ》へと下げ、足を開く。ガランスは一本の指で録画ボタンを押した。そして別の指で、あるものを探した。無気力な夢うつつの状態の時には、そこから遠ざけられていた。そして感覚も消えてしまっていた。ガランスはその場所を探した。画面を片手で操作して録画を終了し、アドレス帳から〈サロメ・グランジュ〉と〈ヴァンサン・ダゴルヌ〉を選んで印を付ける。そしてビデオの送信ボタンを押した。返信を待つ間、ガランスは携帯電話を恥骨に押しつけ、骨盤をすばやく前後に動かした。連続する震えがガランスを宙の果てに駆り立てる。身体の中で振動が反響する。やがて揺れの間隔があき、ガランスはゆっくりと倒れこんだ。長い時間をかけて、断崖の底に。そこで眠りに落ちた。

2016年3月

2016年3月

みんなこんにちは。お待たせしました。今週も動画を撮る時間がなくて、まあこれもたしかに動画なんだけど、今回はあたしの話はしないつもりです。というのは、今、あるプロジェクトを計画中で、それについては次回お話しするんですけど、その前にみんなの意見を聞かせてもらいたいので、次回のサプライズをだいなしにしない程度に、情報をお伝えしようと思います。さて、もうタイトルを読んでわかったと思いますが、コードネームは〈ピザプロジェクト〉です。このプロジェクトはまもなく実現予定で、つまりあたしの次回の動画でどういう内容かわかるということなんですけど、配信の正確な日にちはまだお楽しみということではっきり言うことができません。だいたい一週間くらいでネットにあげられると思います。それを見てもらえれば、もし興味があって参加してくれる場合には、どういうプロジェクトに参加していたのかがわかるようになっています。参加してくれる人はこのプレ動画を見て、できるだけ多くの人に知ってもらえるように、〈いいね!〉をつけてくださいね。またはコメント欄に、ピザについて思っていることを書いてくれてもいいです。みんなの意見を聞かせてください。ピザとの関係や、なぜあなたにとってピザが大切なのかを教えてね。それから、誰か四角いピザを見たことがある？　みんなでその話もしたいと思ってます。その他の参加方法としては、金銭的な面でのサポートがあります。というのは、これは本当のお金を必要とする本当のプロジェクトなんです。プロジェクトには千ユーロが必要です。ですからオンライン上にリーチ（ウェブ上で集金・管理をおこなうサービス）の集金ボックスを作りました。インフォバーにリンクを張っておきますね。もしみんながそれぞれ三十サンチームずつでも出してくれたら目的を達成することができるし、出してくれたお金が無駄になることはない、ということは言っておきたいと思います。というわけですが、質問があってもコメント欄には書かないでくださいね。というのも、今はすぐには返事ができないので。そのかわり来週また見てください。まだ日にちはわからないので、お知らせを受け取りたい場合は登録してね。

La baleine《クジラ》
二〇一六年三月四日
五〇六一回視聴―二十五件のコメント

PhoenixZ4K
人はどうして四角いピザを隠すのか？　理由は明白。地球がピザのように丸いから。そして人間はずっと地球がピザのように平らだと思っていたから

sooobored
@PhoenixZ4K　じゃあピザは回転するの？

PhoenixZ4K
@sooobored　そのとおり

sooobored
@PhoenixZ4K　何の周りを？　どっち向きに？

PhoenixZ4K
@sooobored　時計の針と反対方向に
sooobored
@PhoenixZ4K　なぜ反対方向に？
PhoenixZ4K
@sooobored　そういうものだから。きまりなんだよ
G0ku
@sooobored @PhoenixZ4K　たぶん凡庸なピザはそうかもしれない。でも一つだけの完璧なピザは回転なんかしないんだ。完璧さというのは必然的に不変で不動だからね
RomiRomi
完璧なピザが存在するって誰が証明できるの？
G0ku
それを理解するのに証拠はいらない
D4rkWookie
なるほど。でもそのピザは自分自身を理解できるの？
SeriousRooman
狂ったやつばっかりだな、ここは（笑）
D4rkWookie
もしそのピザに自意識があるなら、ピザは自分のことを考える時に〈わたしは〉と言うのかな？

cerveaureptilien

神は自分のことを考える時に〈わたしは〉と言うのかな？

evrythingsalie

神はピザですか？

Wadou

みんな、ピザの問題点《point pizza》がわかったところで、ポワン《Point》・ピザ《Pizza》でピザを注文しようぜ

zaaqhALØN

こんにちは。お邪魔して申し訳ありませんが、ほんの少しだけお時間をいただいてもよろしいでしょうか？ 全能の神《デュー・トゥ・ピュイッサン》ならぬまるごとピザの神《デュー・トゥ・ピッザン》からお得な知らせがございます

Mathis du Plessis-Prasloup

まったくいまいましいのは、サラミ入りピザがペペロニって呼ばれてることだ。ペペロニっていうのは本当は青ピーマンのことなのに

Yuno

みなさんのおかげで、学業をやめてピザ店を開こうと今決心したところです🙏 競合店との差別化をはかるためのわたしのビジネスプランは何かって？ フィボナッチの業績に敬意を表して螺旋形のピザを作ることです。感謝の気持ちを込めてみなさんをご招待しますよ

Karim Hakim

@Yuno フラクタル図形のピザも作ってよ！

knight1night

@Yuno もし円周率のπ《パイ(Pi-)》型のピザを作ったら、〈ピーピッツァ〉って呼ぶといいよ

knight1night
ピーピッツァだって！　ピッピ、つまりおしっこピザだ！　おれって天才。どうして〈いいね！〉が一つしかないのかな？？？

knight1night
ピーピッツァすげえ、アハハ、笑ってるのがおれだけなんてあり得ないな

knight1night
そうだ、追加のトッピングでモッツァレッラチーズをのせて……ピー・ピッツァッ・ツァ😫😫😫😫

knight1night
よおし、自分のギャクで笑ってやるぞ

ラファエル・ランクリの部屋は、ソレーヌ・ラバルがこれまでに見た中でもっとも整理整頓が行き届き、もっとも清潔な部屋だった。ソレーヌは、この場所を注意深く観察すれば強迫性障害の診断を下すことができるのではないかと思った。シーツはしわ一つなく、ベッドの両端から枕までの距離はまるで定規で測ったようだ。本棚の本はきっちりと並べられ、まず分野ごとに、次にアルファベット順に分類されている。クローゼットの衣類も色別にきれいに整理されている。床は美しく磨かれ光を反射するほど、窓ガラスはあまりにきれいで透きとおっているので、窓にガラスがはまっていないのかと思うほどだ。

「今のところ、デリバリーできるのは二十個ね」ソレーヌが計算結果を告げる。「これじゃまだ足りないな」

「昨日配信されたばかりなんだろ？　きみの動画」

「うん、でもあたしのチャンネルに登録してくれてる人は、ほとんどがもう見てるんだよね。その場でリンクをクリックしない人があとでするってことはあまりないし……。まあ、最悪の場合は、お金は祖母に頼むことにするよ。ラファエルに頼みたいのは――」

「いやだ」ラファエルはソレーヌの言葉をさえぎった。

「あたしが何を言うつもりかまだわからないでしょ」

2016年3月

「どっちにしてもいやだ」

「これはラファエルのアイデアだよ！」

必ずしもそうではなかった。ピザの大量配達はよく知られているいたずらで、ラファエルが正式な考案者というわけではない。ソレーヌは同じ地域に住む他の二人の女性ユーチューバーとともに、ハプニング動画の作成を計画していた。ソレーヌを含むこの太った若い女性三人（一人は黒い肌の女性だ）で、胸を露出してエリート・モデル・ルックコンテストの最中に会場に乗りこみ、やせていることを公式基準としているその大会を告発するというものだ。ところが他の二人の気が変わってしまった。そこでソレーヌはラファエルの意見を求め、ラファエルは一人で行くのはやめたほうがいいと忠告した。忠告はそこまでにしておけばよかったのだが、例のばかげたアイデアが思わず頭の中に浮かんだために、ラファエルはこうしたらどうかと実際に提案した。コンテストの出場者宛てにピザを大量に配達させ、昔からよくあるモデルに対する皮肉――〈モデルに食べ物を与えろ！〉――を表示するというものだ。

「駐車場で配達の人が来るのを待っているだけでいいから。それだけだから。あたしは無理なの。会場の中で動画の撮影をしなきゃいけないから――」

ラファエルは頭を横に振り、もっとも簡潔に拒否の意向を示した。

「どうしてやりたくないの？」

「どうしても」

「それ、回答として説得力があることは認めるけど」

理由なら山ほどあった。一番の理由は、ラファエルにとって、そんなことはまったくどうでもいいことだからだ。雑誌や広告、テレビドラマにおける女性の身体の多様性の表現になど興味はない。

女性が脱毛していようがいまいが、そんなこともどうだっていい。美の強制も健康基準も自分には関係ない。人間は欲情をそそるために食べるのをやめてそのせいで死ぬこともできるし、脂肪で内臓器官を詰まらせてそのせいで死ぬこともできる。いずれにしても、それは明らかにラファエルには関係のない問題だ。もしソレーヌが闘うことによって自分の人生に意味を与えたいと思っているのなら、それは彼女の問題だ。ラファエルには、自分のエネルギーを費やして抗議すべき価値のあるものなど、この世の中には一つもないように思えた……。いったい何に対して抗議するというのだ？　人間の存在が愚かで危ういものであることに対して？　それを否定しようとして皆がそれぞれに、やせすぎたり、食べすぎたり、信条をもったりすることに対して？　この問題については、すでにソレーヌと議論したことがある。だがそれは間違いだった。ほとんどの場合、ソレーヌとは議論しないほうがいい。どんな話題についても、けっしてしないほうがいい。なぜなら、議題がなんであれ――当初は経済や美食学の話、あるいは近年映画などの文化作品がゾンビに傾倒しているという話題を取りあげたのだが――ソレーヌはいつも最後には、フェミニスト的論理に持ちこんでしまうからだ。一見するとほぼ首尾一貫しているように思える論理なのだが、その話は何日も、さらには何週間も続き、少しずつ論点を変えながらいつのまにか自分には反論できない分野にまで移行してしまうのだ。実際彼女はいろいろなことを知っているので（一神教における女性蔑視の問題から、二十世紀において黒人やアジア人女性の美を女性の美の代表とするかどうかの問題にいたるまで）、ついにはその不毛な会話の出発点の議論がなんだったのかを忘れてしまう。そしていったん自分の思考回路を見失うと、一見明白な論理におびき寄せられ、ソレーヌの思考回路に操られ、混乱状態に陥ってしまう。自分自身の白か黒かという価値観にも絡めとられて、ついには負けを認めることになるが、その時には安堵さえ感じることになるのだ。ところが彼女のほうはさらに数カ月後、情け容赦なく新たな反対意見を繰りだしてくる。こちらはもうそれに反駁《はんばく》する力がない。その時には恐怖を感じるようになっているからだ。その恐怖というのはこうだ。自分が死のうとしているまさにその日、自分がいる地球上のどこかの場所にあるどこかの病院のどこかの癌病棟に、六十年間会っていなかったソレーヌ・ラバルが訪ねてくる。最後のサプライズ訪問だ。ソレーヌは意見が対立した時の詳細をずっと記憶していて、こちらが間違っていて彼女が正しかったという最後の証拠を示してこちらの息の根を止めるためにやってくる。自分は死ぬ間際の最後の数時間に、不安定な心の深淵をのぞきこんで恐れおののく。そしてついに認めることになる。自分が世界を見る目は、つねに家父長制の文化に影響され続けてきたのだと。そして、女性の人間性を奪うことが無意識のうちに自分の人生の目的になっていたのだと。

「……精神構造が進化しなくてもあたりまえだと思うの？　いまだに人を外見で判断することがあたりまえ？　西洋社会の女性美崇拝は支配の道具ではないとでも言うつもりなの……」

「そういうことを言おうとしたんじゃないよ」ラファエルは反論した。

「……基準に合致しない女性は皆価値を下げられ、基準に合致する女性は皆物として扱われるんだよ！」

「ソレーヌ。ソレーヌ」

「何よ？」

「息をして」

「それって病的だと思わない？　いつも、どんなことでも、どうでもよくなるのって」

「かかりつけの精神科医に話してみるよ」ラファエルは約束した。

「じゃあ、土曜日は来ないのね？　あたしを手伝うためでも？」

「ぼくには一つも関係ないから」

「でもお姉さんは摂食障害があったんじゃない？」

質問が部屋の中で一瞬長く響き渡った。

「ごめん。そういうつもりじゃなかったの」

「いいんだ……」

「ううん、よくない。あたしはお姉さんを知らなかったんだから。だから……。そういうことを言おうとしたんじゃなくて……。言いたかったのは、モデルみたいになろうとして病院に行かなくちゃいけなくなる女の子たちがいるってことなんだよ……。それから──」

「あれはぼくだったんだ」ラファエルがさえぎるように言った。そして、突然ソレーヌよりももっとすまなそうな表情になった。「きみのユーチューブチャンネルのコメント」

「え？」

ラファエルがなんの話をしているのかソレーヌには理解できなかった。

「あれはぼくだったんだ」

ソレーヌはさらにしばらく考えた。

「どこへ行くの？」ラファエルが訊く。

ソレーヌは上着をリュックサックの中に突っこんだ。筆箱として使っているリュックの外側のポケットが、漏れ出たインクで黒い染みになっている。万年筆しか使わないので、指もインクで汚れていた。ラファエルは言い訳をするのは好きではなかったが、今は何か言わなくてはと思った。いっぽうソレーヌのほうは、ラファエルが後悔していることを疑っていなかった。ひざまずいて自分に許しを請うことだってするのかもしれない。だがそうしたからといって何が変わるというのだろう？　リュックのベルトをつかむと、ソレーヌはリュックを床に引きずりながら外に出た。ラファエルが自分の名を呼ぶ声が聞こえたが振り返らなかった。単に、自分の名前がなんておかしく響くのだろうと思っただけだ。

2016年3月

しつこいフケの問題や膣カンジダ症、肛門周辺の湿疹、アライグマの剝製化に対する異常な関心に悩んでいたとしても、昏睡状態にある女性をレイプしたり六十代の人の角質化した踵《かかと》を甘嚙みしたりすることをずっと夢想していたとしても、あるいは宇宙の誤りによって本来入るべき肉体の中に生まれ変わることができなかったと信じていたとしても、人はインターネットにならそれを話すことができる。そして、誰も自分を裁いたりしない。なぜなら、もうそんなレベルでは人を裁くことができないからだ。それこそがウェブの魅力だ。ウェブ上には、指数関数的に増大する膨大な情報があふれている。くだらない動画も数えきれないほどある。上半身裸の肥満体の子どもが、浴室の鏡の前でセレーナ・ゴメスの昔のヒット曲に合わせてたるんだ脂肪を揺らしながら踊っている。かと思えば下手くそなミュージシャン志望者が、調弦もなっていないギターの弦を一人自分の部屋でかき鳴らし、そのユーチューブチャンネルが予想に反して数百万の再生回数を獲得したりする。あるいは思春期前の子どもがウェブカメラを前にメイクのレッスンをおこない、顔の吹き出物にファンデーションを塗りたくってみせる。猫が単に猫らしくしているだけの動画もある。ふつうであれば誰も見向きもしない光景なのに、ノーベル賞とフィールズ賞を合わせた百年間の全受賞者リストよりも多くのファンを集めたりする。世界的メディアに絶賛されたロック、ラップ、ポップスのグループがファンサイトのコメントで侮辱されたりもする。いつでも一握りのアンチはいるもので、ロック、ラップ、あるいはポップスは昔のほうが良かったと言われたりするのだ。ウェブ上には膨大な数の根拠のない主張、不正確な理論、いわれのない罵詈雑言が散乱し、グーグルには壮大な数の質問が投げかけられる。陰毛の染め方について、皮膚リンパ腫について、観測可能な宇宙の範囲について等々……。訊きたいことはなんでも検索バーに質問するといい。質問しても誰からも裁かれたりしない。自分の排便の様子を動画に撮るといい。誰からも裁かれたりしない。それがインターネットだ。インターネット上では、親友に対しておこなったもっとも卑劣な行為、もっとも下劣な思考やもっとも不健全な妄想、もっともくだらない意見を、他の人からの支持を得ながら告白することができる。他の人というのは、博識な人、無知な人、忠告好きな人、臆病な人、ふさぎこんでいる人、楽天的な人、孤独な人、社会の隅に追いやられている人、形式主義的な人、環境保護派の人、菜食主義の人、不眠症の人、早寝の人、夜更かしの人、夜シャワーを浴びる人、朝シャワーを浴びる人、特定の性的指向を持たずいたるところで単純な基準によって類別されることにうんざりしている人など、ありとあらゆる人々だ。こうした人々がここでは勇気を出し、親指を上に向けることによって積極的に誰かを支持する。そしてまた親指を下に向ける場合も、その行為をおこなうこと自体は認めることになるのだ。人類はついに、その卑劣な行為や、不名誉や、劣等感や、愚劣さの周りに結集するようになった。これこそが、人間に起こったもっとも詩情をそそる出来事だということができる。

無価値なものが大量生産され、それに自由にアクセスできるようになったことは革命的だが、インターネット上にはそれと同量の、別のものも存在する。すばらしいもの、創造的なもの、手つかずの才能、経験、分析、卓越した作品、大学での学術的研究や芸術的研究、あらゆる分野でのイノベーション、あらゆる技術的な偉業を成し遂げるための個別指導、情報、政治・経済・文化ニュース、建設的な意見、すべての事柄の定義（ますます専門化し、つねに疑義を生じては改定されたり時代遅れになったりする）、新しいアイデア、宇宙からの報告等々だ。時が進むにつれて、情報の生産と交換をおこなうこの巨大なデータベースは――すでにバベルの塔よりも高く、アレクサンドリア図書館よりも強勒で、バチカン図書館よりも大きくて民主的なのだが――さらに成長し続ける。何十億という人間が生存中にそのデータベースに提供した情報を融合する作業は、すでに子孫が引き継いでいる。集団や個人の行動、知識、習慣、ユーモア、人間に関する問題提起が集積されたそのデータベースは、瞬時に情報収集し、絶え間なく改定され続け、変わり続ける――生きていると言ってもいい。そしてすべてが網羅された完全なものへと、限りなく近づいていくのだ。

技術の進歩は文明を大きく前進させた。それによって世界の歴史は今後、勝者によって書かれるものではなくなり、インターネットのユーザーによって時々刻々と記録されるものになるだろう。それと同時に、個々人が自分史をリアルタイムで書くことも可能になった。たとえある人の人生が科学や医学、芸術にいっさい影響を与えることがなくても、誰にもなんの関心も引き起こすことがなくても、その人の存在そのものや、その人が自分では成し遂げたと思っていることがあるとすればそれも、今後は世界記憶銀行に記録されるようになるのだ。ラファエル・ランクリは、自分が、日々自分たちの物語を作っていく最初の世代であることを自覚していた。そして記憶を好きなように作りだす最初の世代であることも。そう、ソーシャルネットワークが大変革をもたらした本当の理由はここにある。自分の最良のプロフィールが、0か1という形をとって、永遠に、〈どこかに〉刻まれて残るということなのだ。そしてそれは、今のところ人間が実現可能な〈永遠の命〉にもっとも近いということになる。

ラファエルはいつも、昔はどうだったのかがなかなか想像できないでいた。ラファエルの父親は、こういう話になるといくらでも話し続けることができた。昔は一家に一台固定電話があっただけだとか、意味がわからない言葉は辞書で調べなければならなかったとか、夏休みの旅行のルートは道路地図に印を付けておく必要があったとか、使い捨てカメラのフィルムを現像に出さなければならなかったとか、ビデオカセットはテープを巻き戻しておく必要があったとか……。父親は、自分自身がもう電話に線があった時代のことなど覚えていないのに、今でも時々、誰かに〈電話する〉ことを誰かに〈電話線をつなぐ〉と言うことがあった。また、姿を消してしまった物――ブラウン管テレビ、ビデオテープレコーダー、カセットテープ、フロッピーディスク等々――に対する愛着を抱き続けていた。まるで自分が、世の中に出回る商品の変遷によって時間の流れを知る初めての人間だとでもいうように。ラファエルは、父の言うことは正しいのだろうと思った。インターネット以前の生活が今よりもっと本物でもっと心地よいものだったことは間違いないだろう。だが同時に、人々は今よりずっとまぬけだったに違いないと思う。人間の本性が持つ究極の可能性に無自覚だったに違いない。もし今、同時代人が織りあげたこの世界のネットワークを奪われたとしたら、ラファエルは自分が裸にされたように感じることだろう。自分が脆弱で、無知で、ちっぽけで、能力もなく、不安定で、人から切り離されたように感じるはずだ。致命的状況だ。黎明期《れいめい》の人類より死の危険にさらされているということができるだろう。なぜならインターネットというのは、単なる媒体や手段ではないからだ。それは単なるネットワークでも、情報源でも、娯楽でも、コミュニケーション手段でもない。無限の存在なのだ。それは、多様でいかようにも変化する創造的活動を生みだすことができ、計り知れない可能性をもっている。そしてつねに目的を変化させながら大きく飛躍し続ける。インターネットは、自らの中に自己破壊と自己再生の能力を併せ持った無限の存在なのだ。

そう、だからソーシャルネットワーク上でスタンドプレーをしようが、ウィキペディアで知識をシェアしようが、それは各人の自由だ。だがラファエルは、パソコンやスマートフォンをそういった形で使おうと思ったことは一度もなかった。自分のほうが観客としてすべての人間を見る側にいるのだ。自分はすべてを裁く側なのだ。だが倫理観に基づくわけでも、罰してやろうというわけでもない。ただからかってやりたいだけだ……。自分が楽しむためだけに？そうではない。人間の愚鈍さを昇華させるためだ。人間の凡庸さを、無意味さを、そして自分自身の状況を。こうしたコンテンツを制作している連中には指針がないし、才能も足りない。神もいない。神というのは、冷酷な神のことでも善良な神のことでもない。皮肉な神のことだ。自分がこの神になるには、ユーチューブ動画にコメントを一つ残せばそれで事足りる。その後はまるで、インド洋の津波（ラファエルが生まれた六年後）やベスビオ火山の噴火（ラファエルが生まれる千九百十九年前）の映像を眺めるように、勉強机の椅子にふんぞり返って待っているだけでいい。被害者になった者たちは、まずは反論してくるか、いきなり罵《ののし》ってくるかだ。たまにはそのまま消えることもあるが、時には皆の意見の応酬が始まり、しだいに罵り合いになって炎上する。炎上は数日間、さらには数週間続くこともある……。これが、ラファエルがインターネットの世界に自分の爪痕を残すやり方だ。

こうしたことをやり始めたのは中学校に入学した頃、気候温暖化に関するチャットグループに投稿したのが最初だった。それ以来、ラファエルは多くの人を怒らせ、多くのつまらない会話を芸術作品に仕立てあげ、自分がいなければウェブはこんなに面白くないのではとまで思っていた。ヴィーガン、LGBT、フェミニスト、人種差別の被害者、障がい者など、マイノリティーであると主張するあらゆるグループに攻撃をしかけた。ファット・アクセプタンス運動のことを知ったのは、同じ高校の女子生徒がきっかけだった。ソレーヌ・ラバルだ。ソレーヌがユーチューブチャンネルを開設した時には、すでに誰もが彼女のことを〈クジラ《Baleine》〉というあだ名で呼んでいたので、ソレーヌは堂々とそれをチャンネル名として選択した。ラファエルは個人的にソレーヌに不満があるわけではなかった。不満がないといえば、自分のせいで中学校の全生徒が〈三百〉と呼ぶようになったかつてのクラスメートのことだってなんとも思っていなかった。あの出来事までは、ラファエルには自分が他の人間を傷つけているという自覚はほとんどなかった。インターネットゲノムの命ずるまま自由に表現していただけだ。だが、身近な標的を攻撃することはそれまでとは事情が違った。ダメージが目に見えるからだ。とはいえ、これまでの経験は全体としては満足のいくものであったし、ネット荒らし《トロール》の訓練が見事に完了したということは認めざるを得ないだろう。そしてこのすべての栄光は、匿名でおこなわれた！　中学校の全生徒は一丸となって、誰がリーダーかも知らずに自分に従ったのだ！　ガスパールが転校してしまった時には、もちろん責任を感じた。それほど長い間ではなかったかもしれないが。いずれにしても、もう身近にいる人間を攻撃するつもりはなかった。だから、あの動画を目にしたのもまったくの偶然だったのだ。動画の中で〈クジラ〉は、自分と食べ物の関係について話していた。その時ラファエルは、生物としてのこの生徒の役割は、彼女自身が属しているこの宇宙のすべてを飲みこんでしまうことだという感覚を抱いた。それは確かなことに思われた。いつの日か、ソレーヌ・ラバルは世界を食いつくす。世界を飲みこみ、体内で消化吸収する。そして時空のすべての粒子を、自分の細胞に変換するのだ……。だが〈リアルな世界〉では、ソレーヌはむしろ期待外れだった。たしかに太ってはいたが、特に人目を引くものは何もなかった。高校では、ソレーヌの存在はまったくラファエルの関心を引かなかった。しかしウェブ上での彼女のキャラクターや数千人の登録者の存在がラファエルの心の中の欲求に火を付けた――反応せずにはいられなくなったのだ。ある動画の中でソレーヌが、小学校時代からこれまでに受けた侮辱を思いだしながら十分近く詳しく語ったことがあった。最新の話は、誰かが《その二重あごも忘れずに体育館に持ってこいよ》と言ったことだった。多くの視聴者が慰めや励ましの長いコメントを投稿した。ラファエルは短く〈六重あごだろ〉と書くにとどめた。別の時には、ソレーヌが恥をさらして率直にある報告をしたことがあった。トライが失敗してソレーヌは落ちこんでいたのだが、ラファエルはそこで〈ローヤルゼリーダイエットを試してみれば？〉というアドバイスを披露した。その後もソレーヌのすべての動画に、自分のトレードマークの短いコメントを投稿し続けた。一年が過ぎ、それに飽きたラファエルは、他のサイトに移ってネット荒らしをするようになった。高校三年生で二人はまた同じクラスになった。そして共通の関心事、特に宇宙についての興味が一致していたことから親しくなった。ラファエルは、自分が彼女に対して少々手荒だったことを白状しようと考えていた。そうするのをやめたのは、ソレーヌのほうから先に打ち明けられたからだ。高校一年生の時は、匿名でコメントを残していくある一人の人間のせいで、ほぼ毎晩泣きながら眠りについていた、とソレーヌは語った。かかりつけの精神科医は、ラファエルが〈リアルな世界〉の人々を攻撃し始めたのは姉が自殺した後からだと指摘したが、それは違う。ヴァニーナとはなんの関係もない。ラファエルの本当の問題は、子どもの頃からすでに、自己風刺が自分のユーモアの初期設定《デフォルト》になっていたことだ。したがってラファエルは、そこを出発点として進化し続けてきた。皮肉のレベルは無限ではない。まずラファエルは、もう他人を笑わせようとせず、自分だけが笑うことのできるユーモアの段階に到達する。その後は、他人から理解されることさえ求めない段階にたどり着く。次の段階は人を傷つけることだ。さらに次の段階、そのまた次の段階へと進む。だがそのうちに、それでは満足感が得られないことを漠然と感じるようになる。それでも進み続ける。そのかいあってわかってくることがある。これまで傷つけてきたのは実は自分自身だけだったということに気がつくのだ。そして大笑いする。この時、超越の法則とでもいうべきものが生まれる。ビデオゲームの最終レベルのように、意識が関与できない領域に達するからだ。ここまでくれば、人間のユーモアに関する究極の目的を理解したも同然だ。明晰な頭脳の唯一のきらめき……。つまり、（笑笑笑）だ。すべてはこのためにあったのだ。だが、それならあらかじめ予告してくれてもよかったのではないか……。この後には何もないのだと。自分の孤独を心の中で笑い続ける以外には、何もできることはないのだと。

2016年3月

土曜日、イラレーヌの町の郊外にあるショッピングセンター〈イゾラ〉の前には、照りつける太陽の下、汗をかいた少女たちの行列が曲がりくねりながら駐車場まで続いていた。一番乗りのグループは、家族や友だちに付き添われて入り口の前で開場を待ちかねている。三月としては予想外の暑さに見舞われ、少女たちの笑顔もファンデーションも溶けていた。コンテストが始まるのは正午だが、少し前にリクルーターの一団が入場していったせいで、ぐったりとしていた少女たちはわずかなりともやる気を取り戻し、バレエシューズを脱いでハイヒールに履きかえたり、髪を整えたり、化粧を直したりし始めた。ティシューや、準備のいい少女はあぶらとり紙で顔をぬぐい、色の付いたクリーム状の汗を拭きとってから自撮りで写真を撮影する。可動式フェンスの向こう側では、一組の母娘が〈フランス3〉の地域局クルーによるインタビューを受けている。

「……この子は小さい時からファッションが大好きだったんですよ。だから……ええ、ええ、それはもう大変なストレスですとも……」

警備員が入り口を封鎖していたロープを外した。参加者の列は間隔が縮まってぐっと密になり、ゆっくりと前進を始めた。前のほうに並んでいたグループはイゾラの中に突進した。少女たちはフェンスの向こう側にいた時は多勢で無敵に見えたが、ショッピングセンターの内側に入ってしまうと、吹きぬけのエントランスの吊り天井の高さや、足を止めて眺める好奇心いっぱいの買い物客に圧倒されて弱々しく見えた。案内係の女性たちが、コンテストのために設置された黒い演壇の周囲に参加者を集合させようとあわただしく動いている。前髪を切りそろえたDJの女性は音響機器を設置したテーブルの前でスタンバイし、豊かな胸とたるんだ腕をした四十代くらいの女性はマイクを持って参加者を出迎える。このマイクの女性が審査委員長だ。

ラファエル・ランクリは、二階の欄干に肘をついて一階を見下ろしていた。黒いカーペットが敷かれたコンテスト専用スペースと、入り口正面の審査員席の両方が一目で見渡せる。カーペットの脇には演壇が、審査員席の前にはステージが設置されていた。観客の中にソレーヌの姿は見当たらなかった。ユーチューブでの活動費のカンパは目標額には届かなかったが、それでも四百ユーロ近くが集まった。約四十個のピザが買える金額で、かなりのものだ。ラファエルは、もしピザの配達人を待つための手伝いが必要なら自分は会場にいるから、とメッセージを送ったが、返信はなかった。この一週間、ソレーヌはラファエルに対して一言も口をきかなかった。審査委員長の合図で、DJがネクフの『プリンセス』をかける。

《みずみずしい彼女　きみはきっとファッションモデルだね
でも人のモデルになるような模範的な娘じゃない》

ラファエルは出場者の中に同じクラスの女子がいるのを見つけた。サロメ・グランジュだ。グレッグ・アントナが一緒だが、モード・アルトーはいないようだ。代わりにガランス・ソログブがトリオに加わっている。そういえばここしばらくガランス・ソログブのインスタは見ていなかったな、とラファエルは思った。背の高いやせた女性が骨ばった腕でガランスの髪をセットしている。母親に違いない。あっという間に頭の上にシニョンができあがった。ラファエルの隣ではテレビ局のカメラマンが身を乗りだし、一階の立ち入り禁止ロープの前に密集している観客の様子を上から撮影している。眼下では、いくつもの携帯電話が空中で揺れていた。皆がいっせいに手に持った携帯を振りかざしているからだ。観客は自分の携帯画面でズーム撮影しながらなんとか出場者との距離を縮めようとしている。出場者は全員服の上に、自分のエントリーナンバーが書かれたシールを貼っていた。そして水面に上がってくる気泡のようにカーペットの上に集められ、その場所から、ポールの後ろに押しこまれている親や友人に向かって手を振った。グレッグ・アントナは最前列で友だち二人を撮影していた。その目の前には邪魔そうな青いメッシュの髪が垂れ下がっている。他の部分の髪より長く、まるで自分とふつうの人間を区別しているかのようだ。審査員たちが審査員席に着席した。ガランス・ソログブのタンクトップに貼られたシールに264と書かれているのがはっきりと見える。ガランスはシニョンが気になっているようでしきりに手で触っていたが、それがあるとゆうに十センチは背が高く見えた。音楽の音量が大きくなった。コンテスト開始の合図だ。

一列目の七人の少女たちがおずおずとステージのほうに進み出た。審査委員長の合図で歩き始める。落ち着きがなくリズムにも乗っていない。大げさに腰を振って歩き、腕の振りも大きすぎる。審査員席の前まで来ても静止せず、その場で身体を左右に揺らし続ける。まるでトイレに行きたくてたまらないかのようだ。向きを変え、全員がほぼ一列になって戻っていく。審査員たちは後ろ姿を見つめながら声をひそめて審議した。観衆は審査員の反応を見守る。二列目のライバルたちがすでに交代の準備をしている。三分もせずに結果が出た。委員長がマイクで評決を下す。

「大丈夫ですか？　本当によろしいですね？　エメリックは？　イズルトも同じね？　わかりました。このグループには合格者はいません」

2016年3月

一列目の少女たちは、笑顔を引きつらせ立ちすくんだ。もう一度飛びだしていきたい気持ちが、見ている側にも伝わってくる。次はもっとうまくできる、もう一度チャンスをくれたらもっと納得のいくウォーキングができる、お願い、もう一度だけ、だって不公平でしょ、トップバッターだったんだから……。しかし案内係は、さっさと出口への誘導を開始した。そこには母親たちが待っているが、少女たちはまだ見られているとわかっているので母親の腕に飛びこむことはしない。その姿が見えなくなる頃には、ラファエルはもう一番から七番までの少女たちがどうだったかなど忘れてしまった。

ポールの向こう側の見物客はさらに増え、出場者も次々に不合格になっていく。時には審査員がマイクで番号を呼び、もう一度前に出てくるようにと言うこともあった。サロメ・グランジュの場合もそうだった。サロメは蛍光オレンジのブラジャーの上に、袖ぐりがぐっと切れこんだ白いメッシュのトップスというテクノ風の装いをしていた。肩がむきだしで、透きとおるようなブロンドの髪が腕に流れ落ちている。審査委員長が名前を尋ね、サロメが大きな声で答えた。再び他の出場者のもとに戻るまでの一部始終をグレッグ・アントナが撮影していた。審査員たちが今回はうなずき合った。

「サロメ、あなたは第二次選考に進むことができます。エマエルについていってください。あなたをバー〈セフォラ〉に案内します。セフォラは今回のコンテストの協賛パートナーです……」

選考に落ちてカーペットの上から立ち去る自分の娘を先導する母親は、微笑みを航路標識のように用いながら人混みを抜ける。一時間ほどの間に合格したのは、サロメ・グランジュとデボラ・ボスコの二人だけだった。

「具体的にどんな子を探しているのか全然わからないよね……」

「拒食症の子しかとらないんじゃないの？」

落選者の周辺からは時に攻撃的な声が聞こえてくる。落ちて泣く者はあまりいなかったが、ひそかな期待が激しい憤りに変わり、それをぶつけられた親がおずおずと娘を慰めようとする姿があちらこちらに見られた。そうした落選者たちの反応を見ては面白がっていた観客も、しだいに退屈し始める。


また次のグループの七人が登場した。一人は歳取った娘——少なくとも二十歳にはなっていそうな娘——で、観衆の気持ちの上ではこの時点で落選になった。その隣の黒髪の少女は、ナイトクラブにでも行くような服装とそこから仕事を終えて出てきたような化粧をしている。真ん中の少女はぞくっとするほど完璧な容貌につややかな髪と抜群のプロポーション、だがその顔には死人のような微笑みが張りついている。列の端にいたのはいたずらっ子といった風情の赤毛の子ども。妙にくつろいだ様子で、そして、きらきらしていた。ウォーキングが終わると審査員がその子を呼んだ。

「きみの名前は？」先ほどエメリックと呼ばれた男性審査員が質問する。

「マエ・ド・コルドゥーです。マエ《Maë》のeは点が二つ《トレマ》付いたeです」

「それでは点が二つ付いたマエさん、歳はいくつなの？」

「十三歳です。もうすぐ十四歳です」

「〈もうすぐ〉っていうのはいつ？」

「来年です」

皆が笑った。少女はまったく動揺することなく集中している。エメリックが、その場でゆっくり回ってくれと頼んだ。観衆が息をひそめて見守る中、マエは言われたとおりにする。審査委員長の顔が輝いた——大当たり！　また当たりを引いた！　この子は完璧。あとは写真写りがいいことを期待するだけ――。マエは第二次選考に残り、カーペットから飛ぶように去っていった。

出場者がアルファベット順に次々に登場する。〈ソログブ〉はもう少しあとだ。母親が人混みの中から、シニョンを崩さないようにと合図したが遅かった。ガランスはすでに髪をほどき、指で結い直していた。服装は黒のレギンスにグレーのタンクトップ。タンクトップのストラップは背中で一つになり、ねじり編みが背骨に沿って続いている。ラファエルはよこしまな好奇心からこの場所でコンテストを眺めていたが、どの出場者が選ばれようが落ちようが、そんなことにはまったく関心がなかった。身体的基準に基づいて選別されるために自らやってくるこうした女子たちには、その運命がどうであろうと、あまり共感が持てなかったからだ。だがソログブについては、何の心配もなく必ず選考に残るだろうと思った。たとえ逆立ちして歩いたとしても合格するだろう。本人以外は皆そう思っているに違いない。ステージに上がる前からすでに観客の目は釘付けになっているし、審査員たちも遠くから物欲しそうな顔で見つめている。不安要素は存在していない。

ところがいざステージに出てみると、その歩き方はラファエルが学校で見たことのある姿とはまったく違っていた。学校では廊下が彼女についてくるかのように歩き回っていたのに、今は足が身体についているかどうかもわからないといった様子だった。まるで、歩く練習をしている幼児のようだ。数メートル先の黒いカーペットの端までもたどり着ける自信がないように見えた。母親が胸を張るように合図を送っていたが、ガランスは見ていなかった。足下を見つめ、時折ライバルの助けを求めるように顔を横に向けている。

それでもこのグループが一列になって歩く姿は、今日のコンテストの中でもっとも美しいものだった。偶然一緒になった七人ではあったが、女子の仲良しグループといった雰囲気を醸しだしている。誰か一人を欠いてもこの列の調和が乱れてしまうように思われた。一人一人の魅力が全体の美しさにつながっているからでもあるが、全体の美しさが各人の魅力を生みだしているからでもあった。七人はそれぞれの顔立ちを区別することもできないほど一体化し、不均衡さえもが同じ主題の変奏曲のようなものだった。これはハロウィーンの小さなダンサーにとって、不利に働く可能性があった。彼女の他と異なる容貌は、均質性という、もっと上位の原則の中に飲みこまれることになる。七人は身長も体重もほぼ同じ、生まれつきか努力してなでつけたかはともかく、皆まっすぐでつややかな髪で長さも同じくらい、肌もわずかな日焼けの程度の違いこそあれ、ほぼ同じ色合いだった。ガランスは個々に比較すれば文句なく他の六人を圧倒していたが、全員が一列に並んでしまうと、その切り札となる特徴は全体の価値を高めることに使われてしまう。というのも、観客は無意識のうちに七つの見本から理想的な一つのイメージを作りだしてしまうからだ。したがってガランスの特徴はもうガランスのものではなく、ショッピングセンターにいる観客が想像する十五歳の、その世代の、ティーンエージャーの特徴になってしまうのだ。ステージの上では、セルフタンニングスプレーで人工的に日焼けした同じ直径の十四本の足が、軍隊のようにそろった動きで交差し、離れ、移動していく。ガランスの二本の足は遅れてついていく。七人が審査員席の前まで来ると、審査員たちは小さなメモを交換した。

Uターンする際、ガランスは足首をひねって転びそうになったがぎりぎりのところでバランスを保った。他の六人はそのままカーペットの端まで進んで止まり、評決を待つ。ガランスもそこに加わった。気流がロープを震わせるように、アドレナリンが一列に並んだ七人を震わせる。

「がんばれナデージュ！」

観衆の中から虚勢を張った少年の声があがり、静寂を破った。こうした野次には慣れている審査員は誰も振り向かない。全国をまわっていると、どこの町にも縄張り意識を誇示しようという恋人がいるものだ。再び静寂が訪れる。ガランスの母親は酸素が不足しているらしい。目もはれているようだ。審査委員長はどの出場者も呼びださなかった。ただマイクを持って、264番が予選を通過したと告げた。ガランス・ソログブは第二次選考に進むことができた。

可動式の黒い衝立《ついたて》の奥は、第一次選考通過者の待機場所になっていた。サロメ・グランジュはその場所で、人差し指と小指を立てて角《つの》型にした手を天井に突きあげ、ガランスを祝福した。まるで同じハードロックグループのメンバーであるかのように。他の少女たちも、ガランスに手でハートマークを作ってみせた。いっぽう母親は娘のパフォーマンスに失望していたようだ。ガランス本人はまだ自分の身体が自分のものでないような顔をしている。サロメは合流したガランスを抱きしめた。グレッグ・アントナが人混みをかき分け、ロープを越えない範囲でできる限り二人に近づいた。そして二人の写真を撮り始めた。二人はラップ歌手のジェスチャーを真似ながらポーズを取っている。第二次選考は午後四時に開始予定だったが、ラファエルはこれ以上ここにいるつもりはなかった。ここにはソレーヌのために来たのだが、ソレーヌは姿を見せなかった。ラファエルはソレーヌに対するすべての責務から解放されたような気がした。

……最後に、新しい栄養士に会ってきたことをお知らせしたいと思います。前の栄養士よりは少しはましな感じがするっていうか、まあ悪くないというか、まあ、でも、どっちにしても気が滅入《めい》るよね。一時間半くらいは続いたかな。今回が初めてだったから、たくさん話をしました。あたしはほとんどのダイエットは全部試したことがあるって話もしました。ハイパープロテインダイエットや、食べ合わせダイエット、デトックスダイエット……それから糖質制限ダイエットにパレオダイエット、えっとそれから準菜食主義ダイエット……クロノバイオロジーダイエットに……マクロビダイエットとか、まあだいたいそんな感じで、それから、これまでインターネットの美容トレーナーのことも信頼してたっていう話もしました……。でもそういうやる気満々の女性たちがジムでスクワットして、自撮りしてるのをインスタグラムで見るのが我慢できなくなっちゃったんだよね！　それで、その栄養士が言ったことは、食べちゃいけない食べ物はないってこと、悪い脂肪を悪魔のように敵視してもしかたがないってこと、それから、食べる楽しみを取り戻さなければいけないってことでした。あたしも楽しんで食べたいんだけど、問題は、食事時間じゃない時にはいつも食事のことばっかり考えちゃうし、食事の時には、もうすぐ終わっちゃうと思うから食事を楽しむことができないってことなの。わかってくれるかな？　食べ物を嚙んでいるとだんだんパニックになってくるっていうか、たとえば最後の一口のことを思い浮かべて、今度はそのあとの一口のことを思い浮かべて、さらにそのあとのもうないはずの一口を思い浮かべて、それで、もちろんあたしが本当に欲しいのはその一番最後の一口というわけなの。というわけで、他に何があったかな？今日はこれから残りの時間をどうやって過ごすか？　これから他に何かいいことが起きるかとか？本当は、理想としては連続して食べ物の話ができたらいいと思っています。飽きちゃって、もうお腹いっぱいってことにならない程度にね。それから太らないように。栄養士からアンケートを渡されました。食習慣とか、好きな食べ物とか、我慢するのが一番つらい時間とか……。あんまりやりたくないけど、こんなのうんざりするし、まあでもやらないとね。それから落ちこんでいる時に動画を撮るのはやめたほうがいいよね。でもなんていうか——。今はあんまり幸せな気分じゃないんだよね。まあとにかく、もしアドバイスがある人がいれば、コメントをください。というか……今夜はあまり調子がよくないけれど、でも、来週は成果をご報告します。それじゃあみんなどうもありがとう。チャンネル登録よろしくね。

La baleine《クジラ》
二〇一四年五月二十一日
七一二回視聴——十四件のコメント

DianaH
いつもあなたの動画大好きです。話してくれてありがとう。だってふつうブロガーの人は自分の体重を言わないもんね。だからこうやって正直に話してくれるのは嬉しいです！　でも、たとえあなたの体重が標準じゃないとしても、ぜんぜんだいじょうぶだから気にしないでっ

て言いたいです :)

lillynette

こんにちは。わたしは身長一メートル七十四センチ、体重六十九キロです。みんなはこれをひどいと思う?

Ludivine Fazol

あたしは逆で、ガリガリです。やせ過ぎのことはまったく話題にならないけど、あたしはいつもいつも人からやせてるねって言われてます。それにもっと嫌なのは友だちが、やせてるから幸せだよねーって言うこと。太っていてもやせていても標準でも、みんなが他の人をそのまま受けいれたらいいのにって思います

Loolita

あなたはやせてるよ!　わたしは一メートル六十センチで八十キロ。みんなよりずっとひどいよ

Zivana

同じ状況の人にアドバイス。毎日少しずつ食べる量を減らしていくと、胃が縮みます。お腹はすくけど、本当にその前ほどじゃなくなります。まずこれをやってみて!　これでうまくいかなかったらもう一つのやりかた。食事の最中に食べるのをやめて、最低五分待ってみて。その後はもう食べる気がしなくなります

Silvana

あたしは十二歳半で、六十二キロ、一メートル五十五センチです。恋人が欲しいけど体重のせいでだれもあたしを見てくれません

CamoMille

十二歳半で恋人が欲しいの？！！！　ちょっとさみしいな

Lafemmeparfaite

落ちこまないために大切なことは、あるがままの自分を受けいれること。これはあなたが以前の動画の中で言っていたことだよ。もしかすると自分ではそれをちゃんと実践していないんじゃない？

Aphélie

ローヤルゼリーダイエットを試してみれば？

第一次選考の結果勝ち残ったのは二十八人だった。ラファエルは出口に向かう途中で、一般に開放されているセフォラスペースの前を通りかかった。案内係に先導された合格者が背の高い黒い肘掛け椅子に次々と腰かけ、椅子の前にはエプロンをつけた〈メイクアップアーティスト〉の一団が待ち構えている。一人のメイク係がスツールの上に軽く腰かけ、爪先でそれを動かしながらガランス・ソログブに細かな指示を出していた。〈上のほうを見て〉〈動かないで、目は閉じて〉〈軽く口を開けて〉ガランスの母親が肘掛けに張りつくように立っている。

「……これはローズですか？」任せるのが不安なのか母親が質問した。

「いいえ、これはカリフォルニア・ルージュですよ」メイク係が母親に口紅の容器を見せながら答える。

自分の担当作品に最終仕上げを施すと、メイク係は鏡を差しだした。が、ガランスは鏡で自分の顔をよく見る暇もなく椅子から飛び降り、迎えにきた案内係に連れられて〈スタジオ〉に向かった。〈スタジオ〉とは、傘に似た形のスポットライトに照らされた、白い凹面パネルの前のことだ。ラファエルは思わずガランスを目で追った。ガランスを出迎えたのは美しく整えられたあごひげと黒い肌をもつカメラマンで、見事にアイロンがけされた白いシャツはかなりのボタンが開いていて、その下にやはり見事な胸筋があるのだろうと推測できた。カメラマンは撮影の流れを説明し、握りこぶしを差しだして、ガランスのこぶしと軽くタッチさせてから、パネルの前でポーズを取らせた。アルミニウムライトの下に立ったレギンス姿の長身のシルエットが、消え、再びあらわれる。ラファエルは自分がまばたきをしたのか、実際にガランス・ソログブが姿を消したのかわからなかった。だがガランスはすぐに輪郭を取り戻し、白い背景に再びくっきりと浮かびあがった。そして今度はカメラマンの指示に従い、床にあぐらをかいて座る。カメラマンもしゃがんで同じ目線に下りる。ガランスは肘を膝の上に乗せ、あごを両手で支え、すねているような表情をする。カメラマンはリズミカルに声をかけながらポーズを変化させていく。ガランスはしだいにくつろいだ様子になり、立ちあがり、髪を前に揺らし、足を交差させたりその場でくるりと回ったりする。身体を斜めにして静止し、肩越しにレンズを見つめ、正面に戻り、上半身を片方に傾けて片腕がもう一方より低くなるように垂らす。首から肘、そして足へと身体のラインが、ゲームのミカドのように切れたりつながったりする。鏡に映っているカメラマンは、膝を曲げ、立ちあがり、後ろへ下がりながら、ガランスを二次元に移しかえようと奮闘していた。

ガランスがスタジオを後にする時、案内係がちょうど次の合格者を連れてきた。

「歯の矯正器具を付けていると不合格になることがありますか?」

ラファエルの耳にその少女が心配そうに尋ねる声が聞こえた。ラファエルが反対方向を振り返ると、ガランスはまたさっきのように消えていた。あたりに視線を走らせてみたが、少女たちは全員イゾラのロビーに散り散りになり、観客もまた同じ場所を自由に動き回っていた。数人の付き添いの人たちが休憩時間を利用して立ち入り規制ロープの内側に入っている。DJはプレイリストを選んで曲をスタートさせると席を離れた。審査員たちは写真をチェックするため全員奥に引っこんだので、席は空っぽだ。ラファエルにはもうここですることは何もなかった。

外に出ると暑さは多少和らいでいたが、駐車場はあいかわらず強い日差しで時間が止まったようだった。埃っぽいボンネットとフロントガラスが大量に並ぶ中で、バックミラーがきらきら光っている。目が自然光に慣れてくると、石塀にソレーヌが腰かけているのが目に入った。

「配達の人が遅れてるの?」ラファエルは声をかけた。

「もう終わったの? 人が大勢出ていくのを見たけど」ソレーヌが言った。一週間ぶりの、ソレーヌの最初の言葉だった。

「いや、休憩時間なんだ。まだ第二次選考がある」

「配達人を待ってるんじゃないよ。ラファエルを待ってたんだよ」

「ピザプロジェクトはやめちゃったの?」

ソレーヌは両手の手のひらを空中に掲げて言った。

「まったくばかげたアイデアだった……」

動きを節約するため、ラファエルは黙ってまぶたでうなずいた。

「みんなにお金を返さなきゃ……」

「どうやって来たの?」

「バスに乗ってきた。あたし実際にやろうとしてたの。本当だよ。コンテストの真っ最中に一人で飛びだしていって、胸もはだけて、自分の携帯でみんなの反応を撮影するつもりだった」

ソレーヌはポケットから八つ折りにした紙を取りだした。

「演説も準備してたんだけど……」

青インクで書かれた文字は、ソレーヌと同じように丸かった。ラファエルは最後まで読んだ。

少々大げさだったが、内容は良かった。

「いいんじゃない……」

ソレーヌは演説の紙を受け取ると、また折りたたんでポケットにしまった。少し先の車の陰からガランス・ソログブとサロメ・グランジュの姿があらわれた。サロメが入り口に向かう途中でタバコを踏みつぶした。ソログブはその後ろをついていく。自動ドアが開いた瞬間、建物の中から案内係がマイクで第二次選考の出場者を招集する声が聞こえた。ＤＪも席に戻って、音響機器のチェックをしているようだ。再びドアが閉まった。もう音は聞こえない。

「帰ろうか？」

ソレーヌはうなずき、石塀から滑り降りた。

観衆が再び規制ロープの外側に陣どっている。審査員はそれぞれアイパッドを前に審査員席についている。〈エリート〉と〈セフォラ〉と書かれたパネルによって仕切られた急ごしらえの待機場所に出場者が集まってくる。不安そうな顔で抱擁し合う。マイクのアナウンスの声が再開を宣言し、一人ずつウォーキングをおこなうと発表する——動画のキャプションは《いざ再開!!!》動画が突然終了した。ユゴー・ロックは急いで他の動画を探した。イゾラに足を運んだクラスメートが動画を投稿してくれるおかげで、ユゴーはこうして断続的にではあるがコンテストの第一次選考をフォローすることができた。だが動画が止まるたびに、省略されてしまった時間の中で立ち往生するような感覚になり、別のストーリーの中にコンテストの続きの動画を見つけて接続するまでは落ち着かない。やっと見つかった——。

ガランス・ソログブが歩きだす。一人で、ステージの上を。今回は自信を取り戻して。頭蓋骨の天辺《てっぺん》から仙骨までのラインは曲線を描き、肩甲骨は地球のプレートのように呼吸し、腕は規則的に振られ、髪は音楽に合わせて左右に揺れる——動画を見ながら、ユゴーはガランスに叫びたくなった。カーペットの端で止まるんじゃない、出口まで歩き続けるんだ、そしてぼくと一緒に逃げよう、と(ひょっとしたら本当に叫んでいたかもしれない。イゾラまで車で送って欲しいという息子の頼みを母親が断っていなかったとしたら)。

スアドは携帯電話をサイレントモードに設定していた。自分は公演会でソロを踊るのだ。ガムザッティのバリエーションを練習しなくてはいけないのだ。それ以外のことなんか、本当にどうだっていい。

〈……本日選ばれなかったからといって、皆さんの今後の可能性がここで絶たれるわけではありません。モデルとしての素質が現段階ではまだトップの水準に達していないというだけであり、まだまだ進歩する余地があるということです……〉

審査委員長の顔なんか映しやがって、いったい何が面白いっていうんだ？？？？？

〈……全国大会は九月にパリで開催されます……〉

ユゴーが午後じゅうずっとスナップチャットを見て過ごしたのはガランスのためだったが、絶対にガランスに勝って欲しいと思っているわけではなかった。宇宙で一番美しい粒子の集合体である彼女が、トップモデルになるためにイラレーヌを去るようなことになったら、自分はいったいどうやって物理・化学の授業を楽しく受け続けることができるというのだろうか？

〈今の皆さんの年齢は、ちょうど外見が変化していく時期にあたります。ですがこれから違いを生みだしていくのは、皆さんの精神面です。これから半年の間、皆さんはどのように自分の能力を開花させていくつもりですか？　健康的な食事をとり、毎日運動し……〉

とはいえ、ユゴーがマイクを通して聞けたら嬉しいと思う名前は、ガランスだけだった。それ以外の名前は自分にとってなんの意味もないし、人間というのは本来、勝利を望むようにできているものだからだ。その証拠に、たとえばテレビをつけたらたまたま音楽オーディション番組『ザ・ヴォイス』がやっていたとする。すると、五分もしないうちに自分の好きな出場者を選んで本気で応援し始めてしまうのだ。テレビをつけるまではその人物の存在さえ知らなかったし、自分はその番組が大嫌いだというのに……。

〈この中の六名が、二〇一六年エリート・モデル・ルックコンテストのフランス大会決勝に出場することになります。名前を呼ばれた人は演壇に上がってきてください〉

もし今また動画が切れたりしたら、自分は頭がおかしくなりそうだ……。

観衆は静まりかえった。ガランスは評決を待った。その間ストレスのせいで、この場にはふさわしくない体勢になった。スアドならよく知っている。片足をもう一方の足にねじるように巻きつけ、あごを首にうずめ、両肘を腹部に押しこむ。そして内側に折りこんだ両手首に口を押しつけるという姿勢だ。

〈……エメリック、イズルト、準備はいいわね？……それでは発表します。本日の選考の結果選ばれたのは次の六名です。デボラ・ボスコ、マエ・ド・コルドゥー、ナイン・ロール、フィオナ・リカール、ガランス・ソログブ、そして、ナフィ・ワゲ！　おめでとう〉

六人のファイナリストは感極まった様子で、うれし涙にかきくれてメイクをだいなしにし、お互いに抱きしめ合った。敗者の側は過度の連帯を示すことによって落胆を覆い隠した。今日、もっとも熱烈に拍手喝采したのは彼女たちだった。スアドには、敗者がどう感じているかがわかった。他の動画も見てみなければ、同じ場面を異なるアングルで見てみなければ。スアドは思った。もっと詳細な情報が必要だ。ガムザッティが待っている。

2016年3月

ラファエルとソレーヌがバスを待ち始めてから、すでに五十分が経過していた。イゾラの自動ドアが開いて観客の群れが太陽の照りつける駐車場に吐きだされてくるたびに、会場内の拍手喝采とダフト・パンクの『ゲット・ラッキー』の音楽がバス停まで届く。

やがて、サロメ・グランジュがショッピングセンターから飛びだしてきた。肩にバッグをかけ、足にはバスケットシューズを履き、手にハイヒールを持っている。バス停に向かって突進してきたかと思うと、ラファエルとソレーヌには目もくれずに脇を通り過ぎ、そのまま道路を歩いていった。グレッグ・アントナが走って後を追い、二人は路側帯を歩き続ける。車が通り過ぎるたびに、ラファエルは二人が車になぎ倒されてしまうのではないかと思った。

いっぽう会場内では、ガランスが写真を撮っているカメラマンに向かって微笑んでいた。〈フランス3〉のテレビカメラに向かって微笑んでいた。観客が突きだす携帯電話のレンズに向かって微笑んでいた。たくさんの携帯電話のフラッシュが、涙にむせぶ少女たちを圧倒した。群衆の中で、数百のフラッシュが輝く星のように瞬《また》いていた。

〈今日は人生で一番すばらしい日だ〉ガランスはそう繰り返した。だがそれは、期待していたような完全で決定的な喜びではなかった。たくさんの祝福を受けながらも、ガランスはすでにそれを感じ始めていた。夕方以降ずっと、あふれるほどのお祝いメッセージや絵文字が届いていた。だがしだいに数が減ってきたので、ガランスはたえずエリート・モデル・ルックのフェイスブックページに接続しては、ファイナリストの名簿を見直した。そして毎回自分の名前を見つけては最初と同じ喜びを感じ、毎回〈今日は人生で一番すばらしい日だ〉とつぶやいた。それでも足りない時は、落選した少女たちのコメントを読みふけった。いつもの仲間からは、まったく連絡がなかった。モードから連絡がないのは説明がつく。親に内緒の携帯電話なのであまりおおっぴらには使うことができないのだ。もちろんイヴァンからの連絡は望むべくもない。ヴァンサンからもいっさい連絡がなかったが、こちらはたぶんコンテストの日にちを完全に忘れているのだろう。というのも、サロメも今日一日、ヴァンサンからのメッセージをずっと待っていたからだ。結果発表の席にヴァンサンがいたならば、自分はどんなに嬉しかったことだろう。集合写真の撮影が終わったらすぐに、演壇からまっすぐ彼の腕の中に飛びこんだに違いない。実際には母親の胸に顔をうずめることになったのだが。審査員たちはガランスのところまで来て握手をかわし、これはすばらしい挑戦になるだろうと請け合った。そのうちの一人は、全国大会決勝でも選ばれる可能性は充分にあるよと耳元でささやいた。だがその時ガランスは、サロメとグレッグの姿がどこにも見えないことに気がついた。そして二人を探してイゾラの中を歩き回った末に、もう帰ったのだとわかった。後戻りのできないその感覚に襲われたのは、まさにその瞬間だった。だがいつまでもそれにかかずらっている場合ではなかった。ガランスはさらに多くの人と抱擁を交わした。うっすらとしか知らない知り合いやまったく知らない人々が、あなたが選ばれてとても嬉しいと言いにやってきた。携帯電話は鳴り続け、ガランスは百件以上の感謝のメッセージをショートメッセージやワッツアップ、ツイッター、インスタグラム、フェイスブックなどで送信し続けたのだった。

　パジャマ姿でベッドの上に横になり、ガランスは携帯の画面を丹念に調べ続けた。だが夜の帳《とばり》が下りると同時に、ガランスの胸に黒いカラスが下り立った。サロメは自分を恨んでいるのかもしれないという考えが——それがどんなに不当なことであれ——しだいに大きくなっていった。ファイナリストに選ばれたからといって非難されるなんてそんなのおかしい。ガランスはひとり頭の中で、自己弁護の論戦を展開した。とはいえ、マイクを通して自分の名前が呼ばれたあの時、間違いを犯してしまったという感覚が、一瞬心の中をよぎらなかっただろうか？　いや、ひょっとするとサロメはガランスに腹を立てているわけではなく、単に落胆しているだけかもしれない。それなら納得がいく……。落選した時の気持ちなど、自分でも想像したくない。でも、それならどうしてグレッグも何も言ってこないのだろう？　ガランスはスマイリーの絵文字一つでもいいから送られてこないうちは、とても眠れそうにない気がした。とりあえずインスタグラムを見てみる。新しいコメントはなかった。同じコメントを読み直す。《可愛すぎる〜〜〜》《😍😍😍😍😍》《目がくらむようだ》《二〇〇〇年生まれの女子食欲そそりすぎ》《💣ガランス・ソログブ💣》《どうしてトップモデルのような子がいるのにあたしはこんなんでぜんぜんだめなの》《ガランスがわたしのスナップへ》《むだだよ返事はないよ勝ったから人よりえらいと思ってる》《きみは芸術作品》《プチパンダちゃん！　大好き！》《モデルの仕事って大変なんじゃない？》《みんなすごい！　お祝いになにかやらない？》《髪がきれいに手入れされててすごくおどろいた》《最高！》《ホントに誇りに思う！　ほかの子たちもきれいだった。みんなすごくきれいで、あたしもうれしい》《スタイリッシュ》《美しい😍》《#モデルになるために生まれた》……。別のファイナリストのコメントにガランスが答えているものもあった。

fionaricoeur
ああもう！　この写真あたしは変にうつってる
garancesollogoub
ハハハ。目をつぶった瞬間にとられちゃったんだね
fionaricoeur
カメラマンの大バカやろう

遅れて来た人たちが引き続き祝いのコメントを残し、その後は何もない。ワッツアップも同じだ。ツイッターも……。まだそれほど遅い時間でもないのに、コンテストでのガランスの勝利はすでに新しい話題としての魅力を失い、皆他の話題に流れていた。たぶん、スケートボードに乗った犬の動画、あるいは牧場でぺちゃんこになったドローンを発見した雌牛たちの動画のせいで関心がそれたのだろう。今日は人生で一番すばらしい日だ。それなのに今夜は、この数カ月間で初めて、ガランスはスアドに電話したくなった。スアドが恋しかった。一人では味わうことができないものを、

幼なじみと分かち合いたかった。携帯のアドレス帳でスアドの名前を探したが、そこに触れることはしなかった……。携帯電話がもっとどんどん鳴り続けて、世界が振動し続ければ、この気分も少しは良くなるかもしれないのに。ガランスは月曜日の朝に学校で皆が示すであろう称賛の証をあれこれと思い浮かべ、頭をいっぱいにしようと試みた。なんとか眠ることさえできれば……。そうすれば、朝目が覚めた時にはヴァンサンからメッセージが届いているだろう。サロメも、もっと早く連絡しなくてごめんと言ってくるだろう。だがガランスは眠たくなかった。その時、インスタグラムの新しい通知が届いた。

dimitripichon

たしかにおまえは有名になるぞ。でも自分が思ってるのとはべつの形でだ

これに続く数秒の間に、ガランスは世界が終わったのだと思った。地球がそれ自体の重みによって、中心に向かって崩れ落ちていく様《さま》が脳裏《のうり》に浮かんだ。

golki-05

笑笑笑。セックスかよ。おかしくて死にそう😂

dianemoretti

まったく哀れね

sachamons

このガランスの動画は本物？

emmanuellefraberge
ダイレクトメッセージを見て
mattthieurolland
すごく気持ち悪い😳😳😳おどろいた

生存本能が働き、ガランスは反射的に携帯画面をロックした。あたしのことを話しているんじゃない、そんなはずはない。ガランスは、いったいなんの話をしているのかさえわからなかった。コメントには〈ガランス〉と書かれていた……。きっとなにかの間違いだ……。でもいったい、何が起きたの？　慌てないで、落ち着いてコメントを読み直さなくては。だってあたしのことであるはずがないんだから。なにか誤解があったに違いない。そう、絶対そうだ……。だがガランスは確認しにいかなかった。真正面から画面に向き合わざるを得なくなってしまうから。

すべての感覚を吸いあげられ、まるごと飲みこまれて何もない場所に連れていかれるような感じ。訳もわからないままに。自分が何を言われているのか、はっきりと知る必要があった。二時四十九分。ガランスは何度もすべてのアプリを開き直した。コメント投稿の波はずっと前に終わっていた。

《このガランスの動画は本物？》

ガランスはコメントやツイートを一つ一つすべて読み直した。わずかな手がかりを探し、最後の望みを託しながら。他の動画のことであってくれますように、あの動画（今はそのことを考える気がしなかった）（そのことは考えたくなかった……）（絶対に、そのことは、考えたくない）のことではありませんように、と。

《すごく気持ち悪い😳😳😳おどろいた》

いったい何人がこのことを知っているのだろう？　明日は何人が知ることになるのだろう？

《くそっ、ほんとうにショックだ》

息ができない。なぜなら、息を吸い始めると呼吸が止まってしまうから。息を吸い終えることができない。呼吸が止まる。苦しい。呼吸が浅い。空気が薄い。

イゾラの一階のスピーカーから自分の名前が聞こえてきたあの瞬間、ガランスにはもうわかっていたのだ。このまま逃げきれるはずがないということが。最初から、ハロウィーンパーティーの人混みの中で背後から声をかけられ振り向いた時から、そこにサロメが扮したデナーリス・ターガリエンが立っていた時から、警戒しておくべきだったのだ。彼女の金髪の後をついて廊下を進み、寝室までついていったあの時、ガランスは自分が何をしているのかちゃんとわかっていたのだ。

《あたしも友だちのこと信用しすぎてた！　家族と一緒のときはもう絶対動画は開かない》
《笑笑笑。警告が必要かも。〈親にはご注意ください〉とか》

ガランスはどうしてこんなに息苦しいのかわからなかった。周りにはたくさん空気があるというのに。自分の息の吸い方に問題があるらしい。

2016年3月

《ぼくはいつもは人の批判はしないけれど、今回は退廃的というレベルを超えている》

あれを送ったのは二人だけだ。サロメが自分を裏切ったのだ。サロメは世界を爆発させた。ガランスだけを狙うために。校庭の悲劇の、核戦争の、ただ一人の被害者でありただ一人の生き残り。ガランス・ソログブ十五歳、身長一メートル七十四センチ、エリート・モデル・ルックコンテスト地域大会のファイナリスト、全国レベルでも選ばれる可能性が充分にある……。

《どの動画のこと??? さっきからなんの話をしてるのかわからないんだけど》

あの動画のことは記憶から消えていた。二十四時間後にはスナップチャットから消えているはずなのだから。消えても構わないものだから……。サロメはどうしてあの動画を保存したのだろうか? いや、違う、そうじゃない。あれはスナップじゃなかった。あれは本当の動画だった! 時間がたっても消えない動画だ!……嘘だ……これが本当のことであるはずがない……。だが、真実は炎上しやすいことでそれとわかる。これは自分のせいだ……。コメントは続く。

《売女め、ポルノでもやってろ》

爆発の残骸。インスタグラム、フェイスブック、ツイッターなどありとあらゆるところに罵詈雑言があふれている。ガランスの名前にかけたハッシュタグまでできていた——#ランス《くさったにおい》。

《ガランス　おまえのまんこはく《ラ》さった《ン》におい《ス》がするぞ》

自分が他の人から以前はどう思われていたか、そして今はどう思われているのか、その乖離に、ガランスは心が引き裂かれそうになった。だがガランス自身はその間ずっと同じ人間であって、まったく変わっていない。つまり、他の人がこのことを知る以前は、そういう人間だからといって自分では特に困っていなかったということだ。今は自分が嫌になっているが、以前は問題なかったのだ。

息を吸い終わる前にまた呼吸が止まる。ガランスは激しい疲労を感じた。思いきり大きく息を吸いこもうとしてみたが、何も変わらない。このペースでは酸素が足りなくなる。生きていけない。

《まったく美しい連帯だこと！　全員でよってたかって誰かをひどい目にあわせるのはもうたくさん。みんなおとなしく付和雷同ですか》

《いきり立ってる人たち落ち着こうよ。みんなで彼女一人を攻撃することないだろう》

味方になってくれたのは、ガランスが知りもしない人たちだった……。今ではまさにこの人たちのほうが自分の親しい友人だといえるのだろうか？

すでに夜中の三時だったが、後回しにすることはできなかった。謝罪の言葉——まさにそれが、呼吸をするために必要なものだった。サロメはどうしてそんなことをしたのか理由を説明し、自分に許しを請い、繰り返し懇願するべきだ……。だが自分は許さない！

ガランスはすべての正義を詰めこんで一気にショートメッセージを書きあげた。ウィキペディアに記載されている友情の定義にふさわしいよう、〈失望〉という言葉を用い、〈裏切り〉という言葉も遣った。そして読みかえすことなく送信した。だが怒りを静めるにはそれでは不充分だった。

ガランスはもっと長いメッセージを送った。さらに勢いに乗って三つ目も送った。《信頼していたのに》と書いた。どうしても非難せずにはいられなかった。もちろん、それでどうなるものでもない。サロメは気にしないだろうし、だいいち今は眠っているだろう。ガランスには、サロメに打撃を与える手段はない。

喉が締めつけられ、気道が圧迫されている。空気の量がさらに少なくなる。吸いこめば吸いこむほどさらに不足する。空気が足りない。ガランスは神経が高ぶりパニックになった。身体の奥まで空気を吸いこみたかったが、できなかった。ガランスは恐怖を感じた。窒息するかもしれない。それなのにこの間、彼らは眠っているのだ。なんの自覚もなく！　誰も彼も。携帯の画面を消して。夜も更け、携帯画面の光に目をさらし続けることもできなくなったが、ガランスはちょっとしたゲームを思いついた。高速でどんどん画面をスクロールしていき、ロシアンルーレットのように適当にどこかで止めるのだ。

syrinegasmi
あたしは最後まで見ることさえできなかった。どぎまぎしちゃって……。あの動画、はじけちゃってたから！

melynemattei
彼女の人生もはじけちゃったね！

ガランスの身体はもう居住に適さなくなってきた。だがこれは自分の身体だ。他に行く場所はない。逃避することは不可能だ。ガランスは再びまるごと飲みこまれ、何もない場所に連れていかれる。訳もわからないままに。今は何時だろう？　三時九分だ。やっほー。不安が胸を締めつける。

「ソログブさん、まだショッピングセンターにいるとでも思っているんですか？」

教室の奥からワオーという声があがり、皆が笑った。いっせいに視線が入り口に集まる。ガランスは頭を垂れ、消え入りそうな声で遅刻したことを謝った。教師には、学校の門の前で誰にも会わないようにわざと遅刻したのだとは言えない。チューインガムのように力の入らない足の筋肉を動かし、ガランスは空いている席を探して机の間を進んだ。皆の視線を避けながら。

「早く座ってください」

生物・地学の女性教師がいらいらした声で言う。だがそれは不当だというものだ。座ることのできる席が一つもないのが見えないのだろうか？　生徒たちは空いているすべての椅子の上に荷物を置いていた。

「ほら、ここに座って！」

教師は、ガランスが机の列の間を行ったり来たりするのにしびれを切らし、席を指定した。ガランスはバッグが置かれた椅子に、自分でそれを取り除いて座らなければならなかった。バッグの持ち主は何も言わずにむっとした顔をして周囲の女子生徒たちと視線をかわし、その生徒たちは自分の机をガランスから遠ざけた。まるでペストが猛威を振るっている時に、ガランスがネズミを肩に乗せてやってきたかのようだ。

「大丈夫？　いいわね？　ソログブさん、先ほどの続きから始めますからね。それでは……脊椎動物の体のつくりはヒトデとは異なっています。脊椎動物は左右対称ですが、ヒトデは放射状の対称になっています……」

　ガランスは、まるで背中に吸盤が吸いついているような感覚を抱いた。その正体は皆の執拗な視線で、そこにはスアドも含まれていた。ガランスはそれを感じて振り返ったが、かつての親友は他を見ているふりをした。

「左右対称のつくりは、中枢神経系の形成や、神経系が頭部に集中するセファライゼーションに有利に働きます」

「ヒュー……」

「……脊椎動物の場合、神経系は背面に位置しています」

「ヒュー……」

　ガランスは自分が呼ばれているのだとわかったが動かなかった。視界の隅に、自分に向けられたジェスチャーが見えた。二本の指をVの字型に開いている。ガランスは黒板を見つめ続けた。クラスの調子者はそれには構わず、今度はVにした指に舌を付ける。くすくす笑いが起こり、教師がそちらを振り向いた。調子者はジェスチャーを止め、手に残っていた無害なVの字型の指で首の後ろを掻いた。模倣はティーンエージャーの世界の掟だ。すぐに十人ほどの生徒が真似をし始め、さらに別のバージョンが考えだされた。ガランスの隣の女子生徒は、机に片肘をついて二本の指でフォークのようにこめかみを支えている。ガランスは、このVはすぐに拡散するのだろうと思った。そして、そのうち自分はどこへ行ってもこのVで迎えられるようになり、ガランスの外陰部を象徴するこのVが公共の場でさらされるようになるのだろうと思った。

「教科書の九十二ページを見てください。分類群ごとに種の分類表が載っています。四足類、羊膜類、鳥類、脊椎動物がありますね」

教科書――忘れていた。ガランスはうろたえた。だが周囲の助けを期待するのは無駄だ。彼らは何がなんでもガランスを無視しなければいけないと思っているのだから。唯一自分を助けてくれる可能性があるのはユゴー・ロックだった。物理・化学の授業で席が隣同士なのだが、ガランスには甘く、小テストの時にはいつも自分の答案用紙をガランスのほうに向けてくれる。だがユゴーは今最前列にいて分類群の話に集中しているので、背後のVの森には気がついていなかった。ユゴーの注意を引くにはどうしたらいいだろう？　それとも彼も、わざとこちらを見ないようにしているのだろうか？

「どうかしたんですか？」教師が尋ねた。

そう、どうかしたのだ。生物・地学の教科書を持ってくるのを忘れたのだ。しかたなく隣の生徒の教科書を見ているふりをしようとしたが、生徒は両腕で本を隠してしまった。

「ソログブさん、教科書を出しなさい。九十二ページですよ」

ガランスはすがるような視線を教師に向けた。

「教科書はどこです？」

ガランスはバッグの中を探すふりをした。慈悲深い手が机の下から教科書を差しだしてくれることをまだ期待しながら。

「三秒以内に教科書を出すか、あるいはあなたが教室から出ていくかしてください」

ガランスが立ちあがると、皆がいっせいにじろじろとガランスのほうを見た。生徒たちの視線が、肌や服や、身体じゅうに張りついた。ガランスが教師のところまで歩いていく間も視線はその後を追った。教師はガランスにカードを渡し、生徒指導室で提出するように言った。退室を命じた理由は〈規則を尊重する態度がみられないため。授業に遅刻し、教科書も持参しなかった〉ためであり、〈尊重〉という文字に下線が引かれていた。生徒たちの目はどこまでもついてきた。まるでぶんぶんとうなる音をたてて、振動し、ガランスを追い詰めるかのように。ガランスは教室を出てドアを閉める瞬間まで、その突き刺すような視線を振りはらうことができなかった。誰もいない廊下に出ると、そこはガランスにとって安全な場所だった。二階のアーチ型の通路や校庭を望む高い窓に、雑巾が残した螺旋状の跡が残り、そこに太陽が照りつけている。校庭には誰もおらず、校内は静かだった……。どうして涙が出るのだろう？　ガランスは袖で涙をぬぐった。泣いたってどうしようもないのに。だが涙は流れ続け、鼻水も出た。ガランスは音をたてないように気をつけた。

右側には中央大階段、左側には非常階段がある。非常時に助けてくれる階段……。〈助け〉ということを考えただけでも、ガランスは心が安らいだ。そこで左側に向かうことにした。壁の向こうから男性教師の声がかすかに聞こえてくる。その後には長い静寂が訪れた。閉まったドアの前を通り過ぎ、また閉まったドアの前を通り過ぎ、ガランスは廊下の端にたどり着いた。生徒指導室は一階だが、ガランスは下に向かわず、無意識に階段をのぼり始めた。そして四階に着いて初めて、自分が違う場所に来ていることに気がついた。こんなところに来て、自分はいったい何をしようというのだろう？

階段は防火扉の前で終わっていた。ガランスは扉を開けた。思ったよりも重い。扉はドアブレーキのおかげでバタンと音をたてることなく、ガランスの背後で静かに閉まった。そこにはさらに十段ほどの急勾配の階段があって、その先にもっと小さな鉄の扉がある。ガランスは扉が開いていることを期待して階段をのぼった。これより上に階はないから、きっと屋上に出るはずだ。午前中はずっとここで過ごせるかもしれない。誰もこんな上まで自分を探しに来たりはしないだろう……。だが、内心そうかもしれないと思っていたとおり、扉は締め切りになっていた。しかたなくガランスは階段の一番上の段に腰かけ、冷たい鉄の扉にもたれて頭を後ろに倒した。そして、以前学校の門にくくりつけられていた、ガラスの額縁に入った顔写真のことを思いだした。丸顔で特に面白みのない顔だった。それに、髪の量がとても多かった。きれいな子ではなかった。当時思ったのはこれくらいだ。〈……名前はヴァネッサだったかな？　それともヴィオレーヌ？〉〈ああ、ヴァレリーだったっけ？〉当初は誰もがその話でもちきりだった。数週間後、顔写真は校門から取り外された。数カ月後には、彼女のことは会話の中にもたまにしか出てこなくなった。そして数年が過ぎ、ガランスは忘れてしまっていた。二〇一二年に、高校三年生の女子生徒が、体育館の屋上から投身自殺したことを。名前はたしかVで始まっていた。……ヴァニーナ《Vanina》。そうだ、ヴァニーナという名前だった！　ガランスは目を閉じて彼女の霊魂に救いを求めた。彼女の亡霊が非常階段にいるかもしれないと想像すると心が落ち着いた。自分と一緒にいてくれるのだから。

　どう贖《あがな》っても、もう元に戻ることはできないとガランスにはわかっていた。ここは、ほんの些細な過ちでも終身刑に変えてしまう町なのだ。ある日、脂ぎった髪のままで家から出たとする。たとえばある日曜日、ほんのすぐそこまでたまたまパンを買いにいったとする。そして学校の誰かと出くわす。すると今後十年間は悪口を言われることになる。つねに衛生状態を疑われることになり、脂ぎった髪の娘ということになる。そしてオリーブオイルメーカーの名前で呼ばれることになるのだ。だから……。慣れなくてはいけない、とガランスは思った。少なくとも、モードが味方になってくれるまでは。それだけが、心を落ち着かせることのできる唯一の希望だった。モード・アルトーを敵に回したい人間など誰もいない。モードがインスタグラムで一言コメントしてくれさえすれば、この一週間で状況が悪化するのを防ぐことができるはずだ……。大丈夫。十時に校庭のプラタナスの木陰で会えるまで待とう。そこで今の状況について相談すればいい。そこにはサロメもいるだろう。だが、面と向かってサロメを非難してやりたいという気持ちは昨夜より薄れていた。むしろ最終的には直接顔を合わせることは避けたいと思っていた。というのも、サロメからは送ったメッセージに対する返信がいっさいなく、後悔しているようには思えないからだ。だがモードは、サロメが何をしたかを知れば、ガランスの味方になってくれるはずだ!……でも、モードは本当に何も知らなかったのだろうか?……グレッグは? グレッグからも、まだ励ましのメッセージは一つも受け取っていない……。グレッグが自分のことを恨む理由など何もない。悪いことなどまったくしていないのだから!……悪いことなどまったくしていないが、もしサロメが自分をグループから排除したがっているのだとしたら、他のメンバーは自分を引き留めようとするだろうか? 防火扉の向こうには、切り立った非常階段が下へ下へと続き、人気《ひとけ》のない廊下が延々とどこまでも延び、自分はそこを歩き続ける……ガランスは想像するのをやめた。自分がどうなってしまうのか、考えれば考えるほど怖くなった。出口のない二つの扉の間の、音のない空間にたった一人でいると、ヴァニーナの亡霊までもが自分を見捨ててしまったように思われた。

各階のフロアで生徒たちの笑い声や叫び声、名前を呼ぶ声、電話の着信メロディーが響くなか、ガランスは校庭までたどり着くために、まず階段を二階まで一気に駆け下りた。そしてなんとか群衆に捕まらずにすんだ。階段の陰から廊下に出る時には、まだ残っている生徒がいないか確認した。いざ出てみると驚くほどラッキーな状況だった。中央ホールで女子生徒二人が話に夢中になっていただけで、それ以外は他の誰にも会うことなく、アーチ型の廊下を通り抜けることができた。下から校庭のざわめきが響いてくるが、タラップには人はいない。このタラップは図書館や西棟の事務・管理部門につながっているが、ここを使う人はほとんどいなかった。その時背後で声がした。先ほどの二人の女子生徒が後ろからついてくる……。たまたまだろうか？　それとも自分の後をつけているのだろうか？　ガランスは振り向くことなくタラップの端までたどり着いた。さらに図書館を通り過ぎ、西棟のアーチ型通路を下から姿を見られないよう壁伝いに歩く。この先の突き当たりにある階段から校庭の奥に下りることができる。二人の女子生徒は話をやめた。同じ速度でついてくるその足音がガランスを不安にさせた。肩甲骨の間に、糸のように伸びた二人の視線を感じた。ガランスは下を向き、早足にならないようできる限り努力したが、速度を上げてきたのは女子生徒たちのほうだった！　距離を縮めてくる追っ手の存在に、ガランスは自分が追い詰められた獲物になったような気がした。追っ手の大きな身体と地面に映る影に、今にも捕まってしまいそうだ。ガランスは校庭全体からまる見えになる危険を冒してブロック塀の側に寄り、プラタナスの木陰に仲間がいるかどうか探した。モード、グレッグ、サロメは、ガランスにとってただ一つの救いの道だったが、三人の姿は見当たらない……。いた、あそこだ！　これまでと同じ待ち合わせ場所にいた！　ガランスは後ろの二人組に追跡を思いとどまらせようと、仲間に大きな身振りで合図した。グレッグはこちらに背を向けていたので、ガランスはモードの注意を引こうとさらに身を乗りだした。こちらに顔を上げたのはサロメだった。サロメはガランスの必死のジェスチャーには反応しなかったが、わずかの間、目と目が合った。まさにその時、二人の女子生徒が、ガランスにまったく関心を示すことなく通り過ぎていった。ガランスが勝手に怖がっていただけだったのだ。モードが顔を上げ……ガランスを見た！　グレッグも振り向いた。サロメが教えたようだ。二人とも躊躇していたようだが、モードが腕を上げ、こちらに来るようにと合図した。一度もモードのことを疑ったことのないガランスは、石造りの階段からモードのところまでを走っていきたい気持ちだった。

　階段の下半分は視界をさえぎるものがなく、また校庭にはかつてないほど生徒があふれていた。遠くのほうで誰かが言葉を発したが、距離があり過ぎて対象まで到達しなかった。ガランスがあれは自分に向けられたものだろうかとまだ考えている間に、はっきりとした声がガランスの耳にも届いた。〈この売女《ラ》！〉　この声が全方向の注意を引き寄せた。〈ガランスのまんこくさ《ラ》った《ン》におい《ス》！〉〈ヘイ、まんこくさった《ン》におい《ス》！〉　こめかみがずきずきした。ガランスは最後の数段を下ったが、気持ちは階段を駆け上がっていた。あごを胸にうずめ、視線は石の階段の縁に固定して他のものを見ないようにした。モードとグレッグがガランスのほうに寄ってきた。サロメは後ろで携帯電話をのぞきこんでいる。モードがガランスの頬にキスしたとたんに、校庭の叫び声がやんだ。誰もこれ以上ガランスに敵対することは、今のところは、できなくなった。グレッグも同じようにガランスの頬にキスしようとかがみこんだ。その時グレッグの上着のポケットでメッセージの着信音が鳴った。

「向こうで待ってるよ」グレッグはメッセージを読み終わると、モードに向かって言った。

後ろにいたはずのサロメの姿はなかった。校庭の別の場所で合流するつもりなのだろうとガランスは思った。

「グレッグもあたしに冷たい態度をとるつもりなのね？」

「どちらの側にもつきたくないのよ」モードが答える。「ガランスの側にも、サロメの側にもね」

「でもサロメはどういうつもりなの？　あたしがいったい何をしたっていうの？」

「そのうち忘れるわよ」

「コンテストのせいなの？」

「がっかりしただけよ……」

「でもそれはあたしのせいじゃないよ！」

「そう、ガランスのせいじゃないわ」

「じゃあサロメはどうしてあんなことをしたのよ？」

「何を？」

「どうしてあの動画をみんなにばらまいたりしたの？」

「サロメは自分じゃないって言ってる」

「あたしがあれを送ったのはサロメだけだよ！」

「それは、あたしは知らないけど」モードは懐疑的な口ぶりで言った。

「本当だってば！　サロメとヴァンサンだけ！　それだけなの！　ヴァンサンが学校じゅうにばら

まいたりするはずはないから……」

「誰かが携帯の中を勝手に見て探したんじゃないの？　ダンス教室とかどこかで……」

「そんなことあり得ない、あの動画はあたしももう持ってないんだもん。すぐに削除したから」

「ごみ箱の中も忘れずにちゃんと削除した？」

「どっちにしても同じでしょ！　あたしの携帯はロックがかかってるんだからＰＩＮコードがわからなきゃ勝手に入れないよ！」

「どうしてスナップで送らなかったの？　スナップで送っていれば全然問題なかったのに……」

「その時は考えられ――」

「ちょっと待って、もうすぐベルが鳴るし、あたしは哲学の授業があるの。二週間後には大学入学《バカ》資格試験《ロレア》の模擬試験があるから、本当に――」

「一緒に行くよ。どこの教室？」

二人が中央大階段の方向に歩きだすと、二人を見つめる目の数は増えていった。ガランスは誰とも目を合わせないようにしたが、二人が進むにつれて校庭の人口密度は高くなった。ガランスが自己防衛のために用意していた筋書きは消えていった。

「昼休みに会える？」ガランスは懇願するように訊いた。

「父と食事することになってるの」モードが答える。

「夕方は、何時に終わるの？」

「母が迎えに来るから」

「……いつなら会える？」

「はっきり言うと、今はちょっと難しいのよ。両親は、あたしが五分でも暇な時間があればイヴァンに会いにいくと思っているし、あたしがどこにいるのかつねに知っているんだから。あたしの時間割を身体にタトゥーで彫ってるんだと思うわ、絶対そうよ……」

単に気のせいかもしれなかったが、ガランスはモードの歩くスピードが速くなったように感じた。そして突然、この場に一人で取り残されたらどうしようと思って怖くなり、なんとかこの会話を続けるための理由を探した。

「イヴァンはどうしているか知ってる?」

「あたしたちもう付き合ってないの」

「えっ?　そうなの?……どうして?　何があったの?」

「その話はしたくないの」

「モードの両親のせい?」

「ガランス、その話はしたくないって言ってるでしょ」

モードのよそよそしい口ぶりに、ガランスは腹にタールを詰めこまれたような感覚になった。今はまだモードと並んで歩いているが、もうお互いに話すことがなくなってしまった。だが辺りでは百人以上の目がガランスを取り囲んでいる。横にモードがいなくなれば、校庭を横切ることさえ阻まれてしまうだろう。ガランスの目には、彼らが立っている場所に、V字型の指が音もなくそびえ立つさまが見えるような気がした。ガランスは自分の足下を見つめた。そうすれば自分を守ることができるかのように。

「一つだけ質問してもいい?」

「何?」

「サロメはどうしてあんなことをしたんだろう?……それがわからないの。あんなことをして何か得になることでもある？」

「まあでも、あたしには、自分がやったんじゃないって言ってたし、だからガランスはどう――」

「サロメはいったいなんて話したわけ？」

「ガランス、あたしは何も知らないのよ！　それにこの一カ月間、みんながひどい目に遭ってるのよ！　ガランスだけじゃないの！　あたしなんか、外出禁止だし、車も携帯電話もないし……。ヴァンサンの母親がうちの両親にあたしのせいだって言ったから……」

「何が？」

「何もかもよ！　ヴァンサンが留年したのもどうやらあたしのせいということみたいだし。仲間に悪い影響を与えているのもあたしだそうだから……。だから、サロメとの間に何があったのかは知らないけれど、動画についてのあなたたちのつまらない喧嘩のことなんか、あたしには関係ないのよ！」

　ガランスは言い返したかった。そうじゃない、と。実際は、これはモードに関係があるのだと。モードがいなければ、これまでのことはすべて何も起こらなかったのだと。ハロウィーンパーティーに自分を招いたのはモードなのだと。自分とモードは友だちなのだと！　他のメンバーも皆友だちだったのだと。友だち以上の存在だったのだと。ガランスは言い返したかった。あの動画のせいで全校生徒に自分を拒絶する権利があるとしても、この仲間にはその権利はないのだと。なぜなら、すべてはその仲間のためにしたことだからだ。どうして皆サロメの味方をするのだろう？　どうしてモードはガランスをかばってくれないのだろう？　自分も非難されることを恐れているのだろうか？……たしかにしようと思えば、ガランスにはそうすることができるのかもしれない。彼女たちが毎日イヴァンのところでしていたことを話すことができるのかもしれない。だいいち、これまでガランスはたくさんの写真を受け取っていた。胸や、尻や、女性性器やペニスの写真だ。だがそれはスナップだったので消えてしまった。もう証拠は何もない。でももし、自分がそれを保存していたとしたら？　スナップハックやスナップキープ、あるいはその手の別のアプリを使っていたとしたら？　そうすれば彼女たちも、学校じゅうが自分の敵にまわるということがどういうことか、わかるに違いない。

二人はモードの教室の前に到着した。ガランスは一言も言い返さなかった。なぜなら、この時はまだ望みを持っていたからだ。またプラタナスの木陰で集まることができるようになると。今日の午後ではないかもしれないが、明日……あるいはもう少し後で、事態が多少落ち着いたら合流できるはずだと。そして、自分はまだ彼らの仲間なのだと思っていたからだ。その時が来たら、仲間は自分を呼び戻してくれるはずだと。きっとすべてがうまくおさまるはずだと。

2016年4月

非通知の電話。出るべきではなかったのだ。相手は沈黙したままだ。十秒たっても誰も話さない……。ガランスの心臓が鼓動を止める。やがて音楽が流れてくる。心臓は再び動き始める。鼓動がエレクトロミュージックのビートとシンクロし始める。

ガランスは電話を切った。またかかってきたらどうしようと思うと心配だった。母親が目を覚ましてしまうかもしれない……。ガランスは携帯の設定を機内モードに変更したが、頭の中に入りこんだ歌詞はそう簡単には消えない。

『アテンション・ホアー《Attention Whore》』。彼らはこの曲をガランスのテーマ曲に決めたようだ。目立ちたがり屋のあばずれだというわけだ。ガランスが廊下を通る時に彼らが毎日歌っているのはこの歌だった。ＤＪのデッドマウス《deadmau5》という名前も気味が悪い。高校のエレクトロミュージックファンの間では崇拝の対象となっている人物らしいが、ガランスは聞いたことがなかったのでウィキペディアで調べてみた。マゾ的好奇心はまだ限界には達していないようだ。

ガランスのマスターベーション動画は数週間で興味を引かなくなり、彼らはガランスを攻撃するための素材をネット上で可能な限り探しだした。ガランス自身のインスタグラムの中だけでも、かなりのものが見つかったようだ。ユーチューブでＬａｒｕｍｅｕｒ《うわさ》と名乗っている人物は、ガランスの自撮り写真の中から都合のいいものを盗用して編集し、デッドマウスによるミキシング録音の音楽にのせて公開した。ある意味、ガランスに芸術的資質を刺激されたということになる……。写真の選択そのものがすでに偏っているうえに、曲名の『アテンション・ホアー《Attention Whore》』は過剰なほどにその意図を説明する役割を果たしていた。Larumeur《うわさ》はガランスがかなり大胆に自分をアピールしている写真を選んでいた。新しいペンダントを買ったことにかこつけて胸元を大胆に露出したり、日に焼けたと文句を言うために尻を見せたりする写真だ。アヒルロの写真もかなりあるし、にらみつけるような視線や、明らかに賛辞を得るためにやっていると思われるポーズも多い。それでも彼女が注目度を上げるために媚を売っていると理解できなかった人たちには、歌詞が理解を助けてくれるというわけだ。その動画はユーチューブで三千百五十二回視聴された——前回ガランスが確認した時はそうだった。ガランスも頻繁に見ていたので、その動画の成功に貢献しているといえた。今のガランスは、自分が他の人に抱かせる嫌悪感を理解することができた。自分は、まさに自分を嫌う人たちが考えているとおりの人間だと思った。自分自身の顔にも我慢できなくなった。自分の容貌に対する評価がコンプレックスに変わってしまったからだ。自分をテーマにした議論がネット上でおこなわれることもあった。《なぜ彼女は自分のことをいまだにファッションモデルだと思っているのだろうか?》ガランスはそこにリアルタイムで参加して何時間も過ごすことがあった。《彼女は高校をやめてポルノ女優の道を進むほうがよいのではないか?》議論の成り行きがほんのわずかでも自分の味方に傾いてくれたらと期待しながら、ガランスは意見交換を見守った。ツイッターではアンケートの結果が発表され、彼女とセックスしてもいいと答えた男子は五十三パーセント、それに対してペニスをごみ箱に挿入したほうがましだと答えた男子は四十七パーセントだった。とりあえず過半数は獲得したというわけだ、とガランスは心の中で変に安堵した。ごみ箱といえば、他にも〈#ガランスと一緒に自撮りしよう〉というハッシュタグでコンテストが開催された。ごみ収集容器や便器などと一緒に自分の写真を撮るというものだ。リツイート数で一番になったのは高校二年生の女子生徒で、道路に落ちている犬の糞の隣にしゃがみこんで撮った写真だった。

ガランスは毎日学校から帰ってくると、自分に関して発信された情報を探し、昼間見逃していたものがなかったかをチェックした。すべてのコメントを隅から隅まで読んだ。何か大切なものを見逃すまいとするかのように。問題は、量が多すぎてどこまでいっても終わらないことだ。彼らはどこまでもガランスを追ってきた。スナップチャット、インスタグラム、フェイスブック、ツイッター、ゴシップ、ペリスコープ、ユーチューブ……。Larumeur《うわさ》のユーチューブチャンネルでの登録者の反応から判断すると、SNS上ではガランスがどのような形で自殺すべきかについて意見を持つ人がかなり多くいるらしい。もう四十三日だ、とガランスは思った。ガランスがインターネットの中に閉じこめられてから四十三日がたっていた。どうして自分はSNSをやめられないのだろう？　どうしてアプリを全部削除してしまわないのだろう？　答えは、どうしても、だ。自分にとってはこれが、この世界にまだ存在している唯一のものだから。彼らが自分のことをどう思っているかという、そのことだけが……。もちろん、自分がそれを知ろうが知るまいが、彼らはガランスのことをいろいろ言い続けるわけなのだが。これからまだどれくらいの間、ガランスの話題は彼らを楽しませ続けるのだろうか？

復活祭の長い休みの間も彼らは手を緩めなかった。ガランスは毎日大量の猥褻《わいせつ》なスナップを送りつけられ、着信通知をオフにした。熱心な連中はショートメッセージを送りつけてくるようになった。二週間の非常に長い休みの間、ガランスは自分の部屋にこもり、彼らが飽きるのを待った。だが学校で会わないからといって〈去る者は日々に疎し〉などとはなるはずもない。彼らの中には無駄な努力をする者がいて、そういう連中は人を侮辱するのが下手なようだ。たとえば〈尻軽女〉。独創性によってランク付けするつもりはないが、これはあまりにもふつうだ。〈よろめき女〉こちらのほうが凝っている分、少しはましだ。〈尻から初めて女〉こうなると基本からはかなり遠ざかってしまう……。ガランスは十ほどの電話番号を着信拒否にしたが、今度は非通知でかかってくるようになった。ここしばらくの間はそういうことはなかったものの真夜中に着信音が鳴ると困るので、ガランスは母が寝る時間には忘れずに携帯電話をサイレントモードに設定しなければならなかった。

今夜は夕食の時にまた母から、話もしないし、元気もないし、食欲もないと叱られた。母もうんざりしているのだろう。母にしてみれば、コンテストで選ばれたというのに、どうしてそれ以降あまり嬉しそうでないのか理解できないのだ。そして、もしそんな暗い顔をしているところを審査員が見ていたとしたらコンテストでは選ばれなかっただろう、とか、そんながりがりの姿で九月にパリに行っても、決勝で勝つチャンスはないだろう、と言った。幸い、いつもはここで終わる。母が質問することはあまりないし、したとしても、あいまいにかわして〈うん、学校のほうはうまくいってるよ〉とか〈ううん、スアドはあまり出かけたくないんだって。疲れてるみたい〉などと返事をしておけば母を安心させることができた。自分を愛してくれるのは母親ただ一人なのだと思うと気持ちが落ちこんだ。母があの動画を見ていないただ一人の人物であるだけになおさらだった。毎晩ガランスは、母が〈コリフェ〉から戻ってくるのを今か今かと待った。とはいえ、顔を合わせればいつも最後には言い合いになって終わることが多かったのだが。夜が更けてもなかなか寝付けない時には、母のベッドに潜りこんだ。母は半分眠ったまま長い腕でガランスを抱きしめた。暗闇の中で母に身体をすり寄せていると心が落ち着いた。だがそれはじっとりとした悪夢と引きかえだったが。というのは、だんだん身体が窮屈になってどうしても体勢を変えたくなるのだが、手足をばたつかせると母を起こしてしまうことになる。そこで動かないようにしていると、最後には自ら機能停止状態に陥っていくことになるからだ。今夜は我慢しよう、とガランスは思った。自分でもわかっていた。自分はもう大きすぎて、母親のベッドの中に避難場所を求めるような歳ではないのだ。それでもやはり、一人で眠るのは怖かった……。夜があまりに短かすぎて怖かった。眠りから覚めれば瞬く間に明日に押しだされる。明日になってほしくなかった。

毎朝ガランスは誰にも会わないように三十分早く登校し、空いている教室に潜りこんだ。もしドアが閉まっていたらどこか隠れることのできる場所に身を隠して待ち、授業が始まってから遅れて自分の授業がある教室に入った。遅刻回数は警告のレベルを超えてしまったが、自分に他の選択肢があっただろうか？　そんなものはない。実際の授業の間は我慢できた。教室に一人でも大人がいれば、物理的な攻撃の脅威は感じなくてすむ。彼らもおとなしくせざるを得ず、ガランスは少なくとも大声で侮蔑の言葉を投げつけられるのを逃れることができた。誰もが集団リンチに荷担《かたん》していたわけではない。スアドは、他の生徒たちの攻撃があまりに過熱した時に「やめなさいよ、もういいでしょ！」と言って止めたことが何度かあった。授業の合間の短い休憩時間には、ガランスはカモフラージュ戦術で廊下を移動した。つねにあまり目立たない場所や隅を探し、身を隠すことのできるドアを探して歩いた。誰かが身体にすれすれのところをかすめていっても、驚いて跳びあがることはなくなった。騒がしいグループがいれば避け、人がいれば脇によけて道を譲った。じろじろと見られれば顔を背け、自分に近づいてくるそぶりをする者がいれば場所を譲った。時には携帯電話をかざして、まるで動物を撮るかのようにガランスを動画撮影する者もあったが、かまわず歩き続けた。侮辱の言葉を投げつけられたり突き飛ばされたりする時、ガランスは自分を傷つけるものが何もなくなるまで動かず、気持ちを集中させた。罵りの大きさには関係なく、自分で自分の心の中に水のせせらぎを生みだした。それが外部の騒音を飲みこみ、ショックを緩和してくれた。ガランスは事が過ぎるのを待った。そして歩きだした。

グループのメンバーは誰一人連絡をしてこなかった。そのうえガランスと同じ階で授業がある時でも、いつも出会わないように画策していることにガランスは気がついた。最悪なのは、自分がいなくても彼らの関係にはなんの変化もなく、一緒に笑い合っている姿が遠くから見られたことだ。彼らにとってガランスは単なる通りすがりの人間に過ぎなかったとでもいうように、そのうえ、ガランスが通りすがったことさえもう覚えていないかのように。復活祭の休みの直前、ガランスはグレッグにメッセージを送って、何か飲みにいかないかと誘った。グレッグからは大学入学資格試験《バカロレア》の勉強があるので時間がないと返信があった。ガランスが誰かと話がしたいのだと言うと、グレッグは折り返し連絡すると約束し、スマイリーの絵文字を送ってきた。それを見てガランスは、もう返信がくることはないのだとわかった。二週間の休みが明けると、彼らは校庭の待ち合わせ場所を変えた。プラタナスの木陰には別のグループが集まるようになった。いたるところでグループが形成されたが、ガランスはどこにも属していなかった。ネット上では、ガランスは独りぼっちだといって笑いものにされた。そう、そのとおりだ。昼はいつも一人で昼食をとり、夕方は一人で帰宅し、自分の部屋に一人閉じこもってインターネットに接続する。唯一心が慰められるのは、学校でのいじめをテーマとしたフォーラム上で、自分と同じように孤独な人々の体験を読むことだけだった。孤独というのは、単に世界の中で自分の居場所を変えることではない。それは具体的で実体をもった、嫌悪感を引き起こす存在なのだ。それは自分自身から出る膿《うみ》であり、自分自身を覆う。毛穴からにじみ出る分泌物のように、皮膚の表面を覆いつくす。洗い落とすことはできず、皮膚にへばりつく。ガランスは単に孤独なだけではなかった。今や孤独それ自体が、まさに自分そのものだった。

一度、心底気持ちがぽっきりと折れてしまったのは、自分の動画が送られてきた時だ。携帯から携帯へと転送され続け、回りまわって戻ってきたわけだ。ガランスは見ずにはいられなかった。何度も繰り返し見た。まったくおかしなことだが、ガランスはその動画を一度も見たことがなかった。ヴァンサンとサロメに送信する前に内容を確認することさえしていなかったのだ。ピントもあっていないので、確認していたらもっとうまく撮れていたに違いない。動画の手前には垂れ下がってぶよぶよした外陰部が映っている。まるでゆでた軟体動物のようだ。その後に腹の表面の小さなたるみが続く。動画を繰り返し見た後、ガランスは、どんな神様でもいいからサロメ・グランジュが電撃的に病気になって死ぬようにしてくださいと祈り始めた。そして繰り返し祈っているうちに眠りこんでしまったらしく、目を開けると外はもう暗くなっていた。暗闇に乗じて悪い力がガランスの身体の中に潜りこんだ。そして、胸の中に閉じこめられていたカラスが卑劣な行為を糾弾し始めた。ガランスは再びサロメにメッセージを送った。途中、いったいどういうわけで憎しみが嘆願《たんがん》に変化してしまったのかは自分でもわからない。だが実際のところ最後には、ガランスは自分のほうから謝っていた。わざとやったんじゃないことはわかっている、動画は間違って送信してしまったのだろう、それどころか送ったのはサロメじゃない。誰かが自分の携帯を勝手に見たのだろう、自分が悪かった、サロメのことを非難すべきではなかった……。すぐにグレーの吹き出しが画面にあらわれ、その中に三つの点〈…〉が波のように続いた。やがて吹き出しは消えた。サロメからの返信はなかった。電撃的に病気になって死ぬこともなかった。だがそれは、どんな種類の神様も存在しないということなのだろう。

校庭の奥にあるトイレは、今やガランスのお気に入りの場所になった。コンクリートブロックの壁に磨《す》りガラスの屋根をのせた造りで、中には六つのドアが並んでいた。もともとは男女の区別がなかったが、誰かがマジックで最初の三つのドアに〈女子〉、残りのドアに〈女子以外〉と書いていた。ガランスはどれでも好きに使える状況にあったが、この区分を尊重した。ここがまだ使用されていた頃は、生徒はキスをしたりマリファナタバコを吸うためにこの場所を訪れた。中にはつねに多くの人がいて、煙があがったり物音がしたりしていた。監督官はそこでおこなわれていることを知っていたが介入しなかった。校庭のトイレは政治的避難場所とみなされていたからだ。だがそこを掃除する清掃員の女性たちからは何度も不満の声があがり、最後には彼女たちの望むような結果になった。校長は校庭のトイレを使用禁止にし、各階のトイレを使うようにという指示を出したのだ。ただし実際には、入り口が完全に閉鎖されていたわけではなく、〈トイレは使用できません〉と書かれたA４の貼り紙を無視して扉を開ければ中に入ることができた。この場所はガランスが休み時間のあいだ身を隠すには完璧な場所だった。そのうえここで用を足すことだってできる。〈女子〉と書かれたドアの内側にはいくつも落書きがあり、ガランスは、便器の上を不法占拠している自分の身の上を忘れて気を紛らわせるために、それを読んだ。〈地獄。それは月曜日〉、〈アナイス&ルイ　二〇〇九年四月十日〉、〈何かかっぱらってこい〉、〈やっほー、元気?〉、〈雪が溶けると白はどこへ?〉⇩〈きみの雌猫の中に〉⇩〈サーシャの雌猫《シャット》〉⇩〈サーシャのまんこ《シャット》〉⇩〈おまえの母親のまんこ《シャット》〉、〈屈辱はごめんだ。おれは拳銃を捨ててやる〉、〈アッサ・トラオレ（殴り書き、判読不能）〉、〈自由はただで手に入れられるものではありません〉、〈トマ・エスポ愛してる〉、〈空の飛び方を学ぶ前に、落ち方を学ぶがいい〉、〈フォーガスが女を買う〉、〈えるしっているか? 死神はりんごが好きだ〉、〈足が四本と背中が一つと翼があるものなーんだ?……答えは椅子です（翼っていうのは嘘だけど）〉……。合金のトイレットペーパーホルダーにはもう紙がなかったので、ガランスは自分のバッグからティシューを取りだそうとした。その最中、入り口の扉が開く音がした。許可なくこのトイレを使っているのが自分だけでないことは知っていた。時々蛇口からしずくが滴り落ちていたし、いつも床には怪しい水たまりや、黒い靴跡、尿や吸い殻があったからだ。とはいえ、正式な使用禁止命令は、ガランス自身は勝手に自分を適用外にしているものの、他の生徒に対してはいまだ一定の効力があるように思われた。扉の音に続き、足音、そしてささやき声が聞こえてくる。どこかのドアノブがカチャッと音をたてた。さらに別のドアノブも……。誰かが個室のドアを全部開けようとしている! ガランスは恐怖で凍りついた。それは、かくれんぼをしていて見つかりそうになった瞬間に似ていた。ただし、あまりに長い間暗闇の中で待っていたために、これが遊びなのだと忘れてしまった時の、あの恐怖の瞬間に。バタンとドアの開く音が近づいてくる。勢いよく押された隣の個室のドアが扇のようにパタパタと揺れ動く音がした。

「いるってわかってるんだからね……」

何人かの知らない女子の声がした。ガランスの個室のドアが開かないことにいらだっている。

「開けなさいよ!」

「ほら！」

ガランスは息を止めた。そして音をたてないよう最大限の注意を払いながらジーンズを上げた。この知らない人間たちが万が一ドアを叩き破った時に、半分裸の状態で踏みこまれたくはなかった。

「開けろ、まったく！」

今度はドアが激しく揺れた。誰かが足で蹴ったに違いない。

「言っておくけど、ドアが開かないんだったら壊すまでだから」

「聞いてるの？　聞いてないの？　開けたほうが身のためだよ」

もちろんガランスは聞いていた。少なくとも女子が三人はいるようだ。だが自分が声を出さない限り、自分が本当にここにいるかどうかはわからないはずだ。この数週間ガランスは、目を背けていれば問題は消えてしまうのではないか、という希望を持つことによって生き延びてきた。ずっと沈黙していれば自分自身も消えてしまうのではないか、と思うことによって。だから彼女たちがドアを突き破った時には、そこにはもう誰もいないのではないか……。再び足蹴りでドアが揺れた。

その時、男の声がした。

「ここで何をしているんだ？」

監督官の声だ。ガランスは、突き出た耳を持つ監督官を救世主のように感じた。

「この場所からただちに立ち去りなさい！」

この監督官はテレビドラマを見るのが好きなのだろう。〈この場所から立ち去れ〉というのは、この状況では少々大げさな表現のような気がするからだ。ともあれ、監督官のおかげで三人の（たぶん、少なくとも）いきりたった女子生徒は外に追いだされた。トイレの中には静けさが戻った。その時ほんの一瞬、左側の、可動式の仕切りの向こうからカチッという音が聞こえたような気がした。ガランスは耳を澄ました。もう音は聞こえなかった。ガランスはドアの掛け金を外して個室の外に出た。正体不明の襲撃者たちは簡単には自分のことを諦めないだろうし、自分を守ってくれる鍵のかかったドアがいつも間にあるわけではない。だいいち、もしかすると今も校庭で自分を待ち伏せしているかもしれない……。念のため、ガランスはしばらく鏡の前で待つことにした。そして、そろそろ自分もこの場所から立ち去ろうと決心して入り口の扉を開けようとした。だが扉は動かなかった。もう一度トライした結果、ガランスはここから出られないのだということがわかった。監督官が建物に鍵をかけていったのだ。

正面の壁には六つの洗面台が一列に設置され、洗面台の上には五つ半の鏡が付いている（五つ半、というのは、真ん中の鏡の半分はもういつからかわからないほどの昔から壊れているからだ）。

〈キングK
警察と寝るか
おまえの女房とも　もしメス犬ならば〉

ガランスは目の前の鏡に黒いマジックで書かれた落書きに、見るともなしに目を走らせた。右足に体重を乗せると、〈メス犬〉という文字が自分の頬に重なった。少しだけはみ出しているけれど。ガランスは化粧ポーチを開けてマスカラを取りだした。目元以外の化粧はもう済んでいる。マスカラを一塗りするとまつ毛どうしが張りついてしまった。まつ毛ブラシがないので解くことができないが、しかたがない。もう一塗りする。カーブしたまつ毛の先がまぶたについて黒くなった。ガランスは目の端に付いた黒い跡を指でぼかし、スティックを容器の中に浸してまたやり直す。今度は、放射状の足をした一匹の蜘蛛が目の周りをぐるりと取り巻いた。ガランスは鏡の中で惨状を確認すると、さらにそれを強調するような眉のラインをアイブロウで描き加えようとして洗面台の上にかがみこんだ。その時、鏡に映る自分の背景に人の形が浮かびあがった。鏡の中に男子がいた。男子は、直接的にも鏡越しにもガランスを見ていなかった。物音もたてなかった。きっと〈女子以外〉と書かれた個室にいて、掛け金をそっと外して出てきたに違いない、とガランスは思った。まったく音が聞こえなかったから。それに、もう一つ確かなことがあった。この人はトイレの水を流していない。流したら、その音は聞こえるはずだから。

「閉じこめられちゃったみたい」ガランスは振り返りながら言った。

男子は返事をせずに入り口の扉に向かい、開けようと試みた。

「あたしもやってみたけど」

ガランスはこの生徒をこれまでどこかで見たことがあるのかどうかわからなかった。それほど大規模な高校ではないのでたぶんどこかで会っているはずだが、思いだせなかった。鍵をかけて閉じこめられたトイレの中でもなければ、特に気づくこともないような顔立ちだ。ガランスは目の端で生徒を観察した。上唇が下唇より厚い。これは注目に値する珍しい形だ。だがそれ以外は特に目立った特徴はない。男子生徒の動きはゆっくりで、腕の動きは死体にくくりつけられたブイのようだ。まるで、生命のない物のような存在感だった。ガランスは本能的に、この人物なら一緒にいても安全だと感じた。それはたぶん、男子生徒が自分と同じ場所にいる人間に対してまったく関心がないように見えたからかもしれない……少々無関心が過ぎるともいえるが。このような状況下でこちらを無視するのはあまりに常識外れだと言っていい。だが、自分を特別視することがなさそうな人間と一緒に閉じこめられたのは幸いだった。

ガランスは、自分の携帯電話はバッテリーが切れているので、男子生徒の携帯で友だちに電話して知らせてくれないかと頼んだ。だがそれは嘘で、本当は電話できる相手が誰もいなかったからだ。

男子生徒は抑揚のない声で、携帯を持っていないと答えた。今は持っていないということ？　それとも携帯を所有していないということ？　ガランスは質問は差し控え、化粧ポーチをバッグの中にしまった。男子生徒は自分の前の宙をにらんでいる。まるで周りには、視線をさえぎるような形あるものは何もないとでもいうように。ガランスは平静を装い、扉に戻ってもう一度取っ手を動かした。こんな動作を繰り返しても開くはずがないことはわかっていたが。案の定、扉は動かない。手のひらで扉を叩いてみたが、情けない音がしただけだった。男子生徒は壁にもたれながら滑り落ちるように床に座った。突然、ガランスはこの男子生徒に対して憤りを感じた。彼がここから抜けだすための努力も、会話をしようという努力もしないからではない。床が汚いのに、そこに座ったからだ。ガランスは彼を傷つける方法を見つけて口にした。

「トイレの水を流さなかったでしょ」

男子生徒から短い笑いがもれた。横顔のほうが正面から見るよりもっとひどい、とガランスは思った。しばらくの間、二人は黙ったままでいた。男子生徒は床に座って、洗面台の下の排水管を見つめていた。ガランスのほうは立ったまま、男子生徒を見なくてもすむように目に入るものを次々に見ていった。鏡を一つ一つ順番に眺め、真ん中の鏡の破損個所を眺め、天井の磨《す》りガラスを眺め、その上に積もった木の葉を眺め、指や、髪の房の先にできた枝毛や、黒いマスカラが付着して縞模様になった人差し指の腹を眺めた。本当はここにいることがそれほど嫌ではなかったのだが、そう思う間もなく、まったく反対のことが口を突いて出た。

「まったく、もううんざり……」

返事はなかった。ガランスは自分の言葉が嘘っぽく響いたのだと思った。その悪い印象を消し去りたくなって、今度は鏡の上の落書きを読みあげた。

「キングK　警察と寝るか　おまえの女房とも　もしメス犬ならば……」

「……」

「全然意味わからないよね……」

「主語が誰かによるよ」

「え？」

「主語だよ」

「どの主語？」

「もし警察や読み手の女房と寝るのが〈キングK〉ならば、これは比喩的な意味で理解すべきだ。つまり〈キングK〉は皆をうんざりさせるという意味になる」

「うん……」

「あるいは〈キングK〉は、これを書いた人間の署名かもしれない。署名から始めたのなら、その後は命令形だ。つまり主語は読み手ということになり、これはむしろ忠告だ。その場合の意味は……〈権威に屈するな〉だ」

「でもその後に読み手の女房を侮辱するわけ？」

「〈メス犬〉は侮辱というわけじゃない……。たぶん褒め言葉として使われてる……。〈女房と寝てやれ　彼女がそうしたいなら〉……」

男子生徒は淡々と話をした。声は平板で低く、ほとんど抑揚がなかった。ガランスはこのトイレの文の解説を聞き、解説がやんだ後も、その沈黙を聞いていた。男子生徒の沈黙には、彼の話す言葉と同じ感触があった。ガランスは彼の隣に行って座りたい衝動に駆られたが、床が死ぬほど汚いことを思いだして思いとどまった。

「足が四本と背中が一つと翼があるものなんだ?」ガランスはなぞなぞを出した。

「空飛ぶ椅子?」

「ただの椅子でした」

「じゃあ翼は?」

「翼っていうのは嘘」

「ハハ……ハハハ……ハハハハハハ……」

このなぞなぞはそれほど面白くはない。だからこんなに大笑いさせた手柄を自分一人のものにするわけにはいかない。だが、本当はどんな理由で笑ったにせよ、そんなことはどうでもいい。だいいち、自分にだって笑えることがあるはずだ……。そう、笑えるはず……だって……だってここに閉じこめられているから。だってこの男子が誰なのか知りもしないから。だって全世界が数平方メートルのトイレになってしまったから。だって世界はたぶん、自分がいつもこのくらいだと思っていた限界を超えてもっと大きくなっていたから……。だって今突然、悲しいことだけど心の底からわかってしまったから——椅子には翼がないのだと。

「屋上から飛び降りた女の子のことを覚えてる?」

ガランスの質問は、そろそろ終わりそうになっていた男子生徒の笑い声を完全に終わらせた。男子生徒は、今回はガランスをまじまじと見つめた。それでもやはり、どこか別の場所を見ているようでもあった。その瞳は不断の注意力で遠くを探り、譲歩することなく遠くの一点に到達していた。ガランスは生まれて初めて、見られているという感覚を抱いた。心の内側を。現行犯で捕らえられたかのように。見つめ合っていたのはほんの一瞬だった。先に視線をそらせたのはガランスだった。

「あの子はどうして自殺したんだと思う?」

男子生徒はしばらく考えてから答えた。

「人はもう自分に価値がないと思った時に自殺するんじゃないかと思う。自分は他の人にとって価値がある存在なのだと思わせてくれる人が誰もいなくなってしまった時に」

ガランスは無意識に爪先立ちでくるりと回った。ダンサーの反射的行動だ。

「……動画は見た？」ガランスは訊いてみた。

「うん」

「どう思った？」

「人が自分のことをどう思うかなんて無視したらいいんじゃないの」

「無視するなんてできないよ」

「どうして？」男子生徒が訊く。

「人は社会の中で生きてるんだから、そんなこと……。とにかく、その話はしないことにする。気が滅入るから……」

「簡単じゃないだろうけど」

「今が楽しくないことは確かだけどね」

「つまり、自分自身でいることは簡単じゃないはずだってことだよ」

「……以前はできていたよ」

「みんながきみのことを好きだったから？」

「みんなってわけじゃなかったと思うけど、友だちはそうだった」ガランスは答えた。

「どんな共通点があったの？」男子生徒が尋ねた。

「友だちのこと？」

ガランスはいらだった。男子生徒がそのことを自分よりも知りたがっているように見えたからだ。ガランスはその質問に答えることができなかったので彼に背を向けた。そこで鏡を見て、まだ片方の目にマスカラを塗っていなかったことを思いだした。身体の位置をずらすと、男子生徒が鏡の中で右下の隅に座っているのが見えた。その平静さはいまいましいほどだった。

「何よ?」ガランスは身構えながら言葉を投げつけた。

「何も」

「言いたいことがあるなら言いなさいよ!……何を言われたって、これまであたしが聞いたことより悪いことのはずがないんだから」

「……」

「……」

「日本語の言葉があるんだ」

ガランスは蛇口を開けて、閉めた。

「〈ヒキコモリ〉っていうんだけど」

「どういう意味なの?」

「病気のことだよ」

「フランス語ではなんて言うの?」外国語で罵《ののし》られているわけではないとわかってきたので、ガランスは態度を和らげて尋ねた。

「フランス語の言葉はないんだ」

「日本でだけかかる病気なの?」

「ハハハ……」

男子生徒がいつも面白くないところで笑うことにガランスはうんざりした。こいつときたら！

「心の病なんだよ。〈うつ病〉とは違うからそう訳すことはできないけど、気持ちが落ちこむ一種のうつ状態ではあるんだ」

「あなたはマンガとかなんかを読んでるようなタイプなの？」ガランスは言った。

男子生徒はちょっかいを無視して続けた。

「ヒキコモリの人たちは自分の部屋から出ないんだ。出ることができないんだよ。彼らは寝るのも食べるのも、身体を洗うのも小便をするのも、全部自分の部屋でする。それが何年も続くことがある。大便はバケツの中にして、親がそれを片付ける。親はトレイに食事をのせて運んだり、身体を洗うためにたらいに湯を入れて運んだりする。でも親にできることはそれだけだ。子どもに泣いて頼んでも無駄だし、脅してもなんの役にも立たない。彼らは部屋から出てこないんだ」

「でもその人たちは部屋の中で何をしてるの？」

「ある程度の時間が過ぎると、もう外の世界というものが存在しなくなるんじゃないかな」

ガランスは指をなめてまぶたの端の乾いたマスカラを取り除こうとしたが、逆に黒い跡を広げただけだった。

「それであなたは？　共通点は何なの？」

「え？」

「あなたの友だちの共通点は何ってこと」

「……幸せなふりをしないことかな」

「あたしは幸せなふりなんかしてないよ！」ガランスは言い返した。「あなたが何を知ってるっていうのよ？　あたしのことなんか知らないくせに」

「きみのことはみんなが知ってる」

「みんなはあたしの性器を見ただけでしょ、それじゃわからないよ」

「きみの部屋も、きみのバスルームも、ダンススタジオも見た。きみの靴のサイズも、昼に何を食べるのかも、みんなが知ってる」

「そうだけど、それはインスタグラムに載ってるからでしょ。誰かを〈知ってる〉ってことはそういうことじゃないよ」

「じゃあ、どういうことなんだい？」

「もっと別のことだよ」

「それはちょっと安易じゃないの？」

「何が？」

「人は自分の上っ面《つら》しか知らないけれど、内面はもっと価値があるんだと思っていることだよ」

「……」

「内面も実は空っぽなんだって考えたことはないのかい？」

ガランスの口から、笑いとも怒りともつかないあいまいな音がもれた。

「あたしにそんなことを言うなんて、あなたは何様のつもり？」

「その質問、どうしてさっきドアを足蹴りしてた女たちに言わなかったんだい？」

「ほんとに、自分をいっぱしの人間だと思ってるんだね」

「残念だな、きみについて同じことを言おうとしていたのに、先に言われちゃったよ」

ガランスは、できるものなら自分を弁護したかった。自分にはちゃんと真実があるのだ。だが感じとった真実は溶けたままの状態だった。液状の真実を、ガランスは流れでるにまかせた。それを凝固させるには、まだ言葉が足りなかった。ガランスには言葉を当てにすることができなかった。もう自分の考えを論理的な流れの中にせき止めておくことができなかった。ガランスが身を守る術《すべ》は沈黙しかなかった。ガランスに対する尊重からなのか無関心からなのかはわからないが、男子生徒も沈黙を守った。

「幸せなふりなんかしてないのに」しばらくしてからガランスは同じことを繰り返した。

「きみにはそれ以外できないんだよ」

「じゃああなたは？　できるわけ？」ガランスはできる限り皮肉っぽく訊いた。

「できることもあるよ」

「じゃあ言ってみてよ、どんな解決方法があるっていうの？」

「なんの解決方法？」

「何もかもだよ……。そういうことの……。みんながあたしのことを……。だってあなたは、なんていうか……。あたしはどうしたらいいの？」

「ローヤルゼリー療法とか？」

彼女がふてくされた顔をしている。化粧用ペンシルで鏡に絵を描き、ペンシルがだめになってきたからだ。十一時になって遠くのほうで人の声がしたが、彼女は扉を叩いて注意を引こうとさえしなかった。いずれにしても正午前に校庭を通る生徒はほとんどいない。ラファエルとしては、ここに丸一日閉じこめられていても構わなかったが……。しばらく前からお互いに言葉を交わしていないが、ラファエルにはそのほうが好都合だった。この場所には一人になるために来ているのだ。とはいえ、この皮肉な状況に無関心でいられるわけではない。自分と一緒に閉じこめられるのはまさに彼女でなければならなかったからだ！　化粧用ペンシルの黒い芯が小さくなる。ラファエルはふてくされた顔をした女子は好きではない。不思議だったのは彼女がなぞなぞを出題したことだ。ラファエルはなぞなぞには少々うるさい。あの瞬間、彼女の顔は晴れやかになり、自分の美貌をあまり意識していない顔になった。そしておかしな感じがした。自分の冗談は面白くもなんともないとわかっているのに、自分のことをおかしいと思っているような感じだった。ラファエルは彼女がお絵描きに没頭しているのを眺めた。

「それはなんだい？」

「見てわからない？」

「花？」

「これしか描けないの。それとペニス」

人間の特徴の中で誰の目にもはっきりと見えるものは欠点だ、とラファエルは思う。人は最大の努力をして隠そうとしたものにいつも注意を引き寄せてしまうものだ。ラファエルはガランスの挑発にはまったく動じなかった。ラファエルの心を動かしたのは別のことだ。

「あたしのジーンズ、きつ過ぎると思わない？」

ラファエルは、ガランスが鏡の中の自分の視線を盗み見たことを知っていたし、この役割を演じなければならないことにたぶんうんざりしているのだろうということもわかった。だがラファエルを挑発しようと決めたのだから、最後までやり遂げなければならないと思っているのだろう。彼女は振り向きもせず質問を投げかけた。そしてさらに前屈《かが》みになって鏡の上に花を描き続けた。完璧に均整の取れた尻を後ろに突きだして。まさに、完璧。ラファエルは長々とそれを眺めた。そして最後にまじめに返事をした。

「ちょうどいいよ」

彼女は化粧ペンシルを洗面台の縁に置くと、ラファエルの隣に来て座った。

「イヤホン持ってる？」バッグから携帯電話を取りだしながら尋ねる。

ラファエルは、もう携帯はバッテリー切れということにしておかなくてもいいのか、とは指摘しなかった。イヤホンは持っていた。彼女は携帯にイヤホンをつなぐと片方をラファエルに差しだした。彼女の選曲には驚きはなかった。学校中の女子生徒が昨年から聴き続けているラップ歌手の曲だ。彼女たちはこのラッパーを〈ベイビー〉とか〈マイ・マン《my man》〉と呼んでツイッターに写真を投稿していた。ラファエルは、皆で同じ好みを持つ女子生徒たちが羨ましいくらいだった。〈あたしはこれが好きでこれは嫌い〉と断定したり、自分を定義するのにこれさえあれば大丈夫だと思うことは、ずいぶん簡単でわかりやすいに違いない。人格を音楽の好みで判断したり、自分の人生がサウンドトラックに値すると思えればどんなに楽なことか。ラファエルは、人生をイージーモードでプレイしているガランス・ソログブのような女子たちに興味を持ったことは一度もなかった。校門の前でグループで群れ、スリムジーンズとスタンスミスのスニーカーを履き、時にはレベリオンの小物を身に着け、キャップを前後逆にかぶったり、〈そんなの知るか〉と英語で書かれたTシャツを着たり、アイフォンをいじって忙しくしていない時にはタバコを六本目の指のように手に持って揺らしている女子たちのことだ。喜んで虹色のプラスチックのスマートフォンケースを買っているが、自分たちが朽ちつつある臓器と酸化した細胞でできていることは考えてもみない。一秒ごとにはがれ落ちる肌のことなど気にしない。死滅した粒子をファンデーションで凝固させるだけだ。彼女たちはラファエルに軽蔑の念を引き起こし、同時に欲望をかきたてる。彼女たちは愛されることを欲し、そのためには何でもする。人間はみんな死んでしまうのだ、自分を偽ってもなんの役にも立たないのだ、と叫んでも、彼女たちには聞こえない。ガランスが欲望をそそるのはまさにその点だ。うわべを飾ろうとするエネルギーだ。ラファエルにはありのままのガランスが見えている。ばかではないがとくに利口というわけでもない。移り気で時には面白いことも言う。人と異なるきらめきがあるが、願望や欲求は月並みだ。くだらない騒動や自覚のない人生。ラファエルをいらだたせるのはまさにそこだった。彼女が今以上に生きようとしないことだ。ラファエルは、自分が彼女をものにしたいのか消滅させたいのかよくわからなかった。どちらの欲望がどちらの前にあるのかもわからなかった。

そんなにくっつくなと彼女に言ったほうがいいのかもしれない。彼女が何を期待しているのかはわかっているが、それはまさに自分が彼女に与えることのできないものだ。彼女を腕に抱いて慰め、きみは他の人が思っているような人間じゃない、きみには価値がある、少なくともぼくにとっては、と言ってやること……彼女がいまだに自分の名前を知らなくても——どうして訊く必要があるだろう？　自分が彼女の名前を知っているのだから……。彼女がラファエルの肩に頭を乗せた。ラファエルはそれをはねのけたいという衝動に駆られ、頭を押し返した。押し返しても彼女は驚かない。明らかにガランス・ソログブは慣れているのだ。彼女は身を起こし、ラファエルを見つめた。本物とは思えない目の色。黄色だ。輝くような黄色の真ん中に、ほとんど見えないほどの小さな点がある。ラファエルは常々、美とは残酷なもので、本質的に人を傷つける性質があると思っていた。その考えは変わっていないし、彼女も最初からそのことに気づいていたに違いない。彼女はラファエルの無駄話には耳を貸さず、ゆっくりと自分の手を盛りあがったズボンの前に持ってきた。だがボタンを外すのに手間取った。実際のところ、彼女はうまくやることができなかった。ただ触れるだけで充分だったのに……。初めてならそれはふつうのことだと人は言う。ラファエルは、これまでいつもそうであったこの真実に再びぶち当たるのを待つしかない。そうすれば、その時本当に自分自身を笑うことができるだろう。喜びも落胆も感じることなく。物事にはすべて意味などないのだ。ガランスが立ちあがった。鏡の前に立つ。花の絵が頬に重なって見える。彼女が洗面台で手を洗った。正午のベルが鳴った。壁の向こうから人々の声が聞こえてきたが、二人はそれをやり過ごした。何を言っているのかよくわからない遠い声は、プラタナスの木の葉を揺らす風の音のようだった。

自宅のある建物の中庭は、高い側壁に囲まれた狭い三角形の土地だ。花壇の植物はすべて枯れ、住民の怠慢で駆除しきれなかった蔓《つる》植物だけが生き残っている。

共通の中庭を持つ三棟の建物の住人たちは、これまで一度として〈コリフェ〉から出る騒音に苦情を言ったことがなかった。アナが謝罪するたびに、住人たちはクラシック音楽が好きだから、と答えるのだった。

天頂の月が弱々しい光で中庭を照らしている。ガランスは空を見上げた。夜の雲がしだいに密度を増し、月を包みこむ。風はない。雲はどんどん厚さを増していく。

静かだった。ガランスは二重ガラスの窓を閉めた。さらに静かになった。

ガランスは、もう眠らないことにしようと決心した。眠らなくても、いろいろな考えが次から次へと頭に浮かんで苦しめられることに変わりはないが、少なくともその考えが悪夢に変わってしまうことは避けられる。

夢の中で亡霊たちの踊りの輪の中に引きずりこまれるとどうなるかはわかっている。とてつもなく大きな影を持つ羞恥心、地面の下を這いずりうごめく屈辱感。そこでは自分の心も、輪の中で這いずりまわり、うごめくことを余儀なくされていくのだ。

校庭のトイレであの男子生徒としたことを思いだしながら眠りにつくことはできないし、たとえ眠れたとしても、また悪夢が始まってしまう……。

うちの廊下は、夜中の零時を過ぎると極端に長くなる奇妙な癖がある。

もちろん、もうけっして眠らないという決意は……ずっと続けられるわけがない。今夜ガランスは、不完全な不眠症になっただけだった……。

(真ん中に火葬用の薪《たきぎ》の山がある。皆がその周りを回っている)

(いくつもの影が炎の中に自分から飛びこんでいく。自分から飛びこんでいく!)

(影は燃えて、燃えて、やがて一列になって戻ってくる。絶望的な後悔の墓場から。影は台所までついてくる。世界の果てまでついてくるだろう! 一列に並んだままで)

天井の電球がジーという音をたてている。これまで一度も気にしたことがなかった。

「どうしたの? ここで立ったまま何をしているの? いったい今は何時?」

母の首の付け根に血管が浮き出ている。ガランスは説明する代わりに、持っていたコップを掲げてみせた。水の中で白くて平たい錠剤が揺れている。

「気分が悪いの？……熱はある？」

たくさんの泡が猛スピードで水面に浮上していく。錠剤はシューという音をたてながら溶けていった。

高校の前の坂道で車はスピードを落とす。ガランスはどうしてそうなったのかはよくわからないが、気がつくと歩道の上で突きとばされていた。もし自分で決められるのなら今日もベッドに寝ていたかったが、医師の診断書は昨日までの三日間しかカバーしていない。ガランスは赤信号で立ち止まった。どこかに行くところだったのだが、いったいどこへ?……さっきまではわかっていたのに。何か考えがあったはずなのに、忘れてしまった。集中すれば思いだせるはずだ……《アルファベット順に全部の男をしゃぶってみろ》……答えはほら、それそれ。今思いだすから。ほら、すぐそこまで出てる! ああ、すぐ思いだせそうな気がするのに。数秒か、もっと今すぐにも。ああもう、メモリーがばかになってる。

金曜日は九時から授業が始まる。バッグの中には今日の授業の教科書、バインダーとルーズリーフ、ボールペンとティシューなど必要なものは全部入っている。ガランスは背後に学校のベルの音を聞きながら横断歩道を渡った。たしかに目的地があったはずなのに、頭に地球の大気圏のような分厚い靄《もや》がかかり、そこから抜けだすことができない。思考の軌道上に大気の層が居座っている……《自分の生理の血でも飲んでろ》……ちょっと努力が必要だけど、そんなに難しくないはず。そうでしょ? どこに行くんだったっけ?……《おまえなんか死ねばいいんじゃないの》……別の考えが忍びこんでくるが、徐々にかすんで、やがて消えていく……。何もかもそれほどたいしたことじゃない。ガランスは振り返り、歩いてきた道をじっと見つめた。とても穏やかな気持ちだった。それが不思議だった。もう一度考えてみよう。最初から。どこまで考えたっけ？……そうだ。家には帰れないし……。一日じゅう町なかをさまよっているわけにもいかない……。結局はどこにも行かないのかもしれない。それではあまりに残念だ。目的地があると信じて、それを思いだすために大変な努力をしているのに……。

その時突然、目の前にアニスグリーンの看板があらわれた。ステンレスの浮き彫りで、外の世界に向けてはっきりとこう表示されている。

〈メガラ〉

もう一方の端にあるガラス窓の向こうで、清掃員がピナ・バウシュ・スタジオの床を磨いているのが道路から見えた。分厚い二重ガラスのせいで人の動きも歪んで見える。ガランスは、まるで向精神薬の作用によって自分自身が感覚の歪みを体験しているような気持ちになった。そこで、動かないものを見つめてこの不快感をやり過ごそうと、刺激的な色をした二つのソファーセットの間にある緑の植物を見つめた。ガランスが再び目を上げると、ネル・デナロが廊下に姿をみせたところだった。ネルは道路にガランスの姿を見つけると、立ち止まってガランスが来るのを待った。

ネルの家には、壁に大きな写真が飾ってあった。壁を写した写真だ。古い洗濯機は背の高いテーブルに早変わりし、周囲にスツールが並べられている。鮮やかなオレンジ色の冷蔵庫は居間に置かれ、その隣にはクッションだらけの長椅子があって、昼食はいつもそこでとった。ネルは午後一時にならないと仕事に出かけない。六日前、ガランスが〈メガラ〉で開店時間よりかなり前にネルを見つけたのは、ネルが毎週金曜日の午前中、自分の個人的プロジェクトを進めるためにスタジオに行っていたからだ。ネルはその振り付けをガランスに踊ってみせた。ほとんどの動きは床に近い場所でおこなうものだった。ネルは自分のスタイルを表現するのに〈昆虫的な〉という言葉を用いて形容した。ガランスは昆虫はあまり好きとはいえなかったが、ネルが踊ってみないかと言うと、わざわざそのために来たのだとでもいうように、提案を受け入れた。

「あたしがイメージしているのは、観客が部族の儀式みたいな感じで輪になってるところ。ガランスはその真ん中で踊るんだよ……。始まる前にあたしがアナウンスする。《携帯電話の電源を切らないでください。サイレントモードにもしないでください。動画を撮ってもいいし、電話が鳴ったら出てください……》」

「電話が鳴ったらって？」

「うん、鳴るんだよ。あたしが鳴らすから。観客にちょっとした動画を送ろうと思ってる」

ネルの声はしゃがれ声で、空中で振動すると、まるで電気の通った声帯から音が出ているようだった。

「つまりあたしがやりたいことは、振り付けの現在の動きが永遠に中断されること……でもそこには、新たに作られた映像が加わる……それが記憶なのか幻想なのかはわからない……」

ガランスは、わかったというように何度もすばやくうなずいた。こうしてネルのことを知る以前は、これほど饒舌な人間だとは想像していなかった。それに、人の話を聞くタイプにも見えなかったが、実際にはガランスがすべてを打ち明けることができたのはネルだけだった。かつての母の生徒は、ガランスに助言することはなかった。単に、昔自分にも、多かれ少なかれ同じようなことが起こったと言っただけだった。高校生の頃、自分がレズビアンだと友だちが知った時にそういうことが起こったのだと。

「あたしが興味を持ってるのは、二つの仕掛けを創りだすことなの。つまり、二つの時間性、そして、二つのレベルの現実ってこと。事前に動画を撮っておいて、ガランスが踊っている間にそれを流す……」

この部屋はガランスの避難場所になった。午後ネルが仕事に出かけた後は、ガランスはここで一人で過ごした。ネルがコレクションしている古いアート雑誌を見たり、ネルと一緒に話をした振り付けについて調べたり、ネットにあがっている公演の動画を見たりした。インターネットの世界は思っていたよりずっと広大だった。何かを少しだけ調べようと思うと、それに反対したり侮辱したりする別の形態のコンテンツが見つかった。ガランスは、サイバーいじめに関する多くのサイトで繰り返し言われている助言に従い、数日前にスナップチャットやツイッター、ゴシップ、フェイスブックなどのアカウントを削除していた。ただインスタグラムについては、写真をすべて失ってしまわないよう、設定を非公開にするに留《とど》めていた。

「これを見てごらんよ」

ネルが《私は言葉を信じないので踊る》というタイトルの動画をスタートさせた。ガランスは振付師の名前を覚えようとした。

「カオリ・イトーだよ。彼女の踊りには、あたしが話してたようなものがある。時間と結びついた……」

ネルにとって、この時間の話は重要だった。〈時間の階層〉というのは実は〈異なるレベルの現実〉なのだという。ガランスは半分しか聞いていなかった。そして、整っているとはいえないネルの顔を観察した。ネルの眉毛は左右非対称で鼻は不格好、口はバランスが悪く、ピアスがあちこちにぶら下がっている。ネルは美人ではなかった。それなのに、ネルの何がこんなに人を惹きつけるのだろう、とガランスは思った。ガランス自身の美しさよりもっと暗くもっと深いもの、そしてそれよりもっと簡単ではない何かがあった。ガランスはとまどいながらも人生で初めて、自分の整った顔立ちを悔やんだ。なぜならそれは、全員に好かれたいという欲望を表しているに過ぎないからだ。ネルの場合は、その誰にも服従しないぶしつけな顔立ちによって、ネルが誰にも従属しない人間だということを見る人に感じさせる。ガランスの美しさは万人が認めるところだ。ガランスは、もう美人でいるのはいやだと思った。醜くなりたかった。ネル・デナロのように。

「今週末、そこで動画撮影しようと思ってるんだ。メルカントゥール国立公園の近くなんだけど」

動画が終了すると、ネルはユーチューブのウインドウを閉じ、フォトアルバムを開いた。ほとんどの写真は祖母が住む村のすぐ近くにある、森の中で撮影されたものだった。村はイラレーヌから車で二時間もかからない距離にあったが、ネルはカナダから帰国して以来一度も祖母に会いにいっていないと白状した。ガランスは話を聞いていなかった。ネルの子どもの頃の写真に心を奪われていたからだ。ネルはハイキング道で、短く刈り上げた髪をして父親と手をつないでいる。次の写真には、岩山の頂上で立ちあがり、両腕を上にあげて得意そうにしている小さなネルがいた。

「この振り付けはね、人間が集団で忘れてしまったとても古いものを映しだす、光のようなものだと思ってるの。ガランスは過去を踊るんだよ。そんなに動きはないから、いいよね？　それくらいかな。あんたは過去の亡霊なんだからね、わかる？」

「うん、わかる」

「観客には、ガランスの踊りを見てちゃんとそれを感じてもらいたいんだよ。あんたはずっと前に消えてしまっているんだってことをね。そして観客は最後になって理解する。現実は撮影された映像のほうだったってことを。観客の携帯電話の動画の中で起きていたことが、現在の本当の姿なんだってことをね」

「うん、わかったけど、観客が受信する動画っていったいどういうものなの？」

「想像してみて……人類は地球の資源を枯渇させる前に絶滅してしまう。だけど自然は残る。ただし、もう人間の目を通して世界を見ることはできない。だから、つまり自然は自然なんだけど、生き残った生物の目を通して見るんだよ。それは基本的には昆虫でしょう……。だから、樹皮とか岩石とかコケを接写して拡大写真で撮るの。誰もそれがなんだかわからないくらい大きくね。だってそれを見ているのは昆虫なんだから」

「その動画はインターネットで見つけるつもり？」

「違うよ、さっき言ったでしょ、今週末に自分で動画撮影に行くって」

ガランスはその話はちゃんと聞いていなかった。

「じゃあ週末はいないってこと？」

「そういうこと。ふだんは叔父が祖母の世話をしてるんだけど、今週末はできないらしくて。それに従弟《いとこ》のことも一人にしておきたくないので来てくれって頼まれたの。でもこの機会にハイキングに行って動画撮影もできるからちょうどよかったよ。そうだ、あたしの従弟といえば、ちょっと聞かせたいものがある！」

ネルはフォトアルバムを閉じ、アイチューンズ《iTunes》のライブラリから〈クレマン〉というタイトルの付いたプレイリストを探しだした。百以上のMP3ファイルが入っている。ネルはファイルを開いて音声をスタートさせた。まとまった量の水が連続して流れる音が聞こえてきた。突然この部屋ごと、雨あがりの水が流れ下る水路の隣に移動したようだ。心を和ませる音だった。ガランスは、カーソルで表示されている二十分後までずっと聞いていても構わないと思ったが、ネルはファイルを閉じて別のファイルをスタートさせた。再び水の音だった。今度は泉だ。MP3ファイルの名前が〈泉〉だったのでそれとわかった。ネルはその次の録音をもっと長い間聞かせた。歩道に落ちる雨の音だった。静かな雨、夜の雨、時折車の通り過ぎる音がする……。クレマンが興味を持った音は水の音だけで、ネルは常々、いつか仕事でクレマンのコレクションを使うと約束しているという。

「いつ出発するの？　土曜日？」

「明日だよ」

「明日？」ガランスはうろたえた。「あたしはどこへ行ったらいいの？」

「どのみち学校には戻らなきゃいけないんだし、十八歳になるまでここに隠れているわけにはいかないんだよ！」

「そうだけど、わかってるけど……」

「でも変だよね。学校からまだ母親に連絡がいっていないなんて……。今週は学校に行ってなかったのに……」

「あたしも一緒に行っちゃだめ？　ネルのおばあさんの家に」

「何言ってるの、遠すぎるよ！　一日で往復はできないから」

「週末泊まれるよ。ママにはわからないから。友だちのうちに泊まるって言えばいいし」

「だめだよ、ガランス、それはだめ。そんなリスクは冒せない。アナに対して、そんなことはできないよ」

2016年5月

公団住宅が建ち並ぶ地区にさしかかると、道路の車線の数が増え、上空が灰色になってくる。一九七〇年代に建てられた公団住宅は徐々に工業団地に姿を変えていた。歴史的旧市街地はほんの数分で解像度の低いぼんやりとした思い出に過ぎなくなった。観光サイトのホームページに載っている写真と同じだ。ガランスはバカンスに出発する時の体勢で、額を車の窓に押しつけた。サイドミラーに映る海の景色を最後まで見逃すまいとしているうちに、車はいくつもの看板の前を通り過ぎる。キュイジネッラ、アルミニウム・スュッド、トップ・カー……。ガランスはどれが幽霊屋敷かネルに教えたいと思ったが、ネルのほうを振り向いた瞬間、ちょうどその場所を通り過ぎてしまった。標識は空港への道を表示している。ネルの運転するスマート・フォーツーがロータリーに進入した。空港はロータリーの最初の出口を出て右だ。ネルはロータリー内をそのまま進み、二番目の出口から外に出た。消し忘れた方向指示器のティックタックという規則的な音はガソリンスタンドで停車するまで続いた。ネルは空いている給油ポンプの前で車を停めてエンジンを切り、ドアを開けながら言った。

「でも、もし電話がかかってきて帰ってこいと言われたらどうするの？」

「心配ないよ、電話してこないから」

「あんたを連れて急いで帰らなきゃいけなくなるような気がするんだよね。そんな気がする……」

ネルは今朝からずっと落ち着きがなかった。ガランスがダンスバッグを肩にかけてネルの家に押しかけ、自分も一緒に連れていって欲しい、母はガランスが週末をクラスの友だちのところで過ごすということで了解しているから、と懇願したからだ。

「最悪の場合は、あたし一人で帰れないの？　長距離バスか何かないの？」

「長距離バス？　どういう場所に行くかわかってないみたいだね。パン屋一つない場所なんだからね！」

ネルは、何かあった場合にアナと対峙するような事態は避けたかった。だがガランスのほうは、自分の軽率な行動がどのような影響を及ぼすかなど心配していなかった。ガランスには、心配しなくてはいけないようなことはもう何一つなかった。むしろこれ以上に分別のある決心はこれまでしたことがないほどだ。開いた窓の上で腕を組み、ガランスはガソリンの匂いを胸いっぱいに吸いこんだ。

「支払いをしたら戻ってくるから」ネルが言った。

興奮と喜び――ガランスはこれまで一度もこんな感覚を抱いたことがないような気がした。毎日が過ぎ去るのをただ待つのではなく、目の前にある未来に飛びこんでいく、わくわく、うきうきする気持ち。この瞬間、目的地はどこでもよかった。必要なのはどこかへ移動することそれ自体であり、移動すべき道のりだった。ネルはトタル《Total》の店の中に姿を消した。給油ノズルの下にガソリンのしずくがたまっている。ガランスは、席についてフランス語の授業を受けている同じクラスの生徒たちを思い浮かべた。彼らに許していた、百四十字でガランスの魂を打ちのめす力は、先日ツイッターのアカウントを削除した時に消え、さらに昨夜荷造りをしている間に、心の中からも消えた。荷物はそれほど多くない。着替えの下着、靴下三足、Tシャツ二枚、ワンピース一枚、セーター一着、携帯電話と財布だけだ。万が一母親がガランスの部屋の浴室に入った時に備えて、歯ブラシさえそのまま置いてきた。ガランスは母に、友だちの家に泊まるとはまったく言っていなかった。ネルの言うとおりだ。この状態が続くわけがない。そのうち学校の事務局から母親に連絡がいくだろうし、そうすれば母はガランスを学校に行かせることになるだろう。自分には他に選択肢はなかった。だが今、一つの計画があった……。グルノーブルのヴァンサンのところへ行くことだ。まだ本人には連絡していなかったが、インターネットで大学の住所は調べてある。突然行って驚かせるつもりだった。そのほうが離れた場所から説明するより話が早い……。そしてグルノーブルから母に電話して安心させればいい。ガランスは今朝からずっと、自分の思考回路に母親が出てくるのを回避するために、頭の中であれこれと疲れる言い訳を考え続けていた。今自分が母に引き起こそうとしている心痛については、あまり考えたくなかった。なぜならすべてはうまくいくのだから。学年末はそれほど先ではないし、その後は夏休みだ。そして九月にはエリート・モデル・ルックコンテストの決勝がある。モデルエージェンシーと契約を交わせば、もう二度と高校に戻る必要はなくなるのだ！　勉強は通信教育で続ければいい。

ネルが大きな水のボトルとポテトチップスを持って戻り、助手席に投げ入れた。ガランスはそれを膝で受け止めた。ネルの目をごまかしてそっと立ち去るにはどうしたらいいのか、ガランスはまだわからなかった……。もっと後で、もっと町から離れてから考えよう。グルノーブルまで行く手段についても。グーグルマップによれば、イラレーヌからは高速道路を使った場合四時間の道のりだ。だが山の道を行くとなれば、それどころではない時間がかかるだろう。特にさっきの長距離バスの話はガランスの心配の種を増やした……。だが今そのことを考えてもしかたがない。ネルが車を発進させる間、ガランスはネルの首に彫られたタトゥーの鳥を観察した。痛くなかったのかと訊くと、ネルは人体の各部分を感覚の鋭い順に並べて、痛みを詳しく説明していった。一番痛いのは脇の下だという。ネルが右腕を上げると文字が見えたが、腕が再びハンドルを握るまでの間にすべてを読みとることはできなかった。

「最初の何って書いてあった?」

「〈わが人生の最初の日〉」

ネルは法定速度を超えるスピードで走った。ガランスは道路がしばらく一直線になったのを利用して、窓を開けて腕を外に出し、飛行機の翼のように広げた。空気の抵抗に抗うのがとても気持ちよかった。ガランスは自分もタトゥーを入れたいと思った。ネルは速度取締レーダーが設置されている場所に近づくと速度を落とし、過ぎるとすぐに加速した――ネルの運転は自信に満ちた危険運転だった。上りカーブで最後のロータリーを通過した。ここから先は道幅が狭くなり、山を登っていくことになる。ガランスは、自分の肌に永遠に刻むタトゥーのモチーフを黙って考えていた。これからは自分自身を頼りにして生きるのだ。そのことを必要な時に思いだせるようにするための、メッセージになるものがいい……。野生動物がいいだろうか? メスライオン? メスオオカミ? ネルは、今向かっている山中にはオオカミがいると言う。近くのイタリアから来たらしい。こうして十五年ほど前からフランスに再びオオカミが入ってきたという。

最初の峠を越えると空気が冷たくなり、ラジオが入らなくなった。ネルはアイフォンをブルートゥースで接続した。ロボット的な声がまだ開いている窓から飛びだし、山の斜面の間に消えていく。空が雲で覆われるにつれて山肌は暗い灰色に変わっていく。

《自分の気持ちを伝えるためにあなたにナイトコールをかける

丘を下って、夜じゅうあなたをドライブに連れていきたい》

道路の一部は切り立った崖が両側に迫り、昼間なのにまるで夜のようだ。雨が降り始め、フロントガラスに少々の雨粒を落とす。水滴はすぐに乾き、雨を降らせた雲はすぐに消えた。他の雲は遠くにある。

《あなたの中には何かがある
説明するのは難しいけれど》

カーブを曲がると谷があらわれた。ネルはタバコに火を点けた。

《あなたが聞きたくないことを言うわね
あなたに暗いところを見せるわ。でも怖がらないで》

十一曲の音楽が流れ、ネルが三本のタバコを吸い終わった後も、道はさらに細くなり続け、片側には険しい崖が続いた。ネルの運転するスマートは、切り立った斜面に沿って険しい坂道を登っていく。やがて、葉がなく丸裸の、乾燥して黒い幹だけになった木々が二人を出迎えた。ここまで来ればもう村は近いという。ネルによれば、二〇〇九年に山火事があり、この山腹一帯は焼けて丸裸になった。火は反対側には到達しなかった。風は火事が燃え広がらない方向に吹いていたが、住民は恐怖のあまり一晩じゅう起きて状況を見守った。最終的に空中消火飛行機カナディアが来て鎮火

2016年5月

したが、その直前には住民を谷に避難させるという話もあったという。住民は皆、森に火が付いたのは熱波のせいでもタバコの火の不始末のせいでもなく、犯罪者の仕業だと考えていた。その後二度同様の事件があったが、犯人が捕まって罪に問われることはなかった。それ以降、犯人の素性についてて議論することは地元の人々のお気に入りの話題になった――そいつは地元の村の人間じゃなくて、町から来た人間に違いない、海辺の町の精神科病院はどこも放火魔であふれているだろうから……。ガランスはおびただしい数の黒い木々が立ち並んでいるのをじっくりと眺めた。七年前に死んでしまった木なのに、今でも立ち続けているのだ。

道路は山腹の焼け跡から遠ざかっていく。道路の中央の白線は消え、アスファルトは薄くなり端のほうは割れている。ネルのスマートが橋を渡った。橋の向こう側に、再び緑に覆われた山があらわれた。午後一時頃、去年の夏のポスターが破れたまま貼られている電柱が見えてきた。それに続いて自治体名を表示する標識があらわれた。国道は村を二分するように真ん中を走っている。道の両側には、諦めたような外観の建物が窓を閉じて並んでいた。すれ違った車は、ゆっくりと走り過ぎていった一台だけだ。ネル自身も、目的地に着く前に最後のタバコを吸って元気を出そうとしているようだ。

ネルがバーの前でエンジンを停止させた。ガランスはドアを開け、足を外に伸ばした。バーに名前はなく、看板には赤の背景に白抜きで〈バー〉とだけ書かれていた。塔のように積み重なったプラスチック製の椅子が外壁にもたせかけるように置かれている。人がいるわけでも感じがいいわけでもなく、見たところ開店しているようでもない。それでもガランスは、このやる気のないテラスに誰かがあらわれて、飲み物は何にしますかとは訊かないまでも、ひょっとして道に迷ったのですか、と訊いてくれないものかと期待した。ネルは建物の入り口を通り過ぎて隣のドアに向かう。ガランスも後を追った。

「ここにおばあさんが住んでいるの？」

「叔父がね」

ネルは呼び鈴を押さずに声をあげた。

「クレマン！　あたし！」

窓辺から影が離れ、ドアが開いた。少年が、身体を半分ドアの陰に隠すようにして立っている。ガランスと同じ年頃に見えたが、何かしっくりこない感じがした。少年の頭は横に倒れ、口は開いたままで、下唇は濡れていた。

「あたしたちと一緒に来る？　おばあちゃんのところへ行くんだけど」

クレマンが横目でガランスを見た。

「こちらはあたしの友だちのガランス。こちらはあたしの従弟だよ」

「こんにちは」ガランスは近づかずに言った。

クレマンは頭を激しく横に振った。ガランスはそれが自分の挨拶に対する答えなのか、ネルの質問に遅れて答えたものなのかわからなかったが、いずれにしても、拒否の態度を明確にするためクレマンは二人の鼻先でドアを閉めた。

「女の子に対しては恥ずかしがり屋なんだよ」ドアから離れながらネルが説明する。

「今からおばあさんの家に行くの？」

「そう、今から行くよ。でもその前にちょっとだけ友だちの家に寄るからね。じゃあ行こうか」

二人は犬と一緒に歩いた。犬は二人の前を小走りに進み、先に行き過ぎるとそのつど止まって二人を待った。ネルとガランスは太陽が真上から照りつける道の真ん中を歩いた。影を作るものは何もない。村のはずれに、三階建ての石造りの家が建っていた。家の周囲には、たくましいゼラニウムの生えた小道が走っている。ネルは呼び鈴を押して待った。ドアがわずかに開いたが、ガランスからはドアの陰にいる人物の姿は見えず、続いて家のもっと奥から聞こえてきた声の主の姿も見えなかった。

「誰だ？」

「ネルだよ！」

ネルはドアの隙間から中に潜りこんだ。ガランスもそれを真似た。男が暗い廊下を通って、鎧戸を締め切った客間まで案内する。一歩歩くたびに男の長いくすんだ金髪が背中で揺れ、ジーンズは踝《くるぶし》までずり落ちそうになった——奇跡的に腰の低い位置で踏みとどまっていたが——ただし尻の形がまったくないので、尻で止めたわけではないようだ——。

「おやおや！　女性陣のお出ましだ……」

バスローブ姿の別の男が、足を組んでソファーに座っていた。テレビに接続されたゲームコントローラーのレバーを両手で握っている。テレビ画面は一時停止されていた。ゲームのコントローラーとプラズマテレビを除けば、この部屋にあるあらゆるものが、すでに亡くなった年代の女性、あるいは百歳を過ぎた女性の趣味で選んだもののように思われた。くすんだバラ色のビロードのソファー、マホガニーの小さな円卓、縁飾り付きのランプシェードが付いた磁器製の侯爵夫人人形、ロッキングチェア、淡いバラ色と薄紫色の絨毯《じゅうたん》、そして庭に生えている何種類ものゼラニウムも。この光景の中では、バスローブを着たこの男は強盗に見えるといってもよかった。二階に住む家主の老婆を殺し、血で汚れた服を洗って乾かす間に、『グランド・セフト・オートV』のゲームを少々楽しんでいるといった風情だ。

「新しい恋人かい？」

「いいかげんなこと言わないでよ、フィッジ。この子は十五歳なんだからね。ガランス、この人から離れて座りなさい」

「もっと上に見えるがね」フィッジはわかったような顔でガランスを褒めた。

　額とこめかみの禿《は》げぐあいから判断すると、フィッジは三十歳から四十歳くらいなのではないかとガランスは思った。フィッジが組んでいた足をほどいた。その拍子にバスローブが開き、偶然トランクスが見えた。

「ここに来るなら来るとあらかじめ連絡してくれたら、もっとちゃんとした格好をしておいたのに」フィッジはタオル地のベルトを締め直しながらネルに文句を言った。

「おまえにどうやって連絡しろって言うんだよ？」長い金髪の男が口をはさんだ。

「まったく、本当だよ、フィッジ。もう一回携帯電話を買ってよ。あんたに連絡できなくてみんな困ってるんだから」

　フィッジは二人を無視して、一番若い客のほうを向いた。

「ガランス、台所へ行っておれが電話を持っていないかどうか見ておいで！　きっと見たことがないものがあるぞ」

「この子だって十五年間洞窟の中で育ったわけじゃないんだから、固定電話くらい見たことがあるよ」

「イヒヒヒヒ、ハハハ……」

ドアを開けた金髪の男がジーンズを上げながら笑った。ネルが、男はバスチャンという名前だとガランスに紹介した。ガランスは、バスチャンが尻だけでなく身体の他の部分も欠けていることに気がついた。まず、肩がない。僧帽筋と鎖骨がくっついていないかのように肩ががくんとくぼんでいる。さらに本当にあごだと言えるものもなかった。

「携帯を持つのをやめてから、毎晩よく眠れるようになったんだ」フィッジが言った。「電波が、頭をぶち抜きやがって……」

「携帯の電波のせいで頭が割れるように痛かったって言ったんだよ。そうでしょ？」

「そういうわけだ。ネル、そろそろまた物資を調達してもらうのにちょうどいいタイミングで来たな」

「ここにはいられないよ。祖母に会いにいかなきゃならないから」

「いいじゃないか……。ネル……」

「残りはこれで全部？」ネルはフィッジが差しだした容器を受け取って尋ねた。

「それで、ガランス、どうやってメラニーと知り合ったんだい？」

ガランスはこれまで、ネルというのは〈ネリー〉の愛称だと思っていた。メラニーというのがあまりにもその持ち主に似合わない名前だったので、ガランスは初めて、自分は本当はネルの何を知っているのだろうかと思った。そして、彼女についてきたのは本当にいい考えだったのだろうかと自問した。いずれにしても、二人の町からの脱出旅行の終点が、数分いるだけで外は昼だということを忘れてしまうようなこの暗い客間だとは、ガランスは想像していなかった。

「彼女は、あたしの昔のダンスの先生の娘なの」ネルすなわちメラニーが、ソファーに座りながら答えた。

ネルは容器から、非常に細かい小石が入った小さなビニール袋を取りだし、ガランスにはロッキングチェアに座るよう指示した。

「新しい仕事はうまくいってるのかい？」バスチャンが尋ねた。

一匹の猫がソファーのネルとフィッジの間に滑りこんだ。年寄りの太ったメス猫で、品種が混ざっているのかぞんざいな虎模様だった——つまり縞が混ざっていた——。フィッジが撫でると猫は背骨を平らにして寝そべったが、すぐに抵抗して肘掛けまで届くような大きな伸びをし、さらに全身を伸ばして地面に滑り降りた。

「ばかみたいな給料しかもらってないよ」ネルが返事をする。

「それでも好きなことをやってるんだろ」

「まあ、そうだけどね。それにまあ、イラレーヌがコンテンポラリーダンスの中心地でないことはわかってたわけだから……」

「だからモントリオールにいればよかったんだ」フィッジが語気を強めて言った。

「かもね」

「モントリオールにどのくらいいたの？」ガランスは訊いてみた。

「三年だね。向こうでカンパニーに入ってたんだよ。でも、一緒にいた彼女と別れてしまったし、それに、やっぱりカナダは……」

「……遠い」フィッジが言った。

「おまえはきっと帰ってくるだろうって言ったらよかったのに。そうしたらあたしは内心笑ってたと思うけど」ネルが昔を思いだすように言う。

「みんな帰ってくるんだ」

バスチャンは一度もこの地を離れたことがないのだろう——他の二人が同じタイミングで、無意識にバスチャンに視線を投げかけたのを見てガランスはそう思った。二人の視線に応えるように、バスチャンもかすかに肩を——彼に肩があるとして——上げるようなそぶりをした。

「後悔に浸りながらでいいから、そいつをおれたちのためにパラシュート型に丸めてくれるかい？」フィッジが訊く。

「でも行かないと……」

「おまえのばあさんは、今は昼寝の時間だ」

「少なくともクレマンがちゃんと薬を飲んだかチェックするって、叔父さんに約束したし……」

「クレマンにここに来るように言ったらどうだ。薬の代わりにそのパラシュートをやったらいい」

「それ全然笑えないよ」

「クレマンは薬を飲まないとどうなるの？」ガランスは訊いてみた。

「そうだな、いつもよりかなり穏やかじゃなくなるな」フィッジが答える。

「いいかげんなこと言うのはやめて。クレマンは暴力は振るわないよ」

「薬を飲んでいる限りはな」

「まったく、フィッジ、クレマンの話はやめて。あたしを怒らせないでよ！」

　ネルはビニールの小袋を開け、容器のふたに中身を出した。非常に細かい小石が転がり出た。ガランスはそれを眺めた。平らに広がった小石は黄色っぽい色で、カット面は不均一だった。

「五つにしてくれ」

「紙をちょうだい」

「容器の中に入ってないのか？　バスチャン、紙はあるか？」

　首につながったあごと極端なまで肩をしているからといって、それだけで人間の存在をすべて消すことができると思っている人はいないだろうが、ガランスは、バスチャンに話しかける人がいない間はその存在を忘れていた。存在を忘れていたのは、ネルの手の動きに心を奪われていたからでもあった。ネルは容器から小さな木のすりこぎを取りだすとそれで黄色い小石を砕き、砕いた粉末と結晶を混ぜて五つに分けた。そしてそれぞれの分量を紙の中央に置いて包み、ねじってパラシュート型にした。最終的にふたの上には、精子の形に似たものができあがった。

「みんな一つずつで、おれが二つだな」フィッジが提案する。

「だめ。ガランスはいらない」ネルが断固とした態度で答えた。

　フィッジ、バスチャン、ネルの三人は歯で軸を引きちぎると、それぞれ精子を一つずつ飲みこんだ。そして飲み下しを助けるためにボトルの水を回し飲みした。

「もう行かないと」ネルが立ちあがりながら繰り返した。

「……」

「それにシャワーも浴びないと……」

　そう言いながらネルは客間の中を回り始めた。

「ああ、もう！」

「……」

「熱いお湯が出ないんだった……」ネルが歩き回りながら言う。

「おばあさんの家のこと？」ガランスは、ネルを一人でしゃべらせておくわけにもいかず尋ねた。

「いつも湯が出ないんだよ！」

「おばあさんは水でシャワーを浴びるの？」

「そうじゃないの。自分が使った後は、電気代を節約するためにボイラーを止めるんだよ」

バスチャンが急にソファーから立ちあがり、その問題に関する自説を大声で叫び始めた。

「ボイラーを止めて再び点火すると、つけっぱなしにするよりも消費電力は多くなるんだぞ！」

「そうなんだよ！　祖母にはもう、叔父と一緒に百回くらいそう言ったんだよ！」

「それで、ガランスは、今何をしてるんだい？」フィッジが尋ねた。明らかに、ボイラーの話は議題としてこれ以上広げる余地はないと判断したようだ。

「高校一年生です」

「勉強やその他もろもろはうまくいってるのかい？　成績はいいのか？　彼氏はいるのかい？」

「彼女は一人が好きなのよ」ネルが代わりに答える。

「ああ、おれも一人が好きだった。孤独とは何かを知る前はな」

フィッジは自分が何を言っているのかはわかっているようだ。

「単に、高校で問題が起きたからなんです」ガランスはもごもごとつぶやいた。

「みんな高校時代には問題を抱えていたものさ」

「高校には行ってなかったくせに！」バスチャンが馬のいななくような声で言った。ネルとは反対向きだが、やはり部屋の中をぐるぐる歩き回っている。

「フィッジは博士だよ」

「イヒヒ……」

「うそじゃないよ。フィッジは哲学の博士号を持ってるんだ。……フィッジ、教えてやったら」

「基礎科学の歴史と哲学だ」フィッジが答えた。

「ヒヒヒ」バスチャンははっきりした理由もなく笑い続けている。

「おれの娘も、学校では問題を抱えてる」フィッジがガランスに言った。

「娘さんがいるの？　何歳なんですか？」

「九歳だよ」

　ネルが自分の携帯の中からフィッジと娘の写真を探してガランスに見せた。ガランスは自分が父親というものに対して抱いているイメージと、午後三時にバスローブを着ているこの男をなかなか一致させることができなかったが、画面にはたしかにフィッジにそっくりな女の子が写っており、動かぬ証拠にガランスも屈服しないわけにはいかなかった。女の子はピックアップトラックの荷台の上に立ってポーズを取っていた。足を広げ、にぎりこぶしを腰にあて、デニムのズボンに、カーラ・デルヴィーニュの顔がプリントされたTシャツを着ている。そのTシャツのせいで、ガランスは自分もモデルになるはずだったことを思いだした……。自分のキャリアが不確実な様相を呈してきた今となっては、将来小さな子どもたちが自分の顔をプリントした服を着ることは絶対にないだろうと思い、ガランスは先取りで残念な気持ちになった。

「可愛いですね」ガランスは無意識に言った。

「ありがとう」フィッジが答える。「それで、学校の問題っていうのは何だい？　男のせいか？」

　ガランスはその話をしたくなかった。ネルの携帯電話をローテーブルの上に置くと、ネルはすぐにそれに飛びついて音楽をかけた。ネルのかけたエレクトロミュージックのテンポのせいで、バスチャンは歩くスピードを上げざるを得なくなった。フィッジがガランスをあからさまに観察していたので、ガランスはその視線を避けた。ネルの助けが欲しかったが、ネルはすでに踊り始めていた。アイフォンのスピーカーから出る音はひどいクオリティーだったが、ネルはまるでコンサートのスピーカーのそばにいるように身体を振動させた。皆の周囲を回り続けていたバスチャンは、ボトルの水を飲み干すと客間から出ていった。ネルの踊りは全身がすばらしく調和していた。手足は同時に動きつつも、それぞれが別々の動きをし、身体を分断しているように見えた。これはあの精子の影響だろうか、とガランスは自問した。だが、自分たちのこれからの予定は忘れ去られてしまったようで、ここから出発する気配はまったくなかった。バスチャンが水が一杯に入ったボトルを持って戻ってきた。ネルが腕を伸ばした。明らかに水を飲もうとしていたようだが、そのためにはまず身体の動きを止めなければならないということに気がつくのにしばらく時間がかかったようだ。ガランスは決心してフィッジと視線を合わせた。その目には、押しつけがましさはいっさいなかった。それまでは気がつかなかったが、フィッジの顔には何か穏やかなものがあった。また他の二人とは異なり、ドラッグの影響を受けていないように見えた。フィッジはガランスのそばに座っていた。ガランスを締めだすことなく……。ガランスは自分の携帯電話のロックを解除し、親指で〈開くな〉というファイルをタップしてインスタグラムに接続した……。

《ガランス、おまえのまんこはくさい》

《自殺する時はストリーミングで流してくれよ》

ガランスは写真の下に投稿されたコメントを大きな声で読んだ。

《あなたが探しているのはあたしよ　だってあたしは目立ちたがり屋のあばずれだから》

《ガランス　うすぎたない女ね　ホントにあわれったらない》

できる限り平然とした口調で読んだ。

《おれのペニスを、おまえが吐くまでしゃぶらせてやる》

《二回転前方宙返りしてから酸の中にダイブだ》

ガランスは静かに読んだ。フィッジが音楽を止めていた。順番にボトルの水を飲むネルとバスチャンの喉の音しか聞こえなかった。フィッジは汗ばみ、興奮して、とうとう立ちあがった。

「くそ野郎どもめ！」そう言うと、フィッジは部屋の中を回り始めた。「いまいましい、まったくのくそ野郎どもだ……」

バスチャンが両手でボトルを押しつぶした。プラスチックボトルはキャップを閉めると、自分の立場を主張するかのように再びメリメリと音をたてた。

「やつらは、あんたにくそを飲みこませようとしてるんだぞ！」

「落ち着いて、フィッジ……」

「こっちに来るんだ！……ほら！　立って！　来るんだ！」

ガランスは言われたとおりにした。他の二人も思わず同じように従った。そして二階の浴室までついていった。トイレの前で、フィッジは便器のふたを勢いよく開けた。

「さあ、ここに捨てるんだ。そのくそいまいましいものを！」

ガランスは便器の底を見た。

「それを捨てるんだ。……さあ、捨てて。頭で考えるな！」

「ばかなこと言わないでよ。トイレに携帯を捨てられるはずがないでしょ」ネルがとりなした。

「……値段がいくらか知ってるのか？　こういうの？」バスチャンが甲高い声で訊く。

「こいつらの言うことを聞くんじゃない」フィッジが強い口調で言った。

「ねえ、ガランス、もしお母さんが電話してきてあんたが出なかったら……」

ネルには言えなかったが、ガランスはいずれにしても、母が自分に連絡を取れないように〈コリフェ〉が閉まる時間の前には携帯の電源を切っておくつもりだった。だから、再び電源を入れた時にたくさんの慌てふためいたメッセージを見ることになるかと思うと、本当に携帯を捨ててしまいたい気持ちだった。

「ガランス、おれを見るんだ」

ガランスは言われたとおり、フィッジの見開いた瞳を見た。そして、薄くなった髪の生え際に浮き出た汗のしずくを見た。

「あんたにはこれは必要ない」

いや、でも、やっぱりとりあえずは必要だ……。グルノーブルは大きな街のようだから……。行き方を調べるには携帯電話が必要になるし、自分が大学に到着した時にちょうど都合よくヴァンサンが門の前で待っていてくれるのでない限り、彼に連絡を取るために携帯が必要になる。

「あんたには、やつらは必要ない。あんたには誰も必要じゃない」

ガランスは返事をしなかった。フィッジが少しおかしくなってきたような気がしたからだ。

「自由になりたいか？」

なりたい。自由になりたい。でもそのためには、どうしてもトイレに携帯電話を捨てなければいけないのだろうか？

「ばかなことはやめなさい。あたしに渡して！」ネルが命令した。

ガランスは携帯を手で握りしめた。

「……あたしは、ガランスと同じ歳の頃に同じクラスだった子たちのことなんか、もう名前も覚えてないよ。あんたは今その子たちのことを重視し過ぎてるんじゃないの……」

「まったくそのとおりだ！」バスチャンも熱っぽく口をはさんだが、おそらく話の流れを理解していなかったからだろう、言葉が空々しく響いた。

「どうしてガランスにそんなことを言うんだ？」フィッジが反論した。「それは嘘だ……。そんなことはたいしたことじゃないだなんて、それは嘘だ。そのうち過ぎ去るだなんて、それは嘘だ……。他人の視線に一度屈してしまったら、これからの人生もずっと屈し続けることになるんだ……」

彼らはもうガランスには構わず、自分たちだけで議論をしていた。だがガランスは、フィッジの芝居がかったアプローチのほうが、ネルの考え方よりも説得力があるような気がしていた。ガランスはじっと便器を見た。そしてあまり望ましくない将来の展望を思い浮かべた――高校時代と同じ自分のままで一生を送り、イラレーヌの人々が自分に貼り付けたレッテルを一生抱えて生きていく――。自分がそれを捨て去る決心をしない限りは……。だが、自分にその決心ができるだろうか？その答えは、一秒前には予想もしていなかったことではあったが、突如として定まった。イエスだ。便器の中で大きな水しぶきがあがった――ガランスが高すぎる位置から携帯電話を放したためだ――。全員が話を中断した。ネルは、結局は平然と状況を見守った。フィッジはトイレの水を流した。それは象徴的な行為に過ぎなかったが。というのも、携帯は流れず便器の底に残っていたからだ。それを取りだすために、後で誰かが便器の中に手を突っこまなくてはならないだろう。

「ここでシャワーを浴びてもいい？」ネルが訊いた。

ガランスは猫のせいで皆が目を覚ましてしまうのではないかとびくびくしたが、猫は鳴き声を出すことなく、耳から尻尾の先まで身体のすべての毛をゆっくりとガランスのふくらはぎにこすりつけてきた。さらにガランスの足の周りを回りながら再び身体をこすりつけ始めた時には、ガランスは猫をはねのけたくなったが、我慢した。マリファナの水パイプを手元に置いて客間のソファーで寝ていたバスチャンを、猫の鳴き声で起こしてしまいたくなかったからだ。マリファナの匂いは部屋の中からまだ完全には消えていなかった。ローテーブルの上には、彼らが昨夜遅くに飲んだ薬の箱が置かれている。

あの後フィッジは、なんとか立派に上の階にある自分の寝室まで行って倒れこむことができた。ネルも隣の部屋に倒れこんだ。ガランスはネルと同じ部屋を使うことになっていたが、ネルがベッドの真ん中に両手両足を広げてうつぶせで倒れこんでしまったため、ガランスにはベッドの端に横向きに寝るスペースしか残されていなかった。ガランスは何度も横にずれてくれるように頼んだり、ネルを押してみたりしたが、ネルは動かなかった。したがってまったく眠ることができなかった……。フィッジの家は、夜になると音が反響して不気味だった。時間とともに静寂な家の中はますます静まりかえり、人のいない部屋が共鳴箱代わりになって物音を響かせた。何時に眠りに落ちたのかはわからないが、ガランスが目を覚ますとまだ朝にはなっていなかった。ガランスは起きあがり、ベッド脇のナイトテーブルにぶつかった。何かが大きな音をたてて落ち、ベッドの下に転がった。ガランスはそのまま軋《きし》む床の上を歩き、軋むドアを開けた。ネルはわずかに目を開くことさえなかったから、昏睡状態である可能性も完全には排除できない。

隣の部屋はドアが開いたままになっていた。ベッドのシーツの上でフィッジが横方向に伸びていた。まったく動かず、片手がだらんと下に落ちている。ガランスは靴を手に持って階段を下りた。そして一階に着いた瞬間、ぞくっとして立ち止まった。ふわふわした猫の毛並みが足下にまとわりついてきたためだった。

ガランスは裸足のまま、今度は台所に向かった。猫も後ろからついてくる。手探りで電気のスイッチを押すと、天井の裸電球が油染みた壁を黄色く照らした。油と湿気の匂いがする台所の中を歩くとすぐに、隅の小型円卓の上に鎮座している昔風の電話機に目を引かれた。これは本当に使えるのだろうか？　ガランスは、できるものなら唯一暗記している電話番号にかけてみたいと思った。まだ太陽は完全には昇っていない。母はもう警察に連絡しただろうか？　たぶんまだだろう。ガランスは自分の帰りを待っている母の姿を思い浮かべた……。〈もしもし、ママ、あたしだよ、大丈夫だから……〉母を安心させるにはこの受話器を握りさえすればいい。〈心配しないでね。愛してる〉そしてすぐに切るのだ。だがもしこの電話機がつながってしまえば、自分にはもう計画を遂行する勇気がなくなってしまうことはわかっていた。自分は母の言うことを聞いてしまうだろう。村の名前を教えてここで迎えを待つことになり、その後で説明しなければいけなくなるだろう。どうしてここに来ることになったのか、その理由と経緯を。夜明けの光が、頭上の小窓のガラスをかすかに照らしている。ガランスは蛇口から直接水を飲んだ。そして一度も行ったことのないグルノーブルのことを考え、ヴァンサンの大学の住所を頭の中で繰り返した。グーグルマップのストリートビューでその場所を画像で見ることができたのに。もしインターネットにアクセスできたなら。すなわち、もし携帯電話を便器の底に沈めていなかったら。あの時自分は、どうしてあんなことをしてしまったのだろうか？　ガランスは座面がわらで編まれた椅子に腰かけて靴を履いた。コンロの横に置かれた目覚まし時計は、五時四十三分を指している。台所を出る前にガランスはもう一度固定電話に目をやった。そして、陰気な顔つきをしているなと思った。

朝日はまだ廊下には届いていなかった。ガランスはゆっくりと廊下を歩いて入り口のドアの前まで行った。ドアには鍵がかかっていた。鍵はどこにあるのだろう？　ガランスは突然、このかび臭い家の中に閉じこめられたような気がして怖くなった。ネルとフィッジとバスチャンが起きてくるまで外に出られない、それも何時に、どのような状態で起きてくるかもわからないのに……。ここから抜けださなくては。この村を出なくては。たとえ歩いてでも――ガランスは切迫した衝動に駆られた。

その時、背後に何かの気配を感じた。猫ではない。人間の気配だ。人の気配はゆっくりとこちらに近づいてくる。ガランスはできる限り冷静になろうと努め、やっとのことで叫ばずに後ろを振り向いた。そして、横に傾いた頭とあえぐような呼吸で、それがネルの従弟だとわかった。でも、いったいどうやってここに入ってきたのだろう？　いつのまに？　夜の間に？　彼もこの家で寝ていたのだろうか？　だとしたらどこで？　客間で？　どうしてさっき通った時には出会わなかったのだろうか？……クレマンが手に何か持っている……。ガランスは警戒してゆっくりと後ずさった。何か尖ったものだ……。鍵だ！　クレマンはガランスのためにドアを開けた。息を止めたまま、ガランスはクレマンに感謝を示すために頭で合図した。そして恐怖に追われるように家の外に飛びだし庭に出た。さらに急いで門を開けて外に出ると、門を開けたまま家を後にした。ガランスは何も考えずにどんどん道路を歩き続けた。しばらくして、やっと冷静になって考えた。クレマンを怖がる理由なんて何もなかったのに。自分を外に出してくれたんだから。彼は危なくなんかない。助けてくれようとしただけだ……。だがもう遅い。それに、恐怖にとらわれていたせいでずいぶん遠くまで来てしまった。フィッジの家は村のはずれにあるが、家を出てから他の村を示す標識はなかったから、他の村を通り過ぎてはいないはずだ。かなりの時間歩き続けてきたが、間違った方向に来てしまったのだろうか。グルノーブルはどっちから行けばいいのだろう？

《火の用心　火事の恐れあり》

こんなに通行量の少ない道で、こんなに朝早く車とすれ違う可能性は、ほとんどないといっていい。それでもガランスは勇気を出すために親指を上にあげてみた。そしてまだ青白い明け方の光の中を、静かに歩いた。ヒッチハイクなんて危険だと、これまでの知識から無意識に頭の中で思った。だが本当の危険は後ろにあるのかもしれなかった。もうしばらく前から、ガランスは彼が自分のあとをついてきていることに気がついていた。振り返る必要もない。道路を歩く彼の足音が反響してガランスの耳に届いていた。家を出て以降、それ以外の音はいっさい聞こえなかった。遠くの車のエンジン音一つしなかった。

2016年5月

《自然の中では、いかなる形態でも火の使用を禁止します》

アスファルトに太陽の光が降りそそぎ始めた。もうすぐ車が通るはずだ。来れば必ず止まってくれるはずだ。彼はまだついてきているのだろうか？　もう足音が聞こえないが……。ああ、聞こえた。距離をあけてついてくるのなら、邪魔にはならないだろう。大丈夫だ……。大丈夫だろう。ガランスはまた一つ、道路の端の掲示板の前を通り過ぎた。

《森での喫煙は禁止　安全のために適切な行動をとりましょう》

こうした警告の掲示板にはすべて、プロヴァンス＝アルプ＝コート・ダジュール地域圏議会のロゴマークが記されていた。あまり目立たないが、他にもガランスの楽観主義を打ち砕く隠れたサインがあった。アスファルトのひび割れの状態、周囲に生い茂る植物、飛行機が通り過ぎた後の飛行機雲が消えるまでの時間などだ。グルノーブルまでヒッチハイクで行こうという計画は、ますます実現の可能性が低くなってきた。いったい自分は何を考えていたのだろう？　フィッジの家に戻ったほうがいいのではないだろうか？

ガランスは白線に沿って歩いた。これをたどっていけば、どこかに到着するのではないか？　次の村に着いたら助けを求めることにしよう……。風一つない中、イラレーヌに帰りたい気持ちがどんどん膨らむことに抗いながら、ガランスは前に進み続けた。だが一歩進むごとに、歩みはゆっくりになっていった。その理由は自分でもわかっていた。クレマンが近づいてくる音が聞こえていたからだ。もう少しぐずぐずしていればクレマンが追いついてくれる……。そうしたほうがいいのではないか？　ガランスは一人きりで歩き続けることにうんざりしていた。

ほとんど足を止めた状態で、ガランスはクレマンを待った。もう怖いと思う気持ちはなかった。いったいクレマンが自分に何をするというのだ？　チャク、チャク、チャク、チャク――アスファ

ルトの上を歩く靴音がする。そして、規則的なリズムで歩いてきたクレマンはガランスに追いつい
ただけでなく、そのままガランスを追い越していった。まるでガランスが道路の端に立つ木の幹で
あるかのように。クレマンには最初からガランスの後をつけるつもりなどなかったのだろうか？
そんなことがあり得るのだろうか？

《警戒を怠るな！　小さな火花が山火事を引き起こします》

クレマンの歩幅は大きく、ガランスは引き離されないように歩くスピードを速めなければならなかった。クレマンは自分を置き去りにしようとしているのだろうか？　すでに、ゆうに百メートルは先を行っていた。ベルトを短くしたリュックサックが肩甲骨のあたりにぴったりとくっついている。この知的障がいの少年はいったいどこへ行こうとしているのだろう？　本当にどこかへ行こうとしているのだろうか？　ガランスは、クレマンが自分の後ろにいた時のほうが今より孤独を感じなかった。道は続き、クレマンの姿がカーブの向こうに消えた。

ガランスもカーブにさしかかった。カーブはどこまでも曲がり続け、完全に一周まわってしまうほどだ。カーブを抜けると、そこにはもう誰もいなかった！　太陽に照らされて、人のいない一本道がまっすぐに延びている。道の先端も見えないほどだ。クレマンがそんなに早くどこかへ行ってしまえるはずがないのに……。少し先に、二つの矢印が見えた。同じ方向にある二つの集落を表示している。その分岐点まで来てみると、クレマンが脇にそれて上り坂をあがっていくのが見えた。ガランスも後を追った。自分自身の意志であれば、ガランスが国道を離れることはけっしてなかっただろう。しかし今、誰かがガランスの歩みを止めていったいどこへ行くつもりなのだと訊いたと

しても、自分がクレマンの後をついていこうとしているのだとは、ガランス自身も思ってもいないに違いない。

「クレマン！」

返事はない。しだいに急勾配になるアスファルトの上り坂を、二人がぎくしゃくとしたリズムで登っていく足音が聞こえるだけだ。

「……クレマン！」

クレマンはガランスが追いつけないほど速い。

「クレマン！」

クレマンが立ち止まった。

「どこへ行くつもり？」

こうして聞くと、人通りのない村道で知的障がい者に投げかける質問としては、少々変だったかもしれない。だがガランスは、他の質問を自分に問いかけることをやめていた。〈自分にそれができるだろうか？〉とか〈ああすべきだったのではないか？〉とか〈いったいどうなるのだろうか？〉ということはもう考えないことにした。ネルがガランスの不在に気づいて慌ててフィッジを起こすかもしれないことも、警察車両が自分を捜索しているかもしれないことも、母が動転しているだろうことも、後悔も、躊躇も、もう考えない。他の道のこともも考えない。あるのはクレマンが選んだこの道だけ、登るにつれて細くなっていくこの道だけ、明らかにグルノーブルには続いていないこの道だけだ。クレマンはガランスを待っていた。クレマンと同じ位置に到達する前に、ガランスはわずかに残っていた用心深さによって立ち止まった。二人はともに、警戒してお互いを値踏みするように見つめ合った。クレマンの目には、色のついた部分と角膜との間に空虚な層があって、それがまるで人の視線を吸いこんでしまうようで、じっと見つめることが難しかった。それでもガランスは視線をそらさなかった。クレマンは口で荒い呼吸をしていた。そしてガランスの目には、クレマンが自分のこめかみの拍動を聞いているように見えた。

「あたしたちどこへ行くの?」

クレマンは身振りで答えたがガランスには理解できなかった。実際に一つの方向を示そうとしていたのだとしても、どの方向とでもとれる身振りだった。だがガランスは、コミュニケーションが成り立ったことに満足した。クレマンが再び歩き始めた。しばらくの間はガランスも隣に並んで歩いた。その後クレマンが少し先に行き、ガランスが追いつき、再び距離があいた。やがてクレマンはアスファルトの道を離れ、舗装されていない土の道にガランスを連れていった。遠い場所で、車の通り過ぎる音が聞こえた。

《拡散希望🙏
未成年者に関する憂慮すべき行方不明案件
ガランス・ソログブは五月六日八時頃自宅を出ましたがそれ以降目撃されていません。
捜索対象者に関する情報は次のとおり：……》

ユゴー・ロックは、トイレに行きたいのを我慢して画面をスクロールし続けた。朝起きてからずっと、新しい情報を得ようとアプリを更新し続けていた。スアド・アマールが緊急情報を投稿したのは今日の明け方だった。今日は土曜日で今はまだ午前十時にもなっていないというのに、その投稿はすでに五百回近くリツイートされていた。

《緊急です。シェアしてください！！！
捜査に役立つ情報がある場合は、イラレーヌ警察署、または緊急ダイヤル一七番までご連絡ください。緊急ダイヤルは毎日二十四時間通報できます》

どの投稿も同じことを繰り返していた。ユゴーはタイムラインを読むのをやめるために、サファリをクリックして昨夜開いていたウェブページをスクロールしてみた。だが、様々な犬の記録を集めたイミジャー《Imgur》の画像も（三・三秒で五十四個の風船を割ることのできる犬がいて、それはやはりすごかった）、レディットの、幻覚で複数の人格があらわれるという統合失調症患者による質問コーナーも、ウィキペディアのグリゴリー・ペレルマンの伝記も、白亜紀と古第三紀の間の大量絶滅に関するフォーラムも、今となってはもう興味がなくなっていた。とりあえず最後のフォーラムにアクセスしてみたが、しばらくの間は字の読み方を忘れてしまったかのように目が画面上をさまようばかりだった。その後、やっと言葉の意味が頭に入ってきた。

《……超巨大火山に魅せられているエレモンの言葉を借りれば、〈一回の噴火は七百万個の原子爆弾と同じエネルギーを生みだす〉というわけです。ただし、恐竜の絶滅がデカン噴火によるものだとするのは、科学の否定ですよ。白亜紀と古第三紀の間の大量絶滅時代の後に、アジアでアカガエル科の両生類が進化的放散を遂げたことを無視するつもりなのでしょうか！　両生類は皮膚をとおして呼吸し、水分を吸収するんです。もしデカン噴火によるものだというのなら、なぜ酸性雨がこうした両生類を絶滅させなかったのか説明して欲しいものです！》

ユゴーはホーム画面に戻り、指で二度左にスワイプしてすべてのアイコンを飛ばしてから立ちあがった。恐竜がどうしていなくなったかなど、どうでもよかった。地球レベルでみた時に、いなくなって困るのはガランス・ソログブだけだ。ユゴーは携帯電話を持ったままトイレに行き、タンクの隣に携帯を置いて便座を上げた。あまりに長い間小便を我慢していたので、排尿時に尿道に軽い痛みを感じた。恐竜についてはもう遅すぎる。実際に何が起きたかなどわかるはずがないのだから、理論で満足するしかない。六千五百万年前のことなのだ。でも今は二〇一六年だ。世界中のすべての国の住人が同じ情報ネットワークに接続し、地球上でグーグルアースにマッピングされていない場所は一平方メートルもなく、地球を回る低軌道は人工衛星で飽和状態なのだ。こんなふうにいなくなってしまっていいはずがない！（ちなみにユゴーはいつも自分が、宇宙探査のために宇宙空間に物体を打ち上げることができるような種に属していることに驚きを感じていた。人類は偶然地球に生じた種に過ぎないにもかかわらずだ。いっぽう自分自身はといえば、いつも排尿時に最後の一滴まで絞りきることができず、ペニスを揺することを余儀なくされている。そして残ったしずくはトランクスの奥で吸収されることになる。だがそれも人類の宿命なのかもしれない。アインシュタインも特殊相対性理論を直観した数分前には、細かい尿の飛沫をトランクスに付けていたのかもしれないし）

自分の部屋に戻ると、ユゴーはベッドの上に横方向に寝転がった。ガランスの顔が記憶の中から浮かびあがってきたが、輪郭ははっきりしなかった。どんな顔だったかを忘れたわけではなく、むしろ彼女の顔立ちのほうが思いだされないよう隠れているような感じだった。ユゴーは意識を集中させたが、記憶にいくつも欠落があって多くの情報が抜け落ちていた。記憶はガランス・ソログブの周囲の軌道を回り続けるばかりで、すでに抜け落ちているものを復元することはできなかった。教室で自分の隣の席にいた彼女に見とれていた時でさえ、すでにそうだった。彼女の姿は現実には存在しないもののように感じていたので、彼女を解読するためには何度も見直さなければならなかった。まるで、まばたきをするたびにその輪郭も面影も忘れてしまうのではないかというように。もしかしたらその頃からずっと、瞬く間に彼女が消えてしまうのではないかという直感があったのかもしれない。だが、わずかでも論理的に説明のつく状況があれば、ユゴーも納得できただろう。

たとえば、学年の初めに生徒監督官が教室のドアをノックする。そして、クラス分けに手違いがあって、ソログブさんは一年B組ではありませんでしたと告げる。監督官はガランスに荷物をまとめて自分についてくるようにと言う。こうして、彼女は消えてしまう。あるいはエリート・モデル・ルックコンテストの全国大会の結果、彼女はエージェンシーとの契約を勝ちとる。それ以降二度と学校で彼女の姿を見ることはなくなってしまう……。ユゴー・ロックはどこかで、彼女が煙の中に消えてしまうのをつねに覚悟していた。だが、現実になんの説明もなくこのようなことが起こるとは、予想もしていなかった。

サロメ・グランジュ↓ヴァンサン・ダゴルヌ
十五歳の少女がヴァール県で行方不明に。警察が目撃者を探しています
https://tinyurl.com/yygdylqw
サロメ・グランジュ↓ヴァンサン・ダゴルヌ
ヴァンス？　あたしのメッセージ見た？

……………………

グレッグ・アントナがグループ〈危機管理対策室〉を作成しました
グレッグ・アントナがモード・アルトーをグループに追加しました
グレッグ・アントナがサロメ・グランジュをグループに追加しました
グレッグ・アントナ↓モード・アルトー／サロメ・グランジュ
警察署に呼びだされた

グレッグ・アントナ↓モード・アルトー／サロメ・グランジュ
どうする？　何を言おうか
サロメ・グランジュ↓グレッグ・アントナ／モード・アルトー
どうして呼びだされたの？
グレッグ・アントナ↓モード・アルトー／サロメ・グランジュ
サロメ？　脳みそが機内モードなのか？
グレッグ・アントナ↓モード・アルトー／サロメ・グランジュ
きみたちにも呼びだしがかかるってわかってるのか？
グレッグ・アントナ↓モード・アルトー／サロメ・グランジュ
とくに、あれはもともときみに送られてたんだからな
グレッグ・アントナ↓モード・アルトー／サロメ・グランジュ
動画のことはきかれても何も言わないつもりだ
グレッグ・アントナ↓モード・アルトー／サロメ・グランジュ
きみたちも何も言うな
グレッグ・アントナ↓モード・アルトー／サロメ・グランジュ
ぼくたちのことについては
グレッグ・アントナ↓モード・アルトー／サロメ・グランジュ
ぼくの両親は何も知らない。お願いだからばかなことを言わないでくれよ。発言内容にはほんとうに気をつけないとだめだ
サロメ・グランジュ↓グレッグ・アントナ／モード・アルトー

心配いらないって。誰も何も言わないから

……………………

サロメ・グランジュ↓ヴァンサン・ダゴルヌ

ヴァンス、もう！

サロメ・グランジュ↓ヴァンサン・ダゴルヌ

あたしにもう返事したくないにしても、今は緊急なのよ

……………………

グレッグ・アントナ↓モード・アルトー／サロメ・グランジュ

モード？　そこにいないの？

……………………

サロメ・グランジュ↓ヴァンサン・ダゴルヌ

お願いだから出てうちに警察が来てる

サロメ・グランジュ↓ヴァンサン・ダゴルヌ

下で父と話してるどうしよう

2016年5月

サロメ・グランジュ↓ヴァンサン・ダゴルヌ
ヴァンス助けてどうしたらいい?

サロメ・グランジュ↓ヴァンサン・ダゴルヌ
警察署に呼びだされた

ヴァンサン・ダゴルヌ↓サロメ・グランジュ
落ち着いて。警察はガランスを探してるんだ。友だちに話をきくのはあたりまえだろ。彼女から連絡がないか質問するだけだよ

ヴァンサン・ダゴルヌ↓サロメ・グランジュ
警察はそれ以外のことに興味はないさ。知る必要もないし

サロメ・グランジュ↓ヴァンサン・ダゴルヌ
何言ってるの? ヴァンスが動画をばらまいたせいで彼女は学校で大変なことになってたのに、わかってるでしょ?

ヴァンサン・ダゴルヌ↓サロメ・グランジュ
えっ?

ヴァンサン・ダゴルヌ↓サロメ・グランジュ
なんのこと?

サロメ・グランジュ↓ヴァンサン・ダゴルヌ
あの動画よ、彼女がたぶんマスターベーション?してるやつ

ヴァンサン・ダゴルヌ↓サロメ・グランジュ
それでそのマスターベーションしてる動画がどうしたんだよ?

サロメ・グランジュ↓ヴァンサン・ダゴルヌ
あれを誰に送ったのかって百回はきいたけど、ぜんぜん返事してくれないじゃない！！
ヴァンサン・ダゴルヌ↓サロメ・グランジュ
イヴァンに送っただけだよ
サロメ・グランジュ↓ヴァンサン・ダゴルヌ
じゃあどうしてあれが学校じゅうに回覧されちゃったわけ？
ヴァンサン・ダゴルヌ↓サロメ・グランジュ
？？？
サロメ・グランジュ↓ヴァンサン・ダゴルヌ
そのせいでガランスはネットでめちゃくちゃに書かれてるのよ
ヴァンサン・ダゴルヌ↓サロメ・グランジュ
イヴァンに送っただけだ。他は誰にも送ってない
サロメ・グランジュ↓ヴァンサン・ダゴルヌ
この二カ月間、彼女はあたしがやったと思ってるんだから！　でもあたしは何も言ってない。
ヴァンスがやったと思ってたから
ヴァンサン・ダゴルヌ↓サロメ・グランジュ
どうしておれがやったと思ったんだよ？
サロメ・グランジュ↓ヴァンサン・ダゴルヌ
だって動画はあたしたち二人にしか送られてないんだから、あたしじゃないとしたら？？
ヴァンサン・ダゴルヌ↓サロメ・グランジュ

たしかにあの動画なのかい？

サロメ・グランジュ↓ヴァンサン・ダゴルヌ

モードもヴァンスがやったと思ってる

ヴァンサン・ダゴルヌ↓サロメ・グランジュ

どうしてみんなおれに何も言わなかったんだ？

サロメ・グランジュ↓ヴァンサン・ダゴルヌ

言ったでしょう！　何回メッセージを送ったと思ってるの？

サロメ・グランジュ↓ヴァンサン・ダゴルヌ

グルノーブルに行ってからあたしたちを厄介払いしてたのはそっちでしょ。いつも既読無視して知らんぷり😡

……………………

ヴァンサン・ダゴルヌ↓イヴァン・ボレル

おれが送った動画、誰に送った？

イヴァン・ボレル↓ヴァンサン・ダゴルヌ

どの動画？

ヴァンサン・ダゴルヌ↓イヴァン・ボレル

ガランスのだよ

ヴァンサン・ダゴルヌ↓イヴァン・ボレル

サロメのところに警察が来た
イヴァン・ボレル↓ヴァンサン・ダゴルヌ
サロメは何をやったんだ？
ヴァンサン・ダゴルヌ↓イヴァン・ボレル
サロメは何もしてない。ガランスのことだ
イヴァン・ボレル↓ヴァンサン・ダゴルヌ
さっぱりわからん
ヴァンサン・ダゴルヌ↓イヴァン・ボレル
https://tinyurl.com/yygdylqw

……………………

十五歳の少女がヴァール県で行方不明に。警察が目撃者を探しています

……………………

イヴァン・ボレル↓ヴァンサン・ダゴルヌ
ほんとに、いったいどういうことなんだ？
イヴァン・ボレル↓ヴァンサン・ダゴルヌ
どこにいるのかおまえは知ってるのか？

ヴァンサン・ダゴルヌ↓イヴァン・ボレル
知らないさ。だがどうやら、おまえに送った動画のせいで彼女は学校で大変なことになってたみたいなんだ
ヴァンサン・ダゴルヌ↓イヴァン・ボレル
あれを誰に送ったんだ？
イヴァン・ボレル↓ヴァンサン・ダゴルヌ
誰にも送ってないよ
ヴァンサン・ダゴルヌ↓イヴァン・ボレル
ポール＝セザンヌ高校の全員があれを見たらしい
ヴァンサン・ダゴルヌ↓イヴァン・ボレル
モードにも送ってないんだな？
イヴァン・ボレル↓ヴァンサン・ダゴルヌ
彼女はおれの携帯電話の中にあった動画を見つけたんだ
イヴァン・ボレル↓ヴァンサン・ダゴルヌ
これを送ってきたのはおまえだって言ったんだが信じようとしなかった
イヴァン・ボレル↓ヴァンサン・ダゴルヌ
ガランスとおれが二人で会っていたと思ったのか？　自分が家に閉じこめられている間に？
イヴァン・ボレル↓ヴァンサン・ダゴルヌ
いずれにしても、彼女はおれをここから連れだしたが、それはおれに責任を押しつけるためだったんだな

ヴァンサン・ダゴルヌ↓イヴァン・ボレル
どういうことだ？
イヴァン・ボレル↓ヴァンサン・ダゴルヌ
彼女とはもう別れたんだよ

……………………

ヴァンサン・ダゴルヌ↓モード・アルトー
ガランスの動画をリークしたのはきみなのか？
ヴァンサン・ダゴルヌ↓モード・アルトー
おい！　モード？
ヴァンサン・ダゴルヌ↓モード・アルトー
モード、答えるんだ

2016年5月

土埃《つちぼこり》の立つくすんだ大地が太陽の光を吸収する。大地は何も通さず何も反射しない。ほとんど赤いといっていいい強い日差しが地面に容赦なく照りつける。岩石が周囲に圧迫感を与えている。岩石、小石、砂利、いたるところ石だらけだ。一番暑い熱波の層は地面すれすれに広がり、その上に順に空気の層が積み重なっている。風はそよとも吹かず、空気は鉛が空中に浮遊しているかのように重い。ガランスはクレマンが歩いた跡を目で追いながら歩いた。もう正午を過ぎた頃だろうか。周囲は乾いた高原の景色になっていたが、ここまで通ってきた道は見えなくなっていた。突起のある蔓植物がガランスの足首まで巻き付くように伸びている。頭がくらくらするような匂いと尖った形だ。ガランスは肌がちくちくした。肩も日差しでひりひりしたが、羽織るものを何も持っていなかった。髪の地肌やこめかみの上を汗が流れた。クレマンはガランスにも聞こえるほど激しい呼吸をしている。うなるような息遣いだ。それでも小幅だが力強く頑《かたく》なな足取りで、乾燥してひび割れた地面や、枯れた枝や、昆虫を踏みしだきながら進んでいく。クレマンはどんどん歩いていったが、ガランスもクレマンより先に止まるつもりはなかった。ただ昨夜から、まったく何も食べていなかった。特に、喉が渇いてしかたがなかった。ガランスはクレマンの小ぶりのリュックサックをじっと見た。さっきクレマンがそこから水を出して飲むのを見た時には、クレマンの後に口をつけてラッパ飲みすることに対する嫌悪感のほうが大きかった。ガランスは自分のボトルを持ってこなかったことを悔やんだ。さらに突然、肩が軽いことに気がついて心が重くなった。思いだすためにたっぷり一秒かける……自分のダンスバッグ！　ガランスは立ち止まって考えた。そうだ、ネルの車の中に忘れてきたのだ！　あの時トランクからは何も出さなかった。ガランスはUターンしたい衝動に駆られたが、ばかげたことだとわかっていた。取りに戻ることなどできるはずがない。もう村からは離れすぎている。お気に入りのワンピースは置いていかなければならない……。セーターもあったが、こんなに暑いのだから、まあいいか……。失った物の一覧表を作るのは後にしよう、とガランスは思った。さもないとクレマンまでその表に加えないといけなくなる。クレマンはガランスを待たずに歩いていくのだから。

高台の縁《へり》から見ると、山はまるで空中に浮かんでいるようだった。緑の葉に覆われた急斜面が続き、今まで通ってきたむきだしの大地とはまったく別の光景だ。木陰になっている側では、山は太陽から身を守るために自らを葉で覆っているように見える。山の突起も亀裂も、生い茂る葉の陰で自らを癒していた。ガランスには遠くの木立が広がる場所へと続く道はまったく見えなかったが、すでにクレマンはしっかりとした足取りで石だらけの斜面を下り始めていた。そして、ガランスがもうこれ以上進むことはできないのではと思っても、突き出た岩や地面を覆う植物に進路を阻《はば》まれても、クレマンはそのたびに新たな進路を見つけだした。森の奥に踏み入ってからもうどのくらいの時間がたったのだろうか？　一時間？　二時間か？　それはもうどうでもよかった。爽快感が下り坂の苦労をすべて消し去っていた。ガランスは爽快感の理由を考えてみなかったが、原因は明らかに気温が数度下がったことだ。樹木によって湿度が保たれ、太陽の光は地面まで突き抜けない。木の枝が強い日差しをさえぎり、やわらかでまばらな光を地面に届けていた。ここでは景色よりも匂いが存在感を発揮している。森の様々な樹木の中でも、特に香りを放っているのは松だ。松はその高さでも他を圧倒していた。ガランスが顔を上げると、松は地上に根を張るのをやめて梢《こずえ》を天に届かせようとしているかのように、細くまっすぐな幹をガランスの頭上に伸ばしていた。クレマンは自然の小道を進んでいく。小道は所々消えてなくなり、時にはイバラの茂みに阻まれるが、曲がりくねりながらも必ず再びあらわれる。この道は必ずどこかにつながっている——ガランスはそのことだけは疑わなかった。

道は噴水につながっていた。噴水がなければ人がけっして足を踏み入れないような場所に、人によって設置されたものだった。ガランスは水を受ける簡素な水盤の前にひざまずいた。光沢のある花崗岩の水盤の内側は、水が流れ続けるせいですべすべしていた。山の頂からほとばしり出て流れてきた冷たい水は、そのままガランスの手のひらから唇の間に入っていった。ガランスはごくごくと水を飲んだ。あまりの水の冷たさに、手の感覚がなくなるほどだった。そして手を引っこめる前に、すべすべした水盤の石をなでた。その後にクレマンが水盤の前に座った。ガランスはクレマンがペットボトルに水を入れている間に腰を下ろして休憩した。人生でこれほど長い間歩いたことはなかった。腕は日焼けで赤くなり、虫に刺された跡や引っかき傷がいくつもできている。白いテニスシューズを覆っていた泥はすでに乾いていた。足にはいくつもまめができていて、靴下を脱ぐと、水ぶくれがつぶれて皮が靴下に張りついてきた。ガランスはどうやって立ちあがったらいいかわからなかった。ましてやこれ以上歩くことなどできるわけがない……。だがガランスは、つぶれたまめの上にすぐに靴を履かなければならなかった。クレマンがもう出発しようとしていたからだ。靴ひもを結ぶ暇さえなかった。立ちあがると、六百はあるという身体じゅうの筋肉が痛むことに気がついた。これからどこへ行くのか、どの道を通るのか、ガランスにはわからなかった。木立はしだいに密集し、空が隠れていく。ガランスにはクレマンが必要だった。彼がいなければ自分がどこにいるのかもわからないし、今偶然とはいえ自分のそばにいるのは世界じゅうでクレマンだけだ。彼は、ガランスが今もまだつながりを持っている最後の人間だった。だから、一言の不平ももらさず、ガランスはクレマンの後をついていった。さらにもう少し遠くへと。さらにもう少し下へと。すると、木立の中に物置のような木造の建物が見えてきた。近づいてみると住居のようだ。横には乾いた松の葉で囲われたテラスまである。

それは不思議な小屋だった。もちろん、こんなところにあること自体がまずおかしなことではあった。人里離れた深い森の奥の、道も標識も電線も、この場所に導くものが何もない場所で廃材に囲まれて建っているのだから。だが本当に不思議なことは、ガランスがこの小屋を見たのが初めてではなかったことだ。ガランスは以前、既視感《デジャビュ》の説明を聞いたことがあった。疲労時に片方の目だけ働きが遅くなり、もう一方の目は通常速度で画像を記憶するということが起こる。すると遅いほうの目が脳に情報を伝達した時、脳はすでにもう一方の目から情報を受け取っているから既視感が起こる、というものだ。ガランスが今非常に疲れていることを考えればこの仮説も成り立つ。だがガランスには、この小屋がとても遠いところから不意に浮かびあがってきたように思われた。そして、最初に見た時と現在との間には永遠の時が流れているような気がしたのだった。クレマンが入り口のドアの取っ手を動かしている。ドアは閉まっているようだ。窓は一つしかなく鎧戸も閉まっている。両開きの鎧戸はすり切れたロープで固定されており、右側の戸は蝶番《ちょうつがい》一つで留まっているものの今にも外れそうだった。ガランスは鎧戸の隙間に近づき、汚いガラス窓から中をのぞいた。

木製の鎧戸の間から弱々しい光が小屋の中に差しこんでいる。床にあれやこれやの残骸が散乱している中に、何色ともわからない古いソファーが一つだけ置かれていた。部屋に家具が備え付けてあるというよりは、いつか使う時のためにここで保管されていた、そしてその時を待ちながらここでゆっくりと朽ちていったといった風情だ。クレマンがドアの横にあった空洞コンクリートブロックの中に大きな鍵を見つけ、錠を開けることに成功した。ドアを開けると、日の光が一気に小屋の中に注ぎこんだ。ガランスはクレマンの後に続いて中に入った。中には作業台があり、その上に置かれた水準器の液体の中で、気泡がゆらゆらと揺れている。その上のラックには、曲がったやすりや摩耗したドライバーが吊り下がっている。その時、床の上で数回大きな音がした。ガランスは驚いて飛びあがった。クレマンが壁の棚にぶつかって、上に載っていた籠が中身もろとも床に落ちたのだった。籠に入っていたのは、もう読めない古い新聞や雑誌だった。まだ揺れている棚の上には数冊の本が残っていたが、そのうちの二冊が遅れて下に落ち、床の埃を巻きあげた。クレマンが落ちたものを拾っている間に、ガランスは換気をしようと窓のほうに向かった。下を見ながら、床の上の様々なものを避けて歩く。虫に食われた板が数枚と薪が数本、柄が取れた箒《ほうき》一つ、渦巻き状に巻かれた何キロメートルもありそうな長いロープ一巻、わら張りの椅子二脚、固まりかけている毛布一枚、鉄柵一つ、カビの生えたクッション数個、石油缶一つと木箱が三つ。一つの木箱には不思議なことに使用した形跡のない食器が詰まっていた。窓のクレモン錠は簡単に開いたが、鎧戸は開かなかった。押し開けるにはまず外側のロープを外さなくてはならない。ガランスは片手を適当に隙間に突っこんだ。鎧戸の片側はつかえて開かなかったが、もう片方はなんとか開けることができた。クレマンは、ガランスが窓を開け終えるのを待っていた。部屋の真ん中に立ち、自分の客人がこの場所をどう評価しているかを知ろうとするようにガランスの顔をうかがっている。ガランスがこの場所で唯一不快だと思わなかったものがあった。小さなランプを横一列にいくつもつないだガーランドを、木の板に巻きつけた装飾だ。ガランスはそのことを思い浮かべながら、精一杯努力してクレマンに笑いかけた。クレマンは誇らしそうな様子で、リュックサックを開けると中からヘッドホンとコード、ハンディレコーダーを取りだし、作業台の上に注意深く置いた。そして今度はリュックをひっくり返し、残りをすべてソファーの上に出した。水のボトル、菓子が二袋、ポテトチップス、シリアル、ドライフルーツ、ハリボーのワニ型グミキャンディーだ。ガランスはうなずいた。多少掃除をしなくてはならないだろうが、ここにいてもいいと思った。いずれにしても、行くところはないのだから。

ガランスはテレビドラマを見て食料の配分方法は知っていたが、実践が不足していた。一袋目の菓子は開封してから二分間の命で、二人を養うには充分ではなかった。二袋目はビスケットにチョコレートをコーティングした菓子だった。チョコレートはリュックサックの中で溶け、ビスケットよりプラスチックの袋のほうに多く付着していた。それを全部なめ終わっても、ガランスはまだ空腹だった。クレマンが穏やかに見つめる中、ガランスはドライフルーツの袋を破り、片手いっぱいにつかみ取ってほおばった。そして今回は躊躇なく、ペットボトルに口をつけて水を飲んだ。続いてクレマンが一気にボトルを飲み干した。いったい今は何時なのだろう。外はまだほんのりと明るい。ガランスは窓辺に行って外の世界を眺めた。クレマンは空になったボトルの首を通して――右目、次は左目、と順番に――ガランスを眺めている。突然、クレマンがボトルを自分の肩越しに投げ、ボトルは床に散乱している様々な物の間に着地した。その音にガランスは振り向いた。クレマンはしゃがみこんで何かを探している。ガランスが様子を観察していると、クレマンは石油缶型のプラスチックの容器の取っ手をつかみ、それを振りかざしながら立ちあがった。なるほど、それはいい考えだ……。ただし、自分はもう噴水には戻れないけど――とガランスは思った。こんなに疲れたことはかつてないというほど、くたくたなのだ。だがクレマンは容器を持って腕を振り回し、諦めない。本当に無理なの。ちょっと休まないと。行くならクレマン一人で行ってもらわないと。

「でも、ここに戻ってくるよね？」

クレマンは〈うん〉と答えた。少なくともガランスはそう解釈した。実際には必ずしも首を縦に振ったわけではなく、むしろ頭をぐるりと回したように見えたのだが。クレマンがドアから出ていくのを見送りながら、ガランスはその後をついていきたくなった……。だが無理だ。もう足が身体を支えられない。ガランスはソファーの上にドサッと倒れこんだ。するともうもうと埃が舞いあがり、ガランスは驚いて跳ね起きた。どうしたらこの小屋の中で窒息死せずに夜を過ごすことができるだろうか？　疲れてはいたが、ガランスは二往復してクッションをテラスに運びだし、力の限りクッションを叩《はた》いた。そして、叩《はた》いたり振ったりを何度も繰り返したが、毎回同じ量の埃が舞い続けた。そこでしばらくそのまま外気に当てておくことにした。

中に戻ると、ガランスはがらくたの山を見渡した。そして何から始めればいいのかもわからないままに、ごみの山の中をさまよいながら必要な物だけあちらこちらで拾い集め、次にそれを置く場所を探した。その際何度か、顔や手にかすかに何かが触れたような感覚があったが、最初は気にしていなかった。塗装された木製の簞笥《たんす》に近づいた時、肌にまた同様の軽い抵抗を感じ、進路に張られていた細い糸状のものを引きちぎったのだとわかった。周囲を見回すと、家具と壁の間に、天井や床の隅に、物の間に、無数の蜘蛛の巣が張り巡らされている。ガランスは急に意外なほど元気が出てきた。そして古い箒の柄に穂を留め直すと、その箒を振り回しながら数えきれないほどの蜘蛛の巣を襲い始めた。クレマンが戻ってきた時には、ガランスは箒の柄を空中でくるくる回転させているところだった。

「そこにいて！」

クレマンが柄で殴られることなく水の容器をどこかに置こうとうろうろしているのを見て、ガランスはそう命令した。作業台の下の空間を指定したのだが、クレマンは言われたとおりにした。それを見てガランスは箒を置き、別の指示を出すことにした。不要なものをすべて、二人で外に運びだすのだ。こうして、鉄柵、籠、板、ロープ、布地類、穴の開いたわら張りの椅子などが屋外で山積みになった。いつのまにか疲れは吹き飛んでいた。長い髪が絡まり、かがむたびに目の上に滑り落ちてくる。ガランスは髪を上げ、埃だらけの細い木の棒を使って留めた。干してあったクッションはもう一度叩《はた》いてから室内に戻した。周囲の森が暗くなってきたので、二人はソファーで休憩することにした。ガランスは室内を見回した。片付けたことで中はがらんとしていた。やっと息ができる空気になった気がした。動くのをやめたら寒いくらいだ。だが暖を取るものも明かりをつけるためのものも、何も持っていなかった。クレマンの頭がこっくりと揺れた。ガランスはセーターがあれば、と後悔したが、ネルの車のトランクに置いてきたダンスバッグの記憶は、ここから何光年の彼方に押しやった。

古い脚付き箪笥には帯状の花柄装飾が施されているが、すでにかなりの部分がはげ落ちていた。ガランスは箪笥がきっちり壁の角に置かれていないことが、気になってしかたがなかった。ずれているのだ。たいしたことではない、と思いながらも目測で距離を測ってみる。二十センチもずらせば壁につくだろう……。そのために立ちあがるつもりはまったくなかったが、壁と箪笥の間の意味のない空間のせいで、何も考えないでいることができなくなった。それどころかそのことが頭を悩ませ始めた……ここで孤立状態にあることよりも、食料が足りないことよりも、もっと……。実際、埃も、寝具がないことも、日が落ちようとしていることも、この高地での寒さも、突然、どうでもいいことのような気がしてきた。この小屋に人が住めなくなっているのは、箪笥がきっちりと部屋の角に収まっていないせいなのだ！　ガランスはソファーから立ちあがる理由を見つけ、計画をクレマンに告げた。そして両手のひらで箪笥の側面を押し始めた。クレマンはそれを見ていたが、手伝う気はなさそうだ。構うものか。自分には誰の助けも必要ない。だが最初の試みは成功しなかった。今度は弾みをつけてやってみる。やはり箪笥は動かない。ガランスはあらゆる方法で試してみた。腕を伸ばして押し、右の肩や左の肩、あるいは背中で押し、身体全体で押してみる。しかし箪笥はびくともせず、ガランスに無言の抵抗をしていた。ガランスはソファーに戻り、力を回復しようと袋の中からドライフルーツを取りだした。

「クレマンも食べる？」

クレマンはうなずいたが、どうやら〈いらない〉という意味だったようだ。ガランスが差しだした袋を、ゆっくりと押し返してきた。自宅から失踪し、フィッジの家からも姿をくらまし、知的障がいのあるネルの従弟にくっついて森の中まで来てしまった。こんなに積み重ねてしまった間違いを解決する手段などあるはずがない……。それでもガランスは、箪笥があるべき位置にぴったりと収まれば、すべてにもっと一貫性が生まれるような気がしていた。よく見ると、箪笥の脚の一つが床の大きな溝に引っかかっている。そこを持ちあげない限りどうにもならないようだ。ガランスはしゃがんで両手をフレームの下に入れ、自分の太ももで押し上げるようにして身を起こした。箪笥が揺れた。目的を達する前に手が放れてしまわないか心配だ。もうこれ以上力が出ない。箪笥の脚が床に落ちた。ガランスも同時に床に転がった。

夜になっていた。ガランスの度重なる失敗にも、クレマンはいっさい反応を示さなかった。クレマンの頭はソファーの肘掛けの上に倒れこんでおり、目が開いているのか閉じているのか、いびきをかいているのか通常の呼吸なのかもわからない。ガランスは座ったまま箪笥にもたれ、そんなに強情にならないでよ、と篁笥に頼んだ。そして説明した。こんなふうに部屋の真ん中にいることはできないんだから。この場所にいたのではこの世にいる意味がないでしょ、と。篁笥は必ず角にいなければいけないのだ。調和の問題なのだ。だがガランスの話し相手は沈黙したままだった。ただの家具なのだ……。人の話を聞く能力なんかない……。ガランスからは、ソファーにいるクレマンの姿はまったく識別できなくなった。ソファー自体の形も見えない。暗闇の中で、ガランスは本当に嫌な気持ちになった。まるですべてが自分の責任であるかのように……。いくつもの輪が長く連なった鎖が、ガランスの胸を締めつける。だがガランスには、その鎖の輪を遡《さかのぼ》る勇気がなかった。あの動画は輪の一つだった。ハロウィーンパーティーの衣装の選択はそれ以前の原因の一つだった。だがいったいいつまで遡ればいいのだろう？　自分の責任はどこまで遡るのだろう？　一番初めに選択を間違えたのはどこだったのだろう？　だけど……。これまでの道のりの結果、今自分がこのどっしりとした家具にもたれているのだとしたら、これは何か意味があるのではないだろうか？　泣いても、後悔しても、言い訳しても、今回はそれだけではだめだという気がした。ガランスは篁笥に向かってしゃくりあげた。篁笥はガランスを糾弾せず、裁かず、そしていっさい共感を示さなかった。ガランスは家出中だったが、篁笥にとってはそんなことはどうでもよかった。篁笥自身は塗装がはげ落ち、引出しには摩耗した真鍮《しんちゅう》の取っ手が一つ残っているだけだ。こうして埃の中で朽朽ちていくのだろうが、だからどうだというのだ。篁笥には後悔はまったくない！　篁笥は何も間違いを犯していないからだ！……命のないものは生きるのも楽だよね……そう思いながら、ガランスは泣き続けた。その時、クレマンがソファーの上で起きあがったような音が聞こえた。ガランスはクレマンがそばにきて手を差し伸べてくれるのを待った。だが実際には、どうやら眠りながら身体を動かしただけだったようだ。ガランスはしかたなく一人で立ちあがった。ソファーに近づいてみると、クレマンは背もたれに背中をつけてまっすぐに座っていた。頭は後ろに倒れ、口は開いたまままだ。ガランスは隣に座り、何度も寒い、寒い、と繰り返し声に出して言った。クレマンは完全に眠りこんでいるので返事をしない。それには構わず、ガランスはクレマンに向かって話し続けた。そしてクレマンが具体的にどういう状況なのか知りたいと思った。精神疾患だというが、病気なら名前があるはずではないか？　以前父親がクレマンを専門の施設に入れたところ症状がひどくなったのだと、ネルとフィッジが話していた。自分だってそんなところにはいたくない。しばらく一人で話し続けてから、ガランスは口を閉じた。ほとんど見えないが箪笥のある方向にじっと視線を向ける。暗闇の中で、箪笥は動かずじっとしているはずだ。ガランスは疲れて死にそうだったが、眠くはなかった。どのみち座ったままでは眠れない。それでもしだいにうとうとし始めた……。だが、身体が本当に眠りに落ちようとすると体温が下がり、目が覚めた。目を開けると、クレマンの肩にもたれかかっていた。寒さから逃れるため、ガランスはさらにクレマンに身体をすり寄せた。しばらくすると、断続的ではあるが再び眠気に襲われた。埃のせいで喉が乾燥し、暗闇は時間とともに雰囲気を変えていく。ガランスはたびたび物音にびくっとして目を覚ました。そのつど異なる様々な音がして、ガランスはそのつど震えあがった。昆虫の鋭い鳴き声、切り裂くような風の音、無駄に鳴きたてるヒキガエルの声、動物のキーという鳴き声や何かをかじる音、森の下草がたてるガサガサという音、狩りをする悪魔の鳴き声、翼で空を覆い隠す夜の闇の遠吠え、時に人間にも似た声で生贄《いけにえ》を要求する叫び声。夜が明け始め光が差してきた頃、朦朧《もうろう》とした意識の中で、ガランスは足下に捧げものの頭があるのを見つけた。頭は、実際にはソファーの座面に置かれていた。そして、クレマンの身体に完全につながっていた。どうやらクレマンはソファーからずり落ちたようだ。だが意識がはっきりするまでの間、ガランスはクレマンが首をはねられたのだと思った。

アナ・ソログブは、〈RAM《ランダムアクセスメモリ》〉がどのようなものか想像できないし、〈ソフトディスク〉というものがないようだということは知っているが、〈ハードディスク〉が何でできているかは知らない。アナの感覚では、〈ブラウザ〉と〈OS《オペレーティングシステム》〉はほとんど同義語であり、〈メガ〉と〈ギガ〉という二つの容量のどちらが大きいのかわからない。そして、表示される時にはすべてが結合されて具体的であるのに、実は情報は空中を飛んで伝わり、密かに暗号化されているのだということに困惑する。いったいどうやって暗号化されているのだろうか？　どこにその0と1があるというのだろうか？　画面に『モナ・リザ』の絵を表示するにはいくつの0と1が必要なのだろうか？　〈デジタル技術〉が正確に何を意味するのかについてアナは何度も読んだことがあるが、結局覚えることができなかった。それでも、この技術は人類を新しい時代に前進させるものであり、自分もその時代に属する人間なのだという認識はある。

　ガランスが生まれる以前の一九九〇年代の後半、アナが〈インターネット〉という言葉で連想したのは、薄くて透明な壁を持つ巨大な球体だった。球体は危なっかしく揺れ続け、ある日世界規模の停電によって、世界中のすべての町が一つ、また一つと、慌てふためきながら暗闇の中に沈んでいく。だがこの消えゆく世界のイメージにアナが恐れをなすことはなかった。むしろ、当時メディアが繰り返し叫んでいた悲観的な〈コンピューターの二〇〇〇年問題〉予測の中にロマンティックな響きを感じていたし、〈インターネットバブル〉がそれを補ってくれるのではないかと思っていた。結局、一九九九年十二月三十一日から二〇〇〇年一月一日に日付が変わる際に〈バグ〉は発生しなかった。ちょうどその頃、アナは自分が妊娠していることを知った。最終的にバブルは弾けたようだが、アナは出産したばかりで何も見ていなかった。

なぜか台所の電磁調理《IH》コンロから変な音がした時があった。いったんスイッチを切って電源を入れ直した後も、異常な音は止まらない。アナの記憶ではガランスは学校に行っていて、家にいたのは自分一人だった。アフターサービスセンターに電話すると、自動音声応答装置につながった。音声の指示に従って用件の番号やシャープやアステリスクを押していったが、これはまったく無駄になった。なぜなら担当者は全員通話中で、後からまたかけ直さなくてはならなかったからだ。こういうことを何度も繰り返した末に、アナも、問題の答えはインターネットで探したほうが早い、ということを認めざるを得なくなった。人間性を疎外するような悪循環にはまってしまったと思いながらも、アナはいつもたくさんのタブを開き、タブと同じ数だけ頭の中に面倒を抱えた。というのも、タブがナビゲーションバーで表示できなくなるともうどこへ消えたのかわからなくなるし、他のページを一生懸命見ている間はそちらがどうなっているかわからなくなるため、検索を進めながらもたえずタブを閉じることを考えていなければいけないからだ。そのうえ、家電製品のサイトは予告なくポップアップ広告を出すし、広告は歌いだすし、その音がどこから出ているのかもわからない。いっぽうでコンロの音はますます大きくなり、繰り返される音がいらいらを募らせる。それでもアナは携帯電話の画面を閉じようとは思わなかった。メーカーの〈よくある質問〉コーナーのどこにも、〈コンロから異常な音がする〉ケースについては記されていなかったが、アナは諦めなかった。製品の型式番号でグーグル検索した結果、あるフォーラムサイトを見つけ、そこでやっと求めていたものにたどり着いた。困っていたのはアナだけではなかった。同じような経験をした人たちが大勢いた。〈砂漠のバラ《Rosedessables》〉という人物は、見返りを求めることなく解決方法を提示してくれていた。それによると、プレートを外して回路から〈ブザー〉を取りだすのだという。他にも何人かの使用者が、その方法なら簡単にできると請け合った。自分も実践してみたうえで新たなメンバーを安心させる。知らない人から教えてもらったことを、知らない人たちに返す。一種のウェブ上での因果応報だろう。中には、問題が解決したずっと後になって、フォーラムに自分の感情を吐きだす人たちもいる。

《この〈ブザー〉はいったいなんの役に立っているんでしょう？　うるさい音を出して生活の邪魔をするだけでは？》

〈砂漠のバラ《Rosedessables》〉はしばしば議論に登場した。そしてフォーラムに参加するうちに電磁調理器の誘導加熱の仕組みについて情報を蓄積し、このサイトの単なる常連ではなく、あらゆるメーカーのコンロの異常音に関する専門家になった。そして問題を抱えて途方に暮れたインターネットユーザーは、彼女を相談役として認識するようになった。

《@Rosedessables　助けていただけませんか？　わたしの電磁調理コンロもうるさい音がするんです！　どうしてだかわかりません。優良メーカーの製品だって言われていたのに》

《@Rosedessables　ちょっと変わった問題について訊いてもいいでしょうか？　このサイトを読んでみたのですが、どうやらこんなことが起きたのはわたしだけみたいなんです》

《サーモスタットを5以上に設定すると、ほぼ二秒ごとにカチッという音が鳴り続けます。でもサーモスタットを４以下に変えるとその音は止まるんです》

《プレートを外したらどうなるんでしょう?》
《ブザーってどのブザーのこと? @Rosedessables どれだかわからないんだけど?》
〈砂漠のバラ《Rosedessables》〉はこうした人々を支援し、そのつど時宜にかなった言葉で一人一人に対応した。それはまるで、実はメーカーに雇われているのではないかと思うほどだった。
アナはここで探していた答えを見つけることができた。だが、〈砂漠のバラ《Rosedessables》〉という人物を皆が手放しで信奉しているさまは、感謝の気持ちを減退させた。このおかしなハンドルネームの陰に隠れている人物は、もう少し野心があったならば、信奉者を率いてもっと別の地平に向かい、自分に都合のいい説教をすることもできただろう、とアナは感じていた。もしこの人物がフェイスブック上に自分の教会を創設することをもくろんでいたならば、その時には、人々がフランスのどこかで誘導加熱にその身を捧げるであろうことは疑う余地がなかった。アナはこうしたコメントを慎みがないと思い、不快に感じた。そして、保証期間が過ぎてしまったためにここで一致団結して不平不満を吐きだす人たちのこうした嫌らしい連帯感を、心の奥で糾弾した。損害を埋め合わせてもらおうとする試み、一度も姿はあらわさないが不満の内容はすべて知っている目に見えない人物の注意を引こうとする試み、そこここで見られるそうした下品な態度に、アナは自分のことのように恥じ入った。姿を見せないその人物は、陰で意中の人間を選びだし、商業的な見返りを与え、ひょっとすると全額を払い戻したりしているのかもしれない……。そう考えると、アナは突然、世界中の〈砂漠のバラ《Rosedessables》〉の一味と袂《たもと》を分かち、この一味と無関係になるためにコンロのメーカーを変えてしまいたいという欲求で胸が押しつぶされそうになった。
それより数年前、ガランスが生まれて間もない頃だったが、スーパーの食肉売り場の前で同様の反応が起き、危うく吐いてしまいそうになったことがあった。ヴィーガンの兆候が早くも出ていたのかもしれないが、その時アナに吐き気を催させたものは、肉そのものではなかった——蛍光灯の単調な光でもなく、冷蔵品の棚の前までレジに並ぶ人の列が伸びて棚の温度管理が悪くなっているせいでもなかった。気持ち悪くなった原因は、積み重なった食料の量の多さだった。その量は、地球上に増殖していく人間の数を思い起こさせた。缶詰や真空パック、冷凍食品など大量の食品が梱包されてコンテナで運ばれ、気まぐれな消費者の需要に合わせて供給される。それを考えると、目の前に、ある光景が思い浮かんでしまうのだ。たくさんの胃袋がひしめき合い、粘膜や筋肉や脂肪がうごめいている光景。様々なものが集まっている——軟骨、括約筋、歯、胆汁、唾液、胃液、血液、何百万リットルもの尿と何千トンもの大便——。この日以降、それは町に初めての自然食品の店ができる以前のことだったが、食料の調達にあたっては、アナは週末ごとに市場を訪れて、陳列台の上の物だけを買うようになった。それからはずっと、大量生産される製品を自分が飲み食いしたり、自分の娘に食べさせたりすることなどまったく考えられなかった。クローン食品が作られ、増産され、スーパーの長い棚に臆面もなく並んでいることを考えただけで、アナの心には憎しみにも似た気持ちが湧きおこってくるのだった。コンロの件で嫌な思いをして以降、アナはインターネットも同じように人間を拒絶するものだという感覚を持つようになった。そうはいっても、時々はインターネットで情報を検索することはあった。必要に応じて、たとえば一般向けの医療サイトを見たりした。そういう場所には必ず、求めていた情報をもたらしてくれる隣人愛に満ちた見知らぬ人がおり、また必ず、大腸内視鏡検査前の排泄物について詳しく語って吐き気を催させる人々がいた。さらにアナは、〈コリフェ〉の名前でフェイスブックページを作成することにも同意した。ガランスが……自分に代わって管理するということで……。

一人きりで
自分はポーランドを出た
家族全員と離れた
十六歳の時に
選抜試験に向けて練習した　一人きりで
最初は試験に落ちた
諦めなかった　そして働いた　ウェイトレスとして　ホテルの夜間受付係として　大きなレストランの案内係として　そしてフランス語を覚えた
パリ・オペラ座バレエ団に入った
パリ・オペラ座バレエ団をやめた
一人きりで
出産した
一人きりで
人生を通じてずっと　一度も何も求めなかった
誰にも
これが初めて
自分が彼らを必要としているのは
必要としている
自分以外の人たちを
他の人々を

〈砂漠のバラ〉《Rosedessables》を　彼女の助けを
誰でもいいから
祈ってくれる人を
泣いてくれる人を
自分の代わりに
もうだめだ

供述を取りにきた警察官は、ガランスが帰ってくるかもしれないので自宅を離れないでくださいと言った。インターフォンが鳴り、アナは走った。スアドの母親のカヒナ・アマールだった。忘れていたが、〈コリフェ〉から戻った時に彼女に電話していた。ガランスがスアドと一緒にいるかどうか訊くために。

たぶん、この人は自分のただ一人の友だちだ。たぶん、自分がドアを開けたのだ。そしてこの人はここで夜を過ごしたのだ。お茶をいれ、ソファーに戻って座り、立ちあがり、またお茶をいれ、手を握る。乾燥した手を。自分の手はいつも乾燥している。

いつもは自分が望まない時に触れられるのは好きではない。でも、カヒナの手はとてもしっとりとして、驚くほどすべすべだ……。すべすべでしっとりとした手。ただ一人の友だちの。でも自分と同じ状況にはない。家にはスアドが待っている。

たぶん、明け方に車で警察署に連れていってくれたのはカヒナだ。家に連れかえってくれたのも。そして、昼に食べ物の入ったタッパーウェアを持って戻ってきた。ごみ箱行きになったが。ずっとお腹はすいていていない。

何回電話が鳴っただろう？　何人からメッセージがあった？　でもガランスじゃなかった。夜になった。カヒナがやってきた。カヒナが帰っていった。空っぽの時間。

ガランスの部屋。整ったシーツ。枕に頭の跡。床には靴。そろっていない。浴室にはマニキュア。自分でお茶をいれたのだろうか？　とにかく、台所の窓の前に湯気のたったティーカップが置いてある。

茶色い液体から亡霊が浮かびあがる。

――待つんだ――。警察が見つけてくれるのを。いい知らせを。手がかりを。目撃情報を。誰か見た人がいるはずだ。遠くからでも。はっきりしなくても。

――無駄だ――。期待するのも、絶望するのも。抗不安薬も、その効果が切れた時に取り乱すのも。何時間も電話を凝視しているのも。頭の中でガランスと話をするのも。電話してちょうだい、とガランスに懇願するのも……。一回だけでいいから。一秒でもいいから。声を聞かせて。でもわかっている。無駄なのだ。時間は前に進まない。時間が止まってから三十二時間になる。

アナは携帯電話をつかんだ。切迫感にさいなまれ不安でしかたがない。気持ちだけが空回りする。今自分が急いでできるようなことは何もないのに、手遅れになったらどうしようという恐怖ばかりが募る。アナは名前をグーグルに打ちこんだ。〈ガランス・ソログブ〉。次に〈ガランス・ソログブ　家出〉。さらに〈行方不明〉。そして〈誘拐〉、と。

《……憂慮すべき行方不明事案と判断し、捜査チームは捜索命令の発出を決定した。身体的特徴としては、目はハシバミ色、髪はウェーブのかかった栗色、身長は一メートル七十四センチで非常なやせ型……》

……………………

《ガランス・ソログブさん（十五歳）が消息不明になってから二日間が経過した。昨日の朝高校に行くために自宅を出て、夕方帰宅する予定だった。母親が娘の不在に気がついたのは二十一時頃だった。家族保護対策班は捜査を……》

……………………

《行方不明児童支援協会は捜索にあたって家族に同行します》

《……二〇一五年の未成年の行方不明者は四万八千八百九十五人でしたが、そのうち家出が四万七千九百七十人、誘拐が五百十一人、憂慮すべき行方不明事案が四百十四人でした。情報をお持ちの方は、イラレーヌ警察署にご連絡ください……》

アナは、ガランスとは何の関係もない検索結果にまで目を通した。

《ルーアンで誘拐未遂事件。クロエさん、十一歳は……

……………………………誘拐事件に関するニュース記事を見る》

《今日の出来事

…………………………》

《……フランス人ジャーナリスト二名がセルビアで誘拐され……》

アナは、自分でも理性的でない行動をしていることはわかっていたが、やめることができなかった。そうだ。自分の要求をどのように言い表したらいいのか、今はっきりとわかった。アナは言葉を打ちこみ、グーグルが答えを出すのを真剣に待った。

《ガランスはどこにいるの？》

ウィキペディアのページが結果の二番目に表示された。アナはそれを開き、最初の文章だけをじっと見つめた。その文章を読み、もう一度読んだ。さらにもう一度読み、また読んだ。繰り返し読むうちに言葉から意味が消え、音が新たな真実を発するようになった。夜が明けた。アナは眠らなかった。茶も飲まなかった。アナはなおもその文章を読んだ。その情報は、アナに不思議な安らぎをもたらした。

《アカネ《ガランス》（あるいは染色用のアカネ《ガランス》）はアカネ科の植物で、その根は布地を鮮やかな赤色に染めるのに用いられる》

2016年5月

「どうして全然待ってくれないの？」

　空気が冷たい。空の青には灰色がかかり、遠くのほうはほとんど白くなっている。ガランスは一段だけのステップを飛び降り、すでにクレマンと同じ高さの場所にいたけれども、申し訳程度に文句を言い続けた。小屋を出て出発しようという意見にクレマンが簡単に同意したので、ガランスは嬉しかった。いつのまにか朝になっていたが、太陽はまだ木々の精によって隠されている。ガランスは最後に後ろを振り返った。昨日小屋の外に出した不用品が、テラスの横に山積みになっている。ガランスは、このがらくたの山に火を付けさえすれば、道中にあった山火事防止を呼びかける掲示板の予言が現実のことになるのだ、と思わず想像してしまった。

　クレマンは自分より先に目が覚めていたのに寝ているふりをしていたのではないか、とガランスは思っていた。というのも、ガランスが泣き始めるや否や、クレマンは飛び起きてガランスを慰めてくれた――つまり、ガランスにハリボーのワニ型グミキャンディーを持ってきてくれた――からだ。ガランスは悲しいわけではなかった。ただ、泣くことによって緊張をほぐしたかっただけだ。目から涙を流しながら、ガランスは黒い指でグミを食べ尽くした。爪の中で垢《あか》が固まっていた。これはなかなか取れないに違いない。それに呼気が……。臭かった。ガランスが今朝クレマンに言ったのはそのことだ。歯を磨きたいし、ここに住むことはできない、水も電気もないんだから！　きっと母は動揺し、心をかき乱されているだろうし、クレマンだって家族が心配しているに違いない。今まさに自分たちを探しているに違いないのだ。そして自分たちは今この小屋を出発すれば、夜になる前には村に着くことができるだろう。そうすれば誰にも怒られなくてすむはずだ。道に迷ったと言えばいいのだから――。

ガランスは、自分の前を早足で進むクレマンの小さなリュックサックを見つめながら歩いた。そよ風が木の葉を揺らし、カサカサと音をたてる。粗い毛の箒が擦《こす》れる音に似ている。上空では、鳥たちが様々な音楽を奏でている。空気を震わせる鳴き声、リズミカルで強く断続的な音、トゥルトゥルと小さく上下する鳴き声、ルルルルルル、チュー、テックテックテック、ピックピック、チッチッチッチッチャップ。短い音が繰り返し、思いがけないタイミングで繰りだされ、時には長い鳴き声が続く。鳥たちの発声練習のメロディーに重なり合うように、下のほうから第二旋律が聞こえてくる。トカゲがイバラの中に滑りこんだり動いたりする音、木立の中で枝が折れたり軋んだりする音、まつぼっくりが地面に着地する音だ。クレマンとガランスは緑のカーペットを踏みしだきながら歩いていく。足下で植物が擦れて音をたてる。二人の足音はそれぞれ一拍遅れで一、二、一、二、とリズムを取りながら進んでいく。独りぼっちの黄色い蝶がイチゴノキに留まり、すぐに離れていった。ガランスは目で後を追った。蝶は一瞬姿をあらわし、また見えなくなった。シダの長い緑の葉の中に紛れこんで見分けがつかなくなったのだ。噴水の場所はもう遠くないはずだ。ガランスは、今歩いている道には見覚えがなかった。まったく記憶にない。昨日はあまりにも疲れていたため、どんなことであれ覚えておくことはできなかっただろう。クレマンが小川を飛び越えた。水がちょろちょろ流れているだけなので、ガランスは自分も濡れることなく飛び越えられると思った。ところがコケの下に、ガランスには見えていなかった水たまりが隠れていた。片足のテニスシューズは水と泥にまみれ、靴下までびしょびしょになった。それからは一歩足を出すたびに、濡れた雑巾の中に足を突っこんだり持ちあげたりしているような感覚になった。それでもガランスの楽観的な見通しが揺らぐことはなかった。

太陽が朝靄《あさもや》の中に光の筋を作る。そして選ばれし木々に琥珀色の光の粒子を振りかける。ガランスはそれに見とれて、湿った木の葉が敷きつめられた坂道で危うく滑り落ちそうになった。クレマンがとっさに手を伸ばしてガランスを支えた。ガランスはその手を握りしめ、クレマンもその手を引っこめなかった。ガランスは、もうかなり前に噴水を通り過ぎてしまったのではないかという気がしたが、それでもクレマンについていった。景色にはまったく変化がない。いたるところに同じような細くて曲がった幹が立ち並び、頭上には同じような葉が生い茂り、同じような刺《とげ》のある低木、同じような灰色の突き出た岩々があった。水の音はまだ遠い。だがクレマンは水が出す低周波に導かれるようにスピードを上げた。行く手に長いイバラがアーチを作っていた。クレマンは先に行くためにガランスの手を放した。ガランスも後ろから頭を低くして続き、腕を引っかけたが歩き続けた。崩れた土砂の上を滑り落ちるように下っていくと、水の音が大きくなってきた。だがこの時ガランスは、クレマンが森から出ようとしているのではないということに気がついた。その逆で、二人は森の奥に分け入っていた。聞こえてきたのは噴水の音ではなく、力強く流れ下る川の音だった。流れ落ちる水の旋律がクレマンを引き寄せ、クレマンはガランスをそこに連れていこうとしていたのだ。たどり着くにはさらに下らなければならなかった。やがて水の音が近くなり、信じられないほどの大きさでとどろきわたる。だが折り重なる木の枝や低木の茂みに阻まれて姿はまだ見えない。ついさっきまで、ガランスはこの森の奥から抜けだすことしか考えていなかった。それなのに今は、何があってもUターンすることなど考えられなくなっていた。この轟音《ごうおん》を響かせている川の姿を自分の目で見るまでは、引き返すわけにはいかない。

クレマンが切り開いた道は、岩がごつごつした高い崖の上で行き止まりになっていた。垂直な崖の十メートルほど下に、融通無碍《ゆうずうむげ》に流れる川があった。川の流れは自然にせき止められている場所に近づくとスピードを増し、崖の鉱物層に衝突し、幅の狭い場所をすり抜けながら水圧を増し、反対側に激しく流れでて水しぶきを散らす。そしてごうごうとなりながら滝となって低い場所に落ちていく。やがて岩に囲まれた淵の中で流れを止め、突然静まりかえる。淵の中央の水面は濃い緑色で、他の場所より深くなっていることを示していた。周辺の花崗岩には緑の藻が付着し、ところどころ水面に影があるのは、水中に隆起した岩があるためだ。

ガランスはその透きとおった流れの上に身を乗りだした。まるで新たな惑星に足を踏み入れ、新たな元素を発見したような気持ちだった。今知られている原子だけでは、このような美しいものを創りだすことはできないはずだ。川底に、きらきらと光を反射する緑や黄緑の小石が見える。シダが水面にしなだれかかっている。水の外に並ぶ小石は水中とは違う色を見せている。対岸には低木が自然のままに絡まり合いながら生えている。そのさまはまるで、自然がパレットを広げ、液体から固体まですべてに緑の絵の具で色を塗ったようだった。ガランスは淵の水面から岩のコケ、そして木の葉へと、一帯に広がる緑を目で追った。松の老木は銀色の樹皮が光を吸収し、柔らかな針葉が薄緑の光を反射している。対岸の若いトネリコの木はわずかな風にも大騒ぎして枝全体を揺らし、その葉はゆらゆらと動きながら影をつくっている。幹は鉛筆のように細いが、地衣植物に覆われることで安定した構図になっていた。とても美しい光景だった。それなのにガランスはなぜか物足りなさを感じた。なぜ自分はこの光景に満足することができないのだろう？　崖の上から見下ろしながら、ガランスはこの光景を満喫したいと思った。だが満喫しようとすればするほど、さらに多くを望む気持ちが高まるばかりだった。固執すればするほど、さらに欲求不満が高まった。これだけ歩き回った末に満足できないのは我慢ならないことだ。瞳孔が、光を求めるように大きく開く。ナラの木の葉の葉脈が見える。セイヨウミザクラの葉は楕円形で垂れ下がっている。ガランスは葉が揺れるのを長い間観察し続けた。すると、風を見ることができるようになった。さらに遠くを見て、近くを見る。力を込めて凝視し、自然を意味のある小さな単位に分割し、地面から生えているアスフォデルの花を写真のように切りとり、花の白さに焦点を当てる。すると背景のイチゴノキやヒースは動きを止め、写真の背景にぼんやりと映る丸い玉に変化する。これに満足せず、ガランスは自分の網膜の受容体を飽和させる。目の焦点が合うのを妨げ、左右別々に焦点を合わせようと試みる……。すると突然、世界はより明確な形になった。すべての色がくっきりと見えるようになり、様々な緑の色調の違いが区別できるようになった。それぞれの色は原色に分解され、黄や青の光がほとばしり出た。滝から湧きあがる白い泡は砕けて空気に戻る。気泡は砕ける瞬間にきらめき、空気が肉眼で見えるようになる。ガランスは祈りにも似た願望を抱いた。気体になりたい！　美がガランスの心にこの無力感を引き起こした。美を満喫することができないためだった。ガランスは泡の中に溶けてしまいたかった。それしか方法はない。泡の中に溶けて、きらめくのだ。

クレマンも景色を注意深く観察していた。その後ガランスの背後で、川に下りることのできるルートを探して端から端まで行ったり来たりしているのが聞こえていたが、しばらく物音がしないのでどうしたのだろうと振り向いてみると、クレマンは地面に座りこんで足を空中に投げだしていた。足の先で、岩の階段の強度を確認しているところだった。だが下のほうは切り立った崖になっていて危険なため、この道を選ぶことはなかった。来た道を戻るのが一番いいだろう、別の場所から川に近づく迂回路が必ず見つかるはずだから、というのが、少なくともガランスがクレマンを見てわかった結論だった。というのも、クレマンはすでに立ちあがって引き返し始めていたからだ。どうしてこういうやり方なの！　まったく腹が立つったら！　誰かを置き去りにしてるってわかってないの？　ガランスは文句を言わずクレマンについていくことに慣れていたが、今回は反抗心が頭をもたげてきた。さらに、不明瞭で原始的ないくつもの声がガランスを引き留めた。下のほうから、深淵に落ちていく滝の咆哮《ほうこう》が自分を呼ぶのが聞こえた。クレマンより早く川に下りよう――ばかな考えが一瞬ガランスの頭に浮かんだ。まったくばかな考えで、ガランスはまじめに考えてもみなかった。だいいち、急がないとクレマンの姿を見失ってしまう。背中から、川岸においでと誘う水や風や空気の声が響いたが、ガランスは耳を貸さないようにした。そしてその場に立ったまま、クレマンが進んでいくのを目で追った。声はやまない。そしてさらに促す。高い崖から窪地に下りておいで、そして自分がさっき満たせなかった欲求や、自分の心に開いた裂け目のことをよく考えてみるがいい……。

ガランスは川の誘いに乗ることにした。まずは目測で川までの距離を測る。高すぎる！　今度は小石を拾って力一杯投げてみる。石が水面に到達するまでの時間をみて、ガランスは思いとどまった。そして後ろを振り向いてクレマンを目で探した。クレマンはどこ？　クレマンの姿はすでに見えなかった。道の跡もなかった。もう助言を求めることもできないし、指示を待つことも許可を取ることもできない。選択するのは自分だけで、その結果がどうなろうと世界じゅうの誰も気にしない。ガランスは一人きりだった。これから起こることの責任を取るのは自分一人だ。この欲求を抱いているのも自分一人。飛びこみたいという欲求を……。

小さくなったクレマンの姿が、崖の下の木々の間からあらわれた。ガランスの思考回路の中でも、クレマンの存在が小さくなった。クレマンがどの道を通っていようが、もう構わない。ガランスは勇気を出すためにテニスシューズと靴下を脱いだ。そしてジーンズも。さらに、一度もスアドに渡す機会のなかった《最後の清潔なTシャツ《Last clean T-shirt》》も脱いだ。下着だけになって、ガランスは崖の先端に近づき、不安な気持ちで下をのぞきこんだ。川に誘《いざな》う声はますます強くなる。突然、滑り落ちるような気がして怖くなり、ガランスは一歩後ろに下がった。無理だと思いながら、もう一度前に出る。そしてやはり無理だと思った。見た目より深くなかったらどうしよう？　水底に全体重ですごいスピードで叩きつけられたら？　それとも、遠くにジャンプできなくて岸壁にぶつかったらどうなる？　だが、ガランスが危険を強く感じれば感じるほど、飛びこむ可能性は現実のものとして差し迫ってくる。筋肉はこれから起こる動きを予測し、頭は水面までの距離を落ちていく感覚を想像する。身体に衝動が走った。後ろに一歩下がり、ガランスは弾みをつけて飛びだした。落下の最中はすべてがゆっくりに見えた。空が、夏の青い空が、緑色の冷たい水の中に滑り落ちていった。

ハーマイオニー・グレンジャーもエイミー・ワインハウスもいない。ピカチュウもドラキュラもダース・ベイダーも、ガラス戸の向こう側に仮装した人間は一人もいなくなった。大広間は空っぽになり、モードは最後の客に別れの挨拶をしてから音楽を止めた。他のメンバーはプールサイドでモードを待った。空にはまだ月が出ていたが、真夜中に比べてぼんやりとして青白かった。朝日のせいで月が病気になったようだ。

約束どおり、モードが解凍した菓子パンを持って戻ってきた。ヴァンサンはパン・オ・ショコラを二つもほおばった後に、どうしたらそんなに食べられるのか、〈アルコールを吸収するために〉などと言ってさらにトレイから三つ目のパンを取った。ガランスはヴァンサンをずっと見守った。ヴァンサンはかなりの量のアルコールを飲んでいた。だからそんな状態でガランスを送っていくなどと言いだすべきではなかったのだが、ガランスのほうは、ヴァンサンが酔っていようがいまいがそんなことはどうでもよかった。ヴァンサンは残りのパン・オ・ショコラを口の中に押しこみながら、ガランスを自分のスクーターまで連れていった。そして両手をこすり合わせた。まるで、手に付いたパンの油分を拭きとるのも手に油分を塗り広げるのも似たようなものだと言わんばかりに。それからシートを開け、ガランスに二つ目のヘルメットを手渡した。

「自分でかぶれる?」

「うん、もちろん」

ガランスは慌ててそう答えた。まるで何か大変な質問でもされたかのように。指が震えた。自分がスクーターに乗り慣れていないのだとヴァンサンに思われたくなかった。ガランスはヘルメットのあごひもと格闘した。あごひもは理論上、カチッとはめこむ側とはめこまれる側の二つのパーツだけで成り立っているはずなのだが、どうしてあごの下にルービックキューブがあるように感じてしまうのだろう？

「手伝おうか？」

「ううん、大丈夫……」

自分もずいぶん飲み過ぎたようだ。全然留められそうにない。

「ほら、おれがやるよ」

ガランスは恥ずかしい気持ちを呼吸と一緒に押しとどめた。そしてヴァンサンがやりやすいように、頭を後ろに傾けた。バターでべたべたしたヴァンサンの指の腹が、首の肌に触れる。ガランスは胸がどきどきした。それは何か怖いような気持ちだったが、とても心地よい怖さだった。ヴァンサンの指はなかなかその場を離れず、ガランスはすべてを忘れた……。キスをするには理想的な状況だったことだろう。もし二人ともヘルメットをかぶっていなかったとしたら。

「きみには大きいな」

「ちょっとね。でも大丈夫」

ヴァンサンがシートに腰かけた。ガランスも乗ろうと思ったが、ヴァンサンがスタンドを外すまで待つようにと合図したので、そのまま待った。ヴァンサンが足でバックしてきた。ガランスは待ち続けた。

「乗っていいよ」ヴァンサンが言った。

乗るためには、どこかに足をかけなければならない。だがどこに？　ガランスがマフラーに足をかけようかと考えていると、ヴァンサンがスニーカーの爪先でフットレストを広げてくれた。ガランスは、足を高く上げて軽やかな動作でスクーターにまたがるつもりだった……。身体の柔軟さはガランスが得意とする点だ。だが、トウシューズを履いてアラベスクのポーズでバランスを取ることと、完全に酔っぱらった状態でスクーターのフットレストの上でバランスを取ることの間には大きな違いがあって、はっきりしているのは想像とは違う結果になったということだ。ガランスはバランスを崩して大きく傾き、ヴァンサンの肩にしがみついた。酔っぱらっていたヴァンサンはスクーターを支えきれず、スクーターは二人の体重で大きく傾いた。結局、間一髪のところでヴァンサンがスクーターを止め、横倒しになるのを免れた。スクーターが走りだすと、ガランスは気を楽にしようと努めた。この後は自分には何もすることがなく、座っていればいいだけだと思ったからだ。ところが最初にブレーキが踏まれた時、ガランスは前に滑り、二人のヘルメットがぶつかってしまった。

「ごめんなさい」

ガランスはうめくように言ったが、返事はなかった。ヴァンサンは墓地を過ぎると速度を上げ、ガランスはそのスピードに驚いた。

「しっかりつかまって！」

ヴァンサンが命じる。ガランスはヴァンサンの身体に回した腕にさらに力を入れた。そして東のほうの山々を眺めながら、山はいつまでも変わらないように見えているけれど、実はそれほど確かなものではないのでは、と思った。山々は永遠に存在するわけではない、という気がしたのだ。だがそれは人々が山に抱いているイメージとはまったく反対だった。

母はいつも、二輪の車は危ないから気をつけろと言っていた。一瞬、予兆のような光景が頭に浮かぶ。救急車のサイレンが鳴り、アスファルトの上に二人の人間が倒れている。ヘルメットをかぶり、身動き一つしない……。ヴァンサンはほとんど車の通っていない道路を走った。右手には海が広がり、水平線まで見渡せる。海岸沿いに植えられた発育の悪いシュロの木々の間から昇った秋らしい太陽が、海面でかすかな光をきらきらさせている。スクーターは湾に沿って進んだ。昨日ガランスが見た景色とはまったく違って見えた。ガランスには今周りにあるすべての光景が、いつもよりもっとリアルに、同時にいつもよりもっと儚《はかな》く思えた。いつもと同じ道路、同じロータリー、同じ横断歩道、路上駐車の車が一列に並んだいつもと同じ歩道。だがイラレーヌは、スクーターで走るともう以前と同じ町には見えなかった。あふれた涙がガランスのこめかみを滑っていく。ヴァンサンはさらにスピードを上げた。町がかすんでいく。ガランスは、さらに強くヴァンサンに抱きついた。もう恐れる気持ちはなくなっていた。長い髪が背中でパタパタ音をたてる。ガランスは思いきり空気を吸いこんだ。山々が消えていく。母親が自分に言っていたことは嘘だとわかった。男の子の背中につかまってスクーターに乗っている女の子は不死身なのだ。それがわかって嬉しくなった。ガランスは酸素と喜びとで胸がいっぱいになるのを感じた。

ガランスは驚いた。水は——冷たさを感じなかった。残っていた恐怖心と湧きでてくる喜びで身体に力がみなぎるのを感じながら、ガランスは足を矢のように突っ張り、腕を身体に沿わせて、底に向かって沈んでいく。そして滝のざわめきがかすかに聞こえる中で目を開けた。明るい水面が見えた。空が映っている。水面が遠ざかる。底に到達する前にガランスはバタ足で上昇を始めた。だが水面に出るまで酸素がもつかどうかわからない。息を止め、飲みこむものもないまま、肺が痙攣《けいれん》するような感覚に陥る。もう一秒だって無理だ。空気を、空気をちょうだい！ それだけを心の中で叫びながらガランスは水面に浮かびあがった。そこから生まれた波紋が周囲に広がり、淵の端まで伝わっていく。ガランスは岸にクレマンがいないか見渡してみたが、まだ到着していなかった。自分は最短距離を来たのだ。トンボや他の虫たちが川の流れに沿って飛んでいくなか、ガランスは一人流れに逆らって滝の方向に泳いだ。腕や足をゆったりと動かしていると身体が少し温まってくる。滝の近くまで来ると大きな渦に阻まれ動きがゆっくりになった。強い力で押しだされた水が勢いよく噴出し、数えきれないほどの細かい水滴になって大気中に放出され、霧状になって落ちてくる。そして元の元素に分解されたり、再び液体に戻ったりする。そして水はガランスの身体と一体になり、大きな二枚目の肌になる。

〈……現実の世界を通り抜けて別の世界に行くための通路があったっけ……〉

そうだ。滝だ。ここに来た時からなぜか懐かしい感じがしていたのだが、今この瞬間までまったく思いださなかった。幼い頃、子ども部屋の壁の一面に壁紙が貼ってあったが、それだったのだ！ 壁紙の模様は、ある森の世界を描いたものだった。その森には、とても小さな空飛ぶ妖精たちや、珍しい色彩の花々や、大きな水玉模様のキノコや、樹齢千年の木々が、みんなで仲良く暮らしていた。生き物も植物も、言葉を必要としない共通の意思疎通の手段を持ち、ガランスもそれを理解することができた。その世界に行くためには、水のカーテンを通り抜けなければならなかった。それが、ちょうど今ガランスの目の前に立ちはだかる滝にそっくりだったのだ。壁紙は、ちょうど滝が描かれている箇所が少し破れていた。そこが、魔法の通路だった。毎晩寝る前に、ガランスは精神を集中して魔法の通路を通り抜けようとしたものだ（成功したのは一度だけだったが）。ある種の壁の割れ目や紙の破れた部分、またある種の明かりやきらめきや光の反射というのは、現実世界の中に隠されたあちらの世界への扉なのだということを知ったのは、この頃だった。

滝の音が耳をつんざく。ガランスは水の壁が砕け散るぎりぎりのところまで近づいたが、水圧があまりに大きいのでそれ以上進むのを諦めた。だが疑っていなかった。この滝を通り抜けることができれば、あちらの世界に迎えられるのだと。そこでは自分は守られて安全なのだと。そこではかつて自分がいた外の世界を恐れる必要がなく、イラレーヌで自分を待ち構える人々のことも、母親のことも、自分を捜索している警察のことも、怖がる必要がない。自分が犯した間違いなど意味がなくなり、とっくに昔の話になっている。そこでは、自分のことを知り自分を理解している夢の国の自然の掟によって、何も怖いものがなくなるのだ。やっとここに着いた、とガランスは思った。

もう一度ここに戻ってきたいという願いを、あまりにも長い間忘れていた。まさにここで、不思議なことがいっぱいの、記憶の中のこの場所で、みんなが自分を待っていたのだ。川岸のハンノキがこちらに身体を傾けて立っているのだって、ガランスにお辞儀をしているからだ。ガランスは流れに逆らって泳ぐのをやめ、仰向けに浮いて両手を横に広げた。滝の流れがガランスを押し流し、ガランスは流れに身を任せた。長い髪が水面に広がり、タデが髪に寄り添った。

魔法が消えると、光が目をくらませた。視界のすべてが空になった。ガランスは目を閉じた。そして開けた。もう一度閉じた。すばやくまばたきしてみる。太陽が木々の間からフラッシュのように交互にあらわれる。ガランスは丸い淵の真ん中に浮いたまま薄目を開けた。トネリコと松がとても高い場所からこちらを見下ろしているのが、点線のように見える。ガランスは空の下で一人、木々の葉がさらさらと触れ合う音に耳を澄ました。すると視界に縞模様があらわれて揺れた。ぼんやりとした光をいくつもの筋が横切っている。数秒してから、それが自分のまつ毛だとわかった。太陽を浴びた自分のまつ毛だった……。その時、ガランスはやっとわかった。さっきまでの欲求不満の原因だ。高い崖の上からこの川の風景を眺めた時、川を見ている人間が誰もいなかったからなのだ！　今のガランスはごく自然に、さっきとは違うアプローチをとっていた。見るものとの距離を保っていた。自分が空になったり木になったりして見ているのではなく、目にしたものに飲みこまれてもいない。ガランスは自分の居場所にとどまり、周囲のものに向き合っている。なぜなら、突然わかったからだ。自分は自分自身でしかなく、けっして他の何者でもないのだということが。自分は自分で、他とは違う。そして、自分と自分でないものの境界が形成されると同時に、自分は周囲のものとつながっているのだと感じるようになった。自然の神秘が解き明かされ、命がやっと理解可能な方法でその姿を見せたこの稀有《けう》な瞬間に、ガランスは自分が水辺に生息する昆虫や植物、岩、そして今自分を包んでいる水と同じ物質でできているのだということを知った。そしてこの世に存在するすべてのものが——かつて存在していた、そしてこれから存在するすべてのものが——お互いに会話しているのを感じとった。ガランスは今初めて、目を大きく開けて世界に向き合った。

ガランスが川岸まで泳いでいこうとすると、アメンボたちがついてきた。アメンボは静止している場所から次の場所まで、目にもとまらぬ速さで滑るように移動する。トンボが一匹、浮いている水草の上空で羽を震わせながら静止している。その透明な羽は太陽光線の粒子をすべて集めているように見えた。ガランスは、太陽に照らされて浮遊している埃の行方を目で追った。埃はたくさんの小枝の方向に、そして花崗岩まで流れていく。その時、川岸に身体を乾かすことのできそうな大きな岩があるのを見つけた。同時にクレマンの姿が木の幹の陰からあらわれた。クレマンはリュックサックを腹につけ、同じ岩をめざして歩いている。たぶんクレマンとなら、一生一緒にいてもなんとかやっていけるのかもしれない。お互いに面倒を見合い、お互いを裁いたりしないで……。あの岩にたどり着くには、まだ淵を半分以上渡らなければならない。だが、幸いなことに足が底についた。ガランスは尻で冷たい水をかき分けて進んだ。突きだした岩の先端にのぼり、まるで敏捷《びんしょう》な地元の固有種の動物だとでもいうように他の岩に飛びうつり、再び水の中に下りた。水の深さはふくらはぎまでになっている。ガランスはすばやく前進し、木くずをまたぎ、尖った石を踏まないように気をつけた。川はガランスの味方だった。

岸に近づいた時、ガランスはコケに覆われた平たい小石——床にこぼれた油と同じくらい滑りやすい——を踏んでバランスを崩してしまった。緑の薄い膜が水面に浮いてくると同時に、ガランスの元気が急速に転げ落ちる。永遠に落ち続けているような感覚だった。どこかにつかまることができると思ったのだがさらに足を滑らせ、角《かど》の尖った石がたくさんある場所に足をついた。足の裏が角に引っかかり肉が裂けた。ガランスは叫ばずに我慢した。痛くない、痛くない……。水の中に座って傷を確認する。ぱっくり二つに割れたその裂け目は、スパッときれいだが深い。しばらくの間血が止まらず、かなりの出血があった。血が出るところを見るべきではなかったのかもしれない。ガランスはめまいに襲われ、後ろに倒れた。水生植物が浮いている水溜まりの中に……。浮いているのは何？　目？　見覚えがあった。非難するような目。スアドの目だ……。そして冷ややかなモードの目。サロメの青い目。大勢の見知らぬ人々の、ぞっとするような目。熱狂し血走った目、大きな飛びだした目、横目でにらむ目——サンショウウオ？　違う。母の目だ。自分を裁く目。あちらもこちらも目でいっぱいだった。バレエ教室の女子たちの目が、からまった藻の間からこちらを見ている。審査員団の目。ネルの黒い目。携帯の画面の向こうには、高校の生徒たち百人以上の目。さらにイラレーヌの町の人々の冷たく光る目が岩の割れ目からあらわれ、水中の小さな生き物たちの動きを照らしだす。水底に沈んでいる生物たちが、胎児のような頭が二つついた淡水のヘビとかくれんぼをしている。ウナギと、引きつるように笑う顔と、映像のない記憶が、フサモの根の間で不気味な円舞を踊る。フサモがその触手を伸ばしてガランスを水中に引きずりこんだ。

クレマンが腕をガランスの脇の下にさしこみ、岸に引きあげる。ガランスは死体のように全体重を預けた。岸に着くと、クレマンはもうガランスの運命には関心がなくなったらしく、ガランスが意識を取り戻したかどうかを確認することなくどこかへ行ってしまった。ガランスには、クレマンがどこへ行くのか振り向いて確認する力が残っていなかった。ただ地面に横たわり、雲のない空を眺めた。寝かされている場所が良くないらしく、片足のふくらはぎは泥水の中にはまっているし、腰のあたりには硬いものが当たっている。たぶん根っこだ。そして息を吸うたびに、胸の大きな重荷を持ちあげなければならず、息を吐く時には、それに押しつぶされそうになった。幻覚だったんだ！　ガランスは思った。何もないんだ！　あの向こう側には、何もないんだ！　滝は、どこにも続いていなかった。水のカーテンには、魔法の通路も、どんなメッセージも隠されてはいなかった。木立が自分に語りかけることもない。ここなら他の場所より安全だと思ったのに、そうではなかった。ここでは携帯電話や人々から逃げることができるが、それだけじゃ足りない。自然も自分を苦しめるなんて。信頼したのに裏切られた。小石についていたコケのせいだ！　川は自分に嘘をついたのだ……。太陽がガランスのむきだしの肌に照りつける。すでに前日から日にさらされていた顔や胸元や腕は日に焼け、赤い発疹や、蚊に刺されたり蜘蛛にかまれたりした痕で覆われている。自分を裏切ったのは、もうサロメではない。自分をいじめぬいたのも、もう学校の生徒たちではない。

それはもう、〈誰か〉という人でさえない。それは〈何か〉なのだ——自分のことを嫌い、自分にまとわりつく〈何か〉なのだ。

リュックサックを腹側につけたクレマンがガランスの前を通り過ぎ、川岸でしゃがんだ。ヘッドホンを首にかけ、イヤホンを片方だけ手で右の耳元に当てながら、小さなレコーダーのつまみを回している。ガランスはとうとう、肘を使って身体を起こした。

「何をしてるの？」

「……」

「クレマン……」

「……」

「こっちに来て。お願い！」

「……」

「痛いんだよ……。クレマン。本当に怪我をしてるんだってば！」

クレマンは聞こえないふりさえしなかった。ガランスが呼びかけるたびに顔を上げ、こちらをしばらく見てから自分の仕事に戻っていった。もう、クレマンには我慢できない！　ガランスはクレマンから顔を背けて、自分が飛び降りた崖の上を見つめた。あの時自分は、あらかじめすべての疑問について考えてみた。淵がそんなに深くなかったらどうしようとか、落下中に岸壁に叩きつけられたらどうしようとか……。ただ、一つ忘れていたことがあった。

「あそこに戻るにはどうしたらいいんだろう？」

クレマンは頭をかしげたまま、川岸を注意深く観察している。そして突然立ちあがり、首のヘッドホンを両耳にかけ直した。

「まったく、いったい何が問題なの？」

クレマンは、ガランスが倒れる前に二人とも目をつけていた大きな湾曲した岩に向かい、手を使わずによじ登った。そして岩のてっぺんでくるりと回りながらレコーダーを置く場所を探し、それから岩の端まで進んで膝をついた。ガランスはもう一度呼んでみたが、反応はない。どうやら機器の調整をしているようだ。ガランスは、クレマンが録音しようとしているものを聞こうと耳を澄ました。岩にひたひたと波が打ち寄せる音がする。ほとんど聞こえないほどかすかな音。それを覆い隠すように、沸き立つ滝の音……。ガランスは足が痛かった。喉が渇いていた。ここにこのままいるのは怖かった。濡れた下着のままで、足は血まみれで、このまま最期になってしまうのかも――もうぐずぐずしている時間はない――。だがガランスは、クレマンが作業を終えるのを待った。何時間も時間が過ぎたような気がした。クレマンは瞑想中の修道士のように身動きせず、膝をついて尻を踵に乗せ、上半身を軽く後ろに倒している。まるで、川が遠くであげるうなり声と近くでささやく声を、なんの苦もなく同時に解読しているように見えた。ガランスは川の声をさえぎらないことにした。沈黙を守り、滝の不規則な大音響に耳を傾けた。そして、自分には入りこめない世界だと感じ、疎外感を抱いた。だが言葉にならない川の声を聞いているうちに、頭の中で考えていたことはしだいにぼんやりと、遠くなっていった。しばらくすると、頭の中の声は消えていた。心の中に繰り返し出てきたうんざりするような諸々《もろもろ》に代わって、ルルルルルという、考えることを必要としない声が頭の中で響き始めた。クレマンが録音を終え、ヘッドホンを外した。クレマンの作業は終わったが、ガランスはもう、クレマンが終わるのを待ち構えてはいなかった。クレマンはレコーダーを片付けて立ちあがり、岩から滑り降りた。ガランスはずっとクレマンを観察し続けた。それほど関心がなく、トカゲが歩く姿を目で追っているとでもいうように。

「水はまだ残ってる?」

ガランスはしばらくしてから訊いた。クレマンは機材をリュックサックにしまってから小さなボトルを取りだした。空っぽだ。

「水を入れてきてくれる?」

クレマンは頭を横に振った。

「どうしてもだめ?」

「……」

「喉がからからなの」

ガランスには、クレマンの知的発達の度合いがどの程度なのかはわからなかった。だがさっきは自分を川から引きあげてくれたのだから、反射的に他人を助けるという行動は獲得しているということだ。だが、共感する力はそこまでなのかもしれない。ガランスがこの事故やあるいは脱水症のせいで死んでも、クレマンが自分に関係があるとは思わない可能性は排除できないわけだ。

「クレマン、あたしは立ちあがれないの!」

クレマンは頭を横に振った。ガランスは嘆願する気持ちを視線にこめたが、クレマンのいやだという答えは変わらない。……ひょっとして川の水は飲めないのだろうか?

「川の水は飲めるかな?」

クレマンはそっけなくあごを右から左へと動かした。……まったく何言ってるの? 水はあんなに澄んできれいなのに! でも、じゃあどうしたらいい……?

「……じゃあ噴水まで戻らないと……」

でもどうやって？　もし怪我をした足を地面につくことができなかったらどうしよう？　ガランスの声が震えた。

「どうしたらいい？」

「……」

「あたしは歩けないってわからないの？」

「うん」

〈うん〉——それは、ガランスが初めて聞いたクレマンの言葉だった。クレマンはたしかに〈うん〉って言ったよね？　〈うん、わからない〉ってこと？　〈歩けるでしょ〉ってこと？　いつもガランスは、クレマンをあまり長い間真正面から見ないようにしていた。なぜならクレマンはいつも口を開けたままだし、唇が濡れているのも気持ち悪かったからだ。口角の炎症も、魚のような目も、それから、重すぎるとでもいうようにいつも傾いている頭も。この見た目に慣れたとは言えない。だが、クレマンは正しい。彼が話すことができるのなら、自分だって歩けるはずだ。ただし、裸足では無理だ。クレマンもそう思ったらしく、しゃがんで自分の靴を脱ぎ始めた。

「それはあたしには大きすぎるよ」

実際に履いてみると、それほど大きすぎるわけでもなかった。クレマンは靴下もガランスに貸してくれた。傷がひりひりと痛み、靴下はすぐに血で汚れた。傷口が他人の汗の中に浸ることについて長々と考えるのはやめにして、ガランスはバスケットシューズのひもをきつく結んだ。そしてクレマンに支えられながら片足で立ちあがり、もう片方の足も地面につくことができた。足の裏全体は無理だが、爪先でならなんとかなる。それができるだけでも、まだましだ。ガランスは用心しながら数歩歩いてみた。だが、力を入れたら傷口がもっと開いたりしないだろうか？　噴水までほどのくらいだろう？　それに、まず服を取りに戻らなければならない！　クレマンが一人で取りにいってくれないだろうか？　自分のジーンズとTシャツは崖の上だ。自分はここで待っているから、クレマンはそれを持ってきてくれるだけでいい。それから二人でなんとか別の道を探すことができるだろう。自分のこの状態では、切り立った崖を登っていくのは無理だ。登っていく別の道があるんでしょ？　だがクレマンは話の最中にガランスを置き去りにし、それ以上ガランスには構わず登り始めた。しかたなく、ガランスもクレマンの後をついて斜面を登っていくことにした。ゆっくりと。まあやってみるか……。実のところ、足はそれほど痛くはなかった。傷は自分が思っていたよりひどくなかったのかもしれない。斜面はますます険しく、ますます滑りやすくなっていく。クレマンがガランスを先に行かせるためにスピードを緩めた。ガランスは、自分が転んだ時に受け止めてくれるつもりなのだと思い、ほっとした。クレマンは明らかに、再び口をきかないと決心したようだったが、ガランスが登りながら枝につかまったり根の上を歩いたりする時には手を貸して支えてくれた。枝や根はすぐに折れたり崩れたりするためガランスは信用することができず、そのつど長々と確認していたからだろう。ガランスがもう歩けなくなると、二人は休憩した。険しい上り坂でガランスが悪戦苦闘していると、クレマンは自分が先に登り、腕をとってガランスを引きあげてくれた。頂上に着いた時には、ガランスは疲労困憊していた。服と靴は、残していった場所にそのまま置かれていた。ガランスは腰を下ろしてクレマンのバスケットシューズを脱いだが、左足の靴下は返さなかった。血が固まっていたからだ。

太陽は午後の間じゅうずっと、皮がむけた肌に強い日差しを浴びせ続ける。これからの道中はもう少し涼しくなるだろう……。ガランスはそう思って気持ちを奮い立たせた。大丈夫、今はサイズの合った自分のテニスシューズを履いているんだから。もう一度立ちあがればいいだけ……そして前に進めばいいだけ……。ガランスはゆっくりと進む。大丈夫、うまくいく……。そしてますますゆっくりになる。あまりにゆっくり進むので、止まるのはもっと先に行ってからということになる。そして再び止まる。いったい何度止まっただろう？　そしていったい何度、再び歩き始めただろう？　もう自分は疲れて動けないというのに。もう喉がからからなのに！　ガランスは元気を出そうと噴水のことを考えた。唾液が干上がった喉を刺激し、なかなか飲みこむことができない。足の傷が痛かった。あと何時間歩かなければならないのだろうか？　日はまだ高いが、もし村に帰れなかったらどうなるのだろう？　一晩外で過ごすことを想像してガランスは恐ろしくなった。かといってあの小屋でもう一晩過ごすほうが楽しいというわけではない。そして明日はどうなる？　早朝から歩き始めたとしても、この速度ではいつまでたっても村には着きっこない！　先のことを考えれば考えるほど前に進むことができなくなるので、ガランスは一歩一歩に集中するよう努力した。こうして進むうちに、やっと噴水が目の前にあらわれた。

ガランスはこの場所に噴水があるとはまったく予期していなかった。水の音も聞こえなかったし、森の中のこの木のない狭い空間にも見覚えがなかった。だがそこにはたしかに、昨日と同じ灰色の岩が、花崗岩をくりぬいた楕円形の水盤があった。ガランスはクレマンに支えられながら、足を引きずって噴水に近づいた。クレマンはボトルに水を入れるためにしゃがんだ。ガランスは傷口を洗わなければならなかったので、クレマンの助けを得ながら座って靴を脱いだ。そしてダンサーの柔軟さを発揮して、手で足を持って顔の前に引き寄せ、足の裏の傷を観察した。裂け目は紫色になって腫れあがり、靴下の繊維が付着している。見ただけでさらに痛くなりそうなその情景を静めるために、ガランスは傷口を長い間冷たい水に浸した。大丈夫、なんとかなる……。もうそれほど長く歩かなくてもいいはずだ。小屋はすぐ近くだ。今夜は小屋で休んで、明日の朝出発することにしよう。なんとかなる。

2016年5月

まったく。いったい、ど、こ、に、あるっていうの？　宇宙の他の場所に移動したとでも？　ガランスには自信があった。小屋は、昨日は絶対にここにあったのだ！　それとも、あちらだったか……。いずれにしても、遠くはない……。慌てないで。今諦めたりはしない。だってほとんど到着したも同然なんだから。でも、いったいいつから、到着したも同然と思い続けていることか……。ひょっとしてクレマンは、自分たちを道に迷わせようとしているのだろうか？　何かがしっくりこない。そうだ。何かがおかしい……。クレマンは……。どうして止まるの？　クレマンが振り返る。ガランスは恐怖に身体が反応しそうになるのをなんとか押しとどめた——ガランスには見える。彼の魚の目の中で銀色の光がきらきらときらめいているのが——いや、そうじゃない、クレマンの背後に、とうとう小屋が姿をあらわしたのだ！……疲労のせいでこじつけの妄想に走っていたが、小屋が見えるとばかげた疑惑はあっという間に消え去り、ガランスは心からほっとした。やっと……帰ってこられた。そう。うちに、帰ってきた。クレマンが空洞コンクリートブロックの中に手を伸ばした。ガランスもそこにあると知っている。自分たちがここで暮らすようになってから何年もの間、鍵はいつもそこに隠すことになっているからだ——そんなふうに思われた。

ドアを開けると、すべてがあるべき場所にあった。作業台、古い簞笥。ソファーは満足の吐息と埃を吐いてガランスを出迎える。ガランスのほうは、ソファーのクッションがすんなりと自分の身体を包んでくれることに深い感謝の気持ちを抱いた。四つの壁に囲まれたこの部屋では、すべてがこれまでずっとこのままで、ここに整列し、人を励ましてきたのだ。小屋の外では、いつのまにか日が沈み、残照がゆっくりと森を包みこんでいる。クレマンはソファーを全部ガランスに明け渡し、自分は作業台の前に立ってリュックの中身を台の上に出した。ガランスは、クレマンがヘッドホンをつけ、録音した川の音を聞く様子を背後から眺めた。クレマンが振り返り、ガランスを見た。その目は、特別な光を発したりはしていなかった。ガランスはクレマンに微笑みかけた。ここに、自分たちの家にいることに、満足していた。

2016年5月

彼女たちが踊る
そう、踊っている
飛び跳ね、激しく揺れ、身をよじる
みんな一緒に、動きをそろえて
もっとも敏捷で、もっとも獰猛なソリストたちが、木の幹の周りでとぐろを巻く。それに続くものたちも、リズムに合わせて前進する。情け容赦のない、めらめら燃える炎たちのダンス

木々は松明《たいまつ》になる

ネルには見える
目の前にガランスがいて
夜の闇の中を走っていくのが
そして
ネルには聞こえる。背後で笑う炎の声が
炎が吐きだす黒い煙によって

炎が楽しむ森の下草のあえぎによって
炎の接近が告げられる

振り向いてはいけない

火の粉、飛び散る物体、焦げる匂い。枝や小枝、乾燥した針葉樹の葉があちらこちらで燃えあがり、夜空に輝く星座のように空を点々と赤く染める。ネルはゆっくり走る。とてもゆっくり走る。火災の炎に追いかけられて。地面の障害物につまずいてよろめく。どこからかあらわれた障害物。一本の木の幹が破裂する。別の木が割れる。炎がその木の上を這いあがる。そして八つ裂きにする。木がうなり声をあげる。ネルはその場で走り続ける。すぐ後ろで炎の高笑いが聞こえる。森全体がめらめらと崩れ落ち、パチパチと音をたてて燃え、苦痛にうめき声をあげ、膨張する

夜行性の鳥が羽ばたいていく

彼女も
彼女も燃えあがる

ラファエル・ランクリは、ゲームのオプションの中からいつも同じ車と同じサーキットを選ぶ。フェラーリ328GTSとカリフォルニアのモハベ砂漠だ。モハベ砂漠はたいして似ていない。正直に言えば、かなりひどい。景色は非常にいい加減なのでどことでも言える。だがとりあえず、道路は広い砂漠のような場所を越え、どことなくロサンゼルスを思わせる街に続いていく。遠くには夜間用にライトアップされたビル群や吊り橋が見える。ラファエルは他の車を追い越さない。レースに勝とうとしない。ただ車を運転しているだけでいい。頭にあるのは、街の光にたどり着くこと、それだけだ。だがゲームソフトはそのようにプログラムされていない。背景の街はただの飾りだ。それでも構わない。ラファエルはある種の神秘的ともいえる憧れに突き動かされ、ここで多くの時を過ごせば過ごすほど、より光に近づくことができるような気がしていた。目的地までの距離はいつまでたっても縮まることはない。それでも、これまで走ってきた道のりのことを思うと、汗でじっとり湿ったコントローラーにつながっているこのいらだたしい道を、これからも走っていく元気が出る。

「入っていいかな？」

すでに誰かの部屋の中に入ってからこう訊く場合、この種の質問に意味があるのかどうかはまったく疑わしい。

「調子はどうだい？」

「うん」

「任天堂ファミコンはまだ動くのかい？」

「……」

「八〇年代はしっかりしたものを作っていたよな」

父親が、古い製品が時代遅れになっていくことについて議論するために来たのではないことは、ラファエルにもわかった。若い頃にファミコンで遊んでいたのは父親のほうだ。ラファエルは父親の四十歳の誕生日に、eBay《イーベイ》で状態の良いファミコンを見つけて入手した。『ゼルダの伝説』『悪魔城ドラキュラ』『ダブルドラゴン』『ボンバーマン』『ラッドレーサー』のカセット付きで三十五ユーロで売られていた。父親はいちおうプレゼントには感謝したものの、喜んで過去の思い出に浸ることはなく、『ゼルダの伝説』の最初のステージより先に進むことはなかった。八ビット版の主人公、リンクを二次元の墓場で動かすことが、あまりに鬱陶《うっとう》しかったのだろう。結局古い任天堂ゲーム機はラファエルの部屋に落ち着くことになった。すでに七年間ここに置いてある。ラファエルはふだんはパソコンでしかゲームはしない。しかしこのファミコンは、ラファエルにとってはゲーム機というより、タイムマシーンのようなものだった。レースゲーム自体も好きではなかったが、『ラッドレーサー』はまったくの別ものだった。神経が高ぶった時に心を落ち着けることのできる唯一の活動がこれで、ほとんど瞑想といってもよかった。まあ、そのせいで頭が痛くなることもなくはないが、そんなことは気にしなかった。幻覚を引き起こしそうな大きな画素《ピクセル》の画面で自分に催眠術をかけようとするかのように、ラファエルは『ラッドレーサー』の道を何時間でも運転し続けることができた。

「……父さんもやってみていいかな?」父親が尋ねた。

「もう一つのコントローラーが見当たらないんだ」ラファエルは嘘をついた。

ラファエルは速度を最大にした。突然、競争相手のゴーストカー――ゲームソフトに操縦されている車――を抜きたくてたまらなくなったからだ。電子音のテンポが、フェラーリの速度に合わせて速くなる。

「グラフィックデザインの進化はすごいな……」

「……」

「……あっという間に……」

「……」

「つまり……三十年の間にってことだが」

「……」

「三十年か……まったくな……」

会話を始めるにはどうしたらいいのか、父親にはこれ以上わからないようだ。ブレーキ音をあらわす安っぽい音響効果によって、二人の沈黙がさらに際立つ。

「あの子は……クレマンスだったかな……。おまえより年下なんだろう? 知っている子なのか?」

「いや」

名前はガランスだと訂正しても無駄だ、とラファエルは思った。

「……それでおまえの母さんは、元気なのか?」

「元気だよ」

今母親は一日十六時間臥《ふ》せっているのだと説明しても無駄だ、とラファエルは思った。女子高校生が行方不明になったというニュースを聞いてから、母親はラファエルもよく覚えている状態に再び陥っていた……。ラファエルは、平日はここで、父親と継母のセシル、そしてジュスティンと過ごすことになっている。今日はまだ月曜日だが、ラファエルはすでに罪悪感を抱いていた。先ほど学校から帰る途中で母親のところに寄ってきたが、もっと長くそばにいてやるべきだったのだ。

フェラーリが横滑りして砂に突っこんだ。BGMにニューエイジの電子音ミュージックの短いフレーズが繰り返し流される。

「ヨーグルトを持ってきたよ……」

それが父親の発案であるはずがなかった。絶対にセシルの考えだ。セシルが父親の手にヨーグルトを握らせ、下に降りて自分と話してこいと言って階段のほうに父を押しやったことは間違いない。セシルは、気が滅入《めい》っている人がいると思うと放っておけない。だから少しでも落ちこんでいる兆候があると、人に乳製品を押しつけようとする。ともかく、それがいいと信じているのだろう。たぶんセシルにとってこの世界は、鉄や酸素や窒素や糞《くそ》みたいなものが流体静力学上のバランスを保ちながら集まっているものではなく、無限の幸福の可能性を持つ小さな気泡なのかもしれない――ヨーグルトの入った冷蔵庫がある限りは――。

「今朝、高校からメールで連絡があったよ。心理カウンセラーのいる相談室ができたそうじゃないか。……おまえも行ってみるかい？」

「ぼくはもうかかりつけの精神科医がいるからいいよ」

「セシルがおまえのことを心配してるんだよ。ジュスティンのことも心配してる。あの子はまだ小さいのに……」

「心配ないよ。ジュスティンは十五歳になったら体重が九十キロになって、『コールオブデューティ』の世界大会めざして訓練してるかもしれないよ」

「おい！　ハハハ……。そうなったらいいな」

ラファエルの継母は、現在六歳の娘のために髪を整えてやったりワンピースを買ってやったりする幻想をすでに諦めなければならなかった。そしてこれから成人に達するまでの十数年、娘がゲームコントローラーに張りついてフード付きパーカー、レギンス、ソックス姿で過ごし、髪がフードの中でぐちゃぐちゃになっている――フードはプレイ時の集中力を高めるのに役立つので――であろう状況を受け入れなければならなくなっていた。ジュスティンと同じ年齢の他の子どもたちは『マインクラフト』で遊んでいるが、ジュスティンは『コールオブデューティ』を好んで（今のところはソロモードで）プレイしていた。それが非常にうまいので、ラファエルは時々、自分が画面から目を離した時に居間のカーペットの上にいるジュスティンを見て驚くことがあった。カエルのようなふくらはぎを太ももの横にぴったりと折り曲げ、なんの準備もない気楽な体勢でプレイしているからだ。

「ヨーグルトはいらないかい？」

「父さんが食べていいよ」

「しまった、スプーンを持ってくるのを忘れた……。ま、行儀悪いって言うなよ」

父親はヨーグルトのふたをめくると、中身を丸飲みし始めた。ラファエルは父親の存在を忘れることにした。遠くを見つめ、ライトアップされたビル群や吊り橋を思い浮かべた。ゲームの画面は頭の中に焼きついている。今朝校長先生が校庭でスピーチをしていた時、ラファエルは以前自分が姉にした質問を思いだした。その答えはたぶん、その時からずっと『ラッドレーサー』のサーキットの中にあったのだ。幸せになるためには、たぶん、二つのものがあるだけでいい。車と、道だ。

夜が更け、月が隠れ、ラジオがビデオゲームの音楽を流し、ガランス・ソログブがラファエルの幻想の中の助手席に座っている。そちらを振り向かない限り、自分は彼女の存在を感じることができる。明日になったら、彼女はみんなのものになる。だが今夜は、彼女は自分のものだ。幻想をどう使うべきかは知っている。楽しめばいい。だが過去の幻影はまったく違う。人を消耗させる。

「とにかく、話がしたい時には、父さんはいつでもいるから」父親は会話を締めくくった。

「わかってる」

「じゃあ……」そう言って立ちあがる。

「父さんは大丈夫なの？」

ラファエルは突然質問し、父親は狼狽した。

「ああ、大丈夫だとも。元気だよ。……父さんは、すべてうまくいってる」

それはやっと聞こえるくらいの声だったが、父親がドアを閉めて出ていった後も、ラファエルはその言葉を忘れることができなかった。父親は、子どもたちがもっと小さかった頃、定期的に家にゲームを持ってきた。ヴァニーナには、天才的なアートディレクターが考案したミニマリスト的世界観のゲーム、たとえばジェノヴァ・チェンの『フラワー』などを与えた。花びらが主人公で、風に吹かれて世界じゅうを巡るというゲームだ。ヴァニーナは本当に『フラワー』が好きだった……。そして『ゴーン・ホーム』も……。ラファエルは、心の奥に失望がこみあげてくるのを感じることもないまま、反抗するのをやめて自分より大きな力に身をゆだねたくなった。そして、それまで車を画面の中央にキープするためにコントローラーの矢印にかけていた親指の力を緩め、車をカーブの方向に滑らせた。車は背景の中で横転し続ける。ラファエルはそれをじっと見つめた。やがて黒い画面に〈ゲームオーバー〉という表示があらわれた。

わかる。あたりは真っ暗で、何も見えない。でもわかる。この部屋の中に、彼の気配を感じない。もういないのだ。クレマンは行ってしまった。それは確かだ。自分の体重より重いおもりが下腹部に流れていったように感じたから。

〈あたしは一人っきりだ。ここで、本当に独りぼっちなんだ〉

すぐにも立ちあがりたいと思ったが、身動きできないことに気がついた。最初は、クレマンがここから出ていく前に自分をソファーに縛り付けていったのだと思った。だが、縛られてなどいないことがわかり、ますますぞっとした。身体を激しく動かしてみる。ただし頭の中だけで。息が苦しい。クレマンがいないかと、暗い部屋の中を見渡してみる。暗闇の中に何かの形が見えるような気がする。頭を回転させることができれば簡単なのだが、首は鉄の輪を重ねたように固まっている。ガランスはここで孤立していた。真夜中に、人里から徒歩で一日かかる場所で、自分のいる場所を知るすべも誰かに知らせるすべもなく。ただ一人、自分の地理的な居場所を知る人間は、自分を見捨てた。ガランスは自分が囚われの身であり、同心円の中心で幾重《いくえ》にも監禁されているような気がしてきた。夜が山を包囲し、山は森を取り囲み、森はその真ん中に小屋を隔離し、小屋はその中にガランスの身体を閉じこめ、そして自分はこの身体の中に監禁されている……。ガランスは、この覚醒したまま見る悪夢を終わらせるために眠りたかったが、それもできなかった。というのも、暗闇の奥深くからごぼごぼという音やぜいぜいというあえぎ声が聞こえ、危険を警戒しなければならなかったからだ。もう逃げる道はない。これまでだって一度も逃げ道などなかったのだ。

みぞおちの圧力が高まり、すべての細胞に力が及んで、ガランスの意識は一点に集中する。純然たる恐怖。逃げることができない。でもいったい誰から逃げる？　いったい何から逃げる？　この恐怖の元である何かから。声がなく、終わりのない何かから。それは空気となって呼吸とともに吸いこまれ、体内に浸透する。そしてガランスを殺す。息を吸いこむことが拷問になり、息を吐くたびにさらにひどくなる。違う、これはものではない。なぜなら、これは意志を持っているから……。そしてガランスの死を欲している。ガランスの死だけを欲している。哀れみも持たなければ、弱点もない。全能の力を持ち、黒く、冷たく、残忍だ。人間とはまったく違う。空気を鋭く引き裂くような音を出して笑う。闇がその口の中に、未来の喜びの可能性をすべて飲みこむ。ガランスはもう二度と、楽しむことも喜びを味わうこともできなくなる。もう終わりだ。《もう終わりだ》声のない声が言う。ガランスは最後の罠にはまる。そしてそれと戦う。底なしの場所で。入り口も出口もない場所で。自分のものとは思えない身体の中に閉じこめられて。どうしたらこの空間から抜け出ることができるのだろう？　近づくことも、出ていくこともできないこの空間から。自分を閉じこめ、自分の中に入りこんだこの空間から。ここは本当はどこなのだろう？　自分はどこにいるのだろう？　いったいどうしてこうなったのだろう？　いったいどうやって自分はこれになったのだろう？　横隔膜が圧迫される。恐怖が激しく胸を締めつける。もう次の瞬間まで生きていることができない、とガランスは思った。死の恐怖はすぐそこに迫っている。立ち向かうことはできない。それに対してはなすすべがない——死は、殺すことのできない敵なのだ。屈服することしかできない。

最期の苦しみから逃れるために眠ることさえできない。そしてもうけっして眠ることはない。二度と目覚めることもない。もうこの世にいなくなってしまうのだから。存在しなくなるのだから。

2016年5月

最初に動くようになった筋肉は舌だった。

「クレマン！」

呼んでみたが返事はない。ちょっと外に出ているだけなのでは？　そう考えると起きあがる元気が出た。アリが身体の上を這いまわっていたが、ガランスはソファーの上で上体を起こして座った。まだ立ちあがらず、足も床に降ろさなかった。暗い地面には何がうごめいているかわからない。肘掛けからも離れて座った。何かが這いあがってこないとも限らない。寒かった。ガランスはクレマンを待った。腕を膝に巻きつける。再びクレマンの名を呼ぶ。ゆっくりと身体を揺らしながら。クレマン、クレマン、クレマン、クレマン……。名前を呼んでいるだけで、呼吸が楽になっていく。

昨日は疲れきっていたので、ソファーで横になり、ドライフルーツやポテトチップスをつまんだり眠ったりして過ごした。その間クレマンは、レコーダーを持って森の中を行ったり来たりしていた。午後のいつ頃だったか、録音したものを聞きたいとガランスが言うと、クレマンはガランスの耳にヘッドホンをかぶせた。ガランスにはそれが噴水の音だとわかったが、ちょうどその時バッテリーが切れてしまった。やることがなくなったクレマンはガランスと一緒に小屋に残った。その後ガランスが眠りこんだ時にはまだ日が出ていた。クレマンは眠くなかったのだろう……。だから、外に出ていったのは小屋の中で退屈したからに違いない……。クレマンクレマンクレマンクレマンクレマン……。たぶん散歩に出かけたのかもしれない。草むらで用を足すとか、心の声を静めるためにくるくる歩き回るとか、マスターベーションするとか、それとも、よく知らないが知的障がいのある人がすることを何かしていたのだろう。そうこうしているうちに夜になり、道に迷ったに違いない。だが朝になって日が昇れば、道が見つかるはずだ。そうに違いない。クレマンは戻ってくる。

ガランスはソファーの上で身体を丸めた。その時、何か不思議な感覚を抱いた。抗《あらが》い難い大きな力が自分を引き寄せようとしているような気がしたのだ、何かが、森の中においでと呼んでいるかのような。たぶん動物だろう。ガランスはそれが人間の声でないことを確かめようと耳を澄ました。ひょっとして、外で自分の名前を呼ぶクレマンの叫び声だったりするのだろうか――ガーランス！……ガー！　ラーンス！　ガランスは音を聞きわけようとした。だが聞こえるのは風の音だけだった。そして夜行性の鳥の鳴き声。さらにガリガリと何かを引っかくような音や、小動物の鳴き声がしたが、これについてはあまり想像力を働かせたくはなかった……。それでもまだ、たしかに声は聞こえた。〈頭の中じゃない〉〈外から聞こえてる〉誰が、何を言っているのだろう？　森が自分を呼んでいる……。声は、すでに自分をグルノーブルに続く国道から引き離し、だましてここまで連れてきた。そして今また、立ちあがって暗闇の中に出ていけと命じている。この小屋を出て、夜の闇の中に入っていけと。クレマンもこの声を聞いたのだろうか？　だから一人で出ていったのだろうか？　声に導かれて？　今どこにいるのだろう？　いったいどこに連れていかれたのだろう？　クレマンクレマンクレマンクレマンクレマン……。ガランスは名前を呼んで気を紛らわせようとしたが、繰り返せば繰り返すほど、その響きがガランスを不安にさせた。違う、こんなの全部でたらめだ！　自分で勝手に想像して怖がっているだけだ！　クレマンは助けを呼びにいったのだ……。自分は怪我をしているのだから、そう考えるのが一番論理的だ。たとえクレマンが自分を置いていった行為に論理は関係ないとしても、こんな真夜中に、村に向から以外にいったいどこへ行くというのだ？　それに、自分の捜索はすでに三日と四晩続いているはずだ――それは間違いない、とガランスは思った。クレマンが村に戻ってきたのを見れば、村人は二人が一緒にいたのだとわかるだろう。そうなれば、クレマンがここまで村人を案内してくれるはずだ……。ガランスはしだいに、周囲の物の輪郭がはっきり見えるようになってきた。目が暗闇に慣れたのか、あるいはすでに朝が近づき、夜の闇が明るくなりつつあるのかもしれない。助けが来るのは昼間になるだろう。たぶん明日だ。いずれにしても自分は遭難しているわけで、そのような場合にはけっしてその場を動かず、発見してもらうのを待つように、というのをこれまでに何度も聞いた。だから待とう。そう思いガランスは待った。一人きりで。だが空中に漂う影とともに、母や、スアドや、モードやサロメやネルが、ガランスの相手をするためにやってくる。皆ここにいるが、とても移ろいやすい。ガランスの身体から抜けだして、いまにも闇の中で蒸発してしまいそうになる。血の気の失せたガランスの身体だけを残して。ガランスはまるで、自分が亡霊になったような感覚に、まったく自分がここに存在していないような感覚になる。だからガランスは、彼女たちの存在を大切にし、彼女たちの機嫌をとり、クレマンが戻ってくるまで一緒にいてくれと頼む。クレマンが戻ってくるまで？　彼女たちは大笑いする。クレマンは戻ってこないのに、わからないの？　知的障がいがある人だって、ガランスのことなんか欲しくないんだから。一人、また一人と、みんながガランスから逃げていったのに。ヴァンサン、友だち、母親、そして今クレマンも……。自分で感じているのでは？真実が心の暗闇で震えているのを。

鎧戸の片方は視界を半分さえぎり、もう一方は耳障りな音をたてて軋んでいる。ガランスは立ちあがった。そのとたん、足の裏に激痛が走った。怪我のことを忘れ、全体重をかけて踏みこんでしまったのだ。思わずうめき声が漏れたが、我ながらなんと悲壮に響くことかと思う。今度は注意しながら、窓のそばまで歩いていった。そして木々に振りかけられた夜のパウダーが消えていくのを、長い間じっと見つめる。その後でドアのほうに向かった。ドアを開けると、刺すような外気が小屋の中に流れこんだ。湿った冷気を吸収した服が肌に張りつく。ガランスは外には出ず、松の木立を覆う靄の中にクレマンの姿を探した。声を出して呼びたかったが、森の精霊たちを引き寄せてしまうのではないかと思うと怖くてできなかった。夜明けの薄明かりの中に精霊たちが浮遊し、大挙して静かに自分のほうに向かってくる様子は見たくない。ガランスはさっさとドアを閉めて小屋の奥に戻った。

作業台の下に水を汲んだプラスチック容器が置いてある。非常に重かったので、水を飲もうと容器を傾けた際にTシャツにこぼしてしまった。濡れた場所が刺すように冷たい。水はプラスチックの味がした。食料はシリアルが一袋残っているだけだ。袋を開けようとしたがうまくいかない。ガランスはいらいらしてパッケージの口の部分を強く引っぱったが、それでも開かなかった。〈まったく、開かないようにバリケードでもしてるわけ?〉我慢できなくなって、ガランスは古いドライバーをつかんで袋の上に突き立てた。丁寧でも適切でもない方法だったが、しだいに大きくした穴から手を突っこんで朝食にありつくことができた。ドライバーを持ったままソファーに戻って座ってからも、同じペースでがつがつと食べ続ける。ガランスはしばらくぶりに――いったいいつぶりだろうか？――携帯電話が恋しくなった。携帯があれば、ゲームをしたり音楽を聴いたりできるのに。小鳥たちの鳴き声が少しの間気を紛らわせてくれる。一羽の鳥が目覚めて鳴く。しばらくしてから別の鳥がそれに応える。もし誰も救助に来なかったらどうする？　そう考えると、時間というものの性質が変わっていくような気がした。時間はどこまでも広がり、どこまでも伸びる空虚な空間に変わる。もう一日ここで、このソファーの上で過ごすこと自体は構わない。床を覆う埃を吸いこみながら、シリアルの残りで食いつなぎながら救助を待つことはできなくはない。ただ、救助は本当に来るのか来ないのかわからない。その不確実さを思うと、ガランスは気が狂いそうになった。今ならたぶん少しは眠れるだろうか？　そうしよう。かなり日が昇ってきたから、小屋の隅々までよく見えるようになってきた。それはそれで面倒なこともあるが……。

かなり時間がたち、ガランスは再び空腹を感じた。本当は塩味のお腹にたまるものが欲しかったが、再びシリアルのコーンフレークの出番になる。食料を長持ちさせるためにゆっくりと少しずつかじって食べていると、何かの音が聞こえた。別の場所で何かをかじる音だ。それもすぐ近くで……。ガランスがコーンフレークをいくつか落としてしまった足下だ。足下に目をやったガランスの心に、サロメに裏切られた時以来の怒り――あるいはそれより前だろうか？――が湧きあがった。自分でも思いだせない昔に遡る怒りが、突然全身を貫いた。そこにいたのは大きな黒いネズミだった。とがった鼻先を床に向け、前足を合わせている。毛のない足はまるで小さな手のようだ。妊娠しているらしく腹が膨らんでいる。ガランスが今朝ドアを開けた時に中に入ってきたのかもしれないし、あるいはすでに夜の間からずっとここで一緒にいたのかもしれない。ガランスの存在にすっかり慣れている様子を見ると、そのほうが説明がつく。ネズミは警戒心より空腹のほうが勝っていたらしい。自分のことに夢中で、人間の手が、何かを探してソファーの上をさっと滑るように動いたことに気がつかなかった。それはガランス自身にも制御不能なとっさの動きで、いかに完璧な動作だったかは、そのすばやい実行速度と、その動作がガランスにもたらした瞬間的な喜びを見れば明らかだった。ガランスはドライバーを突き立てた。それによってネズミの骨が砕け、ドライバーの先端がめりこみ、軸全体が臭い肉を貫通するのをガランスは感じた。凶暴で刹那《せつな》的な喜びだった。だがその後にはもう嫌悪感しか残らなかった。小さな哺乳類は断末魔の鋭い悲鳴をあげた。ガランスは、しばらく前にその鳴き声をすでに聞いていたような気がした。ネズミは悲鳴をあげた瞬間にはもう死んでいたが、それでも長い尻尾だけがまだぴくぴくと動いている。それもやがて止まった。止まったことの意味は時間差を置いてガランスに伝わった。ガランスは握りこぶしを緩めた。ドライバーはネズミの背に突き刺さったままだ。ネズミは自分の血液と胎盤の中に倒れている。生まれずに死んだ小さな丸いものがいくつもあって波のように揺れている。毛の生えていない尻尾が最後にぴくっと動いた。ガランスは神経が高ぶり、口を大きく開けて叫び声をあげた。静寂の中を声が響き渡る。もう探求する時間はないが、未来は無と同じ物質でできていることが明らかになった。無すべてのものがそこから生まれ、この妊娠したおぞましい小さな生き物はそこに帰っていった。無という場所。音のない場所。

……ガランスは子どもの頃、完璧な動作を探求していた。特に、母親が寝ている夜中にそれを実践した。それぞれの筋肉が生みだす様々な動きを試し、何度もゆっくりと繰り返した。身体をただ一つの動作に特化して用いることは非常に疲れることだったが、ガランスはこの世のすべての動作を、人間が実行したことのあるすべての動作を、何度も何度も、繰り返し繰り返し練習した。自分が何を求めているのかがわからなくても、そんなことは問題ではなかった。実現することさえできれば、それとわかるはずだから——。

――完璧な動作。とうとう、今、それを見つけた。ガランスはつぶれた動物の毛と肉を見つめた。ひどい嫌悪感を抱きながらも、まだ興奮で胸がどきどきしているのを感じた。やがて、完全にではないが、しだいに興奮が収まってくる――殺……戮……の光景によって。今問題なのは、空中でアーチの形になった腕一人グラン・ジュテで跳躍し美しい放物線を描くとママに褒められる……スタジオではほとんどママと呼んだことはないみんなアナアナアナアナと言う……休憩。今度は逆向きに動く。褒められた生徒が後ろ向きに跳んで身体が空中に浮遊するレオタードが鼠蹊部《そけいぶ》と太ももの境界になる鏡の中で目目目が見ているドライバーを持つ手手が空中で止まるコリフェの鏡鏡の中のアナのいやらしい目つき小さなネズミは生きているまだ遅くない……生まれてくる小さな子ネズミ……動かなくなった小さなネズミ……動作はすでにおこなわれた。床には赤く細く血の跡が続き、その血の跡の先には血に染まった星がある。抜けだした魂《エシャッペ》。エシャッペ、アン・ドゥダン、パ・ド・ブレ、シソンヌ！　シソンヌ！　シソンヌ！　あり得ない。常軌を逸したことが、突然意味を持つ。野蛮で予兆に満ちた真っ昼間の夜。それが美になる。

イラレーヌの輪郭を紙に描くとしたら、まずは南側の入り組んだ海岸線と、西側の丘の向こうの切り立った崖から始めることになる。その間の極めて不便な入り江から町の北西にある公共のごみ処分場まで、さらにそこから町の北の端にある精神科病院まで、不規則だが道路が続いている。東側はいちおう碁盤目の規則的な街並みが続く区域で、道路はスーパーマーケットから空港の手前のロータリーまで続く。精神科病院があるのは二つ目の丘の上で（この丘は一つ目の丘より標高は高いが斜面の向きが悪く、宅地部分は日陰で眺めも悪い）、ごみ処分場は谷の底にある。この二カ所が、海抜ゼロメートルの町の高度の両極を示す場所になっている。あと一カ月もすれば海岸には六月の太陽が降りそそぎ、町が一年でもっとも華やぐ季節になる。湾はヨットで覆いつくされ、観光客はアイスクリームを食べながら港の景色を堪能するだろう……。

だがビュルにとっては、こうしたイラレーヌの夏の光景が今ほどあり得ないことに思えたことはなかった。実際のところ、皆が興奮状態にあるこの段階でまだ町が炎上していないことにビュルは驚いていた。ニュースはインターネットを通じて数時間で広まり、それぞれが非難すべき対象を見つけだした。生徒の保護者たちはポール＝セザンヌ高校の事務局の対応を非難し、校長は警察に対しきちんと任務を遂行すべきだと公の場で要求し、警察署の同僚たちは捜査が進まない原因を内務省に対する予算削減のせいだと言い、教師たちは『教育を考える父母の会』を非難し、母親たちは今にも中傷合戦を始めんばかりに冷ややかに見つめ合い、皆が守りの態勢に入っていた。オンラインニュースを配信するメディアは浮足立ち、昨日以来、不正確な情報と月並みなコメントが満載された記事によって、次々に新たな犯人に非難の矛先を向けた。すなわち、SNSや新しいテクノロジー（普及してから少なくとも二十年になるのに、言葉としてはいつまでも〈新しい〉と形容することを求められるテクノロジー）、規制する側としての役割を果たしていない政府、自らのプラットフォームで危険なアプリケーションを提供するアップル社、有害な存在としてのインターネットなどだ。皆が当然のようにインターネットを非難した。すでに興味本位で不安をあおるようなタイトルがメールボックスやフェイスブックニュースに出回り始めていた。〈サイバーバイオレンス──破滅へのステップ〉〈親が気づくべき十の兆候〉〈次世代型《2・0》憎悪に立ち向かう〉……。どこから情報が漏れたのかはビュルは知らない──たぶんマーズ＝サンシエかもしれない。それがアースの戦略なのだろう。実際、このハラスメントの話題は町の世論を独占し、現場での捜索の不手際を問題にする声はまったくなくなった。まるでイラレーヌはこれを──爆発する口実を──待っていたかのようだ。

町はそれ以前の三日間、過熱した状態にありながらも、かろうじて爆発を抑えていた。具体的な情報が何もない中で、住民たちは推測に頼るしかすべがない状況だった。家出というのはもっとも可能性の高い仮説だったが、町の人々にとってはあまり都合がよくなかった。行方不明になっているのはただの高校生ではない。エリート・モデル・ルックコンテストの地域大会で勝ち残ったファイナリストで、町の人々に希望を与えた少女なのだ。あと少しで堂々とイラレーヌから脱出することができ、たぶん二度と戻ってくることはなく、人々は「あの子はうちの息子と高校で一緒だったよ」とか「あの子の母親を知っているわ」とか「あの子はわたしの生徒でした」などと言うことになるはずだったのだ。雑誌のファッションページに載り、生まれ故郷にとって誇りとなるはずだった。地方新聞の三面記事に載るべき少女ではないのだ。匿名性が保てず、嫉妬が渦巻き、息苦しいイラレーヌの町。絶え間ない監視によって人々の憧れを抑圧し、個性を押さえつけ、それによって欲望や不満をも飲みこむ町。その町が、彼女を選んだのだ。口に出せない栄光への欲求を体現してくれる存在として。その彼女に、家出などあまりに陳腐だ。ガランス・ソログブにはもっと高尚な物語が似合う。誘拐こそ、彼女のレベルに釣り合った仮説なのだ！

この三日間、親は子どもたちに対し、外でふらふらするな、知らない人間とは話をするな、と言ってきた。アースやビュルも、変質者による拉致ではないかと考えていた。子どもたちを潜在的な被害者とみなすことで、実は彼ら自身が全員加害者であるということに気がつきにくくなっていたのだ。だが実際には、家族や、教師や、警察の目の前で、彼らはスマートフォンを手に何食わぬ顔をして獲物を追い詰め、《まんこを漂白剤で洗ってきたらどうだ？》とか《自殺しろ》というメッセージをいくつも送信してから、何もなかったような顔をして画面から顔を上げていたのだった。そして秘密が暴かれた現在も、彼らはあいかわらず反応を示さない。あたふたとしているのは大人たちのほうだ。大人は、頭に〈サイバー〉と付ければ自分たちの無知を隠すことができると思っている。そして世代を分断する境界線の存在を否定するかのように、あらゆる場面でその言葉を用いる。親たちの側としては、インターネットの進化のスピードについていこうとしているものの、子どもたちのほうがつねに多くを知っており、コミュニケーションもうまくとれず、絶えず後ろからついていく状況で、ニュースや、アルバムのリリースや、新しい表現を知るのも自分たちのほうが遅いということを感じている。そして、このまま置いていかれるのではないかと恐れているが、適切な質問をすることもできないでいる。いっぽう子どもたちの側は、インターネットを集合場所として使っている。戦争準備をしているかのように、毎日同じ場所に集結する。その場所は地図上には存在しない。したがって攻撃されることがない。地球上にある他のいかなる領土よりも安全だ。彼らはすでに軍隊であるといってもよい。ある日、既成の権威ある組織の責任者が疑いの目を向け、「そんなことはだめだ」と言い始める。彼らはそれをブロックする。自分たちが受ける必要を感じない罰を拒絶する。彼らはその隔絶した場所で、まったく仮想空間などではないその場所で、自らを教育してきた。自らを知るために訓練してきた。コミュニティーを形成した。そして、同じカルチャー、同じユーモア、同じ言語を共有している。彼らは独自のシステムを作りあげたのだ。大人たちの社会的要請にはもう応えない。部屋の奥深くに、あるいは手のひらの上に、ひそかに新しい時代を創設したのだ。大人はつねにそれを〈新しいテクノロジーの時代〉と形容したがるが、そうではない。子どもたちにとってはテクノロジーなどどうでもいい。彼らは携帯電話がどのように動くのかさえ知りもしない。それは〈新しい心の時代〉なのだ。中規模都市の、中産階級が多いこの高校の生徒たちは、数千年続いてきたこの社会によって生みだされ、この社会を基礎として育てられた。そして今、自分たちの中の一人をインターネット上で追い詰めた。それを大人には隠している。どうして彼女がいなくなったか知っているかと尋ねてみる。彼らは首を横に振って答える。知らない、と。もちろん彼らは知っている。彼女は〈いなくなった〉のではない。彼らが追放したのだ。ビュルは、何が真実なのかを推測する。たぶん彼らは、罪を犯したなどとは思っていない。彼らは新たな法を実行したまでなのだ。彼らの法を。

握っていたドライバーを放した後は、ガランスはある場所から別の場所へと瞬間移動しているような感覚になった。さっきまではソファーに座っていたのに、気がつくと壁に背中を押しつけて立っている。次に気がついた時には部屋の隅で床にうずくまっていた。まるで、意識は断続的な流れであって、どのような動きも空間の異なる点を連続してつなぐことがないかのようだ。その合間の時間には、自分はもう存在していないし、他のなにものも存在していない。酸っぱいものが喉の奥からせり上がってきた。また吐いてしまうのだろうか？　地面の嘔吐物《おうと》の臭いが鼻の粘膜を刺激する。口で呼吸してみるが無駄だった。臭気から逃げるには呼吸をすべて止めるしかない……。それに混じってもう一つの臭気が地面の黒い血だまりから漂ってくる。ガランスは頭の中に三角形を思い浮かべた。自分の吐いたものとネズミの腐った死骸と自分のいる場所を結んで……。腐敗臭は耐え難かった。だがガランスは耐えた。人間であればこの場に居続けることは不可能だ。だけど、だけど……。意志がないわけではない。論理的に考える力が欠けているわけでもない。これ以上救助を待つことはできないことも、ここを出ていくべきだということもわかっている。ネズミからも、押しつぶされた胎児からも、離れなければならない。不衛生だ。生きている時でもネズミは多くの細菌を媒介すると考えられているのだから。その時ふくらはぎがつり、ガランスは立ちあがらざるを得なくなった。嘔吐物を避け、血だまりを避け、数歩歩いて収縮をやり過ごそうとする。筋肉は痛み続け、痙攣のようになった。やがて痛みは頂点に達し、痙攣は去った。ふらつく足で、ガランスは入り口のドアまで行って外に出た。ドアは開けたままにした。外気が気持ちいい。だが突然、喉の奥から臭いが上ってきた。ガランスは身体を二つ折りにして、再び胆汁とコーンフレークを吐いた。Tシャツに跳ねがあがり、《最後の清潔なTシャツ《Last clean T-shirt》》という言葉は決定的に嘘になった。喉がひりひりしたが、それでもガランスは呼びたくなった。テラスを横切り、一段だけのステップを下りる。そして気持ちを奮い立たせるために、大声で叫んだ。

「クレマン！　クレマン！　……クレマン！」

冷気が顔の肌をついばんだ。

図書館司書の女性はこちらをじろりと見てから、そこに名前を書くようにと台帳をあごで指し示した。それは定規とボールペンで線を引いたノートで、ソレーヌ・ラバルは常々、いったいこれが何の役に立つのだろうかと疑問に思っていた。いつものように、書架の間の通路にも奥のテーブルにも人影はなく、マルチメディアスペースで二列に並んだ机の上に配置された十台のパソコンは電源が消えている（これについては、高校の事務局にとっては頭の痛いことながら、十年前からマルチメディアスペースの予算が大幅に削減されていることが大きな理由だった）。

「機械の番号も忘れずに書いてください。七番の電源を入れますから」

パソコンを指すのに〈機械〉という言葉を遣う習慣は、ソレーヌの頭の中に、あるイメージを吹きこんだ。この司書の女性は実は中世後期に生まれた人間で、虫があけた穴を通ってタイムスリップし、耕していた畑からいきなりポール＝セザンヌ高校の図書館に移動してしまったというものだ。ソレーヌは高校一年生の時から、この女性が順応していく様子を観察していた。女性が自分の席から立ちあがった。そして一台のパソコンの前までゆっくりと移動すると、長くてやせた背中を丸めてキーボードの前に座り、肘を直角に開いて頭を突きだした。電源の入ったモニター画面の白い光が、女性のふわふわした髪を電光色に染めている。机の上に激しくマウスをこすりつける様子を見ていると、きっとこの人は鋤《すき》の柄のほうが楽に使えるに違いない、と思わずにはいられなかった。

ソレーヌは台帳に氏名、学年とクラス、今日の日付と時間、そして〈機械〉の番号を記入し、ノートを閉じようとした。その時、左側のページの丸く子どもっぽい文字に注意を引かれた。

《ガランス・ソログブ　一年B組　二〇一六年四月二十二日金曜日十二時　十一番》

それは、ソレーヌがここで目にするとはまったく思ってもみなかった名前だった。はっきり言って、ガランス・ソログブは図書館好きにはまったく見えなかったからだ。司書はあいかわらずパソコン画面に向かっている。骨ばった人差し指をまっすぐマウスの上に伸ばし、まるで中国に核ミサイルを発射してしまうのではないかと恐れているような慎重さで〈確定〉ボタンを押そうとしている。

「すみません！」ソレーヌは声をかけた。「できれば十一番の……機械を使いたいんですけど、いいですか？」

「もう遅いわよ。七番の電源を入れてしまったから」

予想どおりだ。脊柱側彎症に苦しむやせた女性というのはだいたいへそ曲がりなものなのだ。

「でも、前回ファイルを一つ、ハードディスクに保存してしまったんです。その時十一番を使っていたんですけど。覚えていらっしゃるでしょう？」

「全員のことを覚えてなどいられませんよ」司書がそっけなく答える。

「もちろんそうですよね」ソレーヌは〈来館者は大勢いますからね〉と言うのはやめておいた。「でも、一時間後に小テストがあるんです。そのファイルを見つけられないと、ちょっと……」

「何の小テストなの？」司書は疑いの目で訊いてくる。

〈一か八か言ってみるか……。この答えならホームシックにかかってくれるかもしれないし……〉

「歴史です。中世後期の」

「じゃあ、七番は消すわけね？」司書は、まるで今日の業務量を倍にされたかのように、あえぐような声で言った。

ソレーヌは、司書が三つ先の椅子に移動して作業をやり直すのを待った。その不満そうな様子は、きっと気まぐれな生徒のせいで、聖職者や貴族が第三身分の平民を支配していたことに対する不満を思いだしたのかもしれなかった。やがて十一番のパソコンが使用可能になり、司書は受けつけるべき人が誰も来ない受付に戻っていった。パソコンスペースの仕切りにピンで留められたプラスチック加工のカードが未来を約束してくれている――《静かに勉強に励めば、成功は高らかに鳴り響く》。だがソレーヌはここに勉強しにきたのではなく、食事をしにきていた。モニターや仕切りが本当の活動を隠してくれるからだ。高校に入学した当初、ソレーヌは人前で食事をすることができなかった。そのため昼食時間になると図書館に来るのが習慣になった。図書館にはいつも人がいなかった。ちなみに、この誰も使わない場所を休憩施設に改装して欲しいという嘆願書も出回っていた（大きなソファーをいくつも入れて欲しい、カフェテリアを設置して欲しい、さらにはゲームルームやVRルーム、滑り台、ネイルサロン……。生徒が提案する設置希望設備のリストは年を追うごとに長くなり、しだいに現実味がなくなっていった）。高校一年生から三年生までの間にソレーヌは進歩した。ファット・アクセプタンス運動やボディ・ポジティブな考え方のおかげで、徐々に人の視線を恐れず他人の前で食事ができるようになってきた。それでもいつも、いや時々はここに避難できることは、ソレーヌの気持ちをほっとさせてくれた。

ソレーヌはバッグからタッパーウェアを取りだした。そしてチキンサラダにうわのそらでフォークを突き立てながら、ファイアーフォックスを開いて検索履歴をクリックし、四月二十二日まで遡った。表示されるURLが、その日ガランス・ソログブが閲覧したページだ。ソレーヌは、なぜこの子は単にインターネットを使うためだけにここに来たのだろうと考えた。説明がつかない。ここでパソコンを使うには、司書と会話をし、台帳に必要事項を記入し、動作の遅い〈機械〉が使用できるようになるまで待つ、というくつもの面倒を乗り越えなくてはならないからだ。どうして自分の携帯電話でネットに接続しないのだろうか？ ソレーヌは自分でそう問いかけながらも、答えはわかっていることを認めざるを得なかった。たぶん自分と同じ理由だ。ガランス・ソログブは、誹謗中傷者から逃げるために図書館に避難していたのだ。だがそれならどうしてアスク・エフエム《Ask.fm》の自分のアカウントを見ていたのだろう？ それが履歴の一番上に表示されたリンクだった。だいいち、アスク・エフエムは完全に忘れ去られたSNSだ。もう誰も使わなくなってからすでに数年になる。最盛期の二〇一三年でもソレーヌは登録していなかった。アスクのページを作るなら、本当にマゾ的資質を持っていて打たれ強くないと無理だからだ。このサイトの基本は、誰でも匿名で人に質問できることだ。もちろん投稿は偏ったものになりがちだ。なぜなら周囲の人々は匿名をいいことに、その人を好奇心の対象としてではなく、判断し批判する対象にするからだ。ソレーヌは数週間前に、キュリアス・キャットという同じアイデアの新しいアプリの話を耳にした。したがってアスクはすでに廃《すた》れ、リサイクルされたわけで、インターネット界の恐竜のようなものだといっていい。ところが画面上には、四月の日付の質問が数十件あらわれた。そしてこの、最近急に動きが活発になったガランス・ソログブのアスクのアカウントでの質問内容は驚くべきものだった。なぜ彼女がまったく回答していないのかを理解するのはたやすかった。

2016年5月

やあ、ぼくのをなめてくれる？

尻の穴に入れるのは好きかい？

今友だちはどこにいるの？

エリート・モデルの審査員があの動画見たら、失格になるんじゃない？

でかい尻尾が好みかい？　もし好みなら、おれはビッグサイズだぜ

あまりの苛烈な攻撃にソレーヌは唖然とした。さらにスクロールしていく。


キュリアス・キャットに登録していないのは自分の顔が恥ずかしいから？　いつかは自分の行為に責任をとらなくちゃいけないってわかってる？

お願いだから自殺してくれない？

やったぜガランス、きみの才能が開花した！　すばらしいキャリアがポルノ業界できみを待ってる

これらに比べて昔の質問は害のないもので、ガランスは快く回答していた。

自分の舌を鼻に付けることができる？
——できない😂
お化粧してもしなくても同じ顔なの？
——うーん、そんなことはない

アンドレアのことは好き？
――うん、友だちとしてね
甘いものは何が好き？
――ニューテッラのワッフル
〈レア、ドア！〉を覚えてる？
――覚えてるよ！！

ソレーヌも、ガランス・ソログブに起こったことについては知っていた。だが学校で直接いじめの現場を見たことはなかったし、SNS上でも、ソレーヌはガランスをフォローしていないので、こういう場面に遭遇したことはなかった。ガランスとは歳も違うし、交友関係も重なっていない。まったく共通点がないので、二つの異なる太陽系に暮らしているといってもいいくらいだった。エリート・モデル・ルックのコンテストより前にガランスを見かけたことはある。ソレーヌと同じクラスの三人組とつるんでいたからだ。だが正直なところ、名前は覚えていなかった。三人組のほうは、自分たちの一挙手一投足が公表に値することだとでも思っているらしかったが、ソレーヌは、モード・アルトー、サロメ・グランジュ、グレッグ・アントナに関することで興味を引かれたことはこれまでいっさいなかった。三人組は物語を創りだすお騒がせ娘だった（グレッグは男であっても、この分類に加わることになんの問題もない）。物語というのはどんなに甘い味付けをしても、スナップチャットのフォーマットに合わせても、画像を選別しても、その根底には暴力があってそれを伝達するものなのだということは、誰しもが知っている。それが物語の本来の役割なのだ。ギリシア神話の神クロノスは自分の子どもたちを飲みこんだ。伝説上のローマの建設者ロムルスは弟を殺した。おとぎ話の中では、踵や足の指が切断されたり、ネズミが村を襲ったり、子どもたちが溺れ死んだりという話が満載だ。たしかに、お騒がせ娘は魅力的だ。皆が羨み、真似をし、SNSをフォローする。だが近づきすぎると、火の中に投げ入れられる。火は燃え続けなければならないからだ。学校じゅうを席巻する噂の火を絶やさないようにするために、彼女たちはつねに燃えるものを探し続けている。ガランス・ソログブに起きたことはまさにそれだったのだ。ガランスがマスターベーションしている動画を受け取った時に自分が驚いたかどうかといえば、ソレーヌはまったく驚かなかった。では、動画を見た大勢の人間が声高に彼女の血を要求し始めたことについては？　ネット上のヘイターに関しては、自分にも経験がある……。ソレーヌは同日に閲覧された他のURLを見てみた。あと四つある。最初のURLをクリックしたが、表示されるまでに時間がかかっている。

ソレーヌ・ラバル↓ラファエル・ランクリ
図書館にいるから来て
ラファエル・ランクリ↓ソレーヌ・ラバル
それって暗号？　危険な状態なの？
ソレーヌ・ラバル↓ラファエル・ランクリ
危険な状態にある時の暗号は768ね
ラファエル・ランクリ↓ソレーヌ・ラバル
じゃあ本当に図書館にいるの？
ソレーヌ・ラバル↓ラファエル・ランクリ

「携帯電話をしまいなさい！　使用は禁止されていますよ！」

当然司書には、規則が守られるようしっかり監視する以外にやるべきことはない。ずっとこちらを向いているので、ソレーヌは携帯を片付けた。携帯はバッグの中で振動し続けている。フラッシュを使ったサイトがやっとパソコン画面に表示された。ソレーヌは一瞬でそれが何かわかった。そのロゴマークにも画面の背景のアニスグリーンにも見覚えがある。〈メガラ〉だ。ソレーヌは毎日〈メガラ〉の前を通って登校していた。ホームページにはバーのそばに立つダンサーたちの動画があった。ソレーヌがプレイをクリックすると、ダンサーたちがいっせいに手足を伸ばしてあり得ないようなポジションを取る。なぜだかわからないが、ソレーヌはつい最後まで見てしまった。ガランスが次に見ていたのは〈インストラクター紹介〉のコーナーだった。八人の写真が掲載され、クリックできるようになっている。

「氏名と、使用する機械の番号を記入してください」

「ぼくはパソコンは使いません。人に会うだけで……」

到着したばかりのラファエルが遠くからソレーヌに合図するが、司書の女性は、新たな署名を集める機会を逃すつもりはないらしい。

「マルチメディアスペースに入るには、必ず記入が必要ですよ」

「ぼくはマルチメディアスペースに入りたいわけじゃなくて、ただ……」

ソレーヌのほうはいずれにしても、ほぼチェックが終わるところだった。ガランスが閲覧した最後のページには、一人のインストラクターの経歴が記されていた。黒髪の半分がロング、半分は剃りあがっていて、唇にはピアス、首には鳥のタトゥーがある若い女性だ。

ネル・デナロは、十九歳でダンス部門の上級職業国家資格を取得した後、さらなる研鑽を積むためにフランスを離れカナダに渡る。モントリオールにてビリー・マックダーンのマスタークラスに参加、その後バレエカンパニー〈スパイアー〉の芸術監督に認められ同カンパニーに入団する。二年間にわたってカナダ、アメリカでの公演に参加した後、故郷の町に戻ることを決意し、メガラのインストラクターチームに加わる。現在はメガラで芸術活動に取り組んでいる。担当はコンテンポラリーダンス、ヒップホップダンス、クランプダンス、モダンストリートダンスで、初級者及び上級者向けのグループレッスン及び個人レッスンを実施

2016年5月

口の中は、さっきからずっと酸っぱい味がする。喉には吐きだしたコーンフレーク片で引っかかれたような感触が残り、腸は痙攣してよじれるようだ。足の裏の痛みもぶりかえした。そして明らかに、どこかで道を間違えたらしい。小道はガランスを噴水には連れていってくれず、ここで終わってしまった。巨大な影が、飛行機のような速度で頭の上を通り過ぎていく。ガランスは顔を上げた。雲が行く手の光をさえぎっている。

道に迷う——この概念は十一年前から古くさいものになっている。ガランスが五歳の時に、グーグルが地図情報サービスと衛星測位システムによる位置情報サービスを開始した。地球上のどの場所であれ、詳細な画像を入手するには、画面上で拡大表示するだけでよくなった。どんな場所も位置を突きとめられることをガランスは知っている。ガランスは周囲の森を探るように見回した。自分は今この瞬間、ピクセルの内側にいるのだと思った。だがいったいどうしたら、このピクセルが画面上の他のピクセルと実際に結びついていると思えるのだろうか？　正しい方向に導かれているかどうかなんてわからない。なぜなら現実は、自分が教えられたほど整然としているわけではないことがはっきりしたからだ。たとえば、北の方角がどちらかを知ること。地図上では簡単だ。上が北だ。実際の状況では、方位磁針があれば、あるいは夜空と充分な天文学の知識があれば、北がどちらかがわかるだろう。だがそれだけではだめで、さらに、なぜその方角に進むのかというしっかりとした理由が必要だ。それなのにガランスはといえば、北に何があるのか、まったくわからないのだ！　北だけではない。南も、東も、西も、すべて同じだ。それにたとえ方角がわかっていたとしても、その方角に進み続けることはできないに違いない。というのも、実際の道の状況に従わねばならず、まっすぐには進めないからだ。木の幹はこちらの進路には関係なく行く手をふさぐように立っているし、地面は高くなったり陥没したり、険しい斜面になったりする。こうしてガランスは道に迷ったのだった。携帯電話をフィッジの家のトイレに捨てたりしなければ、こんなことにはならなかっただろう。とはいえ……。もうすでにバッテリーが切れていただろうから、マップを開くことはできなかったに違いない。ガランスは様々なアプリのことを考えた。宇宙にだって行けると錯覚させられていたなんて！　他人とつながることができると幻想を抱かされていたなんて、まったく！　測定でき、計算でき、ズームすることができ、インスタグラムにあげることができるこの地球、数回クリックするだけでどんな辺鄙《へんぴ》な場所にでもアクセスできるこの地球、それがいかに安心できるものだったことか……。そして自分がいかにだまされていたことか。地図は記号でしかないということが、わかっていなかったのだ。たとえ今マップにアクセスできるとしても、地球の隅々まで高解像度で撮影されたグーグルの世界は、一人きりで途方に暮れている今の自分の気持ちを救ってはくれないだろう。自分は今、たぶん一つのピクセルの中にいる。だがそれは果てのないピクセルだ。季節や天候、時間によって変化し、けっしてふつうのピクセルと同じではない。ふつうのピクセルは二・五平方ミリメートルの隠された土地で、そこではすべての方角が同じ価値を持ち、どこでも好きに選ぶことができる。不安を静めてくれる記号を信じることをやめた結果は、このとおり、道に迷うことだった。ガランスはただ待っていたわけだ。自分を導いてくれる人がいなくなるのを。矢印の標識がなくなり、方位を見失うのを。目印の石も、地面の跡も、木の幹に描かれた印も、レールも道も、日常も習慣も人為的な目印——右や左、時を示す短針や長針、曜日など——もなくなるのを。そして、これまでつねにそうではないかと感じていた真実を認めることになった。自分の人生は、これまでもずっと道に迷っていたのだと。学校でも〈コリフェ〉でも自分の部屋でも、ガランスは孤立したピクセルの上で成り行き任せに漂っていた。どうして？　なぜならサインを読みとることができなかったからだ。自然の中には刻みこまれた意味があるはずだ。だがガランスは自分の目だけを信用し、その目はすべてを間違って理解していたからだ。

また行く手を阻まれた。目の前に、とても越えていけそうにないイバラの茂みが立ちふさがっている。この道からも先には行けない。だがUターンはしたくない。茂みに沿って歩いていけないだろうか？　道とはいえないが、歩けないことはないだろう。これまでにいったい何度方向を変えただろうか？　ガランスは、腐ったネズミの死骸がある小屋を出てからここまでのルートの、上空から見た光景を想像してみた。自分の歩いた道は曲がりくねったジグザグ道になっているのだろうか？　それとも幾何学的な形？　昔のアルファベットみたいな？　それとも完璧な円？　そうだ、そうかもしれない。ぐるぐる回っているだけで、どんなにがんばっても、障害物にぶつかっては出発点に戻っているのかもしれない……。巨大なイバラの茂みを過ぎると、絡まり合うように低木が密集した木立があらわれた。すると突然、空気中を黒い虫が大量に飛び始め、ガランスはまるで虫を吸いこんでいるような気分になった。虫から逃れようと急いで歩くが、群れはかなり広い範囲にわたってしつこくつきまとう。やっと数がまばらになってきた頃、行く手が暗くなり霧雨が降り始めた。

足が重くなってきた。顔を上げなくても、上り坂になってきたのだとわかる。一本だけ孤立した木のそばを通り過ぎた。周りの植物が根元に巻き付き、囚われの身になっている。そこから逃れようとするばかげた試みのためか、いくつもの枝が途中から生えてあらゆる方向に伸びている。髪に引っかかった蜘蛛の巣には頓着せず、ガランスは霧雨の中を進んだ。坂の勾配は緩やかだったものの、顔を上げるたびに目に入る坂は、ひたすら遠くまで上り続けている。口の中の嘔吐の味は薄れたものの、今度は空腹で腹が引きつった。喉の渇きは多少落ち着いていた。しばらく前から横を小川が流れていて、すでに立ち止まって水を飲んだからだ。水の流れはここから複数の支流に分かれ、いくつかは軟らかい土壌にそのまま吸収される。本流は、土砂や小石を巻きこみながら水かさを増していく。水かさが増すにつれて川底はより深くえぐられていく。これは自分が怪我をした川とつながっているのだろうか？　ガランスは水の中を横切るように並んだ大きな石を利用して、足を水に浸けずに小川を渡った。とはいえ、激しくなってきた雨がすでにテニスシューズの中にまでしみこんでいたので、実際にはたいした違いはなかったのだが。小川を渡ると反対側は木々がまばらで、開けた山肌があらわれた。山々の尾根が靄のかかった空に浮かびあがっているのが見える。これまでは森がうっそうとしていて遠くまで見通すことができなかったために、盆地のような場所に閉じこめられているのではないかと思っていたのだ。ガランスは、ますます濡れてますます軟らかくなる地面の上を進み続けた。雨がやむことを願った。そして、願うことをやめた。願ったからといってそれがなんの役に立つというのだ？　雨はいまや、激しく絶え間なく、空から地面に向けて崩れ落ちるように降ってくる。目を細めて進まざるを得ず、十メートル先もよく見えない。日暮れを先取りする森が、身体を丸めて縮こまる。

〈メガラ〉を訪れた二人を受付の女性が出迎えた。その頭をくるりと一周していたのは、完璧に等間隔に編みこまれた三つ編みだ。

「コンテンポラリーダンスのレッスンについてお訊きしたいんですけど」ソレーヌが切りだした。

「受講されるのはあなたですか？」

女性はまったく疑う気配も見せずに質問する。てきぱきとした口調で、その場にふさわしい誠実な印象だ。

「彼のほうです。一人では来られないと言うので」

ラファエルは平然とした顔をし続けている。だがソレーヌは、たぶんラファエルはたった今心の中で自分を友だちのリストから削除したに違いない、と思った。

「あら、他にも男性は大勢いますよ。心配しなくても大丈夫。これまでにダンスをやったことは？ないのね？ それなら体験レッスンを受けるといいですよ。これは無料ですから。空席があるのは来週の……」

「今日は無理なんですか？」ソレーヌが尋ねる。

女性は頭を横に振ったが、三つ編みは動かない。

「今日は残念ながらだめですね。クラスがキャンセルされたので」

「明日は?」

「明日もキャンセルになっています。インストラクターがいないので」

「病気なんですか?」

「家族のことで緊急の用事があったらしくて。でも他のクラスを体験できますよ。選ぶこともできるし」女性は直接ラファエルに話しかける。「これがパンフレットなので、もしよかったら……」

ラファエルが見るふりもしないので、ソレーヌは代わりにパンフレットを開いた。

「この人がそうですか?」インストラクターの写真が並ぶ中から、一人を指さしてソレーヌが尋ねる。

「ええ、ネルです」

「いつ戻ってくるんですか?」

「ふつうなら……。今週末には戻ると思うんですけど……」

「家族の緊急の用事って、何か大変なことなんですか?」

女性は半ば肩を上げながら答える。

「彼女の祖母に健康上の心配があるとかで」

「そうなんですか。で、いつからここにいないんですか?」

「そうね……。先週末からかな。でも、ネルと知り合いなの?」

「いいえ、違います。ただ、彼は本当にコンテンポラリーダンスをやってみたいと言っているので。でも、大丈夫です、それならまた今度来ますから」

「体験レッスンの申しこみをしておいたほうがいいわね。よければ来週の月曜日のクラスに空席がありますよ。十八時半からです……。お名前は?」

「ゴントランです」

「それじゃあゴントラン、運動のできる動きやすい服装と運動靴で来てくださいね。それから念のため支払いの手段も忘れないで。もしその日のうちに申しこむ場合、三カ月一括申しこみで五パーセント割引、一年の場合は十パーセント割引になりますから……。パンフレットは持っていっていいですよ」

ビュルはコカ・コーラを一口飲んだ。まるで最長記録に挑戦するかのように、できるだけ長持ちさせようとしていた。その間にユゴー・ロックが、ビュルに見せるためのユーチューブの動画を探している。ユゴーはオオカミの群れの機能について説明を終えたところだった。ユゴーの説明によれば、オオカミはしばしば自分より大きな動物——たとえばクマ——を捕食するため、群れで狩りをする必要があり、したがってある種の組織化が必要になる。そしてどの群れもヒエラルキーは同じだ。まずはアルファオスとアルファメス。この二匹は、獲物をしとめた時に最初に食べ始めるので簡単に見分けることができる。さらに頂点に立つつがいとして、アルファカップルだけが繁殖行動をすることができる。次のベータオオカミたちは警察の役割を持ち、群れに規律を守らせる。それ以外のオオカミは皆序列に従う。それがガンマだ。このシステムは少なからぬ生殖上のフラストレーションを生みだすが、それを覆すただ一つの方法はアルファオスを攻撃してその地位を奪うことだ。それは〈アルファオスの罷免〉と呼ばれる……。ただ、つねにボスに挑み続けなければならないとなると、なかなかできることではないし、群れ全体が不安定になってしまう。そこでオオカミは攻撃性を発散させるために、より犠牲の少ない方法を見つけだした。オメガオオカミを攻撃することだ。オメガは年齢や体格からみて群れの中でもっとも弱いオオカミで、その役割は他のメンバーのうっぷんを晴らすことだという。

ビュルは、ユゴー・ロックについては何もとがめるべき点がないとわかっていた。ユゴーは一年生の生徒の中で、ツイッター、インスタグラム、スナップチャットのアカウントが公開になっている数少ない生徒の一人だった。《ガランスとは親しかったの?》という質問に対してユゴーは、はっきりと違うとは言えない、と答え、〈親しさ〉の定義について長々と話し始めた。ビュルが途中でさえぎらなければ、きっと今も話し続けていたことだろう。オオカミについてのスピーチも途中で切りあげさせようとしたのだが、ユゴーが自分の携帯電話に全画面表示で開いた動画がビュルの注意を引きつけた。そこには十四ほどのオオカミが明確な理由もなくうなり始め、牙をむき始める様子が映っていた。すると一匹のオオカミが群れから離れ、ゆっくりと後ずさりし始める。今度は他のオオカミがその一匹を取り囲む。孤立した一匹は耳と尾を下げる……。だが一匹が服従すればするほど、他のオオカミはさらに興奮する。群れは複数で全方位から、その一匹を攻撃し始める。オメガオオカミは数多い敵から身を守ることができないでいるが攻撃はやまず、血まみれになっても群れはオメガを執拗に攻撃し続ける……。

「もういいよ、わかった」

「こういう動画はたくさんあるんです。ユーチューブで〈オオカミ　オメガ〉と打てばわかりますよ」

ユゴーは、天体望遠鏡のような眼鏡のガラスの奥で、惑星のように大きな目をすばやく瞬《しばた》いた。それがおさまるとまた話し始める。

「これが自然界で観察されていることなんです。でもその後に風説ができて、それが、オメガオオカミが我慢できなくなって群れを離れ、一匹オオカミになるというやつです。一匹になったオオカミは死んでしまうか、単独で狩りができるようになるかのどちらかです。そして一匹で生き延びたある日、たまたま別の群れに遭遇し、その群れを攻撃する決意をする……。こうして一匹オオカミはアルファオスと戦い、チャンスをつかむというわけです！」

「はい？　どうぞ入って！」ビュルが、ドアのノックに返事をする。

「ハッサンが来て欲しいと言っているんだけど」

「わかった。終わったらすぐ行きます」

「緊急なんだ。今ちょうど向こうに人が二人来ていて、今着いたばかりなんだけど、あの子がどこにいるか知っていると言ってるんだよ」

この距離から見ると、まるで大きくて平たい一枚岩が雨の中に浮いているようだ。だが実際には、ドルメン式巨石記念物のように、それは奇妙な柱状の岩の上に載せられていた。きっといつの日かガランスが避難場所として使うことを見越して、数千年前に柱の上に持ちあげられた一枚岩なのかもしれない。ガランスはその下に走って避難した。乾いた場所に座ると、これまでよりもいっそう寒さを感じた。地面は冷たく、空気も冷たい。身体の表面を覆う濡れた服を通して皮膚に寒さが染み入ってくる。このままでは肺炎になりそうだ。

日の光があるうちは、まだなんとかなるだろう……。だが雨にくもった光は、すでに灰色になりつつある。ガランスは身体を丸め、丸めた両手のひらに息を吹きかけた。あいかわらず腹部が痛かったが、それが何も食べていないせいなのかどうかは、もう自分でもわからなかった。というのも、もし今奇跡が起きて食べ物が目の前に差しだされたとしても、とても食べられそうにないからだ。ガランスは両腕をふくらはぎの周りに巻きつけた。土踏まずの傷は痛むが、地面に座ったままでいるのは良くないかもしれない。動いたほうが身体が温まっていいだろうか……。ガランスは立ちあがってその場でぴょんぴょん跳びはねてみた。だが何をしても無駄だった。Tシャツとジーンズは肌に張りついている。これではいつまでたっても身体が乾くはずがない。いっそ服を脱いだほうがいいのだろうか？　せめてぐっしょり濡れた靴だけでも脱いだほうがいい？　空に広がる雲はますます暗くなり、急速に空全体に広がっていく。ガランスは岩の屋根の端まで行き、両手をコップの形にして突きだし雨水を飲んだ。そしてまた真ん中に戻って座った。髪をねじって水けをきる。風が両側から吹き抜けるが、もっと覆われた場所を探しにいくにはもう遅い。

ハロウィーンパーティーに向かったあの日、児童公園には動物のスプリング遊具や滑り台があったっけ……。物事には因果関係がある。それが世界というものだ。ある意味、自分はいつもそのことをわかっていた。ただその基本原則を認めようとしなかっただけだ。だから自分の行動が他人とは無関係で、その瞬間の自分にとってだけ価値があるもののようにふるまってきた。だがすべての行動は記憶の痕跡として残り、すべての痕跡は結びついて、緻密で込みいった過程をたどりながら、果てしなく複雑な関係を構築する。因果関係が原因から結果まで一直線であったならば、もっと楽にその関係を思い描くことができるだろう。左から右へ、過去から未来へと、まっすぐであったならば。いずれにしても時間は進まざるを得ない。説明できない方向であっても。過去に戻ろうとする不健全な動きと戦いながら、曲がりくねって前に進むのだ。太陽が完全に消えようとしていた。もうこの寒さには我慢できない。状況はどんどん悪くなっているが、事態が際限なく悪化するのを防ぐ自然の法則があったはずだ。エントロピーの限界？　それともアンチ〈マーフィーの法則〉？この足は今凍りつつあるのだろうか？　夜はまだ始まったばかりだ。ガランスは、とにかく悪いことは考えまいとした。だが……。最悪のことになるかもしれない。もしここで眠ってしまったら、寒さで死んでしまうかも……。いや、自分にはできる。目を閉じないで朝になるのを待つのだ。夜が過ぎ去るのをしっかり見るのだ。前を見つめるのだ。左から右まで、原因から結果までを。腹痛がさらにひどくなる。これは暗闇と寒さのせいだという気がした……。児童公園には回転遊具やとんがり屋根の小屋もあったっけ……。数分後には、ガランスの目にはもう何も見えなくなった。

「おたくの職員の一人に連絡を取りたいのですが。ネル・デナロさんです」

「もういいのか？　その子の調書はできたのか？　もう一回名前を言ってくれ」

「ソレーヌ・ラバルだ。今システムに入力しているところだ」

「四日前からですか？　五月六日ですね？　アース！　金曜日からだって！　彼女は金曜日から〈特別休暇〉を取ってる。〈家族の緊急の用事〉ってことで……」

「自宅に人を送るぞ。住所を訊くんだ！」

「……祖母ですか。わかりました。彼女から送られてきたメールはありますか？　こちらに転送してもらえます？　契約書も一緒に。大至急お願いします」

「ここでやることがない者は外回りに行ってくれ」

「氏名と生年月日、社会保障番号も……ええ、はい、どうぞ……いいですか？……生年月日と社会保障番号……」

「それはブラヒムに訊いてみないと」

「……もしもし、ソログブさん、警部のブラヒムです……はい、聞こえていますよ、こちらがうるさくてすみません……いえ、今のところは具体的な動きはまだないのですが、一つ質問がありまして。ネル・デナロという名前に聞き覚えはありませんか？」

「しっ！　静かに！　ちょっと黙って！……何か鳴ってる？　鳴ってなかった？」

「ダイレクトメッセージだ」

「そう、〈メガラ〉です……ええ、彼女は〈メガラ〉で働いているんですよ。以前そちらの生徒だったのであれば、二人は知り合いだったということですね？」

「アース、この番号つながらないんだけど、追跡手続きをしますか？　それとも待ちますか？」

「アースは今母親と電話中だ。ビュルに訊け」

「どんどんやって！　すぐに追跡の手続きして！」

「本当に待たなくていいのか？　もし自宅にいたらどうする？　誰か自宅を調べてるのか？」

「ムーレがさっき出発したところ。住所は教えてあるから。最悪の場合、無駄にオペレーターを動員したことになるかもしれないけど、もし彼女が自宅にいなかったとしたら時間を節約できるでしょ。家族は誰かいるの？　両親のことはわかった？」

「デナロだ。D、E、N……」

「マーズはどこに行った？」

「たぶんプレス対応をしているんじゃな――」

「署長！　デナロの電話は電源が入っていません。今自宅に捜査チームを送っていますが……」

空は黒く、強風が吹き荒れている。稲光が、暗闇の中にそびえ立つ花崗岩の崖の側面を照らしだす。鋭い光の束が大きな暗闇を切り裂き、一瞬だけ周囲の景色を映しだしながら闇の位置を変えていく。月は輪のように薄くぼんやりと空に浮かんでいる。ずっと下のほうから、酸性岩に波が打ち寄せる音が響く。彼女の足は壁を探り、細い腕はヘビのように花崗岩の上を滑る。冷たい風が服の中に吹きこむ。暗い紫の海が大地を覆う。彼女はまだ水に沈んでいない最後の場所、堅固な岩の小島の上を進む。そこは大地の果て、夜の果て、そして世界の終わりの果て。彼女は岩のくぼみにたどり着き、その花崗岩の裂け目の中にもぐりこむ。そこで準備を整える。波を見つめ、その動きを自分のものにする。水しぶきと波の音に力を得て、無限の世界を前に沈黙し、大きく息を吸う。厚い雲が月の光の前に入りこむ。海がわななき、沸騰する。冷気が崖を包み岩を覆う。細かな雨が降りだし、岩の裂け目の入り口に筋をつけるように打ちつける。突然の激しいにわか雨で、洞窟の中には所々にある穴から水が流れこみ、壁を伝って流れ落ちる。空は二つに分断される。稲妻が彼女のうっとりとした顔を明るく照らしだす。彼女は魚のように身体を震わせる。海がとどろく。空がうなる。崖は嵐を耐え忍ばない。対等の立場で闘う。風も雨も荒れ狂うが、崖は微動だにせず立ち向かう。それは残忍なオオカミの夜にして極上の王の夜、そして狂人の夜。夜明けは満月よりずっと遠い。

一九三七年生まれでメルカントゥールのカン＝シュル＝ヴェズビ村に暮らすアビゲイル・シドニー・デナロは、孫娘に単なる口実として使われたわけではなさそうだった。メラニー・デナロの携帯電話の位置が確認されたのは、まさに祖母の家がある村の中だったからだ。イラレーヌにあるメラニーの住居は空っぽで、彼女に近い人々の中で先週の金曜日以降の消息を知っている人は誰もいなかった。つまり、警察に通報されていないもう一つの行方不明事案が、ガランス・ソログブの行方不明事件と同じ日に起こっていたということだ。こうしてメラニー・デナロ――二十三歳、独身、子どもなし――は、警察にとってこれまでで初めての手がかりとなった。

執務室内は大混乱になった。署長のマーズ＝サンシエが夜に備えて多くの支援要員を張りつけたために、ブラヒム警部とフィオーリ警部補はお互いの声も聞こえなくなり、身振りで会話せざるを得ないほどだった。現場も動き始めており、まもなくより広範な情報がもたらされるはずだった。隣の村に駐在する憲兵隊の部隊からは、隊員たちがすでに関係場所の捜索に向かっていた。公的機関は近隣の四つの村を統合して一括管理しており、人口が少ないこともあってどの隊員もデナロ家の家族のことは個人的に知っているとのことだった。隊員二名が祖母の家に向かい、もう一名は、妻を亡くし障がいのある息子を育てている叔父の家に向かった。現時点では、今後どの程度の規模の捜索を展開すべきなのか、マーズ＝サンシエにもまだわからなかった。決定するためにはまず、メラニー・デナロがたしかに祖母の家にいてガランス・ソログブも彼女と一緒にいるのか、それとも携帯電話をそこに残したまま二人とも村を出ているのかを知る必要があった。もしソログブが金曜日から今日までの五日間村に隠れているのならば、マーズとしては、行方不明事件に関してこれだけメディアでも取りあげられているのに、なぜ住民からの通報がいっさいなかったのかについても知る必要があった。

ブラヒム警部からは、自ら現場の捜索チームに加わりたいという強い希望が出ていた。カン＝シュル＝ヴェズビ村はイラレーヌから車で二時間の距離にある。もし捜索を継続するということになれば、署長としてはヘリコプターを送る――ヘリなら村まで二十分だ――ことになるだろう。そしてこちらの捜査チームのメンバー一名をそれに乗せて送り出す必要があるだろう。だが警察署の管理部門は、今回の青少年によるインターネットハラスメント問題への対応に頭を抱えていた。午後に事情聴取をおこなった大勢の高校生たちの調書の整理や、人数が増えた捜査チームの警察官の指揮監督、彼らからの頻繁な要請への対応が必要であり、さらに、もう警察署から動こうとしない少女の母親の存在もあった。マーズとしては、ブラヒムにはここに残って厄介な状況を調整してもらうのが一番よい方法だと思われた。だがもしもの時には、メラニー・デナロに対する尋問を現地でおこなうことになるかもしれない。その場合は事件の経緯を熟知した捜査員が必要になる。マーズは、現場経験は不足しているもののフィオーリ警部補を送ろうと考えた。物事は、最悪の場合を考えておく必要がある。イメージという点では、フィオーリ警部補は現時点では最善の選択肢だった。若くて、イラレーヌ出身で、女性だからだ。

マーズ＝サンシエは、四年前と同じ嵐に巻きこまれることは避けたかった。ガランス・ソログブの行方不明事件は、まだ癒えていない町の傷痕をえぐることになった。ヴァニーナ・ランクリが自殺した時、町の人々は責任を負わせるべき相手を見つけることができず、誰を非難することもできないでいた。マーズはそのことを忘れていなかった。今回もし少女が死亡するようなことになれば、町の人々は自分に非難の矛先を向けてくることだろう。もし事態がそこまでいってしまった場合に、この捜査に熱心に取り組んできたフィオーリ警部補を前面に押しだすことによって、イラレーヌの人々の怒りを和らげることができるのではないか――マーズ＝サンシエはそう考えたのだった。

ガランスは身体を丸めて横になり、うめき声をあげる。ひょっとしたら自分は泣いているのかもしれない。やがてそれも過ぎ去る。もう寒さを感じない。まったく感じない。身体が震えるが、寒さのせいではない。足がひりひりと痛むが、寒さのせいではない。そのことについては、自分は前から知っていた。どうやって知ったのかはわからない。だがみんなが知っていることだから、小さい時に誰かが自分に教えたのだろう。人が生まれながらにして持っている知識だというのでない限りは。それは、自分はいつか死ぬ、ということだ。もしかしてそれが今夜なのだろうか？　だがそれは、自分が時々空想していたような展開の悲劇にはならないだろう。だいいち、ふつうの悲劇でさえないだろう。この死に関しては、自分に対して不当な仕打ちがなされたわけではないのだから。その瞬間には、後悔することは何もない。あれをやるべきだったとか、やればできたかもしれないのにそうしなかったとか、ああならないように何かできたのではないかとか、そんなことは、何も思い悩む必要などない。あるのはただ一つ、自分の死だけだ。自然は、自分に対して害を与えるつもりなどない。それは自分に対して向けられた行為ではない。それどころかこの世でもっとも自然なことであり、ほとんど自分には関係のない、本質からしてまったく自然なことなのだ。何事も自分に起きるのではない。すべての事柄はただ起きる。それだけだ。自分は今ここにいる。それだけだ。それと同じように、自分はここからいなくなる。まったく取るに足らないことなので、誰もそれを気に留めない。朝が来て日が昇る。ヤモリが通りかかるが、気にしない。何千匹というアリたちも気にしない。大地も気にしない。草も気にしない。微小な葉緑素を含んだ細胞と雨水の分子でできているコケも気にしない。実際には、自分の死が重要だと思っているのは自分だけだ。自分以外の全世界は、そんなことにはまったく無関心なのだ。ガランスは死にゆく。そして世界は無関心だ。こう思うことによって引き起こされる突き刺すような悲しみは、自分の頭が勝手に作りだしたもので、自分とともに消えていくだろう。実際、すでにほとんど消えていた。ガランスは普遍的なものの見方に到達し、自分の死を受け入れられるようになっていたからだ。湿った服に身体を覆われ、ガランスはその下に皮膚があるのを感じなくなっていた。手足の感覚もなくなった。以前はどうだったのかも忘れてしまい、自分の身体にはこれまでずっと外側を覆うものがなかったような気がした。身体じゅうに麻痺したような感覚が広がり、奥のほうまでしだいに無感覚になっていく……。だが、まだ時折震えている器官があった。

その器官が打つトクトクという鼓動はしだいにゆっくりになり、その循環もますます緩慢になっていく。他には何も、腸さえも動かない。咳をしても、肋骨がかすかに動くだけだ。まるで空っぽの鳥かごのように。ガランスは疲れ果て、月は消え入りそうだった。このまま感覚をなくしてしまうのだろうか。雲に覆われた空で薄くぼんやりとしたままで。もう一度眠気に屈したら、月は見守ってくれるだろうか？

ヴァニーナ・ランクリ

知ってますか？　目に見えている宇宙には数千億個の銀河があるんだってこと？　そしてそれぞれの銀河に数十億個の星があるんだってこと？　太陽も星なんですよ……。太陽は輝いているけど、それは太陽が燃えているから。水素原子をヘリウム原子に変換しているの。あたし読んだことがあるんだけど、人間の身体もだいたい同じ仕組みで動いてるんですって。酸素が人間の細胞を酸化させるの。そのせいで細胞が分解されて、それが〈老化〉と呼ばれるものなんですって。人間が吸いこむ酸素が、毎日少しずつ身体を燃やしていくような感じっていうか。でも酸素を吸わないと死んでしまうでしょ。だから〈生きる〉ってことは、人間にとっても星と同じで、燃えるってことなんです。

ガブラ医師

……。

ヴァニーナ・ランクリ

……宇宙論的には、人間の原子はそこから、星から生まれているんですよ。基本となるすべてを生みだした母なる源は、星なんです。

ガブラ医師

……。

ヴァニーナ・ランクリ
あたしが先生の診察に来るのは、母が無理強いするからなんです。

ガブラ医師
それはどうしてだと思う？

ヴァニーナ・ランクリ
あたしが、自分の身体は燃焼物質だと思っているから。母の身体も燃焼物質なんです。でもこの考えは、母には受け入れることが難しいらしくて。だから、あたしが精神科医の診察を受ければ母を安心させることができるでしょ。

ガブラ医師
……。

ヴァニーナ・ランクリ
父は、死後に別の世界があるって思ってるみたい。たぶんビデオゲームのやり過ぎね。父は四十歳なんですけど、大人になるための通過儀礼を経ないで大人になっちゃったみたいなの……。

ガブラ医師
……。

ヴァニーナ・ランクリ
……それからあたしの弟なんですけど、いったいいつもグーグルで何を検索してるのか知らないけど、インターネットでクラゲのようなものを見つけてきたんです。そのクラゲは、自分の老化プロセスを反転することができるんですって。生物学的にはある種の不死ってことよね。先生は聞いたことありませんか?……本当にいるんですよ。調べてみてください。弟は十歳なんですけど、うちで一番変なんです。ほんとに、まだ小さいのに変わった質問ばっかりたくさんするの。たとえば、宇宙に車で行くとどのくらいの時間がかかるか、とか、両親はセックスしていると思うかどうか、とか。

ガブラ医師
それであなたはどう答えたの?

ヴァニーナ・ランクリ
イエスでありノーでもあるって。イエスというのは、両親は事実セックスしたはずだから。ノーというのは、その時はもうしていると思わなかったから……。気がつきました? 両親はもう離婚しているんじゃないかという気がするんです。父は誰か別の人と付き合ってるんじゃないのかな。母は絶対にそんなことはないと思う……。今朝、弟があたしにどんな質問をしたかわかります? あたしが幸せになるために、何か自分にできることがあるかって訊くんですよ! あたしは、今日診察に行くから先生に訊いてみるって言っておきました。だって、それが先生の仕事でしょ。先生はどう思います?……その……人は何をしたらいいかってことについて。……たぶん、百パーセント幸せになるためってことじゃなくて、なんていうか、だいたいうまくいくようにするためには。

ガブラ医師
……来週もまた会いますか?

ヴァニーナ・ランクリ

そうね、たぶん。もしこれが何の役にも立たないと思ったら、すぐにそう言ってくださいね。そうじゃありませんか？

ガブラ医師

……。

ヴァニーナ・ランクリ

とりあえず、興味があるかもしれないので言っておくと、答えは一時間です。さっきの、宇宙に車で行く話ですよ。地球の大気圏と宇宙空間の境界を定めるカルマン線に到達するまでの距離だと考えると、時速百キロで走れば一時間で行けますから。

地面は虫で埋め尽くされている。触角を立て、細い足が列になって行進し、その後ろにはねばねばした粘液の跡が筋を引いている。女が一つ卵を産む。卵の殻は月のように白い。月は空でひび割れている。今にも卵から孵化《ふか》しようとしている赤ん坊が野獣に変貌する。その産声《うぶごえ》は、様々な音に似ている。腹を下した腸のごぼごぼ音、根が急速に生長して地下が割れるめりめり音……。その声を聞きたくないので、ガランスは太陽の光の速さと月の光の遅さを議題に対話を始める。そして空から墜落する。空に黒い穴をあけ、赤ん坊の足下に落ちる。ホタルのように小さくなって、ホタルのような明晰さで答える。〈記憶喪失〉になったと。

背後から白い光に照らされて、足の長い黒い蜘蛛が姿をあらわす。

以前感じたことのある戦慄。むかしむかし……。たしかに彼女だ。見覚えがある。

あの小屋に棲みついていたたくさんの蜘蛛は、使者として遣わされた彼女の娘たちだった。彼女には膨大な数の娘がいる。ガランスがすでに過去に出会った娘たちも、まだ人生の途中に待ちかまえている娘たちも、すべては同じ腹から生まれた。これがその母蜘蛛だ。現存するすべての蜘蛛の母だ。

ガランスは母蜘蛛をにらみつける。

厄介で巨大な生き物はガランスのほうに向かってくる。

ガランスはテレパシーで意思の疎通をはかる。蜘蛛はガランスの言葉を理解するが返事はない。

《何を？》
《どうして？》
《どうやって》
《今すぐに？》

たぶん、本当に運命の糸というものがあるのだろう。罠のように張り巡らされた糸が。なぜなら、蜘蛛は突然その長い足を放射状に広げてガランスに襲いかかってきたからだ。

この夜の出会いのせいで、不安は純粋な恐怖に変わって頂点に達し、身体はそれに耐えることができなくなった。

これでおしまいだ。

――違う。

――違う？


違う……

違う。

違う！

ガランスは再び目を開けた。

問題は足だ。立ちあがるには足が必要だが、足の感覚がない。そして暗闇。もう一つの問題は暗闇だ。進む方向が見えないのにどうやって歩いたらいいのだろう？　だが歩けば身体が温まる。どうしても歩かなければならない。

また転んでしまった。足を地面に置こうとするたびに、まるで足がむくんで大きく膨らみ、そのために足の裏が平らでなくなってしまったように感じる。

平らな足の裏はバランスを取るために必要だ。

何度もやってみる。息切れし、深呼吸する。突き刺すような冷気が胸の奥まで入りこむ。

ガランスはいつか服が乾くという考えを捨て、新しい状況と折り合いをつけた。自分自身が水分の塊となって、もう寒さには抗わず、自分の中を通過させるのだ。

雲がまばらになり、夜空には星があらわれた。立つことができたら、暗闇に向かって歩きだそう。もう暗闇など怖くない。朝まで歩き続けるのだ。どちらの方向でも構わない。

見えないけれども動物がいる。揺れている木の枝の高さと同じくらいの大きさだろうか。ガランスは動物の種類も形も想像できなかったが、危険を感じることはできた。すると、小さな動物がガランスの足下に滑りこみ、そして逃げていった。今度は姿をほぼ見ることができた。瓜坊《うりぼう》？　そう思った瞬間、すぐうしろから母親があらわれた。大きなイノシシはゆっくりとガランスの目の前で止まった。人間の少女とメスイノシシは互いに恐怖のオーラを発散し合う。一方は立ちすくみ、もう一方は今にも飛びかからんばかり……かと思いきや、母親はそそくさと下草の中に退散していった。何匹もの鳴き声が逃げる母親と一緒に遠ざかっていく。さらにメスイノシシの通った後を、オスイノシシたちがばらばらに追っていく。ガランスは身動きせずに、どっしりしたイノシシの通った後を、オスイノシシたちがゆっくりと時間をかけ、自信ありげに濡れた地面の匂いを嗅ぎながら通り過ぎていく音に耳をそばだてた。背が低くずんぐりとしたいくつもの四つ足の影が、ゆっくりと闇の中を動いていく――ガランスにはそれがひどくおぞましいものに思われた。すると群れの中の一匹が、まるでガランスの心の声が聞こえたかのようにこちらを振り向いた。

《アドレナリン（またの名は〈生き残りホルモン〉）は危険な状況に反応することを可能にする。その分泌は短時間に急激におこなわれる……》

生物・地学の授業のことはもう忘れてしまったが、ガランスの身体は充分な量のアドレナリンを分泌していないようだ。即座に反応することもできないし、事態が短時間に急激に展開しているような感覚もない。それどころか、動物の湿った臭いが自分のほうに近づいてくるのを時間が止まったようにずっと感じ続けている。

まさにこの瞬間、一つの真実がガランスから離れていった。それは、これまでにあらわれては消えたどのような考えよりも儚く、あっという間の出来事だった――まるで外的な動きに対する知覚の速度を遅くすることで、中枢神経系が自分の内面の知覚速度を速めているかのように。その真実に言葉はなく、あるべき場所もなかった。それは広がり続ける穴そのものであり、その中にそれ自体が消えてしまう可能性が大きくなっていた。穴の中からは音が響いていた。井戸の中に消えてしまった大昔の思い出の歌、録音された祈りの声、壁紙に描かれた滝の絵が発する轟音、昨夜耳にした森に誘《いざな》う声。その音はガランスを、その真実が起源を持つ場所へと、始まりの場所へと引き寄せた。ガランスはその音を聞いた。そして突然、自分はずっとその音を聞き続けてきたことを思いだした。その瞬間、ガランスはその音を聞くのをやめた。その真実はガランスから離れていった。言いようのないひどい喪失感が残ったが、それによってガランスは解放された。ガランスは〈かつての自分〉の声を聞くのをやめたのだった。すると、アドレナリンが放出され始めた。不意に、ガランスは自分の身体を制御する力を取り戻した。身体はそれに反応し、ガランスはイノシシに向かい合った。自分も、この森の中で、自分の役割を引き受けるのだ。ガランスはゆっくりと、目の前の相手と同じ空気を吸いこんだ。相手が自分こそこの森の正当な住人であると考え、ガランスを試そうとしているのか、あるいは歯牙にもかけていないのかは、イノシシは表情が豊かであるとはまったくいえないので知る術はない。イノシシの毛はまるで防水加工されているかのように水を滴らせていた。目は黒くない。瞳孔が大きく開いている。暗闇の中でイノシシを観察するためにガランスの瞳孔も大きく見開いた。この人間は自分を恐れていないとわかったからだろうか、群れの最後の一匹は、ゆっくりとガランスから遠ざかっていった。ガランスはその場に立って待った。自分の行き先がわかったからだ。彼らと同じ方向に行けばいい。

ヘリコプターは、ネルの叔父であるテランス・デナロが地図上で示した区域の上空を飛んで捜索にあたった。夜間用にサーチライトを装備していたものの、視界は悪かった。道路が通じていない森の奥に、かつてテランスの父親が建てた小さな狩猟用の小屋があったが、テランスはその土地の不動産登記証書を見つけることができず、捜索場所を正確に指定することができなかった。操縦士の案内役として自らもヘリコプターに乗りこんだものの、夜間に上空から見ただけでは何も確認することができなかった。テランスはクレマンからはたいした情報を引きだすことができなかったが、息子が少女を連れていったのはその小屋に違いないと考えていた。

まるで電気が走るように、ガランスの身体を恐怖が貫いた。誰かが自分をつかんでいる！　前に進めない！　自由になろうともがくが、片方の足が鉤爪のようなものに締めつけられている。ガランスはすばやく足を引っぱった。皮膚が擦りむけただけだ。犯人はまたしても、刺のある植物の茂みだった。ガランスはもう一方の足で絡まる植物を踏みしだき、そこから抜けだした。地面の状態を感じること、障害物の存在に気を配ること、目以外のセンサーを信頼すること、注意力のレベルを引きあげること――それが、ガランスが学んだことだ。

イノシシの一団は、かなり前に見失っていた。ガランスが追うには動きが速すぎたし、音を頼りに追跡するのも実際には無理だった。時には群れから遅れたイノシシなのか、それとも近くで狩りをしている別の動物なのかはわからないが、カサカサという音が連続して聞こえることもあった。だが音はいつも違う方向から聞こえ、夜の闇全体に膨張して広がった。視界を暗闇でさえぎられたまま、ガランスは足で地面を探りながらゆっくりと歩いていった。

しばらくして、空の見える少し開けた場所に出た。イノシシもここで休憩したのではないだろうか、とガランスは想像した。だが止まろうとした瞬間、もし筋肉がいったん緩んでしまったら、もし筋肉がカロリーを燃焼させせなくなってしまったら、自分にはもう充分なエネルギーがなくなって、再び歩きだすことができなくなるのではないか、と怖くなった。そのためガランスは、その小さな林間の空き地でぐるぐると歩き回った。雨はやんでいた。細い筋のような雲が流れていく。その間で、月が化石のように固まっていた。

ビュルがボランティア消防団員から聞いたところでは、森の中でもっとも多い死因は低体温症だという。現場では、山中を捜索するために複数の部隊が編成され、区域ごとに担当が分けられた。憲兵隊の部隊は川の流域を遡って手がかりあるいは遺体を探し、警察の共和国保安機動隊の救助隊員たちはハイキング道を捜索することになった。二匹の警察犬と二名の担当官が機動隊の捜索に加わった。犬は雪崩救助犬だった。この時期には山に雪はないが、救助犬はわずかな匂いでも追跡できるように訓練されているため、メラニー・デナロの車を捜索した際に見つかったガランスの所持品の匂いを嗅がせておいた。捜索が始まったのはすでに遅い時間だったが、多くの人々が協力を申し出た。一年を通してこの界隈に住んでいるスキーの指導員たちは全員が山岳ガイドの免許を持っており、捜索に加わった。特に資格はないがこの地の渓谷を熟知している村人たちは、懐中電灯を手に村の周辺をくまなく捜して回った。ビュルは村人たちと行動をともにした。

ほんのわずかではあるが夜の闇が薄れ、あたりが見えるようになってきた。ガランスはぐるぐると歩き回るのをやめた。そしてイノシシが道の途中に残していった糞を見つけた。〈道〉というのは言葉の綾《あや》で、実際にはガランスは松の間を縫うようにして歩いてきたのだが、イノシシの群れがここを通過していったということは、少なくともこの道を行けばどこかにたどり着けるということだ。

ビュルも捜索に参加した。憲兵隊の兵舎で一人、捜索チームが戻ってくるのを待つのは嫌だった。ネル・デナロの話を聞いて、ビュルは心穏やかではいられなくなった。ここ数日の他の事情聴取も同じだ。高校生たちの平然とした態度の奥に隠されたサインをつなぎ合わせることが自分にできていたなら、今頃はこの事件の原因を明らかにできていたに違いない。解読できなかったのは自分の責任だ。

ネル・デナロがガランスの不在に気づいたのは、目が覚めた五月七日土曜日の、午後の早い時間だったらしい。本来ならすぐに警察に知らせるべきだったのだが、未成年者の家出を手助けしたことで起訴されるかもしれない、と不安になり連絡しなかったという。二人の友人も、抗不安薬を大量に服用していたこともあって憲兵隊に連絡することには後ろ向きだった。ガランスはまた戻ってくるだろう、というのが彼らの考えだった。四日間、彼らは通称フィッジという男の家から一度も外に出ていなかった。土曜日の夜に、一人の男がクスリの補給のためにこの家を訪れた。この地域の憲兵隊員たちは、ジェフと呼ばれるこの男が麻薬の取引をしていることを知っていたが、〈知り合いに配るだけ〉であり、〈個人的な消費の枠を超えない程度〉であるということで黙認していた。〈個人的〉かどうかというのは判断しだいで、実際に押収された薬物の量は、村人全員を薬物中毒にするのに充分な量だった。ビュルがざっと見たところでも、処方箋のいらない抗不安薬や睡眠薬、数袋の大麻を別にしても、MDMAとケタミン、メフェドロンが三十グラムはあった。

ガランスができる限り急いでイノシシの跡をたどっていくうちに日が昇り、糞を見つけるのにも充分な明るさになった。すると少し離れた場所に、これまで目印にしてきた固い糞とは違った別の糞の山があるのが見えた。ガランスは立ち止まり、その牛の糞に似たものを観察しようと、今歩いている場所を離れて足を踏み出した。すると……そこには道があった！　ガランスは考えた。左右のどちら側に向かうべきだろうか？　より家畜の糞に近いものがある方向へ向かうことを決めると、ガランスは自分でもなぜだかわからないが走りだした。

それからの二日間、ネルはしばしば意識が遊離した状態でガランスの帰りを待っていたという。調書の中でも、ネルはケタミンの効果をかなり雄弁に語っていた。少なくとも、大麻以外の違法薬物を摂取したことのないビュルにはそう思えた。ネルは、自分の責任ははっきりと自覚していたし、時間がたつにつれて、もっと早く警察に通報しなかったことに罪の意識を感じたと述べていた。さらに薬物で幻覚症状に陥っていたことも罪悪感を増すことになった。二度の服用の間にツイッターに接続し、〈十五歳の少女が行方不明になった〉というニュースを目にしたが、そのつど初めて見るような気がしたという。幻覚の中で森が火事になったことも覚えていた。ガランスが炎に包まれ、自分も炎に追われて走っていた。放火犯の身元もその時はわかっていた。今はもう記憶がはっきりしないが、たぶん従弟だったのではないかと思っている。このような状況だったので、クレマンがいなくなったことには当然誰も気づかなかった。本来なら、叔父の不在中はネルがクレマンの面倒を見るはずだったのだが、ネルは意識が正常な時には、クレマンは祖母の家にいるはずだと（自分は祖母に会いにいくのを遅らせていたのだが）勝手に推測していたのだった。テランス・デナロは日曜日の昼間、姪にメッセージを送り、すべて順調に進んでいるかどうかを尋ねた。ネルは親指を上にあげた絵文字でそれに返信した。

道に落ちているタバコの吸い殻やチョコレートバーの包み紙は、この道が正しいことを教えてくれる。もう少し先には、プラスチックの切れ端も転がっている……。文明に近づけば近づくほど、なぜだか逆に、不安になってくる。ガランスは割れた瓶のかけらを避けて歩き、地面から出てきた虫のように光っているガラスの破片を踏みしだいた。こうしたごみは、森の道を知っている人がいるという証拠だ。知っている人はかなり大勢いて、頻繁にこの道を通る。だから自然は彼らの足跡を消す暇がない。さらにこのごみは、ガランスが実際には人の住む世界からそれほど遠ざかっていたわけではないという証拠でもある。あの小屋も、自分が思っていたほど人里離れていたわけでも、見つけられないような場所だったわけでもないのかもしれない。やがて前方に、斜めに傾いた一本目の電柱があらわれた。

ネルの記憶にはいくつも穴があった。何度も、意識を取り戻したと言いはしたが、その前に起こったことは何一つ覚えていなかった。何かをしたという感覚だけが残っていたが、いったい何をしたのだろうか？　自分では麻酔から覚めたような気分だったが、その間に何か罪を犯してしまったらしい——覚醒状態で犯すには重大すぎる罪を。その時には、自分の意識にはアクセス不可能になっていた。記憶喪失が犯罪者を守っていたということだ。そして自分の意識に再びログインするたびに、何かが違うと感じていたのだ。

ぐらぐらして不安定な電柱から電柱へと、黒い線が地表を走っている。その線が途切れた所で、ガランスは有刺鉄線の柵で仕切られた土地の前に着いた。広い面積を持つ不思議な区画で、誰かの土地なのだろう。他の土地や畑もこの先に続いているのだろうか？ どこかの村のすぐ近くまで来ているに違いない……。今ここで足を止めている場合ではなかったが、次々に襲ってくる胃腸の痙攣のせいで、ガランスはしだいにふつうに歩くことができなくなり、徐々に歩みがゆっくりになった。

やがて、完全に止まってしまいそうなほどゆっくりになる。

《物理的にもう身体が動かない。麻痺してる。でもそれによって、精神的には現在を超越したところに連れていかれるの。つまり……。うまく説明できないけれど……。たとえば……。人はいつも自分を未来に投影したり、過去を思い返したりして、まったく今を生きていないでしょ。まあ、まったくとは言わないまでも、あまりない……。でも踊っていると、それが起こる時があるの……。このめったにない瞬間は、過去にいるわけでも未来にいるわけでもない状態に連れていってくれる。そのうえ現在にいるのでもない。それをさらに超えたところにいるの。その場所を表現するのはほぼ不可能だけど。なぜなら、そこにいる時には、それが何なのかはっきりわかっているけれど、そこから戻ってくるとそれは消えてしまうから……》

あまりの激痛に、ガランスは足を止めざるを得なかった。自分の内臓が自分を締めつける。ガランスは前屈《かが》みになり、身体を二つ折りにした。もう終わりだ。これ以上先には進めない。

テランス・デナロが出張から自宅に戻ったのは、五月九日月曜日の夜遅くだった。クレマンは家にいなかったが、テランスは心配しなかった。従姉と一緒に祖母の家に泊まっていると思ったからだ。

ガランスは二本の電柱の間で、身体を丸めて地面の上に座りこみながら考えた。あのプラスチックの水の容器の中に細菌が繁殖していて、それを飲んでしまったからだろうか。それとも、飲めない水だったのにあの小川の水を飲んでしまったからだろうか……。両腕で強く膝を抱え、片方の尻からもう一方の尻へと重心を移しながらガランスは身体を揺すった。痛みが不規則に襲ってくる。その時、有刺鉄線の柵の向こう側に何かが見えた。背の高いすらりとした四つ足の影が、動かずにこちらを観察している。

テランス・デナロは、息子が村に戻ってきたのは、月曜の夜中から火曜の朝にかけてだったのではないかと考えていた。というのも、テランスが五月十日火曜日の昼頃に母親の家の寝室に入ってみると、クレマンが汚れた服を着替えもせずに椅子に腰かけていたからだ。クレマンの顔には無精ひげが生え、皮膚には数多くの虫刺されの跡や刺し傷、赤い斑点があった。アビゲイル・デナロはすでに死亡していた。死後数時間はたっていると思われた。テランスは姪に電話をかけたが、姪は電話に出なかった。そこでとうとう、テランスはフィッジの家まで出かけていった。客間は薄暗く、そこにいた面々の顔は蒼白だった。テランスは何もコメントせず、他の連中には目もくれず、ネルに向かって祖母の死を告げた。

死亡確認のために隣の村から医師がやってきた。それと同じ頃、イラレーヌ警察が少女の行方不明事件に関して地元の憲兵隊に連絡を取っていた。納棺のために遺体を引き取りにきた霊柩車は、憲兵隊の車と遭遇することになった。

自分は錯乱しているのだろうか？　動物の姿を見たような気がする。犬？　オオカミ？　ガランスは有刺鉄線の向こうの、影があらわれた場所をさらにじっと見つめ続けた。

ヘリコプターがいったん捜索を休止した。捜索・救助に当たる隊員たちが降りてくる。日が昇ったので、交代要員を編成してあらたに今日の捜索を開始しなければならない。だが、ビュルが加わっている村人たちの小グループは、引き続き畑や野原を歩き回って捜索を続けた。傾いた古い電柱につながった電線が道に沿ってのびている。遠くでロバの鳴き声が聞こえた。

ガランスの耳にロバの鳴き声が聞こえた。もう一度、さらにもう一度。まるで中断された長いフレーズをつなげるように。何を言っているのかはわからないが、その悲しげな響きを聞くと、動物にも言いたいことがあるのだということがわかる。人間に話しかけようとしているのではないだろうか？　外に出したいものがあるのに、どんな叫びも、どんなに表現力豊かな叫びであっても、それを外に出すことはできないのだ。それはつねに奥深くにとどまっている。ロバも、夜の鳥も、すべてを鳴いて伝えることはできないし、オオカミも月に向かって吐きだすことはできない。人も、けっして何も言わないものだ。そして、再び静寂が訪れた。

だが、完全な静寂ではなかった。

大気の奥底から、ごく小さなものの音が聞こえてくる。地面から、空気中から、小さな音は場所を変えながら流れてくる。野原の真ん中に立つ一本の木。その葉叢《はむら》の中から聞こえる秘密の声。静かな樹皮の下で、幹はささやくように樹液のメッセージを伝えている。木の根は大地と会話し、地中の虫たちは情報を運び、土に還るものの歌を伝える。ガランスはそれに耳を澄ます。

周囲のものに耳を澄ます。目に見えないものが震える音に。光や音の波動に。ずっと遠くの音に。生物ではないものたちの息吹に。すべての聞こえない音たちに耳を澄ます。

感覚の限界が広がっていく。感覚が身体から抜けだして、どんどん上空へと昇っていく……。青い空に白い雲が浮かんでいる。空はどこまでも続いている。太陽の光があふれている。あちらにも、こちらにも。ふぞろいな格子状の畑が日の光を浴びている。作物や色の違いによってくっきりと分かれて見える。自分の姿も見える。とても小さい。腕で膝を抱えて身体を丸めている。

ガランスはすべてのものが自分に語りかける声を聞く。もうずっと前から、皆がいっせいに語りかけている。みんなおしゃべりがうまい。想像できないほど上手だ。その声は話し続ける。いっせいに。もうずっと以前から。

音の渦の中から、ある旋律が浮きあがり、はっきりとガランスの耳に届いた。

その旋律は一つの音を繰り返す。力強く、規則正しい音。まるでメトロノームのような。音は鼓膜のすぐそばで響く。いったいどこから？　何の音？　虫だろうか。コオロギ？　いや、今はもう昼間なんだから。不安を感じてガランスは耳を澄ました。何かのサインか。宇宙人か。その激しさを、ガランスは不思議なものに感じた。音は短い間隔で力強く響き続ける。まるで身体の底から湧きあがるように。長い旋律は止み、再び流れ、また止んで、また流れる。ガランスはそこに流れている言葉を聞きとった。すでに知っている言葉だった。そして突然理解できた。ガランスは頭を腕にのせ、耳を血管に押しつけていたが、聞こえていたのは、自分の血液が流れる音だったのだ。その音の意味は最初から暗号のようなものだった。そして自分の起源はその暗号の中に記されていた。その暗号の意味が、今やっと理解できた。そう、自分は今、生きている。

訳者あとがき

ガランス・ソログブは並外れて美しい容姿をもつ十五歳の高校一年生。フランス南東部の海辺の町でダンス教師の母親と二人で暮らしながら、母の教室でバレエのレッスンを受け、親友とつねに行動をともにし、インスタグラムにせっせと写真を載せる毎日を送っている。その年の秋、町では、ファッションモデルへの登竜門となるモデルコンテストの予選会が翌春に地元で開催されるというので、話題になっていた。そんなある日、ガランスは学校のカリスマ的存在である憧れの上級生の女子生徒からSNSをフォローされ、ハロウィーンパーティーに招待される。それを契機にすべてが大きく変わり、しだいに歯車が狂いだす……。やがてガランスは行方不明となり、警察が捜索をおこなう過程で、大人たちには見えていなかった事実が徐々に明らかになっていく……。

デジタルネイティブであるZ世代（一九九〇年代中盤〜二〇〇〇年代生まれ）の生態を鮮やかに描いた、フランチェスカ・セラによる本作品『翼っていうのは嘘だけど』（原題 *Elle a menti pour les ailes*）は、二〇二〇年の《ル・モンド文学賞》受賞作である。《ル・モンド文学賞》というのは、フランスを代表する日刊紙『ル・モンド』が二〇一三年から授与している賞で、そのシーズンに出版された本の中から、文学性やその世界観をもとに選ばれる。選考委員会の委員長はル・モンド紙の編集長で、委員は、週一回発行される同紙の別刷り文芸版の編集長や編集者・批評家、さらに文芸以外のさまざまな分野の記者等からなる。セラは初めて上梓した本作品で同賞を受賞したが、デビュー作での受賞は、賞の創設以来初の快挙であった（初回からセラ受賞の翌二〇二一年までの他の受賞者は、皆すでに実績のある作家たちで、その半数には受賞作を含め邦訳もある）。ル・モンド紙はこの作品を《生き生きとした感性と、重厚でありつつ笑いを誘う文体でZ世代を描き、選考委員を熱狂させた》《力強いストーリー展開と、高校生たちの生活を正確に描きだす能力には感嘆するほかない》《Z世代に対して尊大になることなく、また読者を啓蒙してやろうという態度でもなく、Z世代の行動を詳細に描き、さらには解読までしてみせた》《当事者である若い世代も、一見無秩序で断片的な自分たちの生き方に、この作品が一貫性と、叙事詩のような息吹を吹きこむのを感じたにちがいない》等と評した。

著者のフランチェスカ・セラは、フランスのコルシカ島（フランス語ではコルス島）の最大都市アジャクシオで一九八三年に生まれ、二〇〇一年に文学の勉強のためパリに出た。その後、女性向けファッション雑誌『グラツィア』の記者を経て、文学に専念することを決意。執筆に五年をかけた本作品で、二〇二〇年八月にアンヌ・カリエール出版からデビューを果たし、同年九月に《ル・モンド文学賞》を受賞した。三十代後半でのデビューだったが、以前からつねに書くことは続けており、子どもの頃は物事を忘れ去ってしまうのが嫌で毎日ノートにいろいろと書き留めていたという。そしてそれが、自分や他人の行動を観察して客観的に考察するという今の自分の生き方に繋がったのだと、ル・モンド紙に語っている。

この長篇小説は全体を通していくつかの異なった顔を見せる。まずは、今日的な問題を提示する現代的な小説としての顔だ。作品中には、SNS上で自分の存在意義を確認し、そこに自分の爪痕を残そうとするZ世代の行動が生き生きと描かれ、SNS依存や孤独、グループへの帰属願望、性的画像の流出、ネットいじめ等のテーマが盛り込まれている。そこに、警察による主人公の捜索という形でミステリー的な趣向が加わり、最後は主人公の気づきと成長、再生の物語にもなっている。

このZ世代をリアルに表現することに大きく貢献しているのが、SNSのメッセージの多用だ。インスタグラムやツイッター、スナップチャット、ワッツアップ等のメッセージや投稿コメントがそのままの形で提示されていることによって、ティーンエージャーの、時に表面的な、時に気遣いに満ちた、時に粗野で暴力的な関係性が切迫感をもって伝わってくる（ちなみにSNS上では、日本語にも略語や造語、当て字などのネットスラングがあるように、フランス語でもアルファベットの綴りの省略、発音だけに合わせた綴り、略語、造語、文法の間違い・無視など、多くのネット特有の用法がある。言語的な制約からその雰囲気を百パーセントお伝えできないことをお詫びする）。

セラは、Z世代やミレニアル世代（一九八〇年代～一九九〇年代中盤生まれ）のインターネットとの関わり方や実際の利用状況を調査するため、さまざまなSNS上でのやり取りを観察したという。時にはそこで直接若者たちに質問したこともあって、彼らは自分たちの日常生活や友人関係について答えてくれたが、そうした答えはあまり面白くなく、黙って観察することから得られた情報のほうが役に立ったという。（フランスの公共テレビ放送『フランス3』とのインタビューより）

また、もともとセラは、デジタルネイティブであるこの世代に興味をもっていた。自身はインターネットが普及する過渡期を生きた世代で、ネットは〝学習していくもの〟だったのに対し、彼らはコンテンツを創る世代であり、また〝言葉〟の法則を変えた世代でもあるからだという。スラング・仲間うちの言葉というのはもともとは話し言葉だったが、彼らはそれを書き言葉に持ちこんだ。そして公私を問わず、SNS上でつねに多くの言葉を書き続け、自分たちの物語を記《しる》し続けている。ただしそれは残念ながら、さまざまなサイトやアプリ上に断片的な形で綴られているに過ぎない。したがって自分は、彼らが彼ら自身の世代について書いた壮大な物語を、ページ数が限られた小説に仕立て直したのだ、とセラは語っている。(『モラ書店』とのインタビューより)

Z世代に対するそうした見方は、作品中にもあらわれている。

《……歴史は今後、勝者によって書かれるものではなくなり、インターネットのユーザーによって時々刻々と記録されるものになるだろう。それと同時に、個々人が自分史をリアルタイムで書くことも可能になった。(中略)その人の存在そのものや、その人が自分では成し遂げたと思っていることがあるとすればそれも、今後は世界記憶銀行に記録されるようになるのだ。ラファエル・ランクリは、自分が、日々自分たちの物語を作っていく最初の世代であることを自覚していた。そして記憶を好きなように作り出す最初の世代であることも》

作品中では、高校生たちのそれぞれの人物像が丁寧に描かれているが、Z世代の高校生たちと対比する形で、各世代の〝代表〟も登場する。ミレニアル世代(Y世代)の警察官ビュル、その上司でX世代(一九六〇年代中盤〜一九七〇年代生まれ)と思われるアース、さらに上の年代と思《おぼ》しき署長だ。事件を目の当たりにし、解明する側の警察官に各世代〝代表〟を配置したことで、世代間の興味深い比較も可能となっている。

この小説ではストーリーの後半で主人公が姿を消し、そこから警察の捜査が始まることになるのだが、読者にはまだ状況が見えない早い段階から、物語は時間軸に沿わない形で錯綜して提示される。それがミステリー的な趣を添えているのだが、これはセラ曰く、読者に状況を一度に明かしてしまわないように意識的に時系列で遊んだからだという。具体的なやり方としては、まず自宅の大きな黒板に扱いたいテーマを書いた付箋を貼り、テーマごとの具体的な出来事を書いた付箋も貼りつける。次にそれを時間軸に沿ってチョークで書き直す。最後に、状況を小出しにできるように時系列を入れ替える作業をおこなったのだという。（『フランス3』とのインタビューより）

そして最終章。ガランスがスマートフォンを捨て、山中をさまよう後半部分は、前半とは趣を異にする。世界が変わり、明確な解答はないままに、孤独と葛藤、気づきと再生への道筋が描かれる。この部分について、文芸批評のウェブマガジン『アクチュアリテ』はこう書いている。《この本は二面性をもつ。一つは超写実主義であり（中略）それによって、読者はもう一つの、もっと深淵な別の世界に引きこまれる。そこには太古からの物語が隠されていて、わたしたちはそこで伝説の英雄や怪物に、恐るべき原始的な力に、死と再生の起源である自然に出会うのだ》《読者は、高校生の日常という小さな場所から、人間の永遠の魂という壮大な場所へと旅をする。（中略）これは軽い小説ではなく、現代版の叙事詩である》たしかに、前半の超現代的なトーンのままで具体的な〝解決〟にたどり着くことを期待して読み進めていると、面食らうことがあるかもしれない。だがガランスの心はとぎれることなく連続した線の上にあり、〝解決〟への方向性はしっかりと示されている。それこそが心の再生に必要なものにちがいなく、あとは読者の想像次第だろう。

〈バーチャル〉の対義語として用いられる〝リアル〟という言葉は、〈インターネット空間〉の（あるいはコロナ禍が続く現在にあっては〈オンライン〉の）対義語であったりもする。だが若い世代にとって、ＳＮＳの世界は〝リアル〟の反対側にあるのではなく、それこそがまさに欠くことのできない〝リアル〟な生活、〝リアル〟な人生そのものなのだ、とこの作品を読んで思う。ＳＮＳを実際の知人グループ間で使うにしても匿名の場で使うにしても、孤独を恐れ、繋がりを求めるがゆえに、徐々にその世界に対する依存を強めることになり、依存すればするほど、それは、より〝リアル〟なものになる。この本は、そんなZ世代の行動や心理状態に対する理解を深めてくれるのではないかと思う。それにこうしたことは、人が孤立しやすい社会にあっては、〝若くない世代〟であっても必ずしも人ごとではない。

最後に、本書の翻訳にあたってお世話になった早川書房書籍編集部の吉見世津さん、ご助言をくださったフランス語翻訳家の高野優先生、関わってくださったすべての方々に心よりお礼申し上げます。

二〇二二年八月

翻訳コーディネート　高野優

CHANDELIER
Sia Furler / Jesse Shatkin
© EMI Music Publishing Ltd & Aidenjulius Music
The rights for Japan licensed to Sony Music Publishing (Japan) Inc.

HABITS
Words & Music by JAKOB BO JERLSTROEM, LUDVIG SODERBERG, TOVE LO and DANIEL LEDINSKY
© 2013 WARNER CHAPPELL MUSIC SCANDINAVIA AB. and WOLF COUSINS
All Rights Reserved.
Print rights for Japan administered by Yamaha Music Entertainment Holdings, Inc.

WASTING MY YOUNG YEARS
Words & Music by DOMINIC MAJOR, HANNAH REID and DANIEL ROTHMAN
© 2013 WARNER/CHAPPELL MUSIC PUBLISHING LIMITED
All Rights Reserved.
Print rights for Japan administered by Yamaha Music Entertainment Holdings, Inc.

TEMPETE
FORNACCIARI HUGO GUY/SAMARAS KEN FRANCOIS CELESTIN/PULLICINO ELIOTT CLAUDE VICTOR
© BMG RM (FRANCE) S A R L. , UNDOUBLENEUFCINQ, SEINE ZOO
Permission granted by FUJIPACIFIC MUSIC

TWINKLE SONG
Words & Music by Miley Cyrus
© Copyright by SONGS OF UNIVERSAL INC. / SUGA BEAR RECORDZ PUBLISHING
All Rights Reserved. International Copyright Secured.
Print rights for Japan controlled by Shinko Music Entertainment Co., Ltd.

PRINCESSE
SERRA ENZO JEROME JACQUES/SAMARAS KEN/NEMIR MOHAMED/PULLICINO ELIOTT CLAUDE VICTOR
© BMG RM (FRANCE) S A R L, UNDOUBLENEUFCINQ
Permission granted by FUJIPACIFIC MUSIC

NIGHTCALL
Words & Music by Guy-Manuel de Homem-Christo and Daft Punk
© Copyright by CONCORD COPYRIGHTS LONDON LIMITED
All Rights Reserved. International Copyright Secured.
Print rights for Japan controlled by Shinko Music Entertainment Co., Ltd.

訳者略歴　東京外国語大学外国語学部イタリア語学科卒，フランス語翻訳家　訳書『夜の爪痕』ガリアン（単独訳），『死者の国』グランジェ，『そろそろ、人工知能の真実を話そう』ガナシア（ともに共訳）（以上早川書房刊）他

翼《つばさ》っていうのは嘘《うそ》だけど

2022年9月20日　初版印刷
2022年9月25日　初版発行

著者　フランチェスカ・セラ

訳者　伊禮規与美《いれいきよみ》

発行者　早川　浩

発行所　株式会社早川書房
東京都千代田区神田多町2－2
電話　03－3252－3111
振替　00160－3－47799
https://www.hayakawa-online.co.jp

印刷所　三松堂株式会社
製本所　株式会社フォーネット社

Printed and bound in Japan

ISBN978-4-15-210165-5 C0097

JASRAC 出 2206241-201

乱丁・落丁本は小社制作部宛お送り下さい。
送料小社負担にてお取りかえいたします。

本書のコピー、スキャン、デジタル化等の無断複製は著作権法上の例外を除き禁じられています。